W0399353

KNAUR

Über die Autorin:
Iny Lorentz ist das Pseudonym des Autorenpaars Iny Klocke und Elmar Wohlrath. Ihr größter Erfolg »Die Wanderhure« erreichte ein Millionenpublikum und wurde ebenso wie fünf weitere ihrer Romane verfilmt. Außerdem wurde dieser Roman für das Theater adaptiert. Seit der »Wanderhure« folgt Bestseller auf Bestseller. Viele ihrer Romane wurden zudem ins Ausland verkauft. Neben anderen Preisen wurde das Autorenpaar mit dem »Wandernden Heilkräuterpreis« der Stadt Königsee ausgezeichnet und in die »Signs of Fame« des multikulturellen und völkerverbindenden Friedensprojekts »Fernweh-Park« aufgenommen.

Besuchen Sie auch die Homepage der Autoren und ihren Facebook-Auftritt:
www.inys-und-elmars-romane.de
www.facebook.com/Inys.und.Elmars.Romane

INY
LORENTZ

RITTER CONSTANCE

ROMAN

KNAUR

Besuchen Sie uns im Internet:
www.knaur.de

MIX
Papier | Fördert gute Waldnutzung
FSC® C083411

Eigenlizenz Dezember 2024
Originalausgabe Oktober 2022 Knaur HC

Ein Imprint der Verlagsgruppe Droemer Knaur GmbH & Co. KG, München

Redaktion: Regine Weisbrod
Covergestaltung: ZERO Werbeagentur, München
Coverabbildung: Collage unter Verwendung von Motiven von Arcangel Images und Shutterstock.com
Karte: Computerkartographie Carrle
Satz: Adobe InDesign im Verlag
Druck und Bindung: CPI books GmbH, Leck
ISBN 978-3-426-51894-6

2 4 5 3 1

Erster Teil

Der Preis für ein Lied

1.

Bernard verehrte seinen vor einem Jahr verstorbenen Herrn und hätte jeden niedergeschlagen, der es wagte, diesen zu schmähen. Bei der Erziehung seiner Tochter allerdings hatte Sébastien, Vizegraf von Laronne und Herr von Beljeux, in seinen Augen völlig versagt. Er warf einen erbosten Blick auf die junge Frau, die vor ihm auf einem großrahmigen Hengst ritt. Constance von Laronne und Beljeux saß wie ein Mann im Sattel. Das konnte sie vielleicht zu Hause tun, aber nicht, wenn sie vor solch hohe Herren wie Philippe II., den König von Frankreich, und dessen Vasallen, Herzog Richard von der Normandie, treten wollte.

Um wenigstens einen Rest von Schicklichkeit zu wahren, hatte Constance auf Hosen verzichtet und sich für einen im Schritt geteilten Rock entschieden. Dabei hätte sie Bernards Meinung nach seinem Rat folgen und sich hinter seinen Sattel auf ein Polster setzen müssen, wie es sich für eine Dame geziemte.

»Dafür bin ich zu schwer und würde deinen wackeren Saulus nur unnötig belasten«, hatte sie ihm lachend geantwortet.

Bernard schnaubte bei dieser Erinnerung, denn sein braver Saulus konnte noch viel mehr tragen. Zwar war Constance groß, aber gewiss nicht zu schwer. Bereits ihre Mutter war hochgewachsen gewesen, und ihren Vater Sébastien hatte man den Hünen von Laronne genannt. Es war daher kein Wunder, dass die Tochter alle Frauen überragte, die er kannte, und auch einen nicht gerade geringen Teil der Männer. Zu allem Überdruss hatte Vicomte Sébastien sein einziges überlebendes Kind nicht wie ein Mädchen erzogen, wie es richtig gewesen wäre, sondern wie einen Jungen aufwachsen lassen. Constance konnte nicht nur reiten wie ein Mann, sie vermochte sogar das Schwert zu schwingen und übertraf mit Pfeil und Bogen jeden, der es bisher gewagt hatte, sich mit ihr zu messen. Bei dem Gedanken stieg Bernards Ärger, und er trieb seinen Saulus an, um zu seiner Herrin aufzuschließen.

»Es ist nicht richtig, dass Ihr Euch selbst auf den Weg zum König und zum Herzog gemacht habt. Ihr hättet mich mit einer Botschaft zu ihnen senden und auf ihre Antwort warten sollen«, tadelte er sie.

Constance wandte sich ihm mit einem fröhlichen Lächeln zu. »Mein Vater lehrte mich, wichtige Dinge selbst zu tun und rasch zu erledigen. Ihr könnt nicht sagen, dass meine Belange nicht wichtig sind, denn sie betreffen nicht nur mich und meinen Besitz, sondern auch das Königreich und das Herzogtum.«

Damit hatte sie zwar recht, dennoch war Bernard der Meinung, dass er König Philippe II. und Herzog Richard gewiss besser hätte erklären können, welche Folgen der Tod seines Herrn für dessen Besitz besaß. Beljeux war ein Lehen der Normandie und Ritter Sébastiens Eigenbesitz gewesen, und so konnte seine Tochter es erben. Anders sah es jedoch mit Laronne aus. Ritter Sébastiens Großvater hatte es vom damaligen französischen König Louis VI. als Schwertlehen erhalten, so dass es nur im Mannesstamm vererbt werden konnte. Nun waren die beiden Herrschaften im Lauf der Jahre zusammengewachsen und bildeten eine Einheit, die nur schwer aufzutrennen sein würde.

»Mein Vater lehrte mich noch eines, nämlich stets für mich selbst einzutreten und mich nicht auf andere zu verlassen«, fuhr Constance fort. »Damit will ich Euch nicht kränken, mein alter Freund. Ich sehe es jedoch als meine Pflicht an, für die Menschen zu sprechen, für die ich als Tochter meines Vaters verantwortlich bin.«

»Es gehört sich nicht für eine Frau, sich in den Vordergrund zu drängen. Eine Dame sollte zurückhaltend und sittsam sein und …«

»… und vom Fenster ihrer Kemenate aus zusehen, wie die Männer Unsinn machen!«, antwortete Constance schärfer, als sie es beabsichtigt hatte.

Die Moralpredigten ihres Gefolgsmanns ärgerten sie zunehmend. Als sie sich kurz zu dessen Sohn umblickte, stellte sie fest, dass um dessen Mundwinkel ein Lächeln schwang. Benoît war siebzehn und damit vier Jahre jünger und eine Handbreit kleiner als sie, und er ließ sich deutlich anmerken, dass er in dieser Sache auf ihrer Seite und nicht auf der seines Vaters stand.

»Ihr wollt mich einfach nicht verstehen!«, klagte Bernard.

»Ich verstehe Euch sehr gut, mein Freund, und würde auch Euren Rat befolgen, wenn die Sache nicht so kompliziert wäre. Oder habt Ihr tatsächlich diesen verfluchten Sylvain de Ronceau und dessen Söhne Beauvais und Damien Tête de Taureau vergessen?«

Constance zischte bei ihren Worten leise, denn der »Stierkopf«, wie Damien de Ronceau von jenen genannt wurde, die ihn kannten, war in den letzten Monaten zu einem Problem für sie geworden.

»Ich weiß sehr wohl, dass Ritter Damien um Eure Hand angehalten hat«, antwortete Bernard gekränkt.

»Die ihm aber nur Herzog Richard gewähren kann! Ich bin mir gewiss, dass der Stierkopf diesen aufsuchen und darum bitten wird. Damit aber werden Laronne und Beljeux nach so vielen Jahren auseinanderbrechen, denn König Philippe II. wird Damien niemals zum Vizegrafen von Laronne ernennen. Die Einheit der beiden Herrschaften allerdings wird erhalten bleiben, wenn ich einem Mann angetraut werde, mit dem sowohl der König wie auch Herzog Richard einverstanden sind.« Constance blickte ihren Vertrauten durchdringend an. »All die Jahre sah es so aus, als würde es nie dazu kommen. König Philippe II. und Herzog Richards Vater Henri II. standen einander als Feinde gegenüber. Nun aber ist Henri tot und sein Sohn nicht nur Herzog der Normandie, sondern auch König von England geworden. König Philippe II. und Herzog Richard eint der Wille, Jerusalem und das Heilige Grab aus der Hand der Heiden zu befreien. Sie wollen beide das Kreuz nehmen und gemeinsam siegen. Zu diesem Zweck treffen sie sich morgen. Wenn ich vor sie trete und meine Bitte vorbringe, müssen sie diese erfüllen, um vor der Welt ihre Einigkeit zu bezeugen.«

Bernard hielt seine Herrin für allzu optimistisch. Auch wenn die Gedanken von König Philippe II. und Herzog Richard, der zudem Herzog von Aquitanien und König von England war, derzeit der Befreiung des Heiligen Landes galten, würden sie ihre eigenen Interessen darüber gewiss nicht vernachlässigen. Für beide stellten die vereinigten Herrschaften Laronne und Beljeux ein Problem dar, da sie sowohl zum Königreich wie auch zum Herzogtum zählten und derjenige, der sie als Lehen besaß, Philippe II. und Richard gleichermaßen verpflichtet war. Die beiden Herrscher dazu zu bewegen, gemeinsam einen Ehemann für die Erbin zu bestimmen, hielt er für unmöglich. Bevor Bernard jedoch etwas auf Constances Worte antworten konnte, klang die helle Stimme seines Sohnes auf.

»Ich sehe Reiter vor uns und – bei Gott, Damien de Ronceau und sein Bruder Beauvais führen sie an!«

2.

Constance begriff in diesem Moment, dass sie einen fatalen Fehler begangen hatte. In ihrem Bestreben, mit König Philippe II. und Herzog Richard sprechen zu können, hatte sie nicht daran gedacht, dass Damien und Beauvais de Ronceau denselben Weg nehmen würden. Sie musterte den Reitertrupp, der eine knappe Bogenschussweite vor ihnen anhielt, um ihnen den Weg zu verlegen, und fragte sich, was sie tun sollte. Eine Möglichkeit war es, umzukehren und zu versuchen, ihr Ziel auf einem anderen Weg zu erreichen. Die andere, auf ihr Glück zu vertrauen und weiterzureiten.

»Ich schlage vor, wir wenden die Rosse und reiten heim«, schlug Bernard vor.

Das aber wollte Constance unter keinen Umständen, denn damit würde sie den Ronceaus freie Hand geben, Herzog Richard zu einer Entscheidung zu bringen, die sie nicht wollte.

»Wir reiten weiter! Der Stierkopf wird es nicht wagen, uns aufzuhalten«, sagte sie daher.

Als sie ihren Hengst antrieb, war ihr trotz ihrer Worte mulmig zumute. Damien de Ronceau war dafür bekannt, dass er sich wenig um seinen Ruf scherte. Zum Fliehen war es jedoch zu spät, denn die Reitergruppe galoppierte auf sie zu.

Constances rechte Hand wanderte zum Schwertgriff, bereit, die Waffe auch zu benutzen, wenn es nötig sein sollte. Neben ihr fluchte

Bernard leise, und sie begriff, dass es wieder einmal ihrer Sturheit galt – wie er es nannte. »Nun wisst Ihr, weshalb ich ohne Euch zum König und zum Herzog reiten wollte, Konstanze! Die Ronceaus sehen nämlich nicht so aus, als wollten sie uns weiterreiten lassen.« Wenn Bernard de Hautemaison, der als Bernhard von Hohenheim irgendwo im fernen Deutschland geboren worden und im Gefolge ihrer Mutter nach Laronne und Beljeux gekommen war, ihren Namen auf Deutsch betonte, war er sehr zornig auf sie. Constance war jedoch noch ungehaltener über sich selbst. Sie hatte gewusst, dass die Ronceaus ebenfalls zum Herzog reiten würden. Es wäre daher klüger gewesen, einen anderen Weg einzuschlagen, auch wenn dieser länger und mühseliger gewesen wäre.

Damien de Ronceau war ein großer, breitschultriger Ritter, der auf einem schwarzen Hengst mit starkem Hufbehang saß. Nun musterte er die junge Frau vor sich mit einem zufriedenen Blick. Für die meisten Männer mochte Constance zu groß sein. Er jedoch konnte ihr zu ebener Erde auf den Scheitel schauen. Außerdem versprach eine Frau wie sie kräftige Söhne. Für ihre Größe war sie zudem sehr schön zu nennen, auch wenn sie vielleicht noch etwas schmal war für seinen Geschmack. Aber das würde sich spätestens nach dem ersten Kind ändern.

Auf seinen Wink umringten seine Begleiter die kleine Gruppe, hielten sich aber weit genug von Constance und ihren beiden Begleitern fern, um nicht durch einen überraschenden Schwertstreich Schaden zu nehmen. Die junge Frau sah nämlich ganz so aus, als wolle sie ihnen am liebsten die Schädel spalten. Unterschätzen, das wusste Damien, durfte er Constance nicht. Ihr Vater hatte seiner Tochter beigebracht, dass ein Schwert nicht zum Kuchenanschneiden gedacht war. Während Damien Constance weiter musterte, dachte er amüsiert, wie gut es war, dass ihre hellen Augen zwar zornig aufflammen, aber keine Blitze oder Pfeile schleudern konnten. In dem Fall wäre er jetzt wohl schon tot.

Mit einem gewissen Spott deutete er eine Verbeugung an. »Ich freue mich, Euch zu sehen, Jungfer Constance!«

»Ich mich weniger!«, gab Constance erregt zurück.

»Die Freude wird schon noch kommen. Spätestens nach unserer

Hochzeit ist sie da.« Damien lächelte erwartungsvoll. Ebenso, wie es ihn drängte, mit ihr ins Bett zu kommen, freute er sich darauf, dieses stolze Mädchen zu zähmen.

»Ich werde Euch niemals heiraten!«, fauchte Constance ihn an.

»Das habt nicht Ihr zu entscheiden, meine Liebe, sondern unser gemeinsamer Lehnsherr Richard Cœur de Lion.«

Zu Constances Bedauern hatte er recht. Als Herzog der Normandie war Herzog Richard ihr Vormund und konnte ihr jeden Mann, der ihm einfiel, als Gemahl aufzwingen. Damit aber würde die Gemeinschaft von Beljeux mit Laronne enden und viele Familien auseinandergerissen werden. Um das zu verhindern, musste sie sowohl mit dem Herzog wie auch mit dem König von Frankreich reden. Voraussetzung aber dafür war, dass Damien de Ronceau sie weiterreiten ließ. Da es im Augenblick nicht so aussah, würde sie sich den Weg erkämpfen müssen. Ihr Herz verkrampfte sich bei diesem Gedanken. Dabei ging es ihr weniger um sie selbst, denn weder der Stierkopf noch dessen Gefolgsleute konnten es sich leisten, sie zu verletzen oder gar zu töten. Anders sah es jedoch mit Bernard und seinem Sohn aus. Zudem war Benoît noch ein halber Knabe und keinem der Mannen von Ronceau gewachsen.

»Lasst mich durch!«, forderte sie mit klirrender Stimme.

»Nur, wenn Ihr bei Gott und der Heiligen Jungfrau schwört, an meiner Seite vor Herzog Richard zu treten und ihn zu bitten, Euch mir als Gemahlin anzuvertrauen!« Damien grinste zufrieden. Entweder leistete Constance diesen Schwur, oder er würde sie unter der Aufsicht seines Bruders nach Ronceau bringen lassen. So oder so war er sich gewiss, die Zusage Richard Löwenherz' zu einer Ehe mit ihr zu erhalten.

Für einen Moment war er sich seiner Sache zu sicher. Constance erkannte seine Unaufmerksamkeit, zog das Schwert und gab ihrem Hengst die Sporen.

»Flieht!«, rief sie. Das galt Bernard und Benoît. Gleichzeitig schwang sie ihr Schwert und überraschte Damien. Im letzten Augenblick lenkte einer seiner Begleiter ihre Waffe mit der seinen ab und keuchte einen Herzschlag später auf, als sie, den Schwung der Klinge ausnützend, den Hieb gegen ihn führte.

Constance traf ihn hart an der linken Schulter. Ein Kettenhemd hätte die Klinge aufgehalten. Auf dem Ritt zu Richard aber hatten Damien und seine Männer auf eine zu kriegerische Wehr verzichtet. Dieser Waffenknecht bezahlte es mit einer blutenden Wunde und hob sein Schwert, um es Constance heimzuzahlen.

Da klang gebieterisch der Ruf »Halt, ihr Schurken!« auf.

Unbemerkt von allen war eine Gruppe aus mehreren Reitern herangekommen, die offenbar ebenfalls den Ort aufsuchen wollten, an dem Philippe II. von Frankreich sich mit Richard Plantagenet treffen sollte.

Damien de Ronceau fuhr wütend herum, während Constance neue Hoffnung schöpfte. Rasch musterte sie die Neuankömmlinge. Es schien sich bei ihnen nicht um einen Herrn mit Gefolge zu handeln, sondern um junge Edelleute, die sich zusammengefunden hatten und nun auf dem Weg zum König waren.

Jener, der den Ronceaus Einhalt geboten hatte, trabte nun auf die Gruppe zu. Er ritt einen schneeweißen Hengst mit langer, geflochtener Mähne und einem mit blauen Bändern verzierten Schweif. Seine Tunika war weiß und blau geteilt und bestickt, ebenso der Umhang, den er eben über die rechte Schulter nach hinten schlug, damit sein Schwertarm nicht behindert wurde. Unter seiner Mütze quoll dunkles, sorgfältig gelocktes Haar hervor, und blaue Augen blickten entschlossen aus einem ebenmäßigen Gesicht, das von einem schmalen Schnurr- und einem kurzen Spitzbart verziert wurde. An der Hüfte trug er ein Schwert, dessen Griff er mit der Rechten umfasst hielt, und auf dem Rücken hing eine Laute.

Constance wusste nicht, wie sie den jungen Mann einschätzen sollte. Auf den ersten Blick wirkte er wie ein Stutzer, doch der kühne Ausdruck seines Gesichts passte nicht so recht zu dem geschniegelten Äußeren.

»Was mischt Ihr Euch ein? Die Sache geht Euch nicht das Geringste an«, rief Damien verärgert.

»Ich soll zulassen, wie eine Jungfrau auf offener Straße von ein paar Schurken bedrängt wird?«, antwortete der Fremde und betrachtete Constance mit zweifelnden Blicken.

Ihrer Stimme nach und dem wehenden, weizenblonden Haar, das

in der Sonne einen leichten Kupferschimmer aufwies, hatte er sie für eine Frau gehalten. So aber, wie sie zu Pferd saß, hätte sie auch ein Jüngling sein können. Nein, sagte etwas in ihm. Dafür war ihr Gesicht zu lieblich. Es war aber auch sehr wandelbar, denn nun trat ein entschlossener Ausdruck darauf, und sie wies mit dem Schwert auf den Anführer der Kerle, die ihr den Weg verlegt hatten. »Lenkt Eure Gäule zur Seite und lasst uns durch!«

In Damien tobte heiße Wut. So kurz vor dem Ziel den erhofften Preis wieder aus der Hand zu geben, bedeutete, dass Constance zu Herzog Richard reiten und sich über ihn beschweren würde. Ob dieser ihn dann noch mit der jungen Dame verheiratete, erschien ihm fraglich. Vicomte Sébastien hatte einen guten Ruf genossen, daher konnte Constance auf Richard Plantagenets Wohlwollen hoffen.

»Ergebt Euch in Euer Schicksal und werdet mein Weib!«, drängte Damien. »Wir können Ronceau und Beljeux so zusammenfügen, wie Beljeux es bisher mit Laronne war, nur viel fester, weil ich dann nur noch einen Lehnsherrn haben werde, und nicht zwei wie Euer Vater!«

»Höre ich die Namen Laronne und Beljeux? Dann seid Ihr gewisse Vicomtesse Constance«, meldete sich der stutzerhafte Fremde zu Wort.

Einer seiner Begleiter zupfte ihn am Ärmel. »Wollt Ihr Euch tatsächlich hier schlagen, Raoul?«

»Dieser Mann«, Raoul bedachte Damien de Ronceau mit einem verächtlichen Blick, »hat sich wie ein Wegelagerer benommen und diese junge Dame überfallen. Ich bin nicht bereit, dies zu dulden!«

»Wer seid Ihr, dass Ihr das Maul so aufreißt?«, fragte Damien de Ronceau wütend.

Der Ritter deutete im Sattel eine Verbeugung an. »Verzeiht, Herr Normanne, wenn ich es bisher an der gebotenen Höflichkeit fehlen ließ. Ich bin Raoul, genannt de Chanteur, und werde Euch gleich ein Liedlein singen, das Ihr nicht so rasch vergessen werdet.«

»Raoul, der Sänger? Seid Ihr überhaupt edlen Blutes?«, fragte Damien verächtlich.

»Mein Vater glaubt, mich mit meiner Mutter gezeugt zu haben, und er ist der Herr auf Château Lorris!«

»War die Mutter eine Kuhmagd?«, fragte Damien de Ronceau bissig.

»Sie ist von ebenso edlem Blut wie mein Vater. Da Ihr sie eben als Kuhmagd beleidigt habt, sehe ich mich gezwungen, Genugtuung von Euch zu fordern. Oder seid Ihr nicht zu einem Zweikampf bereit?« Raoul klang so verächtlich, dass Damiens Kopf rot anlief.

Der Stierkopf musterte sein Gegenüber und schätzte, dass der Mann fast einen Kopf kleiner war als er selbst. Zwar wirkte der Ritter nicht schwächlich, doch er glaubte, jederzeit mit ihm fertigzuwerden. Daher griff er zum Schwert und zog es mit einer schnellen Bewegung. »Für diese Unterstellung werdet Ihr mir geradestehen!«

Auch Raoul zog blank, und für einen Augenblick sah es so aus, als wollten sie umgehend aufeinander losgehen. Da drängte einer von Damiens Gefolgsleuten sein Pferd zwischen ihre beiden Rosse.

»Ihr seid Franzose?«, fragte er Raoul.

Dieser nickte. »Das bin ich!«

»Damien de Ronceau ist Normanne. Anlässlich ihrer Zusammenkunft haben König Philippe II. und Herzog Richard befohlen, dass in diesen Tagen kein Ritter aus Frankreich mit einem aus der Normandie kämpfen darf und umgekehrt.«

»So habe ich es auch gehört!«, meldete sich einer von Raouls Begleitern zu Wort. »Seid also vernünftig, meine Herren, und steckt die Schwerter wieder weg.«

»Ich habe die Herausforderung ausgesprochen und nehme sie erst zurück, wenn dieser Mann die junge Dame unbehelligt weiterreisen lässt«, erklärte Raoul und machte keinen Hehl aus seiner Bereitschaft zu kämpfen, wenn es notwendig sein sollte.

Damien de Ronceau sah aus, als wolle er am liebsten auf Raoul losgehen. Da legte ihm sein Bruder Beauvais die Hand auf seinen Arm. »Lass es gut sein! Diesen Zwerg zu erschlagen, bringt dir wenig Ruhm und erregt nur Aufsehen. Wir sollten weiterreiten und vor Herzog Richard treten. Wenn du ihn um Constances Hand bittest, wird er sie dir nicht verweigern, und wenn sie sich noch so sträubt! Folgen wir ihm dann auch noch ins Heilige Land, können wir ein Fürstentum oder gar ein Königreich erringen.«

»Euer Bruder hat recht!«, erklärte einer seiner Gefolgsmänner. »Was habt Ihr davon, Herzog Richard zu erzürnen? Wenn Ihr Euch in Palästina gut schlagt, erhaltet Ihr entweder dort oder auch hier in der Normandie genug Land und Constance de Laronne et de Beljeux als Braut gleich mit dazu!«

Constance wäre den Mann am liebsten mit blanker Klinge angegangen. Sie beherrschte sich jedoch und schob ihr Schwert in die Scheide zurück. »Gebt Ihr nun den Weg frei?«, fragte sie Damien de Ronceau hochmütig.

Dieser kaute verärgert auf den Lippen herum, befahl dann aber seinen Männern, ihr Platz zu machen.

Aufatmend lenkte Constance ihren Hengst auf Raoul zu und sah aus dem Augenwinkel, dass Bernard und dessen Sohn ihr folgten. Beide waren unversehrt, und das erleichterte sie sehr.

3.

Obwohl die beiden Gruppen dasselbe Ziel hatten, hielten sie voneinander Abstand. Damien de Ronceau kochte vor Wut, weil er hatte zurückstecken müssen. Trotz der Erklärung seines Bruders überlegte er, ob er Richard bitten sollte, ihn mit Constance zu vermählen. Als Herr von Beljeux würde er ein Herr aus eigenem Recht sein und nicht nur einer der Söhne von Sylvain de Ronceau, auch wenn er als dessen wahrscheinlichster Erbe galt.

Im Gegensatz zu ihrem ruppigen Bewerber war Constance guter Stimmung, aber auch sehr erleichtert, dass ihr diese Situation nicht zum Schaden ausgeschlagen hatte. Sie unterhielt sich mit Raoul und erfuhr, dass er der vierte Sohn seines Vaters war und nur auf ein geringes Erbe hoffen konnte, weil auch noch fünf Schwestern mit einer Mitgift versorgt oder in ein Kloster eingekauft worden waren.

Als einziges überlebendes und zudem spät geborenes Kind ihrer Eltern wusste Constance nicht, wie es war, zusammen mit acht Geschwistern aufzuwachsen. Als sie eine diesbezügliche Bemerkung machte, lachte Raoul fröhlich auf.

»Man lernt, schnell zu sein, wenn Gebäck oder Kuchen verteilt werden. Sonst käme man immer zu kurz!«

»Vor allem hat man stets jemanden zum Spielen«, meinte Constance, die sich in ihrer Kindheit ein wenig einsam gefühlt hatte.

»Das ist wahr«, gab Raoul zu und lachte erneut. »Allerdings hat man auch ältere Brüder, die rasch dabei sind, einem Backpfeifen zu verpassen, wenn man ihnen das schönste Stück Kuchen vor der Nase weggeschnappt hat. Die Schwestern sind gleich beleidigt, wenn man nur ein falsches Wort sagt oder eine von ihnen verspottet. Dazu kümmert der Vater sich gerade noch um die beiden ältesten Söhne, während die Mutter mit den Mädchen genug zu tun hat. Da bleibt einem oft nur die Laute als einziger Freund.«

Raoul nahm seine Laute vom Rücken, stimmte sie und spielte ein Lied. Constance kannte es nicht, aber es gefiel ihr. Sie fand Raouls Stimme angenehm und freute sich, weil gerade er ihr gegen den Stierkopf geholfen hatte.

Bernard ritt hinter den beiden her und schüttelte ein ums andere Mal über die Unbesonnenheit seiner Herrin den Kopf. Sie hätte damit rechnen müssen, dass Damien de Ronceau ebenfalls zu dem Treffen der beiden Herrscher reiten würde. Als er sich bei seinem Sohn über Constance beklagte, lag Benoît auf der Zunge, zu erwähnen, dass auch er nicht daran gedacht hatte. Die Laune seines Vaters war jedoch zu schlecht, und so unterließ er es, um sich keine Ohrfeige einzufangen. Daher nickte er nur und war insgeheim froh, dass mit Ritter Raoul ein rettender Engel erschienen war, der sie vor dem bösen Stierkopf bewahrt hatte.

Raoul spielte noch zwei Lieder und hängte sich die Laute wieder über den Rücken. »Es ist nicht mehr weit bis zu der Burg, auf der König Philippe sich mit dem König von England treffen will.«

Constance rief sich in Erinnerung, dass Richard Plantagenet zwar für sie in erster Linie der Herzog der Normandie war, für die Welt hingegen der höherrangige Titel eines Königs von England mehr galt. Auch sie würde ihn entsprechend begrüßen müssen, wenn sie nicht sein Missfallen erregen wollte. Einen Augenblick lang stellte sie sich vor, ihr Feind Damien würde Richard als Herzog begrüßen und dadurch dessen Gunst verlieren. Dafür aber war der Stierkopf zu schlau. Er mochte ein Rüpel sein, dem es gefiel, Schwächere zu quälen, und der sich auch nichts dabei dachte, die Töchter der Bauern seines Vaters zu schwängern. Vor Richard aber würde er kriechen wie ein Wurm.

»Ihr seid plötzlich so schweigsam?«, unterbrach Raouls Frage ihre Gedanken.

»Ich überlegte mir gerade, wie ich den Herz… äh, den König dazu bewegen kann, meinen Wünschen zu willfahren«, antwortete Constance.

»Dann hofft, dass er guter Stimmung ist, ihm das Mahl gemundet und der Wein ihn fröhlich gemacht hat«, erklärte Raoul lächelnd.

»Möge es dazu kommen!«

Kurz darauf entdeckte Constance ein Stück vor sich die Burg, in der Philippe II. und Richard sich treffen wollten. Der Wehrbau lag im Hinterland und war viel zu klein, um die Gefolgschaft der beiden Herren aufnehmen zu können. Daher standen mehrere Dutzend Zelte auf den Wiesen vor den Toren. Ein Stück weiter befanden sich die Pferche für die Pferde, und etwas abseits waren Knechte dabei, eine Grube auszuheben.

»Wollen die jemanden begraben?«, fragte Benoît verwundert.

»Du bist ein Narr!«, fuhr ihn sein Vater an. »Das wird die Latrine, an der die Gäste sich erleichtern können.«

Constance warf einen misstrauischen Blick auf die Stelle. Eben befestigten Knechte einen doppelt mannslangen Balken über der Grube. Einer zog seine Hosen herab und probierte aus, ob es so richtig war. Sein Hintern war dabei deutlich zu sehen.

»Habt keine Sorge!«, rief Raoul, als er Constances gekrauste Nase bemerkte. »Die Damen werden in der Burg untergebracht und können die Abgeschiedenheit der dortigen Aborte nutzen.«

»Das erleichtert mich«, stieß Constance hervor und wandte der anrüchigen Stelle den Rücken zu.

Der Trupp ritt auf den Burghof und wurde von einem Untergebenen des Haushofmeisters empfangen. Dieser wusste nicht so recht, was er mit der bunt zusammengewürfelten Schar anfangen sollte, und sah Raoul, dem die anderen den Vortritt gelassen hatten, fragend an.

»Mit wem habe ich die Ehre?«

Raoul schwang sich geschmeidig aus dem Sattel und reichte einem herbeieilenden Knecht die Zügel, bevor er sich dem Mann zuwandte. »Erlaubt mir, die Namen meiner Freunde und den meinen erst später zu nennen, denn die Ehre gebührt in erster Linie der Dame Constance, Vizegräfin von Laronne und Herrin von Beljeux!«

»Die Amazone von Beljeux! Ich habe schon von dir gehört, mein Kind, und freue mich, dich kennenzulernen«, rief eine Dame aus, die eben aus einer Tür getreten war und neugierig näher kam.

Sie war nicht mehr jung, aber mit einem edelsteinbestickten, grünen Kleid bekleidet sowie mit einem etwas kürzeren Mantel, in den Goldfäden eingewebt waren. Auf dem Kopf trug sie eine goldgeschmückte Haube, die an eine Krone erinnerte.

Auch wenn Constance die Frau noch nie gesehen hatte, begriff sie, dass es sich um Königin Eléonore handeln musste. Sie schwang sich so rasch aus dem Sattel, dass Raoul, der herbeigeeilt kam, um ihr vom Pferd zu helfen, zu spät kam, und versank in ihrem tiefsten Knicks. Es hieß, die Königinmutter habe großen Einfluss auf ihren Sohn. Wenn es ihr gelang, Eléonore von Aquitanien für sich zu gewinnen, konnte dies Richard dazu bewegen, sich für die Einheit von Laronne und Beljeux einzusetzen.

Als Constance sich wieder aufrichtete, bemerkte sie, dass ihr Retter, den sie bereits zu Pferd für keinen Riesen gehalten hatte, drei Fingerbreit kleiner war als sie. Umso mehr dankte sie es ihm, dass er bereit gewesen war, sich mit dem Stierkopf Damien de Ronceau zu schlagen, um sie zu retten. Dieser war nicht nur ein Hüne von Mann, sondern wurde auch als großer Krieger gerühmt.

Eléonore musterte unterdessen Constances schlichtes Kleid, dem anzusehen war, dass es im Schritt geteilt war, damit die junge Frau wie ein Mann zu Pferd sitzen konnte, und rümpfte die Nase. Zudem hatte Constance ihr rötlich schimmerndes Haar nachlässig mit einem Tuch festgebunden, und eine leichte Bräune auf ihrem Gesicht verriet, dass sie sich häufig im Freien aufhielt. Eléonore entdeckte sogar ein paar Sommersprossen. Nach kurzem Überlegen sagte sie sich, dass diese auch Constances Haarfarbe geschuldet sein konnten. Immerhin neigten blonde und rothaarige Frauen eher dazu als welche mit brünetten oder schwarzen Haaren.

»Komm mit, mein Kind! Wir haben viel zu tun, bevor wir dich heute Abend den beiden Königen vorstellen können«, sagte sie.

Constance blieb nichts anderes übrig, als der Königin zu folgen, während Raoul dem Vertreter des Haushofmeisters die Namen seiner Begleiter und den seinen nannte und Bernard sich und seinen Sohn als Constances Gefolgsleute vorstellte.

Auch wenn die jungen Herren von Adel waren, durften sie nicht hier in der Burg auf Unterkunft hoffen. Der Mann schickte sie stattdessen nach draußen und nannte ihnen den Namen dessen, der ihnen ein Zelt zuteilen würde.

»Eure Pferde werden von den Knechten versorgt«, erklärte er noch und wandte sich dann Damien de Ronceau und dessen Männern zu, die als nächste Gäste erschienen waren.

4.

Raoul und seine Begleiter wanderten durch das Lager und wurden zusammen mit Bernard und dessen Sohn in eines der größeren Zelte einquartiert.

»Ich hoffe, es ist Euch recht so?«, sagte Bernard zu Raoul.

»Es ist mir eine Ehre!«, antwortete Raoul fröhlich und zwinkerte Benoît zu. Er hatte dessen Begeisterung für sein Lautenspiel bemerkt und sah in ihm einen aufgeweckten jungen Burschen, der aber die Achtung vor älteren Leuten nicht vermissen ließ.

»Ihr könnt mir von Eurer Herrin berichten?«, forderte er Bernard und Benoît auf. »Sie ist eine ebenso mutige wie schöne Dame.«

»Vor allem ist sie eine sehr große Dame«, wandte einer seiner Begleiter ein.

»Das macht ihre normannische Abkunft. Normannen sind nun einmal groß von Gestalt«, antwortete Raoul.

»Aber gering von Verstand«, meinte sein Begleiter spöttisch.

»Sagt das zu einem Normannen, und er schlägt Euch ungespitzt in den Boden. Ist es nicht so, Herr Normanne?«, fragte Raoul Bernard.

Dieser wirkte mit einem Mal verlegen. »Damien de Ronceau würde es tun, und auch mein Herr Sébastien hätte es getan.«

»Und Ihr, Normanne?«

»Mein Vater ist kein Normanne, sondern ein Teutone«, erwiderte Benoît grinsend.

»Das heißt: ein Deutscher!«, wies sein Vater ihn zurecht und sah dann Raoul an. »Ich lebe aber schon länger als dreißig Jahre in diesem Land, denn ich kam mit Jungfer Adelheid hierher, als diese Vicomte Sébastien heiratete. Damals war ich gerade einmal zwanzig Jahre alt. Ich habe hier geheiratet und spreche mittlerweile das Französische besser als Deutsch.«

»Dann heißt Ihr nicht Bernard«, schloss Raoul aus seinen Worten.

»Getauft wurde ich auf den Namen Bernhard, nenne mich aber schon seit vielen Jahren so, wie dieser Name in Frankreich gebräuchlich ist.«

Bernard passte es nicht, so ausgefragt zu werden, und er ärgerte sich, weil er nicht daran gedacht hatte, ein Zelt mitzunehmen, in dem er und sein Sohn allein nächtigen konnten. Raoul und dessen Begleiter waren trotz seiner abweisenden Miene immer noch neugierig.

»Sagt, wie kam Vicomte Sébastien de Laronne dazu, eine Frau aus Deutschland zu heiraten?«, wollte einer wissen.

Bernard warf ihm einen zornigen Blick zu, und an seiner Stelle begann sein Sohn zu berichten.

»Vicomte Sébastien war ein Hüne von Gestalt«, sagte er und deutete mit den Händen eine Größe an, die mehr als zwei Köpfe höher war als sein auch nicht gerade klein geratener Vater.

»Bei Gott, wenn das stimmt, hätte der Vicomte anstelle Davids gegen den Riesen Goliath antreten können«, rief einer der jungen Herren aus.

»Mein Herr war nicht ganz so groß, überragte mich aber doch ein ganzes Stück«, rückte Bernard die Tatsachen zurecht.

»Auf jeden Fall beschloss Herr Sébastien, kein Weib zu ehelichen, das ihm nicht mindestens bis zum Kinn reichte, und das tat keines der Edelfräulein im Land. Da hörte er, dass ein deutscher Graf eine Tochter habe, die nicht bereit sei, einen Ritter zum Manne zu nehmen, auf dessen Scheitel sie herabblicken könne«, fuhr Benoît grinsend fort. »Es traf sich gut, dass es einen Krieg gab, in den der Vater des Mädchens ziehen musste. Vicomte Sébastien eilte ihm zu Hilfe, erwarb sich seine Dankbarkeit und forderte als Lohn seine Tochter. Als sie einander gegenüberstanden, waren beider Bedingungen erfüllt. Die junge Dame reichte ihm bis zur Nasenwurzel und konnte daher nicht auf seinen Scheitel sehen. Beide waren zufrieden, heirateten und zogen hierher. Etliche Jahre später wurde Herrin Constance geboren. Im Vergleich zu ihren Eltern ist sie von eher mittlerer Größe.«

»Mittlerer Größe?«, rief einer der jungen Männer lachend aus. »Die junge Dame ist genauso groß wie ich, und ich bin wahrlich nicht der Kleinste unter meinen Brüdern. Unseren guten Raoul überragt sie gleich gar um einen halben Kopf.«

»Ich sagte, im Vergleich zu ihren Eltern! Wäre sie diesen nachgeraten, gäbe es im ganzen Königreich Frankreich keinen Mann, der ihre Größe erreichen würde.«

Benoît flunkerte, dass sich die Zeltschnüre bogen. Seinem Vater gefiel es nicht, doch er war froh, dass er endlich seine Ruhe vor den neugierigen Edelleuten hatte. Während sein Sohn erzählte, blickte er zu der Stelle hinüber, an der Damien de Ronceau und dessen Männer eben ihr Zelt aufschlugen. Im Vergleich zu den Zelten mehrerer französischer Edelleute war es schmucklos und sogar ein wenig verschossen. Darüber zu spotten wagte jedoch niemand. Auch wenn die beiden Könige jeden Streit unter ihren Kriegern verboten hatten, so sah Stierkopf Damien nicht so aus, als würde er ein falsches Wort so einfach hinnehmen.

5.

Constance hatte angenommen, es würde reichen, ihr Kleid auszubürsten und die beiden Beinteile zusammenzuheften, doch Königin Eléonore war völlig anderer Ansicht. Sie musterte die junge Frau, fand, dass diese trotz ihrer Größe von harmonischer Gestalt war, und erteilte ihre Befehle.

Ehe Constance sichs versah, wurden ihr die Kleider und das Hemd vom Leib gezogen und sie in einen Bottich mit warmem Wasser gesetzt. Eine Hofdame der Königin goss eine ölige Flüssigkeit hinzu und mischte es mit vorsichtigen Handbewegungen ein.

Der Duft des Öles war atemberaubend und reizte Constance zum Niesen. Sie hielt sich zwar für reinlich, doch ihr reichte zumeist kaltes Wasser und ein Lappen zum Waschen. In warmem Wasser badete sie nur vor den heiligsten Feiertagen. Hier erschien es ihr überflüssig. Doch sie, deren Wort in Laronne und Beljeux alles bestimmte, musste sich hier Eléonores Willen beugen.

Das Bad allein reichte der Königin nicht. Kaum hatten zwei Mägde Constance mit einem großen Leintuch abgetrocknet und ihr ein frisches Hemd übergestreift, rückten zwei weitere ihren Händen, Füßen und ihrem Gesicht zu Leibe. Ihre Nägel wurden geschnitten und von dem darunter haftenden Schmutz befreit und ihr Gesicht mit einer Salbe bestrichen, die noch stärker roch als das Badeöl.

»Ich hatte überlegt, deine Sommersprossen mit Mehl zu überdecken, komme jetzt aber davon ab. Sie passen irgendwie zu deinen Haaren. Das Kleid wird uns mehr Mühe bereiten. Weshalb bist du auch so groß geworden?«, sagte Königin Eléonore mit einem leisen Seufzen.

»Dafür kann ich nichts.«

»Natürlich nicht! Es war Gottes Wille, der dich zu so einer Größe heranwachsen ließ. Wir müssen nur zusehen, dass sich die Herren in deiner Gegenwart nicht wie Zwerge vorkommen. Das mögen sie nämlich nicht!« Eléonore kicherte, denn sie war in ihrem Leben schon vielen Männern begegnet und kannte deren Schwächen. »Auf jeden Fall wirst du flache Schuhe tragen und deinen Kopf ein wenig gesenkt halten. Richte dich auch nicht zu sehr auf, wenn du vor Philippe II. stehst. Er würde es übel vermerken, müsste er zu dir aufsehen.«

Sie zwinkerte Constance fröhlich zu und sprach dann weiter. »Mein Sohn Richard selbst ist hochgewachsen und wird sich an deiner Größe nicht stören. Bei Jean solltest du dich jedoch vorsehen, denn wenn er zu einer Frau aufsehen muss, ist seine Würde gewiss verletzt.«

Einige Hofdamen kicherten, denn sie kannten die Söhne ihrer Herrin und wussten, wem von beiden sie mehr Liebe zukommen ließ. Im Gegensatz zu ihnen musste Constance sich erst in Erinnerung rufen, dass der Herzog beziehungsweise König Richard noch einen jüngeren Bruder mit dem Namen Jean hatte, dem man den Beinamen sans Terre gegeben hatte, weil er bei der Verteilung der Länder an seine Brüder leer ausgegangen war. Zwei dieser Brüder waren mittlerweile tot, doch die Herrschaft über ihre Gebiete hatte Richard angetreten und sie nicht dem jüngeren Bruder überlassen.

Constance wusste nicht so recht, was sie davon halten sollte. Aber es war für sie auch nicht von Belang. Richard war ihr Herzog und sie auf seinen guten Willen angewiesen, nicht auf den seines Bruders. Unterdessen traten erneut Mägde an sie heran und kämmten ihr Haar. Dabei flochten sie farbige Bänder mit ein und ließen sich auch von Constances Widerstreben nicht stören.

»Mein Haar sieht mit diesen Bändern gewiss aus wie der Schweif von Herrn Raouls Schimmel!«, beschwerte sie sich, erntete aber nur ein Lachen.

Eléonore sah sie lächelnd an. »Du wirst gut aussehen! Das ist auch wichtig, denn ich glaube zu wissen, weshalb du meinen Sohn und König Philippe II. aufsuchen willst. Dir geht es um Laronne, das nach dem Tod deines Vaters wieder an Frankreich fallen würde.«

»So ist es«, sagte Constance in der Hoffnung, die Königin als Verbündete zu gewinnen. »Laronne und Beljeux sind seit vielen Jahren zusammengewachsen. Sie jetzt zu trennen, würde Familienbande zerschneiden, und so mancher wüsste nicht mehr, ob er nun hierhin gehört oder dorthin. Auch ich müsste mein Heim verlassen, da mein Vater auf Burg Laronne gelebt und jene in Beljeux nur zu den Markt- und Gerichtstagen aufgesucht hat.« Sie sah Eléonore traurig an. »Mein Vater hatte gehofft, mich mit einem Ritter verheiraten zu können, der sowohl König Philippe II. wie auch Herzog Henri genehm ist, aber der Krieg zwischen beiden hat dies verhindert.«

»Streit und Krieg verhindern vieles!«, antwortete die Königin nachdenklich. »Wenn ich dir einen Rat erteilen darf, so sprich meinen Sohn stets als König an. Auch wenn England Aquitanien und der Normandie an Bedeutung nachsteht, so verleiht es seinem Herrscher den Glanz der Königskrone. Richard wäre zu Recht erzürnt, würdest du ihm die zustehende Achtung verweigern.«

»Bei Gott! Das will ich gewiss nicht«, rief Constance erschrocken.

»Dann denke immer daran! Dein Hemd ist wirklich arg kurz. Es reicht gerade einmal bis zu den Waden. Wir werden dies mit dem Kleid verbergen müssen. Wie weit sind die Mägde mit den Tuchen?«

Eléonores letzte Frage galt einer Kammerfrau, die vor ihrer Herrin knickste und dann zur Tür wies.

»Sie können das Kleid der jungen Dame anmessen!«

»Dann soll es geschehen! Immerhin muss das Kleid bis zum Abend fertig sein. Vergiss nicht, mein Kind, Richard wie einen König anzusprechen, und hebe den Kopf niemals so hoch, dass du Philippe II. überragst. Es wäre ein rasches Ende deiner Wünsche, weiterhin Herrin auf Laronne zu bleiben.«

»Ich werde es mir fest vornehmen«, versprach Constance und sah sich Augenblicke später von Mägden umringt, die ihr ein Kleid anpassten und dabei eifrig berieten, wie sie das grüne Tuch schmücken sollten.

6.

Constance klopfte das Herz bis zum Hals, als sie die große Burghalle betrat. Die Wände waren mit farbigen Tüchern, Bannern und Wappenschilden geschmückt worden, und Wachen in den Wappenfarben des jeweiligen Königs waren bereit, einzugreifen, wenn einer der Gäste nur den Anschein erweckte, einen Anschlag wagen zu wollen. An der Stirnwand standen unter den Bannern von Frankreich und England zwei gleich aussehende Stühle, je zwei weitere, etwas schlichtere Sitzgelegenheiten schlossen sich diesen an. Die beiden, die neben König Philippes II. Sitz standen, waren leer, während neben Richard Löwenherz seine Mutter Eléonore und sein Bruder Jean Platz genommen hatten.

Ein Stück von ihnen entfernt saßen die Edlen beider Reiche auf einfachen Stühlen, während die restlichen Herren, denen der Zutritt gestattet worden war, sich im Hintergrund hielten und neugierig auf die Könige schauten.

Unter den Letzteren entdeckte Constance nun auch Bernard, der sie mit offenkundigem Erstaunen musterte. In einem solchen Kleid hatte er sie noch nie gesehen. Constance fand es so unbequem, dass sie es nur dieses eine Mal tragen wollte. Es war ihr zu lang, so dass sie nur kleine, vorsichtige Schritte tun konnte, um nicht auf den Saum zu steigen und recht undamenhaft zu stolpern.

Ihr Blick blieb nun an Raoul de Chanteur hängen. Er deutete eine Verbeugung an und lächelte fröhlich. Constance erwiderte sein Lächeln, doch wenige Augenblicke später erstarrte ihr Gesicht, denn sie entdeckte Damien de Ronceau. Der Stierkopf zählte zu jenen, denen König Richard die Ehre erwiesen hatte, auf einem der Stühle Platz zu nehmen. Es tröstete sie auch nicht, dass Beauvais de Ronceau im Gegensatz zu seinem Bruder stehen musste.

Nun richtete sie ihr Augenmerk auf die vier Personen, die vor der Stirnwand saßen. Eléonore trug ein aufwendig besticktes Kleid in einem sanften Grün und hatte ihren von einem hellen Seidentuch bedeckten Kopf mit einer Krone geschmückt. Neben ihr saß Jean, ihr jüngster Sohn, etwas schief auf seinem Stuhl. Er war ein mittelgroßer, zur Hagerkeit neigender junger Mann mit dichtem Haar und einem Kinnbart, dem durch den Einsatz eines Kammes eine gewisse Fülle verliehen worden war. Er war weder besonders hübsch noch hässlich, auf der Straße würde sich wohl niemand nach ihm umdrehen.

Bei König Richard war dies ganz anders. Größer und breiter gebaut als sein Bruder, wirkte er wie das Idealbild eines Helden. Sein Haar war voll, der Bart zwar kürzer gestutzt als der seines Bruders, aber um einiges dichter. Constance sah ihn lächeln, doch sie fühlte gleichzeitig seine Wachsamkeit. Er war ein Mann, den man zu fürchten hatte, wenn er sich als Feind erwies.

Ihr Blick glitt weiter zu Philippe II. Er war um acht Jahre jünger als Richard und wirkte gegen diesen wie ein Jüngling. Seines Ranges war er sich jedoch bewusst, Constance vermochte nicht die geringste Regung in seinem Gesicht zu erkennen. Während Richard Hosen und einen knielangen roten Wappenrock mit drei schreitenden Löwen auf der Brust trug und seinen Mantel lässig über die Schulter geworfen hatte, war Philippe II. in ein langes, dunkelblaues Gewand gekleidet, das über und über mit goldenen Lilien verziert war. Sogar der Saum seines Mantels war damit bestickt.

Beide Könige trugen ihre Kronen und hielten ihre Zepter in den Händen. Richard hatte das seine so gepackt, als handle es sich um den Griff seines Schwerts, während Philippe II. seine Finger nur leicht um den Stab gelegt hatte.

»Constance, aus eigenem Recht Herrin auf Beljeux und Tochter des Vicomte Sébastien de Laronne!«, kündigte der Herold sie mit lauter Stimme an.

Constance blieb drei Schritte vor den Königen stehen und wusste für einige Augenblicke nicht, was sie tun sollte. Wenn sie zuerst vor Richard knickste, würde sie Philippe II. verärgern, und andersherum Richard. Sie tat es dann so, dass es beiden gelten konnte, und behielt diese Haltung bei, bis Eléonore ihr einen Wink gab.

»Steh auf, Kind, und nenne den beiden Herren dein Begehr!«

»Bei Gott, ist das eine lange Stange!«, platzte Jean heraus.

Sofort senkte Constance den Kopf und machte sich kleiner.

Richard wechselte einen Blick mit Philippe II. »Ihr Vater war als Vicomte de Laronne Euer Lehnsmann. Daher steht es Euch zu, als Erster das Wort zu ergreifen!«

»Ihr seid Vicomte Sébastiens Tochter?«, fragte Philippe II., obwohl Constance ihm als solche vorgestellt worden war.

»So ist es, Sire!« Diesmal knickste Constance direkt vor ihm.

Richard musste lachen. »Selbst wenn sie es wollte, könnte sie es nicht verleugnen. Sébastien de Beljeux war der größte Mann, den ich je gesehen habe, und sie ist die größte Frau. Bei Gott, wäre sie einer meiner Ritter, würde sie nicht wenige von ihnen überragen.«

»Da Euer Vater ohne männlichen Erben starb, ist die Vizegrafschaft Laronne wieder an die Krone Frankreichs gefallen«, sagte Philippe II., ohne auf Richards Bemerkung einzugehen.

Erneut knickste Constance. »So ist es, Euer Majestät! Ich bitte Euch jedoch zu bedenken, wie sehr Laronne und Beljeux in den letzten drei Generationen zusammengewachsen sind. Sie zu trennen, wäre grausam. Familien würden auseinandergerissen, und ich würde die Hauptburg meines Vaters verlieren.«

»Es gehört zum Leben, Dinge zu gewinnen und zu verlieren«, antwortete Philippe II. abwehrend. Wenn die beiden Herrschaften zusammenbleiben sollten, konnte er in Laronne nur einen Lehnsmann einsetzen und mit Constance verheiraten, den auch Richard akzeptierte. Daher erschien es ihm das Beste, Laronne und Beljeux zu trennen und Constance mit einer gewissen Summe zu entschädigen.

»Wäre es nicht ein Zeichen des guten Willens zwischen Euch, Sire, und meinem Sohn, Constance die Heimat zu erhalten?«, mischte Eléonore sich ein.

»Macht die lange Stange doch selbst zur Vizegräfin!«, rief Jean dazwischen und kicherte wie ein Mädchen über einen anzüglichen Witz.

»Dies ist den Gesetzen des Reiches nach nicht möglich!«, erwiderte Philippe II. mit tadelndem Unterton.

Wie es aussah, zählte Humor nicht zu König Philippes Vorzügen, dachte Raoul, der sich etwas nach vorne gearbeitet hatte, um die Szene verfolgen zu können.

»Ich mache den Vorschlag, darüber unter vier Augen zu sprechen«, sagte Richard zu Philippe II. »Immerhin betrifft die Angelegenheit auch mich. Beljeux ist ein normannisches Lehen, das aufgrund der Privilegien, die mein Ahne Robert seinem damaligen Gefolgsmann Fulbert erteilte, auch in weiblicher Linie vererbt werden kann. Es ist daher in meinem Sinn, dass auf Burg Laronne kein Herr sitzt, der danach strebt, den Besitz meines Mündels Constance zu schmälern, und in Eurem, dass sie nicht mit einem Mann verheiratet wird, der danach strebt, Laronne für sie wiederzugewinnen.«

Weiter hinten klang ein enttäuschtes Stöhnen auf. Constance drehte sich kurz um und sah mit einer gewissen Freude, dass es von Damien de Ronceau kam. Richards Bemerkung, sie nicht mit einem Mann verheiraten zu wollen, der gegen die Lehnsleute von Philippe II. das Schwert ergreifen würde, bedeutete das Ende seiner Hoffnungen. Damien hatte schon mehrfach die Dörfer einiger Lehnsmänner des Königs von Frankreich überfallen und damit dessen Zorn hervorgerufen. Auch unter seinen normannischen Nachbarn war er wenig beliebt, weil immer wieder Kühe oder Schafe spurlos verschwanden, von denen man annahm, dass sie auf Burg

Ronceau verspeist würden. Constances Vater Sébastien hatte seinem Nachbarn Sylvain de Ronceau bereits gedroht, jeden seiner Männer einschließlich seiner Söhne, derer er in Beljeux und Laronne habhaft wurde, am nächsten Baum aufzuhängen.

Nach dem Tod ihres Vaters hatte Damien versucht, ihr mehrere Dörfer in Beljeux abzunehmen. Sie hatte es Bernard zu verdanken, dass es nicht dazu gekommen war, denn dieser hatte das vereinigte Aufgebot von Laronne und Beljeux angeführt und Damiens Krieger vertrieben. Constance hatte weder das eine noch das andere vergessen und war daher froh, dass Richard nicht daran dachte, sie mit dem Stierkopf Damien zu verheiraten. Dafür schmerzte es umso mehr, dass Philippe II. nicht gewillt zu sein schien, ihr beziehungsweise dem Ehemann, dem sie einmal die Hand reichen würde, Laronne zu überlassen.

In ihren Gedanken verstrickt, überhörte Constance beinahe, wie Eléonore sie ansprach.

»Du kannst dich nun zurückziehen, mein Kind! Sei versichert, deine Belange sind hier in guten Händen.«

Constance zweifelte daran, knickste aber vor Eléonore und den beiden Königen und verließ mit vorsichtigen Schritten den Saal. Unterwegs vernahm sie Jeans quengelnde Stimme.

»Vor mir hat sie nicht geknickst!«

»Das Recht, mein Bruder, musst du dir erst verdienen!«, antwortete Richard mit einem gewissen Spott. »Sobald Jerusalem und das Heilige Land befreit sind, magst du Ritter und Kriegsknechte um dich sammeln und nach Irland ziehen. Wenn du dieses Land eroberst, hast du Lehnsleute, deren Weiber und Töchter vor dir knicksen müssen.«

Auch wenn Constance Jean nicht sympathisch fand, so musste diese Bemerkung ihn kränken. Immerhin war er Richards Bruder und galt, solange dieser keinen legitimen Sohn sein Eigen nennen konnte, als dessen Erbe.

7.

Constance war nur eine von vielen, die in diesen Tagen den beiden Königen ihre Aufwartung machte. Herren, die sowohl in der Normandie wie auch in Frankreich Besitz hatten, nutzten die Gelegenheit, um sich von Richard und Philippe II. ihre Privilegien bestätigen zu lassen. Väter und auch ein paar Mütter erbaten die Erlaubnis der Könige für passende Ehen ihrer Söhne und Töchter, andere wiederum kamen, um sich und ihre Schwerter für den geplanten Kreuzzug anzudienen.

Während Richard sich seinen Gefolgsleuten gegenüber leutselig gab, wahrte Philippe II. eine gewisse Distanz. Wohl trug auch Richard den Königstitel, doch er war als Herzog von Aquitanien und der Normandie schließlich sein Lehnsmann. Dazu stammte Richard in mehrfacher Hinsicht von Lehnsleuten in Frankreich ab. So war Guillaume, bevor er im Jahre 1066 England eroberte und dessen Krone errang, Herzog der Normandie gewesen. Guillaumes Enkelin Mathilde hatte Godefroy, den Grafen von Anjou, geheiratet, und Eléonores Vater war als Herzog von Aquitanien ein Lehnsmann der Krone Frankreichs gewesen.

Philippe II. sah sich daher als der Höherrangige von beiden an, zumal er in weiblicher Linie seine Abkunft auf Karl den Großen und weiter auf die Merowinger-Könige zurückführen konnte.

Da Richard dies bewusst war, wandte er sich mit einer gewissen Bosheit an Philippe.

»Wie ich hörte, will Kaiser Friedrich die deutschen Ritter in eigener Person anführen. Er wird daher in Palästina das Oberkommando für sich fordern.«

Philippe II. verzog das Gesicht. Es war schlimm genug, dass der Kaisertitel aus einem üblen Zufall heraus an das Ostfrankenreich der Deutschen geraten war und nicht an das Westfrankenreich und jetzige Frankreich. Zudem herrschte dort eine Sippe, die sich vor ein paar Generationen mit Mühe das Herzogtum Schwaben hatte sichern können. Erst Friedrichs Onkel Konrad hatte die Krone der Deutschen und damit das Anrecht auf die Kaiserkrone erringen können. Auch wenn dieser mütterlicherseits auf kaiserliche Ahnen verweisen mochte, so fehlte ihm doch der Glanz eines seit vielen Generationen herrschenden Hauses.

»Soviel ich gehört habe, will Friedrich mit seinen Rittern über Land nach Palästina ziehen. Dies ist ein sehr langer Weg, und er soll äußerst beschwerlich sein.« Philippe II. hatte sich ebenso wie Richard entschieden, die Reise zu Schiff anzutreten, und konnte daher keine gewaltigen Truppenmengen mit sich führen. Wenn nun aber eine große Anzahl Deutscher das Heilige Land erreichte, würde Kaiser Friedrich nicht nur den Oberbefehl für sich fordern, sondern auch den größten Teil der erhofften Beute.

Der Teufel soll den Schwaben holen, dachte Philippe und gab dem Herold das Zeichen, den nächsten Bittsteller aufzurufen.

Nicht nur Philippe II., auch Richard haderte mit der Tatsache, unter Umständen Friedrich Barbarossa den Oberbefehl überlassen zu müssen. Immerhin hatte dieser seinen Verwandten, Heinrich den Löwen, um den größten Teil seines Herrschaftsgebiets gebracht. Heinrich hatte sogar für einige Jahre nach England ins Exil gehen müssen. Richard war ihm in seiner Jugend einmal begegnet und hatte ihn als einen Mann kennengelernt, der so war, wie ein Herrscher sein sollte, nämlich ritterlich, stolz und nicht bereit, den Nacken vor jemandem zu beugen außer vor Gott.

Da beide Könige sich in Gedanken mit Kaiser Friedrich Barbarossa beschäftigten, beschieden sie jene, die noch vor sie traten, äußerst knapp und waren schließlich froh, als der Strom der Bittsteller endete.

»Lasst uns Musik hören, bevor das Mahl beginnt!«, schlug Richard vor. Er wusste um die Sangeskünste der Troubadoure aus Aquitanien, der Heimat seiner Mutter, und war sicher, dass diese den Siegespreis davontragen würden.

Philippe II. sah keinen Grund, ihm dies abzuschlagen.

»Es sei!«, erklärte er mit unbewegter Miene und lächelte innerlich über den kurzen Schatten, der über Richards Miene huschte.

Immerhin hatte dieser nur den Vorschlag gemacht und er selbst die Entscheidung getroffen. Er fand es gut, wenn ein Teil der Sänger bereits jetzt seine Lieder zum Besten geben konnte. Zum Mahl wurden die Tafeln aufgetragen, und dies hieß, dass nur noch die höchstrangigen Gäste zuhören konnten, da die einfachen Ritter und Edelleute außerhalb der Burg in einem großen Zelt verköstigt wurden. Dort würden zwar auch Gaukler und Sänger auftreten, aber deren Kunst konnte sich nicht mit jener der Besten ihrer Zunft messen.

Zu denen, die eigentlich draußen im Zelt singen sollten, zählte Raoul, dessen Ruf als Sänger noch nicht groß genug war, um vor hohen Herren spielen zu dürfen. Als die Aquitanier die Laute schlugen, hörte er zunächst anerkennend zu. Dann aber fand er, dass sie zu sehr von Minne und Frauengunst sangen. Dabei hatten die Könige ihre Ritter hierhergerufen, um sie auf den geplanten Kreuzzug einzustimmen. Ihm erschien ein Lied, das den Männern den Mut verlieh, die Heimat Christi aus den Händen der Heiden zu befreien, daher weitaus angebrachter.

Noch während Raoul sich in Gedanken einige Verse einfallen ließ, die er später den Rittern und Waffenknechten vorsingen wollte, sah Damien de Ronceau zu ihm hinüber. Wäre dieser Bursche nicht aufgetaucht, wäre es ihm und seinen Männern gewiss gelungen, Constance gefangen zu nehmen und zur Heirat mit ihm zu zwingen. Da Laronne durch das Erbrecht für sie ohnehin verloren war, wäre es das Richtige für sie gewesen, sich mit ihm zusammenzutun. Gemeinsam wären Ronceau und Beljeux stark genug gewesen, um sich ein paar schöne Stücke aus Laronne herauszuschneiden, bevor Philippe II. einen neuen Lehnsmann für die Vizegrafschaft hätte bestimmen können.

In Damien glomm ein Gedanke auf, wie er es diesem aufgeblasenen Hänfling Raoul heimzahlen konnte. Herzog Richards Troubadoure waren Meister ihres Fachs, und kein französischer Sänger hatte sich je mit ihnen messen können. Wenn Raoul de Chanteur vor dem König und dem Herzog singen musste, würde er statt Lob nur Hohn und Spott ernten.

Kaum hatte einer der Troubadoure seinen Vortrag zu Ende gebracht, rief Damien mit lauter Stimme: »Was ist mit den Franzosen? Haben sie denn keine Stimmen mehr, um Lieder zu singen? Dabei hörte ich von einem, der sich stolz Raoul der Sänger nennt. Wo ist er nun? Wagt er es nicht, sich mit den Troubadouren meines Herrn König Richard zu messen?«

Philippe II. blickte verärgert auf, weil ein einfacher Ritter es gewagt hatte, das Wort zu ergreifen. Dann aber schweifte sein Blick über die versammelten Edelleute.

»Ist Raoul de Chanteur anwesend?«, fragte er.

Raoul schluckte und hob dann die Hand. »Ich bin hier, Sire!«

»Ihr habt die Worte des Normannen vernommen, de Chanteur?«, fragte Philippe II. weiter.

»Ja, Sire, das habe ich.«

»Und wie ist Eure Antwort darauf?«, fragte Philippe II.

»Ich habe ja immer noch Zweifel, dass der Mann überhaupt von Adel ist!«, rief Damien dazwischen. »Sänger kann sich jeder nennen!«

Raoul begriff, dass er sich der Herausforderung stellen musste, und trat nach einem bösen Blick auf Damien de Ronceau vor. »Wohl nenne ich mich de Chanteur. Geboren wurde ich jedoch als Raoul de Lorris, Sohn des Romain de Lorris, eines treuen Gefolgsmanns Seiner Majestät, König Philippes! Was meine Antwort auf Herrn Damiens Aufforderung betrifft, hier zu singen, so sage ich, dass die Troubadoure Herzog Richards in ihren Liedern zu sehr von Frauengunst und Minnefreuden schluchzen, wo doch all ihre Gedanken dem Kriegsruhm und der Befreiung Jerusalems gelten sollten.«

Raoul erschrak selbst über seine harsche Bemerkung, konnte sie aber nicht mehr zurücknehmen.

Anstatt ihn zu tadeln, begann Richard, schallend zu lachen. »Da hört ihr es! Dieser Ritter giert nach Kampf und Ruhm. Lasst uns hören, ob seine Stimme diesem Anspruch gewachsen ist.«

Die meisten Normannen und die sich beleidigt fühlenden Aquitanier fielen in das Lachen ein. Raoul begriff, dass er kein leichtes Spiel haben würde, und rief sich mühsam die Verse ins Gedächtnis, die er sich eben ausgedacht hatte. Dann trat er mit entschlossener Miene nach vorne und stimmte seine Laute.

Wohlan, ihr Franken,
die Schwerter zur Hand,
gedenket eurer Ahnen,
die einst unter Charles Martell
die Heiden wiesen in Schranken.

Voran, ihr Ritter
aus Charlemagnes Blut,
folget dem Beispiel der Ahnen,
reitet gegen die Heiden an,
gewaltig wie Sturm und Gewitter!

Wir ziehen gegen den Osten,
da gibt es kein Zaudern und Zagen,
ebenso wenig wie bei unseren Ahnen,
Jerusalem muss unser sein,
sollt Blut und Schweiß es auch kosten.

Als Raoul verstummte, fragte er sich, ob er sich jetzt vollkommen blamiert hatte. Zuerst blieb es still. Dann aber brandete Beifall auf, zunächst bei den Franzosen und kurz darauf auch bei den Normannen – ausgenommen Damien de Ronceau und dessen Gefolge –, und zuletzt lobten ihn auch die Aquitanier.

»Da habt ihr es gehört, meine Ritter! Ein Franzose singt von dem Schwertruhm, den wir uns erwerben wollen. Kommt her!«

Es galt Raoul, der sich nun unsicher den Stühlen der Könige näherte und sich dort sowohl vor Richard wie auch vor Philippe II. verbeugte. Am tiefsten neigte er den Nacken vor Eléonore, die ihn mit einem nachdenklichen Lächeln musterte.

»Ihr habt eine Belohnung verdient! Was wünscht Ihr Euch, ein Lehen, eine reiche Erbin als Braut oder ein Pferd?«, fragte Richard, so als wäre Raoul sein Gefolgsmann und nicht der Philippes II.

»An Eurer Stelle würde ich Herrn Richards Pferd wählen und das Lehen von mir entgegennehmen!« Auch wenn Philippe keine großen Belohnungen mit leichter Hand vergab, wollte er nicht hinter Richard zurückstehen.

Eléonore erinnerte sich an die leuchtenden Augen, mit denen Constance ihre Rettung durch Raoul geschildert hatte, und hob die Hand. »Erlaubt mir, einen Vorschlag zu machen?«, bat sie die beiden Könige.

»Es sei gewährt!«, erklärte Philippe II., bevor Richard es tun konnte.

Um Eléonores Lippen spielte ein Lächeln. »Ich danke Euch, Sire. Ernennt Raoul de Lorris zum Vicomte von Laronne und verheiratet ihn mit Constance de Beljeux!«

Jean, dem es nicht passte, so wenig beachtet zu werden, stieß ein Lachen aus. »Bei Gott, das würde ich gerne sehen! Die lange Stange ist größer als dieser Sänger.«

Einige Männer aus Damiens Begleitung lachten, während dieser die beiden Könige so durchdringend anstarrte, als wolle er sie zwingen, diesen Vorschlag abzulehnen. Bei Philippe II. sah es zunächst auch so aus. Immerhin war Laronne eine große Herrschaft und damit ein viel zu hoher Preis für ein einziges Lied.

Auch Richard sah das so, zumal durch eine Heirat Raouls mit Constance auch noch Beljeux an diesen fallen würde. Für den Vorschlag sprach jedoch sein Wille, sich nicht als geizig zu zeigen. Im Überschwang hatte er Raoul ein Lehen angeboten, dabei allerdings an ein weitaus kleineres gedacht. Falls sich nun aber jemand gegen den Vorschlag seiner Mutter aussprechen würde, wollte nicht er es sein. Das überließ er lieber dem König von Frankreich.

»Wenn Herr Philippe II. bereit ist, Raoul de Chanteur mit Laronne zu belehnen, stimme ich einer Ehe mit der Erbin von Beljeux zu.«

»Dies zu verweigern, wäre auch ein schlechter Dank für die Unterstützung, die König Philippe II. Euch hat zukommen lassen.« Mit dieser Bemerkung erinnerte Eléonore ihren Sohn an das Bündnis, das dieser mit dem französischen König gegen seinen Vater Henri II. geschlossen und das ihm letztlich die Krone Englands und alle damit verbundenen Herzogtümer und Grafschaften eingebracht hatte.

Auch Richard fand, dass es für ihn besser war, einen französischen Edelmann ohne Rückhalt durch eine bedeutende Familie als Constances Ehemann in Beljeux als einen mächtigen Vasallen von Philippe II. in Laronne zu sehen.

Philippe II. schwankte, denn sollte es wie mit Richards Vater auch mit diesem zum Streit an der Grenze zur Normandie kommen, würde er Laronne nicht als Stützpunkt für den Krieg benützen können. Andererseits konnte Richard dies bei Beljeux auch nicht.

Philippes II. Blick schweifte über die angereisten normannischen Ritter. Nicht jedem schien der Frieden mit Frankreich zu behagen.

Was Damien de Ronceau betraf, so hatte er von seinen Zuträgern erfahren, dass dieser gehofft hatte, von Richard die Erlaubnis für die Ehe mit Constance zu erlangen. Der Stierkopf war jedoch keiner, den er direkt an seiner Grenze haben wollte. Doch würde Raoul de Chanteur in der Lage sein, diesen im Schach zu halten? Den Versuch war es wert, dachte er schließlich und nickte. »Ich gewähre Ritter Raoul die Vizegrafschaft Laronne in dem Augenblick, in dem er vor dem Altar steht, um die Ehe mit Jungfer Constance einzugehen.«

»Mit der langen Stange!«, rief Jean Plantagenet spöttisch und fing sich dafür einen tadelnden Blick seiner Mutter ein.

Für Eléonore zählte die Größe eines Menschen ebenso wenig wie sein Alter. Constance mochte ihren zukünftigen Ehemann überragen, doch mit dem Titel eines Vicomte de Laronne und Seigneur de Beljeux wurde er dafür reichlich entschädigt. Sie selbst war elf Jahre älter gewesen als Henri II. von England und hatte diesem pflichtgemäß die Söhne geboren, die ihr in ihrer ersten Ehe mit Philippes II. Vorgänger und Vater Louis VII. versagt geblieben waren.

»Dann sei es so!«, erklärte sie und lächelte Raoul freundlich zu.

Der junge Ritter stand da, als hätte ihn der Blitz getroffen. Er war gekommen, um Philippe II. sein Schwert für den Kreuzzug anzubieten. Nun sollte er Vizegraf und damit einer der hochrangigen Edelleute Frankreichs werden. Dafür musste er nur Constance heiraten. War sie überhaupt dazu bereit? Oder würde sie es gezwungenermaßen tun? Er fragte sich, ob er sich auf diese Hochzeit einlassen sollte. Immerhin wusste er fast nichts über die junge Frau. Daher suchte sein Blick Bernard, von dem er hoffte, dass er ihm als Constances Gefolgsmann am besten raten konnte.

Bernard war von dieser Entwicklung ebenso überrascht worden wie Raoul und alle anderen in der Halle. Doch anders als Raoul begrüßte er diese Lösung von ganzem Herzen. Es war an der Zeit, dass seine Herrin verheiratet und damit an die Kandare genommen wurde. Sie war mit ihren einundzwanzig Jahren bereits viel zu selbstherrlich und traf ihre Entscheidungen oft, ohne zuvor seinen Rat einzuholen.

»Wenn ich ein Wort dazu sagen darf, Eure Majestäten?«, rief er und trat mehrere Schritte vor.

»Wer seid Ihr?«, fragte der Herold.

»Ich bin Bernhard von Hohenheim und kam als Gefolgsmann der Braut meines Herrn, Vicomte Sébastien, nach Laronne und Beljeux. In den letzten Jahren war ich der Kastellan auf Burg Laronne und zähle zu den Ratgebern meiner Herrin Constance.«

»Und was wollt Ihr vorbringen?«, fragte Richard, um daran zu erinnern, dass diese Angelegenheit nicht nur Philippe II., sondern auch ihn anging.

Bernard, der zum ersten Mal seit mehr als zehn Jahren seinen Namen wieder auf Deutsch ausgesprochen hatte, verbeugte sich vor beiden Königen. »Es wird die Menschen in beiden Herrschaften erfreuen, ihre Herrin an der Seite eines Ehemanns zu sehen! Mein Herr«, Bernard wandte sich Raoul zu, »erlaubt mir, Euch meine Glückwünsche auszusprechen! Ich schwöre Euch, Euch ebenso treu zu dienen, wie ich meinem Herrn Sébastien und dessen Tochter gedient habe.«

»Damit sollten wir die Sache fürs Erste bewenden lassen. Die Hochzeit findet morgen statt!«, rief Richard. Er hatte Hunger und wollte, dass endlich aufgetischt wurde. Dagegen hatte auch Philippe II. nichts einzuwenden, während Damien de Ronceau seine Wut und seine Enttäuschung nicht mehr beherrschen konnte.

»Man wird sehen, was dieser Raoul de Chanteur wert ist! Bis jetzt sehe ich nur einen Possenreißer vor mir.«

Als Raoul dies hörte, kniete er vor die beiden Könige nieder und sah sie mit flammenden Blicken an. »Sires, erlaubt mir, die Lanze mit Herrn Damien de Ronceau zu kreuzen, damit er ermessen kann, ob ich nur ein Possenreißer bin oder nicht.«

Es war die zweite Herausforderung, die Raoul an diesem Tag an Damien de Ronceau richtete, und beide sahen so aus, als wollten sie die Angelegenheit am liebsten auf der Stelle klären.

Da hob Philippe II. gebieterisch die Hand. »Wir sind zusammengekommen, um das Kreuz zu nehmen und gegen die Feinde der Christenheit auszuziehen. Beweist daher Euren Mut gegen die Sarazenen und schwächt nicht unsere Schar, indem Ihr gegeneinander kämpft. Ihr, Ritter Raoul de Lorris, werdet mit meiner Schar zusammen in den Orient ziehen.«

»Und Ihr, Damien de Ronceau, mit der meinen!«, erklärte Richard in Richtung seines Gefolgsmanns.

Sowohl Raoul wie auch Damien nickten. Beider Mienen war anzusehen, dass sie diese Angelegenheit nicht als geklärt ansahen.

8.

Bevor das Mahl aufgetragen wurde, zog Eléonore sich zurück, um im Kreise ihrer Hofdamen zu speisen. Constance wurde hinzugebeten und bemühte sich, den für sie teilweise ungewohnten Speisen Ehre zu erweisen. Daheim kochte man eher ländlich, aber hier wurden ihr Dinge vorgesetzt, von denen sie nicht einmal wusste, woraus sie bestanden.

Zudem wunderte sie sich über die Blicke, mit denen die Königin und deren Frauen sie immer wieder bedachten. Zunächst glaubte Constance, es gelte ihrer Größe. Irgendwann aber vernahm sie das Wort »Heirat«, und eine andere Hofdame sagte etwas von einem »so hübschen Mann«. Noch während sie zu begreifen versuchte, worum es ging, blickte die Königin sie mit einem sanften Lächeln an.

»Es ist mir gelungen, beide Majestäten davon zu überzeugen, Laronne und Beljeux ungeteilt zu belassen.«

»Nehmt meinen zutiefst empfundenen Dank dafür!«, antwortete Constance erleichtert und gleichzeitig verwirrt. Hatten Herzog Richard und König Philippe II. etwa gemeinsam für sie einen Mann bestimmt?, fragte sie sich. Dann konnte es nicht der Stierkopf Damien sein. Seit sie denken konnte, war das Wort Ronceau gleichbedeutend mit Ärger und Feindschaft gewesen. Nach dem Tod ihres Vaters hatte Damien sie gedrängt, seine Werbung anzunehmen und Richard Löwenherz zu bitten, dieser Ehe zuzustimmen.

»So in Gedanken, mein Kind?«

Eléonores Frage beendete Constances Überlegungen.

»Verzeiht, Königliche Hoheit.«

»Lasst uns nun über deine Hochzeit sprechen. Du wirst das Kleid tragen müssen, das du jetzt anhast, doch zu diesem sollte ein Mantel kommen, der deines Ranges würdig ist. Schmuck hast du gewiss keinen bei dir. Ich werde daher in meinen Schatullen nachsehen. Ein kleines Diadem oder wenigstens ein Goldreif dürfte zu finden sein.«

»Ich danke Eurer Königlichen Hoheit!«, sagte Constance und überlegte, ob sie es wagen konnte zu fragen, mit wem sie vor den Altar treten sollte. Damien de Ronceau konnte es jedenfalls nicht sein, denn der war gewiss kein hübscher Mann.

»Ihr seid gewiss sehr aufgeregt?«, fragte eine der Hofdamen.

Constance nickte, obwohl sie sich eher wie erstarrt fühlte. Gleichzeitig schalt sie sich selbst. Sie war hierhergekommen, um Herzog Richard und König Philippe II. zu bitten, einen Mann für sie zu bestimmen. Warum wunderte sie sich, dass dies geschehen war, und fürchtete sich sogar davor?

Schließlich nahm sie allen Mut zusammen. »Ist es erlaubt zu erfahren, für welchen Herrn Ihre Majestäten sich entschieden haben?«

»Du wirst mit Raoul de Chanteur vermählt, den Seine Majestät, Philippe II., zum Vizegrafen von Laronne ernennen wird.«

Die Antwort der Königin traf Constance wie ein Blitz. Etwas in ihr wollte jubeln, wurde aber von schweren Gedanken zurückgedrängt. Raoul war ein zu hübscher und weltgewandter Mann, um eine über das normale Maß hinaus hochgeschossene Frau wie sie lieben zu können. Außerdem hatte sie ihn an diesem Tag das erste Mal gesehen und wusste rein gar nichts über ihn und ebenso wenig er über sie. Konnte eine unter diesen Vorzeichen geschlossene Ehe gut gehen oder gar glücklich werden?

Das wird sie, sagte etwas in ihr, denn Raoul ist ein wahrer Edelmann. Er kam mir, ohne zu zögern, zu Hilfe, als Damien de Ronceau und seine Schurken mich bedrohten.

Auch hatte sie es ihm zu verdanken, dass weder Bernard noch dessen Sohn einen Schaden durch ihren Fehler davongetragen hatten. Also sprach sehr viel für diesen jungen Mann, und sie spürte, wie ihr Herz bei dem Gedanken, ihm anzugehören, schneller schlug. Wenn es nur keine große Enttäuschung wird, flehte sie in Gedanken und nahm sich fest vor, Raoul die Frau zu sein, die er sich wünschte.

Eine Hofdame, die Constance weder ihren Besitz noch den

schmucken Bräutigam gönnte, verzog den Mund. »Das Meine wäre es nicht, als Preis für ein Lied vergeben zu werden!«

Diese Bemerkung ging Constance nicht aus dem Kopf und verfolgte sie in der Nacht sogar bis in ihre Träume. Der Preis für ein Lied! Waren die Vizegrafschaft Laronne und die Herrschaft Beljeux so wenig wert? Eine Frau wie sie, die größer war als viele Männer, hatten die Könige wohl anders nicht an den Mann bringen können. Der Gedanke schmerzte, und sie wünschte sich in diesem Moment, sie wäre zu Hause geblieben und hätte abgewartet, was Herzog Richard und König Philippe II. über sie beschließen würden.

»Nein, so ist es trotzdem besser«, stieß sie am Morgen beim Aufwachen hervor. Eine Ehe mit Raoul de Chanteur war ihr auf jeden Fall lieber als eine mit Damien de Ronceau, auch wenn sie nicht mehr wert war als ein Lied.

9.

Als mehrere Mägde am nächsten Morgen erschienen, um Constance für die Hochzeit vorzubereiten, ließ sie sich weder ihre Unsicherheit noch ihre Zweifel anmerken. Sie wurde erneut gebadet und erhielt ein neues Hemd, das diesmal länger war. Anscheinend hatten Eléonores Näherinnen die Nacht durchgearbeitet. Sie hatten auch das Kleid ein wenig verändert, so dass es aussah, als trage Constance ein anderes als am Vortag, und sie flochten ihr die Haare so, dass diese elegant von einem weißen Schleier und einem goldenen Reif bedeckt werden konnten. Nachdem sie Constance den Mantel umgelegt hatten, traten die Frauen zurück und musterten sie interessiert.

»Es ist erstaunlich, was schöne Kleider zustande bringen. So sieht die junge Dame wirklich hübsch aus«, sagte eine von ihnen.

Was ich, wenn ich solche Kleider nicht trage, also nicht bin, schloss Constance aus diesen Worten. Bisher hatte sie wenig auf ihr Aussehen gegeben, doch nun kränkte diese Bemerkung sie, und sie fragte sich, was Raoul an ihr finden mochte. Wahrscheinlich heiratete er sie nur wegen der Aussicht, über sie Vicomte de Laronne und Seigneur de Beljeux zu werden.

Ihr Mut sank, und als Eléonore von Aquitanien erschien, um das Werk ihrer Mägde zu begutachten, war Constance kurz davor, sie zu bitten, ihr diese Heirat zu ersparen. Das Pflichtgefühl gegenüber den Menschen in ihren beiden Herrschaften, das ihr Vater ihr eingepflanzt hatte, siegte jedoch. Diese Ehe war das Opfer, das sie bringen musste, damit Laronne und Beljeux auch in Zukunft vereint sein konnten.

War es für sie überhaupt ein Opfer?, fragte sie sich. Für Raoul de Chanteur mochte es eines sein, doch er würde es sie gewiss nicht fühlen lassen, dass er sie nur wegen ihres Erbes heiratete. Von diesem Gedanken getröstet, knickste sie vor Eléonore und sah deren Blick prüfend auf sich gerichtet.

»Ausgezeichnet!«, rief diese. »Ungeachtet deiner Größe bist du wirklich schön, mein Kind. Herr Raoul kann zufrieden sein.«

Nur nicht mit meiner Größe, stichelte etwas in Constance. Sie versuchte, diesen Gedanken zu vertreiben.

Da berührte Eléonores Hand ihre Lippen. »Sie sind etwas blass. Da müssen wir etwas tun!«

»Sehr wohl, Königliche Hoheit«, antwortete eine der Mägde und eilte davon. Wenig später kehrte sie mit einem geschnitzten Kästchen zurück und entnahm diesem eine kleine Dose aus Jaspis.

»Nicht zu viel!«, mahnte Eléonore. »Wenn Herr Raoul seine Braut nach der Trauung küsst, sollten seine Lippen nicht die Farbe der ihren annehmen.«

»Sehr wohl, Königliche Hoheit!«, sagte die Frau und betupfte Constances Lippen sanft mit dem rechten Zeigefinger, dessen Spitze sie in das Döschen gesteckt hatte.

»Nun mache es mir nach«, forderte Eléonore Constance auf und bewegte ihre Lippen leicht gegeneinander.

Constance folgte ihrem Beispiel und wurde dafür gelobt. Die Magd kam nun mit einem Seidentuch und wischte ihr das ab, was um die Lippen zu viel war.

»So geht es, Königliche Hoheit! Sollten wir nicht auch ein wenig für die Wangen tun? Die sehen ebenfalls sehr blass aus.«

Eléonore überlegte kurz und schüttelte dann den Kopf. »Nein! Eine leichte Blässe ziert eine Braut. Sie darf nur nicht zu bleich aussehen. Dafür aber ist die Hautfarbe des Fräuleins de Beljeux zu gesund.«

Constance begriff, dass ihre leichte Sonnenbräune nicht die Zustimmung der Königin fand, aber ihr war es so lieber, als wenn sie den ganzen sonnigen Tag in ihrer Kemenate sitzen und ihren Zeitvertreib beim Sticken finden musste.

»Wir sind so weit. Komm, mein Kind!« Eléonore lächelte und wies zur Tür.

Constance setzte sich in Bewegung und wünschte sich dabei, der Gang zur Burgkapelle würde endlos dauern. Die Burg war jedoch nicht groß, und so erreichten sie die Kapelle schon nach kurzer Zeit.

Die beiden Könige saßen bereits auf ihren reich geschmückten Stühlen, und der Beichtvater Philippes II. stand bereit, die Trauung vorzunehmen. Im nächsten Augenblick kam Raoul von der anderen Seite heran. Bernard und dessen Sohn begleiteten ihn. Während Benoît wegen der überraschenden Heirat seiner Herrin verwirrt schien, glänzte das Gesicht seines Vaters vor Zufriedenheit. Mit Constances Heirat war für ihn die von Gott gewollte Ordnung wiederhergestellt, und Laronne und Beljeux wurden wieder von einem Herrn regiert und nicht mehr von einer Herrin.

Raoul hatte in dieser Nacht wenig geschlafen und fragte sich immer noch, ob er träume. Der Aufstieg vom vierten Sohn eines nachrangigen Landedelmanns zum Vizegrafen in Frankreich und Seigneur in der Normandie erschien ihm doch zu märchenhaft. Wie würde sich seine zukünftige Frau dazu stellen? Er wagte einen kurzen Blick auf Constance und fand, dass sie zwar eine große, aber auch sehr schöne Frau war. Für hübsch hatte er sie bereits gestern in ihrem schlichten Kleid erachtet, doch nun erschien sie ihm einfach vollkommen. Nicht ganz, dachte er. Mit drei oder vier Zoll weniger wäre sie noch einen Hauch vollkommener. Da sie dies aber nicht ändern konnten, verneigte er sich vor ihr, wagte jedoch nicht, sie zu berühren.

»Vicomtesse, Ihr seid mir hoffentlich nicht böse, dass wir beide nun gemeinsam in dieser Kapelle stehen«, sagte er verlegen.

»Wenn Ihr es nicht seid, mein Herr – ich bin es nicht!« Es gelang Constance sogar, ein Lächeln anzudeuten.

Im Rücken spürte sie nun Eléonores Hand. Die Königin hatte es übernommen, sie zum Altar zu führen, ein Dienst, den Bernard Raoul erwies.

Trotz der geringen Zeitspanne war die Kapelle mit den Bannern Frankreichs, Englands, der Normandie und Aquitaniens geschmückt worden. Als Constance dies sah, bedauerte sie, dass sie die Wappen ihrer eigenen Herrschaften nicht bei sich hatte. Diese hätten ihrer Heirat den richtigen Rahmen verliehen. Doch auch so konnte Raoul sehen, dass er in einer Ehe mit ihr mehr gewann, als es ihm als nachgeborenem Sohn einer Adelsfamilie in die Wiege gelegt worden war.

Raoul glaubte, auf Constances Gesicht einen hochmütigen Ausdruck zu erkennen, und fragte sich, ob sie gekränkt war, weil sie ihn heiraten musste. Wahrscheinlich hätte sie sich einen Ehemann gewünscht, der selbst einen Titel trug und ihr die Verbindung mit einer der mächtigsten Familien Frankreichs einbrachte.

Die Ankunft vor dem Altar und der Beginn der Zeremonie beendeten die Wanderung der Gedanken bei beiden, und sie ließen die Trauung über sich ergehen. Den Ring, den Raoul Constance schließlich an den Finger steckte, hatte er durch eine Botin von Königin Eléonore erhalten und war froh darum. Er selbst besaß nur einen einzigen Ring, und der wäre Constance ungeachtet ihrer hochgewachsenen Gestalt doch zu weit gewesen.

Beide waren froh, als das letzte Wort der Zeremonie gesprochen wurde und Königin Eléonore auf sie zukam und sie umarmte. Sie presste dabei den Mund fest auf Constances Lippen.

»So wirst du nicht auf Herrn Raoul abfärben«, sagte sie leise und zwinkerte Constance verschwörerisch zu.

»Habt Dank, Königliche Hoheit!«, antwortete diese verlegen. Der Kuss ihres Ehemanns, der die Ehe besiegeln sollte, stand ihr noch bevor, und nach dem Mahl und der Feier das Zusammensein in einer Kammer und einem Bett.

10.

Als Raoul an Constances Seite zum Ehrenplatz geführt wurde, bemerkte er, dass dort zwei unterschiedlich hohe Stühle standen. Der für ihn gedachte hatte um zwei, drei Zoll höhere Beine als der, der für seine Frau bereitgestellt worden war. Er konnte nur hoffen, dass sie dies nicht als Beleidigung auffasste.

»Nehmt Platz, meine Liebe«, sagte er daher mit einer gewissen Verlegenheit.

Constance tat es und wunderte sich, als auch Raoul sich setzte, da er ihr auf einmal größer erschien. Ein heimlicher Seitenblick auf seinen Stuhl zeigte ihr den Grund. Hatte er dies veranlasst?, fragte sie sich, verneinte es dann aber. Es sah eher nach Königin Eléonore aus. Diese wollte wohl nicht, dass sie beide den Anblick eines unpassenden Paares boten. Sie war ihr dankbar und nahm sich vor, dafür zu sorgen, dass auch auf Burg Laronne unterschiedlich hohe Stühle verwendet wurden, um Raouls Gefühle nicht zu verletzen.

Vorerst stellte das Hochzeitsmahl eine Herausforderung für beide dar. Königin Eléonores Köche hatten all ihre Kunst aufgeboten, um ihre Herrin, aber auch die beiden Könige und das Brautpaar zufriedenzustellen. Die hohen Herrschaften und die meisten Gäste waren von der Vielzahl der fantastischen Speisen und ihrer Zubereitung begeistert. Allein Constance und Raoul aßen, ohne wirklich zu bemerken, was ihnen über die Lippen kam. Aus Gewohnheit trank Constance nur wenig Wein, während Raoul seinen Pokal zunächst mehrfach leerte. Als er jedoch begriff, dass der Wein die Herrschaft über ihn zu erlangen drohte, hielt er sich zurück.

Damien de Ronceau, der mit seinem Bruder ganz hinten in der Nähe des Eingangs einen Platz zugewiesen bekommen hatte, starrte mit wachsender Wut auf das junge Paar. »Der Teufel soll diesen Laffen von Sänger holen, und die Könige dazu, die ihm für ein schlechtes Lied zwei so reiche Besitztümer geschenkt haben!«, sagte er mürrisch.

Sein Bruder Beauvais stieß ihn mit dem Ellenbogen an. »Beherrsche dich, Damien! Wenn dich jemand hört, verlierst du König Richards Gunst – und wir mit dir!«

Die Warnung war berechtigt, denn ihr Vater Sylvain hatte im Zwist zwischen König Henri II. und dessen Söhnen auf der Seite des Ersteren gestanden. Erst spät hatte er sich anders besonnen und seine Söhne zu Richard geschickt, um diesem seine Ergebenheit zu bekunden.

»Wäre Beljeux an uns gefallen, hätten wir Laronne im Lauf der Zeit erobern können«, sagte Damien fast zu laut für das Gefühl seines Bruders.

»Mit wäre und hätte erobert man keine Burg«, wies dieser ihn zurecht.

»Das ist wahr!« Damien schnaubte und blickte noch einmal zu Constance und Raoul hin. »Sie hat nur Bernard und dessen Sohn bei sich, und er hat keinerlei Gefolge, denn seine Begleiter werden bei Philippe II. bleiben. Das müssen wir ausnützen und sie auf dem Heimweg abfangen. Den Kerl bringen wir um, und sie zwingen wir, mich zu heiraten.«

»Dir hat der Wein den Verstand geraubt, Bruder! Wenn wir das tun, werden wir sowohl von Richard wie auch von Philippe II. geächtet, und Ersterer wird unseren Besitz einziehen.« Beauvais verlor langsam die Geduld mit seinem Bruder. Dieser war ein Kämpfer, wie es nur wenige gab, ließ sich aber zu sehr von seinen Launen leiten. Eines jedoch war auch ihm nur allzu bewusst: Gegen das vereinigte Laronne und Beljeux an ihren Grenzen hatten sie auf Dauer einen schweren Stand.

»Besinne dich endlich!«, flüsterte er Damien zu. »Die Könige haben Constance mit diesem Sänger vermählt. Daran können wir nichts mehr ändern. Raoul de Chanteur muss jedoch ebenso wie wir ins Heilige Land ziehen, und die Sarazenen sind verdammt harte Krieger. Da mag es durchaus sein, dass der Vicomte de Laronne und Seigneur de Beljeux die Heimat nicht wiedersieht.«

Damien verzog das Gesicht zu einem breiten Grinsen. »Wie recht du hast, Bruder! Und sollten die Sarazenen es nicht tun, so liegt es in unserer Hand, Raoul de Chanteurs Schicksal zu wenden!«

»Gut, dass du das einsiehst, Damien«, antwortete Beauvais erleichtert. Auch wenn sein Bruder und er sich Beute und Land im Heiligen Land erhofften, so war Ronceau ihre Heimat, und er fand, dass die Herrschaft Beljeux sehr gut zu dieser passen würde.

Mittlerweile hatten Gaukler den Raum betreten, um das Brautpaar und die Gäste zu erfreuen. Trotz ihrer Anspannung gefielen Constance deren Kunststücke, die teilweise so akrobatisch waren, dass man glauben konnte, jene, die sie vollbrachten, wären keine Menschen, sondern Schlangen in menschlicher Gestalt.

Einmal sah Constance einen Schatten neben sich. Sie glaubte, es wäre ein Diener, der ihr Wein nachschenken wollte, und hielt die Hand über den Becher, um anzuzeigen, dass sie keinen mehr wünschte. Doch es war eine von Eléonores Mägden, die eine Schale mit Silberstücken zwischen sie und Raoul stellte. Nun erinnerte sie sich daran, dass es ihre Pflicht als Brautpaar war, die Gaukler und Spielleute zu belohnen. Sie schenkte der Frau einen dankbaren Blick und stupste Raoul an, der fasziniert einem Jongleur zusah.

»Was ist, meine Liebe?«, fragte er.

Constance wies auf die Schale mit den Münzen. »Wir dürfen nicht vergessen, jedem, der hier seine Kunst zum Besten gibt, ein paar Münzen zu geben.«

Raoul lächelte sie erleichtert an. »Habt Dank, dass Ihr mich daran erinnert, meine Liebe!«

Er hatte es zwar gewusst, aber nicht daran gedacht. Da merkt man, dass Constance eben gewohnt ist, einem großen Haushalt vorzustehen, dachte er und nahm sich vor, sich so wenig wie möglich in ihre Belange einzumischen.

Als die Gaukler zum Ende gekommen waren, traten sie zunächst auf die Könige zu, die nebeneinander an einer gesonderten Tafel saßen, und erhielten mehrere Münzen gereicht. Nachdem sie auch von Eléonore eine Belohnung erhalten hatten, blieben sie vor dem frischgebackenen Brautpaar stehen.

Constance sah Raoul auffordernd an. »Wir sollten es gemeinsam tun, um zu zeigen, dass wir vor Gott und der Welt zusammengegeben sind!«

Ihr Lächeln, mit dem sie ihre Worte begleitete, gefiel Raoul, und er sagte sich, dass sie diese Ehe entgegen seiner Befürchtung ohne Widerwillen eingegangen war. Darüber erfreut, schenkte auch er ihr ein Lächeln.

»Ihr habt recht, meine Liebe! Lasst uns die Münzen nehmen und jene damit belohnen, die uns mit ihrer Kunst erfreuten!«

Er fasste nach Constances Hand und fand, dass es angenehm war, sie zu berühren.

Gemeinsam nahmen sie mehrere Münzen und reichten sie dem ersten Gaukler. Dieser verneigte sich tief vor ihnen und wünschte ihnen viele Kinder. Da im Gegensatz zum Vortag außer Constance und Eléonore noch einige andere Damen anwesend waren, wurde dieser Spruch von einem vielstimmigen Kichern begleitet.

Wenig später erschienen die aquitanischen Troubadoure, die sich am Vortag von Raoul hatten schelten lassen müssen. Obwohl es sie noch immer kränkte, sangen sie erneut von Liebe und Sehnsucht, und diesmal war die Begeisterung allgemein. Auch Raoul applaudierte begeistert und belohnte sie zusammen mit Constance großzügig. Dies söhnte die Sänger mit ihm aus, und so fanden an diesem Tag nur Damien und Beauvais de Ronceau keine Freude am Hochzeitsfest.

Zweiter Teil

Ein kurzes Glück

1.

Sie war verheiratet. Obwohl Constance mit dem Ziel aufgebrochen war, die Könige um einen Ehemann für sich zu bitten, damit die Einheit von Laronne und Beljeux erhalten blieb, kam es ihr unwirklich vor, von den Damen der Königin in ihre Schlafkammer gebracht zu werden. Es war alles viel zu schnell gegangen, und nun würde Raoul bald erscheinen und mit ihr das tun, was Männer im Allgemeinen mit ihren Bräuten in der Hochzeitsnacht anstellten.

Auch wenn Constance noch keine eigene Erfahrung mit dem anderen Geschlecht besaß, waren die mit Anzüglichkeiten gespickten Bemerkungen ihrer Begleiterinnen völlig unnötig. Sie fragte sich stattdessen, wie Raoul es empfinden mochte, eine Frau zu begatten, die ihn ein ganzes Stück überragte. Irgendwie hätte sie ihm doch ein paar Zoll mehr an Größe gewünscht.

Als sie ihre Kammer erreichte, entkleideten die Damen sie bis aufs Hemd, und eine von ihnen spritzte aus einem kleinen Fläschchen mehrere Tropfen einer stark riechenden Flüssigkeit auf sie. »Es ist der Lieblingsduft Ihrer Königlichen Hoheit. Er wird Euren Gemahl gewiss erfreuen«, erklärte die Frau.

Constance nickte, weil ihr nichts anderes einfiel. Ihr selbst war der Geruch zu aufdringlich, und so fragte sie sich, wie ihr Mann ihn empfinden würde. Ihr Mann! Was würde Raoul dazu sagen, dass sie das, was eine Dame von Stand ausmachte, nie gelernt hatte? Ihr Vater war ein Krieger gewesen, und da es keinen männlichen Erben gab, hatte er sie eben wie einen Sohn aufgezogen. Sie kam mit dem Schwert besser zurecht als mit der Sticknadel und wusste ein Rind oder Schwein besser einzuschätzen als den Schnitt eines Kleides oder den Duft eines Parfüms.

Unterdessen machten die Damen Platz für Eléonore, die nach einem kurzen Schnuppern zufrieden nickte. »So ist es gut, mein Kind! Lege dich nun ins Bett. Dein Bräutigam wird nicht mehr lange auf sich warten lassen.«

Sie umarmte Constance, küsste sie auf beide Wangen und verließ an der Spitze ihrer Damen den Raum.

Constance blieb allein zurück und kämpfte gegen ihre Verzweiflung an. Gewiss war sie nicht die Frau, die Raoul de Lorris sich gewünscht hatte, auch wenn sie ihm zwei wohlhabende Herrschaften als Mitgift einbrachte.

Geräusche verrieten ihr, dass Raoul in Begleitung etlicher Herren den Gang herankam. Auch vonseiten der Männer wurde nicht mit Anzüglichkeiten gespart, und sie fand diese derber als die Bemerkungen der Frauen. Vor allem Prince Jean tat sich mit Spott und Bissigkeiten hervor.

»Ich wünsche Euch Glück beim Besteigen des Berges«, rief dieser gerade und lachte so hämisch, dass Constance sich wünschte, er würde daran ersticken.

Da wurde die Tür aufgerissen. Einige Männer steckten den Kopf herein und schnauften enttäuscht, als sie sahen, dass Constance das Laken bis zum Kinn hochgezogen hatte. Nachdem diese sich zurückgezogen hatten, wurde Raoul unter Grölen in den Raum geschoben. »Ihr werdet heute eine sehr hohe Stute reiten. Gebt acht, dass Ihr nicht herabfallt!«

Prince Jeans Worte raspelten wie eine Feile über Constances Nerven, und sie betete, dass die Männer endlich gehen würden. Doch was war, wenn sie dann mit Raoul allein war und auf seinem Gesicht Abscheu las? Bisher hatte ihre Größe niemanden gestört. Nun aber kam sie sich so unnatürlich vor wie ein Geschöpf, das es besser nicht hätte geben sollen.

Da schwang Raouls Stoßseufzer durch den Raum. »Endlich sind wir diese Bande los!« Er atmete tief durch und sah Constance an. Obwohl sie das Laken hochgezogen hatte, waren ihre Umrisse deutlich zu erkennen. Sie ist schön, sagte er sich. So wie sie mussten die Walküren ausgesehen haben, von denen in alten Sagen berichtet wurde: stattlich, schön und mutig.

Mut war in etwa das Letzte, das Constance im Augenblick empfand. Sie blickte ängstlich zu Raoul auf, der sich nun zu entkleiden begann. Er war ein schöner Mann, schlank, aber nicht hager, geschmeidig und von guter Gestalt. Sein Gesicht hatte sie bereits gestern als hübsch empfunden, und den Blick seiner Augen als warm. Vielleicht wird es doch nicht so schlimm, dachte sie und zog langsam das Laken nach unten.

Da sie ihr Hemd noch trug, konnte Raoul ihre Figur wiederum nur in Umrissen wahrnehmen und fragte sich, wie er vorgehen sollte. Sie aufzufordern, ihr Hemd kurz zu raffen, damit der den Beischlaf vollziehen konnte, erschien ihm zu beleidigend. Daher setzte er sich, nachdem er sich ebenfalls bis aufs Hemd ausgezogen hatte, auf die Bettkante und fasste nach ihrer Hand. »Nun sind wir allein!«

»Das sind wir«, antwortete Constance mit belegter Stimme.

»Seit heute sind wir Mann und Frau«, fuhr Raoul fort und ärgerte sich, weil ihm nichts Besseres einfiel.

»Das sind wir!« Constance wünschte sich, sie könnte mit einer geschickten Bemerkung die Anspannung lösen, unter der sie litten, doch ihre Gedanken schienen nun wie gelähmt.

»Wir sollten uns ein wenig aneinander gewöhnen«, sagte Raoul.

Für Constance hieß dies, er wollte heute Nacht nicht mit ihr verkehren, sondern warten, bis er es über sich brachte, die hohe Stute, wie Prince Jean sie genannt hatte, zu besteigen. Was für eine Ehe wird das werden?, dachte sie verzweifelt.

Sie tat Raoul damit unrecht. Dieser verspürte durchaus die Lust dazu, wusste aber nicht, wie er es so zum Ausdruck bringen konnte. Er fürchtete, dass Constance es falsch auffasste. Auch er ärgerte sich über Jean Plantagenets dumme Bemerkungen, weil sie es ihm schwer machten, seine Wünsche zu äußern.

»Eine Hochzeit könnte wirklich schön sein, gäbe es die dummen Leute nicht, die einen ins Brautzimmer führen«, erklärte Raoul und sah, dass Constance unwillkürlich nickte.

»So ist es!« Ihr Brustkorb hob und senkte sich, und durch das dünne Tuch des Hemdes zeichneten sich Constances Brustwarzen ab. Bei dem Anblick spürte Raoul, wie seine Lust, sich als Mann zu beweisen, wuchs. Er streckte die rechte Hand aus und fuhr damit sanft über Constances Brüste.

Constance zuckte ein wenig zusammen, fand die Berührung dann aber angenehm. Vielleicht wird es doch nicht so schlimm, sagte sie sich, als Raoul auch die zweite Hand ausstreckte und ihre Brustwarzen durch das Hemd hindurch sanft massierte. Dann wanderte seine rechte Hand langsam über ihren Bauch zu der Stelle, die für den Vollzug der Ehe wichtig war. Im ersten Schreck wollte Constance die Hand wegschlagen, keuchte dann aber, weil es so kitzelte. Und noch etwas verspürte sie, nämlich den Wunsch, endlich Frau zu sein und Spöttern wie Prince Jean zu zeigen, dass ihr Mann sie trotz ihrer Größe begehrte.

»Wenn es Euch genehm ist, sollten wir vielleicht die Hemden ablegen«, schlug Raoul mit vor Erregung rauer Stimme vor.

»Dann müsst Ihr mich aufstehen lassen!«

Constance hatte es kaum gesagt, da erhob Raoul sich und reichte ihr die Hand, um ihr aufzuhelfen. Sie stellte sich neben das Bett, wandte ihm die Kehrseite zu und zog langsam ihr Hemd über den Kopf.

Raoul wollte ihrem Beispiel folgen, hielt aber inne, als er ihre schlanken Beine, das wohlgeformte Hinterteil und ihren eleganten Rücken sah. Ehe er sichs versah, fasste er nach ihr, drehte sie herum und zog sie an sich.

Zunächst war Constance erschrocken, und das noch mehr, als sie bemerkte, wie etwas gegen ihren Unterleib drückte. Sie beherrschte sich aber und zog ihm einfach das Hemd hoch.

»Das Ausziehen sollte für uns beide gelten«, sagte sie und stellte fest, dass Raoul trotz seiner schlanken Gestalt recht muskulös war. Als sie sich ein wenig von ihm löste, wagte sie einen Blick nach unten. Was dort wuchs, war durchaus imposant. Constance hatte jedoch gesehen, wie Bullen zu Kühen und Hengste zu Stuten geführt wurden, und fühlte daher nicht jene Angst, die andere Bräute in der Hochzeitsnacht empfanden. Gott hatte die Menschen nun einmal so geschaffen, und wenn eine Stute einen Hengst aushielt, so würde sie es auch bei ihrem Mann tun.

Als sie sich aufs Bett legte, vermochte Raoul sich nicht länger zu beherrschen, sondern folgte ihr und schob sich zwischen ihre Schenkel. Er fand ihren Duft ebenso angenehm wie die Wärme und Festigkeit ihres Körpers, und als er behutsam in sie eindrang, dachte er, dass er sich einen glücklichen Mann nennen konnte.

Obwohl Constance darauf vorbereitet gewesen war, was geschehen sollte, war es völlig anders, als sie es erwartet hatte. Es spannte zwar, als sie Raouls Glied in sich spürte, gleichzeitig aber erwachten in ihr Gefühle, die sie wünschen ließen, diese Augenblicke würden nie vergehen.

2.

Am nächsten Morgen wurde Constance zu Königin Eléonore gerufen. Als sie eintrat, musterte diese sie mit einem scharfen Blick und schien danach zufrieden.

»Ich glaube, es war gut, Herrn Raoul für dich gewählt zu haben!«, sagte sie.

»Ich danke Eurer Königlichen Hoheit, dass Ihr es in die Wege geleitet habt. Dadurch bleibt die Einigkeit zwischen Laronne und Beljeux und auch das Erbe meines Vaters gewahrt«, antwortete Constance, nachdem sie vor der Dame geknickst hatte.

»Ich glaube, dich erfreut nicht nur das, mein Kind, sondern auch Herr Raoul als Mann.« Eléonore lächelte verschmitzt.

Constance wurde rot. Das, was in der Nacht im Bett geschehen war, hatte ihr durchaus gefallen. Auch Raoul hatte am Morgen sehr zufrieden geklungen. Nun befand er sich bei Philippe II., um dessen Befehle entgegenzunehmen. Als Raoul de Chanteur hätte er als einer von vielen am Kreuzzug teilgenommen, doch als Vizegraf von Laronne würde er das als Anführer einer größeren Schar tun, und dafür mussten Vorkehrungen getroffen werden.

»Du solltest die Zeit nützen, in der du mit deinem Mann zusammen bist, mein Kind. In ein paar Monaten wird er ins Heilige Land aufbrechen, und du wirst ihn eine geraume Zeit nicht wiedersehen«, fuhr die Königin fort.

»Sehr wohl, Königliche Hoheit«, antwortete Constance und fühlte, dass sie Raoul vermissen würde, wenn er das Kreuz an seinen Waffenrock heftete und mit König Philippe August ins Morgenland zog.

Eléonore tätschelte ihr die Wange und legte ihr die Hand auf die Schulter. »Du gefällst mir, mein Kind, weil du bereit bist, dein Schicksal in die eigenen Hände zu nehmen, und nicht irgendwelche Männer über dich bestimmen lässt.«

Es schwang sogar ein wenig Neid in ihrer Stimme. Doch so, wie die Tochter eines Vizegrafen als Waise den Mann heiraten musste, den ihr Lehnsherr für sie bestimmte, so war auch Eléonore als Tochter des Herzogs von Aquitanien zuerst so verheiratet worden, wie andere es befohlen hatten. Bei ihrer zweiten Ehe hingegen hatte sie selbst wählen können und mit Henri II. von England den Herrscher geheiratet, der die Schmach ihrer Scheidung, die Louis VII. durchgesetzt hatte, an diesem hatte vergelten können.

Für einige Augenblicke weilten die Gedanken der Königin in einer Zeit, in der sie selbst noch jung gewesen war. Nun war sie über siebenundsechzig Jahre alt und hatte bewiesen, dass sie durchaus in der Lage war, Söhne zu gebären.

Eléonores Gedanken kehrten in die Gegenwart zurück, und sie wies durch das offene Fenster nach draußen. »Die Audienz deines Ehemanns mit Philippe II. ist zu Ende, und er wird aufbrechen wollen. Hast du alles gepackt?«

Constance nickte, denn es hatte nicht viel zu packen gegeben. Das wenige, das sie auf die Reise mitgenommen hatte, passte in eine Satteltasche.

Um Eléonores Lippen spielte ein nachsichtiges Lächeln. »Ich meine damit auch die Kleider, die hier für dich gefertigt worden sind, sowie einige andere Dinge, die eine junge Frau, die frisch verheiratet ist, nun einmal so braucht.«

»Aber das kann ich nicht annehmen!«, rief Constance aus.

»Du kannst es sehr wohl, und du wirst es auch.« Eléonore klang freundlich, aber auch bestimmt, und Constance begriff, dass sie Richards Mutter besser nicht verärgern sollte.

»Ich danke Eurer Königlichen Hoheit für Eure Güte und Eure Großzügigkeit«, sagte sie daher und versank in einem tiefen Knicks.

»So kann ich einmal auf deinen Scheitel schauen, auch wenn du nun ein Tuch darüber trägst«, sagte Eléonore belustigt und sah dann zu, wie Constance den Raum verließ. Danach trat sie ans Fenster und beobachtete, wie die Pferde ihres Schützlings auf den Hof geführt wurden, wo Bernard und Benoît bereits warteten. Ein Lächeln trat auf Eléonores Lippen, als ein Pferdeknecht eine Schimmelstute mit einem Packsattel, auf den zwei Kisten geschnallt waren, zu den beiden führte und Benoît die Zügel in die Hand drückte. Das Pferd und seine Last war ihr Geschenk an Constance, sollte aber auch eine Mahnung sein, sich in Zukunft mehr als Frau zu geben und darauf zu verzichten, es den Männern gleichtun zu wollen.

Im Augenblick sah es jedoch nicht danach aus, denn als Constance auf den Hof trat, trug sie ihr altes Kleid mit dem geteilten Rock und schwang sich ohne Hilfe in den Sattel. Raoul eilte zwar herbei, um ihr zu helfen, kam aber zu spät.

Nun, das wird sich noch ändern, dachte die Königin und wandte sich ihren Hofdamen zu, die hinter ihr Aufstellung genommen hatten. »Ich scheine wirklich alt zu werden, denn es macht mir immer mehr Freude, junge Damen an den Mann zu bringen.«

Ein Kichern aus mehreren Kehlen antwortete ihr. Die noch unverheirateten Hofdamen hofften, dass der Blick der Königin dabei auch auf sie fiel. Ein Bräutigam, der so gut aussehend war wie Raoul de Chanteur und gleichzeitig so reich wie dessen neue Ehefrau, war für die meisten von ihnen ein Traum.

Eléonores Gedanken galten jedoch ihrem Sohn Richard, der sich bislang einer Ehe entzogen hatte, obwohl er bereits über dreißig Jahre alt war. Dies gedachte sie so bald wie möglich zu ändern.

3.

Raoul sah, dass seine Frau wie ein Mann im Sattel saß, und krauste im ersten Moment die Stirn. Dann aber dachte er daran, wie lächerlich es aussähe, wenn sie bei ihrer Größe seitlich auf dem Pferd sitzen würde, wohingegen sie so als geschmeidige und elegante Reiterin erschien. Constance war eben eine Frau, die er nicht mit anderen über einen Kamm scheren durfte, dachte er und wandte sich ihr mit einem Lächeln zu. »Seid Ihr zum Aufbruch bereit?«

»Ich bin es«, antwortete Constance und sah dann das Packpferd. »Was ist das?«

»Was?« Raoul sah sie fragend an.

»Das Pferd! Habt Ihr es gekauft? Vorgestern hattet Ihr es noch nicht.«

»Ich dachte, es gehört Euch«, antwortete Raoul.

»Ein Knecht hat es gebracht und sagte, es sei ein Geschenk von Königin Eléonore«, erklärte Benoît.

Constance blickte kurz zu den Fenstern auf und glaubte hinter einem Eléonore zu erkennen. Diese winkte ihr zu, und sie erwiderte den Gruß. Danach fasste sie ihre Zügel und trieb den schwarzen Hengst an. Erst als sie sich an die Spitze der kleinen Schar gesetzt hatte, fiel ihr auf, dass es Raouls Anrecht gewesen wäre, dies zu tun. Sie zügelte den Hengst und wartete, bis er zu ihr aufgeschlossen hatte.

»Verzeiht! Ich war es die letzten Jahre so gewohnt, verspreche Euch aber, mich zu bessern.«

»Es ist schon gut!«, wehrte Raoul ab und hielt sich von nun an neben ihr. Er fühlte eine gewisse Beklemmung. Immerhin war Constance eine reiche Erbin und er ein Habenichts, der durch eine Laune der beiden Könige ihr Ehemann geworden war. Bei seinen früheren Reisen hatte er sich mit seinen Begleitern unterhalten, mit ihnen gescherzt und gelacht. Nun suchte er angestrengt nach einem Thema, mit dem er ein Gespräch anstoßen konnte.

»Ist es sehr weit bis zu Euren Besitzungen?«, fragte er schließlich.

»Wenn wir schnell reiten, müssten wir nur einmal übernachten, reiten wir langsamer, zweimal.«

»Was schlagt Ihr vor?«

Auf dem Herweg hatte Constance lediglich eine Nachtruhe eingelegt. Damals aber waren sie nur zu dritt gewesen und hatten kaum Gepäck bei sich geführt. Nun hielt Benoît das Packpferd am Zügel, und damit kamen sie nicht so rasch vorwärts, wie sie es gewohnt war.

»Es ist Eure Entscheidung, mein Gemahl, doch ich würde zu zweimaliger Rast raten«, sagte sie daher.

»Das halte ich auch für klug«, mischte sich Bernard ein. Ihm hatte die Hast, die Constance zu Pferd oft an den Tag legte, noch nie gefallen. Eine Dame wie sie sollte nicht nur einen Damensattel benützen, sondern auch im Schritt reiten. Allenfalls war noch ein leichter Trab zu akzeptieren. Constance ritt jedoch so, dass keiner ihrer Gefolgsleute mit ihr mithalten konnte, wenn sie ihrem Hengst die Zügel ließ.

Raoul spürte die Spannungen, die zwischen Constance und ihrem Gefolgsmann herrschten, und sagte sich, dass er seine Frau nicht dadurch kränken durfte, indem er zu viel auf Bernard gab.

»Da Ihr es vorschlagt, werden wir zweimal übernachten. Kennt Ihr passende Unterkünfte?«, fragte er Constance.

Diese wandte sich an Bernard. »Ihr hattet für den Hinritt eine Schenke vorgeschlagen, bei der wir auf dem Heuboden im Stall schlafen können. Sie wäre mir lieber als die nahe gelegene Burg.«

»Seid Ihr mit den Bewohnern dieser Burg verfeindet?«, fragte Raoul neugierig.

Constance schüttelte lachend den Kopf. »Das nicht – oder sagen wir, wir ziehen nicht gleich die Schwerter, wenn wir uns begegnen. Der Burgherr ist ein entfernter Verwandter von mir. Sein Großvater war der Bruder meines Urgroßvaters. Nach dem Tod meines Vaters erhob er Anspruch auf Laronne, ungeachtet der Tatsache, dass König Louis VI. die Vizegrafschaft nicht einem gemeinsamen Ahnen verliehen hat, sondern dem Bruder seines Großvaters, also meinem Urgroßvater.«

»Der Anspruch wurde auch sofort zurückgewiesen, und Seine Majestät, König Philippe II., hat im Sinne meiner Herrin entschieden«, mischte Bernard sich in das Gespräch ein. Ihm lag einiges auf der Zunge, das er Raoul mitteilen wollte. Während des Rittes war es jedoch unmöglich. Daher war er froh, dass Constance sich auf zwei Zwischenübernachtungen eingelassen hatte. Dort ergäbe sich gewiss die Gelegenheit, ein ernstes Gespräch mit Raoul zu führen. Immerhin war dieser nun durch den Willen der Könige Constances Ehemann und verfügte daher über die Macht, ihr Dinge zu untersagen, die sich für ein Weib einfach nicht gehörten.

4.

Die Schenke hielt, was Bernard versprochen hatte. Sie gehörte zu einem nahe gelegenen Kloster und war eingerichtet worden, um Reisenden ein schützendes Dach über dem Kopf zu bieten, ohne dass diese den Frieden des Klosters störten. Allerdings mussten die Übernachtungsgäste entweder in der Schankstube schlafen, wenn die letzten Zecher den Heimweg angetreten hatten, oder auf dem Boden über dem Pferdestall. Ersteres nahmen Wanderer und einfaches Volk auf sich, während berittene Gäste den Pferdestall vorzogen. Dort fand auch Constances Reisegruppe ihr Quartier. Bevor sie ihre Decken auslegten, aßen sie in der Schenke zu Abend und tranken ein paar Becher Wein. Es war ein Leben, wie Raoul es von seinen Reisen gewohnt war. Oft genug hatte er gefragt, ob ein Lied gewünscht würde, um dafür eine Mahlzeit oder den einen oder anderen Becher Wein zu erhalten. Für einen Vicomte de Laronne und Seigneur de Beljeux ziemte sich das jedoch nicht mehr, und so saß er dabei, als ein Spielmann sowohl seine Laute wie auch die Ohren seiner Zuhörer quälte.

»Bei Gott, dem Kerl sollte man ein paar Ohrfeigen versetzen und ihn zum Teufel jagen!«, stieß er aus.

»Ich würde ihn vorher noch auf den Misthaufen werfen!« Bernard verzog das Gesicht so sehr, dass Constance lachen musste.

»Man sollte diesem Spielmann Geld anbieten, damit er nicht spielt. Es käme unseren Ohren zugute!«

»Geld? Dem da? Niemals!«, rief Bernard, wunderte sich dann aber ebenso wie die anderen, dass der Sänger, als er nach seinem Vortrag die Runde machte, doch die eine oder andere Münze zugesteckt bekam.

»Dies ist wohl der Dank dafür, dass er aufgehört hat«, spottete Constance und sah dann, wie der Spielmann auf sie und Raoul zukam.

Da sie nicht als geizig gelten wollte, zog sie ein paar Münzen aus ihrem Beutel. Im letzten Moment schob sie das Geld Raoul zu. »Überreicht Ihr es ihm bitte!«

»Ein paar Hiebe wären für dieses Spiel angemessener«, meinte dieser lachend, warf dann aber dem Sänger doch die Münzen zu.

»Es ist ein christliches Werk. Wenn ihm keiner etwas gibt, würde er verhungern«, erwiderte Constance und winkte dem Schankknecht, Raoul und ihr nachzuschenken.

»Ich glaube nicht, dass dieser Kerl ein großer Verlust für die Welt wäre«, brummte Bernard.

Er war verärgert, weil es ihm noch nicht gelungen war, mit Raoul über Constance zu reden. Diese Gelegenheit bot sich auch an diesem Abend nicht mehr, denn Raoul blieb neben Constance sitzen, bis diese aufstand und erklärte, schlafen zu wollen.

»Das ist ein guter Gedanke! Ihr werdet von dem Ritt müde sein«, antwortete Raoul lächelnd.

Auch um Constances Lippen spielte ein Lächeln. Sie hatte weitaus härtere Ritte durchgestanden und dabei Männer erschöpft aus dem Sattel fallen gesehen. Die kleine Strecke, die sie an diesem Tag zurückgelegt hatten, spürte sie nicht einmal. Da Männer aber nun einmal glaubten, Frauen brächen bei der geringsten Anstrengung erschöpft zusammen, sagte sie nichts, sondern folgte dem Wirtsknecht, der sie zum Stall brachte.

Dort hängte er eine Laterne neben dem Tor auf, aber weit genug von Heu und Stroh entfernt, so dass sich nichts entzünden konnte, und wies auf eine Leiter, die zum Heuboden hochführte. »Da Ihr heute die Einzigen seid, die hier schlafen, könnt Ihr Euch den Platz aussuchen, an dem Ihr Euch hinlegen wollt. Wenn Ihr zum Abtritt müsst, geht es dort durch die Seitentür. Ihr könnt die Laterne dafür nehmen. Gebt aber acht, dass Ihr sie hinterher wieder richtig aufhängt.«

»Dann hinauf mit Euch!«, forderte Raoul sie auf.

Benoît und Bernard stiegen sofort hoch. Constance folgte, wobei ihr nicht entging, dass Raoul ihr interessiert nachschaute.

»Ich darf Euch unter den Rock schauen«, sagte Raoul lächelnd, obwohl er wegen des geteilten Rocks nicht viel erkennen konnte.

Constance fühlte sich plötzlich unsicher. Zu Hause hätte niemand es gewagt, ihr unter die Röcke zu schauen. Noch zu Lebzeiten ihres Vaters hatte es einer von dessen jungen Kriegern versucht, war aber dabei von ihrem Vater ertappt und verprügelt worden. Später hatte der Bursche sich heimlich zu den Ronceaus aufgemacht und diese aus Rache dazu aufgestachelt, eines ihrer Dörfer zu überfallen. Es war weder Sylvain de Ronceau noch dem Verräter gut bekommen. Ersterer hatte eine Verletzung davongetragen, die es ihm seitdem unmöglich machte, seine Krieger selbst zu führen, und der Judas, wie ihr Vater ihn genannt hatte, hatte für seinen Verrat durch den Tod mit dem Strang gebüßt. Aber Raoul war ihr Ehemann und hatte zudem ihre Beine bereits in der Hochzeitsnacht gesehen.

Constance hat wahrlich schöne Beine, dachte Raoul angesichts der wohlgeformten Waden und wünschte sich, sie könnten auch in dieser Nacht alleine sein. Doch es würde wohl erst möglich sein, wenn sie zu Hause waren.

Zu Hause! Raoul seufzte. Sein Zuhause war Burg Lorris gewesen, klein, verwinkelt und voller Geschwister, die ihm, dem Jüngsten, so manchen Streich gespielt hatten. Eigentlich hätte er seiner Familie mitteilen müssen, dass er nun verheiratet war und sich Vicomte de Laronne und Seigneur de Beljeux nennen konnte. Er würde es tun, sobald er dazu kam, sagte er sich, während er Constance auf das Heu folgte.

Bernard und dessen Sohn hatten sich ihre Schlafplätze bereits gesucht. »Wir sollten uns dorthin legen«, schlug Raoul vor und wollte Constances Decke ausbreiten. Bevor er dazu kam, hatte sie es bereits getan und legte auch die seine aus.

»Ich weiß nicht, ob ich mein Kleid hier ausziehen kann«, sagte Constance.

Sie hatte gehofft, sie und Raoul könnten sich erneut als Eheleute beweisen, doch dafür waren ihre Begleiter zu nah. Auch wenn diese nichts sehen konnten, so würden sie doch alles hören.

»Lasst das Kleid ruhig an. Ich werde Euch morgen die Halme ablesen«, bot Raoul an und berührte kurz ihre Wange.

»Den gleichen Dienst kann ich Euch leisten«, antwortete sie und legte sich hin.

Das Lager war bequemer, als sie erwartet hatte, denn das weiche Heu bildete eine gute Unterlage. Als sie ihre Decke um sich schlang, war es auch warm genug.

»Ich wünsche Euch eine gute Nacht«, sagte sie und schloss die Augen.

»Das wünsche ich Euch auch«, antwortete Raoul und stellte fest, dass er sich freute, nach Laronne zu kommen und die Monate bis zum Beginn des Kreuzzugs mit ihr zu verbringen.

5.

Als sie am nächsten Morgen aufbrachen, lenkte Bernard seinen Hengst neben Raouls Pferd und signalisierte dem jungen Mann, dass er mit ihm sprechen wollte. Raoul ging gern auf das Angebot ein, da er mehr über Constance und deren Heimat zu erfahren hoffte.

»Ich bin froh, dass meine Herrin unter die Haube gekommen ist«, begann Bernard das Gespräch. »Ich will Vicomte Sébastien nichts Böses nachsagen, doch bei der Erziehung seiner Tochter hat er die Zügel arg schleifen lassen. Auch hätte er sie schon zu seinen Lebzeiten mit einem passenden jungen Mann verheiraten müssen, dem der König und der Herzog sowohl Beljeux wie auch Laronne als Lehen hätte geben können.«

»Soviel ich hörte, wird Beljeux auch in weiblicher Stammfolge vererbt«, warf Raoul ein.

»Das stimmt, dennoch braucht die Herrschaft einen Mann an der Spitze, kein Weib. Ich dachte bereits mit Schrecken daran, es könnte nach Vicomte Sébastiens Tod zu einer Fehde mit den Ronceaus kommen und Jungfer Constance mit dem Schwert in der Hand an der Spitze unserer Schar reiten.« Bernard sah bei diesen Worten äußerst besorgt aus.

»Eine junge Frau versteht nichts von Kampf und Krieg«, antwortete Raoul.

»Unsere Herrin schon! Ihr Vater hat sie gelehrt, sowohl das Schwert wie auch die Waffenknechte zu führen«, rief Benoît ihm zu.

»Das war nicht recht!«, trumpfte Bernard auf. »Das Schwert hat Gott dem Mann in die Hand gelegt und in die Hand des Weibes den Spinnrocken.«

»Ich glaube nicht, dass Herrin Constance die Geduld aufbrächte, eine Spindel zu füllen«, meinte Benoît lachend und fing sich einen zornigen Blick seines Vaters ein.

»Es ist Herrn Sébastiens Schuld. Nachdem er zwei Söhne und seine erste Frau verloren hatte, vermählte er sich mit der Tochter meines damaligen Herrn. Vielleicht wäre es anders gekommen, aber sie ist vor Constances sechstem Geburtstag gestorben und mein Herr keine weitere Ehe eingegangen. So erzog er das Mädchen wie einen Sohn und brachte ihr bei, die weiblichen Tugenden zu verachten.«

Bernard warf Constance einen kurzen Blick zu, die ein Stück vor ihnen ritt, und beklagte etwas leiser, wie selbstherrlich seine Herrin nach dem Tode des Vaters geworden sei.

»Eigentlich war sie es bereits vorher«, setzte er hinzu. »Vicomte Sébastien kränkelte im letzten Jahr und überließ die Verwaltung seiner Besitztümer ganz der Tochter.«

»Ihr könnt nicht sagen, dass unsere Herrin dies schlecht gemacht hat, Vater«, mischte Benoît sich ein weiteres Mal ein.

»Halte du endlich den Mund!«, fuhr sein Vater ihn an.

Vorne an der Spitze des Zuges hielt Constance die Ohren gespitzt. Auch wenn sie nicht alles hörte, was hinter ihr gesprochen wurde, so kannte sie ihren getreuen Bernard gut genug, um es zu ahnen. Vor zwei Tagen hätte sie noch über seine Einwände gelacht. Nun aber fragte sie sich, ob ihr Vater nicht wirklich besser daran getan hätte, sie zu einer Dame ihres Standes zu erziehen. Wie anders diese waren, hatte sie bei Königin Eléonore und deren Damen erlebt. Was würde Raoul auf Dauer von ihr denken? Würde er sie für unweiblich halten, gar für ein Mannweib? Der Gedanke tat weh, und sie wünschte sich die Macht, über Nacht alle Tugenden und Künste einer Dame zu lernen – oder sich wenigstens drei oder vier Zoll kleiner machen zu können.

Unterdessen hörte Raoul Bernards Ausführungen zu und dachte sich das Seine. Er hatte auf seinen Wanderungen genug wohlerzogene junge Damen kennengelernt, die dann doch nicht ganz so wohlerzogen gewesen waren, wie es den Anschein gehabt hatte. Mehr als ein Mal hatte er eine Einladung in einen versteckten Winkel erhalten, eine junge Dame hatte ihn sogar aufgefordert, sie neben ihrem volltrunken im Bett liegenden Ehemann zu lieben. Constance traute er solche Verfehlungen nicht zu. Ihr Vater hatte sie zu einem aufrechten Menschen mit geradem Sinn erzogen, dem Verstellung und Tücke fremd waren. Zudem hielt er es für einen Vorteil, wenn sie in der Lage war, die Herrschaften Laronne und Beljeux zu verwalten. Er hatte König Philippe II. zugesagt, ihn bei seinem Kriegszug zur Befreiung Jerusalems zu begleiten. Da traf es sich gut, wenn die eigene Gattin die Besitztümer hütete, so musste er das keinem Fremden überlassen, der nur seinen eigenen Vorteil daraus ziehen würde.

»Also, ich bin mit meiner Gemahlin sehr zufrieden«, antwortete er, und zwar laut genug, dass Constance es auch hören sollte.

»Aber Ihr werdet gewiss dafür sorgen, dass sie ihren Platz als Herrin des Hauses einnimmt«, drängte Bernard.

»Das hat sie doch schon längst!«

Raoul lächelte, doch Benoît begriff, dass sein Vater dieses Thema besser nicht weiterverfolgen sollte. Auch Bernard wurde dies klar, aber er sagte sich, dass Raoul und Constance erst kurz verheiratet waren. Doch schon bald würde Raoul der Herr sein und Constance dies akzeptieren müssen. Er zügelte daher seinen Hengst und ritt neben seinem Sohn her.

»Wenn du noch einmal solchen Unsinn redest wie eben, werden dir die Wangen noch einmal sehr wehtun«, drohte er ihm an und verfiel dann in missmutiges Schweigen.

6.

Für die nächste Übernachtung hatten sie die Wahl zwischen der Burg eines entfernten Verwandten von Constance und einem Kloster. Sie wählte Letzteres, um keine Fragen wegen der überraschenden Heirat beantworten zu müssen.

Im Kloster stellte man ihnen tatsächlich keine Fragen. Allerdings wurde sie dort von Raoul getrennt und musste im Trakt der weiblichen Reisenden schlafen, während man ihrem Mann, Bernard und Benoît Plätze im Schlafraum der Männer zuwies.

Dafür waren die Speisen ausgezeichnet, und als sie am nächsten

Morgen aufbrachen, tat Constance es mit dem Bewusstsein, die nächste Nacht im eigenen Bett verbringen zu können. Sie würde es allerdings von nun an mit Raoul teilen müssen, doch dazu war sie nach ihren Erfahrungen in der Hochzeitsnacht gerne bereit.

Je weiter sie kamen, umso mehr Landmarken der Heimat begrüßten Constance. Sie erinnerte sich daran, wie Damien de Ronceau sie vor wenigen Tagen auf diesem Weg abgepasst hatte. Wenn er dies erneut versuchte, musste es bald geschehen. Von nun an hielt sie die Zügel nur noch mit der linken Hand und probierte, wie schnell sie mit der Rechten ihr Schwert ziehen konnte.

Raoul entging dies nicht, und er schloss wieder zu ihr auf. »Erwartet Ihr Schwierigkeiten?«, fragte er.

»Ich hoffe, es tut sich nichts! Es ist jedoch meine Devise, lieber vorsichtig zu sein, als auf die Nase zu fallen«, antwortete Constance.

Raoul lachte. »Das ist eine gute Devise! Ich werde sie mir ebenfalls zum Vorbild nehmen.«

»Wir haben die Grenzen von Laronne bereits überschritten«, sagte Bernard, um sich in Erinnerung zu bringen.

»Wann werden wir die Burg erreichen?«, fragte Raoul.

»So langsam, wie wir jetzt reiten, wird das noch drei bis vier Stunden dauern. Daher sollten wir den Pferden die Zügel lassen. Benoît kann ja mit dem Packpferd nachkommen«, rief Constance und gab ihrem Hengst die Sporen.

Raoul folgte ihr ebenso wie Bernard. Allerdings schüttelte dieser wieder einmal den Kopf über die Sprunghaftigkeit seiner Herrin. Sie war eben doch nur eine Frau, und es wurde Zeit, dass ihr endlich ihre Grenzen aufgezeigt wurden.

Die Straßen innerhalb der Vizegrafschaft waren gut in Schuss, stellte Raoul fest, während er hinter Constance hergaloppierte. Auch die Felder waren trefflich bestellt. Auf den Weiden grasten wohlgenährte Kühe und Schafe, und die Gänse, die etwas abseits der Straße das frische Grün abknabberten, versprachen einen fetten Braten.

Nach einer Weile kam die Burg in Sicht. Raoul hatte schon so manchen Wehrbau gesehen, von einem Wohnturm, der mit einem einfachen Erdwall und darauf eingesetzten Palisaden umgeben war, bis hin zu königlichen Festungen. Auf einem sanften Hügel liegend, bot Laronne einen ebenso schönen wie wehrhaften Anblick. Drei wuchtige Türme flankierten die dreieckige Burg, dazwischen erstreckten sich Mauern in einer Höhe von gut sechs Manneslängen. Das Haupttor wurde noch einmal von einem etwas niedrigeren Turm geschützt, und nun, da der Türmer sah, dass die Herrin sich näherte, hatte man es weit geöffnet.

Constance trabte auf den Burghof und hielt ihr Pferd vor dem quadratischen Palas an. »Das ist Burg Laronne«, sagte sie stolz zu Raoul.

Ihr Mann nickte beeindruckt. »Das ist eine majestätische Burg! Es wundert mich nicht, dass Ihr sie nicht verlieren wolltet.«

Über Constances Gesicht huschte ein kurzer Schatten. »Mir ging es nicht um die Burg und die Mauern, sondern um die Menschen, die hier leben. Seit drei Generationen bilden Laronne und Beljeux eine Einheit. Leute von hier heirateten nach Beljeux und umgekehrt. Viele gingen in die andere Herrschaft, weil mein Großvater oder mein Vater dies so wünschten. Sollte ich etwa zulassen, dass all diese guten Menschen von ihren Lieben in der anderen Herrschaft getrennt werden?«

»Es ehrt Euch, dass Ihr an Eure Gefolgsleute und Hörigen denkt. Andere hätten das nicht getan«, antwortete Raoul mit einem Lächeln, das Constances Unmut vertrieb.

»Mein Vater sagte immer, sei gerecht zu denen, die dir untergeben sind, behandle sie gut und bestrafe sie nur, wenn sie es wirklich verdient haben. Wenn es jedoch nicht anders geht, sei streng!« Constances Augen blitzten.

»Ich bedauere sehr, dass ich Euren Vater nicht kennenlernen durfte. Er scheint ein großer Mann gewesen zu sein! Damit meinte ich nicht seine Gestalt, sondern sein Wesen.« Letzteres war Raoul gerade noch eingefallen, da seine Frau die Bemerkung darauf hätte beziehen können, dass ihr Vater zu seinen Lebzeiten der »Hüne von Laronne« genannt worden war.

»Er war ein ausgezeichneter Mann und zu seinen Untertanen wie ein Vater«, mischte sich Bernard ein, der nun ebenfalls die Burg erreicht hatte.

»Laronne ist wohlhabend, und Beljeux ist, obwohl etwas kleiner als Ronceau, noch ertragreicher als dieses«, berichtete Constance mit zufriedener Miene.

Unterdessen waren mehrere Knechte und Gefolgsleute herbeigekommen und sahen die drei verwundert an. Raoul mochte ein Gast sein, den Constance eingeladen hatte, doch die beiden wirkten sehr vertraut miteinander.

»Nun, wen hast du da mitgebracht, mein Kleines?« Constances alte Amme war aus dem Palas getreten und sah neugierig zu ihrer Herrin auf. Von allen Menschen in den beiden Herrschaften war sie die Einzige, die die Herrin so anzusprechen wagte.

Constance stieg vom Pferd, ohne Hilfe in Anspruch zu nehmen, und umarmte die alte Frau. Danach wies sie mit der rechten Hand auf Raoul und winkte mit der anderen die Leute näher heran.

»Ihr wisst, dass ich zu König Philippe II. und Herzog Richard geritten bin, um sie zu bitten, Laronne und Beljeux vereint zu lassen. Ihre Majestäten waren so gnädig, meinen Wunsch zu erfüllen. König Philippe II. hat Herrn Raoul de Lorris zum Vizegrafen von Laronne ernannt und zusammen mit Herzog Richard meine Heirat mit ihm in die Wege geleitet.«

Auch wenn viele darauf gehofft hatten, überraschte die Nachricht sie doch. Die alte Yseult wackelte bedenklich mit dem Kopf, sah dann Raoul an und danach Constance. »Du bist immer noch so, wie ich dich kenne, rasch zugreifend und willens, dein Ziel gegen jeden Widerstand zu erreichen. Deine Heirat wird weder Sylvain de Ronceau und dessen Söhne erfreuen noch Ritter Florent de Crespy!«

»Auch wenn es sie nicht erfreut, werden sie sich damit abfinden müssen. Ritter Florent wird meinem Gemahl ebenso den Treueeid schwören wie die Kastellane der beiden anderen Nebenburgen – und gnade ihm Gott, sollte er diesen nicht halten!«

Constance klang so scharf, dass Raoul sie verwundert ansah. »Wer ist Ritter Florent?«

»Ein Gefolgsmann meines Vaters und jetzt der Eure. Er verwaltet mit Crespy die größte der drei Nebenburgen. Als Vater starb, hoffte Florent, König Philippe II. und Herzog Richard würden einer Heirat mit mir zustimmen, damit er selbst Vicomte de Laronne würde.«

»War der Freier nicht nach Eurem Sinn?«, fragte Raoul weiter.

Constance lachte kurz auf. »Er ist mehr als zwanzig Jahre älter als ich, was mich an sich nicht stören würde. Sein Antrag kam jedoch zu einer Zeit, in der er glaubte, ich wäre auf seine Unterstützung angewiesen, und er tat es in einem unverschämt fordernden Ton!«

»Und wie seid Ihr mit ihm fertiggeworden?«, wollte Raoul wissen.

»Das würde ich lieber bei einem Becher Wein in der Halle berichten«, antwortete Constance und wies auf den Zugang zum Palas.

7.

Der Wein in den Kellern von Laronne war gut, das musste Raoul zugeben. Mehr aber als der Wein interessierte ihn, was nach dem Tod von Constances Vater vorgefallen war. Zunächst erteilte seine Frau einige Befehle, damit die Gemächer des Burgherrn für ihn hergerichtet wurden. Ihm blieb daher die Zeit, die Halle der Burg zu betrachten. Sie war nicht so groß, wie er von draußen erwartet hatte, bot aber Platz für eine Tafel mit gut dreißig Gästen. Constance saß ihm gegenüber auf der anderen Schmalseite des Tisches, und sie würden beide sehr laut sprechen müssen, um einander zu verstehen. Bitten, sie solle näher auf ihn zurücken, wagte er jedoch nicht und nahm sich daher vor, die wichtigsten Dinge am Abend im Ehebett mit ihr zu besprechen.

»Verzeiht, wenn ich Euch bis jetzt missachtet habe. Eure Ankunft verlangt jedoch einige Änderungen in der Burg, die in die Wege geleitet werden müssen.« Constances Stimme beendete seinen Gedankengang.

Mit einem Lächeln sah er zu ihr hin. »Das ist doch selbstverständlich, meine Liebe! Die Pflicht muss getan werden.«

»Es freut mich, dass Ihr so denkt.« Auch Constance lächelte, fragte dann einen Knecht, ob Benoît schon eingetroffen sei, und wies anschließend eine Magd an, Raoul, Bernard und ihr Brot und Schinken aufzutragen.

»Ihr werdet gewiss Hunger haben!«, sagte sie zu Raoul.

Dieser bewunderte die ruhige, aber feste Art, mit der Constance ihre Befehle erteilte, und war daher umso neugieriger, welche Schwierigkeiten man ihr nach dem Tod ihres Vaters bereitet hatte und wie sie damit fertiggeworden war.

Bevor Constance es jedoch berichten konnte, kam Benoît herein. »Da bin ich!«, erklärte er grinsend. »Die Stute ist übrigens ausgezeichnet. Sie ging mit ihrer Last sogar in einen leichten Galopp, sonst hätte ich es nicht so rasch geschafft.«

»Ich hoffe, der Inhalt der Kisten hat durch deine Unbesonnenheit nicht gelitten«, tadelte Bernard seinen Sohn.

»Gewiss nicht!«, antwortete dieser und nahm den Becher Wein entgegen, den ihm eine Magd reichte.

Raoul sah Constance lächelnd an. »Ihr sagtet vorhin, Ihr würdet mir berichten, was sich dieser Ritter Florent hat zuschulden kommen lassen.«

»Er wollte die Herrin unbedingt heiraten!«, rief Benoît lachend.

»Lass mich es erzählen!«, sagte Constance. »Es begann damit, dass Blaise de Mouldan, den mein Vater zum Verwalter der nach Laronne und Crespy wichtigsten Burg der Vizegrafschaft ernannt hatte, nach dessen Tod der Meinung war, mir keine Lehnstreue mehr zu schulden. Stattdessen wollte er seine eigene Herrschaft errichten. Herr Florent bot an, mir beizustehen, wenn ich ihn heirate und bei König Philippe II. drängen würde, dass er der neue Vicomte de Laronne wird. Nun, ich habe Herrn Blaise auch ohne seine Hilfe zur Räson gebracht.«

Es klang so nebenbei, als wäre dies nur eine kleine Angelegenheit gewesen. Raoul ahnte jedoch, dass mehr dahinterstecken musste, und wandte sich Benoît zu. »Und wie ging das vonstatten?«

»Wir haben auf Herrin Constances Befehl einfach die Zugangswege zu Ritter Blaise' Burg blockiert und weder eine Maus noch einen Menschen durchgelassen«, berichtete der Jüngling lachend.

»Ritter Blaise gelang es nicht, die Sperren zu durchbrechen, und als sein Gesinde davonlief und er zuletzt nur noch mit zehn Waffenträgern in der Burg saß, musste er aufgeben.« Bernard vermied jede Andeutung, dass Constance den größten Anteil an diesem Erfolg hatte, doch Raoul begriff dies dennoch. Er stand auf und deutete eine Verbeugung in Constances Richtung an. »Ihr seid ebenso mutig wie klug! Die beiden Könige und auch Königin Eléonore konnten nichts Besseres tun, als Euch mit mir zu vermählen.«

»Ich freue mich, dass Ihr es so seht! Wir werden Boten zu den anderen Burgen senden, damit ihre Kastellane erscheinen und Euch den Treueeid schwören.« Constance dachte schon wieder mehr an das, was getan werden musste, als an das, was geschehen war.

»Ist Ritter Blaise immer noch Kastellan?«, wollte Raoul wissen.

Constance schüttelte den Kopf. »Er verließ Mouldan, und seitdem wissen wir nichts mehr von ihm. Auch deshalb ist es gut, dass der König mit Euch einen neuen Vizegrafen eingesetzt hat. Bei mir schwankten die Herren, ob sie mir gehorchen sollten oder nicht. Euch können sie den Gehorsam nicht verweigern, es sei denn …« Sie brach ab, und der Blick ihrer Augen war eisig genug, um nichts Gutes für jene zu verheißen, die sich Raoul und damit auch ihr entgegenstellten.

8.

Ritter Florent de Crespy und Léandre de Gajan, der Kastellan der dritten Burg, ließen sich Zeit. Die Burg, die Ritter Blaise so schmählich hatte verlassen müssen, wurde derzeit von einem einfachen Gefolgsmann geleitet, der dem Ruf in die Burg sofort Gehorsam leistete. Dort angekommen, bat er Constance um eine Audienz.

Constance empfing ihn in Gegenwart ihres Mannes, was ihrem Gast Unbehagen zu bereiten schien.

»Ich hätte gerne mit Euch allein gesprochen«, bat er schwächlich.

»Vicomte Raoul ist der neue Herr von Laronne. Ihr seid nun ihm verantwortlich«, erklärte ihm Constance streng.

»Nun, ich hoffe, er wird mir nicht böse sein, wenn ich spreche«, wand der Mann sich.

»Sprecht frei von der Leber weg. Es wird Euch nicht zum Schaden gereichen«, erklärte Raoul freundlich.

»Nun, es ist so, dass Ritter Florent einen Boten zu mir geschickt hat. Ich hoffe, Ihr seht es nicht als Verrat an, wenn ich es berichte, doch ich bin Euer Gefolgsmann und würde an Euch Verrat üben, wenn ich es verschweige.«

»Redet nicht um den heißen Brei herum, sondern sagt, was Ihr sagen wollt!« Constance wurde ungeduldig. Da Raoul nicht nur ihr Gatte, sondern auch der von König Philippe II. eingesetzte Vizegraf von Laronne war, hatten weder sie noch ihr Gefolgsmann das Recht, ihm etwas zu verschweigen.

Das schien nun auch ihr Gast einzusehen, denn er wandte sich an Raoul. »Ritter Florent de Crespy forderte mich zu einem Bündnis mit ihm und Ritter Léandre de Gajan gegen Euch auf. Er habe von Ritter Damien de Ronceau erfahren, dass Ihr ein landloser Ritter ohne eigenen Anhang seid, und will nun Forderungen stellen, die seine Burg zu seinem Eigenbesitz machen würden. Schlagt Ihr es ihm ab, will er Euch die Gefolgschaft verweigern.«

Nun war es ausgesprochen. Constance zischte empört, während Raoul sich fragte, was er tun konnte, um diese Krise zu meistern. Ohne Hilfe seiner Frau, so viel war ihm klar, würde es nicht gelingen.

»Könnt Ihr mir ein paar Krieger aus Beljeux zur Verfügung stellen?«, fragte er sie.

Constance nickte. »Gerne! Benoît, lass sofort ein Pferd für dich satteln und reite los. Herr Yoann soll umgehend zwanzig Krieger nach Laronne schicken.«

»Dafür aber muss er seine Grenze zu Ronceau entblößen. Wenn es Herrn Sylvain und seinen Söhnen einfällt, dies auszunützen, würde uns dies sehr schaden«, wandte Bernard ein.

»Das müssen wir riskieren!«, sagte Constance entschlossen. »Jetzt gilt es erst einmal, die aufmüpfigen Kastellane unserer Nebenburgen zum Gehorsam zu zwingen.«

Raoul schwankte. Zwar stimmte er Constance zu, dass sie sich gegen die Burghauptleute durchsetzen mussten. Andererseits wollte er nicht, dass ihr dadurch Schaden in Beljeux zugefügt wurde.

In dem Augenblick, in dem er sie bitten wollte, die Zahl der Krieger aus Beljeux zu halbieren, ertönte das Horn des Türmers.

»Es kommt jemand! Ich hoffe, es ist kein Feind, denn wir sind nicht auf einen Angriff vorbereitet«, rief Bernard besorgt.

»Dann sollten wir uns beeilen, es zu sein«, antwortete Constance und erteilte mehrere Befehle. Danach wandte sie sich Raoul zu. »Ihr solltet Euch rüsten, mein Herr!«

Dieser nickte und eilte los. Auch wenn er nur ein altes Kettenhemd und einen nur wenig jüngeren Helm sein Eigen nannte, wollte er das Seine zur Verteidigung der Burg tun.

Als er unten erschien, steckte auch Constance in einem Kettenhemd und trug ihr Schwert in der Hand. Bernard war anzusehen, wie sehr ihm der wehrhafte Anblick seiner Herrin missfiel.

»Ihr solltet den Kampf wahrlich uns Männern überlassen«, sagte er tadelnd.

»Ich glaube, dass meine Schwerthiebe härter sind als die etlicher Kriegsknechte hier in Laronne«, antwortete Constance spöttisch und trat nach draußen.

»Wer kommt?«, fragte sie den Türmer.

»Zwei Ritter mit zwei Knechten«, antwortete dieser.

»Das dürfte wohl für einen Angriff zu wenig sein«, schloss Constance daraus und stieg auf die Mauern, um nach den Fremden zu schauen. »Ich glaube, das sind zwei Eurer Freunde, die Euch damals begleiteten, als Ihr mir gegen den Stierkopf beigestanden seid«, meinte sie zu Raoul, der ihr auf die Mauer gefolgt war.

Dieser blickte auf die Reitergruppe und nickte. »Es sind Théotime und Olivier. Mit denen habe ich mich immer am besten verstanden.«

»Dann sollten wir Schwert und Rüstung ablegen und sie willkommen heißen.« Constance war erleichtert, denn ein Kampf wäre ihr äußerst ungelegen gekommen. Und vier Männer mochten zudem in Gerüchten zu einer ganzen Schar werden und mit dafür sorgen, dass es hier ruhig blieb.

»Ich glaube, es reicht, wenn wir nur zehn Waffenknechte aus Beljeux holen lassen. Dann hat Herr Yoann noch genug übrig, um seine Grenzen bewachen zu können.«

»Dies würde mich freuen, denn ich würde Beljeux ungern von zu vielen Kriegern entblößen«, antwortete Raoul und kehrte mit ihr in den Palas zurück. Als er sein Kettenhemd ablegte, schämte er sich, weil die Eisenringe fleckig und einige sogar angerostet waren.

»Das sollte in Ordnung gebracht werden«, erklärte Constance

und winkte einen Knecht heran. »Bringe das Kettenhemd zum Schmied! Er soll es reinigen und frisch einölen. Auch soll er schadhafte Kettenglieder ersetzen.« An ihren Gatten gewandt, fuhr sie fort: »Habt keine Angst um Eure Wehr! Mein Vater schickte den Mann zu einem Waffenschmied in Paris. Er hat gelernt, unsere Rüstungen und Waffen zu pflegen.«

Raoul lächelte dankbar. »Ich danke Euch! Wenn ich mich dem König für den Zug nach Jerusalem anschließe, sollte die Rüstung glänzen.«

»Das wird sie!«, versprach Constance und wies nach draußen. »Wir sollten nun Eure Freunde willkommen heißen.«

Zusammen mit Raoul trat sie auf den Hof. Ihr Mann begrüßte seine Freunde lachend und umarmte sie. »Was treibt euch beide hierher?«, fragte er, als sie zusammen auf den Palas zugingen.

»Als wir uns überlegten, wie wir uns am besten dem Kreuzzug anschließen können, meinte Théotime, es wäre angenehmer, dies im Gefolge eines höhergestellten Edelmanns zu tun, als auf eigene Faust aufzubrechen. Da Ihr mittlerweile Vicomte seid, dachten wir, wir bieten Euch unsere Schwerter an. Oder sind wir Euch etwa nicht willkommen?«

»Und ob ihr mir willkommen seid!«, antwortete Raoul, der mit Théotime und Olivier nun eigene Gefolgsleute hatte und nicht nur mit Constances Männern ins Heilige Land ziehen musste.

9.

Am Tag darauf erschien der nächste Besucher. Raouls Freude war jedoch gering, als er ihn begrüßte, denn es handelte sich um seinen zweitältesten Bruder Roland, der ihn in seiner Jugend am meisten gepiesackt hatte. Er empfing ihn in der Halle, während Constance sich zurückzog, um einige Anweisungen zu geben. Immerhin würde ihr Ehemann in wenigen Monaten zu einem langen Kriegszug aufbrechen, und da galt es, Vorbereitungen zu treffen. Als Tochter eines Kriegers wusste sie, was zu tun war, und so machten sich etliche Mägde daran, passende Kleidung für Raoul und seine Männer zu nähen.

Unterdessen trat Roland de Lorris auf Raoul zu und umarmte ihn. »Schön, dich zu sehen, Bruder!«, rief er laut genug, damit man in der Burg mitbekam, dass er ein naher Verwandter ihres neuen Herrn war.

»Auch ich freue mich, dich zu sehen«, antwortete Raoul nicht ganz wahrheitsgemäß. Er hätte sich noch ein paar Wochen Ruhe vor seiner Familie gewünscht. Da er es nicht ändern konnte, deutete er auf einen Stuhl. »Setz dich, Bruder! Es wird gleich ein Becher Wein und etwas zu essen gebracht.«

Roland de Lorris sah sich neugierig, aber auch mit einem gehörigen Funken Neid um. Die Halle war das Heim eines Kriegers. An der Wand hingen Waffen und Schilde sowie die Banner, die Vicomte Sébastien und dessen Vorfahren im Kampf erbeutet hatten. An der Stirnseite befand sich neben dem Wappenschild der Vizegrafschaft das Fell eines großen Bären. Bernard hätte Raoul und seinem Bruder erklären können, dass weder sein Herr Sébastien noch er dieses gewaltige Raubtier erlegt hatten, sondern Constance. Er blieb jedoch stumm, um die Begrüßung der Brüder nicht zu stören.

»Du haust recht stattlich!«, fand Roland, nachdem er vom Wein und auch vom Braten gekostet hatte.

»Laronne ist nun einmal die Hauptburg der Vizegrafschaft«, antwortete Raoul, der den Neid seines Bruders deutlich wahrnahm.

»Du bist jetzt Vicomte und Besitzer einer großen Herrschaft geworden! Wer hätte das gedacht, als du dich auf deinen Gaul geschwungen hast, um als fahrender Sänger durch die Welt zu reiten?« Roland fand, dass das Schicksal ungerecht war. Als älterem Bruder stand eigentlich ihm das höhere Anrecht auf Ehren und Reichtum zu. Da es aber anders war, musste er zusehen, dass Raouls Aufstieg auch ihm und der gesamten Familie zugutekam.

»Als Vater hörte, du wärest Vicomte und mit einem großen Lehen versorgt worden, sagte er zu mir: ›Roland, dein Bruder wird einen Stellvertreter brauchen und einen Verwalter seiner Besitzungen, wenn er mit Seiner Majestät auszieht, um Jerusalem zu befreien!‹ Deshalb bin ich hier!« Roland grinste breit, denn einer Entscheidung des Vaters, so sagte er sich, konnte Raoul sich nicht entgegenstellen.

Raoul ärgerte sich über die plumpe Art, mit der Vater und Bruder in sein Leben eingreifen wollten, und schüttelte den Kopf. »Ich kann dir anbieten, mich auf dem Kreuzzug ins Heilige Land als mein Stellvertreter zu begleiten. Hier aber wird meine Gemahlin das Heft in die Hand nehmen. Sie ist Vicomte Sébastiens Tochter und hat genug Erfahrung, um beide Herrschaften zu leiten.«

Die ablehnende Haltung seines Bruders ärgerte Roland. Er war gewiss nicht an diesen Ort gekommen, um auf der Fahrt in das Heilige Land den Knecht seines Bruders zu spielen. Daher schüttelte auch er den Kopf. »Vater will nicht, dass alle von uns ins Morgenland ziehen. Robert muss es als Vasall des Königs tun, und Roger will im Kampf Ruhm erringen. Daher ist die Wahl unseres Vaters, wer im Land bleiben soll, auf mich gefallen!«

»Braucht Vater dich denn nicht zu Hause?«, fragte Raoul abwehrend.

Roland wünschte sich, seinen Bruder wie früher mit ein paar Ohrfeigen zum Nachgeben bringen zu können. Allerdings war das, da Raoul im Rang so viel höher stand als er, nun nicht mehr möglich. Er musste es auf andere Weise versuchen. »Du kennst doch unseren Vater! Dem passt es schon nicht, wenn Robert ein Wort sagt, das ihm nicht gefällt. Um wie viel schlimmer wäre das bei mir. Er hat mich hierhergeschickt, damit er daheim ungestört den Tyrannen spielen kann.«

Raoul kannte seinen Vater zur Genüge und wusste, dass dieser Roland keine ruhige Minute mehr gönnen würde, wenn er ihn nach Hause zurückschickte. Ihn während seiner Abwesenheit zum Stellvertreter zu ernennen, kam trotzdem nicht in Frage.

»Ich kann dich zum Kastellan einer der Nebenburgen machen. Du wirst allerdings meiner Gemahlin unterstellt sein«, erklärte er mit einem gewissen Ärger.

»Ich danke dir, Bruder!« Roland ergriff den Becher und hob ihn hoch. »Auf dich und darauf, dass du Vicomte geworden bist!« Damit bin auch ich jemand, dachte er, denn er nahm Raouls Worte nicht ernst. Wenn dieser erst einmal fort war, würde er dessen Weib schon zeigen, wer hier das Sagen hatte.

10.

Die Ankunft von Raouls Freunden und seines Bruders war nicht unbemerkt geblieben. Daher entschlossen sich die beiden Burghauptleute Florent de Crespy und Léandre de Gajan nun doch, zur Hauptburg zu reiten und erst einmal nachzusehen, wie viel Macht der neue Vizegraf wirklich besaß, bevor sie ihm offen den Gehorsam aufsagten.

Jeder der beiden Herren erschien mit zehn Bewaffneten. Dies war zu wenig, um Burg Laronne im Handstreich erobern zu können, aber genug, um sich selbst in Sicherheit zu wiegen. Florent de Crespy war der Ältere und nicht gerade mit einer Heldengestalt gesegnet. Seinen Ärger, von Constance verschmäht worden zu sein, konnte er kaum verbergen. Es wurmte ihn auch, dass Burg Crespy nicht an der Grenze zu Ronceau stand, sonst hätte er sich Sylvain und Damien de Ronceau angeschlossen. Von seinen Nachbarn war jedoch keiner bereit, einen Streit mit Laronne vom Zaun zu brechen. Daher blieb ihm nach einem kurzen Blick auf Constances Gefolgsleute sowie auf Théotime, Olivier und Roland de Lorris nichts anderes übrig, als das Knie vor Raoul zu beugen und ihm den Treueeid zu leisten.

Léandre de Gajan hatte ebenfalls gehofft, durch den Wechsel der Herrschaft Vorteile erlangen zu können, und sah sich nun in seinen Erwartungen getäuscht. Daher schwor auch er Raoul als neuem Vizegrafen von Laronne die Treue.

»Ich hoffe, dass wir gut miteinander auskommen werden«, sagte Raoul zu ihnen.

Er hatte in den letzten Tagen mehrmals mit Constance über de Crespy und de Gajan gesprochen und war nicht bereit, die beiden zurückzulassen, während er ins Heilige Land zog. Ihm war die Gefahr zu groß, dass sie sich während seiner Abwesenheit gegen Constance stellen und ihr große Teile der Vizegrafschaft entreißen würden. Daher wies er mit einem freundlichen Lächeln auf die Tafel, die eben von den Knechten aufgetragen wurde und die sich unter der Last der Braten, Pasteten, Schinken und Würste förmlich bog.

»Setzt euch und esst!«, forderte er die Anwesenden auf. »Während des Mahles können wir auch besprechen, welche Vorbereitungen für den Zug ins Morgenland nötig sind. Ich habe die Absicht, ein Fähnlein mit vier Lanzen aufzustellen. Eine führe ich selbst, die anderen werde ich Herrn Florent, Herrn Léandre und Herrn Théotime übertragen.«

Er sagte es wie beiläufig, doch die beiden Burghauptleute traf es wie ein Schlag.

»Ihr meint, ich soll Euch begleiten?«, rief Florent de Crespy empört.

»Ihr seid ebenso wie Herr Léandre der Anführer von Kriegern. Weshalb sollte ich für Eure Leute einen neuen Hauptmann bestellen, der sie erst kennenlernen müsste, während Ihr sie schon jahrelang angeführt habt?«

Raoul lächelte noch immer, doch seine Augen blitzten kalt. Die Absicht de Crespys, sich diesem Dienst zu entziehen, war allzu deutlich.

»Ihr wollt Leute aus meiner Burg mit in den Orient nehmen?« Florent de Crespys Wut stieg. Er hatte seine Männer zusammenhalten wollen, um später, wenn Raoul fort war, Forderungen zu erheben, die Constance erfüllen musste, da ihre eigenen Krieger durch die Teilnahme an dem Kreuzzug ausgedünnt waren.

Aber genau davor hatte Constance ihren Mann gewarnt, und sie stellte nun zufrieden fest, dass dieser ihren Rat beherzigte. Auch sonst ließ sich ihre Ehe mit Raoul gut an. Weder befahl er Dinge, die sie nicht wollte, noch überging er sie, wenn Entscheidungen zu treffen waren. Und im Bett vermochte Raoul, ihr Vergnügen zu bereiten, und kam dabei, wie sie durchaus wahrnahm, auch selbst auf seine Kosten.

Um Florent de Crespy und Léandre de Gajan zu zeigen, dass Raoul als Vicomte de Laronne ihr Lehnsherr war, sprach sie bei Tisch wenig und beobachtete dabei ihre Gäste. Théotime und dessen Kamerad Olivier gefielen ihr. Sie waren wie Raoul nachgeborene Söhne einfacher Edelleute, die froh waren, nun einem hohen Herrn dienen zu können. Den beiden Burghauptleuten traute sie hingegen nicht über den Weg. Léandre de Gajan wäre vielleicht ein brauchbarer Vasall gewesen, doch er hatte sich von Florent aufstacheln lassen. Auf beide würde Raoul während des Kriegszugs ein Auge halten müssen.

Constance hätte es gerne gesehen, wenn Raouls Bruder ebenfalls mit ins Heilige Land gezogen wäre. Zwar verhielt er sich ihr gegenüber freundlich und zuvorkommend, doch sie ahnte, dass er dies nur vorspielte. Sie überlegte, ob sie mit Raoul darüber sprechen sollte, verwarf den Gedanken aber. So wie ihr Mann mit Florent de Crespy und Léandre de Gajan zurechtkommen musste, würde sie es mit seinem Bruder tun.

An den vorhergehenden Tagen war es beim Mahl fröhlicher zugegangen, stellte Constance fest, denn Théotime und Olivier hatten mit ihren Späßen und Berichten nicht nur sie und Raoul zum Lachen gebracht, sondern auch Bernard, der als ihr Stellvertreter auf Laronne bleiben würde. Obwohl es ihm nicht immer passte, wenn sie sich in Männerangelegenheiten einmischte, so würde er ihr doch helfen, sich gegen Roland durchzusetzen.

Benoît hingegen würde Raoul als Knappe begleiten dürfen. Für einen jungen Burschen wie ihn war eine Reise ins Morgenland wie ein Traum. Constance dagegen bedauerte, dass sie das Land, in dem Jesus Christus einst gewandelt war, nicht selbst besuchen konnte. Doch außer ihr gab es niemanden, der über Laronne und Beljeux wachen konnte, und so sah sie es als ihre Pflicht an, zu bleiben.

Während des Mahles erklärte Raoul, wie er sich die Vorbereitungen und den Kriegszug vorstellte. Florent de Crespys Laune sank noch tiefer, als er hörte, dass Raouls Bruder Roland während seiner Abwesenheit seine Burg verwalten sollte. Constance hätte ihn zwar lieber auf die kleinste Nebenburg geschickt, doch er war nun einmal der Bruder des Herrn, und ihn zurückzusetzen hätte die Familie de Lorris beleidigt.

Es hat jeder das Seine zu tragen, dachte Constance, als die Tafel endlich aufgehoben wurde. Zu anderen Zeiten hatte Raoul noch zur Laute gegriffen und gesungen. Nun aber drängten Florent de Crespy und Léandre de Gajan zum Aufbruch, um ihre Burgen noch bei Tageslicht zu erreichen. Sie taten es mit zusammengebissenen Zähnen, denn sie hatten keine ihrer Forderungen durchsetzen können und mussten nun auch noch die Heimat verlassen, um Raoul ins Heilige Land zu folgen.

Constance und Raoul gaben ihnen das Geleit bis zum Tor und sahen ihnen nach. »Achte auf sie!«, riet Constance ihrem Mann.

»Das werde ich! Achte du auf Roland. Wenn ich könnte, würde ich ihn zwingen, mitzukommen.« Ein Schatten huschte über Raouls Gesicht und verriet Constance, wie sehr ihn diese Angelegenheit ärgerte.

»Es würde dich mit deiner Familie überwerfen, und das ist es nicht wert. Ich werde ihn schon im Zaum zu halten wissen!« Constance sagte sich, dass sie sich mit Bernards Hilfe und der ihrer zurückbleibenden Gefolgsleute sowohl gegen Roland wie auch gegen Sylvain de Ronceau würde durchsetzen können. Aus Ronceau war das Gerücht herübergedrungen, dass ihr Nachbar seine beiden ältesten Söhne mit König Philippe ziehen lassen würde. Sylvains jüngster Sohn war noch ein Kind und stellte keine Gefahr dar.

»Manchmal frage ich mich, ob es nicht besser wäre, mich von meiner Familie loszusagen«, sagte Raoul düster. »Glücklich war ich zu Hause nicht. Vater kümmerte sich kaum um mich, Mutter hatte mit den Mädchen zu tun, und meine drei Brüder hatten ihre Freude daran, mich zu quälen. Roland war der Schlimmste! Dass ich ausgerechnet ihn zum Burghauptmann von Crespy ernennen musste, ist für mich ein Hohn des Schicksals.«

Constance legte einen Arm um ihren Mann und lehnte sich leicht gegen ihn. »Auch wenn Ihr in der Burg Eures Vaters nicht glücklich wart, so hoffe ich, dass Ihr es hier seid!«, sagte sie leise.

»Ich bin glücklich!«, antwortete Raoul mit einem Lächeln. »Zumindest, wenn ich mit Euch allein bin und Herrn Florent und meinen Bruder in Euren Armen vergessen kann.«

»Das werdet Ihr hoffentlich auch heute Abend«, sagte Constance lächelnd.

»Das verspreche ich Euch!« Jetzt entspannte Raoul sich doch und drückte sie an sich.

Constance lächelte versonnen. Dabei ging es ihr nicht allein um das Vergnügen, das sie bei der Vereinigung mit Raoul empfand. Sie hoffte, bald schwanger zu werden, um ihm, wenn er aus dem Heiligen Land zurückkehrte, einen Sohn in die Arme legen zu können.

11.

Sehr viele Meilen von Laronne entfernt ritt ein Mann auf eine Burg zu, die auf einem Hügel erbaut worden war. Er war noch jung, kaum mehr als zwanzig Jahre alt, und trug die Tracht eines Kriegsmannes mit ledernem Wams und darüber hängendem Kettenhemd. Ein langes Schwert mit vom Gebrauch blank gewetztem Griff hing an seiner Seite und ebenso ein Dolch. Den Helm hatte er hinten an den Sattel gehängt, um zu zeigen, dass er in friedlicher Absicht kam.

Am Fuß des Burghügels zügelte er sein Pferd und hielt an. Sein Blick wanderte nach oben. Dies war nicht die Burg eines einfachen Ritters, die oft genug nur aus einem Wohnturm und einer Mauer darum herum bestand, sondern die Festung eines hohen Herrn, der über viele Lehnsmänner und etliche andere Burgen verfügte. Einen Augenblick lang verriet die Miene des Reiters Hass, und es sah so aus, als wolle er seinen großen, braunen Hengst wenden und wieder davonreiten. Dann aber schüttelte er energisch den Kopf und lenkte das Pferd nach oben.

Der Wächter auf dem Bergfried der Burg behielt den Reiter bereits länger im Auge und wusste nicht so recht, was er melden sollte. Schließlich winkte er zum Torturm hinüber.

»Seht ihr den Reiter?«

»Ja! Er ist allein und damit wohl keine Gefahr für uns«, klang es spöttisch von der Torwache zurück.

Ein fahrender Ritter war in friedlichen Zeiten kaum der Rede wert. Man setzte ihm eine Mahlzeit vor und legte ihm ans Herz, am nächsten Morgen weiterzuziehen. Es hieß zwar, Kaiser Friedrich sammele ein Heer, um es gen Jerusalem zu führen, und auch ihr Herr würde eine kleine Schar stellen müssen. Aber dafür benötigte er keine Fremden. Daher blickte der Wächter auf dem Bergfried wieder in die Ferne, ob etwas zu sehen war, das der Burg Schaden zufügen konnte. Den einsamen Ritter hatte er bereits aus seinem Gedächtnis gestrichen.

Das Tor war versperrt, als der Reiter dort ankam und seinen Hengst davor verhielt. Er blieb stehen, ohne einen Gruß zu rufen oder zu verlangen, dass ihm aufgemacht wurde.

Der Türmer blickte zu ihm hinunter und dann zu seinen Kameraden, die unten bereitstanden, um das Tor zu öffnen, wenn er sie dazu aufforderte. »Was sollen wir mit dem Kerl machen? Graf Waldemar hat Verwandte zu Besuch. Da passt so ein Landstreicher nicht dazu!« Dem Mann war anzumerken, dass er den Fremden draußen stehen lassen wollte, bis dieser die Lust verlor und weiterritt.

Ein Knecht kratzte sich jedoch an der Schläfe. »Hieß es nicht, es würde noch ein Gast erwartet?«

Der Türmer lachte. »Wenn, ist das gewiss ein hoher Herr und kein verlauster Bursche, der sich nicht einmal einen Knecht leisten kann.«

Da er sich keine Mühe gab, leise zu sprechen, konnte der Reiter ihn verstehen. Dessen Gesicht veränderte sich jedoch um keinen Deut. Entweder man ließ ihn ein, oder er würde der Burg den Rücken kehren. Letzteres erschien ihm ohnehin besser. Zwar war es bereits spät, und er würde an diesem Tag keine Unterkunft mehr finden. Es wäre jedoch nicht die erste Nacht, die er unter den Bäumen des Waldes verbracht hatte.

»Wir sollten es wenigstens dem Grafen melden«, rief der Knecht nun dem Türmer zu.

»Der Graf ist krank, und du weißt nicht, ob er dich empfangen wird«, gab der Turmwächter zurück.

»Sein Oheim wird es gewiss tun. Magister Erwin hat auch alle Vorbereitungen getroffen und die Gäste im Namen unseres Herrn eingeladen!« Der Gedanke gab für den Knecht den Ausschlag, und er eilte los, um den Onkel des Grafen zu suchen.

Wie es aussah, war dieser auf die Rufe der Wächter aufmerksam geworden, denn er trat bereits aus dem Palas, als der Knecht noch darauf zueilte. Er mochte um die fünfzig Jahre zählen und trug die Kutte eines Benediktinermönchs, allerdings aus gutem Tuch, und statt in Sandalen steckten seine Füße in kurzen Stiefeln.

»Was ist los?«, fragte er angespannt.

»Ein fahrender Ritter steht vor dem Tor. Ewald meint, wir sollen ihn nicht hereinlassen, weil er die hohen Gäste unseres Herrn Grafen stören könnte.«

Der Magister verzog verärgert das Gesicht. »Seit wann bestimmt ein Knecht, wer hier in der Burg Aufnahme findet und wer nicht?«

Ohne sich weiter um den Bediensteten zu kümmern, eilte er mit langen Schritten zum Torturm und wies einige Knechte an, das Tor zu öffnen. Kaum war dies geschehen, trat er hinaus und blickte zu dem Reiter auf.

»Du bist also doch gekommen! Ich hatte schon Angst, du würdest es nicht tun«, sagte er erleichtert.

Der Reiter zuckte mit den Schultern. »Die Burg lag auf meinem Weg. Daher entschloss ich mich, hier Rast zu machen.«

»Es ist die Stammburg unseres Geschlechts! Wer also hätte mehr Recht, hier zu sein, als du?«, antwortete der Mönch.

»Es ist weder mein Wunsch, diesem Geschlecht anzugehören, noch in dieser Burg zu sein. Ich kam nur, weil Ihr mich darum gebeten habt«, erklärte der Reiter kühl.

»Ich habe vor mehr als einem halben Jahr mit dir gesprochen und seitdem gewartet, dass du endlich erscheinst.« Ein gewisser Tadel schwang in der Stimme des Mönches, der aber den, dem er galt, nicht zu treffen schien.

»Ihr hättet mir das, was Ihr mir sagen wollt, damals mitteilen sollen, anstatt mich ausgerechnet hierher zu rufen. Also sprecht! Wenn ich danach weiterreiten kann, soll es mir lieb sein.«

»Du bist ein noch sturerer Bock, als dein Vater es war«, entfuhr es dem Mönch.

»Mein Vater hat das getan, was er für richtig hielt. Ich folge seinem Beispiel!«, antwortete der Reiter ohne besondere Regung.

»Auf jeden Fall bist du hier, wirst hereinkommen und zumindest eine Nacht in der Burg verbringen, in der dein Vater aufgewachsen ist.« Mit diesen Worten fasste der Mönch nach den Zügeln des Pferdes und zog es hinter sich durch das Tor.

»Du siehst so aus, als könntest du ein Bad, ein Bett und kundige Hände brauchen, die sich deiner Kleidung annehmen«, stellte er fest, als der Reiter endlich abstieg.

Dieser zuckte erneut mit den Schultern. »Die letzte Fehde, an der ich teilnahm, gewann die andere Seite. Daher musste mein Auftraggeber mich entlassen, ohne mich so belohnen zu können, wie er es gerne getan hätte. Morgen kann es schon wieder anders sein.«

»Das wird es gewiss!«, erwiderte Magister Erwin und wies auf den

Palas. »Beginnen wir mit dem Bad. Ich werde es mit dir teilen, damit du mir nicht doch noch entfleuchst.«

»Ihr habt mich neugierig gemacht, daher werde ich eine Nacht bleiben, aber nicht länger!« Es klang wie ein Schwur.

»Darüber reden wir noch! Jetzt geht es erst ins Bad. Wo ist die Wirtschafterin? Zum Teufel, immer wenn man sie braucht, ist sie nicht da.«

»Ein geistlicher Herr sollte vermeiden, den Namen des Dreigeschwänzten auszusprechen.« Zum ersten Mal schwang ein wenig Humor in der Stimme des Besuchers mit.

»Würde ich mich nicht über dich ärgern, hätte ich es auch nicht getan«, antwortete der Mönch erbost und winkte eine Magd zu sich her. »Suche Marga und richte ihr aus, dass sie ein Bad für mich und meinen Gast richten soll.«

Die Magd, eine bereits ältere Frau, nickte und wollte bereits loseilen, da fiel ihr Blick auf den Fremden. »Heilige Maria Muttergottes! Narren mich meine Augen? Ihr könnt doch nicht Graf Otto sein?«

»Der letzte Graf Otto, den es hier gab, ist vor dreißig Jahren gestorben«, antwortete der junge Mann mit einer gewissen Schärfe.

Magister Erwin schüttelte vorwurfsvoll den Kopf. »Du solltest die Tatsachen nicht auf den Kopf stellen, Michael. Immerhin hatte dein Großvater deinen Vater zu seinem Nachfolger bestimmt, und er wurde mit diesem Titel bedacht.«

»Der ihm wenige Wochen später wieder abgesprochen wurde, ebenso sein Erbrecht und die Zugehörigkeit zur Familie.« Diesmal klang der junge Krieger weniger grimmig denn gleichgültig.

»Darüber sprechen wir, wenn wir in der Wanne sitzen«, erklärte der Mönch und wies die alte Dienerin an, die Wirtschafterin zu suchen, damit diese dem Gast und auch ihm ein Bad bereiten ließ.

»Frau Marga wird dies mit Freuden tun, da Graf Ottos Sohn heimgekommen ist!«, rief die Frau und eilte so rasch davon, als zählte sie keine sechzig Jahre, sondern höchstens die Hälfte.

»Komm jetzt!«, forderte der Mönch den Gast auf und führte ihn zur Badestube.

Kaum waren sie dort, erschienen auch schon etliche Mägde, um die Zuber zu füllen. Immer wieder sahen sie zu dem jungen Mann hin. Dessen abweisende Miene verhinderte jedoch, dass eine der Frauen ihn ansprach. Dabei kannten die Älteren von ihnen seinen Vater, und die jungen Dinger musterten ihn mit dem Interesse, das sie im Allgemeinen für gutaussehende Jünglinge aufbrachten.

12.

Wenig später saßen Erwin, der in einer Person Mönch, Domherr und Doktor der Theologie, Doktor der Jurisprudenz und Lehrer an verschiedenen Domschulen war, und sein Großneffe Michael in ihren mit warmem Wasser gefüllten Zubern und unterhielten sich über nachrangige Dinge. Schließlich beugte Erwin sich vor und maß den jungen Mann mit scharfem Blick. »Auch wenn dich zuletzt das Glück verlassen hat, so bist du ein bekannter Krieger. Du hast dir in weniger als vier Jahren einen Ruf geschaffen, der viele Herren wünschen lässt, dich nicht auf der anderen Seite zu sehen.«

»So groß ist mein Ruf auch wieder nicht!«, widersprach Michael. »Beim letzten Mal half er mir nicht das Geringste.«

»Es gibt andere Kriege und Feldzüge. Immerhin ruft der alte Rotbart seine Ritter zusammen, um mit ihnen das Heilige Grab zu befreien.«

»Man kann Kaiser Friedrich höchstens noch den Graubart nennen. Ich halte es für eine Dummheit, in seinem Alter noch einen so langen Kriegszug anführen zu wollen«, antwortete Michael achselzuckend.

»Kaiser Friedrich muss es tun! Er ist der Einzige, der den Zusammenhalt unter den Rittern aus all den Nationen sichern kann, die an diesem Kreuzzug teilnehmen werden. Einem seiner Söhne würden sich die Könige von Frankreich, England, Zypern und wo sie alle herkommen, nicht beugen.«

»Das war ein guter Vortrag! Man merkt, dass Ihr es gewohnt seid, vor Schülern zu sprechen«, antwortete Michael mit leichtem Spott.

»Diese Schüler sind wenigstens des Schreibens und des Lesens mächtig! Kannst du es?«, fragte der Mönch.

Michael schüttelte den Kopf. »Wozu sollte ich es können?«

»Um zum Beispiel über die Kriege der alten Zeit zu lesen und daraus zu lernen! Ein einfacher Ritter mag des Lesens unkundig sein, der Anführer einer Schar sollte es können.«

Magister Erwin schlug mit der flachen Hand auf das Wasser, dass es nur so spritzte. Er hatte den Vater des jungen Mannes gekannt – und dessen Stolz. Otto von Kühnburg hätte der Nachfolger seines Vaters werden sollen, und so war dieser Stolz in gewisser Hinsicht erklärlich gewesen. Doch auch der Sohn schien stolz zu sein. Dabei war er im Augenblick nur ein Habenichts, der sich als Söldner verdingen musste, um sein Brot zu verdienen.

»Du solltest Lesen und Schreiben lernen. Ich bin bereit, es dir beizubringen«, bot Erwin an.

»Dafür wird keine Zeit bleiben. Ich will mich Kaiser Barbarossa anschließen …«

»Dem Graubart!«, unterbrach Erwin seinen Großneffen.

»Genau diesem! Mit ihm will ich nach Palästina ziehen«, sagte Michael.

Erwin nickte, so als hätte er nichts anderes erwartet. »Deswegen habe ich dich hierhergerufen. Es ist an der Zeit, die alten Zwistigkeiten zu vergessen.«

»Und wie sollte das gehen?«, fragte Michael spöttisch. »Dem Vater meines Vaters passte die Frau nicht, die dieser sich nahm, und so jagte er ihn davon.«

»Graf Heinrich war zornig, weil er deinen Vater mit einer anderen Frau verheiraten wollte. Die Abmachungen waren bereits getroffen, und so war der Zorn deines Großvaters wohl verständlich.«

Der Mönch hoffte, sein junger Verwandter würde dies einsehen, doch der schüttelte den Kopf.

»Graf Heinrich wusste, dass mein Vater meine Mutter heiraten wollte, und hat trotzdem die Vereinbarung mit dem Pfalzgrafen getroffen. Der Wunsch meines Vaters galt ihm nichts.«

»Dein Vater hätte deine Mutter als Gespielin behalten können. Sie war ihm nicht gleichrangig«, rief Erwin erregt aus.

»Sie war die Tochter eines Gefolgsmanns seines Vaters und die beste Frau, die es je gegeben hat. Mein Vater hat es nie bereut, ihretwegen nicht der Nachfolger seines Vaters als Graf auf der Kühnburg geworden zu sein.«

»Er hätte es trotzdem gekonnt! Mein Bruder Heinrich bereute das Zerwürfnis mit deinem Vater von Herzen. Dieser hätte nur einen Schritt auf ihn zugehen müssen. Eine Bitte um Verzeihung, weil er entgegen dessen Willen gehandelt hat, hätte genügt, und er wäre der nächste Graf geworden, und nun wärst du es!«

Erwins verzweifelter Appell verfing bei dem jungen Krieger nicht. »Ich missgönne Graf Waldemar weder, die Nachfolge seines Vaters angetreten zu haben, noch die Macht, die ihm sein Rang verleiht.«

»Dein Oheim Waldemar war stets kränklich und hat aus diesem Grund nie geheiratet. Er braucht einen Mann, der ihm zur Seite steht und einmal sein Nachfolger werden wird.«

Es war ein Angebot, das ein junger Mann, der nichts anderes vor sich sah als Müh und Plage, eigentlich nicht ausschlagen konnte. Magister Erwin behielt daher Michael scharf im Auge. Dessen Miene änderte sich jedoch um keinen Deut.

»Die Grafschaft wird für Kaiser Friedrichs Kriegszug fünf Lanzen bereitstellen. Diese brauchen einen Anführer!«, fuhr der Magister fort.

»Der ich nicht sein kann, da ich nicht des Schreibens und Lesens mächtig bin«, antwortete Michael gelassen und stieg aus dem Zuber.

»Wenn dir das Wasser zu kalt geworden sein sollte, werde ich die Mägde rufen, damit sie warmes nachschütten«, bot sein Großonkel ihm an.

Michael schüttelte ein weiteres Mal den Kopf. »Die Zeit reicht. Ich will mich nicht verzärteln.«

»Sturkopf!«, brummte Erwin, folgte ihm jedoch aus dem Wasser und begann, sich mit einem bereitgelegten Leinentuch abzutrocknen.

Auch Michael tat dies, sah sich dabei aber suchend um.

»Was hast du jetzt schon wieder?«, fragte sein Verwandter.

»Ich sehe meine Kleidung nicht. Soll ich die Badestube vielleicht im Leintuch verlassen?« Michael klang so verärgert, dass Erwin ein leiser Fluch entwischte.

»Du bringst noch den Herrgott dazu, sich die Haare zu raufen«, sagte er und wies auf einen Packen Kleidung, der auf einer Bank lag. »Die sind für dich vorbereitet worden.«

»Ich will meine eigenen Sachen tragen«, forderte Michael.

Erwin schnaubte. »Die werden gerade gewaschen, entlaust und geflickt. Du hast darin wie ein Bettler ausgesehen.«

Es war ein weiterer Hinweis darauf, dass der junge Krieger es in der Hand hatte, sein Schicksal zu ändern.

Nach kurzem Besinnen zog Michael das Hemd, die Hosen und die Tunika an, die die Mägde hingelegt hatten. Sie stammten noch von seinem Vater und waren sorgfältig aufbewahrt worden. Zu seinem Erstaunen sah Erwin, wie sich das Tuch über den Schultern spannte. Auch endeten die Hosen nicht an den Fußknöcheln, sondern ein Stück weiter oben an den Waden. Otto von Kühnburg war ein großer Mann gewesen. Der Sohn aber war noch ein paar Zoll höher gewachsen.

»Wir gehen jetzt zu deinem Oheim. Befleißige dich ihm gegenüber größerer Höflichkeit, als du sie bei mir an den Tag gelegt hast. Graf Waldemar ist krank, und ich will nicht, dass er sich über dich erregt.«

»Dann sollten wir besser gar nicht erst zu ihm«, gab Michael ungerührt zurück.

»Du bist wie dein Vater, unbelehrbar und nie bereit, einen Fehler zuzugeben.« Magister Erwin war nun laut geworden und wünschte sich, er könnte dem jungen Mann ein paar mit dem Stock überziehen, so wie er es gelegentlich bei renitenten Schülern tat. Allerdings wusste er nicht, ob die verwandtschaftlichen Bande des jungen Mannes stark genug waren, um ihn daran zu hindern, zurückzuschlagen.

»Graf Waldemar braucht einen Anführer für seine Schar. Also bezähme dich, und du wirst sie führen«, setzte er eindringlich hinzu.

»Soviel ich weiß, hat Graf Waldemar die nachgeborenen Söhne seiner Schwestern um sich versammelt. Einer davon wird sich gewiss als Anführer seiner Schar eignen.«

»Wer hat dir diesen Unsinn ins Ohr geblasen?«, rief Erwin aufgebracht. Er hätte eher einen glitschigen Aal mit der Hand fangen als diesem Jüngling nachhaltig klarmachen können, was dieser seiner Sippe schuldig war. Zwar hatte er nicht erwartet, dass Michael sein

Angebot sofort ergreifen würde. Immerhin war dessen Vater im Streit von der Kühnburg geschieden und auch später nicht bereit gewesen, einzulenken. Stattdessen hatte der Zwist zwischen Graf Heinrich und seinem ältesten Sohn bis zu beider Tod angedauert. Der alte Graf war vor sieben Jahren gestorben, der Sohn vor fünf. Vor ihnen noch hatte man Michaels Mutter zu Grabe getragen, sonst wäre vielleicht manches anders gekommen. Magister Erwin bedauerte, dass sie nicht mehr lebte, denn sie hätte ihren Sohn davon überzeugen können, seinen Hass auf die Kühnburger zu vergessen und den Platz einzunehmen, der ihm gebührte.

»Befleißige dich, wenn du vor deinem Oheim stehst, wenigstens einer gewissen Höflichkeit. Oder haben deine Eltern dich nicht gelehrt, was das ist?«, forderte er Michael auf, als sie in Richtung der Turmstube gingen, in der Graf Waldemar auf sie wartete.

»Stimmt es nicht, dass drei Neffen des Grafen hier erschienen sind, um sich ihm als Nachfolger anzudienen?«, fragte Michael, ohne auf Erwins Bitte einzugehen.

»Zum Teufel noch mal! Deine Tanten haben sie geschickt, als abzusehen war, dass der Kaiser ins Heilige Land ziehen will. Sie glauben, dass derjenige, der das Kühnburger Aufgebot führt, auch Herrn Waldemar als Graf nachfolgen wird. Dabei will er, dass du es tust! Er hat deinen Vater geliebt und war todtraurig, als dieser sich mit ihrem Vater zerstritt.«

»So traurig, dass er den Burgkaplan einen Brief an meinen Vater schreiben ließ, in dem es hieß, er habe keinen Bruder mehr und dieser solle es nicht wagen, sich noch einmal einen Kühnburger zu nennen.«

»Er tat es, weil dein Großvater ihn dazu zwang! Aber ich sehe, dass es ebenso vergebens ist, deinen Sinn zu ändern, wie einen Teich mit einem Becher ausleeren zu wollen.«

Noch während Erwin schimpfte, erreichten sie die Tür zu der Turmkammer, die ein Knecht für sie öffnete. Als sie eintraten, sah Michael als Erstes seinen Onkel. Graf Waldemar zählte noch keine vierzig Jahre, sah aber weitaus älter aus. Das Gesicht wirkte schmal und ausgezehrt, der Blick seiner Augen trübe, und er hustete schwer. Ein Diener reichte ihm ein Tuch, in das er seinen Auswurf spuckte. Matt sank er in seinen Sessel zurück.

Die drei Männer, die in seiner Nähe saßen, waren jünger und so gesund, wie sie nur sein konnten. Als sie Erwin mit Michael zusammen eintreten sahen, bedachten sie Letzteren mit abweisenden Blicken.

Michael begriff, dass sie selbst den Teufel lieber gesehen hätten als ihn. Für Augenblicke überlegte er, ob er nicht doch auf das Angebot seines Onkels eingehen sollte. Dann aber verneinte er es im Stillen. Er hatte seinem Vater an dessen Totenbett geschworen, erst dann die Kühnburg zu betreten, wenn der Letzte ihres Geschlechts seinen Platz in der Familiengruft gefunden hatte. Auch wenn Graf Waldemar krank war, so lebte er noch, und ebenso tat das dessen Oheim Erwin.

Für einen Augenblick dachte Michael daran, dass er seinen Schwur bereits verletzt hatte, indem er hierhergekommen war. Er hatte es Magister Erwins wegen getan, dem Einzigen in der Familie, der noch Kontakt mit seinem Vater aufrechterhalten hatte. Die Schwestern hingegen hatten den Zwist zwischen ihrem Vater und ihrem Bruder sogar noch befeuert. Ihr Ziel war es gewesen, einen ihrer nachgeborenen Söhne als Waldemars Nachfolger auf der Kühnburg zu sehen.

Jeder der drei, die hier versammelt waren, zählte mindestens sechs Jahre mehr als er. Mit einem gewissen Spott dachte er daran, dass ihm keiner von ihnen als Krieger das Wasser reichen konnte. Sie waren die Art von Nachfolger, die sein Vater seinem Bruder vergönnt hatte. Daher sah Michael keinen Grund, sich jetzt auf die Seite seines Onkels zu stellen.

»Ich grüße dich, Neffe«, begann Graf Waldemar mit matter Stimme.

»Ich danke Eurer Erlaucht, diese Nacht als Gast auf Eurer Burg verbringen zu dürfen.«

Verwirrt über diese kühle Antwort, sah Graf Waldemar Magister Erwin fragend an. »Hat Michael sich nun bereit erklärt, unser Aufgebot zu führen?«

»Nein!« Michael wollte keine Hoffnungen wecken, wo es keine gab. Gleichzeitig sah er seine Vettern erleichtert aufatmen.

Einer von ihnen erhob sich und trat vor Graf Waldemars Stuhl.

»Erlauchtigster Herr Oheim, mein Vater erlaubt mir, meinen Sippennamen abzulegen und den Euren zu wählen, auf dass ich Euer Aufgebot als Kühnburger ins Heilige Land führen kann.«

Michael beobachtete, dass sich die beiden anderen Vettern darüber ärgerten, wie der Dritte sich ihrem Onkel andiente. Ihm selbst war es gleichgültig. Für sein Gefühl war er schon zu lange hier, und er beschloss, am nächsten Morgen vor Tau und Tag aufzubrechen, um zu Kaiser Friedrichs Sammelplatz zu reiten. Er würde es in seinen Kleidern tun und die, die er hier erhalten hatte, zurücklassen, ebenso mehrere Münzen für die Knechte und Mägde für die Mühen, die sie mit ihm gehabt hatten. Was seine Verwandten betraf, wollte er ohne Abschiedsgruß von ihnen scheiden. Bei Magister Erwin tat es ihm zwar ein wenig leid, doch was den Grafen und seine Vettern betraf, so war er froh, sie nicht mehr sehen zu müssen.

Dritter Teil

Aufbruch

1.

Auf der Ebene wimmelte es von Kriegern. Ein ungeschultes Auge hätte nur eine wirre Ansammlung von Menschen, Pferden und Zelten wahrgenommen, doch Michael hatte trotz seiner Jugend bereits mehrere Feldzüge miterlebt und begriff rasch, dass das Lager gut organisiert war. Weiter vorne standen die Zelte der hohen Herren, die an den im Wind flatternden Bannern zu erkennen waren. Nicht weit davon entfernt hatte man Pferche für die Rosse dieser Edelleute und ihres Gefolges errichtet und Wachen davorgestellt. Noch trugen diese Gefolgsleute und die Waffenknechte die Abzeichen ihrer Herren auf der Brust, doch schon bald würde es das Kreuz sein.

Michaels Blick wanderte weiter zu dem Lagerteil, der sein Ziel darstellte. Er war kleiner und wirkte nicht ganz so gepflegt wie der, in dem Grafen und Herzöge Quartier bezogen hatten. Die kleinen Zelte standen so eng zusammen, dass zwei Leute kaum aneinander vorbeikamen, und an ein paar Stellen waren primitive Hütten aus Zweigen errichtet worden.

Hier sammelten sich die einfachen Ritter, Männer wie er, die keine Heimat besaßen, sowie Söhne von Bürgern und Freibauern, aber auch davongelaufene Knechte und Hörige, die hofften, im Heiligen Land nicht nur die Vergebung ihrer Sünden, sondern auch ihre Freiheit und einen Beutel Gold zu erlangen.

Als Michael abstieg und das Pferd führte, um leichter durch die Lagergassen zu kommen, fragte er sich, weshalb er wirklich ins Heilige Land reisen wollte. Für die Vergebung der Sünden – vielleicht. Allerdings hätte er diese durch eine Pilgerfahrt zu einem näheren Ziel ebenfalls erreichen können. Beute? Er wusste nur zu gut, dass die größten Reichtümer in die Truhen der hohen Herren wanderten und für die einfachen Krieger nur ein paar Münzen blieben. Ging es ihm etwa um Ruhm? Aber wer sollte schon von Taten berichten, die in großer Ferne vollbracht worden waren? Mit einem spöttischen Lachen machte er sich den wahren Grund seines Handelns klar: Er wollte einfach dabei sein und das größte Abenteuer dieser Zeit miterleben. Außerdem hatte Kaiser Friedrich einen Landfrieden geboten, und dagegen würde so leicht keiner verstoßen. Er konnte daher nicht auf Fehden hoffen, an denen er mit der Aussicht auf guten Lohn teilnehmen konnte. Also war es das Beste, mit dem Heer des Kaisers mitzuziehen und zu schauen, was es ihm brachte.

Da entdeckte Michael inmitten der Zelte einen freien Platz und hielt darauf zu. Ein Tisch stand dort, und hinter ihm saß ein Mönch, der eben mit einem vierschrötigen Mann sprach. Als der ging, schrieb er rasch etwas auf. Der nächste Mann trat auf den Mönch zu, und so stellte auch Michael sich in die Reihe jener Männer, die darauf warteten, mit dem Mönch sprechen zu können.

»Musstest du deinen Gaul mitbringen?«, fragte einer der Männer verärgert, als ihn der große Hengst zur Seite drängte. »Dort vorne ist der Pferch. Bring das Viehzeug dorthin und komm dann wieder.«

Michael wies auf eine größere Gruppe, die eben herankam und sich hinter ihm aufstellte. »Glaubst du, ich will noch länger warten und mir die Beine in den Leib stehen? Nein, mein Hengst bleibt bei mir.«

Da mehrere Neuankömmlinge ebenfalls ihre Pferde bei sich hatten, sah Michael nicht ein, weshalb er seines wegbringen sollte, nur weil es dem Kerl vor ihm so gefallen würde. Der schnaubte kurz, rückte dann weiter, da der Mönch den nächsten Krieger zu sich rief.

So ging es einige Zeit. Schließlich war der Mann vor Michael an der Reihe.

»Wie heißt du?«, fragte der Mönch.

»Rudolf von der Bachleiten aus der Sippe der Eppenburger!«, antwortete der Krieger.

Der Mönch schrieb es auf, musterte den Mann, der nicht nur kräftig gebaut, sondern auch gut gerüstet war, und wies auf den Lagerteil der hohen Herrschaften.

»Markgraf Rüdiger will eine weitere Lanze zusammenstellen. Wenn er mit dir zufrieden ist, kannst du unter seinem Banner reiten.«

»Hab Dank!«, rief Rudolf von der Bachleiten sichtlich erfreut und ging weiter.

Der Mönch schrieb eine Bemerkung hinter dessen Namen und sah dann Michael an. »Wie heißt du?«

»Michael!«

»Und weiter?«

»Michael!« Michael lächelte sanft, doch in seinen Augen lag ein Schimmer, der es dem Mönch geraten erscheinen ließ, nicht nachzuhaken. Er schrieb den Namen auf, überlegte kurz und wies dann auf eine Stelle, an der vier Männer um ein kleines Lagerfeuer saßen.

»Du kannst dich dieser Gruppe anschließen. Sie gehört zur Trosswache.«

Trosswachen waren im Allgemeinen bessere Knechte, denn sie mussten mithelfen, in Schlaglöchern eingesunkene Wagen wieder herauszuziehen, und wenn es zur Schlacht kam, standen sie abseits und durften zusehen, wie andere Ehre und Beute errangen. So mancher junge Ritter hätte sich gegen diese Zumutung gesträubt, doch Michael zuckte nur mit den Achseln.

»Dann soll es so sein!«

Der Mönch setzte hinter Michaels Namen, dass dieser zu den Trosswachen eingeteilt worden sei, und rief den Nächsten zu sich.

Michael ging beiseite, damit dieser auf den Tisch zutreten konnte, und hörte mit, wie der Mönch nach dem Namen des jungen Burschen fragte.

»Wie heißt du?«

»Felix, ehrwürdiger Vater!«

»Wie noch?«

»Nur Felix, mein Herr! Mein Vater ist Bauer und hat mich losgeschickt, um das Heilige Land zu befreien.«

Ein paar der Wartenden lachten über die Bemerkung, und der Mönch verzog das Gesicht. »Damit bist du nur als Knecht zu gebrauchen.«

»Ich will kämpfen, Herr, und Heiden erschlagen, auf dass meinen

Vorfahren, meinem Vater, meiner Mutter und meinen Geschwistern das Himmelreich offensteht.«

Während manche erneut lachten, drehte Michael sich zu Felix um. »Du hast dich selbst und deine Nachkommen vergessen!«

Das Lachen wurde noch lauter, und der junge Bursche sah aus, als wolle er vor Scham im Boden versinken. So hatte er sich seine Ankunft im Lager der Kreuzritter wohl nicht vorgestellt. Mittlerweile tat er Michael leid. Bevor er jedoch etwas sagen konnte, wies der Mönch auf ihn.

»Da dieser Felix kämpfen will, soll er mit dir und den anderen zusammen den Tross verteidigen.«

Michael dachte sich, dass der Mönch ihn wahrscheinlich höflicher ansprechen würde, wenn er wüsste, wer er war. Da er sich jedoch von der Kühnburger Sippe losgesagt hatte, kümmerte es ihn nicht. Stattdessen winkte er Felix zu sich. »Komm mit!«

Der junge Bursche folgte ihm mit einer Miene, der anzumerken war, dass er nicht wusste, ob ihm dies nun zum Guten ausschlagen oder alles noch schlimmer werden würde.

Michael schritt auf die Vierergruppe zu und musterte sie. Der Älteste von ihnen mochte auf die fünfzig zugehen, einer war mittleren Alters und zwei noch recht jung. Bei einem Mann waren noch die Reste einer Tonsur zu erkennen. Er war wohl Mönch gewesen, hatte aber das Gebetbuch mit dem Schwert vertauscht. Welcher Art die Männer waren, würde er im Lauf der Zeit herausfinden, dachte Michael und blieb vor ihnen stehen. »Wir beide wurden eurer Gruppe zugeteilt!«, sagte er fast ein wenig abweisend.

Die Männer blickten nun zu ihm auf, Felix würdigten sie keines Blickes. Während der ältere Ritter Michael musterte, um sich eine Meinung von ihm bilden zu können, trumpfte einer der jungen Krieger auf.

»Dann wäre unsere Zeltgemeinschaft vollständig. Ihr müsst allerdings wissen, dass wir, die zuerst hier waren, das Sagen haben und Ihr gehorchen müsst.«

»Wenn Ihr das so sagt!«

Michaels Stimme war deutlich anzumerken, dass er den Mann nicht ernst nahm. Bevor dieser jedoch darauf antworten konnte, hob der alte

Ritter die Hand. »Seid ruhig! Es bringt nichts, sich gleich zu Beginn eines so langen Weges zu streiten. Unsere Befehle erhalten wir vom Trossmeister, und die müssen wir alle befolgen. Daneben brauchen wir sechs einen Anführer, auf den wir uns verlassen können und der sich auf uns verlassen können muss. Wer dies sein wird, sollten wir in den nächsten Tagen bestimmen, wenn wir mehr voneinander wissen.«

»Das klingt vernünftig! Nun wäre ich Euch dankbar, wenn Ihr mir sagen könntet, wo ich meinen Hengst unterbringen kann. Ins Zelt passt er wohl kaum mehr hinein«, meinte Michael gelassen.

Felix und der alte Ritter mussten lachen, während der Jüngste in der Gruppe rot vor Zorn wurde.

»Nimm dich in Acht!«, fuhr er Michael an.

»Ich glaube, Ihr solltet Euch besser in Acht nehmen«, mischte sich da der Krieger im mittleren Alter ein und wandte sich dann Michael zu. »Wenn Ihr Michael heißt und der seid, für den ich Euch halte, ist für mich das Kommando über unsere kleine Schar geklärt.«

»Michael heiße ich, doch ob ich der bin, für den Ihr mich haltet, sei dahingestellt.«

Auch diesen Ritter sprach Michael höflich an. Die beiden Ältesten in der Gruppe schienen ihm vernünftig zu sein, was er von dem jüngsten Mitglied der Gruppe nicht sagen konnte. Auch über den ehemaligen Mönch würde er sich erst im Lauf der Zeit eine Meinung bilden müssen.

»Ich werde diesen Kerl nicht als meinen Anführer anerkennen!«, rief der Jüngste voller Wut.

»Sei ruhig!«, sagte der Alte und zeigte damit, dass der andere in seiner Achtung nicht sehr hoch stand. »Wir sollten uns erst einmal vorstellen. Ihr heißt also Michael? Habt Ihr noch einen Beinamen?«

Michael schüttelte den Kopf.

Sofort klang die Stimme des jungen Kriegers höhnisch auf. »Irgendein Bastard also, den keiner in der Familie haben will! Ich hingegen bin Eberhard von Dellingen. Mein Vater ist einer der Burghauptleute des Herzogs von Sachsen!«

Da man Dellingen trotz dieser Abkunft zum Tross gesteckt hatte, war Michael klar, dass dessen Vater nur ein einfacher Dienstmann des Sachsenherzogs sein konnte.

»Ich bin Ferdinand von Drammen«, stellte sich nun der alte Ritter vor.

Auch er war von eher niederem Rang, fand Michael. Ebenso war dies bei dem Krieger mittleren Alters, der sich als Hans Pfeuderer vorstellte. Dieser stand sogar auf und reichte Michael die Hand. »Es freut mich, an Eurer Seite streiten zu können!«

»Was werden wir schon kämpfen können? Wir zählen zum Tross und werden zuschauen müssen, wie die anderen Ruhm und ihr Seelenheil erringen«, wandte der frühere Mönch ein. Es klang so bedrückt, als sähe er für sich das Himmelreich schwinden.

»Bruder Ludolf hat das Kloster verlassen, um möglichst viele Heiden zu erschlagen. Jetzt glaubt er, dies bliebe ihm versagt«, spottete Dellingen.

Michael schätzte ihn und Ludolf als diejenigen ein, die ihnen die meisten Probleme bereiten würden. Dellingen hielt sich für etwas Besseres, und der Mönch wollte sein Schwert unbedingt in Heidenblut tauchen.

»Es wird viele Monate dauern, bis wir das Heilige Land erreichen, und bis dorthin kann viel geschehen. Wir sollten uns daher noch keine Gedanken machen, was uns dort erwartet, sondern darauf achten, was als Nächstes kommt«, erklärte Michael und führte anschließend seinen Hengst zum Pferch.

Er hatte sich seine Kameraden nicht ausgesucht, würde aber mit ihnen auskommen müssen. Auf dem langen Marsch würde Eberhard von Dellingen wohl von seinem hohen Ross herabkommen und Bruder Ludolf lernen, dass der Feldzug ins Heilige Land nicht nur aus Kampf bestand, sondern in erster Linie aus einem langen und beschwerlichen Marsch.

2.

Während Kaiser Friedrich sich mit seinem Heer bereits auf den Weg gemacht hatte, wurden in Laronne die letzten Vorbereitungen für den Kriegszug abgeschlossen. Constance konnte zufrieden sein. Ihre Mägde hatten gute Arbeit geleistet und genug Hemden, Hosen, Tuniken und Mäntel genäht, so dass Raoul seine Kleidung dreimal wechseln konnte und jeder seiner Männer zweimal. Es gab genug Schuhe und auch Hüte, die in der Gluthitze des Orients Schutz vor den Strahlen der Sonne bieten sollten, dazu all jene Dinge, die Krieger ihres Wissens auf einer so langen Reise benötigten.

Auch die Rüstungen und Waffen waren rechtzeitig fertig geworden. So hatte der Schmied Raouls Kettenhemd nicht nur repariert, sondern es an den Schenkeln wie auch an den Armen verlängert, so dass ihr Mann besser geschützt war. Raoul besaß einen neuen Helm sowie ein zweites Schwert als Ersatz, sollte sein eigenes im Kampf zerbrechen.

Die drei Reiter seiner Lanze waren ebenfalls mit Kettenhemden ausgerüstet worden. Sogar Benoît besaß eines, und für das Dutzend Fußknechte hatte sie wattierte Gambesons und Waffenröcke mit dem Wappen von Laronne anfertigen lassen.

Constance hatte auch das zweite Fähnlein um Théotime so ausgestattet, dass sie sich seiner nicht schämen musste. Nun kam es darauf an, was die Herren Florent de Crespy und Léandre de Gajan auf die Beine brachten. Waren deren Fähnlein zu schlecht ausgerüstet, so gab es auf der Burg noch genug Vorrat, um dies ändern zu können.

Mit einem erleichterten Lächeln wandte sie sich ihrem Ehemann zu. »Ich hoffe, Ihr seid zufrieden, mein Herr?«

Raoul hätte ohne ihre Unterstützung nicht einmal sich selbst ausrüsten können, geschweige denn all die Krieger, die er von hier mitnehmen sollte. Wahrscheinlich würde ich wie viele fahrende Ritter, die sich nun nach Azay-le-Rideau, dem Sammelplatz des Heeres, aufmachten, froh sein, unterwegs genug zu essen zu bekommen, dachte er. Doch auch in der Hinsicht hatte Constance vorgesorgt. In der Remise standen zwei voll beladene Wagen mit Vorräten, die lange haltbar waren.

»Ich weiß nicht, was ich ohne Euch getan hätte«, lobte er Constance.

»Ihr seid der Vicomte de Laronne und habt ein Anrecht darauf, hinter keinem Edelmann in Frankreich zurückzustehen, es sei denn, er würde königlichem Blut entstammen«, antwortete seine Frau mit Stolz.

Raoul atmete tief durch. »Ich bete, dass ich Eure Erwartungen nicht enttäusche.«

»Das werdet Ihr nicht!«

»Ich hoffe es!« Raoul betrachtete sein verbessertes Kettenhemd und war sicher, dass seine Brüder Robert und Roger, die wie er mit dem König ziehen wollten, schlechter gerüstet sein würden. »Sie werden sich darüber ärgern«, murmelte er.

»Was sagt Ihr?«, fragte Constance verwirrt.

»Verzeiht, es kam von selbst über meine Lippen. Es geht um meine Brüder. Sie werden sich ärgern, weil ich nun mehr gelte als sie.«

»Haben sie Euch früher sehr gequält?«, fragte Constance mitfühlend.

Raoul horchte in sich hinein und schüttelte dann den Kopf. »Es mag mir so vorgekommen sein, aber ich war eben der Jüngste und damit das leichte Opfer. Zu schlimm treiben durften sie es jedoch nicht. Vater hat Roland einmal schwer bestraft, weil dieser meine jüngste Schwester in den Fluss gestoßen hatte und ich hinterhergesprungen war, um sie zu retten.«

»Und? Ist es Euch gelungen?«, wollte Constance wissen.

»Gott sei Dank! Vater hatte uns gesehen und danach Roland gezwungen, seine Hose auszuziehen, um ihn mit seinem Gürtelriemen aufs nackte Hinterteil zu schlagen. Ich glaube, das war für meinen Bruder schlimmer als all das, was er mir angetan hat.« Raoul lachte und schloss Constance in die Arme. »Die richtige Revanche hat er jetzt, da ich als Vicomte im Gefolge des Königs ins Heilige Land aufbrechen werde, während er als einer meiner Burghauptleute zurückbleiben muss.«

»Wollen wir hoffen, dass er seine Stellung so ausfüllt, wie Ihr und ich es uns wünschen.« In Constances Stimme schwang Misstrauen mit. Zwar benahm Roland sich ihr gegenüber höflich, doch sie spürte, dass dies nicht von Herzen kam. Dort hatte der Neid auf Raoul seine Heimstatt gefunden und gleichzeitig der Wunsch, sich dessen neues Ansehen zunutze zu machen, um selbst höher aufsteigen zu können.

Sie zuckte mit den Schultern und blickte dann nach Norden, wo Ronceau lag. »Wenigstens werden Herrn Sylvains Söhne mit ins Heilige Land ziehen. Daher muss ich nicht befürchten, dass Damien und Beauvais versuchen könnten, sich an unseren Hühnern und Kühen zu vergreifen.«

»Die beiden werden die Gelegenheit nutzen wollen, sich am Gold der Heiden zu bereichern«, antwortete Raoul mit einer gewissen Verachtung den Söhnen ihres Nachbarn gegenüber.

»Ihr solltet das Gold der Heiden ebenfalls nicht anderen überlassen. Es war teuer, diesen Kriegszug vorzubereiten, und es wäre von Nutzen, wenn unsere Truhen wieder gefüllt werden könnten.«

Obwohl Constance es nicht so gemeint hatte, nahm Raoul ihre Worte als Vorwurf, vor seiner Heirat mit ihr ein Habenichts gewesen zu sein. Er kniff die Lippen zusammen und nickte. »Ich werde mir Mühe geben, um Beute zu machen. Wie man hört, sollen die Paläste der Sultane und Kalifen aus purem Gold bestehen. Vielleicht kann ich da ein paar Steine herausbrechen!«

»Eine kleine Truhe mit Goldmünzen oder Juwelen würde genügen. Es müssen nicht gleich die goldenen Ziegelsteine eines Sultanspalasts sein!« Constance lachte kurz über diese Vorstellung und sah dann Raoul nachdenklich an. »Gebt bitte auf Euch acht!«

»Das werde ich!«, antwortete er lächelnd, und die leichte Missstimmung war verflogen. Constance war die beste Frau der Welt, und sie hatte ja recht, wenn sie ihn aufforderte, im Heiligen Land nicht nur an sein Seelenheil, sondern auch an Beute zu denken. Die anderen Herren, die mit ihm zogen, würden es nicht anders halten.

3.

Als die Nachricht vom Aufbruch des deutschen Heeres Frankreich erreichte, wurden die dortigen Ritter unruhig. Hinter den Allemands wollte keiner von ihnen zurückstehen. Immer wieder ritten einzelne Gruppen nahe an Laronne vorbei, um die Sammelstellen zu erreichen. Auch Raoul sehnte den Aufbruch herbei, beugte sich aber Constances Wunsch, es erst zu tun, wenn Damien und Beauvais de Ronceau sich auf den Weg gemacht hatten.

»Ich traue den Brüdern nicht«, erklärte Constance, nachdem sie in der Nacht zunächst der Venus geopfert hatten und nun zusammenlagen und das besprachen, was ihnen auf dem Herzen lag.

»Die Ronceaus können es sich nicht leisten, Beljeux oder gar Laronne anzugreifen. Der König würde sie ächten und bestrafen«, antwortete Raoul, um ihr die Sorgen zu nehmen.

Constance stieß ein leises Schnauben aus. »Ich meine auch nicht, dass sie unsere Besitzungen erobern wollen. Vielmehr befürchte ich, dass sie versuchen könnten, ihren Proviant von unseren Bauern zu erpressen.«

»Das würde ich ihnen eintränken!«, antwortete Raoul. Dabei wusste er selbst, dass dies, sobald die Ronceaus und er sich erst einmal beim Heer des Königs befanden, kaum mehr möglich war. Philippe II. hatte seinen Rittern Frieden befohlen. Wenn er nun gegen Damien und Beauvais de Ronceau vorging, würde er sich den Zorn des Königs zuziehen, gleichgültig, was die beiden Brüder sich vorher geleistet hatten.

»Ihr habt wieder einmal recht«, setzte er mit verkniffener Miene hinzu. »Wenn die Ronceaus und ihr Gefolge ein Huhn oder einen Sack Getreide stehlen sollten, können wir sie nur hier auf unserem eigenen Grund abfangen und zur Rechenschaft ziehen. Und selbst dann werden sie sich auf den Befehl des Königs berufen, der den Streit zwischen seinen Vasallen verbietet.«

»Sylvain de Ronceau ist kein französischer Vasall, sondern ein normannischer. Sollte er eines unserer Dörfer plündern, wäre es ein Grund, es ihm mit gleicher Münze heimzuzahlen!« Doch ebenso wie ihr Mann wusste Constance, dass sie damit sowohl König Philippe II. wie auch Herzog und König Richard erzürnen würden.

»Der Teufel soll die Ronceaus holen!«, setzte sie seufzend hinzu und schüttelte den Kopf. »Eines schwöre ich Euch! Wenn sie uns auch nur ein einziges Huhn stehlen, hole ich mir fünf dafür von ihnen.«

Das traute Raoul seiner Frau durchaus zu. In gewisser Weise war sie tatkräftiger als er. Sie war aber auch dazu erzogen worden, die

Nachfolge ihres Vaters anzutreten. Er hingegen hatte sich von seinen älteren Brüdern herumstoßen lassen müssen. So schlimm war es auch wieder nicht, rief er sich ins Gedächtnis. Roland hatte es zwar mit Begeisterung getan, Robert und Roger hingegen nur gelegentlich. Er konnte sich durchaus an einige schöne Erlebnisse erinnern. So hatte Robert ihn als kleinen Jungen hochgehoben, damit er an die Kirschen gekommen war, und Roger ihn zum Angeln mitgenommen. Bei dem Gedanken glaubte er förmlich den Geschmack des gebratenen Fisches im Mund zu spüren, den sein Bruder mit ihm geteilt hatte.

»Fünf Hühner für eines ist eine gute Zahl«, meinte er aus seinen Gedanken auftauchend. »Fast wünschte ich, Sylvain de Ronceau würde uns zehn Kühe wegfangen wollen. Er würde dann fünfzig dafür einbüßen.«

Constance musste lachen. »Das wäre was! Ich glaube jedoch, danach müssten wir uns vor Herzog Richard verantworten.«

»Ist es schlimm, Vasall zweier Herren zu sein?«, fragte Raoul, da dies auch ihn betraf.

Constance wiegte unschlüssig den Kopf. »Es ist nicht immer leicht! Als König Henri II. sich mit seinen Söhnen überwarf, musste mein Vater sehr geschickt verhandeln, um sich nicht auf eine Seite schlagen zu müssen. Hätte er sich König Henri angeschlossen, hätte er Herzog Richard erzürnt und den König von Frankreich als seinen Lehnsherrn für Laronne. Gleichzeitig durfte er aber auch König Henri nicht vor den Kopf stoßen. Wäre dieser der Sieger geworden, hätte er ihm Beljeux wegnehmen können.«

»Ich wollte, es gäbe nur einen Oberherrn für diese beiden Besitzungen. Dann hätten wir weitaus weniger Schwierigkeiten.« Raoul atmete tief durch, als auf einmal das Horn des Türmers aufklang.

»Wer mag das schon wieder sein?«, rief er aufstöhnend.

Constance eilte hinaus. Als sie auf den Torturm stieg, wies der Türmer auf eine Schar, die aus acht Reitern und etwa dreißig Reisigen zu Fuß bestand und mit einem von zwei Pferden gezogenen Wagen quer über die Wiese so nahe an Burg Laronne vorbeizogen, dass Constance Damien de Ronceaus grinsendes Gesicht sehen konnte. In der rechten Hand schwang dieser einen toten Hahn.

»Das ist unser Beau! Dieser Lump hat ihn mit dem Schwert erschlagen«, erklärte der Türmer grimmig.

»Und jetzt verhöhnt er uns damit. Das werden wir ihm heimzahlen!«, fauchte Constance.

Unterdessen hatte auch Raoul den Turm erstiegen. »Ein Hahn bedeutet Eurer Rechnung nach fünf, die wir uns von den Ronceaus holen!«, meinte er.

Constance musste lachen. »Ich ziehe fünf Hühner vor. Von denen haben wir mehr, als wenn wir fünf Hähne stehlen würden.«

Für sie war es eine Ehrensache, in den nächsten Tagen heimlich nach Ronceau einzudringen und dessen Herrn um fünf Hühner zu erleichtern. Und um einen Hahn, sagte Constance sich. Schließlich hatte Damien ihren besten Zuchthahn erschlagen.

»Der gefürchtete Tête de Taureau ist in Wirklichkeit ein Hühnermörder«, spottete sie und lehnte sich so gegen Raoul, dass Damien und seine Begleiter es sehen konnten.

»Gebt acht auf Euch! Ich traue ihm nicht«, mahnte sie ihren Mann.

Dieser nickte lächelnd. »Das werde ich, meine Liebe.«

Ganz so ernst nahm er Constances Warnung jedoch nicht. Immerhin würden Damien de Ronceau und er im selben Heer gegen den gleichen Feind kämpfen. Für einen internen Zwist blieb dabei wenig Zeit.

»Ronceau wird mit seinen Mannen nach Marseille ziehen. Soviel ich gehört habe, will König Richard dort einen Teil seiner Lehnsleute aus Aquitanien und der Normandie auf Schiffe verladen. Vorher aber wollen die Könige in Azay-le-Rideau zusammentreffen«, erklärte Raoul.

»Ich bin mir gewiss, dass Azay-le-Rideau auch das Ziel von Damien de Ronceau ist«, sagte Constance nachdenklich. »Ihr solltet daher nicht mehr lange säumen, sondern ebenfalls aufbrechen. Es könnte sonst sein, dass der Stierkopf Euch bei den Königen als Feigling verleumdet, der sich nicht hinter den Rockschößen seiner Frau hervorwagt.«

»Meine und Théotimes Lanzen sind zum Aufbruch bereit. Den Herren Florent und Léandre werde ich heute noch einen Boten senden, dass sie übermorgen in voller Mannzahl hier zu erscheinen haben. Einen Tag später brechen wir auf!« Damit, so sagte Raoul sich, war die Entscheidung gefallen.

Constance begriff dies ebenfalls und war traurig, weil die schöne Zeit mit ihrem Ehemann bereits vorbei sein sollte. Umso süßer wird das Wiedersehen, tröstete sie sich und nickte. »So ist es am besten! Auf jeden Fall führt Ihr dem König vier Lanzen zu und Ronceau dem normannisch-englischen Heer nur zwei.«

»Was ist eigentlich mit Beljeux? Müsste es König Richard nicht auch Truppen stellen?«, fragte Raoul und ärgerte sich, dass ihm dies nicht früher eingefallen war.

»Die Stellung von Kriegern wurde bei der Belehnung durch Geld abgegolten! Dafür wurde Laronne auferlegt, sich bei Zwistigkeiten zwischen dem König von Frankreich und dem Herzog der Normandie keiner Seite anzuschließen. So haben es mein Großvater und mein Vater gehalten, und ich glaube nicht, dass Ihr es anders halten werdet«, erklärte ihm Constance.

Raoul schüttelte vehement den Kopf. »Das will ich bei Gott nicht! Zudem bin nicht ich der Herr von Beljeux, sondern Ihr die Herrin aus eigenem Recht.«

»Ich will Laronne und Beljeux nicht aufteilen, sondern sie als gemeinsames Ganzes erhalten. Sonst fällt es unseren Söhnen ein, es zu tun.«

Constance klang so entschlossen, dass Raoul es sich verkniff, etwas dagegen zu sagen. Ihm hatte im Fall von zwei Söhnen vorgeschwebt, einen zum Vicomte de Laronne und den anderen zum Seigneur de Beljeux zu machen. Allerdings wäre für einen dritten Sohn dann nicht viel übrig, und für einen vierten wie ihn selbst noch weniger. Er verstand auch, dass die beiden Herrschaften zusammen mehr Gewicht besaßen, als wenn man sie trennen würde. Unangenehm war nur, dass er für Laronne dem König von Frankreich lehnspflichtig war und für Beljeux dem König von England in seiner Position als Herzog der Normandie. Solange beide friedlich blieben, war dies kein Problem. Doch wenn es zu einem Krieg kam, war zu befürchten, dass weder die eine noch die andere Seite die Neutralität der beiden Gebiete achten würde.

»Ich werde jetzt meine Befehle erteilen, damit wir bald aufbrechen können«, sagte er und hoffte, dass die Zukunft keinen Sturm brachte, der über Laronne und Beljeux hinwegfegen würde.

4.

Die Burghauptmänner Florent de Crespy und Léandre de Gajan mochten grollen, doch Raouls Befehlen konnten sie sich nicht widersetzen, denn hinter diesem stand die Macht des Königs. Daher erschienen sie am Abend des übernächsten Tages mit voller Mannzahl vor Laronne. Während ihre Begleiter auf dem Anger vor der Burg ihr Lager aufschlugen, wurden ihre Anführer als Gäste in die Burg geführt.

Bevor sie sich zum Mahl setzten, musterte Raoul die Krieger, die seine Hauptleute mitgebracht hatten. Auch wenn ihre Ausrüstung schlicht war, konnte er mit ihnen zufrieden sein. Ihre Pferde standen gut im Futter und würden einen langen Marsch durchstehen.

Florent de Crespy und Léandre de Gajan benahmen sich auch nicht mehr so störrisch wie noch vor einigen Wochen, sondern sprachen voller Zuversicht von dem Kreuzzug, bei dem sie ihre Schwerter in Heidenblut tauchen wollten.

Da auch Théotime und dessen Freund Olivier munter von den Heldentaten redeten, die sie im Heiligen Land zu vollbringen gedachten, wurde es ein fröhlicher Abend mit so viel Wein, dass Herr Florent, aber auch ein paar seiner Zechgefährten am nächsten Morgen wünschten, sie hätten ein paar Becher weniger getrunken.

Constance hatte Raoul am Morgen nach dem Aufwachen umarmt und geküsst und hielt sich nun zurück. Bernard erteilte seinem Sohn knurrig den Rat, Vicomte Raoul stets zu gehorchen. Danach ritt das Fähnlein los.

Constance hatte überlegt, ob sie Raoul bis an die Grenzen der Vizegrafschaft begleiten sollte, dann aber davon abgesehen. Der Abschied fiel ihr auch so schon schwer genug. Ihn zu verlängern, hätte nur Tränen gebracht, und sie wollte nicht, dass Raouls Bruder Roland sie schwach sah. Immerhin lag es nun an ihr, die beiden Herrschaften unter den veränderten Umständen weiterhin gut zu verwalten. Sie blieb daher auf dem Turm stehen, bis die Schar in der Ferne verschwunden war, stieg dann herab und erteilte mit unbewegter Miene ihre Befehle.

Anschließend suchte sie die Halle auf, in der Roland sich einen Becher Wein schmecken ließ.

»Ihr werdet morgen nach Burg Crespy reiten. Ich will nicht, dass sie ohne Herr ist«, sagte sie mit kühler Stimme.

Roland verschluckte sich fast. »Mein Bruder will, dass ich Euch hier zur Seite stehe«, log er und wies auf Bernard, der eben hereinkam. »Statt meiner kann auch er Crespy verwalten!«

»Bernard brauche ich an meiner Seite. Er weiß, was getan werden muss.«

Constances Stimme ließ keinen Zweifel daran, dass Roland am nächsten Tag die Burg aufzusuchen hatte und sie ihn nur dann auf Laronne sehen wollte, wenn sie es wünschte.

So leicht aber gab Roland de Lorris sich nicht geschlagen. »Mein Bruder ist der Lehnsträger der beiden Herrschaften.«

»Herrin von Beljeux bin ich selbst durch eigenes Recht. Euer Bruder ist der Vicomte de Laronne, und ich bin seine Gemahlin. Er hat mir vor seiner Abreise die alleinige Befehlsgewalt über die Vizegrafschaft erteilt, so wie ich sie ihm im anderen Fall auch für Beljeux erteilt habe. Also gehorcht oder zieht Eures Weges!«

An diesen Worten hatte Roland zu schlucken, während Bernard beifällig nickte. Auch wenn ihm seine Herrin gelegentlich arg selbstherrlich erschien, so war er doch nicht bereit, mit Roland einem Fremden zu gehorchen.

»Mein Bruder ernannte mich zu seinem Stellvertreter«, behauptete Roland.

»Tat er es schriftlich oder vor Zeugen?«, fragte Constance scharf.

Unwillkürlich schüttelte Roland den Kopf.

»Bei mir tat er es!«, erklärte Constance. »Seid daher zufrieden, dass Raoul Euch während Ritter Florents Abwesenheit zum Burghauptmann von Crespy ernannt hat, und versucht nicht, mehr zu sein, als Euch von ihm zugestanden wurde.«

Da auf Bernards Wink mehrere bewaffnete Knechte die Halle betraten, begriff Roland, dass er auch mit Gewalt nichts erreichen würde. Noch ist nicht aller Tage Abend, fuhr es ihm durch den Sinn. Im Augenblick musste er nachgeben, aber der Tag würde kommen, an dem dieses impertinente Weib den Nacken vor ihm würde beugen müssen. Für ihren Helfer Bernard würde er sich etwas ganz Besonderes einfallen lassen. Mit diesem Vorsatz trank er seinen Becher leer und verließ ohne Gruß die Halle.

»Der hat uns gerade noch gefehlt«, sagte Bernard missmutig, als Roland gegangen war.

»Ich glaube, er wird vorerst Ruhe geben. Dennoch werden wir ein Auge auf ihn halten müssen. Nun aber habe ich mich um einiges zu kümmern. Ich reite morgen nach Burg Beljeux und werde dort einige Tage bleiben.« Constance wollte schon gehen, als Bernards Worte sie aufhielten.

»Weshalb wollt Ihr das tun? Burg Laronne ist besser gelegen, um das Land zu überwachen.«

»Deshalb bleibt Ihr auch hier. Aber ich habe dort etwas zu erledigen.« Es schwang ein Unterton in Constances Stimme mit, der Bernard gar nicht gefiel.

»Was habt Ihr vor?«, fragte er.

In Constances Augen trat ein entschlossenes Funkeln. »Wenn der Stierkopf Damien glaubt, er könne ungestraft unseren besten Zuchthahn erschlagen, so werde ich ihn eines Besseren belehren!«

»Wenn Ihr gegen Ronceau vorgeht, erzürnt Ihr sowohl König Richard wie auch König Philippe II.«, warnte Bernard sie.

»Wer sagt, dass ich mit Waffengewalt gegen Herrn Sylvain vorgehen will? Ich werde mir nur die Entschädigung für unseren Hahn holen, die ich für gegeben erachte!« Das Lächeln, mit dem Constance es sagte, war allerdings nicht geeignet, Bernards Befürchtungen zu zerstreuen.

5.

Am nächsten Morgen brach Constance nach dem Frühstück auf. Zu Bernards Leidwesen verzichtete sie auf Begleitung, sondern ritt alleine nach Beljeux hinüber. Um noch am selben Tag anzukommen, würde sie Aribert mehrmals in den Galopp treiben müssen. Bernard hätte es daher lieber gesehen, wenn sie Waffenknechte mitgenommen hätte und unterwegs in einem der Bauernhöfe übernachten würde. Sie war jedoch eine Frau und als solche Vernunftgründen nur selten zugänglich.

Während ihr Getreuer mit ihr haderte, ritt Constance nach Norden und freute sich über die Wiesen und Äcker, die ihr zeigten, dass hier fleißige Bauern lebten. Gelegentlich kam sie an einem Dorf vorbei und sah die Bewohner winken. Hier war man es gewohnt, dass sie befahl, und es zog keiner ihre Entscheidungen in Zweifel, so wie Bernard es immer wieder tat.

Es war ein schönes Land, fand Constance. Dann dachte sie an Raoul, mit dem sie es teilen würde, und hoffte fast, der König würde seinen Vorsatz, in Heilige Land zu ziehen und gegen die Heiden zu kämpfen, aufgeben und stattdessen seine Lehnsmänner wieder nach Hause schicken. Dies würde natürlich nicht geschehen, und das wusste sie auch. Sie sehnte sich jedoch nach Raoul und wünschte sich, ihnen wäre mehr Zeit zusammen vergönnt gewesen als diese wenigen Wochen.

Bald aber verdrängte sie diesen Gedanken und überlegte, wie sie vorgehen sollte. Anders als Bernard es erwarten mochte, wollte sie keines der Dörfer von Ronceau überfallen. Es würde auch kein einziger Krieger die Grenzen zur Nachbarherrschaft überschreiten, sondern nur sie allein.

Lächelnd ritt sie weiter und erreichte die Burg nach einem langen, nur von einer kurzen Pause unterbrochenen Ritt. Ihr Hengst schwitzte, und sie befahl den Stallknechten, die ihr entgegeneilten, ihn noch ein wenig herumzuführen, dann abzureiben und ihn anschließend mit Hafer zu füttern. Sie selbst betrat das Turmhaus, in dem Yoann, der Burghauptmann von Beljeux, wohnte. Für sie standen hier mehrere Kammern zur Verfügung, denn sie ritt jeden Monat für zwei, drei Tage hierher, um nach dem Rechten zu sehen.

Yoann erwartete sie in der Halle. Er trug Reitkleidung und ein Kettenhemd, so als erwarte er einen Angriff. Als seine Herrin auf ihn zutrat, verbeugte er sich, richtete sich dann wieder auf und wies mit der Hand in Richtung Ronceau. »Dieser verfluchte Hund Damien ist mit seiner Schar einfach hier vorbeigeritten, und das, ohne sich anzukündigen! Ich glaubte an einen Angriff und habe meine Männer zusammengerufen. Er blieb zwar friedlich, verspottete uns aber auf übelste Weise. Ich musste an mich halten, um nicht hinauszureiten und den Stierschädel zum Zweikampf zu fordern.«

»Es war klüger, es nicht zu tun, denn Damien ist zu Herzog Richard unterwegs, um sich dem Kreuzfahrerheer anzuschließen. Ihn aufzuhalten, hätte Richards Zorn hervorgerufen«, antwortete Constance.

»Würde nicht um ihn weinen, wenn einer dieser Heiden ihm den Schädel spaltet«, sagte Yoann brummig und sah dann seine Herrin an.

Diese war vor zwei Wochen hier gewesen, um ihm ihren Ehemann vorzustellen. Zwar wusste Yoann nicht, wie sie zu Raoul gekommen war. Da der König diesen jedoch mit Laronne belehnt hatte, war er zufrieden. Er selbst stammte aus dieser Herrschaft, doch mehrere seiner Krieger und Knechte waren von Laronne herübergekommen und hatten hier geheiratet. Wären die beiden Herrschaften nach so vielen Jahren getrennt worden, hätten viele nicht gewusst, wie sie sich entscheiden sollten.

»Gibt es etwas Besonderes, weil Ihr so kurz nach dem letzten Besuch gekommen seid?«, fragte er.

Constance lächelte so, dass er nur hoffen konnte, es gelte nicht ihm. »Der Stierkopf Damien hat Beau erschlagen, und das fordert Vergeltung!«

Yoann zermarterte sich das Gehirn, doch er konnte sich an keinen Beau erinnern. Da er etwas verwirrt dreinsah, beschloss Constance, ihn zu erlösen. »Beau war unser bester Zuchthahn.«

»Und deshalb wollt Ihr eine Fehde beginnen, und das trotz des Friedensgebotes wegen des Kreuzzugs?« Yoann wunderte sich noch mehr, als Constance schallend zu lachen begann.

»Bei Gott, natürlich nicht! Meine Rache wird unblutig sein«, sagte sie, als sie sich etwas beruhigt hatte.

»Wie viele Männer braucht Ihr dafür?«, fragte Yoann.

Constance schüttelte den Kopf. »Keinen einzigen! Sorge dafür, dass man mir nach dem Mahl mein Bett bereitet. Dazu brauche ich noch eine Handvoll Gerstenkörner und eine Flasche Branntwein. Sie muss aber nicht voll sein.«

Yoann begriff überhaupt nichts mehr und rief nach seiner Ehefrau, damit diese sich der Herrin annahm. Er selbst winkte eine Magd heran und befahl ihr, Constance die geforderten Gegenstände auf deren Kammer zu bringen.

Yoanns Gattin Ségolène freute sich, Constance wiederzusehen, und schimpfte mit ihrem Mann, weil dieser noch nicht dafür gesorgt hatte, dass etwas zu essen aufgetragen worden war.

»Ihr seid gewiss sehr hungrig, es sei denn, Ihr seid unterwegs eingekehrt«, sagte sie an Constance gewandt.

»Ich habe nur am Bach einen Schluck Wasser getrunken und meinen braven Hengst saufen lassen.« Sie hatte zwar Hunger, war aber gewohnt, auch einmal auf eine Mahlzeit zu verzichten.

»Da hörst du es, Mann! Und du tust nichts dagegen«, schalt Ségolène und eilte höchstpersönlich in die Küche, um dafür zu sorgen, dass das Loch in Constances Bauch gestopft wurde.

Das Essen, das bald darauf auf den Tisch gebracht wurde, hätte denn auch für mehrere hungrige Krieger gereicht. Constance aß mit gutem Appetit und fragte dabei nach den Erfahrungen, die Yoann in letzter Zeit mit der Nachbarschaft gemacht habe.

»Bis auf Ronceau leben wir mit den anderen Herrschaften in Frieden. Mal verprügeln Sylvain de Ronceaus Knechte die unseren, wenn sie sich auf dem Markt treffen und in der Überzahl sind, aber mindestens genauso oft die unseren Sylvains Männer. Ich habe ihnen allerdings strikt befohlen, dass kein Blut fließen darf, außer, es wird einem hart auf die Nase gehauen.«

»Es ist also wie immer«, schloss Constance aus seinen Worten.

»In letzter Zeit ist es etwas ruhiger geworden, da sich der Stierschädel und sein Bruder für den Kreuzzug gerüstet haben. Auch sind einige der ärgsten Schufte mit ihnen gezogen. Ich halte aber die Augen offen und habe heute Nachmittag einen Kontrollritt an der Grenze unternommen.«

Yoann berichtete Constance, was er dabei gesehen und was sich sonst noch in der Gegend ereignet hatte. Constance hörte ihm aufmerksam zu und stellte gelegentlich eine Frage.

»Wisst Ihr, ob Sylvain de Ronceau bei seiner Burg in letzter Zeit neue Gebäude hat errichten lassen?«, wollte sie schließlich wissen.

Yoann schüttelte den Kopf. »Nicht, dass ich wüsste.«

»So liegt also der Meierhof seiner Burg noch immer am Fuße des Burghügels?«, fragte Constance weiter.

Diesmal nickte ihr Burghauptmann. »Sehr wohl, das tut er. Wollt Ihr ihn in Brand setzen?«

Constance lächelte und fragte sich dabei, warum Männer immer nur an Gewalt und Zerstörung dachten. Ihr Plan sah vor, Sylvain de Ronceau zu ärgern, ohne ihm einen Anlass zu geben, ihr die Fehde anzutragen.

6.

In ihrer Kammer ließ Constance sich eine kleine Schüssel bringen, füllte den größten Teil des Branntweins hinein und streute die Gerstenkörner darüber. Anschließend machte sie sich zur Nacht zurecht und schlief bis in den Morgen hinein.

Nachdem sie sich gewaschen und angezogen hatte, angelte sie eines der Körner aus dem Branntwein heraus und kaute darauf herum. Das Korn hatte in der Nacht tatsächlich etwas von dem Branntwein aufgesogen. Bis zum Abend, fand Constance, würden die anderen Körner gerade richtig sein.

Nach einem reichhaltigen Frühstück, das sie das ausgefallene Mittagessen vom Vortag vergessen ließ, ging sie in den Stall, um nachzusehen, wie gut ihr Hengst den anstrengenden Ritt von Laronne hierher überstanden hatte. Sie war zufrieden, denn für ihren Streich hätte sie ungern ein anderes Pferd als Aribert geritten. Vorerst aber ließ sie sich eine Stute satteln, setzte einen Helm aus Yoanns Waffenkammer auf und warf sich einen weiten Mantel um. So ausgerüstet, sagte sie sich, würden Ronceaus Späher sie nicht erkennen.

Ihr Weg führte zur Grenze, die sie, da Beljeux doch um einiges kleiner als Laronne war, innerhalb von drei Stunden erreichte. Von einem Hügel aus konnte sie in der Ferne Burg Ronceau erkennen. Die Burg selbst interessierte sie weniger als der Meierhof, der zu ihren Füßen lag. Sehen konnte sie ihn von hier aus nicht, doch sie prägte sich die Stelle ein, an der er liegen musste. Sie musterte die Straße, die zur Burg führte, suchte aber auch nach Umwegen, die an den Dörfern vorbeiführten, die zu Ronceau gehörten.

Von der Grenze bis zur Nachbarburg waren es ebenfalls gut drei Stunden. Bei Dunkelheit würde es jedoch länger dauern. Daher beschloss Constance, bereits in der beginnenden Abenddämmerung aufzubrechen. Mit diesem Vorsatz kehrte sie nach Beljeux zurück, ließ sich ein spätes Mittagessen schmecken und wies Ségolène an, ihr einen Beutel mit etwas Brot und Wurst für unterwegs zurechtmachen zu lassen.

»Halt!«, rief sie, als Yoanns Frau losgehen wollte. »Packt noch zwei schöne, große Würste ein!«

»Ihr habt aber gewaltigen Hunger«, meinte Ségolène verwundert, sorgte dann aber dafür, dass Constances Anweisungen ausgeführt wurden.

Diese besorgte sich noch zwei Säcke und ein wenig Schnur. Dann machte sie sich am Nachmittag bereit zum Aufbruch. Die mit Branntwein getränkten Körner steckten nun in einen Beutel, den sie an ihren Gürtel gehängt hatte. Sie überlegte auch, ob sie das Schwert zurücklassen und nur ihren Dolch mitnehmen sollte.

»Es ist besser, wenn ich wehrhaft bin«, murmelte sie und hängte ihr Schwert an den Sattel.

Als sie aufs Pferd stieg, schüttelte Yoann besorgt den Kopf. »Wollt Ihr wirklich ganz allein losreiten?«

»Soll ich Euch von nun an Bernard den Zweiten nennen?«, fragte Constance munter und trabte zum Tor hinaus.

Yoann sah ihr nach und wandte sich dann zu seiner Frau um. »Vicomte Sébastien hätte klüger sein und seine Tochter so aufziehen sollen, wie es sich gehört. So aber übertrifft ihr Mut den jedes Mannes, und ich fürchte, sie wird dadurch noch in große Schwierigkeiten geraten.«

»Wenn du das befürchtest, ist es das Beste, wenn du mit fünf oder sechs Männern hinter ihr herreitest und auf sie achtgibst«, antwortete seine Frau.

Der Burghauptmann nickte mit verkniffener Miene. »Ich kann aber schlecht die Grenze überqueren, und an der wird die Herrin gewiss nicht haltmachen.«

»Aber du wärst nahe genug, um ihr Hilfe leisten zu können, wenn es notwendig sein würde.«

»Du hast recht! Sollte man sie verfolgen, werden wir den Tölpeln aus Ronceau unsere Schwerter zeigen«, rief Yoann aus.

»Frauen haben immer recht!« Ségolène lächelte und sah zu, wie ihr Mann mit langen Schritten nach draußen eilte und seine besten Männer zu sich rief.

7.

Es war noch hell, als Constance die Grenze zu Ronceau erreichte. Zwar arbeiteten noch einzelne Bauern auf den Feldern, doch die meisten kehrten bereits zu ihren Dörfern zurück. Als sie glaubte, es riskieren zu können, überquerte sie die Grenze. Sie ritt nicht schnell und hielt sich zunächst in der Deckung eines kleinen Wäldchens. Als die Dämmerung anbrach, ließ sie ihren Hengst antraben. Es war nicht ungefährlich, denn er konnte mit den Hufen in ein Loch treten. Constance vertraute jedoch ihrem guten Stern.

Als es noch dunkler wurde, musste sie Aribert zügeln und ihn im Schritt weitergehen lassen. An ein paar Stellen stieg sie sogar ab und führte ihn, weil ihr der Boden zu uneben erschien. Nach einer Weile stieg der Mond als halbe Scheibe über den Horizont auf, und sie konnte mehr sehen.

»Vorwärts, mein Guter! Wir wollen Herrn Sylvain doch nicht warten lassen«, sagte sie lächelnd zu ihrem Hengst und ließ ihn wieder traben.

Einmal kam sie nahe an einem Dorf vorbei. Das Licht in den Hütten war längst erloschen. Ein Hund wurde jedoch auf sie aufmerksam und bellte, verstummte jedoch, als sie das Dorf hinter sich gelassen hatte.

Endlich kam Sylvain de Ronceaus Burg in Sicht. Constance warf nur einen kurzen Blick darauf und hielt auf den Meierhof zu. Gut zweihundert Schritt davor zügelte sie den Hengst, stieg ab und band das Tier hinter einem Gebüsch an. Dann eilte sie mit den Säcken in der Hand zu Fuß weiter. Ganz wohl war ihr dabei nicht, doch sie hatte sich für diesen Plan entschieden und wollte nicht kurz vor dem Ziel umkehren.

Im schwachen Schein des Mondes suchte sie nach dem Hühnerstall und schlich dorthin. Um zu verhindern, dass der Hund, den es auf dem Meierhof mit Gewissheit gab, sie zu früh bemerkte, steckte sie den Zeigefinger kurz in den Mund, benetzte ihn mit Speichel und hielt ihn in die Luft, um die Windrichtung zu bestimmen. Der Wind blies ihr entgegen und erleichterte ihr die Annäherung. Sie kletterte über den Zaun und war fast schon am Hühnerstall, als der Hofhund Laut gab.

Als Constance entdeckte, wo er angekettet war, zog sie eine der Würste hervor und warf sie ihm hin. Zuerst glaubte der Hund, es wäre ein Prügel, und verzog sich winselnd in seine Hütte. Dann aber stieg ihm der würzige Geruch in die Nase. Er wagte sich vorsichtig aus der Hütte, packte die Wurst und verschwand wieder.

Während Constance aufatmete, wurde die Tür des Wohnstalls geöffnet, und jemand schaute heraus. »Da ist niemand!«, meinte ein Mann brummig und schloss die Tür wieder.

Erleichtert eilte Constance weiter zur Tür des Hühnerstalls, öffnete diese und warf die mit Branntwein versetzten Körner hinein. Nun musste sie nur noch die Hühner dazu bringen, ihre Stangen zu verlassen und zu fressen. Sie lockte sie leise, so wie es die Mägde zu Hause taten, und weckte wohl einige auf. Ein Huhn flatterte wild, und für Augenblicke überkam sie die Furcht, die Tiere könnten zu laut werden und die Bauersleute alarmieren. Da sprang dieses Huhn herab, bemerkte, dass Körner auf dem Boden lagen, und begann zu picken.

Das war das Signal für alle anderen Hühner und den Hahn. Innerhalb kurzer Zeit tummelten sich die Tiere auf dem Boden und fraßen. Constance fragte sich, ob der Bauer mit Futter sparte, da auch der Hund sich mit einer Wurst hatte beruhigen lassen. Jetzt kam er wieder aus seiner Hütte und schaute zu ihr her. Womöglich roch er die zweite Wurst.

Constance opferte diese gerne, hoffte dann aber, dass der Hund satt war und nicht doch losbellte. Vorerst musste sie abwarten, ob ihre List gelang. Sie setzte sich so hinter den Hühnerstall, dass sie vom Haus nicht gesehen werden konnte, und lauschte den Geräuschen, die aus dem Stall zu ihr drangen.

Zunächst pickten die Hühner noch eifrig. Bald aber erlahmte ihr Eifer, und es wurde still. Nun wagte Constance sich wieder an die Tür und öffnete diese. Im Mondlicht, das durch die Tür in den Hühnerstall fiel, sah sie die meisten Hühner und auch den Hahn am Boden liegen. Auf ihre Stangen zurück hatten es nur wenige geschafft.

Zufrieden griff sie sich den Hahn. Normalerweise hätte das Tier mit den Flügeln geschlagen und nach ihr gehackt. Nun aber gab er nur ein paar jämmerliche Laute von sich und ließ sich widerstandslos in den Sack stopfen. Er bekam Gesellschaft von zwei Hühnern. Drei weitere steckte Constance in den zweiten Sack. Danach schloss sie die Tür, warf sich die Säcke auf den Rücken und eilte davon.

Es war schwierig, mit dieser Last über den Zaun zu klettern, der die Hofstatt umgab. Constance wollte die Säcke jedoch nicht darüber werfen, um kein Tier zu verletzen. Schließlich war auch das geschafft, und kurz darauf hatte sie ihren Hengst erreicht. Sie befestigte die Säcke am Sattel, schwang sich auf Aribert und ritt los.

Hinter ihr blieb alles still. Constance merkte aber bald, dass sie länger gebraucht hatte, als sie angenommen hatte, und ihr wurde klar, dass sie die Grenze nicht vor Tagesanbruch erreichen würde. Schneller zu reiten, wagte sie nicht, um ihren Hengst nicht zu gefährden. Aribert schien jedoch zu wissen, wohin er seine Hufe setzen musste, denn er strauchelte kein einziges Mal.

Die zu Ronceau gehörenden Dörfer blieben eins nach dem anderen hinter ihr zurück. Ein paarmal bellte ein Hund, hörte aber bald wieder auf, so dass niemand aufstand, um nachzusehen, was sich draußen tat. Unterwegs tastete Constance immer wieder nach den Säcken. Die Hühner bewegten sich leicht, blieben aber ruhig. Es erleichterte Constance, denn sie wollte keine toten Tiere nach Hause bringen, sondern einen gesunden Hahn und fünf gesunde Hühner als Wiedergutmachung für den von Damien erschlagenen Beau.

Es wurde bereits hell, als sie Reiter entdeckte. Hatte Sylvain de Ronceau etwa Patrouillen ausgesandt?, fragte sie sich und wollte ihren Hengst seitlich vorbeilenken. Da wies einer der Reiter auf sie. Constance hörte Rufe, schon trabten die fünf Männer eilends auf sie zu.

So kurz vor der Grenze wollte Constance sich nicht aufhalten lassen und zog ihr Schwert. Doch anstatt die Waffen zu ziehen, winkten ihr die Reiter zu. Nun erkannte sie Yoann und seine Männer und steckte die Waffe wieder weg.

»Was habt ihr hier auf dem Boden von Ronceau zu suchen?«, fragte sie streng, als die Gruppe sie erreicht hatte.

»Wir hatten Lust, uns hier ein wenig umzusehen«, meinte einer der Männer grinsend.

»Frau Ségolène hat uns geschickt. Wir sollten Euch heraushauen, wenn es nötig sein sollte. Aber das ist es wohl nicht«, rief der Mann neben ihm.

»Es könnte uns aber blühen, wenn wir noch länger auf der Seite der Grenze bleiben. Also trabt an. Ach ja, ihr zwei könnt euch darum kümmern!« Noch während sie es sagte, reichte Constance den beiden Männern die Säcke.

»Was habt Ihr darin?«, fragte Yoann verwundert.

»Einen Hahn und fünf Hühner als Wiedergutmachung für den Hahn, den Stierkopf Damien vor meinen Augen erschlagen hat.«

»Und die habt Ihr einfach so wegholen können?« Yoann wollte es nicht glauben, doch Constance lachte nur.

»Das war nicht schwer! Sylvains Meierbauer sollte seinen Hund und seine Hühner besser füttern. Ersterer freute sich so sehr über die beiden Würste, die ich ihm zuwarf, dass er friedlich blieb, und die Hühner fraßen mit Begeisterung die mit Branntwein versetzten Gerstenkörner und schlafen nun ihren Rausch aus!«

Constance bekam kaum noch Luft vor Lachen. Die Nachricht von diesem Streich würde die Runde machen, und da Damien de Ronceau ihn durch den Mord an Beau herausgefordert hatte, würde der Spott an ihm und seinem Vater hängen bleiben.

8.

Raoul war mehrere Jahre als fahrender Sänger durch die Lande gezogen und begriff nun so richtig den Unterschied zwischen einem armen Schlucker und einem Vicomte de Laronne und Seigneur de Beljeux. Wo sie auch hinkamen, wurde ihnen das Beste aufgetischt, und die Wirte und Knechte überschlugen sich fast bei ihren Bücklingen.

Die Führung einer solchen Schar brachte allerdings viel Verantwortung mit sich. Nun kam Raoul seine Wanderzeit zugute, denn als Gast auf vielen Burgen hatte er zwar für Speis, Trank und Unterkunft singen müssen, aber auch sehr viel gehört und erfahren. Das half ihm nun, seine Aufgaben zu bewältigen.

Auch konnte er sich auf seine Freunde Théotime und Olivier verlassen, und um Benoît war er ebenso froh. Bernard hatte seinen Sohn gut ausgebildet, so dass dieser ihm den einen oder anderen Rat zu geben vermochte.

Kurz bevor sie ihr Ziel erreichten, kamen sie am Lager der normannischen und aquitanischen Ritter vorbei. Darunter waren auch Engländer, die der kurzen Überfahrt über den Kanal und dem Landweg durch Frankreich einer Umschiffung der Iberischen Halbinsel den Vorzug gegeben hatten.

Am Rand des normannischen Lagers entdeckte Raoul mehrere Zelte, über denen die Banner von Damien und Beauvais de Ronceau im sanften Wind flatterten. Rasch befahl er Benoît, das eigene Banner zu zeigen.

Sie wurden sofort bemerkt, und Damiens Gefolgsleute eilten heran. Raouls stattliche Schar machte Eindruck. Er hatte nicht nur zwei Lanzen mehr bei sich als der Stierkopf, sondern seine Mannen waren auch besser ausgerüstet.

Raoul dankte Constance in Gedanken dafür. Sie war wirklich eine Frau, wie ein Mann sie sich nur wünschen konnte, wenn auch sehr eigenwillig. Wäre sie anders, hätte sie ihm die Zusammenstellung seiner Schar überlassen, und er wäre bei dieser Aufgabe kläglich gescheitert, dachte er, als er Beauvais de Ronceau im Abstand weniger Pferdelängen passierte.

»Gott zum Gruße, Nachbar!«, rief er ihm zu und musste sich das Lachen verkneifen, als er Beauvais' saure Miene bemerkte.

Dieser blickte hinter Raouls Schar her, bis ein Hügel sie seinen Blicken entzog, und kehrte dann zu den eigenen Zelten zurück. Sein Bruder stand vor seiner Unterkunft und zog eine missmutige Miene.

»Hast du sie gesehen?«, fragte Beauvais.

Damien nickte verkniffen. »Von hier aus! Dieser Sänger führt die doppelte Zahl Lanzen an.«

Es schwang Neid in seiner Stimme, denn je mehr Krieger man den Königen zuführte, umso größer waren das eigene Ansehen und der Anteil an der Beute, auf die alle hoffen konnten.

»Jede der Lanzen aus Laronne besitzt einen gewappneten Reiter und zwei Fußknechte mehr als wir, so dass sie den Wert von fünf unserer Lanzen besitzen«, erklärte Beauvais und kam dann auf die Ausrüstung von Raouls Schar zu sprechen, die die eigene ebenfalls weit übertraf.

»Man merkt eben, dass Laronne eine Vizegrafschaft ist und Ronceau nur eine einfache Seigneurie«, setzte er hinzu.

Damien schnaubte wütend. »Deshalb wollte ich Constance heiraten. Sie hätte mir Beljeux eingebracht. Wer weiß, vielleicht wäre es mir sogar gelungen, König Philippe dazu zu bringen, mich mit Laronne zu belehnen.«

»Wenn du durch diese Heirat Beljeux und Laronne erhalten hättest, hätte ich Ronceau übernehmen können.« Beauvais zeigte auch mit dieser Bemerkung, dass er andere Vorstellungen von ihrer Zukunft hatte als sein Bruder. Wenn dieser reichen Lohn erhielt, so wollte er selbst nicht leer ausgehen.

9.

Als Raouls Truppe den Sammelplatz der Franzosen erreichte, ritt ihnen ein Herold entgegen, um sie zu empfangen. Der Mann warf einen kurzen Blick auf das Banner und wusste sofort, wer hier erschienen war.

»Seid tausendmal willkommen, Vicomte Raoul!«, grüßte er und deutete auf eine Stelle etwas abseits der vielen Zelte, die den Rittern und ihrem Gefolge Obdach bot. Zwar standen auch dort einige wenige Zelte, doch waren sie von einfacher Art und nicht mit farbigen Bändern und Wimpeln geschmückt wie die der hohen Herren. Da Raoul erwartet hatte, sein Lager aufgrund seines Ranges bei diesen aufschlagen zu können, folgte er dem Herold mit einem gewissen Ärger zu dem ihm zugewiesenen Platz.

»Es ist gut, dass Ihr so früh gekommen seid, Vicomte Raoul. Seine Majestät wünscht, sofort von Eurer Ankunft zu erfahren. Es mag sein, dass er Euch noch heute zu sich rufen lässt!«, erklärte der Herold.

»Es wäre mir eine große Ehre«, sagte Raoul und schwang sich aus dem Sattel.

»Sorgt dafür, dass die Zelte aufgeschlagen werden, und fragt nach den Latrinen. Ich will keinen sehen, der hier sein Wasser abschlägt oder seinen Hintern in den Wind hält«, befahl er seinen Unterführern und sah sich um. Auf dem Platz standen vier Zelte, gerade groß genug, um den Männern einer Lanze Platz zu bieten. Beim Anblick des schlichten Banners, das vor dem größten dieser Zelte aufgepflanzt war, traf ihn beinahe der Schlag.

»Robert!«

Da trat sein Bruder bereits auf ihn zu und schloss ihn in die Arme. »Raoul, mein Kleiner! Was machst du für Sachen? An einem Tag hört man, du hättest ältere Damen mit deinen Liedern über Liebe und Sehnsucht erfreut, und am zweiten bist du auf einmal ein Vizegraf des Königs!«

Raoul entwand sich mühsam der Umarmung seines Bruders und fühlte zu seiner Überraschung, dass er sich freute, Robert zu sehen. »Frage mich nicht, wie es dazu gekommen ist!«, rief er. »Ich sang ein Lied, König Philippe II. und König Richard waren davon angetan, und sie fanden, dass sie ein gemeinsames Mündel besäßen, welches sie verheiraten mussten. Verzeih, es war anders! Königin Eléonore erinnerte sie an dieses Mündel und meinte, es würde sehr gut zu mir passen.«

»Ein Ritter, der bei deiner Hochzeit dabei gewesen ist, nannte sie die Tochter eines Hünen. Sie soll sogar größer sein als du.«

Noch während Robert seinen Bruder ansah, bemerkte er, dass dieser ihn um mindestens zwei Fingerbreit überragte. Zu Hause auf Burg Lorris war ihm dies nie aufgefallen. Rasch warf er einen Blick auf Raouls Stiefel, doch deren Absätze waren nicht höher als die der seinen.

»Constance ist nicht gerade klein, das gebe ich gerne zu, aber sie ist eine wundervolle Frau, die ihre – ich meine unsere – Herrschaft gut zu führen weiß.«

»Vater war sich dessen nicht sicher. Deshalb hat er Roland zu dir geschickt. Er ist hoffentlich gut angekommen?«, fragte Robert.

»Das ist er! Ich habe ihn zum Hauptmann der wichtigsten Nebenburg von Laronne gemacht«, erklärte Raoul. »Die Hauptburg führt Constance, und dieser steht mit Herrn Bernard ein enger Vertrauter ihres verstorbenen Vaters zur Seite.«

»Roland soll sich damit zufriedengeben. In letzter Zeit wollte er unbedingt, dass Vater Lorris aufteilt und er sich Herr über mehrere Dörfer nennen kann. Dabei ist es wichtig, die Herrschaft zusammenzuhalten, wenn man nicht im Wettstreit mit den Nachbarn untergehen will. Ich habe auch entsprechend geheiratet und eine kleine Burg und mehrere Dörfer als Mitgift erhalten.«

Inzwischen kam auch Roger herbei. Dieser war nur drei Jahre älter als Raoul und hatte diesen während ihrer Kindheit zu seinem Knappen ernannt und entsprechend behandelt. Seine Ohrfeigen waren zwar nie so schlimm gewesen wie die von Roland. Vergessen aber hatte Raoul sie nicht, allerdings auch nicht die schönen Stunden, die sie ebenso zusammen erlebt hatten.

»Hallo, Bruder! Wie geht es dir? Und wie geht es Vater und Mutter?«

Nach den Schwestern fragte Raoul nicht, da sie zum einen alle verheiratet waren und ihr Interesse an ihm in etwa dem seinen an ihnen entsprach.

»Vater und Mutter geht es gut, und sie lassen dich grüßen!«, berichtete Robert.

»Wir sollen dir ausrichten, dass Vater sehr stolz auf dich ist«, setzte Roger hinzu.

»Er sagte auch, dass er schon immer gewusst hätte, dass du etwas Besonderes bist.«

Raoul musste an sich halten, um bei Roberts Worten nicht laut zu lachen. Ausgerechnet sein Vater, der ihn ebenso wenig beachtet hatte wie die jungen Hunde, die um die Tischbeine gestrichen waren, wollte ihn für jemand gehalten haben, der hoch aufsteigen würde. Er sah jedoch, dass es seinen Brüdern damit vollkommen ernst war, und fragte sich, ob jeder Mensch seine eigene Erinnerung an vergangene Dinge besaß.

»Wir sind dir übrigens auf königlichen Befehl unterstellt. Du bist unser Hauptmann, und wir haben dir zu gehorchen«, fuhr Robert fort.

Vor seiner Heirat mit Constance wäre dies undenkbar gewesen. Doch auch damit schien es seinen Brüdern ernst zu sein.

»Ich muss erst sehen, welche Befehle ich erhalte. Schließlich bin ich eben erst angekommen«, antwortete Raoul.

»Du hast eine stattliche Schar! Da kommen wir freilich nicht mit. Uns machte es schon Mühe, eine Lanze zu stellen. Robert ist ihr Herr und ich sein Stellvertreter.« Roger blickte zu Raouls Männern hinüber, die dabei waren, ihr Lager aufzuschlagen.

Während Théotime und Olivier fröhlich zu ihnen herwinkten, zog Florent de Crespy eine säuerliche Miene. Ihm passte es ganz und gar nicht, dass sie auf Raouls Brüder gestoßen waren. Nun würde er wohl hinter diesen zurückstehen müssen. Dabei hatte er sich schon als Raouls Stellvertreter gesehen.

Der ihnen zugewiesene Lagerplatz gefiel ihm ebenfalls nicht. Florent de Crespy hatte gehofft, mit bei den hohen Herren Frankreichs sein und Verbindungen knüpfen zu können, um einmal mehr zu werden als ein schlichter Burghauptmann. Zudem fragte er sich, weshalb ihre Schar abseits des Hauptlagers ihre Zelte hatte aufschlagen müssen.

Diese Frage bewegte auch Raoul, und er hoffte, bald zum König gerufen zu werden und eine Antwort zu erhalten. Doch weder an diesem Abend noch am nächsten Tag kam ein Herold zu ihm, um ihn zu Philippe II. zu rufen.

10.

Obwohl der Herold bei Raouls Eintreffen den Anschein erweckt hatte, als wäre es eilig, dauerte es drei Tage, bis er wieder erschien und sich vor Raoul verbeugte. »Seine Majestät wünscht Euch zu sprechen, Herr Vicomte!«

Endlich!, durchfuhr es Raoul. Er hatte bereits überlegt, wie er angesichts der bisherigen Missachtung durch den König seine Autorität über die Zeit retten konnte. Nun aber zupfte er seine Tunika zurecht, äugte auf seine Schuhe, um zu sehen, ob sie sauber genug waren, und folgte dem Herold.

Philippe II. saß in seinem mit Bannern und Wimpeln geschmückten Zelt auf einem thronartigen Stuhl und hielt einen Weinpokal in der Hand. Wie viele Besucher und Bittsteller er an diesem Tag bereits empfangen hatte, wusste er nicht. Er vertraute darauf, dass sein Schreiber, der in der Ecke des Zeltes an einem Pult stand, alles sorgfältig notiert hatte.

Als Raoul de Laronne gemeldet wurde, atmete der König auf. Was den Vicomte betraf, so hatte er seine Entscheidung bereits getroffen und musste sie dem jungen Mann nur noch mitteilen. Er trank einen Schluck Wein, sah, dass der Pokal fast leer war, und winkte seinen Mundschenk heran, damit dieser nachfüllen konnte. Danach blickte er Raoul entgegen, der auf ihn zutrat und sich elegant verbeugte.

»Seid Uns willkommen, Laronne!« Philippe II. reichte den Pokal dem Mundschenk, der ihn auf einen kleinen Klapptisch stellte, und winkte Raoul, näher zu treten.

»Ich hoffe, Ihr befindet Euch wohl, und ebenso Eure Gemahlin«, begann der König das Gespräch.

»Ich danke Majestät für die Nachfrage! Meine Gemahlin fühlte sich, als ich sie verließ, sehr wohl, und ich stehe bereit, die Befehle Eurer Majestät mit meiner ganzen Kraft zu befolgen.« Raoul verbeugte sich erneut, wenn auch nicht mehr so tief wie vorhin, um Philippe II. seine Bereitschaft zu zeigen, alles zu tun, was dieser von ihm verlangte.

Der König nickte. »Dies erfreut Uns! Ebenso sind Wir erfreut, dass Ihr mit einer gut ausgerüsteten Schar erschienen seid. Wir haben befohlen, dass Euch die Schar Eures Bruders unterstellt wird.«

»Wie Eure Majestät befehlen«, antwortete Raoul.

Da sprach der König auch schon weiter. »Die Truppen des Königs von Jerusalem stehen in einem harten Kampf gegen die Sarazenen. Wir müssen verhindern, dass diese die Oberhand gewinnen und auch noch die letzten Häfen und Burgen erobern, bevor Unser Heer das Heilige Land erreichen kann. Es wird noch einige Tage dauern, bis alle Unsere Vasallen und Ritter hier erschienen sind und das Heer sich in Marsch setzen kann. Daher ...« Philippe II. verstummte einen Moment und sah Raoul durchdringend an. »Daher haben Wir beschlossen, Eure Schar als Vortrab nach Palästina zu entsenden, auf dass Ihr König Guy de Lusignan beistehen könnt. Ihr werdet morgen aufbrechen und auf schnellstem Weg nach Genua ziehen. Dort stehen Schiffe für Euch bereit, die Euch an Euer Ziel bringen werden. Der ehrenwerte Pater Jacques wird Euch als Führer und Übersetzer begleiten.«

Bei den letzten Worten des Königs erschien ein Mönch in grauer Kutte, dessen schmales Gesicht und hagere Gestalt darauf hinwiesen, dass er Gott durch Fasten nahe sein wollte.

»Ich danke Eurer Majestät!« Raoul schwirrte der Kopf, und er sagte sich, dass er einige Zeit brauchen würde, um alles zu begreifen. Das, was ihn jenseits des Meeres erwarten mochte, hatte jedoch Zeit. Jetzt ging es erst einmal darum, Genua zu erreichen und sich mit seinen Leuten einzuschiffen.

»Zieht mit Gott, Laronne, und sammelt Ruhm für die Banner Frankreichs!«, sagte der König und wandte sich seinem Herold zu. »Wer begehrt als Nächster eine Audienz?«

Raoul begriff, dass es für ihn an der Zeit war, sich zu verabschieden. Er verbeugte sich noch einmal tief, zog sich dann rückwärtsgehend zum Zelteingang zurück und atmete draußen erst einmal tief durch. Als er zu Fuß zu seinem Lager zurückging, kam der Pater an seine Seite.

»Es ist Gott gefällig, ins Heilige Land zu ziehen und es von den sarazenischen Heiden zu befreien!«, rief dieser mit leuchtenden Augen.

»Um wirklich etwas ausrichten zu können, müssen wir auf die Ankunft des Hauptheeres warten«, antwortete Raoul. Er wusste nicht, ob er sich über diesen Auftrag freuen oder ihn als etwas ansehen sollte, dem er sich nicht entziehen konnte.

»Denkt an Gideon und die Midianiter!«, wies ihn Pater Jacques zurecht. »Der Herr wird uns stärken und die Arme der Heiden lähmen, auf dass Jerusalem wieder unser wird!«

»Das ist auch mein Ziel«, antwortete Raoul. Im Gegensatz zu dem Mönch rechnete er jedoch weniger mit der tatkräftigen Unterstützung Gottes als auf die scharfen Schwerter der französischen, deutschen und normannischen Ritter. Vorerst aber hieß es für ihn, Palästina zu erreichen und die Truppen des Königs von Jerusalem zu unterstützen, damit die Sarazenen diese nicht endgültig ins Meer treiben konnten.

11.

Das Heer war seit Wochen unterwegs, und doch hatte es erst einen Bruchteil des Weges nach Palästina zurückgelegt. Jeder Tag erschien wie der andere. Michael stand bei Tau und Tag auf, war froh, wenn er ein wenig sauberes Wasser fand, um seine lederne Feldflasche zu füllen und sich ein paar Tropfen ins Gesicht spritzen zu können. Dann gesellte er sich zu seinen Kameraden und aß den Brei, den Felix als Frühstück zubereitet hatte. War dies geschehen, half er den Knechten, die Wagen anzuspannen, und schwang sich anschließend in den Sattel, um die nächste Tagesetappe in Angriff zu nehmen.

Obwohl er bereits an einigen Fehden und Kriegszügen teilgenommen hatte, empfand Michael trotz des anstrengenden Marsches nichts als Langeweile. Außer Felix wurden auch die anderen Trosswachen davon erfasst. Für den jungen Burschen aber war jeder Tag ein Tag, der ihn näher an Jerusalem heranbrachte.

Ludolf von Broch hätte als ehemaliger Mönch ähnlich empfinden müssen. Ihm machte die Eintönigkeit des Marsches jedoch zu schaffen, und ebenso die Anstrengungen, die damit verbunden waren. Daher jammerte er immer wieder, wie sehr er es bereue, seine stille

Klosterzelle mit einem Platz im Kreuzfahrerheer vertauscht zu haben. »Ich hätte es nicht als Krieger tun sollen, sondern als Mann des Glaubens. Als solcher müsste ich keine Knechtsarbeit leisten wie jetzt«, erklärte er Eberhard von Dellingen.

Diesem gefiel es ebenso wenig, mit anpacken zu müssen. Voller Neid dachte er an die Ritter im Gefolge der großen Herren. Diese mussten nicht wie er durch Pferdemist stapfen, um die Trosswagen zu beladen. Ihnen wurde auch erspart, das Zelt, in dem sie des Nachts ruhten, mit eigenen Händen aufstellen zu müssen. Das übernahmen Knechte für sie. Ebenso wie Ludolf von Broch hasste er die Arbeit, die er tun musste. Er war aufgebrochen, um Ruhm und Beute zu erringen. Mittlerweile aber hatte er erfahren, dass die Lager- und Trosswachen nur selten zum Kampf gerufen wurden. Diese mussten bei ihren Zelten und Karren bleiben und konnten zusehen, wie andere sich auszeichneten.

Michael nahm die tiefe Unzufriedenheit der beiden Männer wahr und hätte sich gerne von ihnen getrennt. Da dies jedoch nicht in seinen Möglichkeiten lag, musste er mit ihnen auskommen. Dabei erschien ihm die Eintönigkeit des schier endlosen Marsches schlimmer als die Anstrengung, die damit verbunden war. Anders als Ludolf von Broch und Eberhard von Dellingen wusste er, dass ihr Tross im Vergleich zur Größe des Heeres sogar recht klein war. Dies lag daran, dass Kaiser Friedrich mit den Herrschern der Länder, durch die sie ziehen mussten, Verträge abgeschlossen hatte, damit ihnen Nahrung für das Heer und Futter für die Pferde zur Verfügung gestellt wurden. Auch erhielten sie Führer, die sie zu diesen Proviantstellen brachten und ihnen, seit sie die Länder deutscher Zunge verlassen hatten, als Übersetzer dienten.

All das trug dazu bei, dass die Männer immer mehr abstumpften. Sie marschierten oder ritten mit dem Wissen, dass alles gut geplant war und sie im Grunde nicht mehr tun mussten, als am Morgen aufzubrechen und am Abend ein neues Lager zu beziehen. Die Landschaft um sie herum änderte sich nur allmählich. Sie hatten Österreich hinter sich gelassen, Ungarn durchquert und die Grenzen des Byzantinischen Reiches erreicht. Welche Völker um sie herum lebten, erfuhren sie kaum einmal.

Woher auch?, dachte Michael, während er an diesem Abend mithalf, ihr Zelt aufzuschlagen. Um mehr zu erfahren, fehlte ihnen jemand, der es ihnen erzählen konnte. Nur selten erhielt er die Gelegenheit, mit einem der einheimischen Führer zu sprechen. Als Michael von Kühnburg würde mir das nicht passieren, dachte er mit bitterem Spott. Er hätte es laut Magister Erwin so haben können. Der Schwur, den er seinem Vater geleistet hatte, galt ihm jedoch mehr als Reichtum und Ansehen.

Entweder ich schaffe mir beides selbst, oder ich bin es nicht wert, etwas zu besitzen, setzte er seinen Gedankengang fort. Er fragte sich, ob sie sich noch im Land der Serben befanden oder bereits in dem der Bulgaren. Die Herrscher beider Völker sollten Vasallen des Kaisers von Byzanz sein, mit dem Kaiser Friedrich einen Vertrag abgeschlossen hatte. Isaak Angelos erhoffte sich von dem Bündnis die Rückgewinnung großer Landgebiete in Kleinasien, die seinem Reich im Laufe des letzten Jahrhunderts an die Sarazenen verloren gegangen waren, und daher musste sich das mittlerweile durch Ungarn und Serben verstärkte deutsche Kreuzfahrerheer keine Sorgen um die Verpflegung machen.

Obwohl Michael in dieser Beziehung zufrieden war, hätte er sich gewünscht, der Weg ins Heilige Land wäre kürzer. Auch wenn unterwegs keine Feinde zu erwarten waren, so musste das Heer Krankheiten fürchten, die fremdes Essen und das Zusammenleben so vieler auf engem Raum mit sich brachten.

Michael hatte die Erfahrung gewonnen, dass Unsauberkeit mit zu solchen Krankheiten beitragen konnte, und forderte seine Kameraden auf, darauf zu achten, dass sie Latrinen benützten und sich nicht überall erleichterten, wo es ihnen gefiel.

Auch an diesem Tag musste er mehrere Männer zurechtweisen, die sich an den Bach stellten, neben dem sie lagerten, und dort ihr Wasser abschlugen.

»Ihr verdammten Narren, aus dem Bach wird das Wasser für die Abendsuppe geschöpft! Wollt ihr sie mit eurer Pisse kochen?«

Er erntete nur dummes Geglotze.

»Verdammt, geht das nicht in eure Schädel?«

Michael wurde laut und klopfte kurz gegen sein Schwert. Jetzt erst verzogen sich die Knechte in die Richtung, in der eine Stelle als Latrine ausgewiesen worden war.

»Wie oft habt Ihr es schon gesagt?«, fragte Ferdinand von Drammen.

»Allmählich viel zu oft!«, stieß Michael erbost aus.

»Die Kerle sind so dumm, denen könntet Ihr die Köpfe einschlagen, und sie würden es nicht einmal merken.«

Mit dieser Bemerkung brachte Drammen Michael zum Lachen. »Ihr habt ja recht! Ich sollte mich über diese Lumpen nicht aufregen. Wenn jedoch die Seuche ins Heer kommt, werden viele sterben.«

»Wegen dieses bisschen Pisse, das zudem das Wasser des Baches mit sich spült?« Drammen konnte das nicht so recht glauben.

»Wenn weiter bachaufwärts ebenfalls jemand in den Bach pinkelt und Felix dieses Wasser zum Kochen schöpft, würdet Ihr anders reden.«

Drammen bedachte Michael mit einem zweifelnden Blick. »Wenn Ihr meint!«

»Ja, ich meine!« Michaels Miene war so eisig, dass Ferdinand von Drammen nichts mehr sagte.

Beide kehrten zu ihrem Zelt zurück und sahen, wie Felix den Kessel packte und Wasser holen gehen wollte. »Du solltest etliche Hundert Schritte den Bach aufwärtsgehen, bis das Lager hinter dir liegt, und dort das Wasser schöpfen«, riet ihm Michael.

Der junge Bursche zog den Kopf ein. Er war spät dran und würde, wenn er wirklich so weit ging, noch mehr Zeit verlieren. Damit aber riskierte er, dass Eberhard von Dellingen ihm ein paar Ohrfeigen verpasste, weil das Essen zu spät fertig wurde. Allerdings wollte er auch Michael nicht verärgern und eilte daher so schnell los, wie er konnte.

Unterwegs maulte Felix vor sich hin. Trotzdem ging er so weit, bis vom Lager nichts mehr zu sehen war. Da entdeckte er eine Quelle und sagte sich, dass Michael mit diesem Wasser zufrieden sein würde, und füllte seinen Eimer. Da sah er, wie ein Stück bachaufwärts ein Fuß hinter einem Busch herausragte. Verwundert wollte er nachsehen, hörte dann aber Geräusche und duckte sich unwillkürlich.

Drei fremdartig aussehende Männer kamen von oben auf den Busch zu. Plötzlich fluchte einer in einer unbekannten Sprache und versetzte dem Besitzer des Beines einen Tritt. Was er danach sagte, verstand Felix nicht, begriff aber so viel, dass der Mann, der wohl Wache hatte halten sollen, eingeschlafen war.

Weshalb war hier, ein paar Hundert Schritte vom Lager eine Wache nötig?, fragte Felix sich und musterte die Männer genauer. Sie waren bewaffnet, sahen aber weniger wie Krieger als wie Gesindel aus. Hosen und Hemden waren schäbig und oft geflickt, die Gesichter ungewaschen und bärtig. Im Gegensatz dazu aber waren ihre Waffen so gut wie neu.

Die drei Neuankömmlinge redeten miteinander, und der Schläfer trat zu ihnen. Auch ihn musste man wegen seiner zerlumpten Kleidung eher für einen Räuber halten als für einen ehrlichen Mann. Nach einer Weile wandte er sich mit zweien zum Gehen, einer blieb zurück und blickte seinen Kameraden hinterher.

Dies nützte Felix aus, um ungesehen zu verschwinden. Auf dem Weg zum Zelt schüttelte er immer wieder den Kopf, denn er konnte sich aus dem eben Erlebten keinen Reim machen.

»Bei Gott, holst du das Wasser aus der Heimat, weil du so lange gebraucht hast?«, empfing ihn Eberhard von Dellingen am Zelt.

»Ich habe ihm befohlen, das Wasser von weiter oben zu holen. Also lasst Felix in Frieden!« Michael war hinzugetreten, um zu verhindern, dass Dellingen seine schlechte Laune an Felix ausließ.

»Habt Dank, Herr Michael!«, rief dieser erleichtert und fasste ihn am Ärmel. »Verzeiht, aber da ist noch etwas! Ich habe weiter oben mehrere Fremde gesehen, die sich vor uns verbergen.«

»Das werden ein paar Bauern sein, die Angst um ihre Schafe haben«, sagte Dellingen hochmütig und ging.

Michael hingegen sah Felix überrascht an. »Was sagst du?«

Der junge Bursche wiederholte seine Worte und setzte hinzu, dass es gewiss keine Bauern seien. »Die sind ausgezeichnet bewaffnet, sage ich Euch.«

»Das gefällt mir nicht! Koch jetzt die Suppe. Ich gehe zum Trossmeister.« Sogleich setzte Michael sich in Bewegung.

Seine ruhige, überlegte Art hatte dem Trossmeister Achtung eingeflößt. Dennoch wollte dieser nicht daran glauben, dass die Männer, die Felix beobachtet hatte, eine Gefahr darstellen könnten. »Unser Kaiser Friedrich hat einen Vertrag mit Konstantinopel geschlossen, der uns freies Geleit, Vorräte und das Übersetzen nach Kleinasien gewährt. Daher wird es keiner wagen, auch nur einem unserer Zugtiere ein Haar zu krümmen.«

»Ich würde trotzdem heute Nacht mehr Wachen aufstellen lassen«, schlug Michael vor.

Der Trossmeister schüttelte den Kopf. »Die Zahl der Wachen, die wir bislang hatten, reicht vollkommen aus.«

»Wenn Ihr meint!« Michael wandte sich enttäuscht um und kehrte zu seinem Zelt zurück. Felix' Beobachtung ging ihm jedoch nicht aus dem Kopf. Er wusste selbst, dass er gegen den Willen des Trossmeisters nichts unternehmen konnte, verfügte er doch nicht einmal über das Recht, die wenigen Wachen, die es gab, so aufzustellen, wie er es für vernünftig hielt. Die entscheidenden Männer im Heer hatten sich daran gewöhnt, unbesorgt ziehen zu können, und so dachte keiner daran, dass es auch einmal anders sein könnte.

Als Michael seine Zeltkameraden darauf ansprach, lachte Eberhard von Dellingen höhnisch auf. »Euch bekommt die Sonne nicht, Herr Michael, daher seht Ihr Gefahren, wo keine sind!« Er betonte das »Herr Michael« besonders, um darauf hinzuweisen, dass dieser keinen Sippennamen vorweisen konnte.

Auch Ferdinand von Drammen schüttelte ungläubig den Kopf. »Ich kann nicht glauben, dass wir hier plötzlich Feinde sehen sollten. Immerhin hat der Kaiser von Konstantinopel uns freies Geleit zugesichert!«

»Vielleicht irre ich mich, und wenn, dann tue ich es gerne. Irre ich mich jedoch nicht, sollten wir darauf vorbereitet sein«, beschwor Michael die anderen.

Diesmal nickte Drammen. Auch Hans Pfeuderer überlegte, ob er nicht besser auf Michaels Erfahrung vertrauen sollte. Ludolf von Broch und Dellingen winkten jedoch ab.

»Wir sind hier in einem christlichen Land, das unter den Angriffen der Heiden schwer gelitten hat. Ausgerechnet dessen Bewohner sollen uns feindlich gesinnt sein? Ich muss Herrn von Dellingen recht geben. Euch bekommt die Sonne nicht«, rief Ludolf von Broch und kehrte Michael den Rücken.

»Ich weiß auch nicht, ob ich es glauben soll«, meinte Pfeuderer nachdenklich.

»Ich werde jedenfalls mein Schwert bei mir behalten, um es bei der Hand zu haben!« Ferdinand von Drammen nickte Michael kurz zu und sah sich zu Felix um. »Was ist jetzt mit der Suppe? Wir haben Hunger!«

»Sie ist gleich fertig«, antwortete der junge Mann und sah dann Michael an. »Ich habe an Waffen nur meinen Dolch und einen Spieß. Glaubt Ihr, dass dies reicht?«

»Wenn es zum Kampf kommen sollte und wir diesen gewinnen, wird der Feind genug Waffen zurückgelassen haben, damit auch du dich ausrüsten kannst«, erklärte Michael und ging, um seinen Essnapf zu holen.

Während sie aßen, schwiegen sie, und danach verließen Ludolf von Broch und Eberhard von Dellingen die Gruppe, um sich ihren Worten zufolge Gesprächspartner zu suchen, denen nicht die Angst die Sinne verwirrt hätte.

»Der Teufel soll die beiden holen!«, sagte Pfeuderer mit Verachtung in der Stimme, als die beiden gegangen waren. »Da bemüht man sich, gute Kameradschaft zu zeigen, dabei sind diese Kerle es nicht wert.«

»Dellingen ist ein Lump, und Broch hätte Mönch bleiben sollen. Mit seinem Gebet wäre er uns eine größere Hilfe als mit dem Schwert!« Auch Ferdinand von Drammen war es leid, sich andauernd mit den beiden streiten zu müssen.

»Wir werden sehen, was sie taugen, wenn es gegen den Feind geht«, warf Pfeuderer ein und klopfte Felix auf die Schulter. »Schlechter als Ludolf von Broch wirst du dich auch nicht machen.«

Felix wuchs förmlich bei diesem Lob, denn der ehemalige Mönch tat immer so, als wäre er ihm himmelhoch überlegen.

Auch Michael nickte ihm freundlich zu. »Das denke ich auch! Deine Abendsuppe war übrigens wieder schmackhaft. Ich habe auf Feldzügen schon sehr viel schlechter gegessen.«

»Habt Dank!« Felix lächelte Michael dankbar zu.

Dieser wies nun zum Lagerfeuer. »Setzen wir uns ein wenig zusammen und unterhalten uns!«

Er nahm so Platz, dass er die Stelle, an der Felix die Fremden gesehen hatte, im Auge behalten konnte. Aus diesem Grund überließ er es auch Drammen und Pfeuderer, das Gespräch zu führen, und beteiligte sich nur gelegentlich daran. Einmal glaubte er, es würden dort oben ein paar Büsche wackeln. Es konnte jedoch eine Täuschung sein, die die letzten Strahlen der hinter dem Horizont versinkenden Sonne hervorgerufen hatten. Ansonsten fiel ihm nichts auf.

Als er ins Zelt zurückkehrte, behielt Michael Kleidung und Schuhe an und legte sein Schwert blank neben sich, um es griffbereit zu haben. Drammen zog zwar die Stirn kraus, folgte dann aber ebenso wie Pfeuderer seinem Beispiel.

Die Geräusche des nächtlichen Lagers verstummten allmählich. Nach einer Weile kehrten auch Eberhard von Dellingen und Ludolf von Broch zurück. Sie waren angetrunken und brachten daher Unruhe ins Zelt. Drammen schalt sie aus und befahl ihnen, sich hinzulegen und still zu sein.

»Jaja, spielt Euch nur auf!«, knurrte Dellingen und tastete sich in der Dunkelheit des Zeltes zu seinem Schlafplatz hin. Er trat dabei auf Felix, der sich leise beschwerte, dafür aber nur ein »Halt's Maul!« zur Antwort erhielt.

Michael hätte sich eine besser zusammenpassende Zeltgemeinschaft gewünscht, doch er konnte die beiden Störenfriede nur ebenso zum Teufel wünschen, wie Hans Pfeuderer es tat. Nachdem endlich Ruhe eingekehrt war, lauschte er in die Nacht hinein. Er vernahm nichts, was auf Gefahr hindeutete, und doch fühlte er sich unruhig. Vielleicht narrt mich nur meine Fantasie? Immerhin hat der Trossmeister Wachen aufstellen lassen, und die werden schon achtgeben, sagte er sich und versuchte zu schlafen.

12.

Mit einem Mal war Michael hellwach. Er konnte nicht sagen, was ihn geweckt hatte. War es ein Geräusch gewesen oder nur etwas, was er geträumt hatte? Er stand vorsichtig auf, um auf keinen seiner Kameraden zu treten, fasste sein Schwert und verließ das Zelt. Anhand der Sterne schätzte er, dass es noch gut drei Stunden bis zum Sonnenaufgang dauern würde. Sollte er so lange wach bleiben?, fragte er sich. Immerhin stand ihnen ein weiterer harter Tagesmarsch bevor, und das bei Temperaturen, wie sie sie daheim nur in den wenigen Wochen des Hochsommers kannten.

Ein Lichtschein etwas höher am Hang fesselte seinen Blick. Keine drei Herzschläge später flog ein Brandpfeil durch die Luft und schlug in die Plane eines Trosswagens ein. Ein gutes Dutzend weiterer Brandpfeile folgte.

»Zu den Waffen! Wir werden angegriffen!«, schrie Michael, so laut er konnte.

Er fragte sich, weshalb die Wachen nicht Alarm geschlagen hatten. Da sah er den ersten Wächter beim Lagerfeuer liegen. Mehrere Pfeile steckten in seinem Körper. Der Mann hatte zu nahe am Feuer gesessen und den Angreifern damit die Gelegenheit gegeben, auf ihn zu schießen.

»Was ist los?«, rief jemand, während weitere Pfeile flogen. Michael sah, wie einer gegen seine Schwertklinge prallte und wirkungslos zu Boden fiel. Ein Trossknecht, der unter dem Wagen geschlafen hatte und nun darunter hervorkroch, hatte weniger Glück.

»Sammelt euch!«, rief Michael einigen Kriegern zu, die teilweise noch im Hemd und mit nackten Füßen aus ihren Zelten kamen. »Wir müssen angreifen, sonst schießen uns die Kerle wie Hasen ab.«

»Das tun sie auch, wenn wir auf sie zugehen«, wandte Dellingen ein.

»Es können nicht mehr als zwanzig oder dreißig Feinde sein, sonst würden mehr Pfeile fliegen«, antwortete Michael und rannte los. Um ein möglichst schlechtes Ziel zu bieten, schlug er ein paar Haken und entging dadurch mehreren Pfeilen. Einer streifte seinen Oberarm, drang aber nicht durch das Lederhemd.

Mit einem Mal sah er einen Angreifer vor sich. Dieser hatte eben einen Pfeil abgeschossen und griff nun hastig zu einem weiteren. Er war jedoch zu langsam, und so streckte Michael ihn nieder. Ein weiterer Feind kam in Sicht. Dieser hieb mit dem Bogen nach ihm und versuchte dann zu fliehen. Michael war jedoch schneller und traf ihn mit der flachen Klinge. Noch während der Mann niedersank, verfolgte Michael den nächsten Angreifer und erledigte auch diesen.

Danach war der Spuk vorbei. Ein Teil der Feinde hatte sich in die Büsche schlagen können, die meisten jedoch waren den entschlossen angreifenden Kriegern zum Opfer gefallen.

»Habt ihr einen lebendig erwischt?«, fragte Michael seine Kameraden.

»Ich hatte mit zweien zu tun, aber die sind tot«, antwortete Pfeuderer, und auch Drammen konnte nichts Besseres melden.

»Bei mir war es nur einer, doch der steht ebenfalls nicht mehr auf!«

»Ich habe einen mit der flachen Klinge niedergeschlagen. Wir beide sehen nach, ob der Kerl noch hier liegt oder uns entkommen ist! Die anderen sollen ins Lager zurück und die Wagen löschen. Sonst werden wir in den nächsten Tagen kaum etwas zu beißen haben«, sagte Michael, winkte einen Trossknecht, der mit einer Fackel in der Hand gekommen war, zu sich und machte sich auf die Suche.

Es dauerte einige Augenblicke, dann atmete er auf. »Da ist der Kerl!«

Zusammen mit Drammen packte er den Mann, der sich eben wieder zu regen begann, und sie schleiften ihn mit sich.

Im Lager waren etliche Knechte dabei, die drei Wagen zu löschen, die von den Brandpfeilen getroffen worden waren. Ein halbes Dutzend Zelte hatte es ebenfalls erwischt, und die Männer, denen sie gehörten, mussten sich mit dem Verlust eines Großteils ihrer Habe abfinden. Kochend vor Wut, fesselten sie den Gefangenen und banden ihn an das Rad eines Wagens, der den Brandpfeilen entgangen war.

Danach halfen alle mit, die Brände zu löschen, und sammelten sich schließlich am großen Lagerfeuer. Der Trossmeister wirkte verkniffen, als er Michael ansah. »Ich muss Euch Abbitte leisten, Herr Michael. Ihr hattet recht mit Eurer Warnung. Der Teufel soll diese Kerle holen!«

»Diese Schufte gehen ihres Seelenheils verlustig, denn wir sind Krieger Gottes und auf dem Weg, den Heiden die Heimat Jesu Christi zu entreißen«, klang Ludolf von Brochs Stimme auf.

Nun, da die Wachfeuer neu angefacht und Holz nachgelegt worden war, konnte Michael sehen, dass Drammens und Pfeuderers Schwerter vom Blut ihrer Feinde fleckig waren. Eberhard von Dellingen hielt zwar auch sein Schwert in der Hand, doch dessen Klinge war so blank, als hätte er sie eben geputzt. Bei Ludolf von Broch war er im Zweifel, ob der das seine überhaupt gezogen hatte.

Erst jetzt fiel Michael auf, dass Felix fehlte. Er griff nach einer Fackel und begann zu suchen. Nach einer Weile fand er ihn und stieß einen leisen Fluch aus. Der junge Mann, der nicht als Knecht, sondern als Kämpfer in Jerusalem hatte einziehen wollen, lag reglos auf dem Boden, und aus seiner Brust ragte ein Pfeil.

Drammen trat an Michaels Seite und sah auf Felix hinab. »Es ist schade um ihn! Meinetwegen hätte es einen anderen treffen können.«

Michael begriff, dass er Dellingen und Ludolf von Broch damit meinte. Doch auch wenn er sich über die beiden ärgerte, wünschte er ihnen nicht den Tod. »Es hätte besser keinen getroffen!«, antwortete er. »Hol der Teufel die Kerle, die diesen Überfall ausgeheckt haben.«

»Wir haben deinen Gefangenen, und der wird uns sagen, wer ihn geschickt hat!« Drammen klang hart und war bereit, den Mann der schlimmsten Folter zu unterwerfen, die er sich denken konnte, um das herauszubringen.

Da wies Michael auf den Trossmeister, der eben mehreren Männern den Befehl gab, den Gefangenen zum Kaiser zu bringen, damit dessen Knechte ihn verhören konnten.

»Uns geht diese Sache nichts mehr an. Wenn die Sonne aufgeht, werden wir weiterziehen. Eines aber wird sich ändern: Von nun an wird keiner von uns mehr so sorglos sein, wie wir es bisher waren.«

Vierter Teil

Im Heiligen Land

1.

Raoul de Laronne traten die Tränen in die Augen, als er die Küste vor sich sah. Endlich waren sie im Heiligen Land angekommen! Erleichtert wandte er sich seinem Bruder Robert zu, den er zu seinem Stellvertreter ernannt hatte.

»Endlich stehen wir auf dem Boden, auf dem unser Herr Jesus Christus gewandelt ist!« Er kniete nieder und küsste die Erde.

Auch Robert und die meisten, die mit ihnen gekommen waren, folgten seinem Beispiel. Ein Mann, der in der Heimat einen Totschlag begangen hatte und zur Teilnahme am Kreuzzug verurteilt worden war, schluchzte hemmungslos. »Endlich bin ich meiner schweren Schuld ledig und habe auch die des armen Jean getilgt, auf dass der Heiland ihn endlich ins Himmelreich aufnehmen kann!«

Raoul dachte nun an die Strapazen, die sie auf sich nehmen hatten müssen. Begonnen hatte diese Reise mit einem raschen und sehr harten Marsch nach Genua. Dort waren sie ungesäumt auf Schiffe verladen worden und diese in See gestochen.

Der Gedanke an die Übelkeit, die ihn und viele seiner Truppe befallen hatte, ließ ihn hoffen, dies nie mehr erleben zu müssen. Bei dem Gedanken spottete er über sich selbst. Wenn er auf dem Heimweg nicht die See befahren wollte, blieb ihm nur der Landweg. »Bis es so weit ist, dass wir wieder in die Heimat ziehen, wird einige Zeit vergehen. Jetzt gilt es erst einmal, Jerusalem zu erreichen!«, sagte er aus dem Gedanken heraus.

»Zuerst müssen wir Akkon erreichen und es erobern«, meinte sein Bruder. »Dazu brauchen wir jedoch einen Führer!«

»Da kommen Leute!«, rief Benoît.

Nun sah Raoul die Reiter auch. Ein Mann im Waffenrock der Tempelritter führte sie an.

»Seid uns willkommen, meine Herren! Ihr kommt zu einer guten Stunde, denn das Heer der Christenheit kann jeden Mann gebrauchen, der ein Schwert zu führen vermag.«

»Wir sind Ritter aus Frankreich! König Philippe II. hat uns vorausgeschickt, um den Verteidigern des Heiligen Landes beizustehen. In einigen Monaten wird er mit seinem Heer erscheinen und König Richard von England mit ihm.«

»Was wisst Ihr über die teutonischen Ritter? Wir hörten, sie wären auf ihrem Marsch in Kämpfe verwickelt worden«, fragte der Tempelritter.

»Davon wissen wir nichts! Das Letzte, was wir hörten, war, dass sie von Regensburg aufgebrochen sind und in großer Zahl marschieren. Doch diese Nachricht ist bereits viele Wochen alt«, gab Raoul zur Antwort. »Das hört sich nicht gut an«, meinte er leise zu Robert und den Kameraden, die sich in seiner Nähe aufhielten.

»Kaiser Friedrichs Heer wird jeden Widerstand überwinden, denn es soll gewaltig sein«, erklärte Florent de Crespy. In seinen Gedanken gab es kein Scheitern, weder für die französischen Ritter noch für das Heer, welches der greise Kaiser des Heiligen Römischen Reiches anführte.

Raoul hoffte, dass es wirklich so sein würde. Immerhin war Friedrich in früherer Zeit schon einmal auf dem Landweg nach Palästina geritten und kannte daher die Strecke.

»Wann werden wir Akkon erreichen?«, fragte Raoul den Tempelritter.

»Von hier aus haben wir zwei Tagesmärsche vor uns. Wir werden sehr aufmerksam sein müssen, denn Sultan Saladin schickt immer wieder Streifscharen aus, um uns zu behelligen.«

Die Auskunft sagte Raoul zweierlei. Zum einen würde der Templer sie begleiten, und zum Zweiten war die Lage nicht so gut, wie dieser es gerne gesehen hätte.

2.

Als sie aufbrachen, riet ihnen der Tempelritter, die Kettenhemden überzuziehen, weil jederzeit eine sarazenische Streifschar auftauchen und sie angreifen konnte. Unter den eisernen Helmen wurde jedoch der Kopf so heiß, dass Florent de Crespy und Olivier die ihren allen Gefahren zum Trotz absetzten.

Als sie nach kurzem Marsch ein Dorf erreichten, entdeckte Raoul einige Einheimische, die sie nicht gerade freundlich musterten.

»Was sind das für Leute?«, fragte er den Tempelritter, der sich ihnen als Géraud de Lesorelle vorgestellt hatte.

»Es sind Fischer, die hier leben.«

»Ist das nicht gefährlich für sie?«, fragte Raoul. »Ihr Dorf ist weder befestigt, noch gibt es hier eine Burg, in die sie bei einem Angriff der Heiden fliehen können!«

Lesorelle winkte ab. »Die Sarazenen lassen sie in Ruhe, denn sie gehören zu deren Volk, und Reichtümer, die man plündern könnte, besitzen sie nicht.«

»Aber es sind doch hoffentlich richtige Christenmenschen?«, fragte Pater Jacques, der als einer der Ersten an Land gegangen war, ohne beim Entladen des Schiffes zu helfen.

Der Templer schüttelte den Kopf. »Soviel ich weiß, sind es Muslime.«

»Also Heiden!«, rief der Pater erbost. »Warum lasst Ihr dieses von Gott verfluchte Gesindel am Leben?«

»Warum sollten wir sie umbringen?«, fragte Lesorelle verwundert. »Sie fangen ihre Fische und zahlen ihre Steuern. Das ist mehr wert als ihr Tod.«

»Dann zwingt sie wenigstens, Christen zu werden«, rief Pater Jacques im beschwörenden Tonfall.

»Wenn wir sie dazu zwingen sollten, würden sie immer noch heimlich zu ihrem Allah beten und die Kriegsscharen Sultan Saladins herbeisehnen. Einige würden sich ihm sogar als Spione und Zuträger andienen. Wollt Ihr das?«, fragte Géraud de Lesorelle den Pater.

Nicht nur dieser, sondern auch Raoul wunderte sich, dass heidnische Sarazenen in den christlichen Ländern des Orients anscheinend unbehelligt leben durften. Anders als Pater Jacques betrachtete er die Leute jedoch nicht mit Abscheu, sondern mit Neugier. Frauen sah er keine, nur Männer und halbwüchsige Burschen. Alle waren mit langen Hemden bekleidet und gingen barfuß. Um die Köpfe hatten sich die Erwachsenen Tücher gebunden. Nur ein paar Knaben zeigten bloße Scheitel mit dunklen Haaren. Um die Gesichter erkennen zu können, waren sie zu weit entfernt. Auf jeden Fall waren sie von der Sonne verbrannt und dunkler, als Raoul es aus seiner Heimat gewohnt war.

Als Freunde schienen sie sich jedoch nicht zu sehen, denn sonst hätten sie wohl beim Entladen geholfen. Raoul betrachtete sie daher mit Misstrauen und hätte seine heißgeliebte Laute dafür verwettet, dass Saladin und dessen Unteranführer schon bald von der Ankunft ihrer Truppe erfuhren. Er hoffte nur, dass dies erst der Fall war, wenn sie die eigenen Truppen vor Akkon bereits erreicht hatten.

Entschlossen trat er auf Lesorelle zu. »Es wird noch ein paar Stunden hell bleiben. Wir sollten daher losziehen und unser Lager ein Stück weiter auf Akkon zu aufschlagen!«

Florent de Crespy verzog das Gesicht. »Jetzt lasst uns erst einmal ankommen! Wir müssen unser Gepäck sortieren und brauchen Wasser und Vorräte. Da können wir nicht einfach blindlings in die Wüste hineinziehen.«

Géraud de Lesorelle lächelte nachsichtig. »Die Wüste liegt ein ganzes Stück im Osten. Wir werden aber nicht weiter ins Land hineinziehen, da uns die Sarazenen dort von allen Seiten angreifen können. Daher marschieren wir die Küste entlang nach Süden. Sollten Sarazenen auftauchen, können sie uns nur von der Seite attackieren, auf der wir unsere Schilde tragen. Wir werden unser Lager dort bei diesem Hügel aufschlagen.« Der Templer wies auf eine sanfte Erhebung etwas weiter im Süden. »Von dort aus ist das Dorf noch nahe genug, um vom Brunnen Wasser zu holen. Zudem überblicken wir das umgebende Land, so dass uns die Sarazenen nicht überraschen können.«

»Es sei denn, sie kommen des Nachts über uns!«, erwiderte Raoul. Für sein Dafürhalten lag der Hügel zu nahe an der Landungsstelle.

Da er jedoch nichts an der Situation ändern konnte, begab er sich zu seinem unruhig tänzelnden Hengst und sprach beruhigend auf ihn ein. »Ich weiß, mein Guter, dir hat es auf dem Schiff nicht gefallen. Aber jetzt bist du wieder auf festem Land und musst nicht mehr zornig sein.«

Es half, denn das Tier blieb stehen und ließ ihn aufsitzen. »Männer aus Laronne! Sammelt euch und folgt mir!«, rief er und ritt los. Benoît reihte sich mit wehendem Banner hinter ihm ein, und ihnen folgten die übrigen Reiter seiner Lanze. Hinter diesen kamen die Fußknechte.

Der Weg zum Hügel war nicht weit. Als sie oben ankamen und Raoul sich umsah, musste er dem Templer zustimmen. Sie hatten einen ausgezeichneten Blick über die Gegend. Auf der einen Seite lag das Meer und schob seine Wellen gegen den Strand. Nach Süden hin war das Land relativ flach und versprach einen raschen Marsch. An die üppig bewachsenen Hügel der Heimat gewöhnt, wirkte die Gegend auf Raoul sehr karg. Nur selten waren grüne Flecken zu sehen und hie und da ein paar Büsche und einzelne Bäume. Sonst sah die Landschaft einfach nur vertrocknet aus.

»Wie war das mit den Zedern des Libanon?«, fragte er bissig.

Lesorelle lachte. »Weiter im Landesinnern im Gebirge könntet Ihr welche sehen. Es wäre jedoch ein Umweg, und ich glaube auch nicht, dass die Sarazenen uns dort unbehelligt lassen würden.«

»Ich hatte mir das Gelobte Land lieblicher vorgestellt«, warf Benoît ein.

»Zu den Zeiten Jesu Christi, König Salomons und Moses war es dies gewiss auch«, antwortete der Templer und sah den jungen Mann lächelnd an. »Doch sagt, welchen Grund hätte Gott gehabt, dieses Land den Heiden als Paradies zu überlassen? Daher machte er es unfruchtbar und sorgte dafür, dass die Feinde des Christentums nur kahles, verbranntes Land erhielten.«

»So ganz verstehe ich das nicht!«, gab Benoît zu. »Die Unseren haben das Land doch vor etwa einhundert Jahren von den Heiden zurückerobert. Da hätte unser Herr im Himmel es doch segnen müssen.«

»Was du sagst, ist Häresie!«, fuhr Pater Jacques den Jüngling an.

Dann schüttelte er sich und wies auf das Dorf, das zu Pferd in weniger als einer halben Stunde erreicht werden konnte. »Weshalb hätte Gott dieses Land wieder in ein Paradies verwandeln sollen, da jene, die es für ihn eroberten, so verderbt waren, die Feinde der Christenheit am Leben zu lassen? Hätten sie all diese Heiden erschlagen, wäre dies heute ein grüner Garten. So aber haben sie den Zorn Gottes auf sich gelenkt und stehen nun im Kampf gegen den Sohn des Satans, der sich Saladin nennt.«

Lesorelle wandte dem Pater mit verärgerter Miene den Rücken zu und sprach Raoul an. »Wir sollten nun die Männer bestimmen, die das Wasser vom Brunnen holen. Am besten nehmen sie dafür die Zugpferde. Die Wagen werden wir hier zurücklassen. Sie behindern uns nur auf dem weiteren Weg.«

»Das geht nicht! Wir brauchen die Wagen für unser Gepäck«, protestierte Florent de Crespy.

»Dann nehmt sie mit und seht zu, wie ihr damit zurechtkommt!« Der Templer kümmerte sich nicht weiter um ihn, sondern winkte mehrere der Knechte, die ihn begleitet hatten, zu sich. »Seht zu, dass ihr die Wasserschläuche füllt! Zwanzig bewaffnete Reiter sollten reichen, um dies zu gewährleisten.«

Raoul musterte die wenigen Hütten des Dorfes und fragte sich, wie ernst die Lage sein musste, wenn eine solche Schar nötig war, um ungehindert Wasser zu schöpfen.

3.

In der Heimat wäre der Weg am Meer entlang zwar beschwerlich gewesen, hätte sie aber nicht so angestrengt wie dieser Marsch unter der sengenden Sonne des Heiligen Landes. Zwar verzichteten sie auf ihre Helme, denn die konnten sie, wenn Feinde in Sicht kamen, rasch aufsetzen. Anders war es jedoch mit den Kettenhemden. Die mussten sie tragen und fühlten trotz mehrerer Schichten Stoff und Leder, mit denen diese abgepolstert wurden, die Hitze, die die Kleidung im Lauf des Tages annahm.

»Bei Gott, wie soll man da noch kämpfen können?«, stöhnte Benoît, der Raouls Banner heute nicht mehr so stolz in die Höhe reckte wie noch am Vortag.

»Wenn man es muss, kann man es!«, erklärte ihm Géraud de Lesorelle. »Wichtig ist vor allem, genug Wasser zu trinken. Wasser ist hier der Quell, aus dem die Kraft kommt. Wer das bedenkt, ist dem, der es vergisst, immer überlegen. So war es auch vor wenigen Jahren bei den Hörnern von Hattin, als König Guy sein Heer fern aller Brunnen versammelte und die Sarazenen daraufhin fast alle erschlugen. Saladins Krieger lagerten nämlich an den Brunnen und tranken sich satt, bevor sie zum Kampf auszogen, während die Unsrigen durstig in die Schlacht ziehen mussten.«

»Dann waren sie dumm!«, entfuhr es dem Jüngling.

»Du schmähst die Ritter und Helden der Christenheit!«, rief Pater Jacques empört aus.

»Klug nennen kann man sie kaum, wenn sie die Schlacht durch eigene Schuld verloren haben«, erwiderte Raoul. Sein Ärger über den Pater wuchs. Schon auf dem Weg nach Genua hatte dieser wüste Drohungen gegen die Heiden ausgestoßen und war an Bord des Schiffes nur durch die Seekrankheit daran gehindert worden, es weiterhin zu tun. Seit es ihm besser ging, verfluchte er die sarazenischen Heiden erneut, solange sein Atem reichte.

»Besonders geschickt war es nicht«, gab Lesorelle zu. »Auch wäre die Schlacht nicht nötig gewesen, hätte König Guy seinen Vasallen Renaud de Chatillon zurechtgewiesen und dem Sultan Entschädigung angeboten. Chatillon hatte nämlich trotz eines bestehenden Friedensvertrags eine Karawane überfallen und ausgeraubt. Dabei sind ihm mehrere Verwandte von Saladin in die Hände gefallen, für die er Lösegeld gefordert hat. Als der König dem Sultan die Genugtuung verweigerte, gab es für diesen keine andere Wahl, als den Krieg zu beginnen.«

»Du redest wie ein Freund der Heiden!«, rief Pater Jacques voller Zorn. »Die Sarazenen sind Würmer unter unseren Sohlen und müssen zertreten werden. Herr Renaud de Chatillon hatte jedes Recht, sie anzugreifen und zu töten.«

»Wir haben durch diese unbesonnene Tat Jerusalem und Akkon

verloren! Würden uns die Ritter des Abendlands nicht beistehen, wäre der Untergang des Königreichs Jerusalem unausweichlich«, gab der Templer eisig zurück.

Raoul hatte schon am Abend einiges von Géraud de Lesorelle erfahren. So einfach, wie man es in der Heimat behauptete, war die Lage im Heiligen Land nicht. So leistete Konrad de Montferrat, der die Stadt Tyros besetzt hielt, König Guy nur die notwendigste Hilfe. Auch sonst gab es Zank und Hader unter den Rittern der Christenheit. Templer und Hospitaliter rangen miteinander um Macht und Einfluss und verteidigten ihre Eigenständigkeit ebenso wie der Ordo Teutonicorum. Der König von Jerusalem war ein kranker Mann und vermochte sich nicht gegen seine Barone durchzusetzen. Dabei lauerte der Feind an den Grenzen nur darauf, sich auch noch die Reste des Königreichs Jerusalem einzuverleiben.

»Es wird an der Zeit, dass mit König Philippe II., König Richard von England und Kaiser Friedrich endlich Männer erscheinen, welche die Autorität besitzen, die streitenden Parteien zu einem gemeinsamen Vorgehen zu zwingen«, sagte Raoul zu Lesorelle.

Der Tempelritter nickte mit verkniffener Miene. »Es wäre zu wünschen! Wir müssen Saladin besiegen und einen Frieden erreichen, der uns das Land bis an den Jordan und ein Stück darüber hinaus überlässt.«

»Einen Frieden mit den Sarazenen? Niemals! Sie sind alle Söhne des Teufels und müssen von dieser Erde getilgt werden!«, rief Pater Jacques voller Inbrunst.

»Mit dieser Haltung werdet Ihr hier nicht viel erreichen. Es gibt einfach zu viele Sarazenen, um sie alle erschlagen zu können«, erklärte der Tempelritter und wandte sich kopfschüttelnd Raoul zu. »Wir haben bereits genug eigene Narren im Land. Warum müsst Ihr auch noch die Euren mitbringen?«

»Pater Jacques wurde mir als Führer zugeteilt. Aus eigener Entscheidung hätte ich ihn niemals mitgenommen«, antwortete Raoul und wies dann nach Osten. »Wenn mich nicht alles täuscht, sind dort Reiter!«

Lesorelle blickte hin und nickte. »Sarazenen. Ich schätze, dass es etwa einhundertfünfzig sind.«

»Ich würde eher sagen: zweihundert«, antwortete Raoul und hob die Hand zum Zeichen, dass die Truppe anhalten sollte. Für einen kurzen Augenblick überkam ihn Angst. Seine gesamte Kampferfahrung bestand aus zwei kleineren Fehden, in denen er mitgekämpft hatte, und das stets als einfacher Krieger und nie in führender Position. Nun musste er eine Schar von fast zweihundert Mann kommandieren, und da durfte er keine Schwäche zeigen.

»Alle Reiter nach vorne!«, befahl er. »Immer zwei nebeneinander! Danach kommen die Wagen! Die werden auf der Landseite von vierzig Reisigen gedeckt. Die übrigen Fußkrieger folgen in Viererreihen, die Bogenschützen auf der Meerseite, damit die anderen sie mit ihren Schilden decken können.« Raoul wusste nicht, ob er sich mit dieser Anweisung lächerlich gemacht hatte, sah aber zu seiner Erleichterung den Templer nicken.

»Das wird den Sarazenen zu denken geben! Viele ihrer Erfolge in letzter Zeit haben sie dadurch errungen, dass ihnen auf unserer Seite unerfahrene Anführer gegenüberstanden. Der Kampf hier verläuft anders als in den Fluren Frankreichs oder im Reich der Deutschen. Ihr hingegen wisst, was zu tun ist!«

Das Lob tat Raoul gut. Doch es brachte ihn nicht dazu, seine Fähigkeiten höher einzuschätzen, als sie waren. Er musste noch viel lernen, wenn er hier mit Erfolg für Christus streiten wollte. Nun ging es in erster Linie darum, zu den eigenen Truppen vor Akkon zu gelangen.

»Was meint Ihr, Herr Tempelritter? Werden die Sarazenen angreifen, wenn wir in der Nacht lagern?«, fragte er Lesorelle.

»Vermutlich!«, antwortete dieser besorgt.

»Greifen sie auch an, wenn wir weiterziehen?« Der Gedanke war Raoul eben erst gekommen, hatte aber etwas Verlockendes an sich. In der Nacht war es kühler, und bei dem hellen Mond, der letzte Nacht am Himmel gestanden war, konnten sie genug sehen, um marschieren zu können.

»Die Pferde werden erschöpft sein und wir nicht weniger«, wandte der Templer ein. Er blickte noch einmal zu den Sarazenen hinüber und grinste dann.

»Die dort drüben werden allerdings genauso müde sein, und ihre

Pferde ebenfalls. Es bleibt sich daher gleich. Wir müssen auf ihre Bogenschützen achten. Andererseits können sie im Mondlicht nicht so gut zielen. Wir marschieren die Nacht hindurch!«

So geschah es. Die Männer fluchten zwar, doch die Aussicht, in der Nacht möglicherweise kein Auge zumachen zu können und am nächsten Tag durch die Hitze laufen zu müssen, ließ sie gehorchen. Gegen Abend rückten die Sarazenen näher an sie heran, ohne jedoch den Kampf zu wagen. Als sie sahen, dass Raouls Schar weiterzog, anstatt ein Lager zu beziehen, wirkten sie verunsichert.

Raoul konnte beobachten, wie mehrere ihrer Anführer heftig aufeinander einredeten. Allerdings waren sie zu fern, als dass Lesorelle, der ihrer Sprache mächtig war, etwas hätte verstehen können.

Die Nacht brach an und breitete ihren blauschwarzen Schleier über das Land. Raoul hätte an Stelle der Sarazenen dieses Zwielicht ausgenützt, um anzugreifen. Ein Teil von ihnen schien es auch zu fordern, doch ihr Anführer war wohl ein zu vorsichtiger Mann.

Als am westlichen Horizont der goldene Schein des fast vollen Mondes aufflammte, befahl Raoul den Seinen, schneller zu marschieren. Ein Blick auf die Sarazenen zeigte ihm, dass diese sich etwas zurückzogen, so als hätten sie Angst, die christlichen Ritter könnten versucht sein, sie ihrerseits anzugreifen.

So verwegen war Raoul jedoch nicht, sondern einfach nur froh, dass die Sarazenen sie in Ruhe ließen. Zwar zeichneten sich deren Silhouetten die gesamte Nacht gegen den Horizont ab, aber als Raouls Trupp sich schließlich Akkon näherte, rückten die Feinde ab. Dafür kam eine Gruppe Tempelritter auf sie zu und hieß sie in König Guys Namen willkommen.

4.

Als Raoul das Zelt von Henri de Bar betrat, begrüßte ihn dieser mit sichtlicher Freude. Laut königlichem Befehl war Raoul mit seiner Schar diesem Anführer unterstellt. Henri de Bar stand von seinem Klappstuhl auf und kam Raoul entgegen. »Seid mir willkommen, Herr de Laronne! Ich kannte Sébastien, den Hünen von Laronne, denn ich war vor einem guten halben Dutzend Jahren auf seiner Burg zu Besuch. Damals hatte er nur eine Tochter. Sie konnte damals höchstens vierzehn Jahre alt gewesen sein, überragte aber bereits etliche Männer.«

»Seine Majestät hat mich mit der Vizegrafschaft Laronne belehnt und meine Ehe mit Vicomte Sébastiens Tochter gestiftet«, antwortete Raoul.

»Ihr werdet es verdient haben! Mein Freund Géraud de Lesorelle nannte Euch einen erfahrenen Anführer, der die Sarazenen, die Euch abfangen wollten, überlistet hätte.«

Henri de Bars Neugier war mit Händen zu greifen. Er kannte Raoul nicht und wunderte sich daher, in diesem Mann den Herrn von Laronne wie auch einen kriegskundigen Mann vor sich zu sehen.

»Es ist zu viel des Lobes! Ich tat nur, was ich für richtig hielt«, antwortete Raoul.

»Auf jeden Fall seid Ihr und Eure Männer mir hochwillkommen! Wir benötigen jedes Schwert, um Saladins Truppen niederzuringen. Seine Majestät, der König von Jerusalem, plant, die Sarazenen anzugreifen, die unsere Flanke bedrohen, um danach die Stadt einnehmen zu können. Ihr werdet daher bald die Gelegenheit bekommen, Ruhm und Beute zu erringen.«

Henri de Bar wirkte entschlossen, und Raoul begriff, dass die Stunde, in der er sich mit dem Schwert in der Hand beweisen musste, näher war, als er erwartet hatte.

»Wir sind gekommen, um gegen die Heiden zu streiten!«, erklärte er und kam sich wie ein Maulheld vor, kaum dass er es ausgesprochen hatte.

»Die Gelegenheit werdet Ihr reichlich bekommen! Als Erstes müssen wir Saladins Heer, das östlich von uns Lager bezogen hat, zum Teufel jagen und danach die Tore von Akkon aufbrechen. Unser weiterer Weg muss dann nach Jerusalem führen, und darüber hinaus an den Jordan. Auch muss die Festung Crac des Moabites wiedergewonnen werden, und danach …«

Für Raouls Gefühl griff Henri de Bar zu weit voraus. Erst galt es einmal, die Stadt Akkon einzunehmen. Soviel er von Géraud de Lesorelle erfahren hatte, stellte diese den einzigen sturmsicheren Hafen an der gesamten Küste dar. Solange die Sarazenen ihn blockierten, blieb den christlichen Heeren nichts anderes übrig, als weiter nördlich anzulanden und sich hierher durchzuschlagen. Er hielt jedoch den Mund und lauschte den Worten seines Anführers. Dieser kam nun auf die Schlachtordnung zu sprechen, in der er seine Männer aufstellen wollte.

»Da Eure Männer frisch ins Land gekommen sind und sich noch nicht an die Gegebenheiten angepasst haben, werdet Ihr in der Reserve bleiben, uns aber gegen die Stadt abschirmen, um die dortigen Krieger daran zu hindern, einen Ausfall zu machen. Ich stelle Euch dafür noch ein paar Kontingente zur Verfügung.«

Raoul begriff, dass Henri de Bar ihm das Kommando über eine größere Schar anvertrauen wollte. Erneut packten ihn Zweifel, ob er dieser Aufgabe gewachsen war. Wenn er jedoch ablehnte, riskierte er, dass sein Bruder Robert oder gar Florent de Crespy zum Hauptmann der Truppe ernannt wurde. Letzterem zu gehorchen war ihm als dessen Lehnsherr jedoch unmöglich.

»Ich werde nach Euren Anweisungen vorgehen!«, erklärte er daher.

»Wir werden den geplanten Angriff gewiss noch mehrmals miteinander besprechen. Macht Euch inzwischen mit den anderen Herren bekannt, die Ihr anführen werdet.«

»Das werde ich!«, versprach Raoul, der entschlossen war, sich durchzusetzen. Er war nicht mehr der wandernde Sänger Raoul de Chanteur, sondern der Vicomte de Laronne und Seigneur de Beljeux und musste diesem Anspruch gerecht werden. Deswegen suchte er in den nächsten Tagen die Herren auf, die ihm samt ihren Truppen unterstellt werden sollten, und sprach mit ihnen. Wie er waren sie erst vor kurzem vor Akkon eingetroffen und hatten keinerlei Erfahrung mit diesem Land. An Mut mangelte es ihnen ihren Worten zufolge jedoch nicht. Raoul war gespannt, wie viel angesichts der Schlacht davon noch übrig bleiben würde.

Zu einer Schlacht gehörten immer zwei, und so machte er sich daran, mehr über die Sarazenen zu erfahren. Für dieses Thema erwies sich Géraud de Lesorelle als Quell des Wissens. Der Tempelritter war in diesem Land geboren und aufgewachsen, daher stand er der Lebensweise der Sarazenen näher als jeder der abendländischen Ritter. Viel von dem Ärger, der derzeit herrschte, hatte man seinen Worten zufolge den Neuankömmlingen zu verdanken.

»Sie wollen einfach nicht begreifen, dass wir mit den Sarazenen auskommen müssen. Für uns geht es doch nur um Jerusalem und jene Stellen im Heiligen Land, auf denen Jesus Christus gewandelt ist, und nicht um die Eroberung großer Reiche. Wir könnten diese gar nicht beherrschen«, klagte Lesorelle am letzten Abend vor dem Tag, den König Guy von Jerusalem für den Angriff vorgesehen hatte.

»Viele Ritter aus Frankreich und anderswo kommen hierher, um Fürstentümer und Grafschaften zu erwerben«, wandte Raoul ein.

»Ihr auch?«, fragte der Templer.

Raoul schüttelte den Kopf. »Gott bewahre! Mir reicht der Besitz, den ich durch die Gnade von König Philippe II. und Herzog Richard erhalten habe.«

»Dann seid Ihr eine rühmliche Ausnahme, Vicomte de Laronne. Meiner Ansicht nach war es bereits ein Fehler, nach der Eroberung Jerusalems vor knapp einhundert Jahren nicht nur das gleichnamige Königreich, sondern auch das Fürstentum Antiochia und die Grafschaften Edessa und Tripolis einzurichten. Es hat nur Hader und Streit gebracht.« Lesorelle schnaubte leise in der Erinnerung an jene Tage und wies zum sarazenischen Lager hinüber. »Hätten die Herren damals an Gott und nicht an ihren Eigennutz gedacht, müssten wir morgen nicht gegen Saladins Scharen streiten!«

»Mit Gottes Hilfe werden wir sie besiegen und Akkon erobern. Dann ist auch der Weg nach Jerusalem frei«, antwortete Raoul. Dies hoffte er von ganzem Herzen. Je eher die Heilige Stadt befreit wurde, umso rascher konnte er Palästina verlassen und nach Hause zurückkehren, wo Constance gewiss mit Sorgen auf ihn wartete.

5.

Am nächsten Morgen rüstete Raoul sich mit zwiespältigen Gefühlen zum Kampf. Er war nicht ungeübt mit den Waffen und hatte bereits an zwei kleineren Fehden teilgenommen. Getötet hatte er jedoch noch niemanden und verspürte nun ein gewisses Unbehagen, es tun zu müssen.

»Gott will es!«, sagte er leise.

Mit diesen Worten hatte die heilige Kirche zum Krieg gegen die Heiden aufgerufen, und er sah es als seine Pflicht an, das Schwert zu ziehen.

»Gleich gilt es!«, rief sein Bruder Robert, als die Tempelritter unter dem Großmeister Gérard de Ridefort zum Angriff ritten.

»Für die dort, aber nicht für uns«, wandte Florent de Crespy missmutig ein.

Sie waren mit mehreren Tausend Kriegern dazu eingeteilt worden, die Tore der Stadt zu bewachen, damit die Besatzung von Akkon keinen Ausfall machen und Saladins Heer zu Hilfe kommen konnte.

»Noch ist die Schlacht nicht geschlagen. Da kann es durchaus sein, dass wir die Schwerter noch ziehen müssen«, wies Raoul ihn zurecht.

Es war nicht einfach, die Stadt im Auge zu behalten, um sofort eingreifen zu können, wenn die Tore geöffnet wurden, und gleichzeitig die Schlacht zu verfolgen, die nur mehrere Hundert Schritte von ihnen entfernt geschlagen wurde. Schon bald war zu erkennen, dass die Templer mit Gottes Segen fochten, denn sie drängten den rechten Flügel der Sarazenen immer weiter zurück.

»Seht, Herr Raoul! Der Sultan muss bereits Krieger aus seinem Zentrum abziehen, um den Tempelrittern Widerstand leisten zu können«, rief Benoît voller Begeisterung.

»Wenn König Guy klug ist, lässt er jetzt sein Zentrum angreifen!« Robert zeigte auf Guy de Lusignans Banner.

»Die Armbrustschützen rücken bereits vor!«, meldete Théotime.

Nun sah es auch Raoul. Das Heer der Christenheit setzte sich in Bewegung und stürmte gegen Saladins Scharen an. Wohl verfügte dieser über Bogenschützen, doch der Fernkampf entwickelte sich zum Vorteil der Kreuzritter. Kurz darauf wankten das Zentrum und der rechte Flügel der Sarazenen bedenklich.

»Sie schaffen es!« Benoît sah aus, als wolle er am liebsten seine Stellung verlassen und mitkämpfen. Einige Ritter und Reisige lösten sich bereits aus dem Aufgebot, das Akkon bewachen sollte, um in den Kampf einzugreifen.

»Bleibt hier, verdammt noch mal!«, brüllte Raoul, so laut er konnte, und sah zu seiner Erleichterung, dass die meisten innehielten und auf ihre Posten zurückkehrten.

»Der Sieg ist unser!«, prophezeite Florent de Crespy mit säuerlicher Miene. »Die Sarazenen fliehen bereits, und gleich werden die Unseren deren Lager plündern. Unsere Taschen bleiben hingegen leer!«

»Noch ist die Schlacht nicht entschieden!« Raoul ließ den linken Flügel der Sarazenen nicht aus den Augen. Bislang hatte dieser nicht in die Kämpfe eingegriffen. Was würden diese Krieger jetzt tun?, fragte er sich. Zogen sie sich zurück, nachdem der andere Flügel und das Zentrum geworfen waren, oder würden sie die Schwerter ziehen?

»König Guy sollte sein Zentrum nach rechts schwenken lassen, um auch Saladins linken Flügel vom Schlachtfeld zu vertreiben«, sagte er angespannt.

»Die werden gleich fliehen!«, tat de Crespy diesen Einwand ab.

Eine kurze Zeit sah es auch so aus, denn Saladins Reiter zogen sich etwas zurück. Beim christlichen Heer brandete Jubel auf, und die bislang festgefügte Formation begann, sich aufzulösen, da nun viele auf das sarazenische Lager zuströmten, um dort Beute zu machen.

»Die Sarazenen! Seht, Herr!«

Raoul blickte in die Richtung, die Benoît ihm zeigte, und zuckte zusammen. Der linke Flügel der Sarazenen war in die Vorwärtsbewegung übergegangen und stürmte gegen König Guys Zentrum an. Es gelang den Kreuzrittern nicht mehr, ihre in Auflösung befindlichen Scharen erneut zu sammeln. Innerhalb kurzer Zeit wurden diese zusammengeschlagen und in die Flucht getrieben. Jene Krieger, die bereits Beute gemacht hatten, warfen diese nun fort, um zu fliehen.

»Was für eine Tragödie!«, stöhnte Théotime entsetzt. »Vor einem

Augenblick sah es noch aus, als würden die Unseren gewinnen, und nun fliehen sie vor den Schwertern der Sarazenen.«

»Sie waren sich ihres Sieges zu sicher«, sagte Raoul und wies auf einen Reiter, der im vollen Galopp auf sie zusprengte.

»Auf Befehl Seiner Majestät, des Königs, sollt ihr gegen die Feinde vorrücken, auf dass Gott uns doch noch den Sieg schenkt!«, rief er ihnen schon von weitem zu.

»Wenn wir das tun, wollen wir aber auch als Erste mit unseren Händen in die Schatztruhen der Heiden greifen!« Mit diesen Worten zog Florent de Crespy sein Schwert.

Raoul warf einen Blick auf die Stadt. Noch war dort alles ruhig. Doch was war, wenn die Verteidiger der Stadt einen Ausfall wagten? Wenn sie jedoch hierblieben, um dies zu verhindern, würde König Guys Heer aufgerieben, und der Kampf um das Heilige Land war dann vielleicht schon entschieden, bevor König Philippe II. und die anderen Herrscher kamen.

»Vorwärts, greift an!«, rief er und betete, nicht zwischen Hammer und Amboss zu geraten.

Raoul hörte seine Männer schreien und fiel unwillkürlich darin ein. Der Feind kam immer näher, und er konnte bereits die Gesichter unter den leichten Helmen erkennen. Pfeile flogen ihnen entgegen, doch keiner traf ihn. Plötzlich stand der erste Sarazene vor ihm und schwang sein Schwert. Raoul wehrte den Hieb mit dem Schild ab und schlug selbst mit aller Kraft zu. Blut spritzte, und er musste mit aller Kraft ziehen, um sein Schwert freizubekommen. Der Nächste war da, dann der Übernächste. Raouls Klinge zuckte durch die Luft, und wenn sie traf, schlug sie wie ein Blitz ein. Es war wie ein Rausch. Er vermochte keinen klaren Gedanken mehr zu fassen, sondern konnte nur noch um sich schlagen. Wie viele Sarazenen er dabei verletzte oder tötete, entging ihm völlig.

Für eine gewisse Zeit sah es so aus, als könnten die Kreuzritter doch siegen. Dann aber erklang der Ruf, den Raoul die ganze Zeit befürchtet hatte.

»Zieht euch zurück! Die Sarazenen verlassen Akkon, um in unsere Flanke zu stoßen!«

Raoul hieb einen weiteren Sarazenen aus dem Sattel und fand

endlich die Zeit, sich umsehen zu können. Anstatt sofort auf König Guys Heer loszugehen, vollzogen die Krieger aus Akkon einen Schwenk, um sich mit den Resten von Saladins rechtem Flügel zu vereinigen, und griffen dann das Aufgebot der Tempelritter an.

»Das war ein Fehler!«, stieß Robert hervor. »Damit geben sie uns die Gelegenheit, uns zurückzuziehen. Sie hätten uns sonst voll im Rücken erwischt.«

Raoul nickte, merkte dann jedoch, dass ein Rückzug gegen einen nachdrängenden Feind eine harte Sache war. Erst als seine Truppe mehrmals kurze Gegenangriffe unternahmen, schufen sie sich genug Platz, damit sie sich geordnet absetzen konnten.

Um gegen überraschende Attacken des Feindes gewappnet zu sein, hatte König Guy sein Lager auf dieser Seite durch einen Wall befestigen lassen. Es war nur ein unzureichender Schutz, doch er bot ihnen den Vorteil, dass die Sarazenen von den Pferden steigen mussten, wenn sie ihn erstürmen wollten. Auch war es leichter, gegen Gegner zu kämpfen, die von unten kamen und sich in ihrer Kampfeslust teilweise gegenseitig behinderten.

Dennoch wurde es ein verzweifeltes Ringen. Saladin wollte die Schlacht um jeden Preis gewinnen und ließ Schar um Schar gegen die Kreuzritter anstürmen. Raoul und seine Männer keuchten und schwitzten, und so mancher verfluchte seinen Helm und seine Rüstung, die schwer und heiß wurden. Allerdings bewahrheiteten sich Géraud de Lesorelles Worte, dass sie, wenn sie dazu gezwungen wurden, auch in dieser Hitze kämpfen konnten.

Als der Ansturm endete, nahm Raoul es im ersten Augenblick gar nicht wahr, sondern schwang weiter sein Schwert. Erst als er bemerkte, dass er nur noch leere Luft traf, hielt er inne und starrte hinter den Sarazenen her, die mit hängenden Köpfen abzogen. Nicht wenige waren verwundet und mussten von ihren Kameraden gestützt oder getragen werden.

»Haben wir gewonnen?«, fragte Benoît fassungslos.

»Ich würde sagen, sie haben uns nicht vollends zusammengeschlagen«, antwortete Robert de Lorris.

»So sehe ich es auch!«, erklärte Raoul. »Allerdings glaube ich, dass die Sarazenen nicht weniger geblutet haben als wir.«

»Das haben sie! Ich kann mir nicht vorstellen, dass sie einen zweiten Sturmangriff auf unser Lager wagen werden. Dafür haben wir ihnen zu sehr eingeheizt!« Florent de Crespy klang zufrieden, doch Raoul schüttelte verärgert den Kopf.

»Wir hätten siegen können! Die Gier nach Gold und Beute hat jedoch die Sinne der Ritter verwirrt und sie in das Lager der Feinde getrieben, ohne dass die Schlacht vollends geschlagen war.«

»Einige können ihren Fehler nicht einmal mehr bedauern, denn sie sind tot. Allerdings werden die Tempelritter vor Zorn glühen, denn sie haben als Einzige ihre Formation gehalten, standen aber durch das Versagen der anderen einem weit überlegenen Feind gegenüber und mussten dies mit viel Blut bezahlen!«, rief Théotime. Er wies auf die kleine Schar der Templer, deren einst weiße Waffenröcke vom Blut der Feinde und ihrem eigenen gerötet waren. Klagerufe klangen auf, und so erfuhr Raoul, dass der Großmeister Gérard de Ridefort in dieser fürchterlichen Schlacht sein Leben verloren hatte.

Raoul betrachtete die Männer, die sich der Verteidigung des Heiligen Grabes verschworen hatten, und ließ seine Gedanken wandern. »Es hat sich gezeigt, dass die Helme und Kettenhemden in dieser Hitze zu heiß und drückend werden. Daher sollten wir zusehen, dass wir weiße Waffenröcke bekommen ähnlich denen, wie sie die Tempelritter tragen, und uns weiße Tücher um die Helme binden.«

»Gut gesprochen, de Laronne! Es ist immer klug, darüber nachzudenken, was besser gemacht werden kann!« Henri de Bar trat auf Raoul zu und schloss ihn in die Arme. »Ihr habt wacker gestritten, mein Freund, und ebenso alle Ritter und Krieger, die unter Eurer Führung standen. Mit Eurem Angriff habt Ihr die Reste der Hauptmacht gerettet und Euch in einer Art und Weise zurückgezogen, die es den Feinden unmöglich machte, größeren Schaden anzurichten. Vor allem aber habt Ihr die Stelle des Lagerwalls verteidigt, die am meisten berannt worden ist. Ihr könnt mit Recht sagen, dass Ihr mitgeholfen habt, diesen Tag für das christliche Heer zu retten!«

»Ich wäre lieber wie ein Standbild vor der Stadt stehen geblieben und hätte zugesehen, wie die Herren Tempelritter und das Heer den Sieg errungen hätten«, antwortete Raoul bedrückt.

»Das glaube ich Euch, Laronne! Dennoch oder gerade deshalb habt Ihr heute gefochten wie kaum ein anderer.«

Henri de Bar drückte Raoul noch einmal an sich und ging weiter, um die zerschlagenen Reste seines Aufgebots zu sammeln.

Dafür wandte sich Florent de Crespy Raoul zu. »Wir haben wirklich tapfer gekämpft. Ihr habt uns aber auch ein Beispiel gegeben.«

Zu seiner Überraschung spürte Raoul, dass sein Vasall es ehrlich meinte, und er war froh darüber. Nachdem die Schlacht mit einer Niederlage geendet hatte und das Heer nur mit Mühe gerettet worden war, sah er lange und schwierige Monate vor sich. Da war es gut, wenn sein Aufgebot eine Einheit bildete. Dazu gehörte auch, sich um die Verwundeten zu kümmern und die Toten zu betrauern. Dies war seine nächste Aufgabe, und er wollte sie sofort in Angriff nehmen.

6.

Fern der Schlachtfelder des Heiligen Landes näherte sich Constance mit mehreren Begleitern dem großen Markt, der unweit von Laronne die Bewohner mehrerer Herrschaften anlockte. An ihrer Seite ritt Bernard und wies mit verärgerter Miene auf eine Gruppe Bewaffneter, die eben von ihren Pferden stiegen.

»Sylvain de Ronceau hat ein Dutzend Männer bei sich! Wir wollen hoffen, dass sie keinen Unfrieden stiften.«

»Wir sind sechs. Das dürfte für diese Kerle reichen«, antwortete Constance, denn sie zählte sich mit dazu. »Sylvain de Ronceau kann es sich zudem nicht leisten, das Schwert gegen uns zu ziehen. Dies ist nicht sein Land! Zudem haben der König und der Papst die Krieger, die ins Heilige Land ziehen, um das Grab Christi zu befreien, unter ihren Schutz gestellt.«

»Ronceau ist kein französischer, sondern ein normannischer Vasall«, gab Bernard zu bedenken.

»… dessen Herzog ein Vasall Philippes II. ist! Auch Herr Richard hat den Kreuzrittern seinen Schutz gewährt. Verstößt Sylvain de

Ronceau dagegen, erzürnt er sowohl den Papst wie auch König Philippe und Herzog Richard.« Constance klang scharf, denn seit Raoul fort war, predigte Bernard ihr andauernd, dass sie dieses und jenes nicht mehr selbst tun, sondern ihm überlassen sollte. »Übrigens ist auch Herr Roland mit vier Reitern hier. Als Vasall muss er uns gegen Ronceau unterstützen.«

»Ich weiß nicht, ob er das tun wird«, gab Bernard seiner Befürchtung Ausdruck.

»Er wird es! Oder glaubst du, er ließe es darauf ankommen, dass Raoul nach seiner Rückkehr aus dem Heiligen Land erfährt, er hätte dessen Eheweib im Stich gelassen? Und nun komm, sonst denken Ronceaus Knechte noch, wir hätten Angst vor ihnen.«

Constance ritt weiter und schwang sich direkt neben Ronceaus Begleitern aus dem Sattel. Deren Herr war bereits vorausgegangen, und so waren die Männer unsicher, wie sie sich verhalten sollten.

»Verfluchte Hühnerdiebin!«, keifte einer von ihnen.

»Immer noch besser als ein Hühnermörder, wie Damien Tête de Taureau einer ist«, gab Constance kalt zurück.

Die Hand des Mannes fuhr zum Schwert. »Beleidigen lasse ich den Sohn meines Herrn nicht!«

Einer seiner Kameraden legte ihm rasch die rechte Hand auf die Schulter. »Lass es! Sie lauert doch nur darauf, einen Grund für eine Fehde zu haben. Ohne die Herren Damien und Beauvais würde es uns schwerfallen, uns gegen Beljeux und Laronne zu behaupten.«

»Warum muss dieser verfluchte Franzosenkönig diesen noch verfluchteren Raoul de Chanteur mit Laronne belehnen und Herzog Richard dessen Ehe mit der Stange von Beljeux zustimmen?«

Der spöttische Ausdruck, mit dem Herzog Richards Bruder Jean sans Terre Constance bezeichnet hatte, war an ihr hängen geblieben. Ihren Vater hatte man den Hünen von Laronne genannt, und sie war nun die Stange von Beljeux, da diese Herrschaft ihr Erbe war und sie Laronne nur behalten konnte, wenn ihr Ehemann heil aus dem Heiligen Land zurückkehrte oder – sollte Raoul dort sterben – der König und der Herzog gemeinsam einen neuen Gemahl für sie fanden.

Der Gedanke schmerzte Constance, zudem sie mittlerweile wusste, dass das eheliche Beisammensein mit Raoul ohne Folgen geblieben war. Dabei hatte sie so gehofft, schwanger zu werden und einen Sohn zu gebären, um die Erbfolge in beiden Herrschaften zu sichern. Nun musste sie hoffen, dass Gott Raoul im fremden Land beschützte und ihr Gemahl glücklich zu ihr zurückkehrte und sie als Mann und Frau zusammenleben konnten.

Da Ronceaus Knechte Ruhe gaben, wandte sie ihnen den Rücken zu und betrat den Markt. Sofort trat Bernard an ihre Seite.

»War es nötig, Herrn Sylvains Männer zu reizen?«, fragte er.

»Sie sind wie Hunde! Wenn man nicht lauter kläfft als sie, glauben sie, man hätte Angst vor ihnen«, antwortete Constance und blieb vor einem Stand stehen, an dem Tuche angeboten wurden.

Es dauerte eine Weile, bis sie sich mit dem Händler auf einen Preis geeinigt hatte. Als er zu messen begann, krauste sie die Nase. »Gib deine Elle her!«, forderte sie den Mann auf.

»Was soll das?«, antwortete dieser ungehalten mit einer Gegenfrage.

»Ich will nur wissen, ob sie das hier gebräuchliche Maß besitzt!«

»Selbstverständlich tut sie das!«, rief der Händler für Constances Gefühl etwas zu rasch und zu schrill.

»Dann hast du gewiss nichts dagegen, dass ich sie prüfen lasse.« Constance sah sich um und entdeckte einen Gehilfen des Marktaufsehers in der Nähe.

»Komm her und miss die Elle dieses Händlers nach«, forderte sie ihn auf.

»Wenn ich doch sage, dass sie die geforderte Länge besitzt!«, erklärte der Händler empört.

Der Untergebene des Marktaufsehers kam heran und streckte die rechte Hand fordernd aus. »Gib her!«

»Wenn es sein muss!«, brummte der Händler und kramte auf seinem Stand herum.

Constance ließ ihn nicht aus den Augen und griff zu, als der Mann die beanstandete Elle mit einer anderen austauschen wollte.

»Das hier ist das Maß, das er für dieses Tuch verwendet hat, und damit wollte er uns betrügen!«, rief sie zornig.

Unterdessen war der Marktaufseher hinzugetreten und hielt die beiden Ellen nebeneinander. »Die eine ist mindestens einen Zoll kürzer als die andere!«

»Die habe ich auch nicht genommen, sondern die da!« Der Händler zeigte auf die längere Elle.

Constance wies mit eisiger Miene auf das Tuch, das er für sie hatte abmessen wollen. »Das haben wir gleich. Bis hierher sind es sieben Ellen. Stimmt das Maß, werde ich meine Beschuldigung zurücknehmen und den Händler entschädigen.«

»Stimmt sie nicht, wird er was erleben!«, drohte der Marktaufseher und wies seinen Gehilfen an, nachzumessen. Dieser tat es und sah mit triumphierender Miene auf.

»Es fehlen etwa sieben Zoll!«

»Das kommt daher, weil du nicht von der richtigen Stelle an gemessen hast«, versuchte der Händler sich herauszureden.

Da drängte sich die Ehefrau eines Nachbarn von Laronne heran und blieb empört vor dem Händler stehen. »Gleich wissen wir, mit welcher Elle du gemessen hast! Ich habe zehn Ellen besten Samtes von dir gekauft. Wehe, es fehlt etwas!«

Der Marktgehilfe machte sich ans Werk und maß mit aller Genauigkeit nach. Nach der neunten Elle gab es nur noch eine Handbreit Tuch. Als die Edeldame dies sah, färbte sich ihr Gesicht blutrot, und sie beschimpfte den Händler als Beutelschneider und Betrüger.

»Verzeiht mir, ich muss die beiden Maße verwechselt haben«, rief dieser voller Angst. »Ihr wisst doch, wie es ist. Auf dem einen Markt gilt dieses und anderenorts ein anderes!«

»Ich weiß, dass auf diesem Markt diese Elle gilt, und die hast du nicht genommen! Du bist festgenommen und wirst heute Nachmittag vor dem Richter stehen. Dein Stand ist beschlagnahmt!«, erklärte der Marktaufseher zornig.

»Tut das nicht, bitte! Herrin, so helft mir doch! Ich wollte weder Euch noch jemand anderen betrügen. Mein Weib ist krank, ebenso zwei meiner Kinder. Da meine Gedanken bei ihnen weilen, habe ich aus Versehen die beiden Ellen verwechselt.«

Der Händler brachte es so glaubhaft vor, dass Constance schon überlegte, ob sie nicht doch zu seinen Gunsten eingreifen sollte.

»Glaubt dem kein Wort!«, rief da die Frau, die den Nebenstand führte. »Der Kerl ist weder verheiratet, noch hat er Kinder, wenigstens keine, die in einer ehrlichen Ehe geboren worden sind.«

»Sie lügt!«, behauptete der Händler. »Außerdem ist sie nur eine Frau, deren Zeugnis nichts gilt.«

»Das stimmt! Es braucht zwei Frauen, um deine Aussage zu übertreffen«, gab der Marktaufseher zu.

»Das gilt aber nicht für den Betrug beim Messen!« Constance klang scharf. Schließlich klagten sie und die andere Edeldame den Händler an, und der Marktaufseher schien den Wert ihrer Aussage und der der anderen Frau mit dem Wort eines einzigen Mannes gleichzusetzen.

»Selbstverständlich gilt das nicht! Der Schurke wurde ja überführt«, erklärte der Marktaufseher eifrig, da er es sich mit keiner der beiden Edeldamen verderben wollte. »Es kommt nur darauf an, ob er willentlich oder aus Versehen falsch gemessen hat.«

»Ich habe es aus Versehen getan!« Der Händler rang die Hände und beteuerte, wie sehr er dies bedaure.

»Dann messe mir nun zehn echte Ellen Samt ab«, sagte die erste Käuferin, stutzte dann aber und lächelte boshaft. »Nein, fünfzehn! Ich will eine Entschädigung für deinen Betrug haben.«

Der Händler schüttelte den Kopf, überlegte es sich dann jedoch anders. »Selbstverständlich tue ich das, meine Dame, und ich gebe auch dieser hochgewachsenen Dame das richtige Maß.«

»Und betrügst auf anderen Märkten weiter!« Die Marktfrau, die ihm Weib und Kinder abgesprochen hatte, wurde wütend, weil ihr Wort weniger zu gelten schien als das des Schurken.

»Es würde ein schlechtes Licht auf uns werfen, wenn bekannt wird, dass wir diesen Mann als Betrüger entlarvt, ihn aber nicht bestraft haben. Es könnte viele davon abhalten, unseren Markt zu besuchen, da sie glauben, Betrüger würden hier freundliche Aufnahme finden«, gab der Marktgehilfe zu bedenken.

Der Marktaufseher überlegte kurz und nickte. »Das ist wahr! Hol die Wachen! Sie sollen den Mann in den Kerker sperren, damit der Marktrichter am Nachmittag das Urteil über ihn sprechen kann.«

»Nein! Nicht, Herr!«, kreischte der Händler.

Wieder wurde Constance weich. Der Mann würde seine gesamte Ware verlieren und musste damit rechnen, mit einem Ohr an den Schandpfahl genagelt zu werden, von dem er sich selbst losreißen musste. Sein zerfetztes Ohr würde dann für alle Menschen ein Zeichen sein, dass man ihm besser nicht trauen sollte. War es das wert gewesen, eine kürzere Elle zu verwenden?, fragte sie sich. Nur Dummheit oder Gier, war die Antwort, die sie sich selbst gab, konnte einen Menschen dazu bringen, ein solches Risiko einzugehen.

»Er hat weder Weib noch Kind, das schwöre ich Euch! Ich kenne den Kerl seit mehr als zehn Jahren und habe ihn stets für einen Betrüger gehalten. Ach ja, wenn Ihr gute Tuche wollt – und richtig abgemessen! –, so ist dort hinten ein Stand, an dem nicht betrogen wird.« Die Händlerin wies auf eine Ecke des Markts, in der sich nicht so viele Leute umschauten. Dem Anschein ärgerte sie sich immer noch, weil ihre Aussage vom Marktaufseher nicht gewürdigt worden war.

Auch Constance glaubte mittlerweile, dass der Tuchhändler zu Recht bestraft wurde, und wandte sich in die Richtung, die die Frau ihr gezeigt hatte.

Auf dem Weg dorthin traf sie auf Sylvain de Ronceau. Diesem stieg bei ihrem Anblick das Blut ins Gesicht, und er streckte ihr die geballte Faust entgegen.

»Das hast du nicht umsonst getan, du Miststück! Dafür wirst du bezahlen!«

Constance sah ihn mit einem spöttischen Lächeln an. »Ihr solltet mich so ansprechen, wie es sich geziemt. Sonst müsste ich Euch für einen Bauern halten – und auch so mit Euch verfahren.«

»Pah, das wagst du nicht!«, bellte Sylvain de Ronceau. »Dir aber sage ich: Wenn du dich das nächste Mal auf meinem Besitz herumtreibst, fangen wir dich, und dann sperre ich dich zu den Hühnern ein! Du kannst dann in deren Scheiße schlafen!«

»Also doch ein Bauer«, meinte Constance und musterte ihn mit eisigem Blick. »Solltest du oder einer der Lümmel, die sich deine Söhne nennen, in Laronne oder Beljeux angetroffen werden, würde euch ein Hühnerstall noch wie ein wohliges Heim vorkommen.«

Jetzt sprach auch sie ihn wie einen Knecht an, und sie bemerkte, wie sehr ihn das fuchste. Er stieß Beschimpfungen und Drohungen aus, doch Constance gab nichts darauf.

»Du solltest jetzt zur Seite treten, denn ich will noch einkaufen!«, forderte sie ihn auf.

»Du …!«

Sylvain de Ronceau versuchte, sie zu packen, doch sie streifte seine Hand mit Leichtigkeit ab und wollte weitergehen. Da hörte sie den Anführer seiner Eskorte rufen. »Sollen wir Euch beistehen, mein Herr?«

Constance drehte sich um und musterte den Mann mit verächtlichen Blicken. »Wollt ihr etwa alle auf mich losgehen? Hier sind genügend Männer, die mir beistehen werden.«

»Haltet Frieden, Ronceau!«, rief da der Marktaufseher. »Wir müssten Euch sonst fürderhin den Besuch des Marktes verbieten.«

»Sie hat angefangen!«, fuhr Sylvain de Ronceau den Mann an.

»Ich habe da etwas anderes gesehen«, erklärte einer der Edelleute, die näher getreten waren.

»Ich auch!«, rief ein anderer.

»Ich ebenso! Ronceau vertrat der Vicomtesse den Weg und bedrohte sie.«

»Alles Lüge!«, brüllte Sylvain de Ronceau, und im gleichen Augenblick wurde ihm klar, dass ihm keiner glaubte. »Du Diebin hast meine Hühner nicht umsonst gestohlen!«, fuhr er fort, wandte sich jedoch dennoch zum Gehen.

»Du hast den Hahn vergessen, Bauer«, spottete Constance.

Er knurrte nur etwas Unverständliches und stapfte hinkend zu dem Platz, an dem die Pferde untergebracht waren.

Constance sah ihm kurz nach, ging dann aber weiter. Bernard trat an ihre Seite und bedachte sie mit einem tadelnden Blick. »War es notwendig, Seigneur Sylvain so zu reizen?«

»Er hat mich gereizt«, antwortete Constance und setzte ihre Einkäufe fort.

7.

Irgendwo auf dem Weg ins Heilige Land fluchte Michael von Kühnburg voller Wut. Der Trossmeister hatte ihm dreißig Mann zur Verfügung gestellt, um ein nahe gelegenes Dorf zu besetzen und den Bewohnern Vorräte abzupressen. Obwohl er den Befehl gegeben hatte, die Bewohner, so gut es ging, in Frieden zu lassen, drangen weiter vorne zwei Knechte in ein Haus ein. »Die haben gewiss Gold!«, rief einer der beiden.

»Wenn wir den Besitzer mit der Faust streicheln, wird er uns schon sagen, wo er es versteckt hat!«, erwiderte der Zweite.

Kurz darauf klangen die Geräusche von Schlägen aus dem Haus. Mit ein paar langen Schritten war Michael dort, trat ein und hielt den beiden Kerlen sein Schwert vor die Nase.

»Ihr verdammten Hunde sollt nach Lebensmitteln suchen und nicht unsere Zeit vergeuden! Wir haben etliche Meilen vor uns, bis wir wieder bei den Unsrigen sind. Wenn wir zu lange verweilen, geben wir den Griechen die Gelegenheit, uns abzufangen.«

»Auf die paar Augenblicke wird es wohl nicht ankommen«, antwortete einer der Männer patzig.

Im nächsten Augenblick saß er auf dem Boden und wusste nicht, ob Michael ihn nun mit der flachen Schwertklinge oder der Faust getroffen hatte.

»An die Arbeit!«, erklärte Michael eisig und sah zu, wie die beiden die Tür der Vorratskammer aufschlugen und unter dem Gejammer der Bewohner Töpfe und Säcke mit Lebensmitteln herausholten.

Kaum hatte Michael das Haus wieder verlassen, sahen die beiden Knechte einander an. »Solche Burschen habe ich gefressen! Die gönnen einem rein gar nichts«, sagte der Ältere der beiden wütend.

»Komm, bringen wir die Sachen nach draußen und laden sie auf einen Wagen. Sobald die voll sind, wird dieser Herr abziehen. Wir bleiben zurück und schröpfen die Griechen, bis sie bluten!« Der Mann grinste, und sein Kamerad nickte eifrig. Daran, dass ihnen, wenn sie allein zurückblieben, mindestens zwanzig Männer im Dorf gegenüberstehen würden, dachten sie beide nicht.

Michael hatte höchstens zwanzig Schritte zurückgelegt, als hinter einem der Häuser ein gellender Schrei ertönte. Fluchend eilte er hin und sah, wie Eberhard von Dellingen gerade eine junge Frau auf den Boden presste und ihre Beine auseinanderzwang.

Jetzt begriff Michael, weshalb Dellingen bei dieser Aktion auf sein Kettenhemd verzichtet hatte. Es wäre bei einer Vergewaltigung arg hinderlich gewesen. Wutentbrannt packte er den jungen Mann beim Genick und zerrte ihn hoch. »Ihr könnt wohl nicht hören? Ich habe ausdrücklich angewiesen, die Leute hier in Ruhe zu lassen, wenn sie keinen Widerstand leisten.«

»Ich bin mein eigener Herr! Ihr habt mir überhaupt nichts zu befehlen«, schrie Dellingen.

Michael schüttelte ihn wie einen jungen Hund. »Wir sind auf einem Kriegszug, und Ihr habt dem zu gehorchen, der zu Eurem Hauptmann ernannt ist, und das bin ich! Wenn ich sage, dass hier weder geplündert noch geschändet wird, dann wird hier weder geplündert noch geschändet! Habt Ihr verstanden? Wenn nicht, könnt Ihr Euch auf den Weg zum Heer machen und Euch eine andere Zeltgemeinschaft suchen. In unserer habt Ihr dann nichts mehr verloren.«

Dellingen wollte zum Schwert greifen, doch Michael war schneller und entwand ihm die Klinge.

»Versucht so etwas nie wieder! Es wäre das Letzte, was Ihr in Eurem Leben tut.«

Michaels Stimme klang so hart, dass sich Dellingens Nackenhaare aufstellten. Bislang hatte er Michael wegen dessen zurückhaltender Art nicht ernst genommen. Nun aber begriff er, dass es bei diesem Mann noch eine andere Seite gab, und die machte ihm Angst.

Michael schleuderte ihn zur Seite und warf ihm das Schwert hin. »Ihr habt die Wahl! Entweder steigt Ihr auf Euer Pferd und reitet zum Lager zurück und sucht Euch dort neue Freunde, oder Ihr helft mit, die Wagen zu beladen.«

Der Stolz wollte Dellingen zwingen, zu reiten, doch der Gedanke, in einer Gegend, in der sich feindliche Streifscharen aufhalten konnten, allein zum Lager zurückkehren zu müssen, hielt ihn davon ab. Während er mürrisch loszog und einige Knechte anschnauzte, die für sein Dafürhalten nicht schnell genug arbeiteten, stand die junge Griechin auf und küsste Michaels Hand.

»Ich danke Euch, dass Ihr meine Ehre gerettet habt«, sagte sie mit Tränen in den Augen.

Zwar hatte sich Michael in den letzten Wochen einige Brocken der Sprachen angeeignet, die in den Ländern, durch die sie zogen, gesprochen wurden, trotzdem begriff er das, was sie sagen wollte, nur anhand ihrer Gesten.

»Schon gut!«, sagte er brummig. »Solange meine Leute noch hier sind, solltest du dich besser nicht sehen lassen.« Anhand ihrer Kleidung schloss Michael, dass sie nicht zu den Bauern gehörte, sondern höheren Standes war. Die paar Knechte, die jetzt vorsichtig näher kamen, schienen zu ihr zu gehören.

»Befolgt meinen Rat!«, setzte Michael noch hinzu.

Er wiederholte es mit ein paar griechischen Worten, von denen er hoffte, dass sie ungefähr das Gleiche bedeuteten, und ging weiter. Da sie schnell sein mussten, um nicht von griechischen oder bulgarischen Streifscharen abgefangen zu werden, durfte er nicht zulassen, dass die Disziplin zum Teufel ging.

Dies bekamen kurz darauf auch ein paar Knechte zu spüren, die sich mehr für eine goldgeschmückte Ikone in der Kirche interessierten als für die Vorräte, für die sie gekommen waren.

Als sie schließlich mit drei vollen Wagen aufbrachen und hinter ihnen das Jammern der Dorfbewohner verklang, die nun zusehen mussten, woher sie in nächster Zeit etwas zu essen bekamen, gesellte sich Ferdinand von Drammen zu Michael.

»Ich hätte nicht gedacht, dass Ihr diese Bande so im Griff halten könntet. Ihr solltet als Ritter an der Seite eines der hohen Herren reiten und nicht im Tross unter Knechten.«

»Da dies nicht möglich ist, lohnt es sich auch nicht, darüber zu sprechen«, antwortete Michael kurz angebunden.

Drammen ließ jedoch nicht nach. »Ich weiß von Pfeuderer, dass Ihr einer mächtigen Sippe entstammt, mit dem Recht, selbst an der Seite Kaiser Friedrichs zu reiten! Weshalb spielt Ihr denn den fahrenden Ritter ohne Heimat?«

»Weil ich es bin!« Da Michael nicht die Absicht hatte, dieses Thema zu vertiefen, zog er seinen Hengst herum und kontrollierte noch einmal die Wagen. Es war jedoch alles so, wie er es bestimmt hatte.

Ferdinand von Drammen sah ihm dabei zu und schüttelte mehrmals den Kopf. »Ich begreife ihn nicht«, sagte er zu Hans Pfeuderer, der zu ihm aufschloss. »Er ist ein Ritter wie nur wenige andere, aber er gibt sich damit zufrieden, zwei nachrangige Krieger wie uns und ein paar Tölpel von Knechten anzuführen.«

»Es ist seine Wahl, und er muss damit glücklich werden«, antwortete Pfeuderer, der froh darum war, unter Michaels Kommando zu stehen, ob dieser nun den Namen Kühnburg trug oder nicht.

Nur wenige Stunden später erreichten sie mit den erbeuteten Lebensmitteln glücklich das Lager und fanden dort den Trossmeister in guter Stimmung vor.

»Wir können weiterziehen!«, rief dieser ihnen bereits von weitem zu. »Kaiser Isaak hat sich besonnen und ist nun gewillt, die Abmachung mit Kaiser Barbarossa einzuhalten. Es bleibt ihm ja auch nichts anderes übrig, nachdem wir mehrere seiner Städte eingenommen und die uns vorenthaltenen Vorräte selbst beschafft haben!«

»Das ist eine gute Nachricht!« Für Michael war es Wahnsinn gewesen, dass der Kaiser von Konstantinopel dem Heer trotz vorheriger Zusage den Durchzug hatte verweigern wollen. Isaak Angelos hatte es mit der Plünderung einiger Landstriche und der Eroberung mehrerer Städte durch die Kreuzritter bezahlt. Dadurch war sinnlos Blut vergossen worden, und das angesichts der Tatsache, dass die Reiche der Christenheit sich gegen die heidnischen Sarazenen hätten einig zeigen müssen.

8.

Wie angekündigt erschienen nach wenigen Tagen Fuhrwerke mit Vorräten, begleitet von Griechen, die die Kreuzritter zu jenen Stellen führen sollten, an denen sie nach Kleinasien übersetzen konnten. Sie in die Umgebung seiner Hauptstadt bringen zu lassen, wagte Kaiser Isaak nicht. Die Angst, die erzürnten Krieger würden dort für seinen Verrat Vergeltung üben, war zu groß.

Daher zog das Heer zu den Dardanellen, die zwar etwas breiter waren als der Bosporus, sich dafür aber ein ganzes Stück von Konstantinopel entfernt befanden. Als die Vorhut die Stelle erreichte, lagen dort bereits Schiffe, um das Heer überzusetzen.

Um von Isaak Angelos nicht noch ein zweites Mal getäuscht zu werden, wartete Kaiser Friedrich, bis das gesamte Heer versammelt war, und setzte mit einer stattlichen Schar über. Bei dieser Gelegenheit sah Michael ihn zum ersten Mal von nahem. Friedrich Barbarossa ging auf die siebzig zu, und das war kein Alter, in dem man noch durch Hitze und Staub in ein fernes Land ziehen und dort Schlachten schlagen sollte. Doch wem hätte er die Führung des Heeres überlassen können?, fragte Michael sich. Einem seiner Söhne, sei es Friedrich oder Heinrich, hätten die Könige von Frankreich und England niemals die Führung des gesamten Kreuzfahrerheers übertragen. Die Fürsten und Krieger aus dem Heiligen Römischen Reich würden sich niemals einem fremden Herrscher unterordnen. Allein der Papst hatte genug Autorität, sie unter seinen Willen zu zwingen. Clemens III. war jedoch ein alter Mann und zudem fein säuberlich in Rom geblieben, einem Ort, in dem kein Sarazenenschwert ihm gefährlich werden konnte. Auch war er bislang im Gegensatz zu Friedrich nicht als Krieger hervorgetreten. Zudem standen dem Kaiser mit seinen Söhnen, Herzog Leopold von Österreich und weiteren Reichsfürsten fähige Männer zur Seite.

»So nachdenklich, Michael?«, vernahm er eine Stimme neben sich. Als er sich umdrehte, sah er Magister Erwin vor sich, der ihn mit spöttischem Blick musterte. Er wies auf die Schiffe, die eben die Dardanellen befuhren. »Du hättest zu den Ersten gehören können, die übersetzen.«

»Ich beneide keinen, der dabei ist«, antwortete Michael unfreundlich.

Sein Großonkel sprach unbeeindruckt weiter. »Es hat einige Zeit gedauert, bis ich dich finden konnte, denn ich habe nicht erwartet, dass du dich beim Tross verstecken würdest.«

Michael zuckte die Achseln. »Es ist der übliche Platz für einen schlichten Ritter, der über keine Verbindungen und keinen Anhang verfügt.«

»Du bist weder ein schlichter Ritter noch ohne Verbindungen. Wärst du nicht so stur, könntest du die fünf Lanzen anführen, die dein Oheim für das Kreuzfahrerheer gestellt hat.«

»Es war mir nicht möglich!« Michaels Tonfall warnte seinen Verwandten davor, dieses Thema weiterzuverfolgen.

Magister Erwin achtete jedoch nicht darauf. »Da du es nicht wolltest, musste Graf Waldemar sein Aufgebot deinem Vetter Gottfried überlassen. Dieser nennt sich nun von Kühnburg und tut so, als wäre es bereits beschlossene Sache, dass er Graf Waldemar einmal nachfolgen wird.«

»Ich vergönne es ihm!« Erneut war Michaels Antwort kurz und knapp.

»Du hast ein Gemüt, das selbst einen Heiligen zur Verzweiflung treiben würde!«, fuhr Magister Erwin auf. »Mir geht es nicht nur um dich oder Gottfried, sondern um unsere Familie. Ich will einen Sippenstreit vermeiden, der sie in den Abgrund reißen kann. Du willst nicht der nächste Graf auf der Kühnburg werden. Doch was ist mit deinen Söhnen oder Enkeln?«

»Bis jetzt habe ich keine«, gab Michael zurück.

»Aber sie können noch kommen! Werden sie sich nicht einmal fragen, weshalb an ihrer Stelle die Nachkommen einer Frau auf der Kühnburg sitzen, obwohl ihnen das Recht darauf in männlicher Erbfolge zusteht? Es braucht sich nur ein Feind der Kühnburg mit deinen Söhnen oder Enkeln zusammenzutun, und es wird ein Kampf entbrennen, der für unsere Familie den Untergang bedeuten kann. Ist dir das dein Zorn auf deinen Großvater und deinen Oheim wert?«

Der Magister klang so eindringlich, dass Michael sich seinen Worten nicht entziehen konnte. »Es ist wohl das Beste, wenn ich unverheiratet bleibe und keine Nachkommen zeuge«, sagte er mit einem entsagungsvollen Seufzer.

»Mir wäre es lieber, du würdest heiraten und Kinder zeugen, und zwar welche, die auf der Kühnburg geboren werden und dir nachfolgen können.«

»Genau das ist unmöglich!«

»Und warum?«

»Ich habe einen heiligen Eid geleistet, die Kühnburg nicht zu betreten, solange noch einer unserer Sippe lebt.«

»Aber du warst dort«, sagte der Magister.

»Auch aus diesem Grund habe ich mich dem Kreuzzug angeschlossen. Ich will Gott in Jerusalem um Vergebung bitten, weil ich die Kühnburg trotz des Schwurs, den ich meinem Vater geleistet hatte, betreten habe.«

»Es ist zum Haareausraufen!«, stöhnte Magister Erwin. »Dein Vater hatte nicht das Recht, dir einen solchen Schwur abzuverlangen.«

»Es ist nun einmal geschehen, und niemand kann es rückgängig machen«, erwiderte Michael. Längst glaubte auch er, dass sein Vater sich zu sehr von seinem Hass auf die eigene Familie hatte beherrschen lassen. Doch er hatte diesen Eid geleistet und musste ihn halten.

Magister Erwin ahnte dies und hätte dem jungen Mann am liebsten erklärt, dass dieser Schwur ungültig sei. Dagegen stand jedoch Michaels Ehrenhaftigkeit. Dieser war eher bereit, ein Leben in Armut zu führen, als gegen den Willen des Vaters aufzubegehren.

»Ich bin mit der Jurisprudenz und dem Kirchenrecht vertraut und kann dir raten, was du tun musst, um dieses Schwurs ledig zu werden«, sagte er nach einer Weile, die er zum Überlegen gebraucht hatte.

»Und wie?«, fragte Michael spöttisch.

»Du wirst in Jerusalem drei Vaterunser dafür beten, dass du die Kühnburg gegen den Willen deines Vaters betreten hast«, begann der Magister.

»Das ist mein Ziel«, antwortete Michael.

»Danach wirst du zehn Vaterunser beten und den Boden küssen, über den unser Herr Jesus Christus gewandelt ist, und anschließend zum Jordan reiten und dort das Haupt mit dem Wasser benetzen, mit dem unser Heiland getauft worden ist. Ich werde dir einen Dispens Seiner Heiligkeit, des Papstes besorgen, so dass du anschließend dieses Schwures ledig bist.«

Michael überlegte. Sein Vater war nun schon einige Jahre tot und zwang ihn durch diesen Schwur zu einem harten und entbehrungsreichen Leben, das sich seine Mutter gewiss nicht für ihn gewünscht hätte. Er glaubte auch den Worten des Magisters, dass sein Großvater am Ende seines Lebens noch versucht hatte, sich mit seinem Vater zu versöhnen. Vielleicht wäre es dazu gekommen, wenn seine Mutter damals noch gelebt hätte.

»Ich werde über Eure Worte nachdenken«, versprach er, da er nichts übereilen wollte.

»Tu es gründlich!«, bat Magister Erwin ihn. »Du solltest allerdings den Tross verlassen und dich einem der Fürsten anschließen. Ich lege gerne ein gutes Wort für dich ein. Zu den Kühnburgern kannst du bedauerlicherweise nicht stoßen, da ich nicht die Autorität habe, Gottfried abzusetzen, damit du seine Stelle einnehmen kannst. Als echter Kühnburger kannst du jedoch nicht unter einem falschen Kühnburger dienen.«

»Das kann ich wirklich nicht«, stimmte ihm Michael zu.

»Es würde Gottfried nur darin bestärken, der Erbe zu sein, oder ihn dazu bringen, dich aus dem Weg zu räumen, um es werden zu können.«

Michael lachte über die Worte des Magisters, wurde dann aber rasch ernst. »Verzeiht mir, doch ich werde beim Tross bleiben. Es ist ein Teil meiner Buße, die ich mir auferlegt habe, weil ich zur Kühnburg gekommen bin. Dieses Vorsatzes bin ich erst ledig, wenn ich in Jerusalem gebetet habe.«

»Du bist derselbe Sturkopf wie dein Vater!«, rief der Magister und seufzte tief. »Aber wenigstens kann man mit dir reden. Wenn du aus dem Heiligen Land zurückkehrst, wirst du den Dispens des Papstes in den Händen halten.«

»Welchen Papstes, Clemens III. oder Urban II.?«, fragte Michael und erinnerte seinen Großonkel daran, dass es derzeit zwei Kirchenfürsten mit dem Anspruch gab, das Oberhaupt der Kirche zu sein.

Magister Erwin antwortete ihm mit einem leisen Fluch und blickte auf das andere Ufer hinüber. »Die Schiffe mit dem Kaiser und der Vorhut sind gleich drüben. Es wird daher nicht mehr lange dauern, bis wir es auch sind.«

9.

Ein paar Wochen später blickte Michael ein letztes Mal auf die brennenden Wagen zurück. Bislang hatten diese gute Dienste geleistet, doch für den Weg, der nun vor ihnen lag, waren sie nicht geeignet. Bei dem Gedanken wandte er sich um und reihte sich in die schier endlose Schlange von Kriegern und Knechten ein, die den schmalen Gebirgspfad hochstapften. Um zu verhindern, dass die Seldschuken ihnen an den Pässen des großen Heer- und Handelswegs auflauerten, hatte Friedrich Barbarossa beschlossen, diese zu umgehen.

Obwohl Michael gehört hatte, dass es den Seldschuken gelungen war, gut zwanzig Jahre zuvor ein byzantinisches Heer in die Falle zu locken und fast vollständig aufzureiben, hielt er diese Entscheidung für falsch. Sie hatten viele Dinge verbrennen müssen, die ihnen auf dem weiteren Weg bitter fehlen würden. Zum anderen waren sie auch auf diesen Pfaden auf einheimische Führer angewiesen, die dafür hoch belohnt werden wollten. Verräter konnten sie trotzdem sein. Das hatte man schon an Kaiser Isaak Angelos gesehen, der sie trotz eines bestehenden Vertrags aufs Übelste hintergangen hatte. Erst nach der Einnahme der Stadt Adrianopel durch die Kreuzritter und dem drohenden Marsch auf Konstantinopel war er umgeschwenkt, um sein Reich und seine Krone zu retten.

Mit den Seldschuken hatte es ebenfalls Verträge gegeben. Sultan Kılıç Arslan hatte darin versprochen, dem Kreuzfahrerheer freien Durchzug zu gewähren, und ihnen erlaubt, auf den Märkten seines Reiches einkaufen zu können. Um diese Abmachung nicht einhalten zu müssen, hatte Kılıç Arslan auf den Thron verzichtet und sein Reich an seine Söhne übergeben. Deren erste Handlung war es gewesen, den Vertrag mit Kaiser Friedrich zu brechen und sich mit Saladin zu verbünden.

»Der Teufel soll diese ungläubigen Hunde holen!«, schimpfte Eberhard von Dellingen.

»Mir würde es schon reichen, wenn er uns nicht holt«, antwortete Hans Pfeuderer mit einem zweifelnden Blick auf den schmalen, beschwerlichen Fußpfad, dem sie nun folgten.

Ferdinand von Drammen schüttelte seufzend den Kopf. »Das ist ein Weg für Ziegen und Steinböcke, aber nicht für Menschen und Pferde.«

»Wir hätten auf der Straße bleiben und voller Vertrauen auf Gott weiterziehen sollen«, warf Ludolf von Broch ein.

Während Eberhard von Dellingen sich ärgerte, mit dem Tross ziehen zu müssen, anstatt bei den Kampftruppen Ruhm und Ehre zu gewinnen, sehnte Ludolf sich danach, das Schwert ablegen und wieder die Mönchskutte überziehen zu können.

Michael kümmerte sich nicht um die Befindlichkeiten der beiden, solange sie seine Befehle befolgten. Inzwischen führte er nicht nur ihre Zeltgemeinschaft an, sondern einen ganzen Trupp von Knechten und Kriegern. Er wusste nicht, ob sie ihm vom Trossmeister wegen seiner Verdienste bei der Abwehr bulgarischer und griechischer Freischärler unterstellt worden waren oder dieser es auf Magister Erwins Einflussnahme hin getan hatte. Im Augenblick zählte weder das eine noch das andere. Es galt, den mit einem schweren Packen beladenen Hengst zu führen und einen Fuß vor den anderen zu setzen.

Stunde um Stunde ging es so, und selbst die Nacht brachte keine Erleichterung, denn es gab keinen Platz zum Lagern. Daher zog der endlose Heerwurm im Licht der Fackeln weiter. Michael war ebenso müde wie sein Hengst, und selbst Eberhard von Dellingen und Ludolf von Broch brachten nicht mehr die Kraft auf, zu maulen.

Mit einem Mal vernahm Michael ein leises Sirren. »Vorsicht, Pfeile!«, rief er und versuchte zu erkennen, von wo diese abgeschossen wurden.

Weiter vorne ertönte ein Schrei. Es war der eines Pferdes. Fast gleichzeitig begann ein Mann zu brüllen. »Die verdammten Hunde schießen auf die Gäule!«

»Die Fackeln aus!«, befahl Michael mit lauter Stimme.

Dellingen gehorchte sofort, während Drammen und Pfeuderer ihre Fackeln in die Richtung warfen, in der sie die Bogenschützen vermuteten. Dort gab es jedoch nur die Felswand, und sie begriffen, dass die Feinde weiter oben lauern mussten.

Michael überlegte, ob sich ein Gegenangriff lohnte, doch der erschien ihm zu gefährlich. Leicht konnten seine Männer sich in der Felswand versteigen und abstürzen.

»Weiterziehen!«, rief er. »Gebt acht, dass ihr stets euren Vorderleuten folgt und nicht fehltretet!«

Endlich erreichten sie eine Stelle, an der sie für den Rest der Nacht bleiben konnten. Sie hatten nicht einmal Holz für ein Lagerfeuer, da aber dessen Schein den Seldschuken einen Anhaltspunkt hätte geben können, wohin sie schießen mussten, nahm Michael eine kalte Nacht im Schatten der Berge gerne in Kauf.

Kurz bevor der Morgen graute, weckte ihn sein Instinkt. Er rüttelte Drammen wach, legte ihm aber sogleich die Hand auf den Mund.

»Weckt die anderen, aber leise. Ich will keinen Laut hören!«

»Werden wir angegriffen?«, fragte Drammen, als Michael seinen Mund wieder freigegeben hatte.

»Bis jetzt nicht, doch ich bin lieber vorsichtig als tot.«

»Ich auch!« Drammen lachte leise und ging los.

Auch Michael weckte einige Männer und wies sie an, ihre Waffen bereitzuhalten. Zunächst tat sich nichts, und er glaubte schon, sich geirrt zu haben. Da hörte er kleine Steine den Berghang herabfallen.

»Sie kommen!«, flüsterte er und zog sein Schwert.

Augenblicke später wurde es laut. Die Seldschuken sprangen aus der Felswand und stürmten in dem Glauben auf die Kreuzfahrer los, diese im Schlaf überraschen zu können. Doch gerade in dem Augenblick, in dem das Licht des Tages am Horizont aufstieg, sahen sie sich einer Wand aus Schilden gegenüber.

Es war kein Heer, sondern nur ein Stoßtrupp, der etliche Kreuzritter erschlagen und sich danach wieder zurückziehen wollte. Nur wenige von ihnen trugen Rüstungen aus Metall, und die meisten wurden nur von gesteppten Jacken geschützt, die den Langschwertern der deutschen Ritter keinen Widerstand entgegensetzten. Bevor die Seldschuken begriffen, wie ihnen geschah, lag ein Großteil von ihnen am Boden, und der Rest entkam nur, weil sie mit ihren leichten Rüstungen schneller klettern konnten als Michaels Leute.

Um zu verhindern, dass sich seine Männer bei der Verfolgung zu weit nach oben wagten und ein Opfer der feindlichen Pfeile wurden, rief Michael sie zurück und musterte grimmig die toten Feinde. »Hätte ihr Sultan sein Versprechen gehalten, müssten sie nicht hier liegen.«

»Und die Unseren auch nicht«, erinnerte Drammen ihn an jene Männer, die auf dem Marsch durch feindliche Pfeile gefallen waren.

»Diese Seldschuken sind Männer ohne Ehre und Ritterlichkeit, da sie aus dem Hinterhalt schießen und sich heimlich anschleichen«, sagte Eberhard von Dellingen voller Verachtung.

Drammen lachte jedoch nur. »Wir sind hier im Krieg, mein Freund, und nicht auf dem Turnierplatz! Und selbst dort geht es nicht immer ehrlich zu.«

10.

Die Angriffe aus dem Hinterhalt setzten sich fort. Da die von ihren Rüstungen und Schilden geschützten Ritter keine lohnenden Ziele boten, zielten die Seldschuken auf Pferde und Knechte. Gegenangriffe blieben meist ohne Erfolg, weil der Feind die Gegend kannte und sich daher leicht absetzen konnte. Doch nicht nur Pfeile waren der Feind der Pferde. In dem steinigen Land gab es kaum Gras, und da der Tross weit hinten marschierte, war das wenige, das hier wuchs, bereits von den Pferden der vor ihnen ziehenden Ritter gefressen worden.

Drammen war der Erste, der seinen halb verhungerten Hengst erlöste. Zwei Tage später folgte Michael mit einem stechenden Gefühl im Herzen diesem Beispiel. Dellingen und Ludolf von Broch hingegen führten ihre Pferde, bis diese zusammenbrachen. Danach fluchten sie, nahmen das von ihrem Gepäck an sich, was sie nicht missen wollten, und gingen los. Es blieb Michael und Pfeuderer überlassen, den sterbenden Tieren den Gnadenstoß zu versetzen.

»Hätte nichts dagegen, wenn ich das bei den beiden auch machen müsste«, sagte Pfeuderer voller Verachtung. Er hatte sein Pferd, als es zu schwach geworden war, ebenfalls getötet.

»So etwas sagt man nicht über Kameraden«, wies Drammen ihn zurecht. Er hustete dabei trocken und war mittlerweile so schwach, dass Michael ihn an steilen Stellen stützen musste, damit er vorwärtskam.

»Auf jeden Fall ist das eine elende Schinderei«, erklärte Pfeuderer, während er mit Michael und ein paar Knechten daranging, die toten Pferde zur Seite zu schleifen, damit sie der Nachhut nicht den Weg versperrten.

Als sie weiterzogen, war ihre Stimmung so schlecht, dass auch

Michael den Mut zu verlieren drohte. Lange, sagte er sich, würde Kaiser Friedrich das Heer nicht mehr zusammenhalten können. Wenn es jedoch auseinanderfiel, würden die einzelnen Gruppen zu einem leichten Opfer der Seldschuken werden. Doch gerade, als viele dachten, es wäre alles verloren, klang Jubel auf.

»Herzog Friedrich von Schwaben und Graf Bertold von Andechs haben diesen verfluchten Seldschuken eins aufs Haupt gegeben«, meldete ein Bote voller Begeisterung. Viel über die Schlacht vermochte er nicht zu sagen, er wusste lediglich, dass Kaiser Friedrich den Erfolg seines Sohnes und des Andechsers ausnützen und auf die Hauptstadt des Seldschukensultans zurücken wollte.

»Dort müssen sie sich uns zur Schlacht stellen oder sich in der Stadt verschanzen«, setzte er voller Zuversicht hinzu. Das Wichtigste verkündete er zuletzt. »Ihr Ritter und Krieger werdet ebenfalls aufgeboten. Es gilt, all unsere Kräfte zu sammeln, um den Feind zu zerschmettern.«

»Diesmal sind also auch wir dabei«, sagte Drammen aufatmend, obwohl Michael ihn mittlerweile für zu schwach hielt, als dass er in eine Schlacht ziehen konnte.

Noch war es nicht so weit. Das Heer zog weiter, und die Angriffe durch seldschukische Krieger hielten an. Weitere Pferde starben, und mittlerweile wurde auch für die Männer der Hunger zum Problem. Es gab kaum mehr Nahrungsmittel, und es war auch nicht möglich, Dörfer zu plündern, ohne sofort angegriffen zu werden.

Michael fragte sich, wie der Kaiser mit erschöpften Kriegern einen Sieg erringen wollte. Doch als sie einige Tage später kurz vor Iconium Lager bezogen, teilte Friedrich das Heer. Ein Teil unter der Führung seines Sohnes Friedrich sollte die Stadt erstürmen, die Hauptmacht hingegen dem Heer widerstehen, das die Söhne des Sultans zusammengezogen hatten, um den Christen entgegenzutreten.

Wegen der vielen Ausfälle wurde jeder gebraucht, der eine Waffe halten konnte. Als Michael sich mit seiner kleinen Schar in die Schlachtlinie eingliederte, sah Eberhard von Dellingen voller Neid auf die Ritter, die sich ein Stück entfernt um den Kaiser gruppierten.

»Es ist eine Schande, dass wir zu Fuß kämpfen müssen«, schimpfte er.

»Wenn Ihr Euch ein Pferd herbeizuzaubern vermögt, könnt Ihr Euch dieser Schar dort anschließen«, spottete Pfeuderer und blickte mit Sorge nach vorne. »Das sind aber verdammt viele!«

Michael nickte und wandte sich an seine Männer. »Denkt an eure leeren Mägen und daran, dass diese Krieger zwischen euch und vollen Brotkörben stehen. Um an diese zu gelangen, muss jeder von euch in der Schlachtlinie bleiben. Brechen die Sarazenen diese auf, sind wir alle verloren.«

»Das sind wir auch so!«, rief Ludolf von Broch und fand, dass er besser in seinem Kloster geblieben wäre, anstatt sich auf dieses Abenteuer einzulassen. Den Traum, Jerusalem zu erreichen und an der Stelle zu beten, an der Jesus Christus gestorben war, hatte er längst aufgegeben.

Aufgeben war jedoch kein Wort, das Michael gefiel. Er zog sein Schwert und wartete auf den Ansturm. Im Gegensatz zu den Kreuzrittern war ein Großteil der Seldschuken beritten. Darunter befand sich eine große Zahl an Bogenschützen, die nun den Angriff begannen. Keiner kam dabei den Kreuzrittern so nahe, als dass sie ihn mit Schwertern und Speeren hätten erreichen können. Michael und seinen Männern blieb nichts anderes übrig, als hinter ihren Schilden Deckung zu nehmen und den Pfeilhagel zu ertragen.

Bald darauf begann der Nahkampf. Michael wehrte mehrere Feinde ab und sah Drammen an seiner Seite. Der alte Ritter schien wie belebt und schwang sein Schwert wie ein Junger. Trotzdem konnten sie nicht verhindern, dass sie langsam zurückgedrängt wurden. Schließlich gelang es den Seldschuken, das kaiserliche Heer zu umfassen.

»Wenn sie uns noch weiter einschnüren, stehen wir bald so eng, dass wir uns gegenseitig behindern«, rief einer der Ritter besorgt.

Michael nickte verkniffen. »Legt die Schilde aneinander und stemmt euch gegen die Kerle«, forderte er seine Männer auf und stieß mehrere Seldschuken zurück. Da hörte er auf einmal einen lauten Schrei.

»Folgt dem Kaiser!«

Ein rascher Blick zeigte Michael, dass Friedrich trotz seines hohen Alters an der Spitze seiner Leibschar gegen die ihnen entgegenbrandenden Seldschuken anstürmte und diese zum Wanken brachte.

»Folgt mir!«, rief Michael und schuf sich mit wuchtigen Schwerthieben Bahn.

Pfeuderer und Drammen blieben an seiner Seite. Es war ein erbittertes Ringen, bei dem sie mehrfach zurückgedrängt wurden. Plötzlich umringten mehrere Seldschuken Drammen und hieben auf ihn ein. Michael stürmte hin, doch er kam zu spät, der alte Ritter sank bereits blutend nieder. Einer der Seldschuken rammte ihm noch das Krummschwert in den Rücken. Es war das Letzte, was er in seinem Leben tat. Michaels Klinge traf ihn wie ein Blitzstrahl, und er folgte dem wackeren Drammen auf dem Pfad des Todes.

Die deutschen Ritter schlossen ihre Reihen, und der Kampf ging weiter. Dellingen tauchte neben Michael auf und lachte wie ein Verrückter. »Hinter diesen Schurken gibt es Brot und Fleisch. Vorwärts, Männer, denn ich will nicht mit leerem Magen zur Hölle fahren!«

Dieser Gedanke trieb alle an. Auch Michael stürmte weiter und bemerkte nach einer Weile, dass die Zahl der Feinde um ihn herum abnahm. Nun rächte es sich, dass die Seldschuken das Heer umzingelt und dafür ihre Formation auf die Stadt zu ausgedünnt hatten. Eine Zeit lang leisteten sie noch Widerstand, dann aber brach in ihrem Heer jede Ordnung zusammen. Wer nicht rechtzeitig fliehen konnte, wurde von den entfesselten Kreuzfahrern niedergemacht.

Die Stadt war schon ganz nahe, als Pfeuderer auf das Stadttor zeigte. »Seht dort das Banner Herzog Friedrichs von Schwaben. Er hat die Stadt eingenommen!«

»Ganz nicht, denn auf der Zitadelle weht noch die Fahne des Sultans, aber die werden wir auch noch herabholen«, rief Michael und wandte sich Iconium zu. Das Tor stand offen, und als sich die ersten Krieger in die Stadt ergossen, wusste er, dass selbst der Kaiser sie nicht daran würde hindern können, mit ihren Bewohnern so zu verfahren, wie es seit Anbeginn bei im Sturm genommenen Städten geschehen war.

Fünfter Teil

Akkon

1.

Der Sieg in der Schlacht bei Iconium veränderte alles. Hatte es bis dorthin so ausgesehen, als taumele Kaiser Friedrichs großes Heer von Mangel, Krankheit und feindlichen Überfällen geplagt dem Untergang entgegen, fanden die Kreuzritter sich nun im Überfluss wieder.

Sultan Kılıç Arslans Söhne hatten die Flucht ergriffen, und ihm selbst war nichts anderes übrig geblieben, als sich Friedrich Barbarossa zu unterwerfen. Sein Volk musste Friedrichs Heer Vorräte, Pferde, Karren und Maultiere überlassen. Nicht weniger wichtig waren die Geiseln, die gestellt werden mussten, um zu verhindern, dass noch einmal ein Seldschuke einen Pfeil auf die Kreuzfahrer abschoss oder das Schwert gegen sie zog.

Bei der Eroberung von Iconium hatten sich einige die Taschen gut gefüllt. Zu diesen gehörte auch Eberhard von Dellingen, und da durch die Verluste im Gefolge der hohen Herren Platz geworden war, gelang es ihm, sich einem der Grafen anzuschließen. Michael bedauerte sein Scheiden ebenso wenig, wie Hans Pfeuderer es tat. Ihn schmerzte vielmehr Ferdinand von Drammens Tod. Als sie ihn begruben, betete Michael zu Gott, dieser solle die Bereitschaft des alten Mannes, nach Jerusalem zu ziehen und das Heilige Grab zu befreien, genauso gelten lassen, als hätte er die Stadt Jesu erreicht.

Wie Dellingen hätte auch Michael einen Grafen oder Herzog bitten können, ihn in sein Gefolge aufzunehmen. Er kehrte jedoch ebenso zum Tross zurück wie Pfeuderer. Ihr Stand dort war nun besser als zuvor, denn es richtete sich sogar der Trossmeister nach ihren Vorschlägen und Wünschen.

Während der Zeit in Iconium traf Michael zweimal auf Magister

Erwin, der bei dem harten Marsch durch Anatolien mager geworden war. Der Mönch glaubte, dass sich das Heer nach dem Sieg über Kılıç Arslan wie eine unaufhaltsame Welle in das Heilige Land ergießen und die Sarazenen hinwegschwemmen würde. Sein Angebot, Michael einem der hohen Herren im Reich zu empfehlen, lehnte dieser erneut ab.

Michael war zuletzt froh, als der Befehl zum Aufbruch kam. Nun ritt er einen Grauschimmel, der etwas kleiner war als sein alter Hengst, aber schnell und ausdauernd, wenn ihm nicht zu viel Gewicht aufgelastet wurde. Daher verzichtete Michael darauf, während des Marsches sein Kettenhemd zu tragen, und wollte es nur überziehen, wenn es zum Kampf kam. Doch dies schien nun weit entfernt, denn hinter dem Sultanat der Rum-Seldschuken lag das Fürstentum Kleinarmenien, und dessen Herrscher Leo war ein Verbündeter von Kaiser Friedrich. Leo musste auf Gedeih und Verderb zum Kaiser halten, denn er wurde von Saladins Sarazenen bedroht und hatte keinen anderen machtvollen Verbündeten.

Der Empfang in Kleinarmenien war daher herzlich, und es gab genug zu essen und sogar Wein. Daher konnte das Heer in diesem Land wieder so marschieren wie zu Beginn. Die Menschen waren Christen und freuten sich, den großen und berühmten Kaiser des Heiligen Römischen Reiches zu sehen. Viele eilten herbei, um ihn und sein Gewand zu berühren. Für Michael und seinen Tross interessierten sich hingegen nur die Händler, die ihnen Lebensmittel über das hinaus verkaufen wollten, was Fürst Leo dem Heer zukommen ließ.

Die Tage reihten sich aneinander, und als sie schließlich den Fluss Saleph erreichten, glaubten viele, nicht weit dahinter werde bereits Saladins Reich beginnen. Ein Teil des Heeres hatte den Fluss bereits überschritten, und nun näherte sich der Tross der Furt, die ein armenischer Führer ihnen gewiesen hatte.

Es war nicht der erste Fluss, den sie auf ihrer langen Reise überqueren mussten, und die Männer wussten, was sie zu tun hatten. Als die vorderen Wagen bereits das andere Ufer erreicht hatten, tauchte hinter ihnen eine kleine Reiterschar auf. »Macht Platz für den Kaiser!«, rief ein Mann herrisch.

Michael drehte sich zu der Gruppe um. Tatsächlich führte Friedrich Barbarossa sie an. Dem Anschein nach hatte dieser einen der armenischen Edlen aufgesucht, während das Heer weitergezogen war, und wollte nun wieder an dessen Spitze gelangen.

»Haltet die Wagen an, die noch auf dieser Seite sind«, rief Michael seinen Männern zu und wandte sich dann zu den Rittern des Königs um. »Die Furt ist gleich frei! Es müssen nur noch die drei Wagen, die sich bereits im Fluss befinden, ans Ufer gebracht werden.«

»Soll Seine Majestät warten, bis die Karren übergesetzt haben?«, fragte der Ritter ungehalten, der eben Platz für Friedrich gefordert hatte.

»Ich kann die Wagen nicht hinwegzaubern, und sie zurückholen geht auch nicht, da es dann noch länger dauern würde, bis die Furt frei ist«, gab Michael nicht weniger aufgebracht zurück.

»Verflucht, wie redest du mit mir?«, schrie der Mann ihn an.

»So, wie du es brauchst!« Da der Ritter ihn wie einen Knecht angesprochen hatte, sah Michael nicht ein, weshalb er höflicher sein sollte.

Unterdessen zeigte ein anderer Begleiter des Königs auf die Furt. »Euer Majestät, ich glaube, wir können an den Wagen vorbeireiten! Bis die drüben sind, dauert es zu lange!«

»Würden nur Reiter die Furt queren, würde ich sagen, tut es. Die Wagen sind jedoch zu breit dafür«, gab Michael zu bedenken.

Doch da trabte der Ritter, mit dem er aneinandergeraten war, bereits an ihm vorbei und lenkte sein Pferd ins Wasser. Kaiser Friedrich folgte ihm. Zwar streckte Michael noch die Hand aus, um ihn aufzuhalten, zog sie aber auf Friedrichs missbilligenden Blick hin wieder zurück.

So musste er zusehen, wie Friedrich in die Furt hineinritt und kurz darauf den ersten Wagen überholte. Zunächst sah es so aus, als würde alles gut gehen. Da trat das Pferd des vor dem Kaiser reitenden Ritters fehl, wich erschrocken zurück und stieß gegen den Hengst des Kaisers. Dieser verlor den Boden unter den Vorderhufen und stürzte mitsamt seinem Reiter ins Wasser. Bevor jemand eingreifen konnte, wurde Friedrich von den Fluten erfasst und mitgerissen.

Michael stürmte ans Ufer und hechtete in den Fluss. Einer der Begleiter des Kaisers wollte ihm folgen, wurde aber vom Gewicht seines Kettenhemds nach unten gezogen. Als die Männer des Gefolges dies sahen, blieben sie stehen und starrten verzweifelt auf das Geschehen.

Unterdessen schwamm Michael, so schnell er konnte. Das Wasser war im Vergleich zur Hitze des Tages fast eisig. Seine Stiefel und seine gesteppte Jacke sogen sich voll, und bald konnte er sich nur mit Mühe an der Oberfläche halten. Zeit, sich auszuziehen, war ihm nicht geblieben.

Da sah er vor sich etwas treiben, schnellte hin und fühlte Tuch unter den Händen. Es war Friedrich. Michael drehte ihn so, dass dessen Kopf aus dem Wasser schaute, und kämpfte sich in dem rasch strömenden Fluss auf das Ufer zu.

Männer eilten herbei, rissen ihm Friedrich förmlich aus den Händen und betteten ihn aufs Ufer. Nachdem Michael es aus dem Wasser geschafft hatte, war er so erschöpft, dass er nach Luft schnappend liegen blieb. Danach sah er zum Kaiser hin, doch dessen starres Gesicht ließ das Schlimmste befürchten.

Obwohl sich mehrere Männer um Friedrich kümmerten und nach kurzer Zeit auch sein Leibarzt erschien, war der Kaiser nicht mehr zu retten. Entweder war er in den Fluten des Saleph ertrunken, oder sein Herz hatte den Wechsel von der Hitze des Tages in das kalte Wasser nicht ertragen und aufgehört zu schlagen.

Während im Heer die Männer voller Schrecken die Nachricht vom Tod ihres Kaisers vernahmen und der Leichnam in das nahe Seleukia geschafft wurde, kehrte Michael zum Tross zurück. Die Gesichter seiner Männer erschienen ihm wie die von Kindern, denen gleichzeitig Vater und Mutter gestorben waren. Doch auch er fragte sich, was nun werden sollte. Für viele würde Friedrichs Tod als schlechtes Omen gelten, und die Zuversicht, die nach dem Sieg über die Seldschuken aufgekommen war, begann wieder zu schwinden. Michael hoffte nur, dass der Gedanke an das Heilige Land, das es zu befreien galt, stark genug war, um dieses Unglück zu überwinden.

2.

Raoul de Laronne hatte es aufgegeben, die Tage zu zählen, die sie bereits vor Akkon lagen. Es waren Wochen und sogar Monate vergangen, seit der Angriff auf Saladins Heer misslungen war und sie nur durch den Einsatz der letzten Kräfte einer Vernichtung entgangen waren. Allerdings hatten auch die Sarazenen stark geblutet, denn nach einem weiteren, mehr halbherzig vorgetragenen Angriff belagerten sie das Christenheer, so wie dieses die Stadt Akkon belagerte. Dadurch war es den Sarazenen kaum möglich, Nahrung und frische Truppen in die Stadt zu bringen. Allerdings hungerten die Krieger des Kreuzfahrerheers nicht weniger als jene in der Stadt und deren Bewohner. Saladin hatte die Zugangswege absperren lassen, und der Hafen befand sich noch immer unter der Kontrolle der Feinde.

»Wie lange, glaubt Ihr, werden wir noch durchhalten?«, fragte Benoît an diesem Nachmittag.

»Das weiß Gott allein«, antwortete Raoul.

»Es sterben immer mehr Ritter und Knechte an Krankheiten.« In Benoîts Stimme schwang Angst. Er war noch jung, und der Gedanke, wie so viele andere auf seinem Lager liegen und wie eine Kerze erlöschen zu müssen, erschreckte ihn.

»Ich hoffe, die Deutschen kommen bald«, rief Florent de Crespy aus und warf einen sehnsüchtigen Blick gen Norden.

»Wenn sie überhaupt kommen! Die letzte Nachricht, die wir erhalten haben, besagt, dass Kaiser Friedrich gestorben ist. Es kann sein, dass sein Sohn das Heer nach Hause führt, um sich als sein Nachfolger durchzusetzen.«

Géraud de Lesorelle war durch Hunger geschwächt und hatte den Mut verloren. Nun hielt er den Tod des Kaisers für ein schlimmes Vorzeichen.

»Saladin verstärkt laufend sein Heer. Es wird nicht mehr lange dauern, bis er so stark ist, dass er uns wie eine Laus knacken kann«, prophezeite Florent de Crespy düster.

»Gott wird uns beistehen und euren Schwertern die Kraft verleihen, die Heiden zu besiegen!«, rief Pater Jacques voller Inbrunst.

Er war einer der wenigen, die noch an einen Sieg glaubten. Die meisten, die voller Begeisterung aufgebrochen waren, um Jerusalem zu befreien, hofften nur noch darauf, zu überleben und nach Hause zurückkehren zu können.

Auf einmal klang am anderen Ende des Lagers Jubel auf. »Die Deutschen kommen!«

Pater Jacques reckte begeistert beide Arme gen Himmel. »Halleluja! Nun werden wir mit Gottes Hilfe die Heiden aufs Haupt schlagen!«

»Ich dachte, er will, dass wir ihnen das Haupt abschlagen«, sagte Florent de Crespy mit bärbeißigem Spott und folgte Raoul in die Richtung, aus der die Deutschen kamen.

Er wusste nicht, was er erwartet hatte. Jedenfalls nicht diese zerlumpte und von Entbehrungen gezeichnete Schar aus viel zu wenigen Rittern und Knechten.

»Ich frage mich, weshalb Saladin sie nicht unterwegs angegriffen hat. Mit dem Haufen wäre er spielend fertiggeworden«, sagte Florent de Crespy verwundert.

»Das kann ich Euch sagen«, erklärte Lesorelle. »Wäre er den Deutschen auf ihrem Weg mit seinen Kriegern entgegengetreten, hätte er uns mehrere Tage Zeit gelassen, in denen wir Akkon hätten einnehmen können. Uns daraus zu vertreiben, hätte ihm mehr Verluste eingetragen, als den Deutschen den Weg zu verlegen. Er hätte es wahrscheinlich getan, wenn es sich um frische, ausgeruhte Truppen handeln würde. So aber verstärken sie nur die Hungersnot, die uns bereits in ihren Klauen hält, aber nicht unsere Kampfkraft!«

So düster wollte Raoul die Sache nicht sehen. Die deutschen Krieger, die es bis hierher geschafft hatten, waren zäh, und die Nachricht von ihren Siegen über die Seldschuken mochte Saladin zur Vorsicht geraten haben. Er sah zu, wie Herzog Friedrich von Schwaben und Leopold von Österreich in das Lager einritten. Ihnen folgten die Grafen und Fürsten des Reiches, und dahinter jene, die sich dem Kreuzritterheer auf eigene Faust angeschlossen hatten.

Ein Ritter fiel Raoul auf. Er ritt einen Grauschimmel, und seine Rüstung sah aus, als hätte er sie in schon vielen Schlachten getragen. Solche Männer mussten die Sarazenen fürchten, dachte Raoul und beschloss, die Bekanntschaft dieses Mannes zu suchen.

Mit einer raschen Bewegung wandte er sich an Benoît, der ihm gefolgt war. »Dein Vater ist doch ein Allemand. Hat er dich seine Muttersprache gelehrt?«

Benoît wirkte unsicher. »Als ich noch jünger war, ein wenig, aber in den letzten Jahren hat er kaum noch Deutsch gesprochen.«

»Dieser Ritter dort sieht aus, als würde er nicht zum Gefolge eines der hohen Herren zählen. Wir könnten ihn und seine Gefährten einladen, zu uns zu kommen. Wir haben noch Platz.«

Florent de Crespy und die Umstehenden nickten, denn sie hatten in den Kämpfen einige Freunde verloren und konnten Männer, die ihre Schar verstärkten, gut brauchen. Daher fasste Benoît sich ein Herz und trat auf den Deutschen zu.

»Verzeiht, Herr!«, begann er zunächst aus Nervosität auf Französisch, wechselte dann aber in ein holpriges Deutsch über. »Mein Herr, Vicomte Raoul de Laronne, lässt fragen, ob Ihr bereit wärt, Euer Lager bei uns aufzuschlagen?«

Der deutsche Ritter wandte sich an seinen Gefährten. »Was meint Ihr?«, fragte er.

»Ein Platz ist so gut wie jeder andere. Außerdem hätten wir jemanden, der uns sagt, was hier vorgeht.«

»Dann nehmen wir dieses Angebot gerne an!« Der Deutsche schwang sich aus dem Sattel und trat auf Raoul zu.

»Mein Name ist Michael. Den Sippennamen muss ich Euch aufgrund eines Eides verschweigen, und das hier«, er wies auf seinen Begleiter, »ist Hans Pfeuderer, ein braver Ritter, der sich bereits im Kampf gegen die Seldschuken hervorgetan hat.«

»Aber nicht so sehr wie Ihr!«, setzte Pfeuderer hinzu.

Benoît tat sich zunächst schwer, alles zu übersetzen, stellte dann aber fest, dass er mit jedem Satz sicherer wurde.

Raoul nickte Michael und Pfeuderer lächelnd zu und wies auf Akkon. »Diese Stadt müssen wir erobern, wenn wir weiter nach Jerusalem ziehen wollen. Aber die dort drüben«, sein Blick streifte Saladins Lager, »haben etwas dagegen.«

»Wir hatten eigentlich weitaus mehr deutsche Ritter und Kriegsknechte erwartet«, warf Florent de Crespy mit einer gewissen Enttäuschung ein.

»Der Tod des Kaisers hat viele dazu gebracht, von Antiochia aus in die Heimat zurückzukehren«, antwortete Michael, nachdem Benoît übersetzt hatte, und verschwieg dabei, dass etliche Fürsten nicht bereit gewesen waren, sich Friedrichs gleichnamigem Sohn zu unterstellen, bevor die Thronfolge im Reich geklärt war.

»Auf jeden Fall habt Ihr einiges, das Ihr uns berichten könnt«, erklärte Raoul und bat Michael, mit ihm zu kommen.

3.

Nun bin ich im Heiligen Land, dachte Michael. Die Lage, in der das Kreuzfahrerheer steckte, verhinderte jedoch, dass er Freude empfand. Die christlichen Ritter belagerten die Stadt Akkon schon seit vielen Monaten, ohne ihrer Eroberung auch nur einen Schritt näher gekommen zu sein.

Stattdessen mussten sie sich immer heftigerer Attacken der Sarazenen erwehren. Sultan Saladin wollte das Christenheer vor Akkon vernichten, bevor die Aufgebote aus Frankreich, der Normandie und England eintrafen. Bislang hatte er gehofft, Hunger und Seuchen würden ihm den Sieg bringen. Die Ritter des Westens erwiesen sich jedoch als zäher, als er erwartet hatte, und gingen gelegentlich sogar zu kleineren Gegenangriffen über, um Vorräte plündern zu können.

Raoul und Michael ritten mit einer dieser Streifscharen, und die Feinde lernten, diese Männer zu fürchten. Wo die beiden auftauchten, wagten es nur Saladins kühnste Streiter, sich mit ihnen zu messen. Zudem kam neue Hoffnung auf, als am Ausgang des Winters Schiffe mit Nachschub erschienen und vor dem kleinen Uferstreifen ankerten, den das Christenheer noch unter Kontrolle hatte. Zwar versuchten die Sarazenen, das Löschen der Ladung zu verhindern, aber sie wurden abgewiesen, und für Michael war vorerst die Gefahr gebannt, nach seinem alten Hengst auch das Tier, das er in Iconium erhalten hatte, töten zu müssen, um nicht zu verhungern.

Alle Hoffnung ruhte nun auf der Ankunft der Franzosen und

Anglonormannen. Mit den Scharen, die Philippe II. und Richard Plantagenet mit sich führten, glaubte Konrad von Montferrat, der die Nachfolge des glücklosen Guy als König von Jerusalem angetreten hatte, die Heilige Stadt wieder erobern und seine Herrschaft bis über den Jordan hinaus ausdehnen zu können.

Michaels Pläne waren bescheidener. Er wollte in der Grabeskirche von Jerusalem beten und seine Hände und sein Gesicht im Wasser des Jordans waschen, um den Eid, den sein Vater ihm aufgezwungen hatte, loszuwerden. Raoul hingegen wünschte nur, bald wieder in die Heimat und zu Constance zurückkehren zu können. Damit musste er jedoch warten, bis der König es ihm gestattete. Philippe II. war aber bisher noch nicht erschienen.

Der Mut der Kreuzritter, der kurz aufgeflammt war, schwand wieder, als die Sarazenen ihre Angriffe erneut verstärkten. Als dann auch noch Barbarossas Sohn Friedrich von Schwaben einer Krankheit erlag, schien das Ende erneut nahe.

In diesen düsteren Tagen traf Michael erneut auf Magister Erwin. Dieser lächelte schmerzhaft. »Ich bedauere, dir ein Gebet in Jerusalem und eine Handwaschung im Jordan aufgetragen zu haben. Am liebsten würde ich sagen: Es ist genug! Und: Komm mit nach Hause!«

»Das heißt, Ihr wollt das Heilige Land verlassen«, schloss Michael aus diesen Worten.

Der Magister nickte. »Dein Vetter Gottfried will es! Ich werde mich ihm anschließen, um zu verhindern, dass Graf Waldemar eine falsche Entscheidung trifft. Gottfried hat mehr als drei Viertel seiner Männer verloren, sich aber anders als du nicht im Kampf ausgezeichnet. Ihn zum nächsten Grafen auf der Kühnburg zu ernennen, wäre ein fürchterlicher Fehler.«

»Ich werde erst in die Heimat zurückkehren, wenn ich die Stelle, an der unser Herr Jesus Christus begraben worden ist, geküsst habe und meine Hände in das Wasser des Jordans tauchen konnte«, erwiderte Michael. Er klang sehr ernst. Sein Großonkel hatte ihn davon überzeugt, dass er sich von dem Schwur, den er dem Vater geleistet hatte, lösen wollte. Aber dafür galt es, alle Bedingungen zu erfüllen. Wenn sich dies als unmöglich erwies, würde er der Kühnburg für alle Zeiten fernbleiben.

Magister Erwin wusste keinen Weg, wie er den jungen Mann von seiner Haltung abbringen konnte.

»Dann bleibe mit Gott, Michael, und kehre zurück, wenn du deine Pflicht im Heiligen Land erfüllt hast«, sagte er traurig.

»Wer führt nun eigentlich die zurückbleibenden deutschen Ritter an?«, fragte Michael, da ihm dies wichtiger erschien als eine Zukunft, die im Augenblick so fern lag wie der Mond.

»Herzog Leopold von Österreich wird mit seiner Schar bleiben, zudem einige andere hohe Herren. Der Großteil der Ritter und Herren wird jedoch an Bord der Schiffe gehen, die uns die Vorräte gebracht haben. Bei Gott, es hätte so vieles anders laufen müssen!« Der Magister ballte die Fäuste und presste sie gegen die Stirn. »So viele gute Männer sind mit frohem Herzen aufgebrochen und fanden doch nur unterwegs ihr Grab. Der Kaiser starb …«

»Durch seine Ungeduld und die Dummheit seiner Begleiter!«, unterbrach Michael seinen Verwandten grimmig.

»… und jetzt kehren, wie schon in Antiochia, zu viele der Unseren heim und überlassen es anderen, das Heilige Land zu befreien. Es ist eine Schande für unsere Ritterschaft!« Magister Erwin atmete tief durch und schloss Michael in die Arme. »Mögen wir uns an schöneren Tagen wiedersehen!«

»Das hoffe ich!«, antwortete Michael und richtete seinen Blick auf die Stadt. Sie war die erste harte Nuss, die geknackt werden musste, wenn er je als Nachfolger seines Onkels auf der Kühnburg einziehen wollte.

Nach einigen weiteren, teilweise verzweifelt vorgetragenen Attacken der Sarazenen wurden wenige Tage darauf Segel am Horizont gemeldet.

»Guter Gott, lass es König Philippe II. oder König Richard sein!«, rief Raoul aus und wollte zum Strand eilen.

Michael hielt ihn auf. »Wir sollten wachsam bleiben! Nicht, dass die Sarazenen die Gelegenheit nutzen und uns angreifen.«

»Das sollen sie besser unterlassen!« Raoul lachte kurz und klopfte Michael gegen die Schulter. »Für einen Allemand habt Ihr unsere Sprache rasch gelernt. Ich tue mich mit der Euren lange nicht so leicht.«

»Das ist kein Wunder. Ich höre hier fast immer nur Eure Sprache, aber Ihr nicht die meine«, gab Michael mit dem Anflug eines Lächelns zurück.

»Euer Freund Pfeuderer aber tut sich viel schwerer als Ihr. Doch nun kommt! Ich sehe, die Wachen bleiben auf ihren Posten. Sollten Saladins Krieger Prügel wollen, werden sie uns früh genug rufen.«

Die Neugier zwang Michael, mitzukommen. Als sie den von ihrem Heer besetzten Strandteil erreichten, betraten die ersten Neuankömmlinge den Uferstreifen.

»Es ist der König!«, flüsterte Raoul und trat auf Philippe II. zu. Seine Verbeugung war ebenso tief wie elegant.

Michael kam sich neben ihm wie ein Tölpel vor. Zwar war er in höfischen Sitten bewandert, hatte aber sein Augenmerk mehr darauf gerichtet, seine Fertigkeit im Schwertkampf zu schulen, als vor hohen Herren den Rücken zu beugen.

Der König hatte nur für ein kurzes Zunicken Zeit, denn gerade erschien Konrad von Montferrat als König von Jerusalem. Ihm folgten Herzog Leopold von Österreich und andere hohe Edelleute, die seine Aufmerksamkeit forderten.

»Gemach!«, rief er, als zu viele gleichzeitig auf ihn einredeten. »Uns bleibt Zeit genug, die Lage zu besprechen. Lasst erst einmal mein Zelt aufschlagen. Danach können wir uns zusammensetzen und beraten. Am Abend seid ihr meine Gäste!«

»Dies gilt auch für uns!«, raunte Raoul Michael zu.

»Ihr meint Euch«, antwortete dieser.

»Ich meine uns beide. Ich werde auch meine Brüder, Théotime und Florent de Crespy mitnehmen. Sie alle haben tapfer gekämpft und sind es wert, dem König vorgestellt zu werden.«

Raouls Stimme klang stolz, war aber auch mit einer Spur von Trauer erfüllt. Sein zweiter Burghauptmann Léandre de Gajan war vor mehreren Wochen von einem Sarazenenpfeil verwundet worden und nach längerem Siechtum gestorben. Auch sein Freund Olivier war bereits tot, allerdings war er nicht durch ein Schwert gefällt worden, sondern von einer Seuche.

»Dann soll es so sein«, antwortete Michael und sagte sich, dass er lieber Raoul bei Kaiser Friedrich eingeführt hätte, als sich von ihm König Philippe II. vorstellen zu lassen. Dann aber lachte er über sich selbst. Michael von Kühnburg hätte dies gekonnt. Dem fahrenden Ritter, als der er ins Heilige Land gezogen war, wäre der Zutritt zum Zelt des Kaisers dagegen verwehrt geblieben.

4.

Innerhalb weniger Stunden war es den Knechten Philippes II. gelungen, das Zelt des Herrschers zu errichten und diesem einen höfischen Anschein zu geben. Der König saß auf einem prachtvollen Stuhl und empfing die Würdenträger und hohen Herren mit dem höflichen Abstand, der ihm für seinen Rang angemessen erschien.

Raoul und seine Begleiter kamen erst nach einer langen Reihe von Bischöfen, Prälaten, Herzögen und Grafen an die Reihe und verneigten sich ehrerbietig vor Philippe II., der in einem roten Wams und gleichfarbigem Hut vor ihnen saß. An den Händen trug er ebenfalls Handschuhe in Rot.

»Seid mir willkommen, Herr de Laronne«, begrüßte er Raoul.

»Ich danke Eurer Majestät und erlaube mir, Euch meine Begleiter vorzustellen. Das hier«, Raoul zeigte auf Michael, »ist Michael, der Deutsche, ein Ritter, dessen Schwertstreich einem Blitz gleicht und der schon viele Heiden in die Hölle geschickt hat.«

Philippe II. hob kurz die Hand und sah dann Robert und Roger de Lorris an. »Eure Brüder kenne ich, Herr de Laronne, und ich hörte, sie hätten sich im Kampf ausgezeichnet.«

Die beiden Männer wuchsen bei dem Lob um fast einen Zoll und verneigten sich erneut. Auch Théotime und Florent de Crespy wurden begrüßt, dann führte ein Herold die Gruppe wieder nach draußen, wo man Tische und Bänke unter freiem Himmel aufgestellt hatte. Durch einen Zufall waren ihnen Plätze in der Nähe von Konrad von Montferrat zugewiesen worden. Dieser schien durchaus froh zu sein, dass Philippe II. mit seinen Franzosen erschienen war, blickte aber mehrfach auf das Meer hinaus.

»Was hört man von Löwenherz?«, fragte er einen französischen Edelmann, der mit dem König gekommen war.

Dieser zuckte hilflos die Achseln. »Es ist uns unbekannt, wo Richard von der Normandie sich aufhält.«

»Er sollte bald kommen, sonst liegen wir noch länger vor dieser elenden Stadt!«, warf einer von König Konrads Baronen ein. Er hatte wie viele Lehnsmänner des Königreichs Jerusalem durch Saladins Siege seine Burg und sein Land verloren und wollte beides so bald wie möglich zurückgewinnen.

Auch an Raouls Tisch kam die Rede auf König Richard. Einige Herren nahmen es ihm übel, dass er, obwohl er für die Normandie und Aquitanien ein Lehnsmann des französischen Königs war, erst nach diesem erscheinen würde.

»Hoffentlich dauert es nicht allzu lange!«, meinte einer. »Jetzt ist die Jahreszeit noch günstig für einen Vorstoß auf Jerusalem. Später im Jahr wird es zu heiß dafür sein.«

Michael blickte mit einem spöttischen Lächeln in die Richtung, in der er das feindliche Lager wusste. »Zuerst müssen wir Saladins Heer von hier vertreiben und danach Akkon einnehmen. Da einige Herren aus dem Westen länger auf sich warten ließen als gehofft, ist es Saladin gelungen, die Garnison in der Stadt noch einmal zu verstärken.«

Ein französischer Edelmann verzog das Gesicht vor Ärger. »Wollt Ihr die Entscheidung meines Königs anzweifeln?«

»Mein Freund wollte damit nur sagen, dass wir in den letzten Monaten eine kräftige Unterstützung hätten brauchen können.« Raoul griff ein, um es nicht zum Streit kommen zu lassen. Schließlich wussten die Neuen nicht, welche Strapazen das christliche Heer vor Akkon erdulden hatte müssen.

»Jetzt sind wir da und werden dieses Gesindel zu Paaren treiben!«, antwortete sein französischer Landsmann selbstbewusst.

»Wir werden Euch gewiss nicht daran hindern, sondern kräftig mithelfen!« Mit diesen Worten gelang es Michael, den Mann wieder zu versöhnen. Da es Wein gab und aus den Vorräten, die mit der Flotte Philippe II. übers Meer gekommen waren, ein gutes Mahl bereitet worden war, herrschte bald eine ausgelassene Stimmung, und die ersten Lieder erklangen.

Nach einer Weile stieß Robert Raoul an. »Es heißt, du hättest dein Weib durch ein Lied gewonnen. Lass es uns hören!«

Raoul wollte nicht so recht, doch als immer mehr ihn aufforderten, zu singen, schickte er Benoît los, um seine Laute zu holen. Als dieser damit zurückkam, stimmte Raoul sie und sah die anderen spöttisch an. »Ihr habt es so gewollt, also beschwert euch nicht, wenn es euch nicht gefällt!« Danach schlug er die ersten Akkorde an und begann mit klarer, weit tönender Stimme zu singen.

Wohlan, ihr Franken,
die Schwerter zur Hand,
gedenket eurer Ahnen,
die einst unter Charles Martell,
die Heiden wiesen in Schranken.

Voran, ihr Ritter
aus Charlemagnes Blut,
folget dem Beispiel der Ahnen
reitet gegen die Heiden an
gewaltig wie Sturm und Gewitter!

Wir ziehen gegen den Osten,
da gibt es kein Zaudern und Zagen,
ebenso wie bei unseren Ahnen,
Jerusalem muss unser sein,
sollt Blut und Schweiß es auch kosten

Als Raoul geendet hatte, herrschte erst einmal Stille. Dann brandete der Jubel so laut auf, dass auch Konrad von Montferrat begeistert applaudierte. »So eine Stimme und so ein Lied sind in unserer Lage mehr wert als tausend Schwerter!«

Philippe II. gesellte sich zu ihm und wies auf den Sänger. »Das ist Raoul de Laronne et de Beljeux.«

»Er war einer der Tapfersten in den Monaten, in denen wir von Hunger, Krankheiten und den Sarazenen zugleich bedrängt wurden«, lobte Konrad von Montferrat den Sänger. »Sein Freund, Michael, der Deutsche, ist ein ähnlich guter Kämpfer. Er soll aus hohem Hause sein, gibt sich aber als fahrender Ritter aus. Wenn er das Schwert führt, möchte ich ihn ungern auf der anderen Seite sehen.«

»Ich bin mit vielen gekommen, die den beiden gleich sein dürften!«, erwiderte Philippe II. Er blickte nach Akkon hinüber. Wenn Richard von England noch länger ausblieb, wollte er sein Banner als Erstes auf den Zinnen der eroberten Stadt aufgepflanzt sehen. Vorher mussten aber noch Saladins Sarazenen vertrieben und die Mauern der Stadt erstürmt werden.

5.

Wegen seines Wunsches, Richard Löwenherz zuvorzukommen, trieb Philippe II. die Männer in den nächsten Tagen an. Er ließ Belagerungsgeräte bauen und begann den Angriff auf die Stadt, sobald die ersten errichtet waren.

Seit der Ankunft der Franzosen gab es im Heer wieder eine nennenswerte Reiterei. Der König hatte Raoul und dessen Lehnsmänner dazu abgestellt, und Michael hatte sich ihm angeschlossen. Er war nun der Letzte der ursprünglichen Gruppe von Trosswachen, denn Pfeuderer war in Herzog Leopold von Österreichs Dienste getreten. Eberhard von Dellingen war mit einem Großteil der deutschen Ritter in die Heimat zurückgekehrt, und Ludolf von Broch hatte sich Gerüchten zufolge allein und zu Fuß auf den Weg nach Jerusalem gemacht, um am heiligsten Ort der Christenheit für den Sieg des Kreuzes zu beten.

Während die Steine gegen die Mauern der Stadt krachten und sich erste Breschen auftaten, ließen die Wachen Saladins Lager nicht aus den Augen. Wenn der Sultan nicht wollte, dass die Stadt vor seinen Augen erobert wurde, musste er sich zum Kampf stellen.

»Ihr wisst, was zu tun ist?«, fragte Raoul die Ritter, die ihm unterstellt worden waren, und fuhr auf den einen oder anderen unsicheren Blick hin fort: »Sobald das Signal ertönt und die Lagertore geöffnet werden, rücken wir geordnet aus, damit wir uns weder gegenseitig noch andere Fähnlein behindern. Draußen nehmen wir unseren Platz in der Schlachtreihe ein und greifen auf Befehl an!«

Michael, Robert de Lorris, Florent de Crespy und ihre Kameraden nickten. Wenn alle auf einmal zu den Lagertoren drängten, würde ein Chaos herrschen, das den Sarazenen die Möglichkeit gab, die Belagerungsgeräte anzugreifen und deren Bedienungen niederzumachen. Zwar waren dort Wachen aufgestellt, doch einem Angriff von mehreren Tausend Reitern würden diese niemals standhalten.

»Es ist ungut, dass wir nichts sehen können!«, rief Florent de Crespy angespannt.

»Wir müssen uns darauf verlassen, dass uns die Wachen rechtzeitig alarmieren«, gab Michael ungerührt zurück.

»Euer Gemüt möchte ich wirklich nicht haben«, antwortete Florent de Crespy bissig.

»Ich glaube, wir müssen aufsitzen!«, klang da Raouls Stimme auf und verdrängte alles andere aus den Gedanken.

Um ihre Pferde zu schonen, hatten sie neben ihren Tieren abgewartet. Nun stiegen sie in die Sättel, ließen sich von ihren Knappen und Knechten Schilde und Lanzen reichen und zogen die Helmgurte stramm.

»Für Christus und den Ruhm Frankreichs!«, rief einer der Ritter, und die anderen fielen darin ein. Nur Michael änderte den zweiten Teil in Gedanken um in »für die Ehre der Deutschen«.

Ein Hornstoß ertönte und zeigte an, dass die Tore geöffnet wurden, und sofort verließen die ersten Krieger das Lager. Raouls Fähnlein war als sechstes an der Reihe. Als sie draußen ankamen, sahen sie bereits die sarazenischen Reiter im Galopp heranstürmen.

»Bis die Unsrigen alle Aufstellung genommen haben, dauert es zu lange«, rief Michael Raoul zu.

»Ich glaube, der König sieht es ebenso«, antwortete dieser und zeigte auf einen Herold auf dem Lagerwall, der eben eine Fahne schwenkte.

»Das Signal zum Angriff! Trabt an!«, hallte die Stimme eines Herolds über das Feld, und die Ritter senkten ihre Lanzen.

»Nun gilt es! Drauf und dran!«, schrie Raoul und kitzelte seinen Hengst mit den Sporen.

Michaels Grauschimmel setzte sich von selbst in Bewegung, und für schier endlose Augenblicke sah sein Reiter nur eine Masse an

Pferden und Sarazenen vor sich, die immer näher kamen und dabei eine gewaltige Staubfahne hinter sich herzogen. Erst kurz vor dem Zusammenprall löste sich dieses Bild auf, und er konnte die einzelnen Reiter unterscheiden. Ein nicht unbeträchtlicher Teil von ihnen bestand aus Bogenschützen. Diese waren geeignet, den Feind aus größerer Entfernung zu beschießen. Im Nahkampf aber waren sie den französischen Panzerreitern nicht gewachsen. Wohl flogen diesen einige Pfeile entgegen, doch da die Ritter von Schild und Rüstung geschützt wurden, richteten die Geschosse wenig Schaden an.

Zeit, um auf die Pferde zu zielen, blieb den Bogenschützen nicht, denn sie mussten die Gäule wenden, um nicht von der gepanzerten Schar der Christen überrannt zu werden. Dabei behinderten sie die eigenen Lanzenreiter, deren leichte Stuten beim Zusammenprall mit den schweren Hengsten der Kreuzritter zurückgestoßen und teilweise umgerissen wurden.

Die Sarazenen kämpften jedoch hartnäckig und gaben keinen Zollbreit Boden freiwillig preis. Längst waren die Lanzen zerbrochen, und nun trafen Klingen aus Damaszenerstahl auf die Schilde und Rüstungen der Ritter. Deren wuchtige Langschwerter zeigten jedoch mehr Wirkung, und so wendete sich der Kampf immer mehr zugunsten des Christenheeres.

Schließlich gaben die feindlichen Reiter den Nahkampf auf und zogen sich hinter die Befestigung ihres Lagers zurück. Als die Kreuzritter dessen Wälle stürmen wollten, riefen die Signaltrompeten sie zurück.

»Verdammt, wir hatten sie fast!«, brüllte Robert de Lorris aufgebracht.

»Es kommt auf das Wort fast an! Das bedeutet nämlich, dass wir sie noch nicht haben«, antwortete Michael und zeigte nach vorne, wo eben die sarazenischen Bogenschützen den Wall besetzten. »Wenn wir jetzt weiter angreifen, werden sie uns mit Pfeilen überschütten. Dann werden viele von uns, vor allem aber unsere Pferde daran glauben müssen. Wollt Ihr etwa zu Fuß zu unserem Lager zurückkehren?«

Robert de Lorris stieß einen Fluch aus, wendete dann aber sein Ross und folgte Raoul, Michael und ihren Kameraden, die den Signalen gehorchend den Kampf aufgaben.

»Seid nicht enttäuscht!«, rief Michael ihm zu. »Es kommt ein anderer Tag, an dem wir unsere Pferde nicht anhalten, sondern die Heiden hinwegfegen werden wie mit einem Hammerschlag.«

»Ich will es hoffen! Mich ödet diese endlose Belagerung immer mehr an«, gab Robert de Lorris verärgert zurück.

»Da bist du nicht der Einzige!« Raoul atmete tief durch und blickte dann aufs Meer. »Allmählich könnten Richards Normannen und Aquitanier kommen. Hier gibt es genug Ruhm zu erringen, so dass er für alle reicht!«

Michael lag ebenfalls am Herzen, einen baldigen und endgültigen Sieg über die Sarazenen zu erringen, damit er Magister Erwins Bedingungen erfüllen und heimkehren konnte. Bei dem Gedanken lachte er bitter auf. Noch war die Kühnburg nicht seine Heimat, und solange er nicht in Jerusalem und am Jordan war, fesselte ihn der Schwur, den er dem Vater hatte leisten müssen, mit unsichtbaren Banden.

6.

Die Tage vergingen, und die Belagerung von Akkon zog sich hin. Jeder Versuch des christlichen Heeres, die Stadt zu erstürmen, wurde von den Sarazenen mit einem wütenden Gegenangriff beantwortet, der beiden Seiten einen hohen Blutzoll abforderte. Immer mehr Ritter wandten ihren Blick aufs Meer hinaus.

»Wo bleibt nur Löwenherz?«, fragte auch Robert de Lorris eines Abends im beginnenden Juni.

»Das Letzte, was ich erfahren hatte, war, dass er auf Zypern gelandet ist«, antwortete Raoul.

»Was macht König Richard nur so lange dort?«, fragte Florent de Crespy verärgert. »Hier wird es jeden Tag heißer, ich kann auf meinem Schild bereits Eier braten.«

»Solange es nicht die eigenen sind, ist das doch gut«, spottete Roger de Lorris.

»Die braten auch bald, wenn wir weiterhin das Kettenhemd tragen müssen.« Florent de Crespy spie aus und sah zum Hafen hin. »Wenigstens haben wir den erobert! Jetzt können die Schiffe wieder so anlegen, dass man sie ohne große Mühen ausladen kann.«

»Es war ein hartes Stück Arbeit«, sagte Michael nachdenklich.

»Vor allem eins, das König Richard zugutekommt. Dessen Schiffe können jetzt am Kai anlegen, und er muss nicht in ein Boot steigen, um an Land zu kommen, wie es bei König Philippe II. der Fall war.«

»Mich ärgert, dass die Normannen sich so viel Zeit lassen. Ausbaden müssen wir es!« Robert de Lorris drückte aus, was die meisten Ritter im Christenheer dachten. Viele lagen bereits seit Monaten vor der Stadt und wollten endlich die eigenen Banner auf deren Zinnen sehen.

Da klangen Rufe auf. Männer eilten herbei und wiesen auf das Meer. »König Richard erscheint!«

»Endlich!«, jubelte Raoul und sah Michael an. »Jetzt werden wir Akkon knacken und danach Jerusalem erobern.«

»Wollen wir es hoffen.« Michael warf einen kurzen Blick auf die Stadt, auf deren Mauern nun reges Leben herrschte.

»Wie es aussieht, haben die dort König Richards Ankunft ebenfalls bemerkt«, rief er und schloss sich Raoul und den Kameraden an, die zum Hafen drängten.

Tatsächlich lief dort das Schiff des Königs ein. Es war das größte der Flotte, und oben am Mast wehte eine gewaltige Fahne mit einem roten Kreuz.

Wenig später wurden die Leinen vertäut, und Richard betrat das Land. Raoul wunderte sich, denn Richard Plantagenet erschien in voller Rüstung, trug den Wappenrock mit den drei schreitenden Löwen auf der Brust und einen mit einem Kronreif verzierten Helm auf dem Kopf.

»Er muss nur noch das Schwert ziehen, um zum Angriff auf Akkon gehen zu können«, spottete Robert über den theatralischen Auftritt des englischen Königs.

Richard Löwenherz blieb kurz stehen und musterte die Männer, die sich zu seinem Empfang eingefunden hatten. Zuvorderst standen Philippe II. von Frankreich und Konrad von Montferrat als König von Jerusalem, das zu dieser Zeit nur noch aus einem kleinen Flecken Erde bestand.

»Seid willkommen! Wir hatten Euch früher erwartet.« In Philippes Stimme schwang ein gewisser Tadel mit, den alle, die hier vor Akkon ausgeharrt hatten, teilten.

Auf Richards Gesicht zuckte es kurz, dann trat er auf König Philippe zu und schloss diesen in die Arme, ebenso Konrad von Montferrat. Herzog Leopold von Österreich, der das verbliebene deutsche Kontingent anführte, schenkte er jedoch nur einen beiläufigen Blick.

»Wie es aussieht, seid Ihr noch nicht weit gekommen«, sagte er und wandte sich Akkon zu. »Nun, da ich hier bin, wird die Stadt bald fallen und Jerusalem ihr folgen.«

»Ich wäre sehr dankbar dafür!«, antwortete Konrad von Montferrat. »Doch wie Seine Majestät, Roi Philippe, bereits erwähnte, ist das Jahr zu weit fortgeschritten, und so wird die Sommerhitze für uns ein größerer Feind sein als Saladins Heer.«

Erneut huschte ein Schatten über Richards Gesicht. »Ich kam so, wie ich kommen wollte. Nun werde ich auch hier den Sieg erringen. Ich sehe, Ihr habt für Belagerungsgeräte gesorgt. Das ist gut und wird mir helfen, Akkon zu stürmen.«

»Richard tritt auf, als wären die anderen Könige seine Vasallen und müssten sich ihm unterordnen. Dabei ist er für die Normandie und Aquitanien König Philippes Vasall«, murmelte Robert de Lorris verärgert.

Auch andere Franzosen murrten über Richards Auftreten. Sie hatten an dieser Stelle bereits sehr viel Blut vergossen, und seine Worte beleidigten sie.

Michael spürte den Riss, der sich zwischen den Kreuzrittern auftat, und bedauerte mehr denn je Friedrich Barbarossas Tod. Ihm als Kaiser des Heiligen Römischen Reiches und ranghöchstem Herrscher hätte sich auch Richard Löwenherz unterordnen müssen. Nun forderte dieser offen das Oberkommando, noch bevor er den Boden des Heiligen Landes richtig betreten hatte. Dies aber konnte Philippe II. als sein Lehnsherr für Aquitanien und die Normandie ihm niemals zugestehen.

»Ich schätze, es wird Schwierigkeiten geben«, prophezeite er düster.

»Das, mein Freund, befürchte ich auch«, stimmte Raoul ihm zu.

Er hatte Richard Löwenherz bei ihrer ersten Begegnung anders empfunden. Dessen leutselige Art war einem Hochmut gewichen, der es ihm schwer machen würde, sich mit Philippe II. zu einigen. Dabei waren sie Verbündete gegen Richards Vater Henri II. gewesen. Ohne die Unterstützung von Philippe II. hätte Richard seinen Vater niemals zwingen können, ihn zum Erben Englands und der Herzogtümer zu ernennen. Letztere hatte Henri II. seinem jüngeren Sohn Jean zugedacht, und da war es kein Wunder, dass Jean, nachdem er von seinem Bruder so rüde beiseitegeschoben worden war, ein unleidliches Gemüt besaß.

»Wir wollen hoffen, dass alles gut geht«, sagte er und sah zu, wie weitere englische und normannische Schiffe anlegten. Einem entstiegen die Brüder Damien und Beauvais de Ronceau. Beide wirkten im Gegensatz zu den anderen normannischen Rittern sehr schlecht gelaunt.

»Dem Stierkopf scheint eine größere Laus über die Leber gelaufen zu sein«, spottete Florent de Crespy bei ihrem Anblick.

Auch Raoul konnte eine gewisse Schadenfreude nicht verbergen, wenn er daran dachte, wie rüde Damien de Ronceau seine Constance bedrängt hatte.

7.

Obwohl sich etliche Ritter und Herren über die Selbstverständlichkeit ärgerten, mit der Richard Löwenherz sich das Oberkommando über das Kreuzritterheer angeeignet hatte, konnte niemand ihm kriegerisches Geschick absprechen. Als Erstes zwang Richard Saladin, sein Lager aufzugeben und sich ein Stück von Akkon zurückzuziehen, so dass er die Belagerung der Stadt nicht durch stetige Attacken behindern konnte. Für die Sarazenen in Akkon wurde die Lage daher unerträglich, und so entsandten sie eines Morgens Boten, um mit den christlichen Heerführern zu verhandeln.

Zum ersten Mal sahen Raoul und Michael Sarazenen nicht als zum Kampf gerüstete Feinde, sondern als ältere Männer in weiten

Gewändern und mit Turbanen. Diese stellten bereits das erste Problem dar, denn Richard verlangte, dass die Gesandten barhäuptig vor ihn treten sollten. Das lehnten diese aus Achtung vor ihrem Gott ab. Schließlich einigte man sich darauf, dass sie die Häupter nicht vor dem ganzen Heer, sondern nur im Zelt der Könige entblößen mussten. Außer Richard, Philippe II. und Konrad von Montferrat waren noch drei normannische und drei französische Wachen anwesend. Alle anderen, mit Leopold von Österreich an der Spitze, mussten draußen vor dem Zelt verharren.

Dort war kaum etwas zu hören. Erst nach geraumer Zeit war Richards Stimme zu vernehmen, die ablehnend und immer zorniger klang. Schließlich verließen die Sarazenen das Zelt und kehrten wortlos in die Stadt zurück.

Richard ließ ihnen gerade genug Zeit, die Tore hinter sich zu schließen, dann befahl er, den Beschuss Akkons wieder aufzunehmen. In den folgenden Stunden machten Gerüchte die Runde, die Sarazenen hätten die Übergabe der Stadt angeboten. Obwohl sowohl Philippe II. wie auch Konrad von Montferrat dies in Erwägung gezogen hätten, habe Richard das Angebot schroff abgelehnt, weil er die Stadt mit dem Schwert in der Hand erobern wollte.

»Ich würde sagen, König Richard und seine Normannen wollen plündern und mit den Bewohnern der Stadt das tun, was ihnen beliebt …«, begann Robert de Lorris und wurde sofort von Florent de Crespy unterbrochen.

»Vor allem mit den Bewohnerinnen!«

»Ich weiß nicht, ob sie an diesen viel Freude hätten. Die müssen nach der langen Belagerung ziemlich abgemagert sein«, spottete Roger de Lorris.

»Die Gesandten sahen jedenfalls nicht gut genährt aus«, ergänzte Benoît.

Géraud de Lesorelle, der sich immer wieder zu ihnen gesellte, schüttelte bedrückt den Kopf. »Was hätte dagegengesprochen, den Bewohnern Schonung und der Garnison freien Abzug zuzugestehen? Die Bewohner der Stadt haben eine hohe Summe als Brandschatzung angeboten. Es ist ein Kreuz, dass die Herren, die frisch aus dem Westen zu uns kommen, immer das letzte Wort behalten wollen. Man hätte Konrad von Montferrat zum Befehlshaber ernennen sollen. Er kennt die Sarazenen und hätte weise entschieden.«

»Montferrat mag sich zwar König von Jerusalem nennen, doch seine Vorfahren entstammen keinem königlichen Geschlecht. Es ist undenkbar, dass König Philippe II. oder Richard Plantagenet sich ihm unterordnen würden«, gab Raoul zu bedenken.

»Es ist dumm, dass der Rang mehr zählt als die Erfahrung. Jetzt werden weiterhin gute Männer vor Akkon verbluten, die uns für den Kampf um Jerusalem fehlen werden!« Michael ärgerte sich, weil persönlicher Stolz sinnvolles Handeln zu verhindern schien. Resigniert winkte er ab. »Da alles Gottes Wille ist, müssen wir uns darein fügen.«

»Ihr habt ein Gemüt wie ein Ochse«, stieß Robert de Lorris hervor. Als Franzose kränkte es ihn, dass mit Richard der Lehnsmann seines Herrn das Kommando ergriffen hatte. In seinen Augen und denen aller Franzosen hätte der Oberbefehl ihrem König zugestanden. Eines aber war auch für ihn undenkbar, nämlich, dass Philippe II. hinter Konrad von Montferrat zurückstehen müsste.

8.

Eines war in den nächsten Tagen rasch zu erkennen: Die Sarazenen hatten nicht mehr die Kraft, sich gegen das Kreuzfahrerheer zu behaupten. Bei einem Patrouillenritt entdeckten Raoul und Michael, dass sich Teile von Saladins Heer von der Hauptmacht lösten und davonritten. Schließlich zog sich auch Saladin weiter zurück, und die Garnison von Akkon begriff, dass ihr Herr ihnen keine Hilfe mehr schicken konnte.

Erneut erschienen Boten aus Akkon und boten die Übergabe an. Diesmal blieb ihnen nichts anderes übrig, als die Bedingungen zu akzeptieren, die Richard ihnen diktierte. Als er sein Siegel unter die Kapitulationsurkunde setzte, musterte er Philippe II. und Konrad von Montferrat mit spöttischem Blick. *Seht her, ich habe es besser gewusst als ihr!*, war unschwer daraus zu lesen.

Den König von Jerusalem störte dies wenig, denn er sah mit Akkons Übergabe den Beginn der Rückeroberung seines Reiches gekommen. Die Miene Philippes II. hingegen verriet deutlich, wie wenig es ihm gefiel, von Richard bei Entscheidungen übergangen zu werden. Immerhin hatten seine Männer den Löwenanteil daran, dass die Sarazenen aufgeben mussten.

Für Raoul, Michael und ihre Kameraden war die Übergabe der Stadt ein Symbol, dass sie, so Gott es wollte, doch in absehbarer Zeit in ihre Heimat zurückkehren konnten, denn der Weg nach Jerusalem schien auf einmal ein leichter zu sein. Zuvor musste die Garnison von Akkon ihre Waffen niederlegen und sich samt Weibern und Kindern in Gefangenschaft begeben.

Es war ein seltsames Gefühl, statt verbissen kämpfender Feinde nun Menschen vor sich zu sehen, denen die Verzweiflung ins Gesicht geschrieben stand. Die Sarazenen hatten lange durchgehalten, doch ihre Kraft war erschöpft, und sie konnten nur noch auf die Gnade der Eroberer hoffen.

Ein Trupp französischer Krieger übernahm die Gefangenen. Michael wusste nicht, ob die Könige dies so abgesprochen hatten oder ob Richard es tat, um zu zeigen, dass er auch über die Franzosen gebot. Auf jeden Fall gefiel es nicht jedem, und ebenso wenig das Gerede der Normannen, die so taten, als hätten sie Akkon fast alleine erobert.

»König Richard mag ein großer Krieger sein, doch sein Verstand müsste ihm sagen, dass es wenig sinnvoll ist, König Philippe II. vor den Kopf zu stoßen«, sagte Michael kopfschüttelnd zu Raoul.

»Er hat auf dem Weg hierher Sizilien erobert, was nachvollziehbar ist, da der neue König die Witwe seines Vorgängers, die immerhin Richards Schwester ist, gefangen gesetzt hatte. Aber warum musste er auch noch auf Zypern das Schwert ziehen und dabei kostbare Wochen verlieren?«, antwortete Raoul.

Michael nickte mit verkniffener Miene. »Während dieser Zeit hätte Saladin uns besiegen und vertreiben können.«

»Womöglich wäre König Richard das am liebsten gewesen. Dann hätte er das Heilige Land allein erobern können und müsste seinen Ruhm mit niemandem teilen.« Robert de Lorris fällte mit diesen

Worten ein hartes Urteil über Löwenherz, doch es gab niemanden, der ihm widersprach.

»Gebt acht, die Vorhut zieht in die Stadt ein!«, meldete Benoît.

»Dann kann es nicht mehr lange dauern, bis wir an der Reihe sind«, erklärte Raoul.

»Es ist bedauerlich, dass unser hochverehrter Pater Jacques vor zwei Monaten in die Grube gefahren ist. Er würde jetzt toben, weil wir die sarazenischen Krieger und die heidnischen Bewohner der Stadt am Leben lassen«, erklärte Rogers Bruder Robert und spie aus, denn wie den meisten im Aufgebot von Laronne war der Pater auch ihm auf die Nerven gegangen.

»Wir sind an der Reihe!«, rief Raoul und trieb seinen Hengst an.

Ihm folgten seine beiden Brüder, Florent de Crespy, Théotime, Michael und danach jene ihrer Schar, die die lange Belagerung überlebt hatten.

»Eben wird König Richards Banner auf die Zinnen der Festung aufgesteckt«, rief Benoît und wies nach vorne.

»Natürlich vor dem unseres Königs!«, schimpfte Robert de Lorris.

»Es wird nicht lange dauern, dann ist auch dieses zu sehen!« Auch wenn Michael die Gemüter der aufgebrachten Franzosen zu beruhigen suchte, ärgerte er sich über den englischen König, der stets an erster Stelle stehen wollte. Wie es hieß, sollte Richard sowohl auf Sizilien wie auch auf Zypern in vorderster Reihe gekämpft haben. Die Leichtigkeit, mit der er die Siege dort errungen hatte, schien ihm zu Kopf gestiegen zu sein.

Wenig später bewahrheiteten sich Michaels Worte, denn ein Herold stellte nun Philippes II. Banner direkt neben dem von König Richard auf. Das Banner seines Königs überragte das des Engländers um mehrere Zoll. Michael schloss daraus, dass der Zwist zwischen den Königen andauerte. Auch wenn Richard Löwenherz sich als Krieger mehr hervortat als Philippe II., so war er als König nur gleichrangig und zudem für einen Teil seines Reiches der Lehnsmann des anderen.

»Da kommt der Herold des Herzogs von Österreich mit dessen Banner.«

Auf Benoîts Bemerkung hin blickte Michael noch einmal auf die

Festung. Dort pflanzte ein Mann gerade Herzog Leopolds Banner auf.

»Da wir Deutschen vor Akkon ebenfalls gekämpft und geblutet haben, steht dem Mann, der das Aufgebot nach dem Tod der beiden Friedriche anführt, diese Ehre zu«, sagte Michael, als oben auf der Mauer der Festung zornige Rufe erklangen. Nur Augenblicke später packte ein anglonormannischer Knappe Leopold von Österreichs Banner, riss es aus der Mauer und schleuderte es in den Festungsgraben.

Michael war fassungslos. Einen Verbündeten wie Herzog Leopold auf solche Art und Weise zu brüskieren, war eine Dummheit, die ihresgleichen suchte. Auch war es eine Beleidigung der deutschen Ritter, die den langen Weg von Regensburg bis hierher durchgehalten und hier ihr Blut vergossen hatten, während sie auf König Richard warten mussten. Mit einer ärgerlichen Bewegung zog Michael seinen Grauschimmel herum und kehrte der Stadt den Rücken.

»Was ist los?«, fragte Robert de Lorris verwundert.

»Ich betrete keine Stadt, in der Richard von England uns deutsche Ritter auf solch üble Weise schmäht«, antwortete Michael und ritt zum Lager zurück.

»Ganz so kühl, wie er immer tut, ist der Allemand also doch nicht«, sagte Robert de Lorris kopfschüttelnd.

»Ich glaube nicht, dass wir jubeln würden, hätte Richard das Banner unseres Königs in den Graben werfen lassen«, antwortete Raoul und wendete seinen Hengst ebenfalls. »Mir ist die Freude am Einzug in Akkon ebenfalls vergangen«, rief er seinen Kameraden zu und ritt hinter Michael her. Benoît folgte ihm, während ihre Begleiter sich kurz berieten und dann doch weiter auf die Stadt zuhielten. Da diese ihnen übereignet worden war, sahen sie es als ihr Recht an, dort einzurücken.

Während Robert de Lorris und Florent de Crespy das Aufgebot nach Akkon hinein führten, hielt Michael sein Pferd an und wandte sich zu Raoul um. »Ihr solltet mit Euren Männern reiten! Auch wenn ich Richard nach dem, was er sich heute geleistet hat, nicht mehr achten kann, so ist er doch Euer Lehnsherr, und ich will nicht, dass er Euch zürnt.«

Daran hatte Raoul nach all den Monaten, die er hier vor Akkon verbracht hatte, nicht mehr gedacht. Er überlegte kurz. »Ihr habt recht, mein Freund! Mein Platz ist bei meinen Männern, auch wenn mir Richards Affront gegen den Österreicher und damit gegen euch Deutsche missfallen hat.«

Mit den Worten gab er seinem Hengst den Kopf frei und galoppierte hinter seinem Aufgebot her, bis er es eingeholt hatte, und übernahm wieder die Spitze.

Michael hingegen ritt zum Strand, stieg dort ab und setzte sich auf einen angespülten Baumstamm. Während er auf das Meer hinausschaute, fragte er sich, was Menschen dazu brachte, Dinge zu tun, die andere verletzten und die sich dann zu ihrem eigenen Schaden auswirkten. Dabei kam ihm sein Vater in den Sinn. Dieser hatte ihn aus der Trauer um seine Frau heraus zu einem Schwur gezwungen, der ihn fast zu einem Ausgestoßenen machte.

9.

Am Abend dieses ereignisreichen Tages suchte Hans Pfeuderer Michael auf. Sie hatten sich in den langen Wochen vor Akkon immer wieder getroffen und miteinander gesprochen, denn es war beider Traum, Jerusalem zu sehen und dort ihre Stimme zu Gott zu erheben.

Pfeuderer wirkte ernst, als er die Hand auf Michaels Schulter legte. »Was sagt Ihr zu dem, was heute geschehen ist?«

»Wenn Ihr Herzog Leopolds Banner meint, so brachte Hochmut, mit Dummheit gepaart, König Richard dazu, es in den Graben werfen zu lassen«, antwortete Michael.

»Es freut mich, dass Ihr so denkt. Der Engländer hat verkünden lassen, es wäre mit seiner Ehre und der Philippes II. und ihrer beider Würde als souveräne Herrscher nicht vereinbar gewesen, das Banner eines abhängigen Lehnsmanns neben dem eigenen zu sehen. Wenn, hätte er seinem Herold befehlen müssen, das Banner dem Herold des Herzogs zu übergeben. Es in den Graben werfen zu lassen, ist jedoch eine Beleidigung, die Sühne verlangt.«

»Was will Herzog Leopold tun? König Richard zum Zweikampf fordern?«, fragte Michael.

»Der Papst hat den Kampf christlicher Kreuzritter gegeneinander bei Androhung der Exkommunikation verboten. Daher sieht der Herzog sich außerstande, auf diese Weise Genugtuung zu fordern.«

Trotz der schwierigen Lage trat ein Lächeln auf Michaels Gesicht. Leopold von Österreich war ein tapferer Krieger, doch Richard hatte sich den Nimbus der Unbesiegbarkeit errungen. Der Gefahr, durch eine Niederlage gegen ihn ein weiteres Mal gedemütigt zu werden, wollte sich der Herzog nicht aussetzen.

»Was wird Leopold von Österreich jetzt tun?«, fragte er.

»Nach dieser ungeheuren Beleidigung kann der Herzog nicht bei einem Heer bleiben, das von König Richard geführt wird«, erklärte Pfeuderer.

»Er wird das Heer also mit seiner Schar verlassen und in die Heimat zurückkehren«, schloss Michael daraus.

Pfeuderer nickte. »So ist es! Die meisten von uns Deutschen werden ihn begleiten, denn wir sind nicht bereit, weiter Seite an Seite mit dem König von England zu streiten. Herr Richard kennt nur sich selbst und seinen Ruhm. Für einen solchen Mann vergießen wir nicht unser Blut.«

Michael verstand seinen alten Gefährten. Auch ihm passte es nicht, wie Richard die Führung an sich gerissen und dabei viele vor den Kopf gestoßen hatte.

»Ich wollte Euch fragen, ob Ihr mitkommen wollt?«, fragte Pfeuderer.

Für einen Augenblick erfasste die Sehnsucht nach den grünen Fluren und den tiefen Wäldern der Heimat Michael mit aller Macht. Er kämpfte jedoch dagegen an und schüttelte den Kopf. »Es geht nicht, mein Freund. Mich hält eine höhere Aufgabe in diesem Land.«

»Es hat sicher mit diesem gelehrten Mönch zu tun, der nach Herzog Friedrichs Tod Palästina verlassen hat. Hieß er nicht Magister Erwin? Dieser sagte einmal etwas in dieser Art. Ich wünsche Euch Glück dafür. Lasst Euch nicht von den Sarazenen abschlachten!«

Pfeuderer umarmte Michael und wünschte sich für einen Augenblick, nicht zurückzukehren, sondern an der Seite dieses Mannes kämpfen zu können. Aber er hatte sich Herzog Leopolds Aufgebot angeschlossen, und dieser konnte nach dem Affront, den Richard ihm angetan hatte, nicht mehr in diesem Land bleiben.

»Ich werde mir Mühe geben, den Pfeilen und Schwertern der Sarazenen zu entgehen«, erwiderte Michael.

Er empfand eine gewisse Traurigkeit. Sie waren zu sechst in Regensburg aufgebrochen. Nun würde er als Letzter von ihnen im Heiligen Land bleiben. Felix und Ferdinand von Drammen waren tot, Ludolf von Broch wurde vermisst, und Eberhard von Dellingen war bereits heimgereist. Nun würde auch noch Hans Pfeuderer scheiden. Während es um Dellingen und Broch nicht schade war, so bedauerte er Pfeuderers Abschied sehr.

»Möge Gott Euch auf der Heimfahrt beschützen«, sagte er und klopfte dem Kameraden auf die Schulter.

»Mögen wir uns in der Heimat wiedersehen!« Pfeuderer atmete noch einmal tief durch, dann wandte er sich um und ging mit schweren Schritten davon.

Michael sah ihm nach und fragte sich, was die Zukunft wohl für ihn bringen mochte.

10.

Es hieß, König Philippe II. und Konrad von Montferrat hätten versucht, Richard Löwenherz und Herzog Leopold zu versöhnen. Der Erfolg war offenbar ausgeblieben, denn nur wenige Tage später bestiegen die meisten deutschen Ritter die Schiffe und fuhren davon. In einem Akt trotzigen Stolzes ließ Herzog Leopold sein Banner, das König Richard so schmählich in den Festungsgraben hatte werfen lassen, weit sichtbar am Mast befestigen, damit jene, die zurückblieben, es sehen konnten, bis das Schiff in der Ferne verschwand.

König Richard schien die Abreise des Herzogs nicht zu kümmern, denn er befahl dem Heer, in der Stadt Quartier zu nehmen. Sogleich ließ er die durch den Beschuss beschädigten Festungsanlagen wieder instand setzen. Schiffe brachten weiteren Nachschub, so dass niemand mehr hungerte. Daher hätte eigentlich gute Stimmung herrschen müssen, zumal Saladin seine Truppen weiter zurückzog und Gesandte schickte, um zu verhandeln.

Doch es gingen erneut Gerüchte um, und diese betrafen Philippe II. von Frankreich. Es hieß, dieser sei es leid, seine eigene Meinung immer zugunsten der von König Richard zurückstellen zu müssen. Schließlich gab er vor, in der Heimat wichtige Entscheidungen treffen zu müssen, und bereitete seine Rückkehr vor. Einen Teil seiner Ritter wollte er mitnehmen, andere unter Richards Kommando im Heiligen Land zurücklassen.

Zu Raouls Leidwesen galt er als Seigneur de Beljeux als Richards Lehnsmann und wurde von Henri de Bar in König Philippes Namen angewiesen, zu bleiben.

Während Philippe II. die Schiffe für die Heimreise zusammenstellen ließ, sah Richard Löwenherz sich endgültig als oberster Befehlshaber des Kreuzfahrerheeres. Konrad von Montferrat versuchte zwar, Einfluss auf ihn zu nehmen, doch ein Felsblock wäre, wie Raoul Michael erzählte, eher gewillt, auf jemand anderen zu hören, als der König von England.

Michael nahm es mit einem Achselzucken hin. Für ihn ging es darum, die Bedingungen zu erfüllen, die Magister Erwin ihm gestellt hatte. Nur deswegen – und aus Freundschaft zu Raoul – blieb er beim Heer.

Nach der Anspannung und der steten Kampfbereitschaft der letzten Monate hatten die Schwerter erst einmal Ruhe und die Gesandten das Wort. Richard forderte für die Freilassung der gefangen gesetzten Garnison von Akkon die Rückgabe aller christlichen Gefangenen durch die Sarazenen und eine hohe Summe als Lösegeld.

Michael und Raoul gehörten nicht zu jenen, die in engeren Kontakt mit Sultan Saladins Boten kamen, sondern sahen diese nur in die Stadt reiten und hinter den Mauern der Festung verschwinden. Damien de Ronceau und seinem Bruder hingegen war befohlen worden, die Gesandten zu eskortieren. An und für sich war dies ein ehrenhafter Auftrag. Da jedoch niemand dem Sultan traute, sah es für sie so aus, als hätte König Richard sie ausgesucht, weil er ihren Tod am leichtesten verschmerzen konnte.

Nun begleiteten sie Saladins Boten mit vier Männern zu dessen Feldlager. Angesichts der seidenen Zelte und Gewänder, der schmuckvollen Rüstungen und der Edelsteine, mit denen die Edlen Saladins sich schmückten, empfand Damien de Ronceau bitteren Neid.

»Siehst du, wie diese heidnischen Hunde herumlaufen?«, flüsterte er seinem Bruder zu.

Beauvais nickte mit verbiesterter Miene. »Mir würden schon die Edelsteine auf der Schwertscheide dieses Kerls dort drüben reichen. Allein sie sind mehr wert als die ganze Herrschaft unseres Vaters.«

Da trabte ihnen ein Reiter auf einer prachtvollen Stute entgegen. Er war in blaue Seide gekleidet und trug einen spitz zulaufenden, aufwendig verzierten Helm, um den ein Band aus blauer Seide gewunden war. Unter seinem mantelartigen Gewand konnte man ein fein gearbeitetes Kettenhemd erkennen, und das Schwert und der Dolch, die an seinem handbreiten Ledergürtel hingen, mussten beste Handwerksarbeit aus Damaskus sein.

Er hielt seine Stute vor den normannischen Rittern an und musterte sie hochmütig. »Das Schwert Allahs, Salah al-Din Yusuf ibn Ayyub, Herrscher über Syrien und andere Länder, heißt Euch in seinem Lager willkommen und bietet Euch Gastfreundschaft an.«

Er war einer der wenigen Sarazenen, auf die die Ronceaus bislang getroffen waren, der ihre eigene Sprache nicht nur verstehen, sondern auch sprechen konnte.

Da sie an diesem Tag nicht mehr nach Akkon würden zurückkehren können, nickte Damien de Ronceau. »Wir danken deinem Herrn und nehmen sein Angebot an!«

Er sprach zu dem Sarazenen wie zu einem Knecht und nicht wie jemandem, den man achten musste. Der Krieger zeigte jedoch keine Regung, sondern wandte sein Pferd und winkte ihnen, ihm zu folgen. Unterwegs wechselte er mehrere Sätze mit den Gesandten, die sie begleitet hatten, und erteilte, als sie das Lager erreicht hatten, einige Befehle. Danach wandte er sich wieder an Damien de Ronceau.

»Jenes Zelt dort«, er zeigte nach hinten, »ist für Eure Begleiter bestimmt. Es sind einfache Krieger. Ihr aber seid Anführer und werdet in diesem Zelt schlafen.«

»Sollen wir uns wirklich trennen lassen?«, fragte Beauvais besorgt.

Damien de Ronceau musterte die beiden Zelte. Sie waren etwa gleich groß, was seinem Bruder und ihm mehr Platz bot als den vier Kriegern, die ihnen unterstellt waren. Auch war das für sie bestimmte Zelt mit farbigen Bändern verziert und sah neu aus.

»Wenn uns die Heiden an den Kragen wollen, nützt es uns wenig, ob wir zusammen sind oder nicht«, antwortete Damien, ohne sich zu scheren, ob der Sarazene es mithörte oder nicht.

Um dessen Mund huschte ein verächtliches Lächeln. »Hier wird Euch niemand, wie Ihr es nennt, an den Kragen gehen. Ihr seid Malik Richards Boten, und niemand aus unserem Heer wird Euch und Euren Begleitern ein Haar krümmen.«

Nach diesen Worten überließ der Mann sie mehreren Dienern, die sie mit Gesten aufforderten, von den Pferden zu steigen.

Die sechs Normannen taten es, und während die vier einfachen Reiter in das eine Zelt geführt wurden, betraten Damien de Ronceau und sein Bruder das andere. Staunend blickten sie sich um. An den Seiten gab es zwei niedrige Betten, die auch für einen wuchtig gebauten Mann breit genug waren. Auf einem halbhohen Gestell standen eine Karaffe und zwei silberne Becher, und auf dem mit bunten Mustern geschmückten Teppich lagen Sitzkissen neben einem kaum handhohen Tischchen, auf dem eine große Silberschale mit frischen Früchten stand.

Eben brachten Diener eine Schüssel Wasser, ein Tablett mit mehreren Flakons und einen Stapel schneeweißer Tücher.

»Wofür ist das?«, fragte Beauvais verwundert.

Die Sarazenen sahen einander kurz an, dann verließ einer von ihnen das Zelt und kehrte kurz darauf mit einem alten Mann zurück, der die beiden normannischen Ritter aus trüben Augen anblickte.

Zuerst sprach er sie auf Italienisch an, wechselte dann aber in ein einfaches Französisch über, als er begriff, dass er Normannen vor sich hatte. »Die Herren wollen wissen, wozu das hier ist?«, fragte er, als könne er nicht glauben, dass sie es nicht wussten.

»So ist es. Also sprich!«, fuhr Damien de Ronceau ihn an.

Der Alte zeigte auf die Schüssel. »Dies hier ist Wasser«, sagte er und fing sich dafür beinahe eine Ohrfeige ein.

»Das sehen wir selbst!«, erklärte Damien wütend.

»Ihr sollt eines dieser Tücher in das Wasser tauchen und Euch damit waschen, meine Herren, und zwar ganz, wenn es möglich ist!«, fuhr der Alte mit seinen Erklärungen fort.

»Wir sollen uns nackt ausziehen, und das mitten in einem Lager von Feinden?« Damien de Ronceau war kurz davor, den Mann doch zu schlagen.

»Ihr seid hier so sicher wie in Abrahams Schoß, denn der erhabene Sultan selbst hat sich für Eure Sicherheit verbürgt«, antwortete der Alte beflissen.

»Und weiter?«, forderte Damien ihn auf und deutete auf die Flakons.

»In dem größeren Gefäß ist Seife, in den anderen wohlriechende Öle und Essenzen!«

»Wozu sollen die gut sein?«, wollte Beauvais de Ronceau wissen.

»Damit beträufelt man seine Kleidung, damit man gut riecht.« Die Stimme des alten Mannes klang mittlerweile so, als müsse er es Kindern erklären und nicht erwachsenen Männern.

Damien de Ronceau bedachte die Flakons mit einem verächtlichen Blick. »Die Heiden mögen sich mit solchem Zeug besprühen, ein Ritter macht das nicht!«

»Der Sultan wünscht es!«, drängte der Alte. »Er will mit Euch sprechen, und da wäre es ein Akt der Höflichkeit, seine Geschenke zu verwenden. Er wird Euch gleich auch neue Kleider schicken lassen.«

»Ich ziehe mich nicht wie ein Heide an!«, rief Damien scharf. »Diese tragen doch auch nicht unsere Tracht, wenn sie vor König Richard treten.«

Mühsam machte ihnen der Alte klar, dass dies die Gastfreundschaft der Sarazenen nun einmal erforderte. »Wenn Ihr alles brüsk ablehnt, erzürnt Ihr den Sultan, und das könnte Auswirkungen auf die Verhandlungen mit Malik Richard haben. Auch vermindert Ihr damit die Aussicht auf ein Geschenk des Sultans«, setzte er wegen der ablehnenden Gesichter der beiden Normannen hinzu.

»Ein Geschenk, sagst du? Was für eines?«, wollte Beauvais wissen.

»Einen Beutel mit Silber- oder Goldmünzen, einen wertvollen

Dolch oder dergleichen wird Euch Salah al-Din gewiss überreichen lassen«, antwortete der Alte und sah erleichtert, wie die beiden Brüder einander zunickten.

»Gegen einen Beutel Silber oder Gold hätte ich nichts«, meinte Damien grinsend.

»Ich auch nicht! Bisher hat uns der Kriegszug wenig gebracht. Als die anderen auf Sizilien plündern konnten, waren wir beide krank und wurden von heimtückischen Schuften deswegen als feige hingestellt. In Zypern hieß Herzog Richard uns, bei den Schiffen Wache zu halten, so dass wir auch dort nicht plündern konnten, und in Akkon habe ich gerade einmal einem alten Weib die Silberkette abgenommen!«

Beauvais seufzte bei dieser Erinnerung und wandte sich dann dem Alten zu. »Wehe, du lügst uns an! Es wäre das Letzte, das du in deinem Leben getan hast!«

Der greise Diener nahm die Warnung nicht ernst. Zum einen würden Salah al-Dins Krieger ihn beschützen, und zum anderen wusste er, dass der Sultan den beiden Normannen tatsächlich Geschenke geben wollte. Wie wertvoll sie sein würden, hing allerdings davon ab, wie viel sie zu erzählen wussten.

11.

Salah al-Din empfing die beiden Ritter kurz nach Sonnenuntergang. Kunstvoll geschnitzte Laternen tauchten sein Zelt in weiches Licht, und außer den vier Leibwächtern, die mit blanken Schwertern neben dem Thronsitz standen, war niemand anwesend. Mit den eigenen Abgesandten hatte der Sultan bereits gesprochen. Er wusste daher, dass die beiden Ritter keinen besonderen Rang in Richards Heer einnahmen. Gerade das konnte sich für ihn als Vorteil erweisen. Er nahm die knappe Verbeugung, die Damien und Beauvais de Ronceau ihm gönnten, mit einem Lächeln zur Kenntnis und wies auf zwei Sitzkissen, die eben von Dienern hereingebracht wurden. Gleichzeitig trat der sarazenische Anführer ein, der die Normannen vor dem Lager empfangen hatte.

»Der große Salah al-Din Yusuf ibn Ayyub, das Schwert des Islam und Beschirmer der Gläubigen, heißt Euch willkommen«, sagte er, nachdem er sich auf ein Kissen gesetzt hatte, das ein Diener für ihn hingelegt hatte.

»Wir danken!«, brachte Damien de Ronceau mühsam hervor.

Salah al-Din trug keine Krone, nur einen weißen Turban und ein langes, ockerfarbiges Gewand, über das er eine Jacke aus Leder gezogen hatte. Neben seinem Thron lag ein Schwert, dessen Scheide mit so vielen wertvollen Edelsteinen besetzt war, dass die beiden Normannen kaum den Blick davon abwenden konnten. Nun sagte er etwas, und der Sarazene, der sie hierhergeleitet hatte, übersetzte.

»Ihr seid Ritter im Heer der Christen?«

»So ist es! Ich bin Damien de Ronceau, Sohn des Sylvain de Ronceau, und das ist mein Bruder Beauvais. Und nun will ich wissen, wer du bist?«

»Mein Name ist Amir ibn Hassan ibn Tamid«, antwortete der Sarazene mit einem gewissen Hochmut, so als müssten die beiden Normannen wissen, wer er war.

Raoul und Michael hätten den Ronceau-Brüdern sagen können, dass es sich um einen bewährten Anführer von Saladin handelte, der den Christen schon so manche Niederlage verschafft hatte. Ihnen aber sagte der Name nichts.

»Ihr zählt zu Malik Richards Edelleuten?«, fragte Amir ibn Hassan weiter.

»Was heißt dieses Malik eigentlich?«, antwortete Damien de Ronceau mit einer Gegenfrage.

»König – so wie Sultan Kaiser bedeutet«, antwortete Amir ibn Hassan spöttisch, so als wolle er damit sagen, dass Saladin weitaus höher stünde als Richard Plantagenet.

Damien brummte etwas in seinen Bart, das wie »verfluchte Heiden« klang, hatte sich dann aber wieder in der Gewalt.

»Was will dein Sultan von uns?«

»Der große Salah al-Din Yusuf ibn Ayyub hat erfahren, dass Malik Richard wegen seines Mutes im Kampf den Beinamen Löwenherz erhalten hat!«, fuhr Amir ibn Hassan fort, ohne sich von Damien beirren zu lassen.

»Das stimmt!«, antwortete dieser. »Es gibt in der gesamten Christenheit keinen gewaltigeren Ritter als König Richard.«

Erneut sprach Salah al Din, und Amir ibn Hassan übersetzte es mit einem spöttischen Grinsen.

»Nicht alle scheinen ihm zu vertrauen! Da die deutschen Ritter zusammen mit ihrem Emir Leopold …«

»Was heißt dieses Emir schon wieder?«, unterbrach Damien Amir ibn Hassan.

»Fürst«, antwortete dieser lächelnd. »Weshalb hat Emir Leopold das Lager bei Akkon verlassen? Es heißt, es habe einen Streit gegeben?«

Damien wurde klar, dass der Sarazene mehr wusste, als er vorgab. Zudem schien die Reihenfolge der Fragen bereits vorher bestimmt worden zu sein, da Saladin bisher kein Wort gesprochen hatte und die Übersetzung der Antworten, die Amir ibn Hassan ihm gab, zu kurz schien, um auch noch die Fragen selbst zu enthalten.

Da er auf das angekündigte Geschenk hoffte, berichtete Damien, dass Herzog Leopold sich erfrecht habe, gleichberechtigt neben den Königen zu stehen, und dafür von Richard zurechtgewiesen worden sei.

»Er hat dann aus Feigheit das Heer verlassen. Für uns ist dies jedoch kein Verlust. Die Zahl seiner deutschen Krieger war gering, ebenso ihr Wert im Kampf«, schloss er selbstbewusst.

Auf Amir ibn Hassans Gesicht erschien ein verächtliches Lächeln, während Saladin für einen Augenblick besorgt wirkte. Seine Miene glättete sich jedoch wieder und zeigte rasch das Wohlwollen, das er bereits beim Eintreten der beiden Normannen gezeigt hatte.

»Glaubt Malik Richard immer noch, die Stadt Jerusalem erobern zu können?«, setzte Amir ibn Hassan seine Fragen fort.

Da dies das eigentliche Ziel ihres Kreuzzugs war, nickte Damien de Ronceau. »Wir werden die Stadt auch erobern, und mag sie von hunderttausend Teufeln verteidigt werden.«

Es würde für ihn und seinen Bruder auch die einzige Gelegenheit sein, wirklich Beute machen zu können. Mit leeren Taschen durften sie nicht vor ihren Vater treten, denn dieser hatte sie losgeschickt, um entweder in diesem Land hohe Herren zu werden oder mit

Schätzen beladen heimzukehren. Mittlerweile aber waren ihre Börsen schmaler als bei ihrem Aufbruch. Damien de Ronceau bedauerte immer mehr, dass seinem Bruder und ihm die Gelegenheit, auf Sizilien plündern zu können, entgangen war. Zudem hatte dies ihrem Ruf geschadet, und sie würden in den nächsten Schlachten tapfer kämpfen müssen, um Richards Wohlwollen zu erlangen.

Amir ibn Hassan stellte noch ein paar Fragen, doch keine war so heikel, dass ihre Beantwortung hätte Verrat bedeuten können. Die ungefähre Zahl der christlichen Krieger kannte Saladin. Über ihre Bewaffnung wusste er ebenfalls Bescheid, und was sie hier wollten, hatten sie offen genannt.

Nach einer Weile ging Amir ibn Hassan nach einer für Damien und Beauvais unmerklichen Geste seines Herrn auf das Thema über, welches diesen wirklich interessierte. »Der große Salah al-Din Yusuf ibn Ayyub ist in großer Sorge um jene Kämpfer und ihre Familien, die sich in König Richards Hand geben mussten. Er hofft, dass diese gut versorgt und behandelt werden. Mein Bruder Hamid zählt zu ihnen.«

Mit den Gefangenen hatten die beiden Normannen bislang nichts zu tun gehabt. Trotzdem nickte Damien. »Seine Majestät, Richard Plantagenet, König von England, Herzog der Normandie und von Aquitanien, Graf von Anjou, Poitou und so weiter hat befohlen, die Gefangenen gut zu behandeln.« Auch wenn er sich über König Richard ärgerte, weil er ihn und seinen Bruder weniger schätzte, als sie es ihrer Meinung nach verdient hatten, wollte er den beiden Sarazenen zeigen, welch großer Herr sein Herrscher war.

»Malik Richard herrscht über viele Länder. Dies tut der große Sultan Salah al-Din Yusuf ibn Ayyub ebenfalls. Er ist der Beherrscher Syriens, Ägyptens und vieler anderer Reiche. Diese liegen jedoch hier und nicht in der Ferne. Es ist dem großen Salah al-Din Yusuf ibn Ayyub daher ein Leichtes, neue Krieger herbeizurufen, während Malik Richard sie mühsam über das Meer heranschaffen muss«, erklärte Amir ibn Hassan überheblich.

»Wenn der noch einmal das ganze Sala-Zeug herunterbetet, bekommt er von mir eine Ohrfeige, die er zeit seines Lebens nicht mehr vergisst«, raunte Damien seinem Bruder zu.

Dieser fasste erschrocken nach seinem Arm. »Beherrsche dich, Damien! Wir haben beide nichts davon, wenn die Heiden uns gefangen nehmen oder gar umbringen.«

Für Augenblicke war bei Damien de Ronceau der Charakterzug zum Vorschein gekommen, der ihm den Beinamen Tête de Taureau eingebracht hatte. Er begriff jedoch, dass sein Bruder recht hatte, und beherrschte sich mühsam.

Zu seinem Glück stellte Amir ibn Hassan nur noch wenige Fragen, dann konnten sie sich erheben und gehen.

»Und was ist mit dem Geschenk, das uns dieser Lump von Diener versprochen hat? Wenn wir das nicht erhalten, suche ich ihn und schlage ihm vor allen Heiden den Schädel ein«, knurrte Damien, woraufhin sein Bruder erneut besänftigend auf ihn einreden musste.

Als sie ihr Zelt erreichten, war ihre eigene Kleidung gewaschen und ausgebessert und ihre Waffen und Kettenhemden frisch poliert. Zudem lag auf den Betten je ein Beutel von der Größe einer Frauenfaust. Diese führten auch gleich zum Streit, da sich in dem Beutel von Beauvais Silbermünzen befanden, in dem von Damien jedoch welche aus Gold. Doch Beauvais wollte unbedingt, dass gerecht geteilt werden sollte.

Da sie ihren Auftrag erfüllt und Salah al-Dins Unterhändler zu ihrem Herrn gebracht hatten, brachen Damien und Beauvais am nächsten Morgen auf, um zu König Richard zurückzukehren. Amir ibn Hassan gab ihnen ein Stück weit das Geleit. Kurz bevor er schied, bat er Damien, ein paar Schritte Abstand zu ihren Begleitern zu halten, und steckte ihm einen Brief zu.

»Übergebt dieses Schreiben dem Mann, der sich König von Jerusalem nennt. Achtet aber darauf, dass niemand es sieht.«

Damien de Ronceau starrte auf das mehrfach gefaltete Papier und überlegte. Wenn er es hinter Richards Rücken tat, verletzte er damit seinen Gefolgschaftseid. Andererseits hatte es sich bisher weder für ihn noch für seinen Bruder ausgezahlt, sich Richards Heer angeschlossen zu haben. Bei Konrad von Montferrat mochte dies anders sein. Mit diesem Gedanken steckte er den Brief weg und grinste. »Ich werde es tun, Heide! Doch sage deinem Herrn, dass Boten reich belohnt werden wollen.«

Der Sarazene lächelte, in seinem Blick allerdings schwang Verachtung mit. Die Gier dieser Franken übertrifft noch ihre Dummheit, dachte er. Er behielt es jedoch für sich und vollzog eine höfliche Geste. »Dies ist meinem Herrn bekannt, und er wird es nicht vergessen, wenn Ihr wieder seine Gäste seid.«

12.

Constance konnte ihren Ärger über ihren Schwager Roland kaum mehr verbergen. »Ihr wusstet, dass der Kastellan von Gajan verstorben ist, und habt verhindert, dass es mir gemeldet wurde?« Ihre Stimme klang scharf, doch Roland de Lorris grinste nur.

»Jetzt erregt Euch nicht, Schwägerin. Ich habe mich darum gekümmert!«

»Ihr hattet kein Recht dazu, einen neuen Burghauptmann zu bestimmen!«, rief Constance empört.

»Mein Freund Louis erschien mir die beste Wahl. Raoul wird mir zustimmen, denn er kennt ihn gut und schätzt ihn.«

»Ihr hättet mir höchstens vorschlagen können, Herrn Louis in Betracht zu ziehen! Ihm aber sofort die Burg zu übergeben, geht weit über Eure Befugnisse als Kastellan von Crespy hinaus. Es war zudem eine Ungeheuerlichkeit Eures Freundes, Bernard den Zugang zur Burg zu verwehren, als dieser dort nach dem Rechten sehen wollte.«

Constance wurde wieder leiser, und so mancher, der sie kannte, hätte in weiser Voraussicht den Kopf eingezogen. Rolands Fell war jedoch zu dick, um die Anzeichen zu erkennen. Mit Crespy und Gajan hatte er zwei der vier Burgen, die zu Laronne gehörten, in seine Gewalt gebracht und glaubte sich nun in der Lage, Constance auf den Platz verweisen zu können, auf den sie gehörte.

»Ich trug Louis auf, nur Leute einzulassen, von denen er durch mich weiß, dass sie uns treu ergeben sind. Ihr kennt doch Sylvain de Ronceau. Er hätte die Situation, dass Burg Gajan ohne Kastellan war, sofort ausgenützt.«

In Constances Ohren klang es wie Hohn. Raoul hatte seinen Bruder hier aufgenommen, aber deutlich erklärt, dass dieser höchstens Kastellan einer Burg werden könne, und sie hatte ihm mit Crespy sogar die zweitwichtigste überlassen. Trotzdem hatte er sich auch Gajan angeeignet und würde nicht eher ruhen, bis er ihr die Herrschaft über die Vizegrafschaft entwunden hatte. Nicht mit mir, dachte sie. Der Hinweis auf Sylvain de Ronceau war lächerlich, da ihr – oder in diesem Fall Raouls – Besitz unter dem doppelten Schutz des Königs und der Kirche standen. Um Gajan besetzen zu können, hätte ihr Nachbar zuerst Beljeux durchqueren müssen, und das hätte ihr dortiger Burghauptmann Yoann niemals zugelassen.

»Herr Schwager, hört mir jetzt gut zu!«, begann sie mit sanfter Stimme. »Ihr werdet dafür sorgen, dass Euer Freund Louis Gajan verlässt, und zwar, ohne einen Griff in die dortige Truhe zu tun. Er mag als Euer Gast auf Crespy bleiben, aber nur, wenn er weiß, was er Raoul und mir als Herren dieser Vizegrafschaft schuldig ist.«

»Louis zu zwingen, Burg Gajan aufzugeben, nachdem ich sie ihm überlassen habe, würde meine Ehre verletzen!«, protestierte Roland de Lorris. Seine Miene verriet deutlich, dass er in diesem Streit nicht nachgeben wollte. Die Vizegrafschaft war nach seiner Meinung Raoul übertragen worden, und als dessen Bruder hatte er mehr Recht, diese zu verwalten, als das Weib vor ihm.

»Mit der Benennung von Herrn Louis habt Ihr meine Ehre und die Eures Bruders verletzt, der mir die Obsorge über seinen Besitz übertragen hat«, antwortete Constance eisig. »Welche Ehre ist nun höher anzusetzen? Die eines Vicomtes und seiner Gemahlin oder die des Kastellans, den wir eingesetzt haben, damit er uns dient?«

Roland sah sie mit spöttischer Miene an. »Ihr werdet Euch damit abfinden, verstanden? Solange Ihr meine Entscheidung nicht anerkennt, wird Louis die Tore von Gajan und ich die von Crespy vor Euch und jedem, den Ihr schickt, verschlossen halten!«

»So, das wollt Ihr tun?« Constance hatte von ihrem Schwager nie viel gehalten, aber niemals erwartet, dass er bis zur offenen Rebellion gehen würde.

»Ja, das will ich!«, antwortete Roland de Lorris selbstbewusst.

Um Constances Lippen erschien ein spöttisches Lächeln. »Dann muss ich Euch daran erinnern, dass Ihr Euch auf Burg Laronne befindet und ich Euch von meinen Männern jederzeit festsetzen lassen kann.«

»Es wird keiner wagen, Hand an mich zu legen, wenn meine Schwertspitze an Eurer Kehle sitzt.« Noch während er es sagte, griff Roland zur Waffe.

Constance packte blitzschnell das Schwert des neben ihr stehenden Bernard, zog es aus der Scheide und schlug noch in der Bewegung die flache Seite gegen Rolands Handgelenk. Bevor dieser begriff, wie ihm geschah, entfiel ihm seine Waffe, und er starrte auf das Schwert, das ihm Constance nun ihrerseits an die Kehle hielt.

»Ihr verdankt es lediglich Eurer Verwandtschaft mit meinem Gemahl, dass ich nur mit der flachen Klinge zugeschlagen habe und Ihr noch im Besitz Eurer Finger seid. Ich werde Euch später die Hebamme schicken, damit sie Eure Hand versorgt. Vorerst aber, mein Herr, werdet Ihr mein Gast sein, und ebenso Euer Freund Louis. Ihr werdet gewiss verstehen, wenn ich Euch im Keller eine Kammer zuweisen und deren Tür verriegeln lasse. Mein Gemahl wird bei seiner Rückkehr entscheiden, was mit Euch geschieht.«

Roland starrte Constance an und konnte es nicht glauben, von einer Frau besiegt worden zu sein. Zudem begriff er, dass ihre Worte todernst gemeint waren. Daher würde er bis zu Raouls Rückkehr auf dieser Burg gefangen sein, anstatt den angenehmen Posten als Burghauptmann von Burg Crespy behalten zu können.

Sechster Teil

Verhängnis

1.

Richard Löwenherz, König von England, Herzog der Normandie und Herr weiterer Länder, musterte den mageren Mann in dem schlichten Kaftan mit wachsendem Interesse. »Du sagst, Konrad von Montferrat empfängt heimlich Botschaften von Saladin?«

Der Magere nickte eifrig. »So ist es, großer König! Montferrat fürchtet, Eure Majestät könnten Euren ruhmreichen Titeln auch den des Königs von Jerusalem hinzufügen und ihn zu Eurem Lehnsmann machen.«

Richard verzog das Gesicht. Er hatte tatsächlich daran gedacht, sich die Oberherrschaft im Heiligen Land zu sichern, um zu verhindern, dass der König von Jerusalem und dessen Barone sich gegenseitig ihren Einfluss streitig machen konnten. Aus diesem Grund hatten diese die letzten Schlachten gegen die Sarazenen verloren und ihnen Jerusalem überlassen müssen. Es musste einen Herrscher geben, dem alle gehorchten, und dafür kam nur er selbst in Frage.

»Was weißt du über die Botschaften, die Montferrat mit Saladin wechselt?«, fragte er scharf.

Sein Besucher hob bedauernd die Hände. »Weder Salah al-Din Yusuf ibn Ayyub noch Konrad von Montferrat haben mich diese Botschaften sehen lassen. Ich kann nur berichten, was meine Ohren von Männern gehört haben, die sie kennen.«

»Und das wäre?«, fragte Richard drängend.

»Salah al-Din Yusuf ibn Ayyub fürchtet Euch und will daher Montferrat auf seine Seite ziehen, so dass Ihr das Heilige Land wieder verlassen müsst. Als Lohn bietet der Sultan Montferrat an, ihm große Teile des Heiligen Landes zurückzugeben. Er soll sogar bereit sein, Montferrat den Teil Jerusalems zu überlassen, in dem sich die

Grabeskirche befindet, ebenso Bethlehem, Nazareth und sogar die Stelle am Jordan, an der Isa ben Yusuf getauft worden sein soll.«

»Wer ist Isa ben Yusuf?«, fragte der König.

»Ihr nennt ihn Jesus, Sohn der Maria«, erklärte der Mann.

Richard Löwenherz überlegte kurz und schüttelte dann den Kopf. »Konrad von Montferrat wäre ein Narr, wenn er darauf eingehen würde. Er weiß, dass er als mein Statthalter ein weit größeres Reich beherrschen könnte.«

»Konrad von Montferrat will aber nicht der Knecht eines anderen Herrschers sein. Ihm ist ein kleines Reich, das er allein beherrscht, lieber als ein größeres, das er nur für Euch verwaltet. In Euren Landen spricht man von der Taube auf dem Dach und dem Spatz in der Hand. Ihr, großer König, seid ein Mann, der die Taube fängt. Anderen hingegen entflieht sogar der Sperling.«

Der Vergleich amüsierte Richard Löwenherz trotz des Zorns, der in ihm brodelte. »Konrad von Montferrat ist so ein Mann. Bei Gott, ich muss mir einen besseren Anführer suchen, der das Heilige Grab auch zu beschützen weiß.«

»Es ist, wie Ihr sagt, großer König!«, sagte der Magere beflissen. »Dennoch ist Salah al-Din Yusuf ibn Ayyub zu großen Zugeständnissen an Montferrat bereit. Dieser soll dafür sorgen, dass die Gefangenen, die Ihr, großer König, hier in Akkon gemacht habt, freigegeben werden.«

»Wie kann Konrad von Montferrat es wagen, über meine Gefangenen verfügen zu wollen?«, rief Richard empört.

Sein Gast hob beschwörend die Hand. »Ich bitte Eure Majestät, Eure Stimme zu senken. Montferrat hat Zuträger in Eurer Nähe – und womöglich auch Salah al-Din Yusuf ibn Ayyub.«

»Bist du einer der Zuträger Saladins?«, fragte Richard.

Der Mann schüttelte sofort den Kopf. »Beileibe nein, großer König!« Ich diene dem, der mehr bezahlt, setzte er für sich hinzu. Er hatte sich dem König als der Christ Johannes aus Madaba vorgestellt. Das lag weit genug entfernt jenseits des Toten Meeres, also tief in Saladins Machtbereich. Der Hinweis, dass die dort von den Muslimen unterdrückten Christen darauf hofften, von Richard Löwenherz befreit zu werden, hatte dessen Bereitschaft geweckt, ein noch größeres Königreich Jerusalem zu errichten, als es das bisherige je gewesen war.

Seinen muslimischen Gesprächspartnern gegenüber nannte er sich Musa ibn Rahman und gab vor, ein treuer Anhänger des Propheten zu sein. An anderen Stellen hatte er sich auch schon als jüdischer Kaufmann vorgestellt. Nun, da in Palästina erneut gekämpft wurde, vermochte jemand wie er, der sich wie ein Fisch im Wasser zwischen all den verfeindeten Seiten bewegen konnte, sehr schnell reich zu werden. Allerdings auch sehr schnell tot, doch dieses Risiko galt es auf sich zu nehmen.

»Du sagst, Konrad von Montferrat will die gefangenen Sarazenen freigeben?« Richards Frage unterbrach den Gedankengang seines Besuchers.

Dieser nickte erneut. »So ist es, großer König. Es sind einige wichtige Vertraute von Salah al-Din Yu…«

»Nenne ihn Saladin! Das andere ist mir zu lang«, unterbrach Richard ihn.

»Sehr wohl, Eure Majestät. Salah-din liegt sehr viel an einigen dieser Gefangenen. Einer davon ist der jüngere Bruder seines Vertrauten Amir ibn Hassan ibn Tamid …!«

»Noch ein ibn, und ich schlage dir den Schädel ein«, drohte Richard Löwenherz.

Musa ibn Rahman ließ sich jedoch nicht aus der Ruhe bringen und setzte seine Rede fort. »Montferrat weiß um diese hochgestellten Gefangenen und tut daher alles, um diese unter die Kontrolle seiner Männer zu bringen. Sobald Salah-din den Preis bezahlt, den er fordert, wird er sie freilassen.«

»Das wird niemals geschehen!« Richard sprach nur leise, doch in seiner Stimme schwang etwas mit, das seinem Besucher einen Schauder über den Rücken trieb. Richards Feind sollte man nur sein, wenn man sich sicher war, ihn besiegen zu können, durchfuhr es Musa ibn Rahman. Selbst Saladin fürchtete Löwenherz, nachdem es ihm nicht gelungen war, seine Truppen zu einem weiteren Angriff auf die Kreuzritter zu bewegen. Selbst Männer, die sonst jeden seiner Befehle erfüllten, hatten sich geweigert.

»Saladin verhandelt mit mir und bietet Lösegeld für seine Krieger und deren Weiber und Kinder«, sagte Richard mehr für sich als für seinen Gast gedacht.

»Salah-din kann diese Summe niemals bezahlen«, behauptete dieser. »Er will Euch nur hinhalten, bis er sich mit Montferrat einig ist.«

»Diese Niedertracht wird er bezahlen!« Erneut rieb Richards Tonfall wie eine Feile über die Nerven seines Gastes. Musa ibn Rahman beherrschte sich jedoch und berichtete weiter, was er dem König mitteilen wollte. Nicht alles entsprach den Tatsachen, anderes verdrehte er ins Gegenteil, und so kam er schließlich auf die Gefahren zu sprechen, denen er sich aussetzte, um Richard als Auge und Ohr zu dienen.

Der König begriff es als Hinweis darauf, dass sein Zuträger gut bezahlt werden wollte. Daher nahm er einen kleinen Lederbeutel vom Tisch und warf ihm diesen zu.

»Komm wieder, wenn du Neues weißt!«, forderte er ihn auf.

»Das werde ich, großer König!« Sein Gast verbeugte sich und verließ die Kammer. Draußen bewegte er sich so geschickt, dass er keinem auffiel. Sein Ziel war ein kleines Häuschen am Rande Akkons, von dem aus er jederzeit die Stadt verlassen konnte.

Richard hingegen blieb nachdenklich zurück. Die Ausführungen seines Zuträgers waren zu schlüssig, um sie ignorieren zu können. Am liebsten hätte er Konrad von Montferrat gefangen setzen und hinrichten lassen. Er brauchte die hiesigen Barone und deren Aufgebote jedoch für seinen Feldzug. Wenn er Montferrat stürzte, würde jeder in dieser zerstrittenen Bande alles daransetzen, der neue König von Jerusalem zu werden.

»Wenn es notwendig wird, setzte ich meinen Bruder Jean ein«, murmelte er.

Dieser hatte sich oft genug beschwert, nicht nur Sans Terre genannt zu werden, sondern es auch zu sein. Jerusalem war zudem weit genug weg entfernt von England und den anderen Ländern, über die Richard selbst herrschte und die er mit niemandem, auch nicht mit seinem Bruder, zu teilen gedachte.

»Also lasse ich Montferrat derzeit noch am Leben. Ihm soll aber die Lust vergehen, über meinen Kopf hinweg mit Saladin Absprachen treffen zu wollen«, setzte er sein Selbstgespräch fort und erinnerte sich im nächsten Augenblick daran, in den letzten Tagen Damien und Beauvais de Ronceau mehrfach bei Konrad von Montferrat gesehen zu haben. Die beiden eskortierten die Gesandten, über die Saladin mit ihm verhandelte, von Akkon bis zu dessen Lager. Daher war es für die beiden ein Leichtes, Saladins Botschaften hierherzubringen und Montferrat zu übergeben.

2.

König Richard war kein Mann, der lange zögerte. Als Saladins Gesandte das nächste Mal zu ihm kamen, ließ er sie gar nicht erst zu Wort kommen, sondern stellte sofort seine Forderungen.

»Meine Geduld mit Eurem Herrscher ist zu Ende! Saladin hat versprochen, die gefangenen Kreuzritter und die weiteren Gefangenen aus dem Königreich Jerusalem umgehend freizugeben sowie eine bestimmte Summe zu bezahlen. Bis heute ist nichts davon geschehen! Ich gebe Saladin noch bis zum Ende dieser Woche Zeit, sonst lasse ich sämtliche Gefangenen hinrichten!«

Die Gesandten wurden blass, hofften aber, Richard drohte nur, um die christlichen Gefangenen und das Geld bald zu erhalten.

Der Älteste von ihnen sprach beschwörend auf Richard ein. »Ihr verlangt Unmögliches, großer König! Der erhabene Salah al-Din muss die Gefangenen von überall herbringen lassen. Dies dauert seine Zeit. Auch müssen die Dinare aus Damaskus und al-Kahira gebracht werden. Bis zum Ende dieser Woche ist dies unmöglich zu bewerkstelligen.«

»Ich habe Saladin genug Zeit gelassen. Entweder sind am Ende dieser Woche die Gefangenen und das Geld hier, oder unsere Gefangenen sterben!«

Diesmal ließ Richards Tonfall keinen Zweifel zu, dass er seine Ankündigung wahr machen würde. Saladins Gesandte versuchten verzweifelt, ihm eine längere Frist abzuringen. Richard sagte sich jedoch, dass Konrad von Montferrat dadurch nur mehr Zeit gewinnen würde, um sich mit Saladin gegen ihn zu verschwören, und schüttelte den Kopf.

»Ihr solltet jetzt reiten und euch beeilen, dann hat Saladin länger Zeit!«

Auf seinen Wink kamen Wachen, und so begriffen die Sarazenen, dass sie hier nichts mehr zu hoffen hatten. Richard wartete, bis sie fort waren, dann wandte er sich an Henri de Bar. »Habt ihr die Ronceaus überwachen lassen?«

Der Mann nickte. »Das haben wir! Sie sind als Erstes zu Konrad von Montferrat gegangen. Falls ich richtig gesehen habe, haben sie diesem eine Botschaft zugesteckt.«

»Johannes aus Madaba hat also die Wahrheit gesprochen!« Richard schwieg kurz und sah dann seinen Gefolgsmann mit flammenden Augen an. »Damien und Beauvais de Ronceau sollen die Gesandten zu Saladin begleiten. Stellt einen Trupp zusammen, der sie auf dem Rückweg abfangen und ungesäumt zu mir bringen soll.«

»Ich werde Vicomte Raoul de Laronne damit beauftragen. Er ist mit den Brüdern Ronceau verfeindet und wird sie schon deshalb nicht aus den Augen lassen«, erklärte de Bar.

»Sehr gut!«

Damit war für König Richard alles gesagt, und er verließ den Raum, um weitere Befehle zu erteilen. Als Erstes würde er die gefangenen Sarazenen von seinen Normannen bewachen lassen und nicht mehr von unzuverlässigen Franzosen. Zudem galt es, eine Schar auszuwählen, die diese hinrichten sollte, falls Saladin nicht bereit war, auf sein Ultimatum einzugehen.

3.

Nach den langen Tagen der Untätigkeit stellte der Auftrag, Patrouille zu reiten, für Raoul und die Seinen eine Erlösung dar. Den genauen Befehl hatte nur er erhalten, dazu das Verbot, ihn seinen Männern gegenüber verlauten zu lassen. So wusste außer ihm keiner, auch Michael nicht, dass es nicht allein darum ging, das Heer der Sarazenen unter Beobachtung zu halten, sondern Damien de Ronceau und dessen Bruder gefangen zu nehmen.

Da der Stierkopf Damien Constance übel bedrängt und ihn beleidigt hatte, sah Raoul es als ausgleichende Gerechtigkeit an, dass König Richard den Ronceaus seine Gunst entzogen hatte.

Raouls Schar bestand aus dreißig Reitern, von denen die Hälfte aus Aquitanien stammte. Es war kein einziger Normanne darunter, und aus England stammten nur zwei Ritter, die ihrer Sprechweise nach in der Jugend das Angelsächsische gewohnt gewesen waren und das Französisch der Anglonormannen erst später gelernt hatten. Alle waren sie gut beritten und ihre Rüstungen und Waffen im besten Zustand. Da während der Verhandlungen zwischen Richard und Saladin ein Waffenstillstand vereinbart worden war, nahmen sie an, dass keinerlei Gefahr bestand.

Die Sommerhitze hatte das Land um sie herum ausgeglüht, und nur selten durchbrach ein grüner Fleck das allgegenwärtige Braun des Bodens. Dabei lag die Wüste noch deutlich weiter im Osten und sollte noch viel schlimmer sein. Doch auch hier war es anstrengend, in voller Rüstung zu reiten. Selbst der weiße Waffenrock mit dem aufgemalten roten Kreuz schützte sie kaum vor der Hitze. Schon bald griffen die ersten Reiter zu ihren ledernen Feldflaschen und tranken durstig.

»Spart Wasser!«, mahnte Raoul sie. »Der Tag ist noch lang, und es mag sein, dass wir bis in die Nacht hinein reiten müssen.«

»Was machen wir, wenn wir auf Sarazenen treffen? Ziehen wir die Schwerter, oder grüßen wir sie freundlich?«, fragte Florent de Crespy mit einer gewissen Anspannung.

»Erst einmal halten wir Abstand zu ihnen«, antwortete Raoul.

»Dann sieht es so aus, als hätten wir vor ihnen Angst«, wandte sein Bruder Robert ein.

»Das stimmt!« Roger de Lorris gefiel es ebenso wenig, den Feinden aus dem Weg gehen zu müssen.

Daher mischte Michael sich in das Gespräch ein. »Unser Befehl lautet, nachzusehen, ob Saladins Heer Verstärkung erhält oder sich bewegt, und nicht, es zu bekämpfen!«

Raoul nickte. »Uns wurde streng untersagt, uns mit den Sarazenen anzulegen. Noch verhandelt König Richard mit deren Sultan. Erst wenn diese Verhandlungen gescheitert sind, kommt das Schwert wieder zu seinem Recht.« Er fühlte sich nicht wohl bei diesen Worten, denn bevor der Tag der Nacht weichen musste, würden sie ihre Schwerter ziehen. Allerdings nicht gegen Sarazenen, sondern gegen Damien und Beauvais de Ronceau. Da diese nur von vier Männern begleitet wurden, hoffte Raoul, dass sie klug sein und sich ergeben würden. Er wollte sie lebend zu König Richard bringen und nicht den Vorwurf hören müssen, er habe sie, da sie seine Nachbarn waren, aus Eigennutz erschlagen.

»Ich sehe mehrere Sarazenen in der Ferne«, meldete Benoît.

Jetzt nahmen Raoul und Michael sie ebenfalls wahr. Der Trupp schien etwas kleiner zu sein als der ihre und zog schräg zu ihnen. Wenn sie so weiterritten wie bisher, würden sie im Lauf der nächsten zwei Stunden aufeinandertreffen.

Raoul überlegte, was er tun sollte. Es widerstrebte ihm, eine andere Richtung einzuschlagen, um den Feinden aus dem Weg zu gehen. Da sie den Sarazenen an Zahl überlegen waren, würden seine Männer es auch nicht verstehen.

»Wir reiten weiter«, rief er schließlich und behielt dabei die Feindesgruppe im Auge. Zu seiner Erleichterung machte diese schon bald einen Bogen, der sie von seiner Schar wegführte.

»Was für ein feiges Gesindel!«, spottete Florent de Crespy und begleitete seine Worte mit einer abfälligen Geste.

»Vielleicht befolgen sie nur den Befehl ihres Sultans, ein Zusammentreffen mit den Unsrigen zu vermeiden«, warf Michael ein, denn als feige hatte er die Sarazenen in den bisherigen Kämpfen nicht erlebt.

Auch Raoul glaubte nicht an deren Feigheit, verlor aber bald das Interesse an der Schar, sondern wechselte ebenfalls die Richtung, um die Ronceaus bei ihrer Rückkehr nicht zu verpassen.

»Warum ändern wir die Richtung?«, fragte Robert de Lorris verwundert.

»Weil es den Befehlen, die ich von König Richard erhalten habe, entspricht«, erklärte Raoul und befahl erhöhte Aufmerksamkeit. »Sobald ihr mehrere Reiter seht, die aus der Richtung des sarazenischen Lagers kommen, meldet es mir!«, wies er die anderen an.

Michael zog die Augenbrauen hoch. Das hörte sich nicht so an, als wären sie nur auf einem Patrouillenritt. Was hatte Raoul vor? Seine Befehle mussten direkt vom König kommen und so geheim sein, dass sein Freund sie keinem seiner Männer mitgeteilt hatte. Unwillkürlich ärgerte er sich darüber. Würden sie wissen, was von ihnen verlangt wurde, hätten sie sich darauf vorbereiten können. Nun konnten sie nur hoffen, nicht allzu sehr überrascht zu werden.

4.

Damien und Beauvais de Ronceau waren schon etliche Male in Saladins Lager gewesen und sahen die Annehmlichkeiten, die man ihnen dort bot, mittlerweile als Selbstverständlichkeit an. Von Konrad von Montferrat hatten sie bereits die Zusicherung erhalten, nach der Rückeroberung seines Reiches als Barone im Heiligen Land bleiben zu können. Das waren ganz andere Aussichten als zu Hause. Dort hätte Damien zwar die kleine Herrschaft Ronceau übernehmen können, dafür aber seine Brüder abfinden müssen. Zudem erschien es ihm unsicher, ob Richard Löwenherz ihn als neuen Herrn auf Ronceau akzeptieren würde.

»Richard soll der Teufel holen!«, murmelte er, während er mit der rechten Hand Weintrauben von dem Obst in der Schale abrupfte.

»Was sagst du, Bruder?«, fragte Beauvais verwundert.

»Ich habe laut gedacht! Löwenherz ist ein schlechter Herzog und behandelt uns wie Knechte.«

»Daran ist nur Raoul de Laronne schuld. Immerhin hat er dich um eine mögliche Ehe mit der Stange Constance gebracht. In diesem Fall hättest du Laronne und Beljeux erhalten und ich Ronceau! Ich wünschte, wir würden ihn vor unsere Schwerter bekommen, dann wäre Constance frei für eine zweite Heirat.«

Damien erkannte, dass sein Bruder Heimweh hatte. Davon blieb er selbst unberührt, denn gegen das, was er sich hier erhoffte, war selbst die Vizegrafschaft Laronne ein Bettel. Nun ja, ein Bettel nicht gerade, schränkte er in Gedanken ein. Die Vizegrafschaft wurde seit

Generationen gut geführt und galt als reich. Allerdings hätte König Philippe II. damit einverstanden sein müssen, dass er Laronne erhielt, und der war ihm alles andere als wohlgesinnt.

Bevor sie ihr Gespräch fortsetzen konnten, wurde der Zelteingang geöffnet, und Amir ibn Hassan ibn Tamid trat ein. »Es wird Zeit, dass Ihr aufbrecht!«

Damien stopfte sich ein paar Trauben in den Mund und nickte. »Wir warten nur noch auf die Botschaft für den König von Jerusalem!«

Amir ibn Hassan reichte ihm einen dicken Umschlag. »Gebt gut darauf acht! Es ist das Angebot des großen Sultans an Konrad von Montferrat. Sagt ihm, er soll so rasch wie möglich meinen Bruder Hamid und die anderen hochrangigen Gefangenen freigeben, und er wird neben der Freundschaft Sultan Salah al-Din Yusuf ibn Ayyubs auch die vieler Emire und Scheiks in dessen Reich erlangen. Auch ich werde sein Freund sein, wenn Hamid glücklich zu mir zurückkehrt.«

Der Sarazene klang ernst, und Damien begriff, dass dieser seinen Bruder liebte. Mit einem gewissen Spott dachte er daran, dass Beauvais und er zwar zusammenhielten, weil es für sie die einzige Möglichkeit war, sich gegen andere zu behaupten. Eine besondere Zuneigung hegte er jedoch weder für Beauvais noch für seinen dritten Bruder, der erst noch erwachsen werden musste. Im Grunde waren beide Konkurrenten. Er schluckte diesen Gedanken und steckte die Botschaft für Konrad von Montferrat ein.

Bevor er aufbrach, sah er sich suchend um. Beauvais und er hatten sich daran gewöhnt, bei jedem ihrer Besuche in Saladins Lager zumindest einiges an Silber zu erhalten. Auch an diesem Tag wurden sie nicht enttäuscht, denn auf einen Wink Amir ibn Hassans hin trat ein Diener ein und reichte jedem von ihnen einen Beutel. Damien nahm sich die Zeit, hineinzuschauen. Die Münzen glänzten golden, und das gefiel ihm sehr.

Auch Beauvais grinste zufrieden. Obwohl es hieß, Richard Löwenherz belohne seine Getreuen großzügig, hatte er das bei ihnen bisher nicht getan. Sie waren für ihn gerade gut genug, um die sarazenischen Gesandten zu begleiten und, falls Saladin zornig wurde, von dessen Kriegern erschlagen zu werden. Dies hatte sich für sie jedoch als Vorteil erwiesen, denn anders als Richard geizte Saladin ihnen gegenüber nicht mit Ehrengaben.

»Seid vorsichtig!«, mahnte Amir ibn Hassan sie. Von Musa ibn Rahman, der seinen Herrn mit Informationen aus Akkon versorgte, wusste er, dass König Richard Konrad von Montferrat zu misstrauen begann. Daher galt es, dafür zu sorgen, dass die Briefe, die Salah al-Din dem König von Jerusalem schickte, diesen auch unbemerkt erreichten.

»Keine Sorge, das sind wir!«, antwortete Damien de Ronceau großspurig und verließ das Zelt.

Beauvais folgte ihm auf dem Fuß. Ihre Pferde standen bereit, und die vier Reiter ihres Aufgebots saßen bereits in den Sätteln.

Damien und Beauvais de Ronceau stiegen ebenfalls auf und trabten an. Zufrieden grinsend folgten ihnen die vier Männer. Auch sie kamen gerne hierher, denn sie erhielten von den Sarazenen stets ein paar Silbermünzen. Für diese bekamen sie in Akkon alles, was sie sich wünschten, sei es nun Wein oder ein Mädchen.

Der Ehrgeiz der beiden Brüder griff weit höher. Beauvais überlegte bereits, wie viel Geld er benötigte, um sich in der Heimat einen kleinen Besitz zu kaufen. Dabei schielte er nicht nach dem Rang eines Barons oder gar Vizegrafen, wie sein Bruder es tat. Er wäre auch mit der Herrschaft Ronceau zufrieden gewesen. Die allerdings würden seiner Befürchtung nach weder Damien noch er, sondern ihr jüngerer Bruder erhalten, da ihr Vater Sylvain das Heft so rasch nicht aus der Hand geben würde.

Während Damien und Beauvais de Ronceau ihren Gedanken nachhängend auf Akkon zuritten, kehrte Amir ibn Hassan in Saladins Lager zurück. Er hatte sein Zelt noch nicht erreicht, da trat der Anführer einer Patrouille verschwitzt und staubbedeckt auf ihn zu.

»Verzeiht, oh Amir ibn Hassan ibn Tamid. Meine Männer und ich sind eben von einem Spähritt zurückgekehrt. Unterwegs haben wir eine Schar christlicher Reiter gesehen und sind ihr, den Befehlen des erhabenen Salah al-Din Yusuf ibn Ayyub gehorchend, ausgewichen. Da ich jedoch mehr über diese Franken in Erfahrung bringen wollte, befahl ich mehreren meiner Männer, ihnen heimlich zu folgen. Diese sind vorhin zurückgekehrt und teilten mit, dass die Giauren auf ihrem weiteren Ritt umgedreht sind und sich nun zwischen unserem Lager und Akkon befinden.«

Amir ibn Hassan kniff die Augenbrauen zusammen. Es konnte Zufall sein, aber auch Absicht. War Richard Löwenherz etwa so misstrauisch geworden, dass er die Ronceau-Brüder unterwegs abfangen lassen wollte, um an Salah al-Dins Briefwechsel an Konrad von Montferrat zu kommen?

Einige Augenblicke überlegte Amir ibn Hassan, dem Schicksal seinen Lauf zu lassen. Wenn Richard die Botschaft in die Hände geriet, die er Damien de Ronceau im Namen des Sultans übergeben hatte, würde es Unfrieden im Lager der Christen geben und es ihnen erleichtern, sie zu besiegen.

Dann aber dachte Amir ibn Hassan an seinen Bruder Hamid, der, wenn Richard von England zornig wurde, in höchster Gefahr schwebte. Mit einer heftigen Bewegung wandte er sich an den Patrouillenführer. »Sorge dafür, dass einhundert und noch mehr Krieger in die Sättel kommen. Wir brechen so schnell auf, wie wir können.«

»So sei es, oh Amir ibn Hassan ibn Tamid«, antwortete der Bote und eilte mit raschen Schritten davon.

5.

Als Akkon am späten Nachmittag in der Ferne zu erkennen war, sah Raoul sich prüfend um und wies auf eine nahe Senke. »Halt! Absitzen! Wir bleiben hier«, rief er.

Michael sah sich erstaunt um. Weit und breit war kein Brunnen, und Schatten spendeten nur mehrere zerzauste Tamariskensträucher, die am Rand der Senke dem kargen Boden und der Hitze trotzten. Jeder andere Ort hätte sich für eine Rast besser geeignet. Da Raoul jedoch hier zu halten befahl, musste es wegen ihres geheimen Auftrags sein.

»Sorgt dafür, dass sich die Pferde hinlegen und weder diese noch ihr aus der Richtung der Sarazenen gesehen werden könnt!«, erklärte Raoul.

Dann winkte er Benoît und Roger zu sich. »Ihr beide haltet Wache und meldet uns, wenn ihr Reiter entdeckt, die auf uns zuhalten.«

»Ja, Bruder«, antwortete Roger verwundert und ging mit Benoît zusammen los, um einen passenden Platz zu suchen.

»Ihr könnt euch noch ein wenig ausruhen, haltet aber die Schwerter bereit. Ich hoffe, wir müssen sie nicht gebrauchen, doch wenn es sein muss, schlagt zu!«, befahl Raoul den Übrigen.

»Gegen wen geht es? Gegen Sarazenen?«, fragte Florent de Crespy.

Raoul schüttelte den Kopf. »Wir haben den Auftrag, Damien und Beauvais de Ronceau gefangen zu nehmen und zu König Richard zu bringen.«

Florent de Crespy sah ihn verwirrt an. »Aus welchem Grund?«

»Weil der König es so befohlen hat!« Raoul hoffte, damit seine Männer zu überzeugen. Immerhin waren die Ronceaus und sie Krieger im selben Heer, und das Schwert gegeneinander zu ziehen, war eigentlich strengstens untersagt.

Nicht nur Florent de Crespy, sondern auch Michael und den anderen Kriegern lagen Fragen auf der Zunge. Sie unterblieben jedoch, weil keiner annahm, dass König Richard Raoul die Gründe genannt hatte, die ihn zu diesem Befehl veranlasst hatten.

Einer der Aquitanier gesellte sich zu Raoul. »Die Ronceau-Brüder haben mir die ganze Zeit nicht gefallen. Als es auf Sizilien ums Ganze ging, waren sie auf einmal krank, und auf Zypern haben sie sich auch nicht hervorgetan.«

»Ich kenne sowohl Damien wie auch Beauvais. Ersterem Mut abzusprechen, würde ich keinem raten. Er trägt nicht umsonst den Namen Tête de Taureau. Wenn er sagt, dass er auf Sizilien krank war, dann war er es auch«, antwortete Raoul.

Der Aquitanier zuckte mit den Achseln. »Das mag sein, doch er steht nicht sehr hoch in König Richards Gunst. Es heißt, er habe in dessen Fehde mit seinem Vater König Henri auf der Seite des Vaters gestanden! So etwas vergisst Herr Richard nicht.«

»Uns kann es gleichgültig sein, weshalb König Richard die beiden festsetzen lassen will. Es ist sein Befehl, also führen wir ihn aus!«, warf Michael ein. Er kannte die Brüder Ronceau nicht, war aber überzeugt, dass der König einen Grund für sein Handeln hatte. Allerdings hielt er Richard mittlerweile für fähig, jedem schaden zu wollen, der sich auch nur einen Zoll zu wenig vor ihm verbeugt hatte. Ihn ging es jedoch nichts an, warum der König die beiden Brüder in die Hand bekommen wollte, bevor sie Akkon erreicht hatten. Daher suchte er sich einen Platz und setzte sich.

Es dauerte eine geraume Weile, bis Benoît gelaufen kam. »Wir haben in der Ferne Reiter gesehen! Es können nicht mehr als sechs oder sieben sein.«

»Dann sind es Damien de Ronceau und sein Bruder mit ihren Leuten. Bleibt sitzen! Sie müssen erst näher herankommen. Wenn sie uns zu früh bemerken, fliehen sie womöglich noch zu den Sarazenen, und wir müssten als Versager vor den König treten.«

Auf Raouls Worte hin nahmen mehrere Krieger, die sich bereits erhoben hatten, wieder Platz. Raoul sah ihnen an, wie wenig es ihnen gefiel, weiter warten zu müssen. Er wollte jedoch seinen Auftrag so zu Ende führen, wie der König es von ihm erwartete, und schickte Benoît noch einmal los.

»Melde es uns, wenn der Stierkopf und die Seinen bis auf drei Bogenschussweiten herangekommen sind«, rief er ihm nach und wandte sich dann an seine Männer. »Macht euch nun bereit, auf meinen Befehl hin die Pferde zu holen und euch in die Sättel zu schwingen, damit wir Damien de Ronceaus Trupp abfangen können.«

Die Ritter standen vorsichtig auf und eilten gebückt zu ihren Pferden. Raoul richtete seinen Blick auf die Stelle, an der die Ronceau-Brüder auftauchen mussten, und betete zu Gott, dass alles gut gehen würde.

6.

In der Ferne hörten sie bereits das Hufgetrappel der Pferde, als Benoît auf sie zurannte und berichtete, dass die Reiter nahe genug herangekommen seien.

»Es sind der Stierkopf Damien, sein Bruder und vier Begleiter«, setzte er keuchend hinzu.

»Ihr wisst, was zu tun ist, Männer. In die Sättel!« Noch während er es sagte, schwang Raoul sich auf seinen Hengst und trieb diesen an.

Innerhalb weniger Augenblicke waren seine dreißig Mann ausgeschwärmt und umzingelten Damien de Ronceaus kleinen Trupp. Dieser starrte wütend auf die gegen ihn und seine Männer gerichteten Lanzen und Schwerter. »Was soll der Unsinn?«

»Wir haben Befehl, Euch zu König Richard zu bringen. Übergebt uns daher Eure Schwerter«, forderte Raoul ihn auf.

»Euch mein Schwert überlassen? Niemals!« Damien de Ronceau griff zur Waffe, doch bevor er sie ziehen konnte, saß ihm Michaels Klinge am Hals. »Es ist der Befehl des Königs! Also gehorcht!«

Sein scharfer Tonfall brachte Damiens vier Begleiter dazu, die Schwertgurte zu lösen. Das tat auch Beauvais, doch die Gedanken seines Bruders rasten. Damien wusste, dass man die Botschaft Saladins an Konrad von Montferrat niemals bei ihm finden durfte, wenn er nicht als Verräter gelten wollte. Im Augenblick sah er jedoch keine Möglichkeit, den Umschlag unbemerkt loszuwerden. Vielleicht konnte er ihn auf dem Ritt nach Akkon heimlich fallen lassen. Wenn er sich die Stelle merkte, würde er ihn sogar wiederfinden.

Da ihm keine andere Möglichkeit blieb, übergab er ebenfalls sein Schwert und funkelte Raoul feindselig an. »Das werde ich Euch nicht vergessen, Laronne. Einmal werdet Ihr mir dafür geradestehen.«

Raoul hatte genug über Damien de Ronceau gehört, um diese Drohung nicht in den Wind zu schreiben. Wenn der Nachbar einen Zweikampf wollte, so sollte es so sein. Immerhin stand immer noch seine Herausforderung an Damien im Raum, als dieser Constance wie ein Strauchritter aufgelauert hatte.

»Ich werde bereit sein!«, antwortete er kühl und reichte Ronceaus Schwert an Benoît weiter.

Weder Damien und seine Männer noch Raoul und seine Schar achteten auf ihre Umgebung, und so entging ihnen der Reitertrupp, der sich von der Seite näherte. Als sie die Sarazenen bemerkten, flogen ihnen bereits die ersten Pfeile um die Ohren.

Der Angriff kam so überraschend, dass sie ihren größten Vorteil, nämlich die Wucht ihrer schweren Rosse, nicht mehr einsetzen konnten. Jeder wurde von vier, fünf Sarazenen attackiert, und ehe mehr als ein paar Herzschläge vergingen, lagen die Ersten tot am Boden.

Raoul verfluchte sich, weil er sich hatte überraschen lassen, und kämpfte mit einer Wut, die mehr als einem der Feinde das Leben kostete.

Auch Michael schwang sein Schwert wie ein Berserker. Für einen kurzen Moment wichen die Sarazenen vor ihm zurück. Einer legte einen Pfeil auf die Sehne, spannte seinen Bogen bis zum Äußersten und schoss aus kürzester Entfernung auf ihn. Auf weite Entfernungen hatte das Kettenhemd den Pfeilen widerstanden. Doch nun durchschlug der Pfeil die Panzerung und drang tief in Michaels Brust ein.

Er wankte im Sattel, fühlte, wie ihm das Schwert in der Hand zu schwer wurde, und ließ es fallen. Als er zum Dolch greifen wollte, traf ihn ein harter Schwerthieb gegen den Helm. Halb betäubt sank er nach vorne auf den Hals des Grauschimmels und wartete auf den letzten, entscheidenden Schlag.

Einer der Sarazenen kam heran und hob die Klinge. Im selben Augenblick raste der Grauschimmel wie erschreckt los.

»Verflucht!«, rief Amir ibn Hassan, der keinen Kreuzritter entkommen lassen wollte.

»Zwei sollen ihm folgen. Bringt mir seinen Kopf!«, befahl er und wandte sich Raoul zu, der als einer der wenigen seiner Schar noch auf dem Pferd saß und mit dem Schwert um sich schlug.

Als er sah, wie mehrere Sarazenen mit Pfeilen auf ihn zielten, riss er seinen Schild hoch und wehrte die Geschosse ab. Damit aber gab er zwei Gegnern die Gelegenheit, ihn von hinten zu packen und aus dem Sattel zu reißen. Als er zu Boden ging, waren die Feinde über ihm. Einer trat ihm das Schwert aus der Hand, und ein anderer holte mit der Waffe zum entscheidenden Schlag aus.

Da hob Amir ibn Hassan die Hand. »Dieser Franke ist ein Anführer. Ich behalte ihn daher als Geisel, damit meinem Bruder nichts geschieht.«

Bevor Raoul sichs versah, war er gefesselt und lag wie ein erlegtes Stück Wild vor den Füßen des Anführers der Sarazenen.

Bislang hatten Damien und Beauvais de Ronceau den Überfall als Zuschauer erlebt und wussten nicht, was sie davon halten sollten.

»Wollen die uns helfen, oder haben sie nur Lust darauf, christliche Krieger zu töten?«, fragte Beauvais leise seinen Bruder.

»Woher soll ich das wissen?«, fuhr dieser auf und deutete eine Verbeugung vor Amir ibn Hassan an. Von Raouls Reitern stand unterdessen keiner mehr auf den eigenen Beinen. Wer sich von ihnen noch rührte, wurde eben niedergemacht.

Amir ibn Hassan stellte zufrieden fest, dass sein Angriff ein voller Erfolg geworden war. Nur ein einziger Franke hatte fliehen können, war aber so schwer verwundet, dass ihn die Männer, die er ihm nachgesandt hatte, bald eingeholt haben würden. Nun ging es noch um die beiden Männer, die Salah al-Dins Botschaften zu Konrad von Montferrat gebracht hatten, und deren vier Begleiter. Kurz überlegte er, auch sie zu töten. Dies aber hätte Salah al-Dins Ehre und Ansehen verletzt. Für den Sultan besaßen sie allerdings keinen Wert mehr, nachdem sie als heimliche Boten entlarvt worden waren. Er aber konnte erhobenen Hauptes vor Salah al-Din treten und erklären, dass die Vernichtung dieser Franken notwendig gewesen sei, damit König Richard nicht in den Besitz des Briefes an Konrad von Montferrat gelangen konnte.

Mit einer fordernden Geste streckte Amir ibn Hassan den Arm aus. »Gebt mir die Botschaft! Ihr könnt sie Malik Konrad nicht mehr bringen.«

»Wieso nicht?«, fragte Damien de Ronceau angespannt.

Amir ibn Hassan wies auf Raoul, der eben mit einem Seil hinter ein Pferd gebunden wurde, und die toten Kreuzritter. »Sie sollten Euch abfangen! Hätte Malik Richard diese Botschaft bei Euch entdeckt, hätte er Euch hängen lassen.«

»Verdammt, was machen wir jetzt? Nach Akkon können wir nicht mehr zurück!«, rief Beauvais erschrocken.

Damien de Ronceaus Kiefer mahlten, während er angestrengt nachdachte. Das Heilige Land hatte ihm und seinem Bruder wenig Glück gebracht. Der einzige Gewinn war die Summe, die sie von Saladin erhalten hatten. Um jedoch viel damit anfangen zu können, war sie noch zu klein. Oder auch nicht … Sein Blick suchte Raoul, der eben von zwei Sarazenen mit kurzen Peitschen geschlagen wurde. Ein Plan formte sich in seinen Gedanken. Zunächst erschien er ihm verrückt. Doch wenn er nichts riskierte, würde er für immer ein kleiner Ritter sein, der das Haupt vor all den höheren Herren beugen musste.

»Was geschieht mit ihm?«, fragte er und wies auf Raoul.

»Ich werde ihn als Geisel behalten, damit meinem gefangenen Bruder nichts geschieht«, antwortete Amir ibn Hassan mit grimmiger Zufriedenheit.

Damien und Beauvais sahen einander an. Sie hatten in Akkon erfahren, dass Richard alle Gefangenen töten lassen wollte, wenn seine Bedingungen nicht umgehend erfüllt wurden. Nun war Richard keiner, der solche Drohungen leichthin aussprach. Da es nicht so aussah, als könnten die Sarazenen rasch genug auf seine Bedingungen eingehen, würde auch Amir ibn Hassans Bruder Hamid sterben. Dann würde dessen Rache Raoul treffen – und Constance de Laronne et de Beljeux würde Witwe sein und einen neuen Ehemann brauchen.

Nach den Streitigkeiten zwischen den Königen war abzusehen, dass Philippe II. bei der Bestellung des Vizegrafen von Laronne keine Rücksicht mehr auf Richard Löwenherz nehmen würde. Auch hatte er gewiss nichts dagegen, ein paar Herrschaften, die jetzt noch zu Richards normannischem Herzogtum zählten, seinem eigenen Reich zuzuschlagen.

Nun kam es darauf an, wer als Erster Constance vor den Traualtar schleppte. Für Damien hieß dies, vor der Nachricht von Raouls Tod in der Heimat zu sein.

»Weißt du, wie ich auf ein Schiff komme, das mich nach Venedig oder Genua bringt? Auch bräuchte ich noch ein wenig Geld für die Reise und danach.«

Die Forderung war dreist, denn Saladins Geschenk war ausreichend, nicht nur ein paar Männer, sondern eine ganze Schar in die Heimat reisen zu lassen, ohne sich unterwegs einen Genuss versagen zu müssen. Dabei dachte Damien nicht einmal an die eigenen Männer. Unterwegs waren bereits einige gestorben, andere vor Akkon gefallen, und die Übrigen bis auf seine vier Begleiter befanden sich in Richards Heerlager, und dorthin wollte er gewiss nicht zurück.

Amir ibn Hassan missfiel die gierige Art des Franken schon lange. Andererseits mochte das Gerücht, Richards eigene Ritter würden dessen Heer verlassen und in die Heimat zurückkehren, eine Flut in Gang setzen, die weitere christliche Krieger über das Meer zurück in ihre kalten Länder spülen würde. Daher nickte er.

»Folgt mir! Ihr könnt in Jaffa auf ein Schiff steigen, das Euch nach Italien bringt.«

»Dann soll es so sein!« Damien de Ronceau wies einen seiner Männer an, ihm sein Schwert zu reichen, das er hatte abgeben müssen, und sah dann die Toten an. »Was macht Ihr mit denen? Lasst Ihr sie liegen?«

»Wir nehmen sie mit. Soll Malik Richard sich doch den Kopf zerbrechen, was mit dieser Schar geschehen ist«, antwortete Amir ibn Hassan und erteilte seinen Männern die entsprechenden Befehle.

Ein Teil seiner Männer schwang sich aus den Sätteln, um die toten Kreuzritter auf deren Pferde zu laden. Da sie sich nahe an Akkon befanden, beeilten sie sich. Aus diesem Grund achtete keiner auf die schwache Blutspur, die zu einem Tamariskengebüsch führte. Da einige Pferde davongelaufen waren und nicht mehr eingefangen werden konnten, vermochten sie auch nicht, die Zahl der toten Kreuzritter mit denen der Pferde abzugleichen.

Die Sarazenen brachen auf, kaum dass der letzte Tote festgeschnallt worden war. Damien und seine Begleiter folgten ihnen mit ihren vier Gefolgsleuten. Diese wussten nicht, wie ihnen geschah, waren aber froh, nicht erschlagen worden zu sein, und sagten sich, dass ihr Anführer wohl wusste, was er tat.

Unterwegs schlossen die beiden Sarazenen zu ihnen auf, die Michael verfolgt hatten. Ihre Mienen wirkten säuerlich, als sie Amir ibn Hassan Bericht erstatteten.

»Wir sind dem Franken gefolgt, so gut wir konnten, doch sein

Hengst ist keiner der plumpen Gäule, wie die Franken sie reiten, sondern ein ausgezeichneter Renner. Wir verloren ihn daher mehrmals aus den Augen. Zuletzt sahen wir den Hengst des Reiters ledig davonrasen, doch folgen konnten wir ihm nicht mehr. Das ärgert mich, denn ich hätte das Tier gerne erbeutet.«

»Was ist mit dem Ritter?«, fragte Amir ibn Hassan.

Der Mann hob bedauernd die Arme. »Er muss aus dem Sattel gestürzt sein. Wo genau, wissen wir nicht. Wir haben ihn nicht gefunden.«

Amir ibn Hassan überlegte, ob er den Männern befehlen sollte, genauer zu suchen. Dies aber mochte den Franken auffallen und ihnen einen Hinweis geben, wer ihre Patrouille vernichtet hatte. Als er sich Michaels Verletzungen ins Gedächtnis rief, winkte er ab. Der Mann konnte bereits tot gewesen sein, als er vom Pferd gestürzt war.

»Wir reiten weiter!«, befahl er und bedachte Raoul mit einem grimmigen Blick. Sollte seinem Bruder auch nur das Geringste geschehen, würde dieser Ritter es teuer bezahlen müssen.

7.

Benoît hatte kurz nach dem Beginn des Kampfes einen harten Schlag gegen den Kopf erhalten und war betäubt vom Pferd gestürzt. Als er wieder zur Besinnung kam, war der Kampf vorbei und bis auf seinen Herrn alle tot. Dieser wurde gerade gefesselt. Da die Mauren nur auf Raoul schauten, nützte Benoît die Gelegenheit, die paar Schritte zu einem dichteren Gestrüpp zu kriechen und sich darin zu verbergen. Obwohl er die nächsten Minuten in Todesangst verbrachte, achtete er auf alles, was um ihn herum geschah. So begriff er, dass Amir ibn Hassan seinen Herrn als Gefangenen behalten wollte. Noch während er überlegte, auf welche Weise es ihm gelingen könnte, Raoul zu befreien, vernahm er, wie Damien de Ronceau von den Sarazenen ein Schiff forderte, mit dem er in die Heimat zurückkehren konnte.

Während die Sarazenen die Toten auf die Pferde luden, kamen die beiden Ronceau-Brüder so nahe an Benoîts Versteck heran, dass er befürchtete, sie könnten ihn bemerken. Als Beauvais etwas zu seinem Bruder sagte, spitzte er die Ohren.

»Was hast du vor? Nach dem, was hier geschehen ist, können wir König Richard nicht mehr unter die Augen treten. Er wird uns sogar das Lehen absprechen, auf dem unsere Familie seit Generationen gelebt hat.«

Damien warf seinem Bruder einen besserwisserischen Blick zu. »Deshalb, mein lieber Beauvais, werde ich Ronceau unter den Schutz König Philippes II. stellen – das heißt: Ich werde mich ihm als Lehnsmann andienen.«

»König Philippe wird wegen Ronceau keinen Konflikt mit Richard Löwenherz beginnen«, wandte Beauvais ein.

Damien de Ronceau antwortete mit einem zufriedenen Lachen. »Vielleicht nicht für Ronceau allein, aber gewiss zusammen mit Laronne und Beljeux. Weißt du, Bruder, ich will zu Hause sein, bevor die Nachricht von Ritter Raouls bedauerlichem Ende in die Heimat gelangt. Dort werde ich Constance gefangen nehmen und zur Ehe zwingen. Danach hat Philippe II. die Wahl, mich mit den drei Herrschaften zu belehnen und damit sein Reich zu vergrößern, oder er muss zusehen, wie ich mich Richard unterwerfe. Der hat gewiss nichts dagegen, die Vizegrafschaft Laronne der Normandie hinzuzufügen, und wird uns dafür in die Arme schließen.«

»Aber was bleibt dann mir und unserem jüngeren Bruder, wenn du alles an dich raffen willst?«, fragte Beauvais bissig.

»Bin ich erst einmal Vicomte de Laronne, bin ich bedeutend genug, um dir die Ehe mit einer reichen Erbin zu verschaffen. Was unser Brüderlein angeht, muss es erst erwachsen werden, bevor es Forderungen stellen kann.«

Damien zeigte deutlich, dass ihn dieser Bruder kaum interessierte. Anders war es mit Beauvais. Er brauchte einen Gefolgsmann, auf den er sich voll und ganz verlassen konnte. Dies hieß aber auch, den Bruder mit einem entsprechenden Preis zu ködern.

Da sich die Sarazenen zum Abmarsch bereit machten, endete das Gespräch zwischen den beiden Brüdern, und sie schlossen sich Amir ibn Hassans Schar an. Benoît blieb allein zurück und konnte es kaum glauben, noch am Leben zu sein. Als er aus dem Tamariskengestrüpp herauskroch und sich umsah, wiesen nur noch dunkle Flecken gerinnenden Blutes am Boden darauf hin, dass hier gute Männer gefallen waren.

Benoît schämte sich, überlebt zu haben. Die Tränen rannen ihm über die Wangen, und er rief klagend nach den Freunden, die hier ihr Ende gefunden hatten. Erst nach einer Weile beruhigte er sich und blickte sich um. Von einem Hügel aus hatte Akkon vorhin recht nahe ausgesehen, und zu Pferd hätten sie es wohl in weniger als zwei Stunden erreicht. Nun aber würde er bis tief in die Nacht hinein gehen müssen, und das ohne einen Tropfen Wasser. Dabei war sein Mund bereits jetzt so trocken, dass er vor Durst halb verging.

In der Ferne sah er eines der Pferde, doch als er darauf zulief, trabte es davon. Benoît wurde schneller, merkte aber bald, dass er nur seine Kraft vergeudete. Erschöpft blieb er stehen und stellte fest, dass er sich auf der Jagd nach dem Pferd noch weiter von Akkon entfernt hatte.

Er kehrte um, wobei er die Stelle mied, an der sie angegriffen worden waren. Bei dem Gedanken an das Gemetzel schüttelte es ihn. Am Morgen waren sie voller Zuversicht aufgebrochen, und jetzt waren alle bis auf seinen Herrn und ihn tot.

Nach einer Weile hörte Benoît Hufschlag. Wenn es ein Feind ist, dann soll es halt so sein, dachte er und drehte sich nicht einmal um. Plötzlich erhielt er einen Schubs von hinten und schlug hin. Als er sich wieder auf die Beine gekämpft hatte, stand Michaels Grauschimmel vor ihm.

»Dich schickt der Himmel!«, rief er und fasste nach den Zügeln. Er wollte in den Sattel steigen, doch da drehte der Hengst sich zur Seite, und er fiel erneut hin.

»Verflucht! Kannst du nicht stillhalten?«, schimpfte Benoît. Zur Antwort stupste ihn das Pferd erneut an.

»Du bist ein elendes Biest!«, schalt der Jüngling und stapfte mit müden Schritten los.

Sofort war der Hengst neben ihm und schob ihn in eine andere Richtung.

Benoît blieb stehen und rieb sich die Stirn. »Du willst, dass ich dorthin gehe?«, fragte er und wies auf einen Höhenzug, der noch weiter von Akkon entfernt lag.

Natürlich kam von dem Hengst keine Antwort. Er schob den Jüngling jedoch weiter und verlegte ihm jedes Mal, wenn dieser in Richtung Akkon abbiegen wollte, den Weg. Nach einer Weile gab Benoît auf und stolperte, von dem Pferd getrieben, weiter. Zuletzt erreichten sie ein Gewirr aus schmalen Schluchten, die sich zwischen den Hügeln hindurchzogen. Bei einem dichten Gebüsch überholte der Hengst den Jungen und blieb stehen.

»Was ist denn jetzt schon wieder?«, stöhnte Benoît verzweifelt. Da sah er einen Stiefel aus dem Gebüsch ragen.

Benoît kniff die Augen zusammen und öffnete sie wieder. Der Stiefel blieb, und es gab auch noch einen zweiten. Sie gehörten zu einem Mann, der hinter den Tamariskenbüschen lag. Sein Waffenrock war voller Blut und der Helm so verbeult, dass der Jüngling einige Augenblicke brauchte, um zu erkennen, wer vor ihm lag.

»Herr Michael!«, rief er und kniete neben diesem nieder. Zuerst glaubte er ihn tot, dann aber sah er, dass der Ritter die Finger der rechten Hand bewegte, und vernahm sein leises Stöhnen.

»Herr Michael, Ihr lebt!«

Im ersten Augenblick war Benoît erleichtert, sah dann aber auf die Pfeile, von denen einer hoch in der Brust saß und der andere in Michaels Oberschenkel steckte. Dazu blutete dieser aus einer Wunde am Kopf. Zwei weitere Verletzungen entdeckte er, als er ihn halb umdrehte.

Benoît besaß weder Verbandszeug noch das Wissen, wie so schwere Verletzungen zu behandeln waren. Da die Pfeilwunden kaum bluteten, ließ er sie in Ruhe. Er nahm Michael jedoch den Helm ab und wand ihm aus Ermanglung von etwas anderem einen Streifen um den Kopf, den er aus dessen Waffenrock schnitt. Stücke seines eigenen Waffenrocks stopfte er dort, wo Michaels Kettenhemd am Rücken den feindlichen Schwertern nicht widerstanden hatte, in die Löcher hinein, um auch diese Blutung zu stillen.

Mehr konnte er nicht tun, sagte er sich und trat dann auf den Hengst zu, der ihm aufmerksam zugesehen hatte. »Jetzt wirst du mir helfen müssen. Ich kann mir deinen Herrn nicht auf die Schulter laden und tragen. Entweder lässt du zu, dass ich ihn auf dich lege, oder ich muss ihn hier liegen lassen und zusehen, dass ich nach Akkon komme und dort Hilfe hole. Bis dorthin aber, so schätze ich, wird Herr Michael nicht durchhalten.«

Zu seiner Erleichterung blieb der Hengst stehen, als er Michael mühsam hochhob und ihn auf das Pferd wuchtete. »Ich werde hinter ihm aufsitzen und ihn halten müssen«, sagte er dem Tier, als wäre dieses ein verständiger Mensch.

Zunächst wich der Hengst vor ihm zurück, ließ sich aber schließlich zu einem Felsen führen, von dem aus Benoît auf seinen Rücken steigen konnte. Als er mit der einen Hand die Zügel fasste und den anderen Arm um Michael legte, um diesen zu halten, betete er inbrünstig, nicht mit einem Toten in Akkon anzukommen.

8.

Mitternacht war längst vorüber, als Benoît zutiefst erschöpft das Stadttor erreichte. Zu seiner Verwunderung brannten dort helle Feuer, und auf den Mauern waren Krieger zu sehen. Kaum geriet er in den Bereich, der von den brennenden Holzstößen erhellt wurde, klang eine scharfe Stimme auf.

»Halt, stehen bleiben, und strecke die Hände nach oben!«

»Was soll das?«, fragte Benoît mit kratziger Stimme. »Ich bin der Knappe von Vicomte Raoul de Laronne und habe Ritter Michael bei mir. Er ist schwer verletzt und benötigt sofort einen Wundarzt.«

»Trete vollends ins Licht, so dass wir sehen können, wer bei dir ist«, antwortete der Hauptmann der Torwachen etwas weniger grimmig.

Benoît gehorchte, und so sahen die Wächter ein Pferd mit blutigem Sattel, auf dem zwei Reiter saßen, von denen der Vordere über den Nacken des Hengstes hing.

»Warte noch einen Augenblick!«, befahl der Hauptmann und erteilte mehrere Befehle. Wenige Augenblicke später zuckten Brandpfeile durch die Luft und beleuchteten kurz die Umgebung des Tores.

»Was ist eigentlich los?«, fragte Benoît, der solche Vorsicht nicht gewohnt war.

»Wir mussten uns heute mit einer Schar Sarazenen herumschlagen«, erklärte der Ritter. »Sie wollen verhindern, dass wir die Gefangenen hinrichten. Wir haben ihnen aber heimgeleuchtet, sage ich dir!«

Benoît interessierte sich weder für die Gefangenen noch für angreifende Sarazenen. Er wollte endlich in die Stadt und Michael zu einem Wundarzt bringen. Außerdem quälte ihn der Durst so sehr, dass es in seiner Kehle wie Feuer brannte.

Endlich wurde das Tor geöffnet, und man ließ ihn ein. Kaum hatte er mit dem Grauschimmel die Pforte passiert, wurde es auch schon wieder geschlossen. Der Hauptmann stieg vom Turm herab und musterte die beiden im Schein einer Fackel.

»Ihr seht ja übel aus. Lebt der überhaupt noch?«

»Nicht mehr lange, wenn Ihr mich noch weiter aufhaltet«, antwortete Benoît schnappig, fuhr aber etwas verbindlicher fort: »Wenn Ihr so gut sein könntet, einen Wundarzt zu Vicomte Raoul de Laronnes Quartier zu schicken.«

Noch während er es sagte, erinnerte er sich, dass sein Herr Gefangener der Sarazenen war, und schämte sich, weil er mit ein paar Beulen und leichteren Verletzungen davongekommen war.

»Das tue ich!«, versprach der Wächter und erteilte rasch mehrere Befehle.

Bei ihrem Quartier angekommen, musste Benoît schreien, bis ihm jemand öffnete. Der Mann, der aus der Tür herausschaute, erschrak, als er die beiden blutigen Gestalten entdeckte.

»Bei Gott, was ist geschehen?«

»Wir sind angegriffen worden. Vicomte Raoul wurde gefangen genommen, Ritter Michael schwer verwundet, und alle anderen wurden erschlagen.«

Benoît konnte die Tränen nicht mehr zurückhalten, als er daran dachte, dass Florent de Crespy, Robert und Roger de Lorris, Théotime und viele Freunde die Heimat nie mehr wiedersehen würden. Auch bei Michael erschien ihm dies höchst zweifelhaft. Er hatte jedoch getan, was er konnte.

Zu seiner Erleichterung kamen nun mehrere Knechte, hoben den Verletzten vom Pferd und trugen ihn ins Haus. Benoît ließ sich aus dem Sattel rutschen und drückte dem Mann, der geöffnet hatte, die Zügel in die Hand.

»Kümmere dich um Ritter Michaels Grauschimmel. Er hat heute viel leisten müssen.«

»Das mache ich!«, versprach der andere und sah ihn dann mit traurigen Augen an. »Bist du wirklich als Einziger davongekommen?«

Als Benoît nickte, stieß er einen Fluch aus und verzog das Gesicht zu einer hasserfüllten Grimasse. »Jetzt bedauere ich keinen der Gefangenen mehr, die schon bald über die Klinge springen müssen, seien es Männer, Frauen oder Kinder. Man sollte alle Sarazenen, auf die man trifft, zur Hölle schicken!«

Benoît nickte, ohne recht zu begreifen, was der andere gesagt hatte, und stolperte ins Haus. Ein Knecht reichte ihm einen Becher Wasser, und er trank ihn so gierig aus, dass er sich fast verschluckte.

»Mehr!«, forderte er, als er wieder zu Atem gekommen war. Er bekam noch einmal Wasser, dann reichte ihm ein Knecht einen Pokal mit Wein. Benoît trank auch diesen, ließ zu, dass der Mann ihm einen Verband um den Kopf wickelte, um die immer noch leicht blutende Verletzung zu bedecken, und ging dann in die Kammer, in die Michael gebracht worden war.

Unterdessen war der Wundarzt eingetroffen und sah den Schwerverwundeten kopfschüttelnd an. »Ich wundere mich, dass überhaupt noch Leben in ihm ist. Ihr solltet ihn in Ruhe sterben lassen. Wenn ich seine Wunden behandle, füge ich ihm nur unnütz Schmerzen zu!«

»Bist du ein Arzt oder ein Schwätzer?«, fuhr Benoît ihn an.

Der Mann warf ihm einen beleidigten Blick zu, legte dann das Bündel mit seinen Instrumenten und Arzneien auf einen Tisch und atmete tief durch. »Bevor wir dem Ritter das Kettenhemd ausziehen können, müssen wir den Pfeilschaft abbrechen. Das können wir erst tun, wenn wir die Pfeilspitze so weit durchgedrückt haben, dass wir sie hinterher entfernen können. Sonst bleibt sie in seinem Körper stecken, und das würde sein Ende bedeuten. Aber es macht wahrscheinlich keinen Unterschied, ob wir es tun oder nicht.«

Obwohl der Wundarzt nicht glaubte, Michael durchzubringen, machte er sich ans Werk. Nachdem er den Pfeil so durch Michaels Oberkörper gestoßen hatte, dass er durch das Kettenhemd hindurch dessen Spitze fühlen konnte, schnitt er den Schaft mit einer Zange ab. Der Pfeil im Oberschenkel bereitete ihm weniger Mühe, und er konnte ihn ganz entfernen. Danach wies er die Knechte an, Michael das Kettenhemd und die Kleidung auszuziehen.

Nach einer Weile lag Michael nackt vor ihm. Die Wunden bluteten, wenn auch nicht stark, und bei seinem Brustkorb war immer noch ein leichtes Heben und Senken zu erkennen.

»Zäh ist er ja!«, meinte der Arzt und begann, eine Verletzung nach der anderen zu behandeln.

Die auf dem Rücken erwiesen sich als nicht allzu tief, denn das Kettenhemd hatte einen gewissen Schutz geboten. Auch die Pfeilwunde am Oberschenkel stellte kein großes Problem dar. Nachdem er eine scharf riechende Essenz in die Wunde geträufelt hatte, verband er sie und wandte sich dann der Verletzung an der Brust zu.

Er zog die Pfeilspitze und den Rest des Schaftes heraus, ließ die Wunde aber noch ein wenig bluten. Nachdem er die Farbe des Blutes überprüft und daran gerochen hatte, schüttelte er den Kopf. »Diese Verletzung allein könnte er vielleicht überstehen. Er hat jedoch viel Blut verloren, und da sind auch noch die anderen Wunden. Es ist ein Wunder, dass er überhaupt noch atmet. Ob er es morgen noch tun wird, bezweifle ich.«

Dieses Urteil traf Benoît hart. Er hatte alles getan, um Michael zu retten, und nun sollte es umsonst gewesen sein? Dazu kam die Sorge, was mit ihrem Aufgebot werden sollte, nachdem mit Robert und Roger de Lorris, Florent de Crespy alle Ritter tot und Raoul gefangen war. Da Léandre de Gajan und Olivier bereits während der Belagerung ums Leben gekommen waren und Michael dem Tode näher war als dem Leben, begriff Benoît mit einem Mal, dass er als Bernards Sohn den höchsten Rang unter den Männern aus Laronne einnahm.

Die Verantwortung dafür erschien ihm viel zu schwer. Dann dachte er daran, dass er noch eine viel wichtigere Aufgabe hatte, als ein paar Dutzend Krieger zu führen. Er hatte gehört, dass Damien de

Ronceau in die Heimat reisen und Constance zur Heirat zwingen wollte. Wenn sie ungewarnt blieb, würde ihm dies gelingen.

»Es darf nicht sein!«, stieß er erregt hervor.

»Was darf nicht sein?«, fragte ein Knecht, der neben ihm stand.

»Der Stierkopf plant einen Anschlag auf unsere Herrin, um sich Beljeux und Laronne aneignen zu können«, antwortete Benoît und berichtete, was er von Damien und Beauvais de Ronceau erlauscht hatte.

Der Mann stammte wie er aus Laronne und war seiner Herrin treu ergeben. Als er hörte, welche Pläne Damien de Ronceau hegte, fluchte er zum Gotterbarmen. Dann aber packte er Benoît bei der Brust. »Die Herrin muss gewarnt werden! Nimm dir so viel Geld aus der Truhe des Herrn, wie du für die Reise brauchst. Wir kommen schon durch! Wer weiß, vielleicht gesundet Ritter Michael wieder. Wenn nicht, schließen wir uns einem der französischen Edelleute an, die hier zurückgeblieben sind.«

»Vicomte Raouls Gefangennahme muss gemeldet werden!«, erklärte Benoît. »Das soll einer von euch übernehmen. König Richard wird ihn gewiss gegen einen anderen Gefangenen austauschen lassen. Ich würde es ja selbst tun, aber mir brennt die Zeit unter den Nägeln!«

»Wir kümmern uns darum. Möge ein Engel des Herrn Euch in die Heimat begleiten!«

»Hab Dank!« Benoît schüttelte es bei dem Gedanken, die lange Reise allein zurücklegen zu müssen. Doch was blieb ihm übrig? Wenn er einen der anderen Männer schickte, so hatte dieser ebenso wenig Erfahrung wie er, galt aber als Knecht, während er immerhin ein Knappe und der Sohn eines Ritters war.

»Du hast recht!«, sagte er seufzend und dachte kurz nach. »Einer von euch wird mich begleiten! Ein anderer soll zum Hafen und nach einem Schiff fragen, das so bald wie möglich ablegt.«

»Willst du den Zelter des Herrn mitnehmen?«, fragte der Knecht.

Benoît nickte. »Da mein eigenes Pferd mit all den anderen verschwunden ist, wird es wohl das Beste sein. Ich müsste mir sonst, wenn ich wieder an Land gehe, ein Pferd kaufen. Doch nun sollten wir uns beeilen.«

Er kehrte noch einmal in die Kammer zurück, in der Michael lag. Der Wundarzt hatte das Haus verlassen. Michael lag still auf seinem Lager. Ein weißes Laken war bis zu seinem Kinn hochgezogen, und nur ein leichtes Zucken der Mundwinkel verriet, dass er noch lebte.

»Verzeiht, Herr Ritter, wenn ich Euch jetzt zurücklasse, doch mich rufen höhere Verpflichtungen. Mögen Gott und der Heiland Euch beistehen. Lebt wohl!« Benoît kämpfte gegen die Tränen an, die in ihm aufsteigen wollten. Wenn er nicht wollte, dass seine Herrin das Opfer eines üblen Schurkenstreichs wurde, musste er stark sein. Er atmete noch einmal tief durch, verließ dann die Kammer und suchte seine eigene auf, um zu packen.

Wenig später kam der Bote zurück, der zum Hafen geschickt worden war, und berichtete, dass ein genuesisches Schiff am Morgen auslaufen würde.

Benoît blickte durch das Fenster nach Osten und sah bereits die ersten hellen Schimmer des aufsteigenden Tages über dem Horizont. Nun erst nahm er seine tiefe Erschöpfung wahr. Es war ein anstrengender Tag gewesen – und eine Nacht, wie er keine zweite mehr erleben wollte. Schlafen aber, sagte er sich, konnte er auf dem Schiff. Daher ging er in Raouls Kammer, öffnete die kleine Geldtruhe und entnahm ihr so viele Münzen, wie er glaubte, für die Reise zu benötigen.

Danach blieb ihm nicht mehr viel Zeit, zum Hafen zu gelangen. Als er sich schließlich samt dem Zelter seines Herrn an Bord des genuesischen Kauffahrers befand, betete er zu Gott und allen Heiligen, eher in der Heimat einzutreffen als Damien und Beauvais de Ronceau.

Siebter Teil

Niedertracht

1.

Nur selten drangen Nachrichten von den Ereignissen im Heiligen Land bis Laronne, und so lauschte Constance eifrig dem wenigen, was man ihr zutrug. Sie sehnte sich nach einer Botschaft ihres Mannes, aber entweder hatte er keine geschrieben, oder seine Briefe waren unterwegs verloren gegangen. Schreiben konnte Raoul, auch wenn die meisten Ritter die Beschäftigung mit Tinte und Feder mieden. Es hieß nicht umsonst: »Schreiben ist etwas für Pfaffen und Frauen.« Warum also sollte man sich selbst quälen und mit schwertgewohnten Händen und krakeliger Schrift einen Brief verfassen, wenn der Burgkaplan es weitaus besser vermochte?

Bei dem Gedanken fragte Constance sich, wohin sich ihre Gedanken wohl noch verirren mochten. Immerhin wusste sie von einem Nachbarn, dass König Philippe II. aus Palästina zurückgekehrt war. Ihre Hoffnung, nach ihm könnte auch Raoul bald heimkehren, hatte sich jedoch nicht erfüllt. Laut ihrem Nachbarn zählte er zu den Edelleuten, die Philippe II. beim Kreuzfahrerheer zurückgelassen hatte. Wenigstens wusste sie, dass Raoul zu dem Zeitpunkt, an dem ihr Nachbar das Schiff bestiegen hatte, noch wohlauf gewesen war.

Er hätte mir Grüße überbringen lassen können, dachte sie leicht gekränkt, entschuldigte Raoul aber damit, dass er gewiss genug zu tun gehabt hatte, um daran denken zu können. Ganz wohl war ihr bei dem Gedanken an ihren Mann nicht. Immerhin hatte sie dessen Bruder Roland seines Postens als Burghauptmann von Crespy entbunden und ihn gefangen gesetzt. Mittlerweile bot dieser ihr an, ihr in allem zu gehorchen, und flehte darum, wieder freizukommen. Um ihm jedoch verzeihen zu können, hatte es zu viel Mühe gekostet, seinen Freund Louis aus Gajan zu vertreiben.

Über Constances Gesicht huschte ein Schatten. Wieso dachten Männer nur immer, sie könnten mit Frauen verfahren, wie sie lustig waren? An ihr hatten Roland de Lorris und sein Freund sich jedenfalls die Zähne ausgebissen. Ersterer war hier auf Burg Laronne eingesperrt, der Zweite in der kleinsten Nebenburg, auf der sie einen zuverlässigen Verwalter eingesetzt hatte. Nun konnten beide darüber nachdenken, dass der ehrenhafte Dienst bei einem mächtigen Herrn ihnen wirklich Besitz eingebracht hätte anstelle des Versuchs, sie zu erpressen.

»Ihr seht grimmig aus!«, sprach da Bernard sie an. Er war in die Halle getreten und musterte seine Herrin kopfschüttelnd. Obwohl sie sich in dieser Sache behauptet hatte, war er der Ansicht, dass sie die beiden Edelleute freigeben und ihrer Wege gehen lassen sollte. Frauen waren aber nun einmal nachtragend und wussten offenbar nicht, was die Ehre einem Mann bedeutete. Als Raouls Bruder hatte Roland de Lorris nur dessen Interessen vertreten wollen, war aber von Constance nicht einmal als Ratgeber hinzugezogen worden.

Bernard erinnerte sich an Constances Mutter. Diese hatte im Gegensatz zur Tochter gewusst, wo ihre Grenzen lagen. Er fand es bedauerlich, dass sie so früh gestorben war. Für einen Augenblick dachte er daran, wie er Adelheid hierher begleitet hatte. Eigentlich hatte er nur einige Monate in Laronne bleiben wollen, doch als er Berthe, die Tochter eines der Burghauptleute von Vicomte Sébastien, kennengelernt hatte, war er geblieben. Berthe hatte ihn, der damals noch auf seinen deutschen Namen Bernhard bestanden hatte, immer Bernard genannt, und irgendwann hatte er es auch selbst getan.

»Wir sollten der Grenze zu Ronceau wieder mehr Aufmerksamkeit widmen.« Mit diesen Worten riss Constance ihren Getreuen aus seinen Gedanken.

»Was sagt Ihr?«, fragte Bernard verwirrt. »In der letzten Zeit gab es doch keine Schwierigkeiten. Herr Sylvain ist zu alt, um noch Kühe oder Schafe stehlen zu wollen, und sein Jüngster zu klein.«

»Jemand hat Reiter gesehen, die auf Ronceau zugeritten sind. Es mag sein, dass der alte Sylvain nach jemandem geschickt hat, der uns Ärger bereiten kann«, erklärte Constance mit Nachdruck.

»Es können aber auch nur Durchreisende auf dem Weg zur Küste sein.« Bernard glaubte nicht, dass Sylvain de Ronceau etwas gegen Beljeux und Laronne unternehmen wollte. Gegen jeden Mann, den er aufzubringen vermochte, konnten sie fünf stellen. Um dieses Ungleichgewicht durch Söldner aufzufüllen, war Sylvain de Ronceau nicht reich genug.

Constance erklärte ihm jedoch, sie wolle nicht das Geringste riskieren, und erteilte ihm einige Befehle, die ihm zwar übertrieben schienen, aber genauso gut von seinem verstorbenen Herrn hätten stammen können. In der Hinsicht hatte die junge Frau viel gelernt, und als Mann geboren wäre sie ein besserer Ritter geworden als das eheliche Weib eines solchen.

»Habt Ihr alles begriffen?«, fragte Constance und verärgerte Bernard damit noch mehr.

»Ich denke schon! Ich bin doch noch nicht so alt wie Ritter Nicolas, der nicht nur sehr schlecht hört, sondern auch alles falsch versteht.«

Constance musste beim Vergleich lächeln. Immerhin war Bernard erst fünfzig Jahre alt, während ihr Nachbar, der seine Burg längst seinem Sohn überlassen hatte, bereits auf die achtzig zuging und zum Leidwesen seiner Familie überaus starrsinnig geworden war. Einen gewissen Starrsinn konnte sie Bernard wohl nicht absprechen, sonst würde er nicht andauernd versuchen, ihr klarzumachen, dass das, was sie tat, sich für eine Frau nicht geziemte.

»Ihr werdet schon alles richtig machen«, sagte sie freundlich und beschloss, ihm die Vorbereitungen zu überlassen, damit er nicht glaubte, sie traute ihm nicht einmal zu, eine regelmäßige Patrouille an der Grenze zu Ronceau einrichten zu können. Bei dem Gedanken sagte sie sich, dass sie sich die Grenze noch einmal selbst anschauen sollte.

Constance nickte Bernard zu und verließ den Palas. Draußen befahl sie, ihren Hengst zu satteln. Kurz überlegte sie, ob sie nicht ein Geleit mitnehmen sollte, winkte dann aber ab. Sie hatte nicht vor, die Grenze zu überschreiten, und auf Laronner Boden hatte sich seit Monaten keiner mehr aus Ronceau gewagt.

2.

Obwohl Benoît ein paar Tage früher ein Schiff hatte besteigen können, war das Wettrennen mit Damien und Beauvais de Ronceau für ihn verloren. Denn diesen war es gelungen, vor ihm nach Italien zu kommen, und sie hatten unterwegs ihre Pferde nicht geschont.

Während Benoît noch eine Übernachtung vor sich hatte, bevor er Laronne erreichen würde, waren Damien und Beauvais de Ronceau bereits zu Hause eingetroffen und standen nun vor ihrem Vater, der sie verärgert musterte. Er hatte seine Söhne losgeschickt, damit sie in der Ferne Beute machen und hohe Herren würden. Dies schien ihnen jedoch misslungen zu sein.

»Als was darf ich dich ansprechen, mein Sohn, als Graf von Galiläa oder als Baron von Nazareth?«, fragte er Damien mit ätzender Stimme.

Sein jüngster Sohn, der ebenfalls in der Halle saß, kicherte bei diesen Worten. Wie ein Graf von Galiläa oder ein Baron von Nazareth sahen seine Brüder wahrlich nicht aus. Ihre Kleidung war staubbedeckt, an den Kettenhemden hing Rost, und Beauvais' rechtes Hosenbein wies ein großes Loch auf.

»Weder noch! Eure Anhänglichkeit an Richards Vater Henri II. hat uns die Gunst des Königs gekostet. Ich schätze, im Augenblick würde er uns am liebsten hängen sehen«, antwortete Damien grob.

Sein Vater erschrak. »Was habt ihr getan?«

»Um ein wenig Geld zu erhalten, haben wir Botschaften von den Sarazenen ins Lager gebracht, die nicht für Richard gedacht waren.«

»Verrat also!«, rief Sylvain von Ronceau erbittert.

»Nennt es, wie Ihr es wollt! Jedenfalls können wir uns als Richards Lehnsleute hier nicht mehr halten. Ich werde daher zu König Philippe II. reiten und ihm unsere Dienste anbieten.«

Sylvain de Ronceau begriff, dass es seinem Sohn damit vollkommen ernst war. Einen Augenblick wollte er gegen ihn aufbegehren, doch er wusste selbst, dass er bei König Richard nicht gut angesehen war. Zusammen mit dem, was seine Söhne sich im Heiligen Land geleistet hatten, war dies ein guter Grund, ihm Ronceau wegzunehmen und es einem von Richards Freunden zu verleihen. Wenn er verhindern wollte, dass er sein Lehen verlor, musste er Damien freie Hand lassen, so schwer es ihm fiel.

»Wie willst du es anstellen, dass König Philippe II. uns in Ehren aufnimmt?«, wollte er wissen.

»Ich werde Constance de Laronne heiraten«, antwortete Damien in einem Tonfall, als wartete diese bereits am Traualtar auf ihn.

Sein Vater schnappte nach Luft. »Was willst du tun?«

»Ich will der nächste Vicomte de Laronne werden. Wenn ich auf die Ehe mit Constance hinweise und Philippe II. meine Dienste anbiete, wird er zustimmen. Immerhin bringen wir ihm mit Burg Ronceau eine Bastion mit, mit der er die Grenze zwischen der Normandie und seinem Eigenbesitz sichern kann.«

»Es ist ein kühner Plan, und er könnte gelingen«, meinte Sylvain de Ronceau nach kurzer Überlegung, fand dann aber doch ein Haar in der Suppe. »Was ist mit Constance de Laronnes Ehemann? Ist er im Heiligen Land gefallen?«

»So gut wie!«, sagte Damien, ohne weiter darauf einzugehen. Stattdessen lenkte er das Gespräch wieder auf Constance.

»Wir müssen rasch handeln, bevor die Nachricht von unserer Rückkehr bekannt wird. Notfalls müssen wir heimlich bis nach Laronne vorstoßen und uns in den Wäldern verstecken. Reitet Constance de Laronne immer noch so oft aus?«

»Nicht mehr so viel wie früher«, berichtete der Vater.

»Das ist ärgerlich!« Damien wies nach kurzer Überlegung auf Beauvais. »Nimm dir sechs Mann und überwache die Grenze. Warte aber, bis ich zu dir aufgeschlossen habe. Ihr, Herr Vater, sendet einen Boten zu Eurem Vetter, dem Abt Thibaut de Saint Paul. Er soll mich mit Constance trauen, auch wenn man ihr den Mund zubinden muss, damit sie Gott bei einem so feierlichen Akt nicht durch hässliche Flüche erzürnt.«

»Du hast dir alles gut ausgedacht! Abt Thibaut wird uns helfen. Zudem ist er mit König Philippe II. gut bekannt und wird für uns sprechen«, erklärte Sylvain de Ronceau voller Hoffnung, es könne doch alles gut werden.

»Ich danke Euch, Vater!« Damien verneigte sich kurz und dachte sich dabei, dass es an der Zeit wurde, hier die Herrschaft zu ergreifen. Sein Vater war alt und zögerlich geworden. Wäre es nach diesem gegangen, hätten Beauvais und er in Sack und Asche vor Richard erscheinen und ihn um Gnade anflehen müssen. Da war es weitaus besser, sich Philippe II. von Frankreich anzuschließen und mächtiger zu werden, als es seine Vorfahren je gewesen waren. Was Constance de Laronne betraf, so hatte diese sich zu fügen, wenn sie nicht wollte, dass ihr Hinterteil durch Rutenhiebe Schaden nahm.

Damien stellte sich die Szene bildlich vor und grinste. Kleine Frauen waren leicht einzuschüchtern, doch Constance würde ihm zumindest zu Beginn Widerstand leisten und ihm damit das Vergnügen bereiten, sie zähmen zu können.

»In den Sattel, Beauvais, und denke immer daran, was du zu tun hast!«, sagte er.

Sein Bruder nickte und sagte sich, dass Philippe II. seinem Bruder gewiss nicht Laronne, Beljeux und Ronceau überließ, sondern mindestens eine dieser Herrschaften an einen anderen vergab, und derjenige wollte er selbst sein.

3.

Constance war später dran, als sie geplant hatte, denn sie hatte lange mit Yoann, dem Burghauptmann von Beljeux, und mit dessen Frau Ségolène gesprochen, die doch einiges zu berichten hatten. Nun ritt sie mit ihrem Hengst parallel zur Grenze nach Ronceau. Zu sehen war nichts. Allerdings würde sie bald umkehren müssen, wenn sie nicht in die Dämmerung hineingeraten wollte.

Gerade als sie diesen Entschluss fasste, bemerkte sie, dass ihr Hengst lahmte. »Auch das noch!«, stöhnte sie und schwang sich aus dem Sattel.

Ein Blick nach Norden zeigte ihr, dass sie hier gut zu sehen war. Um nicht von Sylvain de Ronceaus Männern entdeckt zu werden, führte sie den Hengst in eine Bodenmulde, band ihn dort an einen Busch und brachte ihn dazu, den Huf zu heben. Ein kleiner Stein steckte unter dem Hufeisen. Constance zog ihren Dolch und machte sich daran, den Störenfried zu entfernen. Dabei ahnte sie nicht, dass sich jenseits der Grenze Beauvais de Ronceau mit sechs Mann versteckt hielt.

Beauvais hatte die Reiterin bereits längere Zeit beobachtet. Einer seiner Männer zupfte ihn am Ärmel.

»Die Stange von Laronne reitet allein. Was meint Ihr, Herr, wollen wir das ausnützen und sie fangen?«

»Ihr Hengst ist schneller als unsere Pferde, und sie kennt das Land besser als wir«, gab Beauvais unwirsch zurück. Sein Bruder hätte es vielleicht gewagt, aber der handelte oft, bevor er nachdachte.

»Jetzt hält sie an und steigt ab«, berichtete sein Begleiter.

Beauvais konnte sich keinen Reim darauf machen, bis sein Knecht auf Constance zeigte. »Ich glaube, der Hengst lahmt! Sie führt ihn in diese Mulde, um von unserer Seite aus nicht mehr gesehen zu werden.«

Sechs Augenpaare blickten fragend auf Beauvais. Dieser wusste, dass ihm keine andere Wahl blieb, wenn er nicht von seinem Bruder wüst beschimpft werden wollte, weil er diese günstige Gelegenheit hatte verstreichen lassen.

»Wir steigen auf und reiten los, aber langsam und nicht auf der Straße, sondern über die Wiese, damit man unsere Hufschläge nicht hört«, sagte er mit heiserer Stimme und stieg in den Sattel.

Die Männer folgten seinem Beispiel und blieben dicht hinter ihm. Beauvais' Blicke suchten den Horizont ab, doch dort war nichts von anderen Reitern zu sehen. Wie es aussah, war Constance de Laronne tatsächlich allein ausgeritten. Den Mut dazu besaß sie. Mit einer gewissen Bosheit stellte Beauvais sich vor, was für Kinder sein Bruder mit dieser Frau in die Welt setzen würde. Damiens Hitzköpfigkeit und Constances Sturheit mussten eine teuflische Mischung ergeben.

Als sie sich der Mulde näherten, schob Beauvais diesen Gedanken beiseite. Er versuchte, leise zu sein, um von Constance nicht bemerkt zu werden. Hatte sich nur ein Stein unter dem Hufeisen festgesetzt, würde der Hengst, wenn dieser entfernt war, im vollen Galopp davonrasen können. Gelänge Constance die Flucht, obwohl er nahe an ihr dran war, würde er sich zum Äußersten blamieren und zudem schnell von hier verschwinden müssen. Ihrer danach noch habhaft zu werden, würde fast unmöglich sein.

Auf einen Wink von Beauvais verteilten sich seine Männer. Die Kerle fürchteten weder Tod noch Teufel, und zwei von ihnen hatten im Heiligen Land mitgekämpft. Nun aber verspürten sie alle ein dumpfes Gefühl im Magen. Constances Geschick mit dem Schwert war bekannt, und wenn sie sich zur Wehr setzte, würde dies mit aller Wildheit geschehen.

Auf einen weiteren Wink von Beauvais zogen sie ihre Schwerter. Dabei vermieden sie, dass Metall gegen Metall schlug. Nur wenn sie ihr Opfer überraschen konnten, würden sie seiner rasch Herr werden können.

Beauvais und seine Komplizen hatten Glück, dass Constances gesamte Aufmerksamkeit ihrem Hengst und dem Stein unter dessen Hufeisen galt. Sie hatte diesen gerade herausgeholt, als in der Nähe ein Pferd schnaubte. Im Herumfahren sah sie die Reiter auf sich zukommen. Es waren sieben, und Beauvais de Ronceau, den sie im Heiligen Land wähnte, führte sie an.

Constances Schwert hing auf der anderen Seite des Pferdes am Sattel. Bevor sie um den Hengst herumkam, waren zwei Reiter bereits bei ihr und richteten ihre Schwerter auf sie. Tausend Gedanken schossen ihr durch den Kopf. Das Wahrscheinlichste war, dass die Ronceaus sie um Lösegeld erpressen wollten. Vielleicht verlangten sie auch ein paar Dörfer für sich, die an der Grenze von Beljeux lagen. Beides war ihr gleichermaßen verhasst. Schuld aber war sie ganz allein. Warum hatte sie zu so später Stunde noch an die Grenze reiten müssen, und das ohne Eskorte?

Auch wenn man sie bei Anbruch der Nacht vermisste, würde Yoann frühestens morgen eine Spur finden, die darauf hinwies, dass die Ronceaus sie gefangen hatten. Der Gedanke brachte sie dazu, ein kleines Tuch zwischen sich und den Hengst fallen zu lassen.

Beauvais de Ronceau konnte es kaum fassen, wie leicht es ihnen gefallen war, sich Constances zu bemächtigen. Während diese von vier seiner Männer in Schach gehalten wurde, stieg er aus dem Sattel und deutete eine Verbeugung an.

»Seid mir willkommen, Vicomtesse. Ich freue mich außerordentlich, Euch Gastfreundschaft von Burg Ronceau anbieten zu können.«

»Der Teufel soll Euch holen, und Euer Gesindel hier gleich mit!«, fauchte Constance in hilfloser Wut.

»Bindet ihr die Hände auf den Rücken, setzt sie auf ihren Gaul und behaltet dessen Zügel fest in der Hand. Ich traue diesem Biest zu, den Hengst nur mit ihren Schenkeln und ihrer Stimme zu lenken«, befahl Beauvais, der nichts mehr fürchtete, als dass die Gefangene ihnen doch noch entkommen könnte.

Es blieb Constance nichts anderes übrig, als zuzulassen, dass man sie fesselte und ihr aufs Pferd half. Ein paar Kerle spotteten, wie schwer sie wäre. Als einer sie jedoch in den Hintern zwickte, stieß sie mit dem Fuß nach ihm und traf ihn seinem Schmerzensruf zufolge gut. Da der Kerl mit der Hand ausholte, um sie zu schlagen, griff Beauvais ein. »Lass das! Und lasst sie auch sonst in Ruhe. Tut ihr es nicht, wird mein Bruder euch die Haut bei lebendigem Leib abziehen lassen.«

Der Hinweis auf Damien de Ronceau ernüchterte die vom Erfolg berauschten Männer. Mittlerweile war die Dämmerung hereingebrochen, und da erschien es ihnen sicherer, den Boden von Beljeux schnell wieder zu verlassen. Sie nahmen Constances Hengst in die Mitte und ritten los. Die Zügel hatte man an den Sattel des schwersten Pferdes gebunden, um Constance jede Fluchtmöglichkeit zu nehmen.

Schon bald hatten sie die Grenze nach Ronceau hinter sich gebracht und trabten fröhlich die Straße entlang, die zur Burg ihres Herrn führte.

4.

Damien de Ronceau saß mit seinem Vater in der Halle, um mit ihm die nächsten Schritte zu beraten, als es draußen laut wurde. Augenblicke später trat Beauvais mit einem breiten Grinsen auf sie zu. Ihm folgten zwei seiner Männer, die Constance hereinschleiften.

Zunächst starrte Damien die junge Frau an, als könne er es nicht glauben. Dann stand er auf, ging um Constance und die beiden

Männer, die sie festhielten, herum und wandte sich schließlich an seinen Bruder. »Wie ist dir das gelungen?«

»Sie ritt allein nahe der Grenze, und auf einmal lahmte ihr Gaul. Um nicht von unserer Seite gesehen zu werden, führte sie den Zossen in eine Mulde. Damit aber war es uns möglich, unbemerkt an sie heranzukommen. Als sie uns entdeckte, war es für sie zu spät.«

Beauvais brachte seinen Bericht mit eitlem Stolz vor und machte keinen Hehl daraus, dass er für dieses Meisterstück entsprechend belohnt werden wollte.

Damien jedoch ärgerte sich darüber, denn er hätte Constance lieber selbst gefangen. Nun musste er seinem Bruder dankbar sein, und der würde sich nicht damit zufriedengeben, als Burghauptmann in einer der Burgen eingesetzt zu werden, die er nach seiner Heirat mit Constance und seiner Einigung mit König Philippe II. sein Eigen nennen würde.

Damien riss sich zusammen und klopfte Beauvais scheinbar anerkennend auf die Schulter. »Das hast du gut gemacht, Bruder. Doch nun zu dir!«

Damien wandte sich Constance zu und musterte sie von oben bis unten. Sie war nur zwei Fingerbreit kleiner als er, und er galt als ein Mann, der, abgesehen von Constances Vater Sébastien de Laronne, jeden in der Gegend überragte. In ihren Augen las er Hass. Sie war wild wie ein ungezähmtes Pferd, und es würde nicht leicht werden, sie zum Gehorsam zu zwingen.

Damien de Ronceau überlegte, ob er ihr bereits in dieser Nacht beiwohnen sollte, damit sie begriff, wem sie von nun an gehörte. Da er sie zu kennen glaubte, verwarf er diesen Gedanken wieder. Es war etwas anderes, sie nach der Heirat dazu zu zwingen. So aber wäre es eine Vergewaltigung, und diese würde sie ihm niemals verzeihen.

»Bringt sie in den Turm und kettet sie an«, befahl er. »Behandelt sie gut und lasst ihr etwas zu essen bringen. Sie soll uns nicht vorwerfen können, dass wir auf Burg Ronceau ungastlich sind!«, rief er den Männern noch nach und brachte damit seinen Vater und seinen Bruder zum Lachen.

Constance hingegen haderte mit sich und ihrer Unvorsichtigkeit. Damit hatte sie Beauvais de Ronceau förmlich aufgefordert, sie gefangen zu nehmen. Nun brachten die beiden Kerle sie zu einem Raum im Seitenturm, dessen Tür von außen mit schweren Riegeln verschlossen werden konnte. Innen gab es nur ein paar Luftlöcher, durch die vielleicht ein Däumling entkommen konnte, aber gewiss nicht sie. Eine Schütte Stroh diente als Bett, und in der Ecke stand ein Holzeimer mit Deckel, dessen scharfer Geruch seinen Zweck enthüllte.

An der Mauer waren mehrere lange Ketten eingelassen, an deren losem Ende Schellen hingen. Ronceaus Knechte schoben sie dorthin und hielten sie fest. Ein Mann trat ein, in der Hand einen hölzernen Kasten, dem er mehrere dicke Schrauben und zwei passende Schraubenschlüssel entnahm.

»Was meint Ihr, Meister Schmied? Welche Schellen sollen wir nehmen?«, fragte einer der Kerle.

Constance überlegte, ob sie versuchen sollte, sich mit den drei Männern anzulegen. Doch was gewann sie dabei?, fragte sie sich. Wenn nur einer dazu kam, nach seinen Kameraden zu rufen, war sie gleich wieder gefangen.

Der Schmied maß die Schellen an den Ketten und wies dann auf zwei. »Wir probieren die! Die anderen sind zu groß. Aus denen könnte sie hinausschlüpfen.«

Constance erschienen die Schellen arg eng. Mit einer fürchterlichen Wut im Bauch musste sie zulassen, dass man ihr die erste Schelle anlegte. Der Schmied schob eine Schraube hindurch und zog die Mutter fest. Ohne Werkzeug konnte sie diese nicht lösen, dachte Constance, während eine weitere Schelle um ihr zweites Handgelenk gelegt wurde.

»Ich glaube, so geht es«, sagte der Schmied, nachdem er geprüft hatte, ob die Schellen nicht doch zu weit waren.

»Die Ketten sind lang genug, damit Ihr zum Eimer gehen und ihn benützen könnt«, meinte einer der Knechte zu Constance.

»Außerdem bekommt Ihr gleich etwas zu essen und einen Krug Wein«, setzte sein Kamerad hinzu.

»Schert euch zum Teufel!«, zischte Constance sie an, erntete aber nur ein Lachen.

Augenblicke später war sie allein. Sie hörte, wie draußen Riegel vorgeschoben wurden, und fand den Aufwand übertrieben, den

Ronceaus Männer mit ihr trieben. So, wie sie angekettet war, hätte man die Tür sperrangelweit offen lassen können, und sie hätte trotzdem nicht entkommen können.

Nachdem sie ein paarmal angespannt hin- und hergegangen war, setzte sie sich auf das Stroh und musterte ihre Handschellen. Diese saßen nicht ganz so streng, wie sie zunächst angenommen hatte. Sie konnte sie drehen und sogar ein wenig schieben. Neugierig geworden, überlegte sie, ob sie sie vielleicht abstreifen konnte.

Kaum war der Gedanke geboren, versuchte sie, ihn durchzuführen. Ein paar Augenblicke sah es sogar so aus, als könnte es ihr gelingen, dann aber saßen die Schellen fest.

»Der Teufel soll die Ronceaus holen!«, stieß sie voller Inbrunst hervor, wusste aber selbst, dass der Dreigeschwänzte ihr diesen Gefallen kaum tun würde.

Geräusche an der Tür verrieten ihr, dass jemand sich ihrem Gefängnis näherte. Derjenige schob die schweren Riegel zurück, und kurz danach schwang die Tür auf. Nun trat einer der Knechte mit einem Tablett ein, auf dem sich ein irdener Krug und eine Schüssel befanden. Der Mann stellte das Essen so hin, dass Constance es gerade noch mit einer Hand ergreifen konnte.

»Da ist Euer Festmahl! Möge es Euch munden«, sagte er spöttisch und wandte sich wieder zur Tür.

»Was ist? Bekomme ich keinen Stuhl und keinen Tisch?«, fragte Constance in der Hoffnung, sie könnte vielleicht mit einem der Stuhlbeine die Ringe aufbiegen, mit denen ihre Ketten an der Wand befestigt waren. Wie sie mit den Ketten an den Armen fliehen sollte, kümmerte sie im Augenblick nicht.

Der Knecht schüttelte den Kopf. Die Kraft und die bekannte Entschlussfreudigkeit der jungen Frau fürchteten sie zu sehr, um etwas in ihrer Nähe zu lassen, was sie als Waffe hätte verwenden können. Damien de Ronceau hatte ihn sogar davor gewarnt, sich ihr so weit zu nähern, dass sie ihm die Kette um den Hals legen und ihn damit erwürgen konnte.

»Ihr werdet brav am Boden essen müssen, bis Ihr, wie Herr Damien sagt, ihm aus der Hand fresst!«, meinte er grinsend und verschwand wieder.

Constance vermutete, man wolle sie so lange gefangen halten, bis sie auf jede Forderung einging, die Sylvain de Ronceau und seine Söhne ihr stellten.

»Verflucht sollen sie sein! Tausendmal verflucht«, schimpfte sie und stellte sich alle Möglichkeiten vor, wie sie sich an ihnen rächen konnte. In der Fantasie klangen alle Pläne wunderbar, krankten aber daran, dass sie keinen davon in die Tat umsetzen konnte.

Ihr Blick fiel auf das Tablett, und sie hob den Fuß, um ihm einen harschen Tritt zu versetzen. Dann aber zögerte sie. Sie hatte zu Mittag nur wenig gegessen, und ihrem Magen war es gleichgültig, ob sie nun in Freiheit oder gefangen war. Er hatte Hunger. Sie ärgerte sich, weil sie ihre Bedürfnisse nicht beherrschen konnte. Andererseits musste sie bei Kräften bleiben, um eine Möglichkeit zu finden, sich zu befreien.

Daher setzte Constance sich, zog das Tablett heran und begann, ohne Genuss zu essen. Der Wein war zu drei Vierteln mit Wasser gestreckt und das gekochte Schweinefleisch in der Schüssel so fett, dass sie es kaum über die Lippen brachte. Da sie kein Messer zum Zerteilen hatte, musste sie das ganze Stück in die Hände nehmen und davon abbeißen. Nach einer Weile waren ihre Finger so schmierig, dass sie das Fleisch kaum noch festhalten konnte.

Constance hatte wohl niemals im Leben schlechter gegessen und spuckte einen besonders eklig schmeckenden Bissen aus. Plötzlich zuckte sie zusammen und starrte das Fleisch an. Vorhin hatte nicht viel gefehlt, und sie hätte die Handschellen abstreifen können. Vielleicht gelang es ihr, wenn sie die Hände einschmierte?

Angespannt machte sie sich ans Werk und zerquetschte das fettige Fleisch mit den Fingern zu einem Brei, mit dem sie großzügig die Hände bestrich. Ein Problem ergab sich dadurch, dass nun beide Hände glitschig waren und sie die Schellen nicht richtig zu fassen bekam. Schließlich ging sie so weit in den Raum hinein, bis die Kette an ihrem rechten Arm gespannt war, zog mit dieser Hand an der Schelle, während sie mit der anderen kräftig drückte.

Es tat höllisch weh, und sie biss die Zähne zusammen, um nicht vor Schmerz zu schreien. Als sie schon glaubte, es nicht mehr aushalten zu können, gab die Schelle nach, und ihre rechte Hand war frei. Damit aber war erst die Hälfte gewonnen. Constance nahm sich nun die Schelle am linken Handgelenk vor. Die Hand war wohl schmäler als ihre Rechte, denn es ging leichter. Kaum war sie frei, probierte sie, ob sie die Finger richtig bewegen konnte. Es ging ganz gut. Der Schmerz in der rechten Hand ließ allmählich nach, und sie begriff, dass sie zwar einige blaue Flecken davontragen würde, die Finger aber uneingeschränkt benutzen konnte.

Nun brauchte sie noch eine Waffe. Der Tonkrug und die irdene Schüssel waren ebenso wenig dafür geeignet wie das Tablett. Ob sie dem Knecht, der sie versorgte, im Ringkampf gewachsen war, wusste sie nicht.

Da kam ihr ein Spruch ihres Vaters in den Sinn: »Wenn du keine Waffe hast, aber dein Gegner eine mit sich führt, so versuche, an sie zu kommen.«

»Das werde ich!«, sagte sie entschlossen.

Wenn es ihr gelang, Ronceaus Knecht zu überraschen, so war dies bereits der halbe Sieg.

5.

Constance reinigte mit Stroh ihre Hände, so gut sie es vermochte, und wartete dann. Für ihr Gefühl dauerte es Stunden, bis sich auf dem Gang etwas tat. Stimmen, die nun hereindrangen, wiesen darauf hin, dass mindestens zwei Männer gekommen waren. Das wird ein harter Brocken, dachte sie. Da hörte sie, wie einer der Männer auflachte. »Gib acht, dass sie dir nicht in die Eier tritt, dass du die Englein singen hörst!«

»Dummkopf!«, gab sein Kumpan zurück. »Sie ist angekettet, und ich weiß genau, wie lang ihre Ketten sind. Entweder schiebt sie mir das Tablett zu, oder sie bekommt morgen nichts zu essen.«

»Das würde Herrn Damien freuen. Dem ist die Stute derzeit noch zu hitzig, um sie reiten zu können!« Schritte entfernten sich.

Was meint er?, durchfuhr es Constance. Will er mich etwa schänden, um sich an mir und Raoul zu rächen? Und was war überhaupt mit ihrem Mann? Weshalb waren Damien und Beauvais de Ronceau hier und Raoul nicht?

Das Geräusch der Riegel, die zurückgezogen wurden, beendete ihre Überlegungen. Constance wusste, dass sie schnell und leise sein musste. Wenn auch nur ein Einziger bemerkte, dass sich hier etwas Unvorhergesehenes tat, verlor sie ihre Freiheit schneller, als sie diese womöglich errungen hatte.

Als die Tür aufschwang und der Knecht hereinkam, griff Constance mit ihrer Rechten blitzschnell nach seinem Dolch und zog ihn aus der Scheide. Gleichzeitig packte sie den Mann mit der Linken und zerrte ihn in die Kammer. Noch bevor er begriff, dass sie frei war, stach sie mit der Klinge zu. Es schmerzte, töten zu müssen, und sie hätte sich eine bessere Lösung gewünscht. Ihr blieb jedoch keine Wahl.

Der Mann sackte haltlos zusammen. Constance zog ihn tiefer in die Kammer hinein und häufte das Stroh ihres Lagers über ihn, damit er nicht auf Anhieb zu sehen war. Danach huschte sie zur Tür. Als sie vorsichtig hinausspähte, war niemand auf dem Gang zu sehen. Zwar war sie noch nie in Ronceau gewesen, wusste jedoch aus Berichten, wie die Burg aufgebaut war. Nachdem sie die Tür verschlossen und verriegelt hatte, eilte sie in die Richtung, in der einer der Ausgänge liegen musste.

Unterwegs kam sie an einer offen stehenden Tür vorbei. Als Constance einen Blick hineinwarf, entdeckte sie, dass es die Kammer war, in der gewaschene Leintücher und Gewänder aufbewahrt wurden. Da sie wegen ihrer Größe im Kleid auffiel, raffte sie rasch Hosen, Tunika und einen Mantel an sich und zog sie über. Ihr langes Haar verschwand unter einem Hut. So gekleidet, hoffte sie, in der Burg nicht aufzufallen und den Weg nach draußen zu finden.

Um zum Ausgang des Wohnturms zu gelangen, musste sie die Halle durchqueren. Dort aber saßen noch immer Sylvain de Ronceau und seine älteren Söhne und feierten ihre Gefangenschaft. Alle drei hatten dem Wein bereits kräftig zugesprochen und unterhielten sich nicht gerade leise.

Constance überlegte, ob sie einfach an ihnen vorbeigehen und so tun sollte, als wäre sie ein Knecht. Da es ihr jedoch zu gefährlich erschien, versteckte sie sich in einer dunklen Ecke und wartete darauf, dass die Ronceaus zu Bett gingen.

»Du willst Constance also tatsächlich heiraten?«, fragte Sylvain seinen ältesten Sohn, obwohl dieser die Absicht bereits mehrfach erklärt hatte.

»Sobald Abt Thibaut hier ist, soll die Vermählung stattfinden. Ich werde Constance vielleicht ein paar Tage hungern lassen, um ihren Trotz zu brechen«, berichtete Damien lachend.

Wieso will er mich heiraten? Ich habe doch bereits einen Mann, durchfuhr es Constance. War Raoul etwa im Heiligen Land gefallen? Erregt spitzte sie die Ohren.

»Sie wird es nicht wollen, nicht ohne einen untrüglichen Beweis, dass ihr Ehemann tot ist«, wandte Sylvain de Ronceau ein.

»Abt Thibaut wird sich mit meinem und Beauvais' Wort zufriedengeben, dass Raoul de Laronne nicht aus dem Heiligen Land wiederkehren kann. Darauf können wir sogar einen Eid leisten, ohne dass der Herrgott uns strafen wird«, sagte Damien und lachte erneut.

»Der Sarazene Amir ibn Hassan hat bei seinem Allah geschworen, dass er seinen Gefangenen niemals freigeben wird«, stimmte Beauvais seinem Bruder zu.

Dieser nickte mit ungewohnt ernster Miene. »Wir waren dabei, als Amir ibn Hassan die Nachricht erhielt, dass sein Bruder zusammen mit den anderen Gefangenen von König Richards Männern hingerichtet worden ist. Im ersten Zorn zog er sein Schwert, um Raoul de Laronne zu erschlagen. Dann aber steckte er die Klinge weg und schwor ihm, dass er ihm das schlimmste Schicksal bereiten werde, das je einen Sklaven getroffen hat, und er ist der Mann, um diesen Schwur zu halten.«

»Mir wäre trotzdem lieber gewesen, dieser Heide hätte Constances Ehemann vor euren Augen getötet«, antwortete Sylvain de Ronceau missmutig.

»Ob er tot ist oder der Sklave dieses Heiden, das bleibt sich gleich. Amir ibn Hassan wird ihn nicht für alle Schätze der Welt freigeben. Er ist voller Rachsucht, und so wird Raoul de Laronne wie ein räudiger Hund zugrunde gehen. Uns kann es gleichgültig sein. Sobald die Heirat vollzogen ist, werde ich vor König Philippe II. treten und ihm für Ronceau und Beljeux den Lehnseid leisten. Gleichzeitig werde ich um die Belehnung mit Laronne bitten, um meiner geliebten Gemahlin nach dem Verlust ihres Vaters und ihres ersten Ehemanns nicht auch noch die Heimat zu nehmen.«

Sylvain schüttelte nachdenklich den Kopf. »Es mag so sein, wie du meinst. Vor Gott ist deine Ehe mit Constance jedoch nicht gültig, da ihr erster Mann noch lebt.«

»Für alle hier wird er als tot gelten. Zudem werde ich Abt Thibauts Kloster mit einer reichen Spende bedenken, auf dass er mich von meinen Sünden freispricht. Dann fällt auch das vor Gott nicht mehr ins Gewicht.« Damien erkannte in den Einwänden seines Vaters den Versuch des alten Mannes, sich gegen den Verlust seiner Macht zu stemmen. Die Zeit aber, in der er sich von ihm hatte vorschreiben lassen, was er tun sollte, war für immer vorbei.

Für Constance war das, was sie hörte, so entsetzlich, als würde ihr schlimmster Albtraum Wirklichkeit. Raoul sollte der Gefangene eines nach Rache dürstenden Sarazenen sein? Oh Gott, nur das nicht, dachte sie erschrocken. Dann erst begriff sie, dass Damien und sein Bruder ihren Mann an diesen Heiden verraten hatten. Die Wut packte sie, und sie hätte die beiden samt deren Vater am liebsten umgebracht. Sie beherrschte sich jedoch und spitzte die Ohren, ob sie noch mehr erlauschen konnte.

»Wir sollten zu Bett gehen. Vorher sehe ich noch nach meinem Bräutchen«, hörte sie da Damien de Ronceau sagen.

Constance erstarrte. Wenn er in die Turmkammer trat, würde er sofort erkennen, dass sie geflohen war.

Doch Damien kniff die Augen zusammen und schüttelte den Kopf. »Ich werde es lieber morgen tun. Jetzt bin ich betrunken und könnte zu grob werden, wenn sie mich beleidigen sollte.«

Für den Stierkopf war dies eine seltene Einsicht, denn sonst war er mit den Fäusten oder dem Schwert oft schneller als mit seinen Gedanken. Constance war jedoch froh darüber, denn sie glaubte nicht, dass der Knecht, der Tablett, Schüssel und Krug hätte holen sollen, so rasch vermisst wurde. Während die drei Ronceaus den Raum verließen und über die Treppe nach oben stiegen, dachte sie über das nach, was sie sonst noch gehört hatte. Von ihrer aufwallenden Angst um Raoul durfte sie sich jetzt nicht niederdrücken lassen.

Damien de Ronceau wollte sie zur Heirat zwingen, obwohl ihr Mann noch lebte! Dies war nicht nur ein Verbrechen, sondern auch eine schlimme Sünde. Besonders ärgerlich fand sie, dass man seinem Wort Glauben schenken würde, zumal sein Bruder ihm zustimmte. Sie wusste zwar nicht, wie König Philippe II. sich zu dieser Sache stellen würde, aber da es dem Vernehmen nach im Heiligen Land zu einem Streit zwischen König Richard und ihm gekommen war, mochte es tatsächlich geschehen, dass er Damiens Huldigung annahm, um Richard Löwenherz durch den Verlust der Herrschaften Ronceau und Beljeux zu schwächen.

»Sobald ich aus dieser Burg entkommen bin, ist diese Gefahr gebannt«, murmelte sie vor sich hin, als sie die Halle durchquerte, um zur Pforte zu gelangen.

Ist sie nicht!, durchfuhr es sie. Sie traute Damien zu, trotzdem vor den König zu treten und eine Heirat mit ihr vorzuschlagen. Wenn der König ihr diese Ehe befahl, besaß sie keine Möglichkeit mehr, sich dagegenzustemmen.

Voller Zorn auf die Ungerechtigkeit der Welt, verließ sie den Wohnturm und eilte zu den Ställen. Zu dieser späten Stunde war in der Burg alles ruhig. Auch die Stallknechte schliefen in ihrem Verschlag. Um sie nicht zu wecken, musste sie leise sein, ermahnte Constance sich und suchte in der Dunkelheit nach ihrem Hengst.

Ein leises Schnauben wies ihr den Weg. Sie erreichte die Box, fühlte kurz Ariberts weiches Maul in der Hand und tastete nach der Boxentür. Ein wenig länger dauerte es, bis sie auch die beiden Riegel entdeckte, mit denen diese verschlossen war. Danach fasste sie den Hengst am Halfter und führte ihn aus dem Stall. Nach Sattel und Zaumzeug zu suchen, war in der Dunkelheit unmöglich. Sie war jedoch als Kind oft genug auf dem blanken Rücken eines Pferdes geritten und würde es auch jetzt schaffen.

»Nun gilt es, Aribert«, raunte sie dem Tier zu und lenkte es auf das Burgtor zu.

Wie erwartet, stand dort einer der Waffenknechte als Nachtwache. Als er Constance herankommen sah, verließ er seine Kammer und sah ihr entgegen. Von ihrer Verkleidung getäuscht, wandte er sich der kleinen Pforte zu.

»Du wirst absteigen und deinen Gaul führen müssen, denn ich habe keine Lust, einen Torflügel zu öffnen!«

In dem Augenblick hielt Constance sich mit der Linken an Ariberts Mähne fest, beugte sich nach unten und zog dem überraschten Mann das Schwert aus der Scheide.

»Aber genau das wirst du tun!«, sagte sie und richtete die Schwertspitze auf seine Kehle.

Nun erkannte der Wächter sie, und ihm wurde klar, dass sie anders als andere Frauen kaltblütig genug war, ihn zu töten und selbst das Tor zu öffnen. Daher gehorchte er, brachte Constance aber in einen Gewissenskonflikt. Es war das eine gewesen, den Knecht in der Turmkammer zu töten, um freizukommen. Einen Zweiten niederzustechen, der ihr gehorchte, widerstrebte ihr. Allerdings würde der Mann sofort Alarm schlagen, wenn er das Tor hinter ihr geschlossen hatte.

Sie entschied sich von einem Augenblick zum anderen. »Öffne auch die Pforte«, forderte sie ihn auf.

Der Mann gehorchte und trat nach einem Wink von ihr nach draußen. Hier war es schwer, ihn im Auge zu behalten, weil das Licht der Fackel, die neben der Wachstube in einem Halter steckte, kaum noch bis hierher reichte.

»Schieb das Tor von außen zu!«, befahl sie.

Es geschah, und der Mann äugte zur offenen Pforte, um so rasch wie möglich wieder in die Burg zu gelangen.

»Setz den Helm ab«, befahl Constance weiter.

»Warum?«, fragte der Mann und überlegte, ob er schnell genug durch die Pforte gelangen würde, um Constances Schwert zu entgehen.

Da lenkte sie ihren Hengst so, dass dieser ihm den Weg verlegte, und hob das Schwert. So schnell hatte der Mann seinen Helm selten abgesetzt. Constance nahm kurz Maß, dann schlug sie mit der flachen Klinge zu. Der Knecht sank zu Boden und blieb besinnungslos liegen. Wenn er wieder erwachte, würde er zwar fürchterliche Kopfschmerzen haben, aber wenigstens noch leben, dachte sie. Sie selbst wollte zu dieser Zeit Ronceau schon weit hinter sich gelassen haben.

Als es über eine Stunde lang hinter ihr ruhig blieb, war sie sicher, dass weder der Stierkopf Damien noch einer seiner Männer sie einholen würden.

Während des nächtlichen Rittes musste Constance sorgfältig darauf achten, auf dem richtigen Pfad zu bleiben. Trotzdem versuchte sie, die Ungeheuerlichkeit dessen, was sie von Damien de Ronceau erfahren hatte, zu begreifen. Ihr Mann lebte noch, war aber der Sklave eines Sarazenen, der ihn aus Rache für den Tod seines Bruders leiden lassen wollte. Dies allein war schon entsetzlich genug. Fast ebenso schlimm erschien es ihr, dass ihr Nachbar dieses Wissen für sich ausnützen und Raoul für tot erklären wollte, um sie zur Ehe zwingen zu können.

Vielleicht sollte sie selbst zum König reiten und ihm dies berichten?, überlegte sie. Doch was war, wenn Philippe II. Damien und Beauvais de Ronceau eher glaubte als ihr? Diese waren zu zweit, und das Wort eines Mannes galt mehr als das einer Frau. Selbst wenn der König nicht gewillt war, den Stierkopf mit Laronne zu belehnen, konnte er ihr einen seiner Vasallen als Ehemann aufzwingen, und so würde sie vor Gott als Bigamistin gelten.

Constance sann verzweifelt darüber nach, hörte dann Hufschläge von vorne auf sie zukommen und begriff, dass es keine Verfolger sein konnten. Da klang auch schon die Stimme ihres Gefolgsmannes Yoann auf.

»Wenn unserer Herrin etwas geschehen ist, wird selbst Gott im Himmel den verfluchten Sylvain de Ronceau nicht davor schützen können, dass ich seine Burg bis auf die Grundmauern niederreiße.«

»Ihr solltet keine Drohungen ausstoßen, die Ihr nicht erfüllen könnt, Herr Yoann!«, rief Constance erleichtert.

»Herrin, Ihr seid es! Wir glaubten Euch in Gefahr, als Ihr am Abend nicht zurückgekommen seid.«

»Die Herren Damien, Beauvais und Sylvain de Ronceau hatten mich auf ihre Burg eingeladen, doch mir gefiel es dort nicht so, dass ich bleiben wollte«, antwortete Constance und wurde dann ernst. »Es sind schlimme Dinge geschehen, die besprochen werden müssen. Auf jeden Fall gilt es von nun an, die Grenze scharf zu bewachen.«

6.

Nachdem Constance Burg Beljeux erreicht hatte, steckte Yoanns Ehefrau Ségolène sie in einen Badezuber und anschließend ins Bett. Obwohl sie glaubte, wegen der in ihrem Kopf wirbelnden Gedanken nicht einschlafen zu können, dämmerte Constance rasch weg, durchlebte aber wirre Albträume, an die sie sich beim Aufwachen nicht mehr erinnern konnte. Auf jeden Fall aber hatte sie das Gefühl, wie ein gefangenes Tier in der Falle zu sitzen.

Mit diesem bitteren Gedanken machte sie sich für den Rest des Tages zurecht und stieg nach unten, weil sie sich dort etwas zu essen erhoffte. Auch wenn um sie herum die Welt, so wie sie sie gekannt hatte, in Scherben fiel, so forderte ihr Magen sein Recht.

Als sie die Halle betrat, fand sie dort nicht nur Yoann und dessen Frau vor, sondern auch Bernard und Benoît. Dieser sprang sofort auf, als er sie sah, und kniete vor ihr nieder.

»Ich überbringe üble Nachricht, Herrin! Euer Gemahl Raoul ist im Kampf von heidnischen Sarazenen gefangen genommen worden und wahrscheinlich bereits tot.«

»Ist er nicht!«, antwortete Constance herb.

Die anderen dachten, sie wollte die Nachricht einfach nicht glauben. Daher kam Bernard zu ihr heran und legte ihr die Hand auf die Schulter. »Bedauerlicherweise ist es so. Benoît entging dem Gemetzel nur, weil die Sarazenen ihn für tot hielten und er sich, als er seine Kameraden alle tot sah, verstecken konnte.«

»Raoul ist nicht tot!«, wiederholte Constance mit Nachdruck und flehte in Gedanken den Herrgott an, dass dem auch noch so war. »Ich konnte Sylvain de Ronceau und seine Söhne belauschen. Laut dem Stierkopf Damien lebt mein Gemahl noch, ist jedoch der Gefangene eines Amir ibn … mein Gott, wie hieß er noch?« Constance glaubte, den Namen vergessen zu haben, und geriet in Panik.

»Meint Ihr Amir ibn Hassan ibn Tamid?«, fragte Benoît verwundert. »Das ist einer der hoch angesehenen Fürsten des Sultans Salah al-Din Yusuf ibn Ayyub!«

Er hatte sich die bei den Sarazenen übliche Form von Saladins Namen eingeprägt und war recht stolz darauf.

»Der Stierkopf nannte ihn zwar nur Amir ibn Hassan, aber er muss es sein«, erklärte Constance und sah Benoît eifrig nicken.

»Er ist es gewiss, denn er und seine Krieger haben uns angegriffen. König Richard hatte uns ausgesandt, zwei Verräter zu fangen, und zwar die Brüder Damien und Beauvais de Ronceau«, platzte der Jüngling heraus. »Die Ronceaus sind Verräter?«

Constance kniff die Augen zusammen und fragte sich, ob diese Tatsache ihr helfen konnte. Wäre sie nur König Richards Vasallin als Herzog der Normandie, könnte sie diese Nachricht vielleicht benutzen. So aber wollte der Stierkopf sich Philippe von Frankreich andienen, und diesem traute sie zu, Damien zu helfen, sich ihrer Person und ihres Besitzes zu bemächtigen.

»Mein Sohn kam gestern Nachmittag auf Burg Laronne an und wollte Euch umgehend nach Beljeux folgen. Hätte er es nur getan und Euch vor der Rückkehr der Ronceau-Brüder gewarnt. Ich …«

»Es hätte nichts geändert!«, unterbrach Constance Bernard. »Benoît wäre auf jeden Fall zu spät gekommen. Auch ist mir die Auskunft, die ich von Sylvains Söhnen erhielt, zu wertvoll, um sie missen zu mögen. Raoul lebt, gleichgültig, was alle anderen sagen mögen.«

»Ich wünschte, es wäre so«, sagte Benoît. »Wenigstens wurde er von den Sarazenen nicht gleich getötet. Ich sah, wie die Sarazenen Vicomte Raoul gefesselt und mitgenommen haben.«

»Vielleicht hilft uns Benoîts Beobachtung, auch wenn das Wort eines Ritters mehr zählt als das eines Knappen«, überlegte Yoann laut.

Constance schüttelte den Kopf. »Ihr sagt selbst, dass das Wort eines Ritters mehr zählt. Die Ronceaus und nicht nur sie würden Benoît vorwerfen, es nur zu sagen, um mir zu helfen. Nein, es muss etwas anderes geschehen.«

»Aber was?«, fragte Bernard mutlos.

»Die Sarazenen haben bereits früher Gefangene gegen Lösegeld freigelassen. Auch wenn Amir ibn Hassan im ersten Zorn erklärt hat, bei Raoul werde dies niemals geschehen, so mag er sich mit der Zeit beruhigen und das Geld annehmen, das wir ihm bieten.« Es erschien Constance die beste Möglichkeit, um für ihren Ehemann die Freiheit wiederzugewinnen.

»Dafür muss einer von uns in den Orient reisen«, schloss Bernard aus diesen Worten. »Ich bin dazu bereit! Es sei denn, Ihr wollt Vicomte Raouls Bruder Roland entsenden.«

Einen Augenblick lang hatte Constance das erwogen. Aber sie traute Roland de Lorris nicht. Ebenso wie Damien de Ronceau war er ein Mann, der in erster Linie auf den eigenen Vorteil bedacht war. Sie hielt ihn für fähig, irgendwo hinzureisen, dort zu warten und dann mit der Nachricht zu König Philippe II. zurückzukehren, er habe erfahren, dass sein Bruder tot wäre. Außerdem würde er – vermeintlich, um das Andenken seines Bruders zu ehren – den König bitten, ihn mit dessen Witwe zu verheiraten. Es bestand jedoch ein solcher Unterschied zwischen den beiden Brüdern, dass sie niemals darauf eingehen würde.

Yoann war als Verteidiger der Herrschaft und der Burg Beljeux unverzichtbar. Daher blieb nur Bernard für diese Aufgabe übrig. Seine Treue zu ihr war groß, doch war er auch der Mann, der sich, allein auf sich gestellt, in der Fremde durchsetzen konnte?, fragte sie sich. Außerdem ging es um sie. Was sollte sie tun, während Bernard auf die Suche nach Raoul ging? Sie konnte sich in ein Kloster zurückziehen. Auf einen Befehl König Philippes II. hin würde die Äbtissin sie jedoch ausliefern. Selbst in einem Kloster in der Normandie bestand diese Gefahr. Zudem durfte sie den Einfluss der Ronceaus nicht unterschätzen. Auch wenn König Richard über Damien erzürnt war, konnte er seine Meinung ändern. Die Leidtragende wäre sie – so oder so.

Der Anflug einer Idee formte sich in ihren Gedanken, noch zu unfertig, um sie bereits jetzt vorzutragen. Constance lächelte auf eine Weise, die Yoann ein Stirnrunzeln aufzwang und Bernard nervös werden ließ.

»Herr Yoann wird hier in Beljeux bleiben und die Burg gegen alle Zugriffe behaupten«, sagte sie leise.

»Ich werde tun, was ich kann. Sollte wirklich einmal ein fremdes Banner auf dem Turm wehen, so geschieht das nur über meine Leiche.«

Der Burghauptmann klang so entschlossen, dass Constance nicht an seinen Worten zweifelte. Sie sprach ihm ihren Dank aus und wandte sich dann Bernard zu. »Wir reiten morgen nach Laronne zurück.«

»Aber hoffentlich mit einer Nachtrast unterwegs. Nicht jeder hat einen so ausgezeichneten Hengst wie Euren Aribert!«, ermahnte ihr Gefolgsmann sie.

Constance nickte, denn sie wollte unterwegs mit Benoît reden, um mehr über das Heilige Land zu erfahren und über die Menschen, die dort lebten.

7.

Späher, die Constance ausgesandt hatte, meldeten ihr, Damien de Ronceau gesehen zu haben, wie er südwärts in Richtung Paris geritten war. Diesmal hatte er es nicht gewagt, an Burg Laronne vorbeizureiten, wie bei seinem Aufbruch ins Heilige Land, sondern hatte sowohl diese wie auch Beljeux im weiten Bogen umgangen.

Constance ahnte, dass er zu König Philippe II. unterwegs war. Für sie hieß es nun, sich zu entscheiden, ob sie bleiben und die Gefahr auf sich nehmen sollte, ein Opfer der Machenschaften der Ronceaus zu werden, oder ob sie ihr Schicksal in die eigenen Hände nehmen sollte.

Aus diesem Grund rief sie Bernard, Benoît und ihre alte Amme Yseult zu sich in ihre Kammer. Vor ihr auf dem Tisch lagen Kleidungsstücke, die ihre Mägde eilig hatten anfertigen müssen, dazu ein Kettenhemd, ein Helm und das Schwert ihres Vaters, da sie ihr eigenes auf Burg Ronceau hatte zurücklassen müssen.

Bernard betrachtete alles mit einem gewissen Misstrauen und sah sie dann fragend an. »Was habt Ihr vor?«

»Mein Ehemann lebt noch, ist aber Gefangener eines Sarazenen. Dies will Damien de Ronceau ausnützen, indem er behauptet, Raoul wäre tot, damit König Philippe II. ihn mit Laronne belehnt und einer Heirat mit mir zustimmt.«

»Das wissen wir alles«, unterbrach Bernard Constance und wies auf Kleidung und Wehr. »Ich fragte, was das hier soll?«

Auf Constances Gesicht trat ein entschlossener Zug. »Solange ich hierbleibe, bin ich den Befehlen des Königs ausgeliefert, selbst wenn dieser mich mit Damien de Ronceau verheiraten will. Aus diesem Grund halte ich es für besser, die Heimat zu verlassen.«

»Wo wollt Ihr hin? Zu Euren deutschen Verwandten?« Obwohl er sich seit vielen Jahren in Laronne heimisch fühlte, verspürte Bernard auf einmal Sehnsucht nach dem Land seiner Jugend. Seine Hoffnung, Constance werde sich dorthin wenden, zerstob jedoch, als sie den Kopf schüttelte.

»Dies brächte nur neue Unannehmlichkeiten. Da jemand ins Land der Muselmanen reisen muss, um Raoul zu finden und zu befreien, habe ich beschlossen, es selbst zu tun. Benoît wird mich begleiten, während Ihr während meiner Abwesenheit Laronne verwalten werdet.«

Yseult stieß einen erschrockenen Ruf aus. »Das kannst du nicht tun, mein Kleines! Dort leben böse Männer, die dich töten und dir alles Üble antun werden.«

Constance hob mit einer bedauernden Geste die Hände. »Es ist die einzige Wahl, die mir bleibt, denn ich habe niemanden, dem ich eine solche Reise anvertrauen kann. Der Einzige wärt Ihr, Bernard. Doch Ihr müsst bleiben.«

»Ich werde nicht hierbleiben, während Ihr zu den Heiden reist! Ich habe Eurem Vater geschworen, stets auf Euch achtzugeben, und werde diesen Schwur nicht brechen.«

Bernard klang so entschlossen, dass Constance es aufgab, ihn zum Bleiben bewegen zu wollen. »Wer soll Laronne verwalten?«, fragte sie.

»Lasst es Roland de Lorris tun. Er mag anmaßend sein, aber er wird alles daransetzen, um die Ronceaus von Laronne fernzuhalten!«

In Constance sträubte sich alles dagegen, ihrem Schwager Laronne anzuvertrauen, doch sie hatte niemand anderen. Die Männer, die ihre Nebenburgen verwalteten, würden sich niemals gegen den Stierkopf durchsetzen können.

»Da Ihr unbedingt mitkommen wollt, muss es wohl so sein«, stimmte sie schließlich zu. »Doch welche Ausrede wollen wir wählen, um ihm dies zu erklären?«

»Wir behaupten, Ihr wollt zu Euren Verwandten ins Reich der Deutschen reisen, um von dort aus mit König Philippe II. zu verhandeln«, schlug Benoît vor.

»Das ist ein guter Gedanke!«, lobte Constance ihn. »Bevor wir die letzten Vorbereitungen treffen, werde ich mit Roland sprechen und ihm erklären, dass er hier der Herr sein wird, sobald morgen der Riegel vor seiner Tür zurückgezogen wird. Heute Nacht aber bleibt seine Kammer noch verschlossen.«

Constance stand auf, bat Yseult, auf sie zu warten, und ging in Bernards Begleitung los. Da Roland der Bruder ihres Gemahls war, hatte sie ihn aus dem Kerker herausholen und in eine halbwegs bequem eingerichtete Kammer sperren lassen. Mit einem gewissen Spott dachte sie daran, wie sie den Ronceaus aus weitaus schärferer Haft entkommen war. Roland hingegen hatte bisher nicht den geringsten Versuch unternommen.

Als die Tür der Kammer geöffnet wurde, sah Constance ihren Schwager auf dem Bett liegen. Er blickte zu ihr, ohne sich zu erheben. Ein Übermaß an Höflichkeit zeichnet ihn nicht gerade aus, dachte sie mit einer gewissen Verachtung und beschloss, die Sache kurz zu halten.

»Roland de Lorris! Mein Nachbar Damien de Ronceau ist aus dem Heiligen Land zurückgekehrt und behauptet, Euer Bruder Raoul, mein Gemahl, habe im Kampf mit den sarazenischen Heiden den Tod gefunden.«

Jetzt riss es Roland hoch. »Was sagt Ihr?«

»Raoul soll tot sein, ebenso Eure Brüder Robert und Roger. Um Herrin meines Willens und meines Leibes zu bleiben, habe ich mich entschlossen, zu meinen Verwandten ins Heilige Römische Reich zu reisen, um von dort aus mit König Philippe II. und Herzog Richard von der Normandie verhandeln zu können. Ohne einen sicheren Beweis von Raouls Tod werde ich keine Entscheidung akzeptieren, die mich in die Hand eines anderen Mannes geben will.«

»Raoul, Robert und Roger tot? Das kann nicht sein!« Roland de Lorris war bis ins Mark erschüttert. Auch wenn er sich immer wieder mit seinen Brüdern gestritten hatte, so hatte er sie doch auf seine Weise geliebt.

Constance sprach unterdessen weiter. »Während meiner Abwesenheit werdet Ihr mit der Verwaltung der Vizegrafschaft Laronne beauftragt. Wenn morgen früh die Riegel vor Eurer Kammer für immer geöffnet werden, werdet Ihr das entsprechende Schriftstück in der Halle vorfinden. Bis forthin wünsche ich Euch eine gute Nacht.«

Nach diesen Worten drehte sie sich um und verließ die Kammer. Die Tür wurde wieder geschlossen, und Roland blieb allein zurück. Nun konnte er die Tränen nicht mehr zurückhalten. Er dachte an die herrlichen Raufereien, die er sich mit Robert und Roger geliefert hatte, an Raoul, der schon als Knabe wundervoll hatte singen können, und verfluchte sich, weil er den bequemen Weg gewählt und hierhergekommen war, während die Brüder ins Heilige Land gezogen waren, um für Christus zu streiten. Nun wurde er wie erhofft der Verwalter von Laronne, hätte sich aber damit zufriedengegeben, Kastellan der kleinsten und unbedeutendsten Nebenburg der Vizegrafschaft zu sein, wenn seine Brüder dafür durch die Tür gekommen wären und er sie hätte umarmen können.

Unterdessen kehrte Constance mit entschlossener Miene in ihre Kemenate zurück. Bernard hatte sie zu Roland begleitet und blieb nun an der Tür stehen, während seine Herrin ihr Haar von dem Band befreite, mit dem sie es zusammengehalten hatte.

Sie funkelte Yseult auffordernd an. »Schneide mir die Haare so ab, dass sie wie die von Benoît aussehen!«

»Nein, meine Kleine, das kannst du nicht von mir verlangen!«, rief die alte Frau erschrocken.

»Es muss sein! Ich kann nicht als Frau reisen. Bei meiner Größe wäre es für Damien de Ronceau ein Leichtes, mir zu folgen und mich abzufangen. Wenn er behauptet, mein Bräutigam zu sein, würde es ihm niemand verwehren, mich mitzuschleppen. Außerdem erscheint es mir in jenen Landen im Orient sicherer zu sein, wenn ich dort als Ritter auftrete.«

»Ihr wollt doch nicht etwa in die Schlacht reiten? Das lasse ich niemals zu!« Bernard war notfalls bereit, seine Herrin ebenso festzusetzen, wie diese es mit Roland de Lorris getan hatte.

Zu seiner Erleichterung schüttelte Constance den Kopf. »Ich werde mich meiner Haut wehren, sollte ich bedroht werden. Große

Schlachten zu schlagen, überlasse ich den Königen. Und nun hurtig ans Werk! Ich will noch in der Nacht aufbrechen.«

Yseult warf Bernard einen verzweifelten Blick zu. Dieser atmete tief durch und nickte. »Tu es!«

Mit Tränen in den Augen machte sich die alte Frau ans Werk. Für etliche Augenblicke war nur das Geräusch der Schere zu vernehmen, und die im Schein der Fackeln wie rotes Gold leuchtenden Haarsträhnen auf dem Tisch wurden immer mehr. Schließlich sah Yseult ihre Herrin kopfschüttelnd an.

»Dass ich das tun musste! Ich werde deine Haare sorgfältig aufbewahren, bis du zurückkehrst.«

»Ich werde sie mir wohl kaum mehr anheften können!«, antwortete Constance abweisend, hatte sich dann aber wieder in der Gewalt.

»Ihr beide«, sagte sie und wies auf Bernard und Benoît, »solltet euch jetzt zum Aufbruch bereit machen. Wir haben einen weiten Weg vor uns!«

»Den haben wir fürwahr«, antwortete Bernard und winkte seinem Sohn, ihm zu folgen.

8.

Als Bernard und Benoît zurückkehrten, glaubten sie, ihren Augen nicht trauen zu können. Vor ihnen stand ein junger Ritter mit ernster Miene und hell funkelnden Augen, schlank, aber nicht schwächlich aussehend, und so gerüstet, als wolle er in den Kampf ziehen. Bernards Blick wanderte unwillkürlich zu Constances Brust. Dort war sie am ehesten als Frau zu erkennen. Ein Stoffstreifen bändigte jedoch ihren Busen, und so trug das Kettenhemd an dieser Stelle kaum auf. Wer nicht wusste, dass sie eine Frau war, musste sie für einen hübschen Jüngling halten, dessen Anblick so manches Frauenherz schneller schlagen lassen konnte.

»Seid Ihr nun zufrieden?«, fragte Constance.

»Natürlich nicht!«, antwortete Bernard mit einem Schnauben. »Es wäre mir weitaus lieber, Euch bliebe diese Reise erspart. Da sie jedoch notwendig ist, sollten wir sie mit dem Ernst antreten, der dafür nötig ist.«

»Das werden wir! Eben habe ich befohlen, die Pferde bereitzustellen. Ich werde Aribert reiten. Damit Ihr es ebenfalls wisst: Er trägt einen neuen Sattel, in den ich eine gewisse Summe Goldes habe einnähen lassen, so dass ich meinen Gemahl aus der Gefangenschaft freikaufen kann.«

»Das heißt, wir müssen außer auf Euch auch auf Euren Sattel achtgeben«, antwortete Bernard bärbeißig, während sein Sohn anerkennend lachte.

»Ich hoffe, Ihr werdet auf dem Gold nicht zu hart sitzen. Doch habt Ihr Euch auch überlegt, wie Ihr verhindern wollt, dass Damien de Ronceau davon erfährt, dass Ihr als Mann verkleidet ins Heilige Land aufgebrochen seid?«

»Woher soll er es erfahren? Die wenigen, die es wissen, sind treu und werden es ihm gewiss nicht berichten. Und falls doch, werden wir ihn so in die Irre führen, dass er uns niemals folgen kann. Wir reiten nach Honfleur und steigen dort auf ein Schiff«, antwortete Constance.

Bernard schüttelte den Kopf. »Von dort wird keines bis ins Heilige Land fahren.«

Um Constances Lippen spielte ein Lächeln. »Das will ich auch nicht. Wir werden das Schiff nach zwei oder drei Tagen wieder verlassen und von dem entsprechenden Hafen aus den Weg nach Genua antreten. Von dort aus wird uns wohl ein Schiff nach Akkon bringen.«

»Das tut es gewiss!«, stimmte Benoît ihr zu. »Allerdings wird dies ein Handelsschiff sein, auf dem wir für die Überfahrt bezahlen müssen. Als ich mit Herrn Raoul aufgebrochen bin, hatte der König einen Vertrag mit den Genuesern, so dass wir umsonst mitfahren konnten.«

»Gut, dass du mich erinnerst! Wir müssen genug Geld für die Reise mitnehmen. Ich hatte bereits drei Beutel gefüllt, hätte sie aber beinahe vergessen. Yseult, kannst du sie holen? Sie liegen in meiner Truhe.«

Wenig später lagen die drei Beutel auf dem Tisch. Der für Constance gedachte war ein wenig praller gefüllt als die beiden anderen.

»Ihr habt damit genug Geld für den Fall, dass wir getrennt werden oder ich einen von euch als Boten in die Heimat schicken muss«, erklärte Constance, nachdem sie ihren Beutel eingesteckt hatte. Danach nahm sie ihr Bündel an sich und das Schwert ihres Vaters.

»Kommt! Es ist an der Zeit, von hier zu scheiden.«

»Mein Kleines, gib gut auf dich acht!«, rief Yseult schluchzend und schlang die Arme um Constance.

Benoît musste sich trotz der ernsten Lage das Lachen verkneifen, denn die alte Frau reichte Constance gerade einmal bis zu den Schultern. Trotzdem sagte sie nun wieder Kleines zu ihr, wie einst, als ihre Herrin noch klein gewesen war. Er steckte ebenso wie sein Vater einen der beiden Beutel ein, die Constance ihnen hingelegt hatte, und dachte an das Heilige Land.

Würde es ihnen gelingen, Vicomte Raoul zu befreien?, fragte er sich. Er hoffte es, denn er verehrte seine Herrin und hatte deren Ehemann schätzen gelernt. Seine Gedanken galten aber auch dem deutschen Ritter Michael, den er schwer verletzt in Akkon hatte zurücklassen müssen. Wenn Michael tot war, wollte er wenigstens an dessen Grab beten. Vielleicht aber, so glomm die verrückte Hoffnung in ihm auf, war der Deutsche doch am Leben. Wenn er sich noch in Akkon aufhielt, konnte er ihnen möglicherweise bei der Suche nach Raoul helfen.

Mit dieser Überlegung folgte er Constance und seinem Vater nach draußen. Die Burg lag bereits im Schlaf. Nur zwei Waffenknechte hielten Wache, der eine auf dem Bergfried, der andere auf dem Torturm. Von den Stallburschen war noch ein Knecht auf den Beinen, und auf dessen Verschwiegenheit konnten sie sich verlassen. Er hatte ihre drei Pferde und ein Packpferd gesattelt und trat nun beiseite, damit sie in die Sättel steigen konnten.

»Kehrt gesund zurück!«, flehte er Constance an.

Sie nickte mit einem verkrampften Grinsen. »Das habe ich vor, mein Guter!«

Mit diesem Versprechen lenkte sie Aribert auf das Tor zu und erteilte dem Wächter den Befehl, ihnen zu öffnen. Dies geschah, und während hinter ihnen Yseult und der Stallknecht einander trösteten, trabte Constance zuerst ein Stück nach Süden. Erst als die Burg außer Sicht war, wendete sie ihren Hengst und schlug einen Bogen nach Norden, um mögliche Späher der Ronceaus zu täuschen.

9.

Etwa zu der Zeit, in der Constance und ihre beiden Begleiter ihre erste Etappe beendeten, trabte Damien de Ronceau mit einem Gefolge von vier Mann auf das Kloster von Saint Paul zu, dem sein Verwandter Thibaut als Abt vorstand. Thibaut war ein Vetter seiner Mutter, einer Französin, und hatte ihnen bei Verhandlungen mit französischen Edelleuten bereits mehrfach beigestanden. Nun benötigte er Abt Thibauts Hilfe beim König selbst.

Mit diesem Gedanken hielt Damien sein Pferd vor dem Klostertor an und befahl einem seiner Männer, abzusteigen und den aus Bronze gegossenen Klopfer zu bedienen. Kaum war dies geschehen, wurde beim Portal in Augenhöhe eine Klappe geöffnet, und eine Stimme ertönte. »Wer ersucht um Aufnahme bei den frommen Brüdern des heiligen Paulus?«

»Mein Herr ist Damien de Ronceau, Sohn des Sylvain de Ronceau, und mit Seiner Gnaden, Abt Thibaut de Saint Paul, blutsverwandt. Er wünscht, Seine Gnaden in einer dringenden Angelegenheit zu sprechen.«

»So wartet einen Augenblick, bis ich Knechte gerufen habe, die euch in unser Gästehaus bringen und eure Pferde versorgen können«, antwortete der Pförtner.

»Wir wären auch gerne versorgt, und zwar mit Braten und Wein«, rief einer von Damiens Gefolgsleuten lachend, erhielt aber keine Antwort.

»Musstest du so dummes Zeug reden?«, tadelte der, der geklopft hatte, seinen Kameraden. »Welchen Eindruck werden die frommen Brüder in Christo von uns bekommen, und von unserem Herrn?«

»Lass es gut sein!«, meinte Damien mit einem etwas gezwungenen Lächeln. »Der Pförtner wird zu seinem Abt gehen und hören, dass ich tatsächlich dessen Verwandter bin. Danach wird man uns gleich einlassen.«

Tatsächlich schwangen nur kurze Zeit später die beiden Flügel des Tores auf, und sie konnten auf den Vorhof des Klosters reiten. Dort warteten bereits drei Knechte auf sie. Einer nahm die Zügel von Damiens Hengst entgegen, seine Kameraden die der anderen Pferde.

»Folgt uns!«, wies einer der Männer Damiens Begleiter an.

Während diese erwartungsvoll hinter dem Knecht herstapften, erschien ein Mönch und neigte vor Damien das Haupt. »Ich heiße Euch im Namen unseres hochehrwürdigsten Herrn Abts willkommen, Ritter Damien. Er ist begierig, Euch zuzuhören, denn wie wir erfahren haben, seid Ihr im Heiligen Land gewesen und habt die Orte gesehen, an denen unser aller Herr Jesus Christus gewandelt ist.«

»Dazu bin ich gerne bereit«, antwortete Damien lächelnd. Er würde alles tun, um seinen Verwandten bei Laune zu halten. Da mochten ein paar Geschichten aus Akkon ein gutes Mittel sein. Mit diesem Vorsatz folgte er dem Mönch und erreichte kurz darauf die Gemächer des Abtes.

Diese bestanden aus mehreren Zimmern, aber er wurde nur in das vorderste geführt. Auf den Borden und Tischen standen oder lagen unzählige in Gold oder Silber gefasste Reliquien sowie Bücher aus feinstem Pergament. Die Möbel waren kunstvolle Tischlerarbeit, und der Sessel, auf dem ihn der Abt erwartete, war gepolstert und mit Damast überzogen.

Auch für Damien wurde ein Stuhl herbeigebracht, allerdings ein ungepolsterter. Dafür war dieser stabil genug, um das Gewicht eines weitaus schwereren Mannes zu tragen.

Damien verneigte sich tief vor seinem Verwandten und nahm erst Platz, als dieser auf den Stuhl wies.

»Sei mir willkommen, Neffe!«, sagte der Abt.

Dies ist schon einmal ein guter Anfang, dachte Damien, da Thibaut nur ein Vetter seiner Mutter und nicht deren Bruder war.

»Ich danke Euch von Herzen, Euer Gnaden«, antwortete er und neigte noch einmal im Sitzen den Kopf.

»Was hast du auf dem Herzen, mein Sohn? Hat dein Vater dich etwa zum Teufel gejagt, weil du ohne ihn hier erscheinst?« Das amüsierte Lächeln des Abtes nahm seinen Worten die Schärfe, und Damien begriff, dass es als Scherz gedacht war. Für ihn bot dies eine gute Gelegenheit, auf den Grund seines Hierseins zu kommen.

»Ich komme im Auftrag meines Vaters, Euer Gnaden, und bitte Euch in seinem und in meinem Namen um Beistand in einer dunklen Stunde – und um eine rettende Hand!«

Damien trug ein wenig auf, um dem Abt zu schmeicheln. Noch nie hatte er einen anderen Menschen so dringend gebraucht wie ihn. Wenn sein Verwandter sich, wie er es erhoffte, auf seine Seite stellte, so konnte er, den Richard von England als Verräter hatte festnehmen lassen wollen, zu einem geachteten Edelmann in Frankreich werden.

Abt Thibaut sah ihn erstaunt an. »Wie kann deine Familie düstere Tage erleben, da doch du und dein Bruder Beauvais im Heiligen Land für Gott gestritten habt? Du wirst mir später davon berichten. Vorher aber erkläre mir, was deinen Vater und dich bedrückt.«

»Es hat mit meinem Aufenthalt im Heiligen Land zu tun. König Konrad von Jerusalem bat mich, dem Heiden Saladin eine Botschaft zu überbringen. Es ging um die Frage, ob dieser bereit wäre, Jerusalem und das Heilige Land der Christenheit zurückzugeben. Neider berichteten König Richard davon, und Ihr kennt dessen Ruf.«

»Den kenne ich! Hat er es doch gewagt, unseren von Gott bestimmten König Philippe II. wie einen Knecht zu behandeln und zu beleidigen«, erklärte der Abt mit einer Miene, die deutlich besagte, wie wenig er von dem englischen König hielt.

Damien atmete auf, denn die Sache ließ sich bestens an. »Obwohl ich die Botschaft im Dienste des Königs von Jerusalem an den Heiden Saladin überbrachte, erklärte Richard von der Normandie mich zu einem Verräter und sandte Männer aus, um mich zu verhaften. Glücklicherweise konnte ich diesen entrinnen und mit Beauvais zusammen ein Schiff besteigen, das uns nach Venedig brachte. Doch nun müssen wir Ronceaus als Lehnsmänner des Herzogs der Normandie befürchten, dass dieser uns nach seiner Rückkehr seine Gunst entzieht und wir unsere Heimat verlieren.«

Um den Ernst der Lage darzulegen, trug Damien de Ronceau erneut dick auf und stellte fest, dass seine Worte Eindruck machten. Abt Thibaut nickte mehrfach, und als er antwortete, klang Mitgefühl durch.

»Wenn es mir irgend möglich ist, werde ich euch beistehen!«

»Darum bitten wir, Euer Gnaden! Da Richard von der Normandie sich als schlechter Lehnsherr erwiesen hat, erflehen wir die Gnade Seiner Majestät, König Philippes II. von Frankreich als Lehnsherrn des Herzogs der Normandie, und wünschen, aus der Lehnsabhängigkeit Richard gegenüber entlassen und Kronvasall von Frankreich werden zu dürfen.«

Damiens Worte bedeuteten im Grunde Hochverrat, denn sowohl sein Vater wie auch er und sein Bruder hatten Richard Treue und Gefolgschaft geschworen, nachdem dieser sich gegen seinen Vater Henri II. durchgesetzt hatte. Darauf einzugehen, hieß, das Verhältnis zwischen Richard als Herzog der Normandie und Philippe II. von Frankreich bis zum Äußersten zu belasten und womöglich sogar einen Krieg zwischen den beiden herbeizuführen.

Abt Thibaut war dies wohl bewusst, dennoch nickte er. »Es hat Seine Majestät und alle Edlen Frankreichs sehr erzürnt, wie Richard, obwohl er als Herzog von Aquitanien und der Normandie Lehnsmann Seiner Majestät ist, versucht hat, sich im Heiligen Land zu dessen Oberbefehlshaber aufzuschwingen. Damit hat er jedes Recht verloren, weiterhin ein Lehnsmann Frankreichs zu sein!«

Damien schloss daraus, dass Philippe II. sich zum Krieg gegen Richard entschieden hatte und nur noch auf einen Grund wartete, diesen zu beginnen. Ihm war jedoch nicht nur daran gelegen, Ronceau aus der Abhängigkeit zur Normandie befreit zu sehen. Ihm ging es auch um Beljeux und Laronne. Diese Herrschaften konnte er nur einheimsen, wenn der König ihn mit Constance verheiratete.

Bei dem Gedanken erinnerte sich er daran, wie es diesem Biest gelungen war, ihnen zu entkommen. Er hätte es nicht besser vermocht. Auf jeden Fall versprach sie Söhne, auf die er einmal stolz sein konnte. Damit es dazu kam, musste er Abt Thibaut davon überzeugen, ihn auch bei seiner Werbung um Constance zu unterstützen.

»Da gibt es noch etwas!«, fuhr er daher fort. »Mein Nachbar,

Raoul de Laronne, wird nicht mehr aus dem Heiligen Land zurückkehren, und sein Weib ist daher vollkommen schutzlos. Ich habe aus diesem Grund beschlossen, ihr die Ehe anzutragen. Nur ist noch aus unseren Großvätertagen wenig Freundschaft zwischen Ronceau und Laronne. Ohne Befehl des Königs wird sie meinen Antrag zurückweisen. Dabei braucht Laronne dringend einen neuen Vizegrafen.«

Abt Thibaut musterte seinen jungen Verwandten erstaunt und musste dann lachen. »Bei Gott! Bescheiden bist du ja nicht gerade. Aber du hast recht. Nur der Kühne hat Erfolg!«

»Laronne ist ein Lehen des Königs von Frankreich. Gibt er es einem anderen als dem Ehemann der Erbin von Beljeux, werden die Vizegrafschaft und Beljeux getrennt. Richard von der Normandie kann Constance de Beljeux eine Ehe nach seinem Sinn befehlen. Dann aber muss Seine Majestät, Philippe II., gewärtig sein, dass die Herrin von Beljeux und ihr Ehemann alles tun werden, um Laronne zurückzugewinnen.«

Damien hatte sich alle Gründe zurechtgelegt, weshalb Philippe von Frankreich ihn und keinen anderen mit Constance verheiraten sollte. Nun sah er zufrieden, wie sein Verwandter sich mit dieser Idee anzufreunden begann.

»Laronne, Beljeux und Ronceau würden einen Wall gegen Richard bilden, der nur schwer zu überwinden ist. Gelingt es Richard jedoch, Constance mit einem seiner Gefolgsleute zu verheiraten und Laronne zu besetzen, ist es ein Stachel im Fleische Frankreichs«, sagte der Abt nachdenklich.

»Aus diesem Grund ist es mein Wunsch, alle drei Herrschaften zur neuen Grafschaft Laronne zusammenzufassen!« Damien wusste, dass er damit sehr hoch griff, aber der Einsatz war es wert.

Der Abt lachte erneut. »Welchen Rang die neue Herrschaft einnimmt, soll der König entscheiden. Was ist mit deinen Brüdern? Geben sie ihren Anspruch auf einen Teil des Erbes auf?«

»Sie werden sich fügen müssen! Außerdem gibt es andere Erbinnen. Sollen sie sich um diese bemühen«, antwortete Damien mit einer gewissen Verachtung für Beauvais. Zudem war sein jüngster Bruder noch ein Kind. Auf seinen eigenen Besitzungen würde er die beiden später höchstens als Kastellane nachrangiger Burgen akzeptieren. Wahre Macht hingegen durften sie nicht besitzen, um weder ihm noch seinen Nachkommen gefährlich werden zu können.

Unterdessen dachte Abt Thibaut über all das nach, was er von Damien gehört hatte. Wenn die Ronceaus auf die französische Seite überwechselten und Vizegrafen oder gar Grafen von Laronne wurden, war dies auch ein Gewinn für seine eigene Sippe.

»Es ist gut, dass du zu mir gekommen bist, Neffe, denn ich besitze das Ohr des Königs. Wir werden morgen nach Paris aufbrechen, und ich werde mit ihm sprechen. Sollte er deinen Vorschlag in Erwägung ziehen, werde ich dich hinzuholen lassen.«

»Ich danke Euch von ganzem Herzen!« Damien stand auf und verbeugte sich vor seinem Verwandten. Zwar wäre es ihm lieber gewesen, gemeinsam mit diesem vor Philippe II. zu treten, doch er begriff, dass es besser war, wenn zuerst Abt Thibaut für ihn sprach.

10.

In seinem Zelt in Salah al-Dins Feldlager musterte Amir ibn Hassan ibn Tamid höhnisch seinen Sklaven. Der Franke war dreckig und trug nicht mehr als einen Lendenschurz. Teile seines Rückens und seiner Arme waren von der Sonne verbrannt, und die Haut schälte sich ab. Trotzdem wirkte Raoul de Laronnes Blick immer noch trotzig, und Amir ahnte, dass nur die Kette, mit der dieser an Füßen und Händen gefesselt war, ihn daran hinderte, auf ihn loszugehen.

Amir ibn Hassans Gedanken wanderten weiter zu seinem Bruder Hamid. Dieser war in Akkon wie fast zweitausend andere Gefangene von den Franken in einem sinnlosen Akt der Wut erschlagen worden. Dieser Verlust schmerzte ihn mehr, als der heftige Sonnenbrand und der Hunger seinem Gefangenen wehtaten. Wie schon vielfach zuvor packte ihn das Verlangen, den Säbel zu ergreifen und Raoul de Laronne zu erschlagen.

Doch mit Mühe hielt Amir ibn Hassan sich im Zaum. War der Gefangene erst einmal tot, würde er nichts mehr spüren. Er wollte jedoch, dass dieser Kerl litt, wie noch kein Mensch vor ihm gelitten hatte. Bei diesem Gedanken verfinsterte sich seine Miene. Fast noch mehr als diesem Franken trug er Salah al-Din Yusuf ibn Ayyub den Tod seines Bruders nach, denn diesem war es nicht gelungen, die Gefangenen von Akkon zu befreien oder wenigstens freizukaufen. Mittlerweile hatte Salah al-Din bei Arsuf eine weitere Niederlage gegen den König mit dem Löwenherzen hinnehmen und Jaffa den Christen überlassen müssen. Nun konnte der Sultan nur noch hoffen, wenigstens Jerusalem zu halten. Wenn nicht …

Mitten in Amir ibn Hassans Gedanken hinein erschien ein Bote und verbeugte sich vor ihm. »Der große Sultan Salah al-Din verlangt, Euch zu sehen, Amir ibn Hassan!«

»Ich höre und gehorche!« Amir ibn Hassan erhob sich von seinem Sitzkissen, versetzte Raoul noch einen Fußtritt und verließ das Zelt.

Raoul starrte ihm nach und fluchte dann leise vor sich hin. Mehr als seine Schmerzen quälte ihn die Überlegung, was mit Constance geschehen würde, denn er sah keine Möglichkeit, Amirs Gefangenschaft zu entkommen. Stricke hätte er irgendwann durchnagen können. Bei der Kette, die so bemessen war, dass er zwar gehen, aber nicht laufen konnte, war dies unmöglich. Zudem waren seine Arme durch eine Kette gefesselt, und eine weitere Kette verband die Kette an seinen Füßen mit der an den Armen. Stehend brachte er die Hände daher gerade bis auf die Höhe der Brust.

Da Amir ibn Hassan ihn immer um sich haben wollte, schlief er in dessen Zelt, doch das Ende seiner Kette wurde an einem Pfahl befestigt, damit er seinen Kerkermeister nicht im Schlaf mit der Kette erwürgen konnte. Sein Schicksal war damit besiegelt. Doch was wurde nun aus seiner Frau? Bevor Damien de Ronceau aus Saladins Lager aufgebrochen war, hatte dieser ihn damit verhöhnt, dass er Constance in der Heimat als Witwe hinstellen und zur Ehe zwingen werde. Der Gedanke, dass er nicht einmal seine eigene Frau schützen konnte, schmerzte noch mehr als der Verlust seiner beiden Brüder und seines Freundes Théotime. Sie waren ihm im guten Glauben gefolgt, und er hatte sie ins Verderben geführt.

Raoul spürte, wie ihm die Tränen kamen, und er schämte sich deswegen. Doch mehr als weinen konnte er im Augenblick nicht tun.

Während sein Gefangener der Verzweiflung nahe war, betrat Amir ibn Hassan das Zelt des Sultans und verneigte sich tief, um nicht zu zeigen, wie sehr er Salah al-Din mittlerweile hasste. »Ihr habt mich rufen lassen, oh Gewaltiger?«, sagte er, nachdem er auf einen Wink seines Herrn auf einem Sitzkissen Platz genommen hatte.

»Aus dem Irak wird ein Aufstand gemeldet«, erklärte Salah al-Din mit grimmiger Miene. »Noch bedroht er meine Macht nicht. Aus einem Funken kann jedoch ein Feuer entstehen. Daher wirst du mit zweitausend Kriegern losziehen und die Festung von Azraq besetzen. Du wirst diesen Funken austreten, bevor er sich ausbreiten kann.«

»Ich höre und gehorche!«, antwortete Amir ibn Hassan erleichtert. Er war froh, dass er gegen einen Feind ausziehen musste, den er kannte und dem er überlegen war, ersparte es ihm doch, ein weiteres Mal mit den Panzerreitern aus dem Westen kämpfen zu müssen. Wenn diese gegen einen anstürmten, so war es, als würde ein gigantischer Hammer alles hinwegfegen, was sich ihm in den Weg stellte.

Salah al-Dins Gedanken galten derweil den rebellischen Wüstenstämmen, die ihm immer wieder Schwierigkeiten bereiteten. Bisher hatte er sie beherrschen können, doch der lange Krieg mit den Christen verführte die Völkerschaften an den Grenzen seines Reiches dazu, sich von ihm loszusagen. Selbst gegen sie zu ziehen vermochte er nicht, solange Richard von England und das Christenheer Jerusalem bedrohten. Amir ibn Hassan war einer seiner besten Gefolgsleute, und er traute ihm zu, sich gegen die Rebellen durchzusetzen.

»Kenne keine Gnade, wenn du auf diese verräterischen Hunde triffst!«, befahl er ihm.

Amir ibn Hassan verneigte sich erneut. »Ich werde keine Gnade kennen, großmächtiger Sultan der Gläubigen!«

Diese Worte waren gewaltig aufgetragen, da Salah al-Din lediglich über Syrien, Ägypten und ein paar angrenzende Gebiete herrschte. Amir ibn Hassan dachte daran, dass Salah al-Din nur ein kurdischer Emporkömmling war, der sich gegen seinen Gönner Nur al-Din erhoben und sich dessen Reich angeeignet hatte. Er hingegen war ein Araber aus edelster Familie und konnte auf seine Verwandtschaft mit dem großen Propheten Mohammed verweisen. Daher hatte er wahrlich viel eher als Salah al-Din das Recht, sich ein eigenes Reich zu schaffen. Sein Feldzug in den Irak konnte der Beginn dafür sein.

Amir hütete sich jedoch, sich diesen Gedanken anmerken zu lassen. Dafür waren Salah al-Dins Leibwächter zu nahe und vor allem bereit, jeden auf Befehl ihres Herrn zu erschlagen. Er lauschte den weiteren Anweisungen des Sultans und verabschiedete sich schließlich mit dem Versprechen, mit den Rebellen so zu verfahren, dass ihre Stämme auf Generationen jeden Gedanken an einen Aufstand vergessen würden.

Zwei Tage später hatte Amir ibn Hassan seine Vorbereitungen getroffen und brach an der Spitze einer ansehnlichen Streitmacht auf. Er hatte seine Unteranführer sorgfältig ausgewählt, dabei aber darauf geachtet, bei Salah al-Din kein Misstrauen zu erwecken. Seine Krieger waren zum größten Teil Araber. Dazu kamen ein paar Türken und nur einige wenige Kurden. Allerdings hatte er Salah al-Dins Neffen Zia al-Din zu seinem Stellvertreter ernennen müssen, da dieser glaubte, im Kampf gegen die Rebellen mehr Ruhm erringen zu können als gegen die eisernen Scharen des Westens. Das Einzige jedoch, was Zia al-Din im Irak erwartete, war der Tod.

Bei dem Gedanken wandte Amir ibn Hassan sich im Sattel um und sah seinen Sklaven hinter seinem Pferd herstolpern. Der Franke war mit einem langen Strick mit dem Sattel verbunden und würde den weiten Weg bis zur Qasr al-Azraq in der glühenden Sonne mit wenig Nahrung und noch weniger Wasser zurücklegen müssen. Sterben sollte der Mann allerdings nicht, denn Amir ibn Hassans Herz dürstete nach Rache, und die war noch lange nicht gestillt.

Achter Teil

Rémy de Saint Croix

1.

Constance wusste nicht, ob sie richtig gehandelt hatte. Zum einen hatte sie Bernards Vorschlag abgelehnt, drei oder vier Waffenknechte mitzunehmen, um die Gruppe zu verstärken, und war nur mit ihm und seinem Sohn Benoît aufgebrochen. Außerdem hatte sie nicht den direkten Weg nach Genua eingeschlagen, sondern war zuerst zur Mündung der Seine geritten. Dort waren sie auf ein Schiff gestiegen und damit ein Stück an der Nordküste entlanggesegelt, um mögliche Verfolger in die Irre zu leiten, bevor sie sich auf den Weg nach Süden gemacht hatten.

Nun folgten sie seit vielen Tagen einem alten Pilgerweg. Unterwegs übernachteten sie in Klöstern, gelegentlich in Bauernhäusern oder auch im Wald, wenn auf Meilen keinerlei Herberge zu finden war. Burgen mieden sie, denn deren Bewohner würden gewiss neugierig fragen, wer sie waren und woher sie stammten.

Den Mönchen in den Pilgerherbergen genügte es, wenn sie ihnen sagte, sie wäre Rémy de Saint Croix und wolle ins Heilige Land ziehen. Bei ihren Begleitern fragte man höchstens noch nach dem Namen. Benoît hatte vorgeschlagen, dass sein Vater und er ebenfalls andere Namen annehmen sollten. Da Bernard sich strikt geweigert hatte, sich anders zu benennen, hatte es nur sein Sohn getan. Dieser trat vorübergehend als Fulbert auf, wurde von seinem Vater aber nur noch Lümmel genannt – und bald geriet der neue Name in Vergessenheit.

An diesem Nachmittag war Bernards Laune besonders schlecht. Es regnete, und seine Kleidung war trotz des gewalkten Mantels nass geworden.

»Wenn das so weitergeht, verrostet uns das Kettenhemd am

Leib!«, schimpfte er und blickte nach vorne. »Falls nicht bald eine Herberge kommt, müssen wir wieder im Wald übernachten. Und das bei dem Sauwetter!«

»Wir müssen es nehmen, wie es kommt«, antwortete Constance gelassen.

»Uns Männern macht der Regen ja nicht so viel aus, doch für Frauen wie Euch ist er schlimm«, antwortete Bernard ungeachtet der Tatsache, dass er und nicht Constance sich über das Wetter beschwert hatte.

»Ich werde den Regen schon überstehen!« Constance lächelte sanft, obwohl auch sie sich nach einem Ofen sehnte, an dem sie ihre Kleidung und auch sich selbst trocknen konnte. So einfach ging das allerdings nicht, denn es war für sie unmöglich, sich vor anderen Leuten auszuziehen. Selbst in Bernards und Benoîts Gegenwart war dies ungehörig, doch dazu war sie noch bereit.

»Ich fürchte, Vater hat recht, und wir müssen im Wald übernachten«, meinte Benoît, als die Dämmerung wegen des wolkenverhangenen Himmels noch früher als erwartet hereinbrach.

»Sollte es so sein, werde ich auch das überstehen!« Constance war fast entschlossen, sich von nichts und niemandem aufhalten zu lassen, denn sie war es Raoul schuldig, ihn zu retten. Bei dem Gedanken an die Qualen, die er als Gefangener der Sarazenen erleiden musste, zerriss es ihr fast das Herz. Hinzu kam die Gefahr, die ihr von Damien de Ronceau oder einer für sie fatalen Entscheidung König Philippes II. drohte. Nur, wenn sie Raoul freikaufen konnte, war sie davor sicher.

»Ich fürchte, wir haben uns verirrt!«

Bernards Bemerkung riss Constance aus ihren Gedanken, und sie sah sich um. Sie standen mitten im Wald, und die Straße war zu einem Pfad geworden, der dem Anschein nach nur selten benutzt wurde.

»Bei dem Regen haben wir womöglich eine Weggabelung übersehen und sind falsch weitergeritten«, sagte sie zweifelnd.

»Ich habe keine Abzweigung bemerkt«, wandte Benoît ein.

»Ich eigentlich auch nicht.« Constance war sich fast sicher, dass kein Weg von dieser Straße weggeführt hatte.

Bernard dachte nach. »Als wir im letzten Kloster nach dem Weg fragten, sagte der Mönch doch, dass die meisten Pilger einen Umweg machten, um diesen Wald nicht durchqueren zu müssen!«

»Er wollte noch etwas hinzufügen, wurde aber weggerufen«, setzte Benoît hinzu.

»Ein Mann fragte nach Räubern, doch ich konnte die Antwort nicht verstehen. Daher wollte ich selbst nachfragen, bin aber nicht mehr dazu gekommen.« Constance ärgerte sich nun darüber, denn sie ahnte, dass dieser Weg wegen dieser Räuber nur selten benutzt wurde.

»Was sollen wir tun, umkehren oder weiterreiten?«, fragte sie.

»Wir sind jetzt so weit gekommen. Da werden wir das letzte Stück auch noch zurücklegen können!« Bernard zeigte wenig Lust, eine ganze Tagesstrecke zurückzureiten, um am nächsten Tag einen noch weiteren Weg zurücklegen zu müssen.

»Wir müssten so oder so im Wald übernachten, also können wir auch weiterreiten. Ich glaube nicht, dass die Strauchdiebe bei dem Wetter auf der Lauer liegen«, sagte Benoît mit dem Optimismus der Jugend.

Die Entscheidung blieb jedoch Constance überlassen. Auch ihr gefiel es wenig, jetzt noch umzudrehen. Daher nickte sie und trieb Aribert wieder an. »Sollten wir wirklich auf Räuber treffen, müssen eben die Schwerter sprechen«, erklärte sie und prüfte, ob sie ihre Waffe rasch genug ziehen konnte.

Zunächst sah es so aus, als wären die Räuber bei dem Regen in ihrem Versteck geblieben. Mit einem Mal aber hörte Constance ihren Hengst leise schnauben.

Mit einem Ruck zog sie ihr Schwert. »Vorwärts im Galopp!«, befahl sie trotz des schlammigen Bodens und trieb den Hengst an. Aus den Augenwinkeln sah sie, wie Bernard und Benoît ebenfalls blankzogen und ihr folgten.

Schreie klangen auf, dann stürmten Männer aus dem Dunkel des Waldes, um ihnen den Weg zu verlegen. Die beiden Vordersten hielten einfache Spieße in den Händen, ein Dritter eine Axt, und hinter diesen tauchten weitere Gestalten auf. Constance schwang ihr Schwert und lenkte eine Spitze ab, die sonst den Hengst getroffen hätte. Gleichzeitig versetzte sie dem Axtträger einen heftigen Fußtritt, der ihn zwischen die Bäume zurücktaumeln ließ.

Einen Augenblick später war sie durchgebrochen, und die Räuber blieben hinter ihr zurück. Um ihre Begleiter besorgt, blickte sie sich um und sah, dass Bernard und Benoît die gefährliche Stelle ebenfalls heil passiert hatten. Den Räubern blieb nur, ihre Enttäuschung hinauszuschreien. Ohne Ariberts Warnung, dachte Constance, wären sie kaum ungeschoren davongekommen.

»Dafür hast du dir bei der nächsten Gelegenheit eine Extraportion Hafer verdient«, lobte sie den Hengst und zügelte ihn zu einem schnellen Trab. Kurz darauf hatten ihre Begleiter zu ihr aufgeschlossen. Während Bernard eine bedenkliche Miene zog, grinste sein Sohn übers ganze Gesicht. »Denen haben wir es aber gezeigt! Euer Fußtritt, Herrin, hat dem Kerl gewiss die eine oder andere Rippe geprellt, wenn nicht gar gebrochen.«

»Wie oft soll ich dir noch sagen, dass du mich nicht Herrin nennen sollst«, schalt Constance ihn. »Ich bin Ritter Rémy de Saint Croix, dein Vater mein Schwertträger und du mein Knappe!«

»Verzeiht, Herr … äh, Ritter Rémy!«, antwortete Benoît, grinste aber noch immer. »Es war eine ruhmreiche Tat, diesen üblen Schurken entkommen zu sein.«

»Eine ruhmreiche Tat wäre es gewesen, sie zur Strecke zu bringen. So aber haben wir nicht mehr getan, als unser Leben zu retten. Andere hingegen können es durch diese Räuber noch verlieren«, erwiderte Constance.

Ihre Anspannung wich nun, und sie wurde von einem Gefühl der Schwäche erfasst. Hätte Aribert die Räuber nicht bemerkt, wären es genug Kerle gewesen, um sie aus den Sätteln reißen und töten zu können.

Sie schüttelte sich, um dieses Gefühl wieder loszuwerden, und zwang sich ein verkrampftes Lächeln auf. »Zudem verurteilen uns die Räuber, die Nacht durchzureiten. Ich hoffe, der Himmel reißt ein wenig auf, sonst werden wir uns von Baum zu Baum tasten müssen. Hier im Wald lagern können wir nicht, da die Räuber uns in der Dunkelheit folgen und überraschen könnten.«

»Ich habe eine Blendlaterne mit. Wenn Ihr mir Schutz vor dem Regen gebt, kann ich sie entfalten und entzünden!« Bernard hoffte, dass der Feuerstein und der Zunder, die er ebenfalls mitgenommen hatte, trocken geblieben waren, damit er einen Funken schlagen und eine kleine Flamme entfachen konnte.

Da die Dunkelheit immer stärker hereinbrach, zügelte Constance ihren Hengst, stieg ab und breitete ihren Mantel aus. »Dann tut es, bevor das letzte Licht des Tages erloschen ist.«

2.

Auf ihrem weiteren Weg bis Genua warteten zwar noch Strapazen, aber keine lebensbedrohlichen Gefahren mehr auf Constance und ihre beiden Getreuen. Schließlich lag die malerisch von Bergen umgebene Hafenstadt vor ihnen, und sie blickten auf das Meer hinaus, wo Schiffe auf Genua zufuhren, während andere es verließen, um zu fernen Häfen zu segeln. Im Gegensatz zu dem graugrün schimmernden Meer im Norden leuchtete das Mittelmeer hier in einem tiefen Blau, in dem sich das Azur des Himmels widerspiegelte.

Eine hohe Mauer und mehrere Festungen schützten die Stadt, doch Constances Interesse galt dem Hafen. Von hier aus fahren Schiffe bis zu den Gestaden des Heiligen Landes, dachte sie, als sie an den terrassenförmig angelegten Gärten vorbeiritt, die die Stadt in westlicher Richtung umgaben.

In Genua war man Ritter gewohnt, die von überallher kamen, um übers Meer geschafft zu werden. Die Stadt verdiente gut an diesen Transporten, und so ließen die Wachen Constance und ihre Begleiter durch, ohne mehr als nach ihren Namen zu fragen.

»Was sollen wir als Erstes tun? Uns eine Herberge suchen oder ein Schiff?«, fragte Benoît.

»Ich wäre für eine Herberge, sei es in einem Pilgerhospiz oder bei einem Wirt«, meinte sein Vater.

Constance überlegte kurz und nickte. »Das wird das Beste sein. Wir können die Pferde abstellen, uns waschen, essen und nach Informationen bezüglich einer Fahrt nach Akkon fragen.«

Constance bemerkte, dass Bernard zufrieden war, weil sie seinen Vorschlag angenommen hatte. Es gab auch keinen Grund, diesen Rat zu missachten. Immerhin war Bernard ein erfahrener Mann und hatte bereits mit ihrem Vater längere Reisen unternommen.

Bernard hielt einen Mann auf der Straße an, um ihn nach einer Übernachtungsmöglichkeit zu fragen. Dies war nicht ganz einfach, da der andere kein Wort der Langue d'oïl verstand und ihm in seiner ligurischen Mundart antwortete. Erst als Benoît sich einmischte, der auf der Reise nach Palästina und zurück das eine oder andere Wort aufgeschnappt hatte, begriff der Genuese, was sie von ihm wollten, und erteilte ihnen wort- und gestenreich Auskunft. Er konnte ihnen sogar zwei Kapitäne nennen, die in den nächsten Tagen nach Akkon aufbrechen würden.

Constance bedankte sich mit einer Silbermünze und ritt in die genannte Richtung. Schon bald trafen sie auf eine Herberge, vor der mehrere Knechte auf Reisende warteten. Kaum entdeckten sie die Gruppe, eilten sie auch schon auf sie zu, fassten nach den Zügeln und deuteten mit freien Händen wortreich auf ihren Gasthof. Constance verstand sie zwar nicht, aber da Benoît nickte, lenkte sie ihren Hengst in den Hof.

Als sie abstieg, spürte sie erst, wie erschöpft sie war. Der lange Weg von der Küste im Norden bis zu diesem Meer hatte viel Kraft gekostet. Auf dem Schiff kann ich mich ausruhen, dachte sie und bat Benoît, dafür zu sorgen, dass sie eine Kammer für sich und die Möglichkeit erhielten, sich zu waschen.

Es dauerte eine Weile, bis Benoît den Knechten klargemacht hatte, was seine Herrin wollte. Trotzdem schienen die Männer nicht zu begreifen, weshalb die Reisenden einen eigenen Raum haben wollten. Die meisten, die hier übernachteten, legten sich in der Schankstube auf den Boden und wickelten sich in ihre Mäntel. Betten für Gäste gab es keine. Nur hohe Herrschaften bestanden darauf, aber die kehrten in den Klöstern oder gleich beim Dogen und dessen engsten Beratern ein.

Nachdem auch der Wirt in die Verhandlungen eingegriffen hatte, gelang es Benoît, eine Kammer, die sonst für die Unterbringung wertvoller Dinge benutzt wurde, für sie zu mieten. Er wirkte ein wenig schuldbewusst, als er sich Constance zuwandte. »Wir müssen dafür den dreifachen Preis bezahlen, als wenn wir mit den anderen zusammen im Schankraum schlafen würden. Dafür aber erhalten wir warmes Wasser.«

Constance nickte. »Mir soll es recht sein! Gehen wir und schütteln den Staub von unseren Kleidern. Vielleicht gibt es hier jemanden, der sie waschen kann. Sie sind unterwegs arg schmutzig geworden.«

Das stimmte zwar, trotzdem verzog Bernard den Mund. »Ihr könnt in der Zeit nicht nackt in der Kammer sitzen. Wenn ein Knecht oder eine Magd hereinkommt, weiß jeder, dass Ihr ein… wer Rémy de Saint Croix ist!«

Beinahe hätte er sich versprochen und Constance eine Frau genannt. Da Wirtsknechte in der Nähe waren, hatte er sich gerade noch rechtzeitig verbessert.

Constance zuckte mit den Schultern. »Ich werde mich so lange in eine Decke hüllen. So schmutzig, wie sie ist, will ich meine Kleidung nicht mehr tragen.«

»Dann muss es halt sein«, antwortete Bernard brummig und folgte Constance und Benoît ins Haus.

Der Wirt hatte bereits drei Becher Wein einschenken lassen, der ihnen nach dem langen Ritt hochwillkommen war. Sie hätten auch etwas zu essen erhalten können, doch Constance wollte sich zuerst waschen und befahl dem Wirt, warmes Wasser in die Kammer zu bringen.

»Später kann es auch Fleisch und Brot sein sowie ein Krug Wein. Wir essen, während unsere Kleider gewaschen werden«, setzte sie mit Nachdruck hinzu.

»Die werden nicht vor morgen früh fertig sein«, wandte der Wirt ein, der die Gäste gerne in seiner Schankstube gesehen hätte, wo sie gewiss mehr trinken würden als in der Kammer.

»Das stört mich nicht! Sorge dafür, dass ein Gefäß für die Nacht in die Kammer gestellt wird. Ich will nicht in eine Decke gehüllt zum Abtritt gehen müssen.«

»Sehr wohl, gnädiger Herr!«, antwortete der Wirt und fand, dass der junge Edelmann für seine Größe eine recht helle Stimme besaß und auch sonst etwas eigenartig wirkte.

Bernard hielt Constance daraufhin einen Vortrag, was sich für sie gezieme und was nicht.

Constance nickte zu seinen Ausführungen und lächelte anschließend. »Ihr habt vollkommen recht, Herr Bernard. Zu Hause würde ich Eure Worte sofort beherzigen. Wir sind jedoch auf Reisen und müssen uns damit abfinden, was wir bekommen. Oder wollt Ihr mit schlammverkrusteten Hosen und Mantel im Heiligen Land ankommen?«

»Das nicht«, gab Bernard zu, der dennoch fand, dass Constance etwas mehr weibliche Scham zeigen sollte. Es war schon übel genug, dass sie mit ihm und seinem Sohn in einer Kammer schlief. Aber wenn sie sich wusch, sollten dies keine fremden Augen sehen, auch er und Benoît nicht.

Als er dies in der Kammer wiederholte, kräuselten sich Constances Lippen. Unterwegs hatten sie mehrmals Frauen gesehen, die sich ungeniert nackt an Brunnen gewaschen hatten. Auch wenn Benoît, der nun an der Schwelle zum Mann stand, diese fasziniert beobachtet hatte, war sie sich gewiss, dass er ihr gegenüber den gebotenen Abstand halten würde. Um sich jedoch nicht mit Bernard streiten zu müssen, lenkte sie ein.

»Benoît soll, wenn das Wasser da ist und ich mich wasche, nach den Pferden schauen. Ihr könnt in der Zeit nach unten gehen und dem Wirt sagen, er braucht mit dem Imbiss, den er uns bringen soll, nicht zu sparen. Die Reise hat mich hungrig gemacht.«

»Nicht nur Euch, Herr ... Rémy!« Benoît hatte immer noch Schwierigkeiten, seine Herrin nicht als solche anzusprechen. Er setzte hinzu, dass sein Magen wie ein Wolf sei, der ein ganzes Schaf fressen könne.

»Mit Fell oder ohne?«, fragte Constance und brachte den jungen Mann damit zum Lachen.

»Ohne Fell wäre es mir lieber. Mit einem solchen kratzt es so im Hals«, antwortete er, als er sich wieder beruhigt hatte.

Sein Vater schüttelte nur den Kopf. »Ihr seid Kindsköpfe – und zwar alle beide!«

Mehr konnte er nicht sagen, da nun ein Knecht mit einem Schaff warmen Wassers erschien.

»Ich brauche noch eine Schüssel, damit wir das Wasser teilen können. Sonst ist es beim Zweiten bereits schmutzig, und der Dritte müsste sich in einer trüben Brühe waschen«, erklärte Constance.

Die Handbewegung des Knechts deutete darauf hin, dass er für diesen Extradienst auch extra belohnt werden wollte, doch dazu war Constance gerne bereit.

Es war die beste Herberge, in der sie bisher auf ihrem Weg übernachtet hatten. Das Waschwasser war sauber und warm, das Essen schmeckte und war bekömmlich, und die Decken, die man ihnen brachte, damit sie sich darin einhüllen konnten, waren floh- und wanzenfrei und dufteten angenehm. Als am Morgen die Kleidungsstücke gebracht wurden, waren diese so sauber, wie eine sorgfältige Wäscherin sie nur hatte hinbringen können.

Beim Frühstück stellte sich zudem heraus, dass der Wirt einen Kapitän mit einem guten Schiff kannte, der in drei Tagen nach Akkon aufbrechen wollte. »Gian hat gewiss einen Platz für euch an Bord«, behauptete er gestenreich und bot an, mit diesem zu verhandeln, damit die Reisekosten für seine Gäste überschaubar blieben.

»Das heißt, der Kapitän verlangt dann nur das Doppelte von uns und nicht das Dreifache, wie er es sonst täte«, spottete Benoît.

»Das ist ein guter Grund, sein Angebot anzunehmen«, antwortete Constance, die so bald wie möglich in See stechen wollte, um ins Heilige Land zu gelangen.

3.

Gian Carfiel hatte mit dem Transport von Kreuzfahrern bereits gut verdient und nahm auch diesmal eine Schar an jungen Rittern und deren Gefolge auf sein Schiff. Während er die Münzen zählte, die er dafür erhalten hatte, dachte er, dass er auf dem Rückweg Waren an Bord nehmen würde, die hier in Genua teuer bezahlt wurden. Damit lohnte sich die Fahrt für ihn doppelt.

Spöttisch musterte er die übermütige Bande, von denen etliche mit dem Becher in der Hand an der Reling standen und aufs Meer schauten. Nicht wenige von ihnen waren angetrunken, und fast alle hatten, bevor sie auf sein Schiff gekommen waren, beim Essen noch einmal kräftig zugelangt. Die Fische wird es bald freuen, dachte er, während er seinen Matrosen zurief, das Segel leicht anders zu trimmen, um den Wind besser einfangen zu können.

Als das Schiff den Hafen hinter sich gelassen hatte, machten sich die Wellen des Ligurischen Meeres stärker bemerkbar, und die ersten Fahrgäste wurden bleich. Der Wein schmeckte ihnen auf einmal nicht mehr, und schon bald begann der Erste zu würgen. Da er auf der dem Wind zugewandten Seite des Schiffes stand, wollte ihn ein Matrose auf die andere Seite ziehen. Er war nicht schnell genug, denn der junge Edelmann erbrach sich in einem heftigen Schub aufs Deck.

»Du Lumpenhund! Wenn du schon spuckst, dann gefälligst so, dass der Wind es auf die See hinausträgt, und nicht hier auf dem Schiff!«, schalt der Kapitän ihn.

Schon wurde weiteren Passagieren übel, und nicht alle kamen bis zur Leeseite des Schiffes, um dort zu erbrechen. Dabei bereute so mancher in dieser Stunde das üppige Mahl, das er zu sich genommen hatte, und auch den Wein, der nun wie Säure im Schlund brannte.

Der Kapitän sah zornig auf sein beschmutztes Deck und wies einen Matrosen an, es zu säubern. Verärgert über die Arbeit, zu der er durch die Passagiere gezwungen wurde, benahm sich der Mann nicht gerade rücksichtsvoll. Er warf einen an einer Leine befestigten Eimer über Bord, zog ihn voll Meerwasser wieder heraus und schüttete es so über das Deck, dass es die Schuhe und Hosen der würgend an der Reling hängenden Ritter und Knechte bespritzte. Zu anderen Zeiten hätte sich der Seemann dafür ein paar heftige Schläge eingefangen. Doch dazu war keiner der Männer mehr in der Lage.

Die einzige Gruppe, die von der Seekrankheit nicht so stark betroffen wurde, hielt sich hinten am Heck auf. Gian Carfiel nickte anerkennend. Der junge Ritter war zwar arg blass im Gesicht, und sein älterer Begleiter beugte sich, nachdem er den Wind geprüft hatte, über die Reling. Obwohl er erbrach, war er bei weitem keine solche Jammergestalt wie die anderen.

Benoît, der das Mittelmeer bereits befahren hatte, hatte Constance und seinen Vater vor den Tücken der Seekrankheit gewarnt. Zudem hatten sie bereits auf der nur wenige Tage dauernden Fahrt an der Nordküste damit Bekanntschaft gemacht. Es war daher für Constance und Bernard ein Leichtes gewesen, den Freuden der Tafel zu entsagen und nur so viel zu essen, dass der Magen nicht leer war. Erbrechen auf leeren Magen war, wie Benoît auf seiner ersten Reise in den Orient beobachtet hatte, fast noch schlimmer als mit zu vollem Magen.

Constance war zwar bleich geworden und kämpfte mit Übelkeit, konnte aber ihren Mageninhalt behalten. Als es ihr endlich besser ging, musterte sie neugierig das Schiff. Es war etwas mehr als zehn Mann lang, nicht ganz ein Drittel so breit und auf der hinteren Hälfte gedeckt. Am Heck befand sich ein niedriger Turm mit hölzernen Zinnen, der bei der Abwehr von Piraten ebenso gute Dienste leisten sollte wie der etwas kleinere Turm am Bug. Hinter diesem war das Schiff bis zum Mast frei von Decks oder Aufbauten. Hier hatte man die Pferde untergebracht, unter denen sich auch ihr Aribert befand. Die Tiere standen eng nebeneinander und hatten kaum Platz, um sich zu legen. Eine Kuhle in der Mitte fing das auf, was die Pferde von sich gaben. Diese Kuhle musste den Worten des Kapitäns zufolge von den Knechten seiner Passagiere jeden Tag geleert werden, damit die Jauche nicht überhandnahm und in den hinteren Teil des Schiffes lief, der in einen großen Laderaum und mehrere Kammern aufgeteilt war.

Da Constance nur Bernard und dessen Sohn bei sich hatte, hatte sie vorgeschlagen, sich bei dieser Arbeit abzuwechseln. Bernard hatte sich jedoch dagegen ausgesprochen und den Knechten eines lombardischen Ritters mehrere Münzen gegeben, damit sie diese Arbeit für sie übernahmen.

»Was macht Ihr, Vater, wenn die Lombarden zwar das Geld eingesteckt haben, aber nicht die Arbeit tun, für die sie es bekamen?«, fragte Benoît grinsend.

»Dann haue ich ihnen dergestalt zwischen die Hörner, dass sie sich wie die Ochsen fühlen, die sie sind«, gab Bernard miesepetrig zurück.

»Ich glaube nicht, dass ihr Herr dies hinnehmen würde. Auch wenn er sich derzeit in einer misslichen Lage befindet, so halte ich ihn doch für einen sehr von sich eingenommenen Mann.« Constance wies auf den lombardischen Ritter, der in wenig heldenhafter Pose über der Reling hing und noch immer erbrach. Obwohl er sich unter üblen Krämpfen bog, achtete er sorgfältig darauf, seine wadenlange, aus zwei verschiedenfarbigen Stoffbahnen genähte Tunika nicht zu beschmutzen. Die dunkelblonden Haare waren sorgfältig geölt, und die daumenbreite, goldene Kette verriet, dass er in seiner Heimat in eine volle Truhe greifen konnte.

Im Vergleich dazu wirkten Bernard, Benoît und sie in ihren kurzen, einfarbigen Tuniken und den lederbesetzten Hosen wie schlichte Rebhühner neben einem farbenprächtigen Fasan. Constance schüttelte den Kopf und sagte sich, dass es auf Reisen besser war, weniger aufzufallen. Auch hätte sie so wertvollen Schmuck wie die Kette nur zu besonderen Anlässen getragen, aber nicht alle Tage, wie der junge Lombarde es tat.

Gerade als sie dies dachte, sah sie, wie der Mann sich vor Schmerz krümmte und die Kette dabei in Gefahr geriet, ihm über den Nacken zu rutschen. Mit ein paar Schritten war sie bei ihm, fasste die Kette gerade noch, bevor sie ins Meer fallen konnte, und drückte sie dem Lombarden in die Hand.

»Ihr solltet besser auf Eure Besitztümer achten, mein Herr!«, sagte sie und kehrte zu ihren Begleitern zurück.

»Er hätte wenigstens Danke sagen können«, tadelte Bernard.

Sein Sohn aber lachte. »Dem ist im Augenblick mehr danach, den Fischen eine Mahlzeit zu spendieren, als mit irgendjemandem zu reden.«

»Vielleicht tut er es später noch, und wenn nicht, werde ich auch nicht daran sterben«, sagte Constance und tat die Angelegenheit mit einem Achselzucken ab.

Ein anderer Reisender, der sich von seiner Seekrankheit mittlerweile erholt hatte, warf ihr einen raschen Blick zu und starrte dann begehrlich auf die Kette, die der Lombarde mit einer Hand festhielt.

4.

Für die Nacht suchten Constance und ihre beiden Begleiter sich einen Platz an Deck. Solange es nicht regnete oder der Wind zu scharf blies, war hier die angenehmste Stelle zum Schlafen. Unter Deck in den Kammern roch es nicht besonders gut, und zudem konnte einem dort eine Ratte über die Füße laufen.

»Die fressen meist nur Teile der Ladung und lassen die Menschen an Bord in Ruhe, aber ich kann mir Angenehmeres vorstellen, als in der Nacht dadurch aufzuwachen, dass sich eine Ratte auf meinem Gesicht breitmacht. So ist es Florent de Crespy auf der Fahrt in Heilige Land ergangen.«

Benoît wollte zuerst über seinen eigenen Bericht lachen, erinnerte sich dann aber daran, dass Florent de Crespy zusammen mit so vielen anderen von den Sarazenen in Stücke gehauen worden war, und senkte betrübt den Kopf.

Constance schüttelte es bei dem Gedanken an Ratten. Dabei hatte sie diese zu Hause bereits als Kind mit Pfeil und Bogen gejagt und dabei großes Geschick bewiesen. Es war jedoch etwas anderes, ob man sie auf Bogenreichweite sah oder ob sie einem auf dem Körper herumtrippelten.

»Wir sollten uns schlafen legen«, sagte sie und breitete ihre Decke aus. Ihre Begleiter taten es ihr nach, und sie schliefen, von den Wogen der See gewiegt, bald ein.

Constance träumte gerade, den Sultan der Sarazenen im Zweikampf besiegt und damit die Befreiung ihres Ehemanns erreicht zu haben, als jemand sie an der Schulter packte und heftig schüttelte.

»Wo ist meine Goldkette? Du Dieb hast sie gestohlen! Ich will sie zurück!« Es war der lombardische Ritter, der mittlerweile seine Seekrankheit überwunden hatte und vor Wut glühte.

Zunächst begriff Constance nicht, was er meinte, dann stieß sie ihn ärgerlich zurück. »Was soll das? Immerhin habe ich gestern verhindert, dass Eure Kette ins Meer gefallen ist.«

»Du hast sie! Du bist damit gesehen worden! Her damit, sonst …« Der Mann kam nicht dazu, den Satz zu Ende zu sprechen, denn in dem Moment stand Constance auf und sah auf ihn herab.

»Ich sagte, ich habe Eure Kette nicht! Gebt Euch damit zufrieden und sucht woanders nach ihr.« Noch achtete sie auf eine gewisse Höflichkeit.

Als der Lombarde sie jedoch wüst beschimpfte und einen elenden Dieb hieß, zog sie ihr Schwert.

»Dafür werdet Ihr mir geradestehen!«

Der Lombarde war ohne Waffe gekommen. Jetzt sah er in Constances hübsches, aber von Zorn erfülltes Gesicht und in ihre eisblauen Augen und wich unwillkürlich einen Schritt zurück. Bevor er noch etwas sagen konnte, stürmte sein Diener herbei. In der Hand hielt er die vermisste Kette.

»Hier ist sie, Herr!«, rief er. »Ich habe sie eben unter Cavaliere Antonio della Piones Decke gefunden.«

Den Lombarden traf es wie ein Schlag. Er drehte sich um und rief Ritter Antonio zu sich. »Ihr sagtet doch, dieser französische Ritter hätte mir die Kette vom Hals genommen und sie eingesteckt«, rief er verwirrt. »Wie kommt sie dann unter Eure Sachen?«

»Es sieht so aus, als müsste ich auch noch von einem zweiten Mann Rechenschaft fordern, zum einen von Euch, da Ihr mich einen lumpigen Dieb genannt habt, zum anderen von dem wirklichen Dieb.« Constances Stimme klang so hart wie der Stahl ihres Schwertes. Ihr eigenes war etwas kürzer und leichter gewesen, doch mittlerweile hatte sie sich an die Klinge ihres Vaters gewöhnt und glaubte, sich gegen die italienischen Ritter behaupten zu können.

Diese achteten jedoch nicht mehr auf sie. Der Besitzer der Kette nahm diese von seinem Knecht entgegen und trat auf den Dieb zu. »Wie erklärt Ihr Euch das?«, fragte er schneidend.

Dann galten seine Worte dem Knecht. »Hole mein Schwert!«

In dem Augenblick griff der Kapitän ein. »Halt! Auf meinem Schiff dulde ich keinen Streit. Tragt Eure Zwistigkeiten in Palästina aus, sobald Ihr es erreicht habt, aber nicht auf meiner *Fàvola!* Habt Ihr verstanden? Den Ersten, der hier das Schwert zieht, lasse ich ins Meer werfen.«

»Glaubt nicht, dass es Euch bei mir ohne Gegenwehr gelingt«, fuhr Constance auf. Sie war verärgert, weil sie als Dieb beschuldigt worden war, und mochte die unverschämte Rede des Kapitäns nicht hinnehmen.

Dieser drehte sich zu ihr um und hob beschwichtigend die Hand. »Steckt Eure Waffe weg und wartet auf Akkon. Dort könnt Ihr sie so hart schwingen, wie es Euch beliebt. Doch hier auf dem Schiff wird Frieden gehalten. Das gilt vor allem den beiden Cavalieri dort.«

Die Worte waren berechtigt, denn der Bestohlene sah aus, als wolle er dem Dieb an die Kehle gehen. Schließlich aber gaben beide Ruhe. Nur noch einmal klang Streit auf, als der Lombarde den anderen aufforderte, die Kammer zu verlassen, die sie mit einem halben Dutzend anderer teilten.

Constance und ihre Begleiter blieben derweil oben an Deck. »Es ist gut, dass der Kapitän es nicht zum Kampf hat kommen lassen. Ich hätte sonst eingreifen müssen, um Euch zu beschützen«, sagte Bernard leise.

»Ich glaube, Herr Rémy wäre mit diesen beiden Narren selbst fertiggeworden«, antwortete Benoît grinsend und zog sich ein weiteres Mal den Unmut seines Vaters zu.

Constance hingegen beschloss, dass es klug wäre, sich wieder mehr im Kampf zu üben, und forderte Benoît auf, sie dabei zu unterstützen.

»Gerne!«, antwortete der Jüngling. »Ich habe das Gefühl, als wäre ich bereits eingerostet.«

Bernard hingegen schnaubte nur, dachte dann aber, dass es seinem Sohn ganz guttat, wenn er ein wenig über das Deck gescheucht wurde, und bot sich an, die Schwerter zu holen.

»Schlagt aber nicht so derb zu, dass es Scharten gibt«, riet er ihnen, als er mit den Waffen zurückkam und sie ihnen reichte. Auch er zog nun sein Schwert, um eingreifen zu können, wenn der Übungskampf zu hitzig wurde.

Constance und Benoît begannen, und Bernard musste insgeheim zugeben, dass sein Sohn während seiner Zeit in Palästina viel gelernt hatte. Auch Constance bekam dies zu spüren, denn sie musste ihr ganzes Geschick aufwenden, um gegen den jungen Mann bestehen zu können. Allmählich gewöhnte sie sich jedoch an seine Kampfweise, und es gelang ihr, ihn ein ums andere Mal mit der flachen Klinge zu berühren.

Inzwischen kam auch der lombardische Edelmann wieder nach

oben und sah ihnen zu. Zwar war Constance nicht so kräftig wie ein schlachterprobter Ritter, doch sie war schnell und geschmeidig, und ihre Hiebe brachten Benoît das eine oder andere Mal in Bedrängnis, auch wenn sie oft nur angedeutet waren.

Der Lombarde war kein Feigling, doch er sah keinen Grund darin, einen sinnlosen Kampf mit dem jungen französischen Ritter auszufechten. Er hatte Rémy de Saint Croix aufgrund einer falschen Beschuldigung beleidigt, und es war dessen Recht, Genugtuung zu fordern. Dafür musste er nicht die Klinge mit diesem kreuzen.

Er trat daher in einer Kampfpause auf Constance zu und verbeugte sich vor ihr. »Erlaubt Ihr mir zu sprechen, Herr Ritter?«, fragte er.

»Wohlan!«, antwortete Constance, wild entschlossen, den jungen und kühnen Ritter Rémy so zu spielen, dass niemand Verdacht schöpfen könnte, wer tatsächlich in dessen Kleidern steckte.

»Ich bedauere, Euch fälschlich beschuldigt zu haben«, erklärte der Lombarde. »Und erlaubt mir, mich Euch vorzustellen. Mein Name ist Lamberto de Chiovese. Mittlerweile weiß ich von dem Kapitän, dass Ihr tatsächlich verhindert habt, dass meine Goldkette im Meer versinken konnte. Dafür danke ich Euch von ganzem Herzen und bitte Euch, mir meine unbedachten Worte zu vergeben.«

Constance schwankte, was sie darauf antworten sollte. Ihre Vernunft sagte ihr, es wäre besser, die Entschuldigung anzunehmen, doch wusste sie nicht, ob dies zu ihrer Rolle als Ritter Rémy de Saint Croix passte.

Bernard erkannte den Zwiespalt seiner Herrin und trat einen Schritt vor. »Ihr seid ein edler Mann, Herr Ritter! Nicht jeder hätte zugegeben, falsch gehandelt zu haben. Dies wird auch mein junger Herr anerkennen.«

Für Constance war es das Stichwort, es damit gut sein zu lassen. Sie neigte kurz das Haupt und sah danach den Lombarden mit einem nachsichtigen Lächeln an. »Ich schließe mich den Worten meines Waffenmeisters an. Es zeugt von Größe, einen Fehler zuzugeben. Zudem habt Ihr mich nicht aus freien Stücken beschuldigt, sondern weil ein Verleumder es Euch ins Ohr geblasen hat. Es ist daher an mir, Euch zu verzeihen. Der Herr Antonio wird mich in Akkon hingegen über die Klinge meines Schwertes hinweg kennenlernen.«

»Dies wird er nur dann können, wenn er den Blick auf meine Klinge überlebt«, antwortete der Lombarde grimmig.

»Als der wahre Geschädigte ist es Euer Recht, den Vorrang im Kampf mit Herrn Antonio zu fordern«, erklärte Bernard und half damit erneut seiner Herrin, ihre Entscheidung zu treffen.

»Ihr habt die Worte meines Waffenmeisters gehört. Sollte Antonio della Pione Euch töten, so werde ich sein Schwert als Sühnegabe auf Euer Grab legen!«

Es klang so selbstbewusst, dass für die, die Constance zuhörten, kein Zweifel blieb, wie sicher sie sich ihres Sieges über Antonio della Pione war.

5.

Ein Tag nach dem anderen versank im Meer. Doch trotz des recht guten Wetters und des günstigen Windes war die Stimmung an Bord schlecht. Ein Teil der Reisenden nahm Antonio della Pione den versuchten Diebstahl der wertvollen Kette übel, während seine Freunde zu ihm hielten und es als Streich unter Freunden zu entschuldigen suchten. Nur die scharfe Warnung des Kapitäns verhinderte, dass Dolche oder gar Schwerter gezogen wurden.

Constance und ihre Begleiter hielten sich zurück. Zum einen wollten sie verhindern, dass Constance durch einen Zufall als Frau erkannt wurde. Zum anderen musste diese sich mit anderen Schwierigkeiten herumschlagen. Sie hatte sich zwar gut versorgt, was die weibliche Hygiene betraf, aber sie musste sich auf eine Weise erleichtern, die ihr wahres Geschlecht nicht verriet. So gut es ging, verwendete sie den kleinen Sitz, der am Heck des Schiffes angebaut und in den ein Loch für gewisse Dinge geschnitten worden war. Diesen konnte man zwar von vorne einsehen, doch solange sie achtgab, musste sie nichts befürchten.

Da sich die meisten Reisenden zwar gelegentlich an die Bordwand stellten und ins Meer pinkelten, es aber nicht wagten, sich wie die Matrosen mit einer Hand an einem Seil festzuhalten und den Hintern über das Meer zu strecken, fiel Constances Verhalten nicht weiter auf.

Um sich die Zeit zu vertreiben, erzählte Benoît detailliert von seinen Erlebnissen im Heiligen Land. Constance erschien jede Einzelheit wichtig, da sie ihr helfen mochte, ihren Ehemann zu finden. Einen Teil der Zeit übte sie sich mit Benoît im Schwertkampf und stieg auch oft auf den Turm am Bug, um nach vorne zu schauen.

Die gesamte Fahrt über hatte Gian Carfiel sie zwar beobachtet, aber nicht angesprochen. An diesem Tag aber trat er neben sie. »Die Küste kann nicht mehr fern sein. Wir müssten sie bald sehen können.«

»Ist es auch die Küste, zu der wir wollen?«, fragte Constance, da der Kapitän unterwegs Sizilien, Kreta und Zypern hatte anlaufen lassen und sie zumindest bei den Letzteren gehofft hatte, endlich am Ziel zu sein.

»Dort ist sie!«, antwortete Carfiel und wies nach vorne.

Nun sah Constance es auch. Über dem endlos wirkenden Meer schob sich am Horizont ein schmales, verwaschen aussehendes Band, das sie selbst niemals als Land erkannt hätte.

»Sind das nicht eher tief hängende Wolken?«, fragte sie daher.

Der Kapitän schüttelte lachend den Kopf. »Gott bewahre! Das ist die Küste Palästinas, und – bei San Nicolo! – wir segeln genau dorthin, wo wir hinwollen.«

Constance fragte sich, wie Gian Carfiel sich so sicher sein konnte. Dieser wies auf die Pferde, die hinter dem Burgturm angebunden waren.

»Heute Abend können die Gäule wieder richtiges Gras fressen – wenn sie denn welches finden, heißt das. Das Heilige Land ist anders als die sanften Fluren von Italien oder Frankreich. Die Macht der Hitze ist dort so groß, dass im Sommer alles verdorrt. Gäbe es nicht einige fruchtbare Täler und weiter in der Wüste Oasen, so könnten dort nur Schlangen und Skorpione leben, aber keine Menschen.«

»Und doch hat Gott seinen Sohn in dieses Land geschickt, um die Menschen zu erlösen?«, fragte Constance verwundert.

Der Kapitän zuckte mit den Schultern. »Da müsst Ihr einen Pfaffen oder Bischof fragen, weshalb Gott das getan hat. Wer weiß, vielleicht war dieses Land zu Jesu Christi Zeiten fruchtbarer als heute. Das kann mir aber gleichgültig sein. Ich lebe davon, Menschen und Waren dorthin und andere wieder nach Genua zu bringen.«

Constance fand die Weltsicht des Kapitäns arg eingeschränkt, sagte aber nichts, weil auch sie nun das Gefühl hatte, Land vor sich zu sehen und nicht nur ein paar hinter Dunst verschwindende Wolken.

»Was werden wir dort vorfinden?«, fragte sie, da der Krieg, den König Richard gegen die Sarazenen führte, noch immer andauern konnte.

Erneut zuckte Carfiel mit den Achseln. »Wir werden es erfahren! Jetzt warten wir erst einmal ab, welche Fahne an der Bastion von Akkon hängt. Ist es eine der unseren, können wir unbesorgt landen.«

»Und wenn das Schlimmste geschehen und das Heer der Christenheit geschlagen worden ist?«, fragte Constance erschrocken.

»Wenn wieder eine dieser roten oder grünen Flaggen mit ihren seltsamen Kringeln oder gar das Falkenbanner Saladins über der Stadt weht, werden wir anfragen, ob wir landen dürfen. Was glaubt Ihr, wie rasch die Herren Lamberto de Chiovese, Antonio della Pione und die anderen, die davon träumen, Jerusalem mit dem Schwert in der Hand zu befreien, auf einmal zu friedfertigen Pilgern werden?«

Über diese Worte musste Constance lachen. Im Gegensatz zu ihr, die nur ihren Ehemann befreien wollte, hofften der Lombarde de Chiovese, Antonio della Pione und deren Reisegefährten, sich dem Kreuzfahrerheer anschließen und mit der Eroberung Jerusalems das ewige Seelenheil erlangen zu können.

Während der Kapitän den Turm am Bug verließ, blieb Constance dort stehen und blickte weiter auf das Land, das sich immer mehr abzeichnete. Sie hörte, wie Carfiel einen Mann auf den Mast schickte, damit dieser in einem hölzernen Korb stehend die Umgebung absuchen sollte.

Schon bald kam von dem Mann der Ruf, dass ein Segel in Sicht sei.

»In welcher Richtung?«, fragte der Kapitän und ließ, nachdem der Ausguck es ihm gezeigt hatte, das Ruder des Schiffes ein wenig anders legen.

Bald sah auch Constance das fremde Schiff. Es war etwa so groß wie das ihre und kam fast genau auf sie zu. Auf dem Segel prangte ein Kreuz. Das erleichterte sie. Gleichzeitig wunderte sie sich, weil es so seltsam schräg stand. Sie erinnerte sich jedoch daran, dass beide Schiffe vom Wind angetrieben wurden und dieser nur in eine Richtung blies. Während ihr Schiff mit leicht seitlichem Wind fuhr, musste das andere gegen ihn ankämpfen. Es war daher langsamer, und so dauerte es, bis es auf Rufweite herankam.

Gian Carfiel stellte sich an die Bordwand und winkte zu dem Schiff hinüber. »Wie steht es in Akkon?«

»Alles ist gut!«, erscholl die Antwort.

»Habt Dank und gute Fahrt!«, rief Carfiel.

»Euch auch!«

Danach entfernten sich die beiden Schiffe zu schnell, als dass noch weitere Worte gewechselt werden konnten.

Benoît trat an Constances Seite und wies nach vorne. »Dort liegt Akkon! Wir sind bald am Ziel.«

Das sind wir nicht, dachte Constance. In Akkon würde ihre Suche nach Raoul erst beginnen. Dafür mussten sie zuvorderst in Erfahrung bringen, wie der Krieg zwischen dem Christenheer und den Sarazenen stand. Dann erst hatten sie die Möglichkeit, herauszufinden, wohin Raoul verschleppt worden war, und konnten einen ortskundigen Führer finden, der sie dorthin brachte. Für einen Augenblick überkam sie die Angst, Raoul könnte in den Monaten, die seit seiner Gefangennahme verstrichen waren, den Tod gefunden haben. Dann aber schüttelte sie energisch den Kopf. Er war ein kräftiger Mann mit einem festen Willen und hatte gewiss alle Gefahren überstanden.

6.

Constance atmete tief durch, als sie das Schiff verließ. Sie war im Heiligen Land, dies hier war der Hafen von Akkon, und auf den Zinnen der Burg wehte das Banner des Königreichs Jerusalem. Ihr kamen die Tränen.

Eine Berührung an der Schulter mahnte sie, dass sie auf dem Steg stehen geblieben war und die hinter ihr Kommenden behinderte. Sie eilte weiter und suchte eine Stelle auf, die sich besser zum Umschauen eignete. Als Erster folgte ihr Bernard, während dessen Sohn noch an Bord blieb, um das Ausladen der Pferde zu überwachen. Nach der langen Zeit auf See, in der sie sich kaum hatten bewegen können, waren diese angesichts des Landes und der Gerüche, die von dort kamen, unruhig geworden.

»Seid ja vorsichtig!«, wies Benoît die Matrosen an, die Aribert gerade die Gurte anlegten, um ihn mithilfe des Mastes und der Rah von Bord zu hieven.

»'s nicht's erste Mal, dass wir's machen«, schnauzte ihn einer der Matrosen an und rief dann den Männern am Flaschenzug zu, dass sie den Gaul hochziehen könnten.

»Gaul sagt der zu Aribert, dem besten Schlachtross Frankreichs!«, schimpfte Benoît, doch er musste zugeben, dass die Matrosen ihr Handwerk verstanden. Der Hengst schwebte hoch, mehrere Männer drehten mit einem Seil die Rah, und so schwang diese nach außen, und Aribert konnte schließlich zu Boden gelassen werden.

Kurze Zeit später waren auch Bernards Saulus und Benoîts Zelter sowie das Packpferd ausgeladen.

»Das ging doch so schnell, wie man eine Auster isst«, meinte einer der Matrosen grinsend.

Sein Blick ruhte so fordernd auf Constance, dass diese in ihren Beutel griff und dem Mann ein paar Münzen reichte. »Hier, das ist für dich und deine Kameraden. Kauft euch dafür einen Krug Wein.«

»Das werden wir! Und wir stoßen auf Eure Gesundheit an.«

»Habt Dank!« Constance wandte sich ab und blickte sich um. »Wir sollten uns um eine Herberge kümmern.«

»Ich weiß, wo wir unterkommen können.« Benoît schwang sich in den Sattel seines Zelters, fasste den Zügel des Lasttiers und ritt los.

Constance und sein Vater folgten ihm, wobei Bernard vor sich hin brummelte. »Das Küken will wieder einmal klüger sein als der Hahn.«

Auf Constances Lippen erschien ein Lächeln. Ihr treuer Gefolgsmann kam nicht damit zurecht, dass die Erfahrungen, die sein Sohn gesammelt hatte, zumindest in diesem Teil der Welt die seinen übertrafen. Sie hingegen war froh, dass Benoît ihr raten konnte. Ohne ihn hätte sie nicht gewusst, wie sie die Suche nach ihrem Ehemann hätte beginnen sollen.

»Soviel ich hörte, wollen Lamberto de Chiovese und der Dieb Antonio della Pione bereits morgen früh ihre Schwerter kreuzen. Ich hoffe, Chiovese siegt, sonst müsstet Ihr doch gegen della Pione antreten!« Bernard klang besorgt. Auch wenn Constance eine mutige junge Frau war und wusste, wie man ein Schwert zu führen hatte, war sie in seinen Augen kein gleichwertiger Gegner für einen im Kampf geschulten Ritter.

Constance sah die Sache anders, denn im Gegensatz zu de Chiovese und della Pione hatte sie sich auf dem Schiff im Schwertkampf geübt. Daher glaubte sie, gegen della Pione bestehen zu können. Sie blickte sich noch einmal zum Schiff um und sah eben Lamberto de Chiovese von Bord gehen. Seine goldene Kette schimmerte im Licht der Sonne wie ein glühender Ring. Sein Knappe und seine Knechte folgten ihm und übernahmen die Pferde, als diese mittels der Rah an Land geschafft wurden.

Das Hafentor der Stadt kam in Sicht, und Benoît erklärte dort den Wächtern, dass er der Knappe des Ritters Rémy de Saint Croix sei, der in das Heilige Land gekommen wäre, um an den heiligen Stätten der Christenheit zu beten. Den wahren Grund ihres Hierseins wollte Constance geheim halten, damit sie weder als Frau erkannt wurde noch Freunde von Damien de Ronceau, die von hier aus nach Hause fuhren, diesen davon informieren konnten. Sie traute ihm zu, sie bei ihrer Rückkehr abfangen zu wollen, um doch noch sein Ziel zu erreichen.

Die Torwachen betrachteten Constances kriegerisches Erscheinungsbild und lachten. »Beten kann der junge Herr gerne, aber das Kämpfen ist vorüber. Die Könige haben Frieden mit Saladin geschlossen.«

»Frieden? Jerusalem wurde also erobert!«, schloss Benoît daraus.

»Das nicht, aber Saladin hat sich verpflichtet, Pilgern freien Zugang zu den heiligen Stätten zu gewähren. Man kann sogar bis an den Jordan reiten, aber nur in entsprechender Begleitung, weil die Wüstenstämme immer wieder Lust haben, sich als Strauchdiebe zu versuchen.«

Constance schloss daraus, dass zwar Frieden zwischen den Königen herrschte, aber etliche diesen nicht hinnehmen wollten. Noch während sie überlegte, ob sie nicht doch ein paar Kriegsknechte anwerben sollte, wies der Torwächter auf einen Reiter, der sich rasch näherte.

»Der Ritter dort kann Euch mehr berichten als wir.«

Benoît drehte sich um. Als er Michaels Grauschimmel erkannte, glaubte er zunächst, diesen würde nun ein anderer reiten. Dann aber traf es ihn wie ein Schlag.

»Ritter Michael! Seid Ihr es wirklich? Ihr habt die schweren Verletzungen überlebt?«

Michael hielt sein Pferd an und musterte Benoît aus zusammengekniffenen Augen. Es dauerte einen Moment, bis er in dem jungen Mann den Jüngling erkannte, der einst Raoul de Laronne als Knappe gedient hatte.

»Benoît! Bei Gott, was suchst du wieder in diesem elenden Land, in dem einem die Sonne das Mark aus den Knochen brennt?« Lachend klopfte er Benoît auf die Schulter.

Unterdessen musterte Constance den Mann neugierig. Sein Gesicht war von der Sonne tief gebräunt, wirkte aber angenehm. Auch sonst sah er nicht aus, als hätte es ihm tatsächlich das Mark aus den Knochen gebrannt. Die schweren Verletzungen, von denen ihr Benoît berichtet hatte, hatte er anscheinend gut überstanden.

»Herr Michael, ich bin so froh, Euch wiederzusehen! Die ganze Reise über hatte ich die Angst, an Eurem Grab stehen zu müssen«, rief Benoît strahlend.

»Das bleibt dir erspart«, antwortete Michael.

Er musterte nun Bernard und ordnete ihn als untersetzten Mann um die fünfzig ein, der in seinem Leben schon so manchen schweren Sturm hatte ertragen müssen. Anschließend wanderte sein Blick weiter zu Constance. In seinen Augen war sie ein junger Ritter von beachtlicher Größe mit einem hübschen Gesicht, dessen sich auch so manche junge Frau nicht geschämt hätte. In den Augen des jungen Ritters las er allerdings genug Mut, um diesen leicht weiblichen Anschein vergessen zu machen.

»Du bist in Begleitung?«, fragte er Benoît.

Dieser nickte eifrig. »Erlaubt mir, Euch meinen Vater Bernard vorzustellen. Eigentlich heißt er Bernhard von Hohenheim und stammt aus den Landen am Main. Vielleicht hat er Lust, sich mit Euch in seiner Muttersprache zu unterhalten.«

Während Michaels Zeit bei Raoul hatte Benoît mitgeholfen, dass Michael rasch genug Französisch gelernt hatte, um sich in ihre Schar eingliedern zu können. Bei Hans Pfeuderer war ihm dies nicht gelungen, was jedoch weniger an ihm, sondern an diesem gelegen hatte.

»Mein Herr!« Michael neigte den Kopf in Bernards Richtung und wandte sich dann Constance zu.

»Das ist Ritter Rémy de Saint Croix, ein Vetter von Vicomte Raoul. Dessen Ehefrau Constance hat ihn gebeten, nach ihm zu suchen, und meinen Vater und mich mitgeschickt«, erklärte Benoît, da Constance darauf bestanden hatte, ihr wahres Geschlecht zu verbergen.

Diesmal wurde Michaels Verbeugung etwas tiefer. »Vicomte, es ist mir eine Freude!«

Er hat eine angenehme Stimme, fand Constance, auch wenn ihm ein gewisser Akzent anzumerken war. Sie erwiderte die Verbeugung etwas knapper und hob begütigend die rechte Hand. »Ich bin kein Vicomte, nur ein schlichter Seigneur de Saint Croix!«

Für einen so hochgewachsenen Mann war die Stimme erstaunlich sanft, fand Michael. Sie passte gut zu dem hübschen, bartlosen Gesicht des jungen Ritters. Er konnte jedoch nicht mehr über Saint Croix nachdenken, da ihn Benoît erneut ansprach.

»Sagt, wie ist es Euch ergangen? Ihr reitet gerüstet! Dabei hieß es, es wäre Friede geschlossen worden?«

»Zwischen den hohen Herren und ihren Fürsten stimmt das wohl. Dafür bedrängen die Stämme der Wüste die Pilger, pressen ihnen Wegezölle ab oder rauben sie gleich ganz aus. Ich bin daher auf Herrn Géraud de Lesorelles Angebot eingegangen, den Tempelrittern zu helfen, die Pilgergruppen zu eskortieren. Ihr seht in mir einen Vogel, der es durch seine Verletzung versäumt hat, mit seinesgleichen in die Heimat zu ziehen. Ohne Geld müsste ich auf dem Heimweg um Nahrung und Unterkunft betteln und mein Karim sich mit dem Gras am Wegesrand als Futter begnügen.« Michael verzog missmutig das Gesicht, denn er war im Heiligen Land gestrandet. Daher hatte er mehr als ein Mal überlegt, sich den Templern anzuschließen, doch damit hätte er jede Möglichkeit aus der Hand gegeben, jemals in die Heimat zurückkehren und sein Erbe auf der Kühnburg einfordern zu können.

Er schüttelte diesen Gedanken ab und wies auf eine Gasse, die weiter vorne abzweigte. »Ihr wollt gewiss in eine Herberge. Lasst Euch zu der meinen führen. Sie ist sauber, die Betten ohne Flöhe und Wanzen und das Essen gut.«

»Kann man sich dort auch waschen?«, fragte Constance, da sie dies auf dem Schiff am meisten vermisst hatte. Auch ihre Kleidung musste dringend gesäubert werden.

Michael nickte. »Gewiss! Das heißt, wenn Euch die Herberge genügt. Ich vergaß bei der Aufzählung, dass sie auch so billig ist, dass ich sie mir leisten kann. Aber wenn Ihr etwas Besseres wünscht …«

»Gott bewahre! Für die paar Tage, die ich hierbleiben will, wird es wohl genügen!«, erwiderte Constance.

Sie musterte Michael mit einem gewissen Erstaunen. Obwohl von Benoît als tapferer Mann und treuer Gefährte Raouls beschrieben, hatte sie ihn für einen simplen Schlagetot gehalten, der französischen Sprache kaum mächtig und nur dann in seinem Element, wenn er mit dem Schwert in der Hand in die Schlacht reiten konnte. War dies nun ein Irrtum gewesen, oder hatte die lange Zeit, die er verletzt auf dem Krankenlager hatte verbringen müssen, ihn so verändert? Sie freute sich, dass sie den Deutschen lebend angetroffen hatten. Es war für sie wie ein Omen, dass sie auch Raoul unversehrt finden würde.

7.

Die Herberge machte von außen nichts her, doch als sie ihre Pferde durch das Tor führten, sah Constance, dass das Anwesen weit größer war, als sie angenommen hatte. Es gab sogar einen richtigen Stall. Knechte eilten ihnen entgegen, um ihnen ihre Pferde abzunehmen. Einer sagte etwas in einer ihr unbekannten Sprache zu Michael. Dieser antwortete und brachte die Knechte zum Lachen.

»Was ist das für eine Sprache?«, fragte sie erstaunt.

»Die Sprache der Sarazenen. Hier verstehen nur wenige Menschen Euer Französisch oder gar Deutsch.«

Das bedeutet neue Schwierigkeiten, dachte Constance. Es war schon in Genua nicht einfach gewesen, sich mit den Bewohnern zu verständigen, aber dort hatte Benoît ihnen helfen können. Hier benötigten sie jemanden, der für sie sprechen konnte.

Kurz entschlossen wandte sie sich Michael zu. »Ihr sagtet, Herr Ritter, Ihr müsstet hierbleiben, weil Euch das Geld für die Heimreise fehlt. Ich mache Euch folgenden Vorschlag: Unterstützt mich auf der Suche nach meinem Vetter Raoul, und Ihr könnt als Dank dafür mit uns in die Heimat reisen.«

Michael sah, dass Benoît erleichtert grinste und auch dessen Vater zustimmend nickte. Beide schienen mit der Entscheidung ihres jungen Anführers einverstanden zu sein. Für ihn kam sie einem Geschenk des Himmels gleich. Das Geleit für Pilger brachte ihm gerade genug ein, um in dieser billigen Herberge bleiben zu können. Für die Heimreise aber konnte er kaum etwas sparen.

»Ich wäre damit einverstanden«, begann er zögerlich. »Allerdings muss ich eine Bedingung stellen. Zwar habe ich bereits, wie geschworen, in der Grabeskirche zu Jerusalem gebetet. Doch um meinen Eid ganz zu erfüllen, muss ich meine Hände noch in die Fluten des Jordans tauchen.«

»Ich hoffe, dass dies möglich sein wird.« Constance wusste weder, wie lange man reiten musste, um Jerusalem zu erreichen, noch, wo der Jordan lag. Daher fragte sie sich, wie die Pilger, die dieses Land ebenso wenig kannten wie sie, ihre Ziele erreichten. Dies war wohl nur mit ortskundigen Führern möglich. Michael schien auch in dieser Hinsicht von Nutzen zu sein.

Dieser sah sie nun nachdenklich an. »Weshalb seid Ihr Euch so gewiss, dass Raoul noch lebt? Als Richard von England mit dem Sultan Frieden geschlossen hat, wurde ein Austausch von Gefangenen vereinbart. Ich gehörte zu denen, die die christlichen Ritter in unser

Lager brachten, und ich tat es nicht zuletzt mit der Hoffnung, etwas über Euren Verwandten zu erfahren. Er befand sich jedoch nicht unter den Freigegebenen, und keiner, mit dem ich sprach, konnte mir etwas über ihn berichten.«

»Es gab einen Gefangenenaustausch?«, fragte Constance verwirrt. »Benoît berichtete doch, König Richard hätte alle gefangenen Sarazenen hinrichten lassen!«

»Nur die, die sich zu dem Zeitpunkt in Akkon befanden. Es gab auch Gefangene an anderen Orten, und es wurden auch neue gemacht. Als wir sie austauschten, war Raoul allerdings nicht unter den Befreiten!«

Das war keine gute Nachricht. Doch dann erinnerte sich Constance an Damien de Ronceaus Worte, der Raouls Freilassung als unmöglich bezeichnet hatte.

»Meine Verwandte, Raouls Ehefrau, hat erfahren, dass ihr Gemahl Sklave eines gewissen Amir ibn Hassan ibn noch was sein soll.«

»Ihr meint gewiss Amir ibn Hassan ibn Tamid, einen der Fürsten Saladins. Es heißt, sein jüngerer Bruder sei zusammen mit den sarazenischen Geiseln hier bei Akkon getötet worden«, erklärte Michael.

»Aus Rache für den Tod des Bruders soll mein Verwandter schlimme Qualen erleiden.« Constance kämpfte mit den Tränen, so sehr fürchtete sie um ihren Ehemann.

Michael bemerkte zwar ihre Erschütterung, schrieb sie aber der Tatsache zu, dass Rémy Raouls Vetter war und diesen liebte. Er hingegen war ohne Geschwister und ohne Verwandte aufgewachsen und überall ein Einzelgänger gewesen. Der Erste, den er aus ganzem Herzen Freund genannt hatte, war Raoul. Er hätte Ritter Rémy daher auch ohne Aussicht auf Lohn geholfen, Raoul zu suchen und zu befreien. Allerdings sah er Schwierigkeiten voraus, die sorgfältiges Planen erforderten.

»Wenn es so ist, wie Ihr sagt, wird Amir ibn Hassan seinen Gefangenen niemals freiwillig hergeben.«

»Wenn wir Raoul nicht freikaufen können, müssen wir ihn befreien!«, rief Constance entschlossen.

»Es gibt noch eine Möglichkeit«, wandte Michael ein. »Wenn wir Sultan Saladin dazu bewegen, Amir ibn Hassan den strikten Befehl zu erteilen, Ritter Raoul freizulassen, kann Amir sich diesem Befehl nicht widersetzen, will er nicht als Rebell gelten. Mit Rebellen aber verfährt Saladin auf eine Weise, die es jedem Mann geraten sein lässt, nicht als ein solcher zu gelten.«

»Ihr meint, wir sollen zu Sultan Saladin reiten?« Für Bernard war dies gleichbedeutend damit, die Hölle aufzusuchen, um mit Satan persönlich zu verhandeln.

Auch Benoît erschrak sichtlich, während auf Constances Miene ein entschlossener Ausdruck trat. »Wenn dies Euer Rat ist, werden wir ihn befolgen.«

»Wir werden zuerst Jerusalem aufsuchen müssen, um zu erfahren, wo Saladin sich aufhält. Er kann in Damaskus sein, aber auch in einer der Burgen im Land. Ärgerlich wäre es, wenn er sich nach Kairo zurückgezogen hätte. Es ist ein weiter Weg dorthin, und er führt größtenteils durch die Wüste. Die dortigen Stämme leben nach eigenen Gesetzen, und die sind nicht immer in Saladins Sinn.«

»Dann wollen wir hoffen, dass der Sultan sich nicht nach Kairo gewandt hat«, warf Benoît mit einem gezwungenen Grinsen ein.

»Wenn es sein muss, werden wir ihn auch dort aufsuchen!« Constances Tonfall ließ keinen Zweifel daran, dass sie notfalls bis in die Hölle reiten würde, um ihren Ehemann zu befreien.

»Vielleicht sollten wir nach Amir ibn Hassan fragen?«, schlug Michael vor. »Gewiss reizt ihn das Gold, das ihm für Vicomte Raouls Freilassung geboten wird!«

»Nein! Dieser würde Raoul niemals freiwillig hergeben! Wir müssen zum Sultan reisen und mit ihm selbst sprechen.«

Das verstand Michael, denn er hätte es nicht anders gehalten. Nun überließen sie ihre Pferde den Knechten und verhandelten mit dem Wirt. Bernard hätte es gerne gesehen, wenn seine Herrin eine Kammer für sich erhalten hätte. Der Wirt aber schüttelte den Kopf und erklärte, dass sie entweder zu dritt eine Kammer erhalten könnten oder in der Schankstube auf dem Fußboden schlafen müssten.

»Wo schlaft Ihr?«, fragte Constance Michael.

Der wies auf den Fußboden. »Hier! Das kommt billiger, als wenn ich mir mit zwei oder drei anderen eine Kammer teilen müsste.«

»Nun ja, lange werdet Ihr das nicht mehr tun müssen«, antwortete

Constance und lud ihn zu Bernards Erleichterung nicht ein, mit in ihrer Kammer zu nächtigen.

8.

Als ihnen in der Herberge zum ersten Mal das Essen vorgesetzt wurde, starrte Constance verwirrt auf die vielen kleinen, mit verschiedenfarbigen Breien gefüllten Schälchen und den Stapel an hauchdünnen Fladen, von denen sie nicht wusste, was sie damit anfangen sollte.

»Man nimmt ein Fladenbrot, reißt ein Stück ab und taucht es so in das Schälchen, wie ich es mache«, erklärte Benoît seinem Vater und ihr.

»Du solltest deinem Herrn und deinem Vater auch sagen, dass einige von den Speisen den Gaumen und den Schlund verbrennen können«, warf Michael ein und wies auf eine graugrüne Paste.

»Ich würde die hier probieren. Sie ist nicht zu scharf und schmeckt recht gut. Ebenso diese da!« Er wies auf eine weiße Masse, in der kleine, grüne Stückchen zu sehen waren. »Man muss aber den Knoblauch mögen, der hier kräftig verwendet worden ist«, setzte er hinzu, nachdem Constance sich ein Stück Fladenbrot genommen und in die Knoblauchpaste getaucht hatte.

»Es ist so etwas Ähnliches wie gestöckelte Milch, allerdings vom Schaf. Sie wird mit Olivenöl, Kräutern und Gewürzen zu einem Brei verrührt. Unter den Kräutern sticht der Knoblauch hervor«, erklärte Michael weiter.

»Man riecht es und schmeckt es auch.« Constance hatte todesmutig in das damit bestrichene Fladenbrot gebissen und spürte die Schärfe des Knoblauchs auf der Zunge. Andererseits schmeckte die Paste erfrischend. Da sie nicht in den Orient gereist war, um in den nächsten Tagen jemanden zu küssen, griff sie noch einmal zu und probierte anschließend die Speisen in den anderen Töpfchen.

Allmählich überwand auch Bernard seine Scheu vor der fremden Kost, und als einige Zeit später die meisten Schälchen leer und nur noch ein oder zwei Brotfladen übrig waren, waren alle vier gut gesättigt.

»Es ist zwar nicht wie daheim, aber wir werden hier wenigstens nicht verhungern«, meinte Bernard halbwegs zufrieden.

»Eher verdursten!«, erklärte ihm Michael, während sein Blick wieder Constance alias Ritter Rémy suchte. »Wir sollten morgen zusehen, dass Ihr und Eure Begleiter die Ausrüstung erhaltet, die Ihr braucht.«

»Ihr meint weiße Kopftücher und Mäntel.« Benoît erinnerte sich daran, dass Raoul nach ihrer Ankunft im Heiligen Land darauf gedrängt hatte, dass sie sich diese besorgten.

Michael nickte. »Ja, aber nicht nur. Wir brauchen auch Schläuche für Wasser sowie Vorräte und kleine Geschenke für die Dorfbewohner, die uns bei unserer Suche weiterhelfen.«

»Wie meint Ihr das?«, fragte Constance.

»Ich bin bislang noch nicht weiter gekommen als bis Jerusalem. Es kann sein, dass uns auf unserer Reise Namen von Orten oder Personen genannt werden, von denen wir nicht wissen, wie wir sie erreichen sollten. Da ist ein guter Rat willkommen, und mit ein paar Glasperlen, einem Silberkettchen und dergleichen nicht zu teuer bezahlt. Ich kenne einen Händler, bei dem Ihr für wenig Geld gute Ware erhalten könnt«, erklärte Michael und hoffte, dass der junge Ritter zu solchen Ausgaben bereit war.

Constance hatte keine Bedenken und war dankbar, auf den Deutschen getroffen zu sein. Er hatte die Erfahrung im Heiligen Land, die Bernard, ihr und auch Benoît fehlte. Der junge Mann war zwar hier in Akkon gewesen, doch was ein paar Meilen dahinter lag, hatte er nie gesehen.

»Dann machen wir es so! Benoît soll Euch helfen, alles zu besorgen. Dafür braucht Ihr Geld.« Mit diesen Worten kramte sie etliche Münzen aus ihrem Beutel und schob sie Michael zu. Zu ihrer Verwunderung begann dieser, sie zu zählen.

»Warum tut Ihr das?«

»Ihr wollt sicherlich wissen, wofür dieses Geld ausgegeben wird und wie viel«, antwortete Michael, während er kurz im Zählen innehielt. Was auf den Münzen stand, konnte er nur mit Mühe entziffern und merkte sich ihren Wert daher nach den Bildern, die sie zeigten.

»Ich glaube, ich werde Euch die Hälfte zurückgeben können«, sagte er schließlich.

»Behaltet das Geld! Wir haben unterwegs gewiss weitere Ausgaben, und Ihr seid beim Feilschen vermutlich erfahrener als wir.«

Michael lachte auf. »Ein Händler im Basar nannte mich bereits ein schlechtes Beispiel für andere Pilger. Er bot mir sogar an, mir ein paar Dinare für die Heimreise zu geben, damit ich seine Kunden nicht verderbe.«

Constance spürte eine gewisse Heiterkeit bei ihm, begriff aber auch, dass er arg hatte sparen müssen. Dabei sah sein Kettenhemd gut gepflegt aus, und die Beulen auf seinem Helm waren sorgfältig geglättet worden. An seiner Kleidung aber konnte sie seine Armut ablesen. Und doch hatte er sich nicht seinen Landsleuten angeschlossen und war mit diesen heimgekehrt, sondern war geblieben, um seinen Eid zu erfüllen.

Nun richtete sie ihre Gedanken auf das, was Michael gesagt hatte. »Ihr solltet nicht zu sehr feilschen! Es könnte meinem Ruf schaden.«

»Es ist Euer Geld!« Michael sagte es mit der Miene eines Mannes, der zeit seines Lebens den Beinamen »vom runzeligen Beutel« verdient hätte.

»Ihr sollt es natürlich nicht verschleudern«, entgegnete Constance.

»Das werde ich gewiss nicht!« Michael atmete tief durch und sagte sich, dass er die Aussichten auf den Erfolg ihrer Suche nicht durch Geiz gefährden durfte. Allerdings wollte er nicht zu viel Geld ausgeben, damit er Ritter Rémy jederzeit Rechenschaft ablegen konnte.

9.

Am nächsten Tag machte Michael sich zusammen mit Benoît auf, um die Ausrüstung und Vorräte zu besorgen. Constance war mit Bernard in der Herberge geblieben, saß aber jetzt auf einer Terrasse, von der aus sie das Leben auf der Straße beobachten konnte. Obwohl Akkon fast einhundert Jahre lang zum Königreich Jerusalem gehört hatte und nun seit der Rückeroberung als dessen Hauptstadt diente, erschien der Ort ihr so fremd, wie es keine Stadt in Italien oder dem Heiligen Römischen Reich hätte sein können. Die Gassen waren schmal und krumm. Viele endeten, wie Benoît ihr erklärt hatte, irgendwo an einer Mauer, so dass man umkehren und einen anderen Weg suchen musste. Kaum ein Gebäude hatte auf die Straße hin Fenster, sondern meistens nur ein paar Gucklöcher. Bei ihrer Herberge war es nicht anders. Erst wenn man in ein Gebäude eintrat, war dessen wahre Größe zu erkennen. Constance fühlte sich hier fremd, und sie ahnte, dass Bernard dies noch viel stärker empfand.

»Was haltet Ihr von Ritter Michael?«, fragte sie, als er sich neben sie setzte.

»Laut Benoît muss er ein großer Krieger sein, aber auch einer mit einem seltsamen Schicksal. Er besitzt kaum Geld und tritt auf wie ein Söldner, dabei soll er von hoher Abstammung sein. Benoît nennt ihn kühn und zuverlässig. Euer Gemahl soll sehr zufrieden gewesen sein, weil der Deutsche sich ihm angeschlossen hat.«

»Ihr seid doch selbst ein Allemand«, wandte Constance mit einem Lachen ein.

»Geboren wurde ich im Reich, aber ich verließ es, kaum dass ich älter als zwanzig war. Das ist fast dreißig Jahre her. Seitdem lebe ich in Laronne und habe dort auch mein Weib gefunden. All diese Zeit gehörte meine Treue dem Haus Laronne et de Beljeux.« Für Bernard zählte vor allem Letzteres. Er war Constances Mutter Adelheid in ihre neue Heimat gefolgt und hatte dort seine eigene gefunden.

Auch wenn sie sich gelegentlich über ihren Getreuen ärgerte, hätte Constance ihn nicht missen mögen. Daher lächelte sie ihm freundlich zu.

Da führte ein Knecht des Wirtes den Knappen von Lamberto de Chiovese zu ihnen.

»Verzeiht, aber dieser Mann will Euch sprechen«, sagte er zu Constance.

Sie wandte ihre Aufmerksamkeit dem Knappen zu. »Sei gegrüßt. Was bringst du für Nachrichten?«

»Keine guten, Ritter Rémy«, antwortete der junge Lombarde. »Mein Herr hat sich heute im Zweikampf mit dem Dieb Antonio gemessen. Wohl konnte er diesen besiegen, doch die Wunden, die er dabei empfing, waren so schwer, dass er verschieden ist!«

Constance senkte betroffen den Kopf. »Das tut mir leid! Dein Herr war ein edler Mann.«

»Das war er sehr wohl!«, bestätigte der Knappe. »Sein sterblicher Leib wird noch heute der Erde übergeben. Es wäre mir eine Ehre, wenn Ihr daran teilnehmen könntet.«

»Das werde ich!«, antwortete Constance und sah auch Bernard nicken. Daraufhin musterte sie den Knappen fragend. »Was ist mit Cavalieri Antonio? Er sollte nicht ungestraft davonkommen.«

»Das ist er auch nicht! Auf dem Rückweg stürzte nämlich sein Pferd und begrub ihn unter sich. Dabei hat er sich das Rückgrat gebrochen, so wird er für den Rest seines Lebens ein Krüppel sein.«

Der junge Mann klang rachsüchtig, denn er hatte seinen Herrn verehrt und gönnte dem, der dessen Tod verursacht hatte, ein Leben in Schmerzen und Schande. Er war jedoch nicht nur gekommen, um über den Ausgang des Kampfes zu berichten.

»Antonio della Pione soll Euch daher nicht mehr kümmern«, fuhr er fort. »Bevor mein Herr starb, äußerte er eine Bitte. Ihr sollt sein Herz, das seinem Leichnam entnommen worden ist, nach Jerusalem bringen und den frommen Brüdern in der Grabeskirche übergeben, auf dass sie es dort bestatten. Ich hätte es selbst getan, doch er befahl mir, auf schnellstem Weg in die Heimat zurückzukehren, um seinem Vater und seinen Brüdern die Nachricht von seinem Tod zu überbringen.«

Für Constance gab es kein Besinnen. »Ich erfülle den Wunsch deines Herrn gerne! Übergib Bernard das Gefäß mit dem Herzen, und wir werden es nach Jerusalem bringen.«

Der junge Lombarde sank in die Knie und sah sie voller Dankbarkeit an. »Ich hätte es selbst getan, doch der Befehl meines Herrn ist für mich bindend.«

»Wahrscheinlich hat Herr Lamberto befürchtet, der Bursche könnte sich allein im fremden Land nicht zurechtfinden. Von uns wusste er, dass wir auf jeden Fall bis Jerusalem reisen wollen«, sagte Bernard auf Französisch, damit es der Knappe nicht verstehen sollte.

Constance nahm dies ebenfalls an, denn der junge Mann hatte gewiss nicht viel mehr von der Welt als seine lombardische Heimat gesehen.

»Ich habe das Gefäß bei mir«, berichtete der Knappe und reichte Bernard ein in Samt eingeschlagenes Kästchen. »Es ist mit Blei versiegelt«, setzte er hinzu, als dieser ein wenig die Nase rümpfte.

Danach wandte er sich wieder an Constance. »Ich habe noch einen Befehl meines Herrn zu erfüllen«, sagte er und holte die schwere, goldene Kette hervor. »Ohne Euch wäre dieser Schmuck im Meer versunken. Aus diesem Grund ist es der Wunsch meines Herrn, dass sie von nun an Euch gehören soll. Tragt sie zu seinem Gedenken!«

Mit diesen Worten reichte er Constance die Kette und sagte noch, wann die Beerdigung seines Herrn stattfinden werde. Dann verneigte er sich und bat, gehen zu dürfen. »Legt bei der Grablegung des edlen Lamberto de Chiovese die Kette an, damit er es sieht. Es wird ihn trösten«, riet Bernard seiner Herrin auf Französisch.

»Ich tue es gleich«, sagte Constance und spürte, als die Kette um ihren Hals lag, erst so richtig, wie schwer und wertvoll sie war.

10.

Amir ibn Hassan ibn Tamid blickte zufrieden auf die Stammesoberhäupter, die sich um ihn versammelt hatten. Sie stammten aus dem Irak, aus Syrien und aus den Tiefen der großen Wüste im Süden, und ihre Ahnen hatten bereits unter den ersten recht geleiteten Kalifen für den Islam gekämpft. Die einzige Autorität, die sie freiwillig achteten, war Kalif al Nasir in Bagdad, aber auch nur als religiöses Oberhaupt und nicht als ihren Herrn. Salah al-Dins Absichten, sie zu unterwerfen, hatte sie dazu gebracht, ihre internen Streitigkeiten zurückzustellen und sich gegen den Sultan zusammenzuschließen. Der geplante Aufstand hatte jedoch nicht stattgefunden.

Jedenfalls vorerst noch nicht, schränkte Amir ibn Hassan spöttisch ein. Die Erhebung der Stämme würde kommen und weitaus machtvoller sein, als Salah al-Din es sich vorzustellen vermochte. Er hatte Boten an die einzelnen Stämme geschickt und ihre Scheichs zu Verhandlungen aufgerufen. Auch hatte er in seinen Botschaften anklingen lassen, dass er Salah al-Dins Absicht, sie zu unterwerfen, nicht teilte. Nun waren sie hier erschienen, und jeder von ihnen bedeutete Hunderte von Reitern, die er unter seiner Standarte sammeln und gegen Salah al-Din führen würde.

»Ich begrüße euch, meine Brüder!«, rief er, um ihnen zu zeigen, dass er ein Araber war wie sie, und kein verhasster Seldschuke oder gar ein Kurde wie Salah al-Din.

»Auch wir grüßen dich, Scheich Amir!«, antwortete einer der Anführer, um ihm zu zeigen, dass sie sich ihm gleichrangig fühlten.

Amir ibn Hassan kniff verärgert die Lippen zusammen, durfte seinen Unmut aber nicht zeigen, um nicht ihr Misstrauen zu erregen. Daher rang er sich ein Lächeln ab.

»Freunde, Brüder, wir sind hier zusammengekommen, um unsere Freiheit zu bewahren!«

»Du bist ein Knecht des Kurden, während wir freie Beduinen sind«, warf einer der Scheichs ein.

Es war eine Beleidigung, und Amir ibn Hassan beschloss, sich den Mann zu merken. Dieser Stammesführer war ihm doch etwas zu ehrgeizig, um ihn länger am Leben lassen zu können als bis zum Sieg über Salah al-Din. Der Stamm dieses Mannes hatte hinterher ihm zu gehorchen. Auch weitere Stämme würde er im Lauf der Zeit unterwerfen, um sein geplantes Reich vergrößern und vor allem, um auf die kampferprobten Reiter dieser Stämme zurückgreifen zu können.

»Ist man ein Knecht, wenn man fünftausend Krieger anführt?«, fragte er und gab sich gekränkt.

»Wir sind alle Knechte, und zwar Knechte Allahs!«, rief einer der älteren und erfahreneren Scheichs, der zudem gespürt hatte, wie Salah al-Dins Druck auf seinen Stamm im Lauf der Zeit immer stärker geworden war. Da sich nun die Aufmerksamkeit auf ihn richtete, sprach er weiter.

»Keiner von uns wünscht sich, ein Knecht dieses Kurden zu werden. Auch der ruhmreiche Kriegerfürst Amir ibn Hassan ibn Tamid hat sich nicht freiwillig Salah al-Din gebeugt, sondern es getan, weil dessen Schwert ihn dazu zwang. Wenn ihr ihm dies vorwerfen wollt, zwingt ihr Amir ibn Hassan dazu, auch weiterhin die Befehle des Kurden auszuführen und, so dieser es ihm befiehlt, mit gewaltiger Heeresmacht gegen eure Stämme zu ziehen.«

Amir ibn Hassan hätte den Sprecher umarmen können, denn mit diesen Worten hatte er den Stammesführern deutlich vor Augen geführt, was kommen würde, wenn ihre Zusammenkunft ohne Ergebnis blieb.

»Ich danke dir, ehrwürdiger Scheich Bilal ibn Daud ibn Sayyid, und werde dir, um unsere Allianz zu besiegeln, eine meiner Töchter zum Weib geben.«

Zwar hatte der Scheich vor kurzem das siebzigste Lebensjahr überschritten, und Amir ibn Hassans einzige Tochter, die ihm zur Verfügung stand, war gerade einmal sechzehn Jahre alt, doch dies bekümmerte ihn wenig. Das Mädchen hatte zu gehorchen, und er würde mit Bilal ibn Daud einen wertvollen Verbündeten gewinnen.

Der alte Scheich lächelte geschmeichelt. Sein letztes Weib hatte er vor fast zwanzig Jahren geheiratet, und seine ersten beiden Weiber waren bereits tot. Nun bot Amir ibn Hassan ihm eine Tochter an, die jünger sein musste als die meisten seiner Enkelinnen. Für ihn war dies eine hohe Ehre.

»Auch ich danke dir, großmächtiger Amir ibn Hassan ibn Tamid! All meine Krieger werden mit dir gegen den Kurden ziehen«, rief er freudig und brachte weitere Scheichs dazu, sich Amir ibn Hassan anzuschließen.

Einige Anführer sahen so aus, als überlegten sie, die Weidegründe ihrer Stämme auf Kosten derer, die sich Amir ibn Hassan anschließen wollten, zu vergrößern. Doch da zog dieser sein Schwert und hielt es in die Höhe.

»Ich schwöre bei Allah, dem Allerhabenen, dass ich jeden Stamm, der sich gegen uns wendet, vernichten und seine Weiber und Kinder als Sklaven verkaufen werde! Ihre Herden und all ihr anderes Gut wird die Beute der Sieger sein.«

Nachdem sich ihm so viele Scheichs angeschlossen hatten, fühlte er sich stark genug für diese Drohung. Ein paar Stammesanführer flüsterten miteinander. Schließlich stand einer auf und kam auf ihn zu.

»Wie sollen wir dir glauben, dass du dein Schwert gegen Sultan

Salah al-Din ziehen wirst, wo doch dessen Neffe Zia al-Din dein Stellvertreter ist? Ist es nicht eher so, dass du einen Teil der Stämme auf deine Seite ziehen willst, um mit ihnen zusammen die anderen im Namen Sultan Salah al-Dins zu unterwerfen?«

Innerhalb eines Augenblicks kippte die Versammlung, und ein Teil derer, die Amir ibn Hassan bereits Bündnistreue versprochen hatten, rückten wieder von ihm ab. Dieser hatte diese Frage jedoch vorhergesehen und sah den Sprecher spöttisch an.

»Ich habe Zia al-Din an meine Seite gerufen, damit er seinem Onkel nicht als Schwertarm gegen uns dienen kann. Derzeit durchstreift er mit fünfhundert Mann das Land, um jene Stämme zu bekämpfen, deren Anführer sich geweigert haben, hier zu erscheinen. Dies ist auch in unserem Sinn, denn damit können diese weder mir noch euch in den Rücken fallen. Zia al-Dins Schicksal ist jedoch vorgezeichnet. In dem Augenblick, in dem ich mein Schwert gegen Salah al-Din ziehe, wird er der Erste sein, den es trifft.«

Es waren die richtigen Worte zur richtigen Zeit, denn damit wurden alle Zweifel beseitigt, und selbst jene, die sich bisher geweigert hatten, ihm beizustehen, waren nun dazu bereit. Im Fortlauf der Verhandlung musste Amir ibn Hassan den Stammesführern zwar noch einige Zugeständnisse machen, doch als am Abend die Diener das Mahl brachten, war das Bündnis geschlossen. Eine Bedingung allerdings gab es, die Amir ibn Hassan zu erfüllen hatte.

»Unsere Schwerter sind deine Schwerter«, rief Bilal ibn Daud pathetisch. »Du wirst dich jedoch zunächst in den Besitz der Qala'at aš-Šawbak setzen, um die Bedrohung unserer Stämme durch diese Festung zu beenden.«

»Das werde ich!«, versprach Amir ibn Hassan, da er von dort aus auch leichter Verbindung zu Ägypten halten konnte. Wenn er Erfolg haben wollte, mussten sich Salah al-Dins dortige Statthalter mit ihm gegen ihren Sultan verschwören. Außerdem konnte er später seine Familie dorthin bringen lassen. Nach den langen Monaten in Feldlagern freute er sich darauf, die Nächte wieder bei seinen Ehefrauen verbringen zu können, und nicht mit Sklavinnen, die das Zusammensein mit einem Mann einfach über sich ergehen ließen, ohne den Willen zu zeigen, ihm dabei Freude zu bereiten.

»Das werde ich, mein Freund Bilal ibn Daud ibn Sayyid«, wiederholte er. »Sobald ich dort die Herrschaft übernommen habe, wirst du hinkommen und Hochzeit mit meiner Tochter …« Amir ibn Hassan musste nachdenken, um sich an den Namen zu erinnern, »… meiner Tochter Hadiya feiern! Möge Allah dir noch viele Söhne gewähren!«

»Das ist auch mein Wunsch«, antwortete der alte Scheich und umarmte seinen künftigen, um fast dreißig Jahre jüngeren Schwiegervater voller Freude.

11.

Amir ibn Hassan stand auf dem Torturm der Festung Qasr al-Azraq und blickte auf die Oase hinaus, die die Stadt und die Festung umgab. Für die Wüstenstämme wäre dieser Ort ein Ziel, das zu erobern sich lohnte. Allerdings lag diese Oase nicht tief genug in der Wüste. Daher konnte jederzeit ein Entsatzheer aus Damaskus oder einer der anderen Festungen Salah al-Dins bis hierher vorstoßen. Auch wenn die Festung groß war und mehrere Tausend Krieger beherbergen konnte, so lag der Vorteil bei den Belagerern. Diese konnten sich aus der Oase ernähren, während in der Burg die Vorräte schwinden würden.

Das war Amir ibn Hassan bewusst, und so passte es gut in seine Pläne, die weiter im Süden gelegene und von Kreuzrittern erbaute Burg Qala'at aš-Šawbak zu seinem neuen Hauptquartier machen zu können. Dort war es für mögliche Angreifer schwerer als hier, sich zu versorgen. Er wollte die Festung auch nicht mit dem Schwert erobern, sondern sie angeblich im Namen Salah al-Dins übernehmen. Dafür würde er dem Sultan einen Brief schreiben, dass es ihm gelungen sei, die Wüstenstämme des Irak durch die militärische Stärke, die Zia al-Din in seinem Namen gezeigt hatte, zu befrieden. Er müsse noch zwei Stämme unterwerfen, die von der Qala'at aš-Šawbak aus leichter zu bekämpfen waren. Er würde auch Zia al-Din zurückrufen und Seite an Seite mit diesem nach Qala'at aš-Šawbak reiten.

Bis der junge Kurde begriff, dass er gegen dessen Onkel Salah al-Din rebellieren wollte, würde es für ihn zu spät sein.

Mit diesem Gedanken kehrte er in den Trakt der Festung zurück, in dem seine Privaträume lagen, und schrieb mehrere Briefe. Den einen musste ein Kurier nach Qala'at ar-Rabat bringen, der Festung, in der sich Salah al-Din derzeit aufhielt. Der zweite Brief sollte zu Zia al-Din gebracht werden, damit dieser sich ihm mit seinen Kriegern für den Ritt nach aš-Šawbak anschloss. Der letzte Brief galt seinem Stellvertreter al-Mansur. Dieser sollte seine Tochter Hadiya zur Qala'at aš-Šawbak bringen. Darauf, seine gesamte Familie dorthin zu holen, verzichtete er vorerst, zunächst wollte er sich in der Gegend festsetzen.

Zur Qala'at aš-Šawbak würde er auch seinen ganz persönlichen Sklaven mitnehmen. Auf Amir ibn Hassans Gesicht trat ein rachsüchtiges Lächeln. Die Franken hatten seinen Bruder getötet. Dafür würde der eine Franke büßen, den er als Sklave besaß. Er hatte Raoul de Laronne deshalb auch nicht Salah al-Din übergeben lassen, damit dieser ihn austauschte, sondern hier in der Festung eingesperrt und durch Hunger, Durst und Hitze gequält.

Bei dem Gedanken stand er auf und verließ seine Gemächer, um sein Opfer aufzusuchen. Raoul war an der Mauer eines kleinen Innenhofs festgekettet worden und dort der Sonne schutzlos ausgeliefert. Seine Haut war tiefbraun und rissig, die Lippen aufgesprungen und die Augen seltsam geweitet. Amir ibn Hassan achtete nicht darauf, doch Raoul fühlte, dass seine Sehkraft abnahm und er vieles nur noch verschwommen sehen konnte. Es war ein weiterer Schlag für ihn. Zunächst hatte er gehofft, doch noch ausgetauscht zu werden. Amir ibn Hassan hatte sich jedoch dem Befehl Saladins, ihm die gefangenen Christen zu überlassen, entzogen und ihn damit endgültig ins Elend gestürzt.

Mittlerweile glaubte Raoul nicht mehr an Rettung und sehnte seinen Tod herbei. Zu seinem Leidwesen erwies er sich jedoch als äußerst zäh, und obwohl Amir ibn Hassan ihn bis aufs Blut quälte, so hielt er doch durch. Ein anderer Franzose, der gleich ihm gefangen gewesen war, war recht bald gestorben.

Raoul beneidete diesen Mann, denn dieser war bei Gott, während er im Wachen und Schlafen immer wieder jenes Gefecht erlebte, in dem seine Brüder Robert und Roger, sein Freund Théotime, sein Vasall Florent de Crespy und Michael, der tapfere Deutsche, gefallen waren.

Obwohl seine Kehle ausgedörrt war und er die Augen nicht schließen konnte, ohne dass seine Fantasie ihm eine grüne Oase mit einem wunderschönen Teich vorgaukelte, sang er Lieder, um die toten Gefährten zu rühmen.

Als Amir ibn Hassan die Tür zum Hof öffnete, hörte er Raoul singen. Auch wenn er der französischen Sprache nicht mächtig war, kannte er doch einige Begriffe und schloss daraus, dass sein Gefangener Heldentaten besang, die Christenritter gegen muslimische Krieger begangen hatten. Außer sich vor Wut, ergriff er die an der Wand hängende Peitsche, öffnete die Tür in den Innenhof und trat hinaus.

Er traf Raoul mit einem harten Hieb, bevor dieser ihn bemerkte. Auf ein Zeichen des Schmerzes wartete er jedoch vergebens. Sein Gefangener verzog nicht einmal das Gesicht, sondern sang unbeirrt weiter. Ein weiterer Peitschenhieb traf den Mann, dann noch einer, ohne dass sein Opfer verstummte oder schrie. In seiner Wut zog Amir ibn Hassan das Schwert und wollte schon zuschlagen, als ihm einfiel, dass dies die Absicht des Franken sein mochte. War der Sklave erst einmal tot, verspürte er keinen Schmerz mehr. Raoul de Laronne sollte jedoch leiden, um für Hamids Tod zu büßen. Daher stieß Amir ibn Hassan sein Schwert wieder in die Scheide, verabreichte Raoul noch ein paar Peitschenhiebe und kehrte mit den Gedanken in seine Gemächer zurück, dass sein Gefangener, wenn sie in Qala'at aš-Šawbak ankamen, zu schwach sein würde, um überhaupt noch krächzen zu können.

Neunter Teil

Saladin

1.

Damien de Ronceau blickte auf die festen Mauern und den wuchtigen Bergfried von Laronne und hätte seinen Triumph am liebsten laut hinausgeschrien. Wohl war er noch nicht im Besitz der Burg, doch sein Verwandter Thibaut, Abt von Saint Paul, trug in seiner Satteltasche die Urkunde, in der König Philippe II. ihn mit Burg und Vizegrafschaft Laronne belehnte und gleichzeitig Constance de Laronne den Befehl gab, die Ehe mit ihm einzugehen.

Auch wenn Constance wegen ihrer Größe und ihrer Selbstsicherheit nicht die Frau war, die er sich wünschte, versprach sie ihm gerade dadurch kräftige und durchsetzungsfähige Söhne. Sobald er sie geschwängert hatte, konnte er sich ein zierlicheres Weib ins Bett holen, das ihm nicht nur die Schenkel öffnete, weil ein Befehl des Königs sie dazu zwang, sondern um ihm Freude zu bereiten.

»Laronne ist wahrlich eine stattliche Burg!«

Die Stimme des Abtes riss Damien aus seinen Gedanken, und er begriff, dass sein Verwandter für seine Hilfe gut belohnt werden wollte. Das war gewiss nicht mit einem Beutel voll Silber getan. Wahrscheinlich würde er dem Kloster Saint Paul eine der drei Nebenburgen von Laronne überschreiben müssen. Da er im Gegenzug jedoch die Hauptburg und die beiden anderen Nebenburgen erhielt, war er gerne dazu bereit.

»Es ist ein stolzer Besitz«, antwortete er, während sie sich dem Burgtor näherten. »Ich gedenke, der heiligen Kirche die Burg Cajan mit den umliegenden Dörfern zu überschreiben!«

Damit, so sagte Damien sich, köderte er seinen Onkel, ihn noch besser zu unterstützen als bisher. Immerhin galt es, noch einen harten Brocken aus dem Weg zu räumen, wenn er Laronne mit Ronceau vereinigen wollte, nämlich die genau dazwischen gelegene Herrschaft Beljeux. Diese war kein Lehen Frankreichs, sondern der Eigenbesitz von Constances Familie und damit das Eigentum der Frau, die ihn laut König Philippe II. zu heiraten hatte. Doch auch dieser konnte Constance nicht zwingen, ihm als ihrem Gemahl die Herrschaft über Beljeux zu überlassen. Er selbst musste Sorge dafür tragen, dass Constance sich nicht dort einnistete und die Straße sperrte, die Laronne und Ronceau miteinander verband. Doppelt fatal wäre es zudem, dass sie sich auf Beljeux jeder Gemeinschaft mit ihm verweigern und er die Ehe dadurch nicht vollziehen könnte.

»Du wälzt heute schwere Gedanken, mein Neffe«, spottete der Abt. Ihm schien die ganze Angelegenheit recht einfach zu sein. Sie traten vor Constance de Laronne, verkündeten ihr den Willen des Königs, und sie hatte zu gehorchen. Wenn nicht, würde ihr Bräutigam ihr mit dem Stock beibringen, dass sich zu weigern ihr nur Schmerzen eintrug.

»Wer verlangt Einlass in die Burg Laronne?«

Die Stimme des Türmers entband Damien de Ronceau einer Antwort. Sein Onkel schlug den Mantel zurück, so dass seine Kutte zu sehen war, und blickte den Wächter hochmütig an.

»Du Tölpel, erkennst du nicht den ruhmreichen Ritter Damien de Ronceau? Ich bin Abt Thibaut von Saint Paul. Öffnet! Wir haben Constance de Beljeux einen Erlass Seiner Majestät, König Philippes II. zu verkünden.«

»Die Herrin ist aber nicht hier«, antwortete der Wächter grinsend.

Damien de Ronceau zuckte zusammen. Wenn Constance Wind von seinen Plänen bekommen hatte, dürfte sie sich gewiss nach Beljeux zurückgezogen haben und würde diese Burg für eine Belagerung ausrüsten. Mit den Mitteln, über die er verfügte, war eine Eroberung so gut wie ausgeschlossen.

»Wo befindet sich Constance de Beljeux?«, fragte er mit zorniger Stimme.

Der Wächter zuckte mit den Achseln. »Sie hat mir nicht mitgeteilt, wohin sie reist!«

»Wenn du mich zum Narren halten willst, reiße ich dir den Kopf ab«, brüllte Damien und wurde wieder zum Stierkopf, der bereit war, jede Mauer, die sich vor ihm auftat, mit dem Schädel einzurennen.

»Das würde ich mir nie erlauben, hoher Herr«, antwortete der Wächter. »Es ist jedoch die Wahrheit, dass ich nicht weiß, wo die Herrin sich befindet.«

»Und wer weiß es?« Abt Thibaut hob die Hand, um seinem Verwandten anzuzeigen, dass dieser schweigen sollte.

Der Wächter dachte kurz nach. »Vielleicht weiß es Herr Roland de Lorris, den unsere Herrin während ihrer Abwesenheit als Verwalter eingesetzt hat.«

»Dann melde uns bei Herrn de Lorris und sage ihm, dass wir im Auftrag des Königs kommen!«

Auf die Worte des Abtes hin verschwand der Türmer.

Unterdessen fluchte Damien leise vor sich hin. »Wenn Constance sich nach Beljeux zurückgezogen hat, kann sie sich dort lange gegen uns behaupten.«

»Du vergisst den Befehl des Königs, der ihr gebietet, dich zu heiraten, mein Neffe«, meinte der Abt erneut mit einem gewissen Spott.

»Aber Ihr vergesst eines, hochehrwürdigster Herr!«, antwortete Damien de Ronceau voller Wut. »Beljeux ist kein französisches Lehen. Von dem Augenblick an, in dem Seine Majestät mich mit Laronne belehnt hat, ist Constance nur noch die Witwe des früheren Lehnsmanns Raoul de Laronne ohne jedes Recht auf diesen Besitz.«

Der Abt fasste sich an die Stirn. »Beim Dreigeschwänzten, daran habe ich nicht gedacht! Doch auch das wird ihr nicht helfen. Seine Majestät will Richard von England die Normandie als Lehen absprechen und diese wieder unter seine direkte Herrschaft nehmen.«

»Was nicht ohne Krieg vonstattengehen wird«, sagte Damien schnaubend und sah sich schon vor den Mauern von Beljeux scheitern. »Der Teufel soll dieses Weib holen! Wenn ich mir mein Recht mit Gewalt holen muss, ist auch die geplante Ehe hinfällig.«

»Seine Majestät besteht darauf! Also sorge dafür, dass Constance de Beljeux keinen Grund sieht, die Ehe mit dir abzulehnen. Drohst du ihr mit Gewalt, wird sich selbst Seine Heiligkeit, der Papst, auf ihre Seite stellen, und damit gezwungenermaßen auch der König.«

Nur die Tatsache, dass eben das Tor geöffnet wurde, verhinderte, dass Damien seinem Verwandten eine äußerst harsche Antwort gab.

2.

Roland de Lorris empfing die Gäste in der Halle. Eigentlich hatte er sitzen bleiben wollen, doch die Achtung vor dem Abt brachte ihn dazu, sich zu erheben und zu verneigen. Sein Augenmerk galt jedoch Damien de Ronceau. Er wusste, dass es Streit zwischen diesem und seinem Bruder Raoul gegeben hatte. Auch hatte seine Schwägerin Constance diesen offen einen Feind genannt. Er fragte sich daher, weshalb der Ritter so selbstbewusst auftrat.

»Nehmt Platz! Es wird gleich ein Imbiss aufgetragen«, sagte er.

»Wir werden ihn nachher zu uns nehmen. Vorher aber gilt es, dir, mein Sohn, eine wichtige Entscheidung Seiner Majestät, des Königs, mitzuteilen. Bist du des Lesens kundig?«

Auf die Frage des Abtes hin schüttelte Roland den Kopf.

»Dann sorge dafür, dass jemand erscheint, der es kann!«

Abt Thibaut klang drängend, um Roland keine Gelegenheit zu geben, sich gegen Damien zu stellen. Dieser musste so rasch wie möglich die Herrschaft über Laronne ergreifen und für klare Verhältnisse sorgen. Dies galt auch bezüglich Constances de Beljeux. Der König hatte deutlich erklärt, dass er nicht in den Ruf geraten wolle, die Tochter eines treuen Gefolgsmannes und Witwe eines Ritters, der für Gott im Heiligen Land gefallen war, um ihr Erbe zu bringen. Dies hieß jedoch, dass Damien die Vizegrafschaft Laronne nur dann auf Dauer behalten konnte, wenn Constance seine Ehefrau wurde und die Herrin aus eigenem Recht in Beljeux blieb.

Auf Rolands Anweisung wurde der Burgkaplan geholt. Dieser verbeugte sich tief vor dem Abt und erhielt den mehrfach gesiegelten Umschlag mit dem Befehl des Königs ausgehändigt. Angesichts des königlichen Siegels öffnete der Mann den Brief nach einer weiteren Verbeugung und begann dann, mit lauter und akzentuierter Stimme zu sprechen.

»Wir, Philippe II., König von Frankreich …«, es folgten eine lange Reihe von Titeln, die der Kaplan ehrfürchtig aussprach, »… geben hiermit kund und zu wissen, dass wir Unseren getreuen Diener Damien de Ronceau zum Vizegrafen erheben und ihn mit der Vizegrafschaft Laronne belehnen. Er hat dafür die Witwe Constance de Laronne et de Beljeux zu seinem ehelichen Weibe zu nehmen. Die Vizegrafschaft Laronne soll in absehbarer Zeit mit den Herrschaften Beljeux und Ronceau zur Grafschaft Laronne vereinigt werden.«

Danach folgten weitere Befehle des Königs, die im Augenblick nicht ins Gewicht fielen. Roland de Lorris begriff, dass die Zeit seiner Herrschaft über Laronne arg kurz bemessen war. Nun ärgerte er sich, weil er es bisher versäumt hatte, an sich selbst zu denken und sich die Taschen zu füllen. Aus diesem Grund wiegte er mit betrübter Miene den Kopf.

»Ich habe den Erlass Seiner Majestät vernommen, empfinde ihn jedoch als ungerecht gegenüber meiner Sippe. Mein Bruder Raoul, Vizegraf von Laronne, fiel im Kampf gegen die heidnischen Sarazenen, ebenso meine Brüder Robert und Roger. Es wäre ein Akt der Gnade Seiner Majestät gewesen, meiner Sippe Laronne zu lassen oder uns mit einer entsprechenden Herrschaft zu entschädigen.«

Damien schlug mit der Faust auf den Tisch. »Stellt keine Forderungen, sonst werde ich Euch zeigen, was ich davon halte!«

Der Abt legte ihm die Hand auf den Arm. »Ereifere dich nicht, mein Neffe. Herr Roland spricht einen Punkt an, den die Berater Seiner Majestät übersehen haben. Ich werde Seiner Majestät meine Vorschläge bezüglich einer Entschädigung für die Familie de Lorris übermitteln.«

Rolands Miene hellte sich bei diesen Worten sichtlich auf. »Ich danke Euer Gnaden für Eure Güte!«, sagte er und klatschte in die Hände. »Wo bleibt das Essen? Bringt es sofort!«

Dabei dachte er, dass dies wohl der letzte Befehl war, den er hier geben durfte.

Damiens Gedanken galten Constance. »Sagt jetzt endlich, wo Eure Schwägerin ist! Mein hochehrwürdigster Verwandter will meinen Ehebund mit ihr so rasch wie möglich segnen.«

Roland musste trotz seiner Enttäuschung grinsen. »Wenn ich es wüsste, würde ich es Euch gerne sagen. Sie hat jedoch Laronne bereits vor Wochen verlassen.«

»Dann kann sie nur auf Burg Beljeux sein«, schloss Damien daraus.

»Das ist sie nicht! Ich kann das mit gutem Gewissen sagen, denn ich war zweimal dort und habe sie weder gesehen noch davon gehört, dass sie sich auf der Burg befinde. Gerüchten zufolge soll sie zu ihren Verwandten ins Heilige Römische Reich gereist sein, um diese um Beistand zu bitten.«

»Verflucht!«, stieß Damien hervor und packte Roland bei der Brust. »Stimmt das?«

»Ihr könnt Constances Amme Yseult fragen. Die ist die Einzige, mit der sie gesprochen hat.« Roland machte sich von Damiens Griff frei und schob diesen ein Stück zurück.

»Lasst das Weib holen!«, rief Damien grimmig.

Doch auch als Yseult kam und nach ihrer Herrin gefragt wurde, gab diese ihnen keine bessere Auskunft.

»Also, sie hat mir wirklich nicht gesagt, wohin sie wollte. Ich glaube auch nicht, dass Burghauptmann Yoann auf Burg Beljeux es weiß!« Die Amme brachte es so überzeugend vor, dass weder Damien de Ronceau noch der Abt ihr weitere Fragen stellten.

Nachdem er kurz nachgedacht hatte, wandte Damien sich Thibaut de Saint Paul zu. »Solange Constance es ihm nicht befiehlt, wird ihr Kastellan mir niemals die Tore der Burg öffnen.«

»Übe dich in Geduld! Da wir wissen, wer Frau Constances Verwandte im Osten sind, werde ich der Kanzlei Seiner Majestät auftragen, in dessen Namen an sie zu schreiben und die Herrin von Beljeux zur Rückkehr aufzufordern. Wichtig ist erst einmal, dass du deine Macht in Laronne festigst.«

Anders als sein junger, ungestümer Verwandter, der danach strebte, alle drei Herrschaften zu vereinen, wäre Abt Thibaut auch damit zufrieden gewesen, wenn Ronceau und Beljeux eigenständig bleiben und an Damiens jüngere Brüder fallen würden. Da er jedoch Damiens aufschäumendes Gemüt kannte, behielt er diese Meinung für sich. Nun bedankte er sich erst einmal bei Roland, weil dieser ihnen die Hauptburg Laronnes übergeben hatte, und richtete sein Augenmerk auf die Nebenburg, die laut Damien seinem Kloster zufallen sollte.

3.

Constance blickte ergriffen auf die vor ihnen liegende Stadt. Jerusalem! Nie hätte sie erwartet, die Stätten, an denen Jesus Christus gelitten hatte und am Kreuz gestorben war, mit eigenen Augen zu sehen.

»Wenn Ihr Euch nach links wendet, seht Ihr den Ölberg. Darunter liegt der Garten Gethsemane, der durch das Damaskustor am besten zu erreichen ist. Wir aber betreten die Stadt durch das Jaffator, das Ihr dort direkt neben der Festung seht, die nach König David benannt worden ist.«

Michaels Erklärungen ließen Constance aufschauen. Ihre Blicke wanderten vom Höhenzug des Ölbergs in das Tal hinab und dann bis zur Stadt. »Was sind das für Gebäude mit den dunklen Kuppeln?«, fragte sie und wies in die Richtung.

»Das sind zwei Tempel der Muselmanen. Das Gebäude mit dem achteckigen Grundriss nennen sie den Felsendom. Das andere Gebäude, mehr auf uns zu, wird die Al-Aqsa-Moschee genannt. Lasst Euch nicht einfallen, auf die Hochebene zu steigen, auf dem diese beiden Gebäude liegen. Sie sind den Muselmanen heilig, und diese töten jedweden ohne Gnade, der sie in ihren Augen entweiht.«

Michaels Warnung war deutlich. Er berichtete von mehreren Pilgern, die die Warnung missachtet hatten. »Einer derer, die mit mir ins Heilige Land gekommen sind, ist mit einem Kreuz in der Hand bis zum Felsendom vorgedrungen und hat die Sarazenen aufgefordert, sich umgehend zum Christentum zu bekennen, da Gott sie sonst mit einem gewaltigen Blitz erschlage. Gottes Blitz blieb aus, dafür aber trennte ihm eine Sarazenenklinge den Kopf von den Schultern.«

Michael verzog das Gesicht, als er an Ludolf von Broch dachte. Dieser war vor vielen Monaten bei der Belagerung Akkons verschwunden, und er hatte erst später von seinem Schicksal erfahren.

»So ein Handeln hätte ich Pater Jacques zugetraut«, rief Benoît. »Der war ein arger Wirrkopf, müsst Ihr wissen. Er kam auf Befehl des Königs mit uns, und nur der Umstand, dass er an einer Seuche starb, verhinderte, dass er es diesem Mann gleichtun konnte.«

»Auf jeden Fall war er ein Narr, weil er glaubte, Gott würde seinetwegen die Sarazenen mit einem Blitz vernichten, da der Herr es selbst bei Kaisern, Königen und Prälaten nicht getan hat«, antwortete Michael und lenkte seinen Grauschimmel auf die Wachen vor dem Jaffator zu.

Es handelte sich um Sarazenen in Rüstungen aus feinem Kettengeflecht, die mit kleinen Metallplättchen verstärkt worden waren. Ihre spitz zulaufenden Helme hatten sie mit weißen Tüchern umwickelt. Die Schwerter an ihren Hüften waren leicht gebogen und ihre Lanzenspitzen aufwendig gearbeitet.

Zwei von ihnen kreuzten die Lanzen vor Michael. »Wer seid ihr und was wollt ihr?«, fragte ihr Anführer scharf.

Michael musterte ihn betont langsam von oben bis unten und deutete dann auf die Stadt. »Wir wollen dort hinein und vielleicht noch weiter. Der große Saladin hat uns Christen erlaubt, unsere heiligen Stellen aufzusuchen.«

Seine Stimme klang sanft, blieb aber nicht ohne Einfluss auf die Wachen. Einer der Männer trat neben seinen Anführer und legte diesem die Hand auf die Schulter.

»Ich kenne diesen Christen. Er hat schon öfter Pilger begleitet.«

»Verfluchter Giaur!«, stieß der andere hervor, gab aber seinen Männern den Befehl, den Weg frei zu machen.

»Was sagte er? Wie eine Freundlichkeit klang das nicht gerade«, fragte Bernard Michael.

»Auf der anderen Seite der Grenze hätte ich dem Kerl dafür den Schädel gespalten. Hier aber muss man es hinnehmen«, antwortete Michael und ritt in die Toröffnung hinein. Im Tor selbst musste er den Grauschimmel um die halbe Achse drehen, da der Ausgang zur Seite hinausging.

Constance wunderte sich über diese Anordnung, die es Gespannen fast unmöglich machte, dieses Tor zu benutzen. Bevor sie Michael jedoch fragen konnte, weshalb dies so war, gab es für sie so viel zu schauen, dass sie es vergaß.

Zur rechten Hand erhob sich die Festung, während sie links nur eng aneinanderstehende Gebäude erkennen konnte. Weiter vorne führte eine schmale Gasse wie ein Hohlweg schräg nach unten. Zu Constances Überraschung bestand dieser Weg zum größten Teil aus Stufen.

»Aber wie kann man hier mit einem Wagen durchfahren?«, fragte sie fassungslos.

»Das hier ist der Wagen dieser Gegend«, erklärte Michael und wies auf vier Esel, die in einer Reihe hintereinander gebunden waren und von einem alten Mann geführt wurden, der in einem langen, hemdartigen Kleidungsstück steckte und sich ein graues Tuch um den Kopf gewickelt hatte.

»Bei solchen Wegen ist es wohl so auch besser!«, erwiderte Bernard.

»Man kann es so sehen.« Mit diesen Worten stieg Michael aus dem Sattel und forderte die anderen auf, es ihm gleichzutun. »Ab hier führen wir die Pferde. Ich bringe Euch zuerst in die Pilgerherberge. Danach suche ich einen der muselmanischen Würdenträger auf und hoffe, dass er mir sagen kann, wo wir Saladin antreffen.«

»Können wir uns in der Stadt umsehen, oder müssen wir in der Herberge warten, bis Ihr wiederkommt?«, wollte Constance wissen.

»Ihr könnt Euch in der näheren Umgebung umsehen. Achtet aber darauf, dass Ihr Euch nicht verlauft. Vor allem aber kauft nichts, wenn man Euch irgendwelche Dinge anbietet. Hier muss man feilschen, wenn man nicht zu teuer bezahlen will, und das beherrsche ich doch besser als Ihr.«

»Das Feilschen oder das Teuer-Bezahlen?« Constance wusste nicht, weshalb sie stichelte, und es tat ihr auch sofort leid. »Verzeiht, ich wollte Euch nicht kränken!«, setzte sie daher hinzu.

»Ich meine das Feilschen! Etwas zu teuer zu kaufen, kann ich mir nicht leisten«, erklärte Michael und bog nach links ab. »Wir kommen bald zu einer Herberge, die von Christen geführt wird. Gebt aber trotzdem acht, denn die betrügen Euch genauso, wie es die Muselmanen täten. Wenn man von Euch Geld fordert, so verweist die Leute auf mich. Die kennen mich und wissen, dass ich ihnen die Haare unter der Kopfhaut schere, wenn sie unverschämt werden.«

»Leben hier nur Diebe und Betrüger?«, fragte Bernard fassungslos.

»Hier herrschte lange Jahre Krieg, und die Leute sind arm geworden. Da verlockt es sie, den einen oder anderen Dinar extra einstecken zu können.«

Während Michaels Erklärung erreichten sie einen Torbogen. Das Pferd eng am Zügel haltend, passierte er ihn und forderte seine Begleiter auf, ihm zu folgen. Es ging einen schmalen Weg entlang, der in einem kleinen Vorhof endete, welcher gerade groß genug für sie war. Knechte eilten ihnen entgegen, und ihnen folgte ein Mann, der Michael fröhlich grüßte. Was er sagte, verstand Constance nicht, weil er die Sprache der Sarazenen benutzte.

Michael antwortete ihm und erklärte Constance anschließend, er habe den Mann aufgefordert, ihnen einen Raum zu geben und später am Abend ein gutes Mahl aufzutischen.

»Die Pferde sollen ausreichend Hafer bekommen. Es kann sein, dass wir noch weit reiten müssen«, setzte er an den Wirt gerichtet hinzu und verließ die Herberge, um Informationen über Saladins Aufenthaltsort einzuholen.

Die Kammer, in die Constance und ihre beiden Getreuen geführt wurden, war durch eine sinnvolle Anordnung der Lufteinlass- und Auslassöffnungen erstaunlich kühl. Nach der Hitze des Tages, die sich zwischen den Häusern gestaut hatte, empfand Constance dies als sehr angenehm. Nur die Staubschicht, die Gesicht und Hände bedeckte und mit ihrem Schweiß verbacken war, störte sie. Daher wandte sie sich an den Wirt. Laut Michael sollte er ein wenig Französisch verstehen, und so hoffte sie auf seine Hilfe. »Ich brauche Wasser, um mich waschen zu können!«

Der Wirt betrachtete sie und ihre beiden Begleiter und nickte. »Ich glaube gerne, dass ihr euch waschen wollt. Am besten könnt ihr das in dem Bad vorne an der Ecke. Es kostet nicht viel, und der Barbier wird euch gerne behilflich sein. Dort habt ihr auch die Gelegenheit, während des Bades mit anderen Männern zu reden.«

Constance schluckte. Ein gemeinschaftliches Bad mit anderen Männern zusammen war das Letzte, auf das sie es ankommen lassen durfte. »Eine Schüssel Wasser reicht mir«, antwortete sie daher und war froh, dass es hier nur ein kleines Fenster gab, bei dem ein geschnitztes Holzgitter verhinderte, dass jemand hereinschauen konnte.

»Ich lass euch eine Schüssel Wasser bringen«, meinte der Wirt und schüttelte den Kopf über diese Abendländer, die den Genuss eines guten Schwitzbads nicht zu würdigen wussten.

Kaum war das Wasser gebracht worden, versetzte Bernard seinem Sohn einen Stoß. »Komm, wir warten draußen, bis der Herr Ritter sich gesäubert hat!« Es klang bissig, dann so ganz hatte Bernard sich nicht damit abgefunden, dass seine Herrin als Mann auftrat.

Diese sah ihn lächelnd an. »Bleibt draußen aber nicht wie Engel mit den Flammenschwertern stehen, sonst denken die Leute noch, Ihr hättet etwas sehr Wertvolles zu bewachen.«

Bernard nahm es hin, ohne eine Miene zu verziehen. Stattdessen zeigte er auf die Schüssel. »Beeilt Euch bitte, damit Ihr fertig seid, bevor Ritter Michael zurückkehrt. Ich wüsste nicht, wie ich ihn daran hindern sollte, hereinzukommen, ohne dass er Verdacht schöpft.«

»Ich werde mich beeilen«, versprach Constance und machte sich, kaum dass Bernard und Benoît draußen waren, hurtig ans Werk.

4.

Es gelang Michael, in der Festung zu einem Mann vorgelassen zu werden, von dem er wusste, dass er etwas zu sagen hatte. Da die Pilger Geld in die Stadt brachten, die nach dem langen Krieg verarmt war, empfing der Mann ihn freundlich.

»Sei mir willkommen! Welcher Wunsch führt dich zu mir?«

Michael hatte gelernt, welchen Wert Höflichkeit im Kontakt zu höherrangigen Sarazenen besaß, und verbeugte sich daher. »Friede sei mit dir, mächtiger Emir. Möge Allah dir hundert Söhne schenken, jeder so mutig und klug wie du, und hundert Töchter, die den Rosen gleichen, die in den Oasen der Wüste blühen.«

Der Mann lachte. »Du solltest Dichter werden, Franke. Doch sprich, was führt dich zu mir? Begleitest du einen der großen Fürsten des Okzidents zu euren heiligen Stätten?«

»Nein, oh Emir. Ich begleite einen jungen Ritter. Dieser ist auf der Suche nach einem Verwandten, der während der Kämpfe bei Akkon gefangen genommen wurde. Obwohl es hieß, dieser würde noch leben, wurde er nicht mit ausgetauscht.«

»Dann ist er wahrscheinlich tot«, schloss der Sarazene aus Michaels Worten.

»Dies mag sein, doch der junge Ritter wünscht Klarheit über das Schicksal seines Verwandten und will daher den großmächtigen Salah al-Din Yusuf ibn Ayyub aufsuchen und fragen, ob dessen Wesire ihm Auskunft geben können«, antwortete Michael und betete, dass sich Saladin nicht zu weit entfernt aufhielt.

»Sultan Salah al-Din befindet sich derzeit in Qala'at ar-Rabat. Ich werde dir ein Geleitschreiben mitgeben, so dass du und deine Begleiter unterwegs Wasser und Nahrung erhaltet.«

Bei dieser Auskunft atmete Michael auf. Auch wenn er noch nie bis zu dieser Festung gekommen war, so wusste er ungefähr, wo sie zu finden war. »Ich danke dir, oh großer Emir«, antwortete er und benützte einen Teil des Geldes, das er von Constance erhalten hatte, um diesen Dank auch sichtbar auszudrücken.

Nicht lange, da erhielt er ein Schreiben, das die Bewohner der Dörfer und die Besatzungen der Festungen, bei denen sie vorbeikamen, dazu verpflichtete, ihnen Wasser, Nahrung und Obdach zu gewähren. Mit dem Gefühl, die Nachricht über Saladins Verbleib schneller als erhofft erhalten zu haben, verabschiedete er sich von dem sarazenischen Anführer und kehrte in die Herberge zurück.

Dort hatten sich nach Constance auch Bernard und dessen Sohn den Staub von Gesicht und Händen gewaschen. Da Michael sich unterwegs an einem Brunnen gesäubert hatte, konnte er sich zu ihnen setzen, denen eben das Abendessen aufgetischt wurde.

»Es ist ein seltsames Gefühl«, sagte Constance auf einmal.

»Was?«, fragte Michael verwundert.

»Daran zu denken, dass vielleicht nur einen Steinwurf von hier entfernt unser Herr Jesus Christus und seine Jünger das Letzte Abendmahl gefeiert haben.«

Michael war mittlerweile zu oft in Jerusalem gewesen, um noch groß ergriffen zu werden, wenn er es betrat. Da er aber die Verzückung etlicher Besucher miterlebt hatte, die Géraud de Lesorelle und er hierher begleitet hatten, lächelte er nachsichtig. Dabei fiel ihm ein, dass es diesmal seine erste Reise nach Jerusalem war, die er nicht in Begleitung dieses Tempelritters machte, und sein Weg würde ihn noch viel weiter führen.

»Wir können morgen in Richtung Jordan aufbrechen. Ich habe nämlich erfahren, wo Saladin sich derzeit aufhält«, sagte er lächelnd.

Während Bernard nickte, schüttelte Constance den Kopf. »Ich bin nicht nach Jerusalem gekommen, um es wieder zu verlassen, ohne an den heiligen Stellen gebetet zu haben. Auch habe ich eine Mission zu erfüllen, denn Ritter Lamberto de Chioveses letzter Wunsch war, dass ich sein Herz hierherbringe, damit es in der Nähe des Grabes unseres Herrn Jesus Christus ruhen soll.«

»Einen Tag können wir noch bleiben«, erklärte Michael. »Danach aber müssen wir weiter. Wir kennen Saladins Pläne nicht und sollten nicht zu spät nach Qala'at ar-Rabat kommen. Sonst erhalten wir womöglich die Nachricht, er habe die Festung bereits wieder verlassen.«

Auf Michaels Worte hin überlegte Constance, ob sie nicht doch gleich am nächsten Tag aufbrechen sollten. Da sie Ritter Lambertos Herz aber nicht im Vorbeigehen bei der Grabeskirche abgeben wollte, musste sie an diesem Ort verweilen. Zudem erschien es ihr wie Blasphemie, in Jerusalem gewesen zu sein, ohne an den heiligen Stellen gebetet zu haben.

»Da Ihr die Stadt kennt, werdet Ihr uns morgen zu den Orten führen, wo wir Gott und Jesus Christus bitten können, uns auf der Suche nach meinem … Vetter beizustehen!«

Beinahe hätte Constance »meinem Gemahl« gesagt. Ich muss mich beherrschen, sagte sie sich und bat Michael, ihr die Stellen zu nennen, zu der er sie und ihre beiden Gefolgsleute führen würde.

5.

Beim Ritt auf den Ölberg kämpfte Constance gegen die Zweifel an, ob Gott und Jesus Christus es nicht lieber sähen, wenn sie diesen Weg zu Fuß zurücklegten. Als sie Michael darauf ansprach, überlegte er kurz und wies auf die Kuppe des Hügels.

»Beim letzten Stück können wir absteigen und die Pferde führen. Den ganzen Weg zu gehen, wäre jedoch zu weit.«

»So weit auch wieder nicht«, meinte Constance mit einem Blick auf die Stadt, die bereits ein ganzes Stück unter ihnen lag. Sie konnte von hier aus die Al-Aqsa-Moschee sehen. Noch beeindruckender erschien ihr der in Blau schimmernde Felsendom mit seiner Kuppel, die sich in der Mitte des Gebäudes erhob.

»Jetzt können wir absteigen«, erklärte Michael und schwang sich vom Pferd.

Constance und ihre Begleiter taten es ihm gleich und folgten ihm nach oben, bis Michael stehen blieb. »Dies hier müsste die Stelle sein, an der Jesus Christus einst selbst gebetet hat.«

Als Constance dies hörte, kniete sie nieder und küsste den Boden. Bernard und sein Sohn folgten ihrem Beispiel und berührten die Erde mit der Stirn.

»Möge Gott uns auf unserem weiteren Lebensweg helfen«, sagte Bernard leise.

»Diese Gunst erbitte auch ich mir von ihm!« Constance atmete tief durch und sprach dann mit klarer Stimme das Vaterunser. Danach bekreuzigte sie sich und sah Michael an. »Ich danke Euch, dass Ihr uns hierhergeführt habt!«

»Wir können jetzt dem Weg nach unten zum Garten Gethsemane folgen. Dort könnt Ihr erneut beten. Danach würde ich nur noch die Kirche aufsuchen, die über dem Grab unseres Herrn Jesus Christus erbaut worden ist, und dort das Herz dieses Ritters in die Hände der frommen Mönche geben«, antwortete Michael.

»Ich würde gerne einen Teil des Leidensweges unseres Heilands abschreiten«, wandte Constance ein.

»Wenn wir das tun, laufen wir in dieser Hitze bis in die Nacht hinein und sind morgen zu erschöpft, um aufbrechen zu können!«

Michael fand, dass Ritter Rémy sich für einen Tag sehr viel aufladen wollte.

Auf dem Weg zum Garten Gethsemane weigerte Constance sich, in den Sattel zu steigen. Bernard, der bereits unter der Hitze litt, seufzte schicksalsergeben, während Michael nur mit den Achseln zuckte. Insgeheim dachte er, dass Ritter Rémy sich fast so schlimm aufführte wie die christlichen Weiber, die er hierhergebracht hatte. Er erinnerte sich an eine Edeldame, die mit ihrem Ehemann und ihrem Bruder zusammen die heiligen Stätten aufgesucht hatte. Diese war in eine solche Verzückung geraten, dass die beiden Männer sie durch die ganze Stadt hatten tragen müssen. Im Vergleich dazu war Rémy auch nicht schlimmer als so mancher vom Glauben überwältigter Pilger.

Nachdem sie auch bei Gethsemane gebetet hatten, kehrten sie durch das Damaskustor in die Stadt zurück. Auf Michaels Rat brachten sie die Pferde in die Herberge und legten den Rest ihres Weges zu Fuß zurück.

Constance war dies recht, denn so konnte sie ihre Ehrfurcht und ihre Ergebenheit vor Gott besser zeigen als hoch zu Ross. Obwohl sie zutiefst ergriffen war, an den heiligsten Orten der Christenheit beten zu können, war sie nun doch ruhiger als oben auf dem Ölberg, und so spottete Michael über sich selbst, weil er Ritter Rémys Religiosität mit der einer Frau verglichen hatte. Nun blieb auch er von der Macht der heiligen Stätten nicht unberührt und beugte das Knie ungeachtet des Spottes vorbeikommender Muslime an den Plätzen, an denen Jesus Christus auf seinem Weg nach Golgatha gelitten hatte.

Als sie die Grabeskirche betraten, wunderte Constance sich über die Düsternis. In diesem Gebäude gab es keine hohen Fenster wie in den abendländischen Kathedralen, und der Schmuck der einzelnen Kirchenräume erschien ihr so fremd, als gehörte er zu den Tempeln einer anderen Religion.

Sie entdeckte mehrere Mönche in ungewohnten Kutten und langen, mit großen Holzperlen geschmückten Halsketten, an denen handgroße Kreuze hingen. Eben verwies einer dieser Mönche einen Mann mit einem vorwurfsvollen Blick zu einem in der Ecke stehenden Holzkasten, dessen Deckel einen fingerlangen und ebenso breiten Schlitz aufwies.

»Das sind griechische Mönche«, erklärte Michael ihr leise. »Es heißt, sie seien sehr froh, dass die Sarazenen Jerusalem erobert haben. Der Sultan hat ihnen die Verwaltung des Heiligen Grabes übertragen, die vorher in den Händen eines päpstlichen Prälaten lag.«

Constance wollte nicht glauben, dass Christen nur um des eigenen Vorteils willen lieber dem Sultan der Heiden als dem König von Jerusalem verpflichtet sein wollten. Nach einem letzten Blick auf die Mönche folgte sie Michael in den nächsten Raum. Auch dort fehlten Fenster, aber es brannten viele Kerzen darin, so dass die Mönche, die dort arbeiteten, genug Licht hatten, um die Wände und die Decke des Raumes mit kunstvollen Bildern zu schmücken.

»Sie haben sich nicht viel Zeit gelassen, den römischen Tand, wie sie ihn nennen, zu übertünchen und ihre Ikonen darauf zu malen«, setzte Michael seine Erklärungen fort.

»Die Bilder sind wunderschön, auch wenn sie anders aussehen als die, die wir von zu Hause gewohnt sind«, sagte Constance und vergaß den kleinen Ärger wegen der griechischen Mönche wieder.

Michael führte sie eine Treppe hinab in einen kleineren Raum, der zu einer Art Kapelle ausgebaut war. In der hinteren Wand befand sich eine Nische. Dort sank er auf beide Knie und berührte den Boden mit den Lippen.

Zwar hatte Michael hier schon mehrmals gebetet, doch schien es ihm wichtig, es auch diesmal zu tun. Morgen würde es zum Jordan gehen, und dort konnte er endlich die Bedingung erfüllen, die Magister Erwin ihm gestellt hatte, und des Schwures ledig werden, den er seinem Vater hatte leisten müssen.

Constance spürte, dass ihn etwas bewegte. Am liebsten hätte sie ihn danach gefragt, wollte aber die andächtige Stimmung nicht zerstören.

Nach einer Weile erhob Michael sich wieder und drehte sich zu ihr um. »Der Überlieferung nach ist dies hier das Grab, in dem Maria, die Mutter Jesu, Maria Magdalena und der Apostel Johannes zusammen mit Joseph von Arimathia den Leib des Heilands zur letzten Ruhe gelegt haben.«

»Dann ist dies hier ein geweihter Ort«, flüsterte Constance und kniete nieder, um wie Michael den Boden der Nische zu küssen.

Auch Bernard und Benoît küssten die Stelle. Danach sprachen sie jeder für sich ein stilles Gebet. Constance flehte den Heiland an, ihr bei der Suche und Befreiung ihres Ehemanns beizustehen. Ihre beiden Gefolgsleute hofften ebenfalls, Raoul zu finden und gemeinsam in die Heimat zurückkehren zu können. Diesen Wunsch teilte auch Michael, obwohl er nicht wusste, ob sein Onkel Waldemar noch Graf auf der Kühnburg war oder ob bereits sein Vetter Gottfried dessen Platz eingenommen hatte.

Bevor sie die Grabeskirche verließen, übergab Constance einem der wenigen katholischen Mönche, die nach der Eroberung der Stadt in Jerusalem geblieben waren, das Herz von Lamberto de Chiovese mit einer Spende und sprach noch ein Gebet für den Ritter. Danach verließ sie die Grabeskirche, bereit, notfalls bis ans Ende der Welt zu reiten, um ihren Ehemann zu befreien.

6.

Jerusalem lag hinter ihnen. Sie waren nun zu fünft, denn Michael hatte einen ortskundigen Führer aus Jerusalem angeheuert, der sie nach Qala'at ar-Rabat bringen sollte.

»Wie lange werden wir brauchen, um unser Ziel zu erreichen?«, fragte Constance, da sie nicht stumm wie ein Fisch neben Michael herreiten wollte.

Dieser reichte die Frage an ihren Führer weiter.

»Drei Tage, wenn ihr eure Pferde zuschanden reiten wollt«, antwortete der Mann in einem Tonfall, der deutlich zeigte, dass er dabei nicht mitmachen würde. »Vier Tage dauert es, wenn wir rasch reiten und nur wenig Pausen machen, fünf, damit die Pferde und wir halbwegs frisch dort ankommen.«

»Wir werden diesen Weg in vier Tagen zurücklegen!« Michael ließ keinen Zweifel daran, dass dies so zu geschehen hatte.

Ihr Führer zuckte entsagungsvoll mit den Schultern. »Beschwert euch aber nicht, wenn eure Pferde danach abgetrieben sind. Das meine wird jedenfalls lange Zeit brauchen, um sich wieder zu erholen, und den Ausfall müsst ihr mir bezahlen.«

»Das tun wir«, versprach Constance, während Michael sich ärgerte.

In Jerusalem hatte er gehört, dass ein Kurierreiter, der sein Reitpferd mehrfach wechselte, die Strecke innerhalb von Tagesfrist bewältigen konnte. Auch war das Pferd ihres Führers nicht so schlecht, als dass er nicht mit ihnen mithalten könnte. Die Forderung nach Entschädigung für sein Pferd war daher nur der Versuch, den dummen Abendländern noch mehr Geld aus der Tasche zu ziehen.

Da sie den Mann jedoch brauchten, verschob Michael die Prügel, die dieser seiner Ansicht nach verdient hatte, auf später und wandte sich wieder dem jungen Ritter zu, der ihm die nächste Frage stellte.

»Ich würde gerne mehr über Euch erfahren, Ritter Michael. Benoît ist voll des Lobes über Euch. Er nannte Euch aber auch einen grimmigen Streiter, obwohl Ihr mir, wie ich zugeben muss, bei weitem nicht so grimmig erscheint.«

»Ihr habt auch noch nicht gegen mich gekämpft«, antwortete Michael trocken.

Constance verschluckte sich beinahe vor Lachen. »Aber auch nicht an Eurer Seite«, sagte sie, als sie endlich wieder Luft bekam.

»Bevor wir diese Lande wieder verlassen, mag es leicht sein, dass wir gemeinsam die Schwerter ziehen müssen. In der Judäischen Wüste, aber auch jenseits des Toten Meeres und des Jordans leben Hirtenstämme, die von Weideplatz zu Weideplatz ziehen und keinen Herrn über sich anerkennen als ihren Allah allein. Selbst Saladin ist es bisher nicht gelungen, sie zu unterwerfen. Wenn wir auf diese treffen, kann es friedlich enden, aber auch zum Kampf kommen. Seid also bereit!«

Für Constance hörte es sich so an, als zweifelte er an ihren kämpferischen Fähigkeiten, und so funkelte sie ihn mit entschlossener Miene an. »Ich habe bereits Männer im Kampf besiegt und mindestens einen davon getötet.«

Bei diesen Worten bekam sie plötzlich einen schalen Geschmack im Mund. Auch wenn es damals nicht anders möglich gewesen war, fragte sie sich doch immer wieder, ob sie aus Burg Ronceau nicht auch hätte entkommen können, ohne den Knecht umzubringen.

Michael spürte sowohl ihre Bereitschaft zum Kampf wie auch ihre Zweifel, ob der Tod des Gegners wirklich das letzte Mittel sein musste. Ritter Rémy erschien ihm noch arg jung. So wuchs ihm noch kein Bart, und er zierte sich wie eine Jungfrau vor gewissen Dingen, die jemanden, der schon etliche Feldzüge mitgemacht hatte, nicht mehr störten, wie nebeneinander Wasser zu lassen oder sich nackt in Gegenwart anderer zu waschen.

»Wenn wir den Jordan erreichen, könnten wir die Gelegenheit nutzen und baden«, schlug er vor, um Rémy etwas abzuhärten.

Sogleich stellten sich Constances Nackenhaare auf. Im Fluss zu baden würde heißen, sich nackt ausziehen zu müssen. »Ihr sprecht vom Fluss Jordan, einem heiligen Gewässer. Wer würde es entweihen, indem er es als Badeteich missbraucht?«, sagte sie mit sichtlicher Abwehr.

Michael zuckte mit den Schultern. »Wenn Ihr meint, dann verzichtet auf das Bad. Bedrängt aber nicht die anderen, wenn sie baden wollen.«

»Ich will es nicht!«, rief Bernard von hinten, um seine Herrin zu unterstützen.

Auch Benoît schüttelte den Kopf. »Mir ist auch nicht zum Baden zumute. Ein Nachbar von uns tat es an einem heißen Tag wie diesem und starb dabei.«

»Dann baden wir eben nicht«, antwortete Michael und forderte den Führer auf, der sein Pferd immer mehr gezügelt hatte, wieder schneller zu reiten.

»Wir wollen Qala'at ar-Rabat in vier Tagen erreichen. Doch so, wie du reitest, würden es zehn werden!«, schalt er den Mann, der mit beleidigter Miene sein Pferd antrieb, ohne wirklich schneller zu werden.

7.

Das Land fiel immer mehr ab. Manchmal trafen sie auf grüne, fruchtbare Stellen, doch die waren selten, und Brunnen gab es nur bei den Dörfern. Als die Berge hinter ihnen lagen, reichte ihr Blick weit ins Land hinein. Im Süden erstreckte sich ein großer, grünblau schimmernder See, während direkt vor ihnen ein breites, grünes Band nordwärts bis über den Horizont reichte.

»Das ist das Tote Meer. Viel Salz, keine Fische«, erklärte ihr Führer und wies dann auf den grünen Streifen. »Dort ist das Tal des Jordan. Heiliger Fluss, hat doch der Apostel Johannes Jesus Christus darin getauft.«

»Das war zwar Johannes der Täufer und nicht der Apostel, aber sonst stimmt es«, erklärte Michael ihm.

Der Mann machte sich nichts daraus, sondern berichtete weiter, dass Johannes der Kopf abgeschlagen worden sei, weil Herodes' Tochter Salome dies verlangt habe.

»Viel schlechter als so mancher Pfaffe zu Hause ist er auch nicht«, fand Michael und richtete seinen Blick nach Nordosten, wo jenseits des Jordans ihr erstes Ziel lag. Bis dorthin aber waren noch ein paar Meilen zu reiten. Die erste Nacht hatten sie für sein Gefühl noch viel zu nahe an Jerusalem verbracht. Wenn sie es in vier Tagen schaffen wollten, mussten sie in dieser Nacht jenseits des Jordans schlafen.

Michael verwarf daher den Gedanken an ein kühles Bad im Jordan. Sie mussten Qala'at ar-Rabat erreichen, bevor Saladin es verließ. Die Festung war nicht so bedeutend, dass er dort lange bleiben würde.

Die Gruppe ritt weiter. Zunächst ging es zwischen flachen, an den Rändern steil abfallenden Hügeln dahin, bis sie auf die grüne Mauer des Tamariskengebüschs trafen, das den Jordan wie ein endloses Band säumte. Die Umgebung war wie geschaffen für einen Hinterhalt. Michael hielt daher die Hand am Schwertgriff, als er dem Führer auf einen schmalen Pfad folgte, der sich durch das Gebüsch schlängelte.

»Früher haben die Bewohner hier ihr Feuerholz geholt und dabei die Wege frei gehalten. Nach den vielen Kriegszügen leben nicht mehr viele Leute in der Gegend«, berichtete der Führer.

»Dann hoffe ich, dass sie nicht das Ausrauben von Pilgern und Reisenden zu ihrem Gewerbe gemacht haben«, rief Bernard und knurrte wie ein Hund. Ihm passte das dichte Gebüsch ebenso wenig wie Michael.

Die kleine Reisegruppe war daher froh, als der Fluss vor ihnen auftauchte. Er war etwa so breit, wie ein guter Bogenschütze einen Hasen treffen konnte, und auf jeden Fall zu tief, um ihn zu Fuß zu überqueren.

»Wir werden unsere Kettenhemden und unsere Kleidung ausziehen und als Bündel auf den Rücken der Pferde schnallen«, sagte Michael, der in der Heimat schon mehrfach Flüsse auf diese Weise überwunden hatte.

Constance hatte sich zum Glück Gedanken gemacht, wie sie dies verhindern könnte, und wedelte abwehrend mit der Rechten. »Haltet Ihr das für klug, Herr Ritter, wenn hinter jedem Gebüsch ein Sarazene mit gespanntem Bogen lauern kann? Wenn wir ihm den Gefallen tun, uns bis auf die Haut zu entkleiden, muss er kein Held sein, um uns alle töten zu können.«

»Das ist wohl wahr«, antwortete Michael und wandte sich an ihren Führer. »Gibt es hier eine Furt?«

»An dieser Stelle nicht. Man kann aber hindurchreiten.«

»Ich mache den Anfang«, rief Michael den anderen zu.

Auch wenn er Rüstung und Kleidung anbehielt, so wollte er doch nicht, dass seine Stiefel nass wurden. Daher stieg er kurz ab, zog diese aus und schwang sich mit blanken Füßen in den Sattel.

»Komm jetzt!«, forderte er den Grauschimmel auf und lenkte ihn zum Ufer hinab. Der Hengst probierte zunächst, ob sein Huf noch Grund fand, und setzte sich dann in Bewegung. Der Fluss wurde rasch tiefer, und so reichte dem Pferd das Wasser bald bis zum Bauch. Michael hielt mit einer Hand die Zügel und mit der anderen das Schwert.

»Ritter Michael sieht aus, als wolle er in den Kampf reiten«, sagte Bernard verwundert.

»Es ist wohl wegen der Leoparden. Seit einigen Jahren streifen hier immer wieder welche herum. Gelegentlich lässt sich hier sogar ein Löwe sehen«, berichtete der Führer.

»Löwen und Leoparden?« Nun zog auch Bernard das Schwert und gab seinem Sohn mit dem Kopf einen Wink.

»Du folgst Ritter Michael, und nach dir geht d… Ritter Rémy!«

In seiner Anspannung hätte er beinahe »die Herrin« gesagt, sich aber rechtzeitig daran erinnert, dass der Führer ihre Sprache verstand und dieses Geheimnis ausplaudern konnte.

»Herr Michael ist fast drüben!« Benoît zögerte einen Augenblick, dann lenkte auch er seinen Zelter in den Fluss.

Als er bis zur Hälfte gekommen war, wandte Bernard sich Constance zu. »Und nun Ihr!«

Constance nickte und tätschelte Aribert den Hals. »Komm jetzt, mein Guter. Wir müssen den anderen folgen!«

Der große Hengst stieg zum Ufer hinab und trat ins Wasser. Constance begriff rasch zweierlei. Zum einen würde sie, wenn sie drüben ankam, sehr nasse Hosenbeine haben, und zum anderen durfte sie um Gottes willen nicht aus dem Sattel rutschen und ins Wasser fallen. Weder Michael noch ihr Führer würden verstehen, weshalb sie danach ihre Oberbekleidung nicht ablegte, um diese zu trocknen.

Es ging jedoch alles gut. Sie erreichte das östliche Ufer und sah dann zu, wie auch Bernard und der Führer hinter ihnen herkamen. Als die beiden das Ufer erreicht hatten, dachte sie, es ginge sogleich weiter. Stattdessen stieg Michael, nachdem er die Umgebung scharf beäugt hatte, aus dem Sattel und kniete am Flussufer nieder. Er streckte beide Arme bis fast zu den Ellbogen ins Wasser und wusch sich das Gesicht.

Damit habe ich Magister Erwins Bedingungen erfüllt und kann nach Hause zurückkehren, dachte er. Irgendwie war es zu leicht gewesen, sagte etwas in ihm. Als er sich jedoch an den langen Weg von Regensburg bis hierher erinnerte und an die vielen Toten, die unterwegs durch Krankheit oder Schlacht geblieben waren, verlor sich dieses Gefühl wieder. Schließlich hatte nicht viel gefehlt, und er hätte weder Jerusalem noch diese Stelle hier am Jordan jemals gesehen.

Entschlossen, sich nicht länger von einem Schwur binden zu lassen, zu dem sein Vater ihn gezwungen hatte, zog er seine Stiefel wieder an und stieg in den Sattel. Seine Hose begann bereits in der sommerlichen Hitze zu trocknen.

Auch Constance und ihre Begleiter hatten die Gelegenheit genützt, um das Jordanwasser aus den Hosenbeinen zu streifen und ihre Stiefel wieder anzuziehen. Als der Fluss hinter ihnen zurückblieb, dachte Constance daran, dass sie das heiligste Gewässer der Christenheit erreicht, ihm aber kaum mehr Aufmerksamkeit geschenkt hatten als jedem x-beliebigen Fluss auf ihrem Weg. Es machte sie ein wenig traurig, und so rieb sie mit der rechten Hand über ihre noch immer feuchten Hosenbeine, um dann mit dem Zeige- und dem Ringfinger das Kreuz auf ihre Stirn zu malen.

8.

Obwohl Michael ihren Führer immer wieder aufgefordert hatte, schneller zu reiten, erreichten sie ihr Ziel erst kurz vor der Abenddämmerung des vierten Tages. Den ganzen Tag über waren sie durch hügeliges und fruchtbares Land geritten. Viele Äcker, die noch bestellt wurden, gab es jedoch nicht, und auch die meisten Olivengärten wirkten vernachlässigt. Laut ihrem Führer waren viele Bewohner während der Kriege geflohen.

»An ihrer Stelle sind Stämme aus dem Süden zugewandert, die hier ihre Herden weiden, aber nicht wissen, wie Felder bestellt und Oliven geerntet werden«, setzte er hinzu und wies nach vorne, wo sich die Festung Qala'at ar-Rabat auf einem einzeln stehenden Hügel erhob.

»Diese Burg sorgt dafür, dass sich die zugewanderten Stämme dem Gesetz Saladins beugen. Ursprünglich hatte der Sultan sie von seinem Neffen Izz ed-Din errichten lassen, um diesen Landstrich vor Angriffen der Franken zu schützen. Doch zwei Jahre nach ihrer Fertigstellung errang Saladin jenen entscheidenden Sieg bei den Hörnern von Hattin, und seitdem hat kein fränkischer Ritter mehr den Jordan mit dem Schwert in der Hand überquert.«

»Bis auf Ritter Michael vorgestern«, spottete Benoît.

»Es geschah nicht, um zu erobern oder zu plündern, sondern, um gegen Räuber gewappnet zu sein. Ihr habt ja gehört, dass hier fremde

Stämme zugezogen sind, die sich den Gesetzen Saladins nur ungern beugen«, antwortete Michael und trieb seinen Grauschimmel mit einem Zungenschnalzen an.

Es ging rasch höher, und schon bald sahen sie die Burg vor sich. Ihre Mauern waren gewaltig und kunstfertiger zusammengefügt, als Constance es aus ihrer Heimat gewohnt war. Wachen standen vor dem Tor, schienen aber in den fünf Reitern keine Gefahr zu sehen. Ihr Hauptmann hatte auf einen Kettenpanzer verzichtet und einen knielangen, gesteppten Mantel übergestreift. Auf dem Kopf trug er einen mit Goldblech überzogenen und mit Pelz verbrämten Helm, und an seiner Hüfte hingen ein Krummschwert und ein Dolch.

»Ihr habt Glück! Da seine Wachen hier sind, muss auch der Sultan noch hier sein«, raunte der Führer Michael zu.

Dieser nickte erleichtert und begrüßte den Hauptmann der Wachen. »Friede sei mit dir! Es ist unser Wunsch, vor den großen Sultan Salah al-Din Yusuf ibn Ayyub zu treten und ihm unsere Verehrung zu bekunden.«

Der Sarazene musterte ihn kurz, erteilte dann einem seiner Männer einen Befehl und wandte sich wieder Michael zu.

»Für einen Franken sprichst du unsere Sprache gut!« Es klang misstrauisch. Womöglich hielt er Michael für einen der Kreuzritter, die in den Orient gekommen waren, um hier zu bleiben und eine eigene Herrschaft zu errichten.

»Ich habe eure Sprache auf dem Krankenlager in Akkon gelernt«, antwortete Michael. In den langen Wochen, die seine Genesung gedauert hatte, war es seine einzige Beschäftigung gewesen, sich diese Sprache anzueignen.

»Wer bist du, wer sind deine Begleiter, und aus welchem Grund wollt ihr den großmächtigen Sultan aufsuchen?«, fragte der Sarazene.

»Ich begleite Ritter Rémy de Saint Croix. Dieser sucht seinen Vetter Raoul de Laronne oder hofft zumindest, Nachricht über dessen Verbleib zu erfahren. Dies hier sind Herrn Rémys Gefolgsleute – und ich nenne mich Michael!«

»Du bist der Ritter, der die Pilger begleitet?«

»Der bin ich«, erklärte Michael. Nun aber, dachte er, war diese

Zeit vorbei. Er war in Jerusalem gewesen und hatte sein Gesicht mit dem Wasser des Jordans gewaschen. Damit konnte er endlich nach Hause reisen. Nicht ganz, korrigierte er sich. Er hatte Rémy de Saint Croix versprochen, ihn zu begleiten, und dies würde er tun. Ich muss es auch, dachte er im bitteren Spott, da nur Ritter Rémy mir die Heimreise bezahlen kann.

»Man wird sich um eure Pferde kümmern. Folgt Gergi und legt in der Kammer, die er euch zuweist, eure Waffen ab. Der großmächtige Sultan wird euch wissen lassen, ob und wann er gedenkt, euch zu empfangen!« Damit gab der Sarazene seinen Untergebenen den Befehl, die Besucher durchzulassen.

Michael stieg als Erster aus dem Sattel und drückte einem herbeieilenden Knecht die Zügel seines Grauschimmels in die Hand. Constance, Bernard und Benoît folgten seinem Beispiel und traten durch den Torbogen. Dahinter bog der Weg nach rechts ab und führte über eine lange Treppe nach oben.

Der Sarazene, der sie führen sollte, ging ihnen voran, bedachte sie unterwegs aber immer wieder mit unwirschen Blicken. Auch als er sich einem Korridor zuwandte und an dessen Ende eine Tür öffnete, wurde er nicht freundlicher.

»Ihr werdet hierbleiben und diese Kammer nicht verlassen. Trifft man euch außerhalb an, wird man euch töten. Ebenso, wenn man eine Waffe bei euch findet, sollte man euch tatsächlich zum großen Sultan führen.«

Constance spürte, dass sie sich bald erleichtern musste, wollte dies aber nicht in Gegenwart Michaels und ihres Führers tun. »Was ist mit dem Abtritt?«, fragte sie, froh, weil der Mann sie in einem halbwegs verständlichen Französisch angesprochen hatte. Sie wäre sonst auf Michael und den Führer angewiesen, und das wollte sie nicht.

Der Sarazene winkte ihnen zu folgen. »Merkt euch den Weg! Es ist der einzige, den ihr allein gehen dürft«, sagte er und führte sie in eine Kammer, in der mehrere steinerne Sitze mit Löchern in der Mitte zu finden waren. Zu Constances Erleichterung waren diese jeweils durch eine halbhohe Platte voneinander getrennt. Von vorne konnte man sie einsehen, doch hatte sie unterwegs gelernt, ihre Hose so zu halten, dass niemand etwas bemerkte.

»Da ich schon hier bin, werde ich dieses Ding auch benützen«, sagte sie und griff unter ihr Kettenhemd, um den Gürtel ihrer Hose zu öffnen.

Auch ihre Begleiter fanden, dass sie sich besser erleichtern oder wenigstens Wasser lassen sollten. Danach führte Gergi sie zu einem Waschbecken und machte ihnen deutlich, dass sie die Hände säubern mussten. Abschließend brachte er sie in ihre Kammer zurück.

Dort war inzwischen ein kleiner Tisch mit einem üppigen Mahl aufgestellt worden. Es gab sogar einen Krug mit Wein. Bernard goss sich einen Becher davon ein und schnalzte mit der Zunge.

»Diesen Tropfen lass ich gelten! Benoît soll euch einschenken.«

Da hob Michael die Hand. »Halt! Ich trinke ungern unvermischten Wein, wenn ich mich im Haus meiner Feinde aufhalte. Sorge dafür, dass wir einen großen Krug Wasser bekommen!« Das Letzte galt Gergi, der daraufhin wortlos verschwand.

»Findet Ihr es wirklich so schlimm, Wein zu trinken?«, fragte Constance verwundert.

»Wir kommen aus der Hitze und haben Durst. Auch wenn es hier angenehm kühl ist, würden wir zu viel Wein trinken, und wenn wir betrunken zu Saladin geführt würden, wäre uns der Spott der Sarazenen gewiss.«

Wegen ihres Durstes hatte Constance sich eben ihren Becher füllen wollen, beließ ihn nun aber halb voll. »Wir sollten Euren Rat beherzigen.«

»Aber was machen wir, wenn uns die Sarazenen kein Wasser bringen?«, wandte Benoît ein.

»Den Wein in Ruhe lassen. Wenn wir auch nur einen halben Becher Wein trinken, verstärkt dies unseren Durst, und der zwingt uns dazu, weiterzutrinken.«

»Verdammt, mir brennt die Kehle, als hätte ich Feuer geschluckt!«, rief Bernard unbeherrscht.

»Ihr und Euer Sohn könnt meinetwegen trinken und danach Euren Rausch ausschlafen. Ritter Rémy und ich sollten es nicht tun, damit wir Saladin unser Anliegen mit dem nötigen Ernst nennen können.«

Benoît wollte schon zum Becher greifen, ließ diesen aber auf ein scharfes Wort seines Vaters hin wieder los. »Wir werden nicht trinken, solange unser Herr dürsten muss!«

»Ebenso wenig sollten wir essen, denn die Speisen hier sind gut gewürzt und würden unseren Durst nur verstärken«, riet Michael, da er es den Sarazenen zutraute, sie zu betrunkenen Narren zu machen, über die man spotten konnte.

In dieser Hinsicht tat Michael Saladin allerdings unrecht. Nur wenig später erschienen mehrere Diener und brachten einen großen Krug Wasser sowie eine Silberschale mit Melonenstücken. Nachdem sie alles abgestellt hatten, verschwanden sie wortlos wieder.

Michael lauschte, ob die Tür verriegelt wurde, hörte aber nichts. Zum Abtritt lässt man uns wenigstens gehen, dachte er, während er etwas Wein in seinen Becher goss und den Rest mit Wasser füllte. Die Mischung schmeckte erfrischend und würde ihn auch dann nicht betrunken machen, wenn er mehr als diesen einen Becher davon trank. Auch konnten sie nun endlich essen. Nachdem unterwegs die Nahrung in den Dörfern karg gewesen war, schmeckte es ihnen jetzt doppelt gut. Michael hielt die großzügige Bewirtung für ein gutes Omen. Wie es aussah, sah Saladin sie als seine Gäste an und würde sie mit Sicherheit empfangen.

Nachdem sie gegessen hatten, wurden die Reste abgetragen, und man brachte ihnen Wasser, damit sie sich säubern konnten. Constance beließ es bei ihren Händen und dem Gesicht, obwohl sie sich verschwitzt fühlte und Sehnsucht nach einem ausgiebigen Bad empfand.

Da ihr Führer an anderer Stelle untergebracht worden war, reichten die vier Matten, die nun ausgelegt wurden, für die Nachtruhe aus. Sie unterhielten sich noch eine Weile, suchten anschließend den Abtritt auf und begaben sich danach zur Ruhe.

9.

Am nächsten Morgen holte Gergi sie ab, um sie zu Saladin zu führen. Der Sultan saß auf einem niedrigen Thron und trug keine Krone, sondern nur ein weißes Tuch um den Kopf. Seine Kleidung war dunkel und ließ ihn wuchtig erscheinen. Michael nahm an, dass in diesem Gewand ein eingenähter Kettenpanzer steckte. Das Gesicht Saladins war von der Sonne verbrannt und zeugte von den langen und harten Feldzügen, die er in den letzten Jahren geführt hatte. Nun neigte er sich leicht nach vorne, musterte die Gruppe und grüßte.

»Friede sei mit euch!«

Michael verbeugte sich nicht nur, wie Constance es erwartet hatte, sondern sank auf die Knie. Verwundert folgten sie und ihr Gefolge seinem Beispiel.

»Ich danke Euch, großmächtiger Sultan Salah al-Din, für Euren Gruß«, antwortete Michael auf Französisch und wiederholte es dann in der Sprache der Sarazenen.

»Ihr seid gekommen, um nach einem vermissten Verwandten zu suchen?« Bei diesen Worten ruhte der Blick des Sultans auf Constance. Da er Arabisch sprach, verstand sie ihn nicht und musste warten, bis Michael es ihr übersetzt hatte.

»Ich bin auf der Suche nach meinem Vetter Raoul de Laronne, auch de Lorris genannt«, erklärte sie und sah Saladin durchdringend an. Dieser lauschte jedoch Michaels Übersetzung ohne jedes Anzeichen, dass er etwas über Raouls Schicksal oder gar Aufenthaltsort wusste.

»Ich habe gehört, dass der Vicomte de Laronne vor vielen Monaten vor Akkon zum Heer der Franken gestoßen ist. Was jedoch weiter mit ihm geschah, entzieht sich meiner Kenntnis«, antwortete der Sultan.

»Sagt ihm, dass Raoul ein Gefangener von Amir ibn Hassan ist«, forderte Constance Michael auf, nachdem dieser ihr die Auskunft Saladins übersetzt hatte.

Als Michael dies tat, hob sich eine von Saladins Augenbrauen.

»Amir ibn Hassan ibn Tamid, sagst du?« Es lag ein Unterton in der Stimme des Sultans, den Michael nicht einzuschätzen vermochte.

»So ist es, großmächtiger Sultan. Amir ibn Hassan soll Raoul de

Laronne aus Rache für den Tod seines Bruders gefangen halten«, erklärte Michael und berichtete dem Sultan alles, was er von Constance erfahren hatte.

Saladin sah ihn einige Herzschläge lang stumm und sehr nachdenklich an. »Amir ibn Hassan …«, wiederholte er. »Ich hatte befohlen, alle fränkischen Edelleute auszutauschen. Vielleicht war Raoul de Laronne zu dem Zeitpunkt schon tot. Amir ibn Hassan mag ihn aus Rache getötet haben!«

»Wenn Raoul tot ist, so will ich Gewissheit haben und an seinem Grab beten können«, sagte Constance, als Michael es ihr übersetzt hatte.

»Dann müsst ihr in die Oase von Azraq reiten. Ich habe Amir ibn Hassan zum Kommandanten der dortigen Festung ernannt«, erklärte Saladin in einem gut verständlichen Französisch, das deutlich zeigte, dass er Michael nicht als Dolmetscher gebraucht hätte.

»Ich danke Eurer Hoheit dafür!« Constance verbeugte sich und glaubte sich schon verabschiedet, als Saladin die rechte Hand hob, um anzudeuten, dass sie noch bleiben sollte.

»Gergi wird euch nach Azraq begleiten. Auch gebe ich euch ein Schreiben mit, das Amir ibn Hassan befiehlt, euch seinen Gefangenen, so er noch lebt, unverzüglich zu übergeben.«

»Eure Hoheit ist sehr gütig!« Constance atmete auf, denn einer schriftlichen Anweisung Saladins konnte Amir ibn Hassan sich nicht widersetzen, wenn er nicht als Rebell gelten wollte.

Damit war die Audienz bei Saladin beendet, und Gergi führte sie zurück in ihre Kammer. Es war ihm nicht anzusehen, ob ihm der Auftrag, den sein Herr ihm erteilt hatte, gefiel oder nicht. Er sorgte dafür, dass sie etwas zu essen und zu trinken erhielten und man ihnen Wasser in Schüsseln brachte, so dass sie sich waschen konnten. Ihnen vorzuschlagen, das Schwitzbad der Festung zu benützen, unterließ er jedoch, da etliche Gefolgsleute Saladins es als Beleidigung angesehen hätten, es mit den Franken teilen zu müssen. Ohne es zu wissen, half er damit Constance, ihre Tarnung als Ritter Rémy aufrechtzuerhalten. Eines aber konnte er anbieten.

»Wenn ihr Gott um Gnade und Unterstützung bitten wollt, so gibt es hier in der Burg eine Kapelle!«

»Eine Kapelle? Hier in einer von Sarazenen errichteten Burg? Das glaubst du doch selbst nicht«, antwortete Bernard verächtlich.

»Kommt mit!«, forderte Gergi sie auf.

Die vier sahen einander kurz an, dann setzte Constance sich als Erste in Bewegung. Bernard und Benoît folgten ihr, und schließlich kam auch Michael mit einem leisen Fluch hinterher.

Gergi hatte nicht zu viel versprochen. Die Kammer lag etwas abseits und war so groß, dass zwei Dutzend Männer hineinpassten. Ein Mosaik auf dem Boden zeigte Tiere und Pflanzen, vor der Stirnwand waren ein Fisch und ein Lamm als christliche Symbole zu sehen und an der Wand ein aufgemaltes Kreuz.

»Wie kommt das?«, fragte Constance verwirrt. »Die Sarazenen sind doch die Todfeinde des Christentums!«

»Sie sind die Feinde der Franken, die über das Meer gekommen sind, um hier ihre Herrschaft mit Schwert und Blut zu errichten«, antwortete Gergi mit Hass in der Stimme.

»Weshalb hat Saladin diese Gebetskammer einrichten lassen?«, wollte Benoît wissen.

»Sie ist für die christlichen Krieger Saladins, zu denen auch ich gehöre!«, antwortete Gergi stolz.

»Du bist ein Christ und kämpfst für die Horden des Antichristen?«, stieß Bernard entsetzt hervor.

»Ich kämpfe für meine Heimat. Sultan Salah al-Din beschützt unseren Besitz und unseren Glauben. Jene, die wie ihr über das Meer gekommen sind, wollen mir und den Meinen jedoch das Land rauben und uns zu ihren Knechten machen.«

Da sowohl Gergi wie auch Constance, Bernard und Benoît so aussahen, als wollten sie das Gespräch in scharfer Form weiterführen, griff Michael ein.

»Wer will, soll beten! Mag Gergi auch ein Christ sein, so ist es nicht unsere Aufgabe, uns mit ihm zu streiten. Er soll uns nach Azraq bringen. So will es Saladin, und so sollten auch wir es wollen.«

Er klang scharf genug, um selbst Bernard zur Vernunft zu bringen. Constance sagte sich, dass nur die Suche nach ihrem Ehemann zählte, und für den christlichen Sarazenen galt der Befehl Saladins, die vier Franken zur Qasr al-Azraq zu begleiten. Die Blicke aber, die der Christ aus dem Orient und jene aus dem Westen wechselten, zeigten deutlich, dass sie wohl kaum Freunde werden würden.

10.

Constance und ihre Begleiter zahlten am nächsten Morgen ihren bisherigen Führer aus und ritten mit Gergi zusammen los. Vor ihnen lag ein Weg von vier bis fünf Tagen, wobei nicht sie, sondern die Lage der Brunnen und Karawansereien die einzelnen Tagesstrecken bemessen würden.

Am Abend desselben Tages erhielt Saladin eine Botschaft von Amir ibn Hassan, dass dieser nach Qala'at aš-Šawbak aufgebrochen sei, um von dort aus die Wüstenstämme im Zaum zu halten. Nun aber beherrschte die ehemalige Kreuzritterburg Montreal auch die Karawanenwege von Syrien nach Ägypten, und diese wollte der Sultan nur von Männern überwachen lassen, denen er vertraute. Was Amir ibn Hassan betraf, so waren ihm mittlerweile Zweifel gekommen. Immerhin hatte dieser seinen Befehl missachtet und den gefangenen Franken nicht freigegeben. Selbst wenn Raoul de Laronne bereits tot gewesen wäre, hätte er dies melden müssen.

Für einen Augenblick überlegte er, ob er Ritter Rémy und dessen Gefährten einen Boten nachsenden sollte, um ihnen mitzuteilen, dass sie in Qasr al-Azraq vergebens nach Amir ibn Hassan suchen würden. Dann aber schob er diesen Gedanken beiseite. Bis der Bote diese eingeholt hatte, hatte die Gruppe Azraq fast erreicht. Daher genügte es, wenn sie dort erfuhren, dass ihr nächstes Ziel Qala'at aš-Šawbak hieß.

Ohne zu ahnen, dass ihr Ritt vorerst vergebens sein würde, strebten Constance und die Ihren nach Osten. Schon bald blieb das fruchtbare Land des Jordantals hinter ihnen zurück, und sie gerieten in die Wüste. Gergi erklärte ihnen, dass sie den Beinamen die »schwarze Wüste« trage. Weshalb dies so war, begriffen sie rasch. Wenn ihr Blick über die flache Landschaft glitt, wirkte das Land um sie herum schwarz. Es lag an den kiesel- bis faustgroßen Steinen, die den Boden bedeckten und dunkel gefärbt waren. Als Benoît bei einer Rast ein paar Steine mit dem Fuß beiseiteschob, war der Sand darunter fast weiß.

»Wie kann das sein?«, rief er verblüfft. »Da der Boden hell ist, müssten die Steine es doch auch sein.«

Es war ein Rätsel, das ihm keiner zu lösen vermochte. Gergi kannte es nicht anders, Constance dachte mehr an ihren Ehemann, den sie bald zu befreien hoffte, und Michael überlegte, wie es wohl sein würde, wenn er zur Kühnburg ritt, um dort sein Erbe einzufordern.

Um die Pferde bei der Hitze zu schonen, legten sie immer wieder eine Rast ein und ließen die Tiere an den Brunnen trinken. Trotzdem bemerkte Constance, dass ihr Aribert mit jedem Tag hagerer wurde. Gewohnt, auf den grünen Wiesen Nordfrankreichs zu grasen, war dieses karge Land für ihn eine Strapaze. Bernards Hengst und Benoîts Zelter erging es nicht anders. Allein Michaels Grauschimmel war an das harte, trockene Gras, das in der Nähe der Brunnen wuchs, wie auch an die heißen Temperaturen gewöhnt.

In den Karawansereien, in denen sie übernachteten, wurden ihnen Plätze abseits zugewiesen. Sie blieben gerne unter sich, während Gergi sich zu den übrigen Reisenden gesellte, mit ihnen redete und lachte.

Da sie die Pferde schonen mussten, brauchten sie länger, als Gergi gerechnet hatte. Sie hatten die dritte Übernachtung bereits hinter sich, als sie sich einer Oase näherten, die sich um eine große, quadratische Burg erstreckte. Sie wirkte auf die Besucher aus dem Westen ungewohnt. Vier Türme, die nicht höher waren als die allerdings recht hohe Mauer, befanden sich jeweils an den Ecken, und auf halber Länge waren turmartige Vorsprünge zu sehen. Der größte diente als Tor.

»Das ist Qasr al-Kharana«, erklärte Gergi stolz.

»Er tut, als hätte er das Ding selbst erbaut«, sagte Bernard knurrig zu seinem Sohn.

»Es ist auf jeden Fall ein imponierender Anblick«, antwortete Benoît, während sie auf das Tor zuritten.

Vor diesem hatten sich bereits etliche Reisende eingefunden und ersuchten um Aufnahme. Nur die wenigsten ritten auf Pferden. Etliche saßen auf Kamelen, während andere zu Fuß gingen und hintereinander gebundene, schwer beladene Kamele führten.

»Vor uns ist eine der großen Karawanen eingetroffen. Ich werde zusehen, dass wir bevorzugt behandelt werden. Immerhin reisen wir mit der Erlaubnis des Sultans Salah al-Din«, erklärte Gergi und lenkte seine Stute geschickt zwischen den wartenden Kamelen und Pferden hindurch.

Aribert hingegen, den zu Hause selbst ein Bär nicht schrecken konnte, wich nervös tänzelnd vor diesen seltsam langbeinigen Tieren zurück und prustete fauchend. Michaels Karim war Kamele gewohnt und wollte Gergis Stute folgen. Michael zügelte ihn jedoch.

Nach kurzer Zeit kehrte Gergi mit Knechten zurück. »Ihr könnt absteigen!«, sagte er. »Eure Pferde werden zu einer Stelle gebracht, an der sie saftiges Gras fressen können. Danach bekommen sie noch Hafer. Für uns steht ein gutes Mahl in der Karawanserei bereit.«

Froh, der Hitze zu entkommen, stieg Constance aus dem Sattel und übergab die Zügel einem Knecht. Danach folgte sie Gergi durch das Tor ins Innere der Karawanserei. Was sie für die Wehrmauer einer Burg gehalten hatten, war in Wirklichkeit die Außenmauer eines großen Gebäudes mit einem beachtlichen Innenhof. Es gab Räume für wertvolle Waren, Vorratskammern für Mensch und Tier sowie genug Platz für viele Reisende.

Der Gruppe wurde eine Kammer zugewiesen, in der es erstaunlich kühl war.

»Wie machen die das?«, fragte Benoît. »Da es draußen so heiß ist, müsste es hier doch auch heiß sein.«

»Dicke Mauern kühlen. Das weiß man von zu Hause«, wies ihn sein Vater zurecht.

»Die Leute hier wissen, wie man bauen muss, um nicht in der Hitze zu vergehen. Meiner Meinung nach liegt es an den Luftschächten. Irgendwie kühlen sie das Innere der Gebäude. Géraud de Lesorelle erzählte es mir so«, erklärte Michael.

Bevor Constance etwas erwidern konnte, erschien Gergi. »Um eure Pferde zu schonen, werden wir morgen nur bis Qusair Amra reiten. Bis nach Qasr al-Azraq ist der Weg zu weit, als dass die Tiere ihn bewältigen könnten«, erklärte er.

Constance fühlte sich von der Hitze und der Anstrengung zermürbt. Daher war auch ihr eine kürzere Etappe lieb. Noch mehr hätte sie sich jedoch ein Bad gewünscht, sei es in einem Zuber oder in einem Fluss oder See. Solange sie jedoch als Mann gelten wollte, musste sie darauf verzichten. Dabei duftete sie derzeit nicht gerade wie eine Blume. Sorgen bereitete ihr, dass der Geruch einer Frau anders war als der eines Mannes. Um sich wenigstens teilweise waschen zu können, hoffte sie, dass Bernard und Benoît Michael dazu brachten, mit ihnen zusammen diese Kammer zu verlassen, damit ihr die Zeit für die notwendigste Körperpflege blieb.

11.

Am nächsten Morgen brachen sie früh auf, um Qusair Amra noch vor der größten Tageshitze zu erreichen. Die Pferde hatten sich erholt und griffen, da es noch nicht so heiß war, freudig aus. Von Gergi hatten sie erfahren, dass die Entfernung von Qasr al-Kharana nach Qusair Amra etwa die Hälfte dessen betrug, was sie von dort bis Qasr al-Azraq zurücklegen mussten. In Frankreich oder im Reich der Deutschen hätten Constance und Michael darauf gedrungen, die gesamte Strecke zurückzulegen. Hier jedoch hieß es, mit den Kräften ihrer Pferde zu haushalten.

Wie Qasr al-Kharana lag auch Qusair Amra in einer Oase und war von grünen Matten und Schatten spendenden Palmen umgeben. Da die Stelle nahe an al-Kharana lag, zogen die meisten Karawanen daran vorbei oder nutzten sie nur für eine kurze Rast während der heißen Stunden. Daher gab es hier auch keine Karawanserei, sondern nur etliche große, schwarze Zelte. Constance und ihre Begleitung erhielten eines dieser Zelte zugewiesen und wurden dann sich selbst überlassen.

Während Constance Aribert absattelte, fiel ihr Blick auf ein Gebäude mit einem mehrfach gewölbten Dach, bei dem sich keine Menschen aufhielten.

»Was ist das?«, fragte sie Gergi.

»Das hier ist ein ehemaliges Lustschloss der Kalifen von Damaskus. Nun gehört es dem großen Salah al-Din. Wegen der vielen Kriege in den letzten Jahren hat er es nur selten benutzt. Da ihr jedoch mit Erlaubnis des Sultans reist, sei euch gestattet, seine Wunder zu erblicken«, erklärte Gergi und winkte einem Mann in einem knöchellangen Gewand, der mit steif wirkenden Schritten auf sie zukam.

Er sagte etwas zu diesem in einem Dialekt, dem auch Michael nicht zu folgen vermochte, und wandte sich wieder Constance zu.

»Nasim wird euch führen, sobald eure Pferde getränkt sind.«

»Wo bekommen wir Wasser?«, fragte Constance.

»Auch das wird euch Nasim zeigen!« Gergi wollte für den Rest des Tages seine Ruhe vor den Christen aus dem Westen haben und ging davon, um zu sehen, ob Bekannte unter den Reisenden waren.

Constance sah ihm nach und dachte, dass auch ein sarazenischer Heide nicht unfreundlicher sein konnte als dieser Mann. Dann aber zuckte sie mit den Achseln. Wichtig war allein, dass Gergi sie zu Amir ibn Hassan brachte – und damit zu ihrem Ehemann.

Nasim wartete, bis alle bereit waren, und führte sie zu einem Brunnen, der wie eine halbierte Röhre aussah. Ein paar Reisende tränkten dort ihre Kamele und wollten Constances Leuten keinen Platz lassen. Erst als Nasim ihnen ein paar scharfe Worte zurief, bei denen Constance den Namen Salah al-Din herauszuhören glaubte, rückten sie zusammen.

Während ihr Aribert trank, sah Constance den Kamelen zu. Sie konnte kaum glauben, wie viel Wasser diese saufen konnten. Auch Benoît staunte, während sein Vater einmal um die ganze Gruppe herumging.

»Ich wollte sehen, ob diese Höckerviecher das Wasser hinten gleich wieder ausscheiden, denn so viel können sie nicht trinken«, meldete er voller Staunen.

»Die haben einen sehr großen Magen. Es gibt auch Männer, die viel mehr Wein oder Bier trinken können als andere«, meinte Michael und klopfte seinem Grauschimmel gegen den Hals. »Jetzt hast du genug, Karim! Heute Abend bekommst du noch etwas und ebenso morgen in der Früh, bevor es weitergeht.«

»Euer Hengst hält sich besser als unsere Gäule«, sagte Bernard missmutig, weil sein Saulus deutlich zeigte, wie sehr er unter der Hitze litt.

»Ich glaube, Karim wäre auch lieber auf saftigeren Weiden als hier, wo einem die Sonne schier das Gehirn aus dem Kopf brennt«, warf Benoît ein.

»Das wären wir wohl alle! Aber wir sind hier, um eine Aufgabe zu erfüllen.« Constance klang schärfer, als sie eigentlich wollte. Doch auch sie litt unter der Hitze und überlegte, ob sie nicht auch hier trinken sollte. Als jedoch ein paar Kameltreiber ihre Tiere direkt neben dem Wassereinlauf saufen ließen, verging ihr die Lust auf dieses Wasser.

»Wo können wir trinken?«, fragte sie Nasim.

Dieser starrte sie nur verwirrt an, hob dann aber die Hand, als Michael ihm die Frage übersetzt hatte. »Dort ist ein Brunnen!«, sagte er und wies auf einen eingefassten Schacht etwa einhundert Schritte entfernt. Der Wassereimer musste mit einer großen Haspel nach oben geholt werden, und das versprach einen kühlen, angenehmen Trunk.

»Dort können wir auch unsere Wassersäcke auffüllen«, übersetzte Michael weiter. »Das sollten wir unbedingt tun. Auch wenn es unterwegs Brunnen gibt, so gehören diese fremden Leuten, und die sehen es nicht gerne, wenn man sich ungefragt an ihrem Wasser bedient. Es könnte uns bittere Feindschaft eintragen.«

»Das sollten wir vermeiden«, antwortete Constance.

Sie führten die Pferde in den Schatten von Palmen, leinten sie dort an und folgten Nasim zu dem Lustschloss. Es war nicht besonders groß und in einer für sie ungewohnten Bauweise errichtet. Direkt daneben befand sich ein eingefasster Brunnenschacht mit einem großen Haspelrad. Für Constance deutete dies auf eine stattliche Anzahl von Leuten hin, die hier versorgt werden mussten.

Unterdessen holte Nasim einen Schlüssel hervor und öffnete die Tür. Danach zog er einen Zipfel seines Kopftuchs so übers Gesicht, dass es ein Auge ganz und das andere halb bedeckte.

»Auch ihr solltet es tun!«, riet er. »Denn hier seht ihr, weshalb Allah den Kalifen von Damaskus seine Huld entzogen und sie den Kalifen von Bagdad geschenkt hat.«

»Könnt Ihr Euch aus diesem Gestammel einen Reim machen?«,

fragte Bernard mit einem gewissen Misstrauen, nachdem Michael erklärt hatte, weshalb ihr Führer das Gesicht fast ganz verhüllte.

Michael schüttelte den Kopf. »Nein, das kann ich nicht. Aber gewiss werden wir es gleich verstehen.«

Nasim wies sie an, ihm ins Innere zu folgen. Constance glaubte sich in eine Zauberwelt versetzt. Im Vergleich zum Freien war es hier drinnen angenehm kühl. Obwohl Licht nur durch schmale Schlitze an den Stirnseiten fiel, sah sie Bilder von wunderbarer Klarheit vor sich. Tiere, Pflanzen und Bäume waren deutlich zu erkennen. Teufelswerk, so wie Nasim es zu sehen schien, waren sie in ihren Augen jedenfalls nicht.

Sie gingen weiter in den nächsten Raum und sahen dort eine große, gemauerte Wanne. Mehr jedoch entzückten Constance die Bilder. Diese zeigten Männer und Frauen in leichter, wehender Kleidung. In der nächsten Kammer befand sich eine kleinere Wanne, über der das Bildnis einer vollkommen nackten Frau an die Wand gemalt war.

»Schau weg!«, schnauzte Bernard seinen Sohn an, starrte aber das Fresko selbst mit großen Augen an.

Michael musste grinsen. »Jetzt verstehe ich, weshalb unser Führer diesen Ort nicht mag und auch die anderen ihn meiden. Dem Glauben der Muslime nach ist es verboten, sich ein Bildnis vom Menschen zu machen.«

»Ich dachte, das gilt nur bei den Juden?«, wandte Bernard ein.

»Über diese Leute weiß ich nicht viel. Während meiner Zeit in Akkon habe ich jedoch mehrfach davon gehört, dass solche Bilder bei den Sarazenen verpönt sind. Sie sollen sie ebenso meiden wie den Wein. Auch das tun nicht alle!«

»Das ist dann genauso wie bei uns«, meinte Benoît lachend. »Da heißt es auch, den Menschen Wasser zu predigen und selbst Wein zu trinken.«

»Was ist das dort?«, fragte da Constance und wies auf eine gemauerte Wanne im Nebenraum, die mit Wasser gefüllt war.

Michael wandte sich an ihren Führer und erhielt zur Antwort, dass am Vortag die Hauptfrau eines hochrangigen Reisenden gewünscht habe, im Badeschloss der Kalifen baden zu können.

»Das Weib hat uns viel Mühe gemacht, denn wir mussten das ganze Wasser hereinbringen und konnten nicht einmal die Gesichter verhüllen, um diese unzüchtigen Bilder nicht sehen zu müssen«, setzte Nasim verärgert hinzu.

»Wie es aussieht, war das Trinkgeld hinterher nicht groß genug«, spottete Benoît.

Michael lachte, und sogar Bernard verzog leicht die Lippen. Unterdessen trat Constance an die Wanne und steckte die linke Hand ins Wasser. Es sah sauber aus und war wunderbar kühl.

Seit vielen Tagen hatte Constance sich nicht mehr richtig waschen können. Nun empfand sie eine solche Sehnsucht nach einem Bad, dass sie sich am liebsten ausgezogen hätte und in die Wanne gestiegen wäre. Während sie das Lustschloss verließen, überlegte sie, wie ihr dies doch gelingen mochte. Im Gebäude selbst befand sich niemand, die nächsten Zelte waren mehrere Hundert Schritte entfernt, und die Reisenden sammelten sich um die dortigen Brunnen und Feuerstellen. Nur gelegentlich warf einer aus der Ferne einen kurzen Blick auf das Gebäude, um sich dann wieder anderen Dingen zuzuwenden.

Als sie ihr Zelt erreichten, war die Idee geboren. Während ihre Begleiter eintraten, um ein wenig zu ruhen, blieb Constance draußen stehen und sprach Nasim an. Auch wenn sie seine Sprache nicht verstand, hoffte sie doch, ihm mit Gesten klarmachen zu können, was sie von ihm wollte. Dafür aber musste sie ihn erst einmal mit dem Glanz mehrerer silberner Dirhams locken. Sie nahm ein paar davon aus ihrem Beutel und merkte sofort, wie Nasims Augen aufleuchteten. Er trat näher auf sie zu, und seine rechte Hand bewegte sich in die Richtung der Münzen.

Constance ließ eine nach der anderen in seine Handfläche fallen und danach den goldenen Glanz eines Dinars aufblitzen. Gleichzeitig zeigte sie auf die Tasche, in der er den Schlüssel des Lustschlosses verstaut hatte. Es dauerte ein wenig, bis sie ihm mit Gesten klargemacht hatte, dass er den Dinar im Austausch mit dem Schlüssel erhalten werde.

Noch zögerte Nasim, doch als der Dinar einen Zwillingsbruder bekam, sah er sich kurz um, ob ihn jemand beobachtete, und steckte

Constance rasch den Schlüssel zu. Diese reichte ihm die Münzen, verbarg den Schlüssel unter ihrem Waffenrock und ging zufrieden ins Zelt.

Da sie es über Tag nicht wagte, das Badeschlösschen zu betreten, wartete Constance auf die Nacht. Erst als Michael und ihre Begleiter schliefen, streifte sie ihren Umhang über, überzeugte sich, dass sie den Schlüssel bei sich hatte, und verließ leise das Zelt.

Das gesamte Lager lag im Schlaf, und die wenigen Wachen achteten mehr auf das, was sich in der Ferne tat, als auf das kleine Lustschloss. Constance erreichte es ohne Probleme, öffnete die Tür und befand sich keine zwei Herzschläge später in dem Gebäude. Rasch zog sie die Tür hinter sich zu und wollte sie versperren, musste aber feststellen, dass sich das Schloss nur von außen betätigen ließ. Wie es aussah, schienen die Besitzer, wenn sie anwesend waren, auf ihre Wachen zu vertrauen. Zugeschlossen wurde hier nur, wenn das Gebäude nicht benutzt wurde.

Constance überlegte kurz, ob sie ihr Vorhaben nicht besser abbrechen sollte. Die Sehnsucht nach einem kühlen Bad war jedoch zu groß. Außerdem, sagte sie sich, schliefen die Reisenden im Lager, und es würde ihr gewiss keiner folgen. Mit diesem Gedanken tastete sie sich bis zu der Kammer mit der gefüllten Wanne. Hier war es durch eine Art Fenster in der Kuppel heller, da das Mondlicht direkt hindurchschien.

Um nicht zu lange zu verweilen, zog Constance sich rasch aus und stieg mit einem erleichterten Seufzen in das kühle Nass.

12.

Michael war zunächst eingeschlafen, wachte aber plötzlich mit dem Gefühl auf, dass nicht alles so war, wie es sein sollte. Alarmiert sah er sich um. Links neben ihm schnarchte Bernard auf eine gerade noch ertragbare Weise. Benoîts Atemgeräusche waren geringer, doch konnte er auch ihn hören. Auf der Seite, auf der Rémy de Saint Croix schlief, blieb es hingegen still.

Als für kurze Zeit sowohl Bernard wie auch sein Sohn leiser wurden, hätte er Rémys Atem hören müssen. Doch da war nichts. Michael richtete sich auf und konnte, da der Mondschein durch einen Spalt in der Zeltwand fiel, die Stelle sehen, an der sich der junge Ritter hingelegt hatte. Sie war leer.

Zunächst glaubte Michael, Rémy wäre hinausgegangen, um sich zu erleichtern. Dann dachte er daran, dass sie sich in einem Land befanden, dessen Bewohner sie als Feinde ansahen. Unruhig geworden, stand er auf, nahm leise sein Schwert an sich und trat zum Zelteingang. Wie erwartet hatte Ritter Rémy die Schnüre gelöst, mit denen der Zelteingang verschlossen wurde. Michael trat ins Freie und sah sich um. Obwohl das Mondlicht die Landschaft in einen leicht golden eingefärbten Silberhauch hüllte, war Rémy nirgendwo zu sehen.

Michael fluchte leise und drehte sich einmal um die Achse. Weiter hinten verschwand ein Mann in einem Zelt. War dieser etwa mit Rémy aneinandergeraten?, fragte er sich und ging in diese Richtung los. Auf halbem Weg blieb er jedoch stehen und kniff die Augen zusammen. Nach der Besichtigung des seltsamen Schlosses hatte Rémy sich noch eine Weile bei Nasim aufgehalten, und zwar ohne ihn als Übersetzer hinzuzuziehen. Dabei hatte Geld den Besitzer gewechselt und Rémy einen Gegenstand erhalten, den er rasch weggesteckt hatte.

»Ich bin ein Narr!«, stieß er empört aus. Das konnte nur der Schlüssel für dieses verdammte Badeschloss gewesen sein. Unterwegs hatte Rémy sich geziert, sich vor anderen auszuziehen, und wollte nun anscheinend die Gelegenheit nützen, um sich ungesehen zu waschen.

Michael vergönnte es ihm, wurde aber trotzdem immer unruhiger. Wenn jemand seinen Begleiter gesehen hatte und einen besonderen Hass auf die Franken empfand, konnte Rémy am nächsten Morgen ertrunken in dieser Pfütze aufgefunden werden.

»Man sollte solche Säuglinge nicht so weit in die Ferne ziehen lassen!«, schimpfte er und eilte zu dem Gebäude.

Dort schien alles ruhig. Als er jedoch an der Seite stehen blieb, an der er die volle Wanne vermutete, hörte er ein leises Plätschern. Na, mein Bübchen, dir werde ich etwas erzählen, dachte er und schlich zur Tür. Diese war geschlossen, ließ sich aber öffnen.

Michael gab acht, kein lautes Geräusch zu verursachen, als er sich durch das Gebäude tastete. Endlich erreichte er die Kammer, in der Rémy badete. Jetzt singt das Knäblein auch noch, dachte er, da ein leises Lied ertönte. Er öffnete vorsichtig die Tür, deren Angeln zu seiner Zufriedenheit gut eingefettet waren, und spähte hinein.

Es traf ihn wie ein Schlag. Statt eines jungen Mannes saß eine junge, recht ansehnliche Frau in der Wanne. Auch wenn das Mondlicht nur schwach in die Kammer schien, so konnte er, als sie sich erhob, ihre festen Brüste und den wohlgeformten Hintern sehen. Tausend Gedanken schossen ihm durch den Kopf, doch nur einer blieb haften. Rémy durfte ihn um Gottes willen nicht entdecken. Da sie eben zu ihren Kleidern griff und damit zeigte, dass sie ihr Bad beendet hatte, zog er die Tür wieder zu und verfluchte die Dunkelheit, die ihn zwang, langsam und vorsichtig zu gehen.

Irgendwie schaffte er es bis zur Tür, verließ das kleine Lustschloss und kehrte eilig zum Zelt zurück. Er lag wieder auf seiner Decke, als Constance zurückkam und ihren Schlafplatz aufsuchte. Während sie, vom Bad erfrischt, bald einschlief, lag Michael noch lange wach und sah andauernd das Bild vor sich, mit dem das Mondlicht ihm ihre weiblichen Formen enthüllt hatte.

Zehnter Teil

Die Kreuzritterburg

1.

Hadiya schnaubte beleidigt, als sie die Festung von Qala'at aš-Šawbak vor sich sah. Diese von Christen erbaute Burg sollte ihr Ziel sein? Wehrhaft sah sie ja aus, aber innen war sie gewiss unwohnlich. Wäre es nicht so, hätte ihr Vater nicht sie allein, sondern die ganze Familie holen lassen. Hadiya fragte sich auch, weshalb ausgerechnet sie dorthin kommen musste. Ihre jüngeren Schwestern hatten getuschelt, dass der Vater wohl einen Bräutigam für sie ausgesucht habe und hier die Hochzeit sein solle. So ganz mochte sie es jedoch nicht glauben, denn sonst wären gewiss mehrere Frauen ihres Vaters mitgekommen, um sie auf die Heirat vorzubereiten.

Warum also hatte sie diese einsame Reise antreten müssen, eingesperrt in eine Kamelsänfte und begleitet von einem einzigen alten Eunuchen, der sie so scharf bewachte, dass sie kein Wort mit den Männern ihrer Eskorte hatte wechseln können? Jetzt konnte sie nur hoffen, dass in aš-Šawbak eine Zofe auf sie wartete, denn sonst würde sie wohl noch ihr Badewasser selbst heiß machen und ihr Essen kochen müssen.

Ein weiterer Blick auf die Festung verriet ihr, dass sie dieser bereits sehr nahe gekommen waren. Die verfluchten Christen hatten diese Zwingburg einst errichtet, um die Karawanenwege nach Aqaba zu beherrschen, doch der große Sultan Salah al-Din hatte sie ihnen abgenommen. In den Augen Hadiyas war dies eine große Tat, bei der auch ihr Vater viel Ruhm errungen hatte. Nun war Amir ibn Hassan einer der Vertrauten des großen Sultans. Vielleicht, so dachte sie, war doch etwas an den Hochzeitsgerüchten dran. Ehrte Salah al-Din ihren Vater etwa, indem er eine von dessen Töchtern zu einer seiner Frauen machte? Da die älteren Schwestern bereits verheiratet waren und die jüngeren noch einige Zeit brauchten, bis ein Mann sie in seinen Harem aufnehmen konnte, blieb vorerst nur sie übrig. Hadiya ärgerte sich, weil ihr dieser Gedanke erst jetzt gekommen war. Sie hätte die Reise sonst mit weitaus größerer Freude auf sich genommen.

»Zufilkar hätte mir wirklich sagen können, weshalb wir so rasch aufbrechen mussten«, sagte sie zu sich selbst und musste grinsen. Zufilkar war der Name des Eunuchen, aber auch der des Schwertes des Propheten. Doch wegen seiner Verschneidung fehlte Zufilkar sein »Schwert«.

»Er hätte einen anderen Namen wählen sollen, denn dieser hat ihm nur Hohn und Spott eingetragen«, setzte Hadiya ihr Selbstgespräch fort.

Es ging nun bergauf, und sie musste sich festhalten, um nicht nach hinten zu rutschen. Dabei spähte sie durch das kleine, vergitterte Fensterchen ihrer Sänfte nach draußen. Kurze Zeit später war das Tor erreicht, und sie wurden eingelassen.

Ihre Eskorte blieb im vorderen Hof zurück. Nur ihr Kamel und das des Eunuchen wurden in den nächsten Hof der Burg geführt. Dort ließ Zufilkar sein Kamel niederknien und stieg schwerfällig aus dem Sattel.

»Verhülle dein Gesicht, auf dass niemand es sehen kann!«, befahl er Hadiya, als er auf deren Kamel zutrat.

Das Mädchen achtete jedoch nicht auf ihn, sondern starrte voller Entsetzen auf einen an die Mauer geketteten Mann. Ein schmutziger Lendenschurz wand sich um seine Lenden, ansonsten war er nackt und der gleißenden Sonne hilflos ausgeliefert. Seine Haut war dunkel gebrannt, so dass sie zuerst glaubte, einen farbigen Sklaven vor sich zu sehen. Da wandte er den Kopf, und sie blickte in seine Augen. Diese waren zu ihrer Verwunderung hell, und die Form seines Gesichts wies auf eine Herkunft aus den Ländern des Westens hin, die von den Franken bewohnt wurden.

Der Mann musste ihren Vater sehr erzürnt haben, da dieser ihn so grausam strafte. Bei dem Anblick erinnerte Hadiya sich an eine Sklavin, die sie als Kind sehr gemocht hatte. Irgendwann hatte diese jedoch Amir ibn Hassans Zorn erregt und war von ihm zu einem entsetzlichen Tod verurteilt worden. Damals hatte sie geweint. Auch jetzt verspürte sie Mitleid mit dem Sklaven, denn so, wie er aussah, würde er diese Tortur nicht mehr lange überleben.

Die kurze Begegnung mit dem Gefangenen rief Hadiya ins Gedächtnis, dass ihr Vater nicht nur der Mann war, der in den Harem kam und seinen Töchtern Zuckerwerk reichte, sondern auch ein gewaltiger Krieger. Ein gewaltiger Krieger ja, aber kein wahrhaft edler Krieger, dachte sie. Ein solcher hätte niemals eine Sklavin auf eine unmenschliche Weise umbringen lassen oder einen Sklaven so grausam bestraft wie diesen.

Als Hadiya ihre Sänfte verließ, wies der Eunuch bereits ungeduldig zur Tür. »Komm jetzt!«

Trotz seines Drängens wandte Hadiya sich noch einmal dem Gefangenen zu. »Was hat dieser Mann getan, weil mein Vater ihn so quälen lässt?«

»Er ist ein fränkischer Fürst, der für Hamids Tod büßen soll«, antwortete Zufilkar. »Bekümmere dich nicht, weil er dich anscheinend ansieht. Er ist so gut wie blind.«

Hadiyas Mitleid stieg noch mehr, und sie fragte sich, weshalb Männer einander solche Dinge antun mussten. Obwohl Hamid der jüngere Bruder ihres Vaters war, hatte sie ihn nicht in bester Erinnerung. Immerhin hatte dieser ihr, als sie noch ein kleines Mädchen gewesen war und er ein Knabe, sie immer an den Haaren gezogen und sie ausgelacht, wenn sie deswegen geweint hatte.

Mittlerweile hatten sie das Hauptgebäude der Burg betreten. Hadiya fand die Gänge düster, die Kammern klein und schlecht gelüftet, und eine sichtbare Trennung zwischen den Repräsentationsräumen, den Unterkünften der Krieger und dem Harem fehlte ganz. Zwar wurde an etlichen Stellen gearbeitet, doch Hadiya zweifelte daran, dass Montreal, der »Berg des Königs«, wie die Christen in ihrer Verblendung diese Burg genannt hatten, je ein angenehmer Wohnsitz werden würde.

»Siehst du diese Inschrift?«, fragte Zufilkar in dem Augenblick.

Hadiya folgte dem Fingerzeig seiner Hand und entdeckte Schriftzeichen, die klar sagten, dass Unbefugte dahinter nichts zu suchen hatten.

»Ich sehe sie.«

»Hier beginnt der Harem. Du wirst diese Linie niemals überschreiten«, erklärte der Eunuch und setzte zusätzliche Ermahnungen hinzu, die Hadiya mit gelangweilter Miene über sich ergehen ließ.

Oh Allah, du Allerhabener, lass nicht zu, dass ich lange hierbleiben muss!, flehte sie in Gedanken, denn sie befürchtete, dass der Aufenthalt öde und freudlos sein würde.

»Komm jetzt weiter!« Zufilkar bewegte den Arm, als schwinge er eine imaginäre Peitsche.

Hadiya gehorchte und sah die Tür, die vor kurzem eingebaut worden war, um den Harem vom Rest des Gebäudes abzutrennen, hinter sich zufallen. »Wie viele Frauen leben hier?«, fragte sie in der Hoffnung, es könnte die eine oder andere da sein, mit der zu reden sich lohnte.

»Im Augenblick werden nur ich, du und eine Magd den Harem bewohnen«, antwortete Zufilkar und bestätigte damit ihre schlimmsten Befürchtungen.

2.

Michael hatte stundenlang darüber nachgegrübelt, weshalb Rémy als Mann verkleidet aufgebrochen war, um Raoul de Laronne zu suchen. Hatte es in der Heimat denn niemanden gegeben, der ihr diese Aufgabe hätte abnehmen können?, fragte er sich. Er erinnerte sich daran, dass mit Robert und Roger zwei Brüder Raouls in diesem so schrecklich endenden Gefecht umgekommen waren. Zwar hatte Raoul noch von einem weiteren Bruder gesprochen, doch hielt er es für möglich, dass dieser in der Heimat hatte bleiben müssen oder ebenfalls bereits tot war. Wenn die anderen männlichen Angehörigen der Sippe entweder zu alt oder noch Kinder waren, mochte Rémy, da sie wegen ihrer Größe als Mann gelten konnte, sich bereit erklärt haben, sich auf die Suche nach Raoul zu begeben.

Für einen Augenblick kam ihm ein verrückter Gedanke. Konnte Rémy vielleicht Raouls Frau sein? Er verwarf ihn aber sofort wieder, denn diese war gewiss eine feine Dame, die daheim in ihrer Kemenate saß und Altardecken bestickte.

Die Frau, die hier als Rémy auftrat, war da ganz anders. Michael fand sie jedenfalls sehr mutig und wunderschön. Bei dem Gedanken sah er sie so vor sich, wie sie gebadet hatte, und verspürte die Sehnsucht, sie einmal in den Armen zu halten. Solange sie jedoch nach Raoul suchten, durfte er sich nicht anmerken lassen, dass er ihr Geheimnis kannte. Sobald sie jedoch Klarheit über dessen Schicksal erlangt oder ihn gar gerettet hatte und sie ihr wahres Geschlecht aufdeckte, würde er ihr sagen, wie sehr er sie bewunderte.

Gergi lenkte sein Reittier an seine Seite. »Wir erreichen bald die Qasr al-Azraq, die Amir ibn Hassan für den großen Salah al-Din kommandiert!«

Michael nickte mit einem schiefen Grinsen. Nun galt es, alle Gedanken auf ihr Ziel zu richten. Rémy, so sagte er sich, durfte diese lange, beschwerliche und gefährliche Reise nicht umsonst unternommen haben.

Bereits seit längerem ritten sie durch eine große Oase. Auf den Feldern arbeiteten Bauern, unter denen Constance auch Frauen erblickte. Diese trugen unter ihren langen Hemden bauschige Hosen und schützten den Kopf mit Tüchern. Einige ließen die Gesichter unbedeckt, die meisten aber hatten sich ihre Tücher so gebunden, dass sie nur die Augen frei ließen. Bei dem erbarmungslosen Strahlen der Sonne, die hier am Himmel brannte, begriff Constance, warum sie es taten. Sie hatte unterwegs Männer gesehen, die uralt aussahen, es aber gewiss nicht waren. Unter dieser Sonne aber würden nicht wenige der Frauen mit vierzig älter aussehen als eine Frau aus Laronne mit sechzig.

Bald kam die Festung in Sicht. Sie war größer, als die Reisenden es erwartet hatten, und entsprach auch nicht der Form, die die Sarazenen im Allgemeinen bevorzugten. Als Michael eine entsprechende Bemerkung machte, sah Gergi ihn hochmütig an.

»Al-Azraq wurde von den Romäern errichtet und diente als Grenzbollwerk gegen die Perser, bis das Heer des Islam sie eroberte. Nun dient sie zum Schutz der Oase und bewacht die Karawanenwege nach Bagdad und an den Großen Golf.«

Michael hatte von Bagdad gerade mal den Namen gehört, und der Golf war ihm vollkommen unbekannt. Froh, endlich am Ziel zu sein, hoffte er, entweder Nachricht über Raoul zu bekommen oder diesen selbst zu finden.

Als sie das Tor erreichten, wunderten Constance und die Ihren sich noch mehr, denn die Torflügel bestanden aus zwei mächtigen Steinplatten, die so aussahen, als könnten sie jedem Rammbock der Welt widerstehen. Vier Wächter standen davor und musterten sie misstrauisch. Auch wenn die Gruppe Tücher um die Helme und weite, helle Mäntel trug, so waren sie trotzdem als Fremde zu erkennen.

Gergi sprach mit den Männern und verzog dann missmutig das Gesicht. »Es heißt, Amir ibn Hassan habe al-Azraq verlassen«, sagte er zu Constance und deren Begleitern.

»Wann wird er zurückkommen?«, wollte Constance wissen und kämpfte gegen die aufsteigende Enttäuschung.

»Laut der Wachen hat er sich nach Qala'at aš-Šawbak begeben und will dort bleiben.«

»Was ist mit Raoul de Laronne?«, mischte sich Michael ein.

»Den hat er mitgenommen.«

»Dann reiten wir eben nach diesem Schobak«, erklärte Constance fest entschlossen.

»Nach Qala'at aš-Šawbak müssen wir mindestens zehn Tage reiten«, wandte Gergi ein.

Constance schüttelte wild den Kopf. »Selbst wenn es hundert wären! Wir werden Amir ibn Hassan folgen und den Herrn von Laronne von ihm fordern. Jetzt umso mehr, da wir nun wissen, dass er noch lebt!«

»So sehe ich es auch!«, stimmte ihr Michael zu. »Sultan Saladin hat uns Raoul de Laronnes Freilassung zugesichert, und wir werden ihn uns holen, auch wenn wir bis tief in die Wüste hineinreiten müssten.«

»Es geht nicht weiter in die Wüste hinein, sondern sogar näher an den Rest des sogenannten Königreichs Jerusalem heran. Qala'at aš-Šawbak ist nämlich jene Festung, die einst den Namen Montreal trug und von den Rittern des Kreuzes errichtet worden ist!« Diesmal war der Spott in Gergis Stimme unüberhörbar.

Benoît neigte sich zu Michael hin. »Der Kerl mag zwar vor einem Kreuz beten, doch in seinem Herzen ist er sarazenischer als jeder Sarazene.«

Michael antwortete nicht darauf, sondern wies auf das Tor. »Wir sollten in der Festung übernachten. Danach führt uns der Weg nach aš-Šawbak.«

»So sehe ich das auch«, antwortete Constance mit den gleichen Worten, die auch Michael benützt hatte. Sie war gekommen, um ihren Mann zu retten, und diesem Ziel würde sie bis zum letzten Atemzug folgen.

3.

Ihr neues Quartier war nicht gerade das, was Hadiya sich unter einem wohnlichen Aufenthalt vorgestellt hatte. Zwar verfügte sie über eine eigene Schlafkammer und musste diese nicht mit ihren Schwestern teilen. Dafür war es ungewohnt stickig darin, denn durch die kleinen Öffnungen des Holzfensters drang kaum frische Luft herein.

»Diese Franken sind wirklich dumm!«, schimpfte sie vor sich hin. Die eigenen Baumeister wussten durch kunstvoll angelegte Luftschächte die Räume ebenso kühl wie luftig zu halten. Doch davon hatten diese Barbaren aus dem Westen nicht die geringste Ahnung.

Am schlimmsten war, dass sie, wenn sie sich ans Fenster setzte, um ein wenig frische Luft zu atmen, direkt auf den angeketteten Sklaven ihres Vaters blickte. Dann jedoch glaubte sie, die Qualen, die er litt, am eigenen Leib zu verspüren.

»Möchtest du Fruchtsaft, Herrin?«, fragte ihre Dienerin.

»Ja!« Hadiya nickte Tasnim freundlich zu. Diese war etwa in ihrem Alter, hatte die leicht gebräunte Haut einer Beduinin und war viel zu ängstlich und zurückhaltend, um ihrer Herrin die Gesellschaft zu sein, die sie sich wünschte. Einen anderen Menschen als den Gefangenen im Hof, den Eunuchen Zufilkar und Tasnim bekam Hadiya jedoch nicht zu Gesicht. Ihr Vater war Zufilkars Worten zufolge unterwegs, um einen rebellischen Stamm zur Räson zu bringen. Da sie nicht einmal ein Musikinstrument besaß, um sich damit beschäftigen zu können, war sie voll und ganz der Langeweile ausgeliefert.

Tasnims Rückkehr mit einem Krug und einem Glas beendete Hadiyas Gedankengang.

»Verzeih, ich habe nicht gefragt, von welchen Früchten du den Saft wünschst«, sagte die junge Beduinin mit zittriger Stimme. »Jetzt hat man mir den von Wassermelonen gegeben!«

Hadiya dachte an die Hauptfrau ihres Vaters, die der Dienerin bei Missfallen des Saftes das Glas an den Kopf geworfen hätte. Doch sie beherrschte sich, um Tasnim nicht noch scheuer zu machen.

»Es ist schon gut!«, sagte sie und wies auf den Platz neben sich. »Setz dich zu mir, damit wir ein wenig plaudern können.«

Tasnim atmete sichtlich erschrocken ein, gehorchte aber. Vorher reichte sie ihrer Herrin das volle Glas und wirkte erleichtert, als diese es halb leer und mit zufriedener Miene zurückreichte.

»Du kannst auch davon trinken!«, forderte Hadiya sie auf.

»Oh Herrin, das geht doch nicht!«, rief Tasnim.

»Wenn ich es sage, geht es! Du sollst nicht dürsten müssen, wenn wir reden wollen.«

»Ich habe vorhin unten am Brunnen getrunken«, berichtete die Magd.

Hadiya schnaubte leise. Anders als sie durfte Tasnim die paar Kammern, die hier als Harem dienten, jederzeit verlassen, um etwas zu besorgen. Das war vielleicht ganz gut, weil die Magd ihr Dinge erzählen konnte, von denen sie in anderen Teilen der Burg erfuhr.

»Erzähle mir von dir!«, forderte sie Tasnim auf.

»Oh Herrin, das lohnt sich nicht.« Die junge Magd wand sich und blickte ängstlich zu Boden.

Hadiya musterte sie neugierig. Tasnim war etwas kleiner als sie, schlank und mit den großen, dunklen Augen und dem reich fallenden Haar durchaus hübsch. Mehrere ihrer Schwestern hätten so eine Magd abgelehnt, aus Angst, von ihr in den Schatten gestellt zu werden. Hadiya wusste jedoch, dass sie selbst als schöne junge Frau galt, doch auch abgesehen davon hätte sie Tasnim niemals zurückgewiesen, zumal sie der einzige Mensch war, von dem sie etwas erfahren konnte.

»Erzähle! Ich befehle es dir!«

Die Dienerin seufzte und begann dann, leise zu sprechen. »Ich bin die Tochter Alis, des Oberhaupts unseres Stammes.«

»Wieso bist du dann hier als Dienerin, da du doch die Tochter eines Scheichs bist?«, fragte Hadiya weiter.

Tasnim schien noch mehr zu schrumpfen. »Dein Vater war über den meinen erzürnt und erschien mit seinen Kriegern in der Schlucht, in der wir leben. Er forderte die völlige Unterwerfung unseres Stammes und als sichtbares Zeichen meine Auslieferung, um mit mir so verfahren zu können, wie es ihm beliebt.«

Erneut zeigte sich hier die Grausamkeit ihres Vaters, die Hadiya einfach nicht verstehen konnte. Angesichts dessen war es kein Wunder, dass Tasnim sich vor ihr zurückzog, anstatt ihr die Gefährtin zu sein, die sie sich wünschte.

»Das tut mir leid! Hat man dir etwas angetan?«, fragte sie.

Tasnim schüttelte den Kopf. »Nein, noch nicht. Aber ich bin erst wenige Tage hier.«

»Das ist nicht gut, denn ich hätte mir gewünscht, du könntest mir mehr darüber erzählen, weshalb mein Vater nicht in Qasr al-Azraq geblieben, sondern hierhergekommen ist.«

»Ein wenig weiß ich. Amir ibn Hassan will die Stämme der Wüste um sich versammeln. Deshalb drohte er meinem Vater auch, als dieser ihn nicht als Herrn anerkennen wollte.«

Hadiya begriff überhaupt nichts. Ihr Vater war doch ein hochgeachteter Gefolgsmann von Salah al-Din. Weshalb wollte er daher, dass die Wüstenstämme ihn als Herrn anerkannten, und nicht den Sultan?

»Nachdem dein Vater den meinen zum Gehorsam gezwungen hatte, war er nur kurz hier und ist gleich weitergezogen, um einen der Stämme, die sich ihm unterstellt haben, gegen einen feindlichen Stamm zu unterstützen. Es wird wohl eine oder zwei Wochen dauern, bis er zurückkommt. Danach will er dich verheiraten«, setzte Tasnim ihren Bericht fort.

»Weißt du, wen ich heiraten soll?«, fragte Hadiya erregt.

»Scheich Bilal ibn Daud ibn Sayyid.«

»Wen, sagst du? Das kann nicht sein! Entweder lügst du …« Da die betroffene Miene der Magd dies ausschloss, setzte Hadiya den Satz fort. »… oder du hast dich verhört!«

»Gewiss nicht, Herrin! Ich habe den Namen deutlich vernommen. Bilal ibn Daud ist auch der Mann, dem dein Vater zu Hilfe kommt! Er will ihn zum Oberhaupt der Wüstenstämme küren, um sich mithilfe ihrer Krieger gegen Sultan Salah al-Din zu erheben.«

Hadiya traute ihren Ohren kaum. Bilal ibn Daud ibn Sayyid war über siebzig Jahre alt und besaß im Vergleich zu Salah al-Din die Bedeutung einer Maus neben einem Löwen. Und doch wollte ihr Vater sie diesem Greis zur Frau geben?

»Niemals!« Hadiya sprang auf, stieß das noch halb volle Glas um, das langsam durch den Raum kullerte, und rief nach Zufilkar.

Der Eunuch kam nach kurzer Zeit. Er verströmte einen eigenartigen Geruch, und seine Augen glänzten hell. Als er zu sprechen begann, konnte Hadiya ihn wegen seines Nuschelns kaum verstehen.

»Wasch willscht du?«

»Ich habe gehört, ich soll hier verheiratet werden!« Hadiya klang scharf.

Zu anderen Zeiten hätte Zufilkar ihr befohlen, den Mund zu halten und abzuwarten, was der Vater über sie verfügte.

Nun aber nickte er grinsend. »So ischt esch!«

»Mit Sheik Bilal ibn Daud ibn Sayyid?«

»Ja, ja, mit dem!« Das Grinsen des Eunuchen verstärkte sich, denn der Beduine war genau der Mann, den er diesem renitenten Mädchen gönnte. Die anderen Töchter seines Herrn wussten, dass sie ihm anstandslos zu gehorchen hatten. Hadiya sträubte sich jedoch immer wieder und verlangte Erklärungen, so als wäre sie selbst Amir ibn Hassan.

»Ich will diesen alten Mann nicht heiraten und werde es auch nicht!«, schäumte Hadiya auf. Bevor sie jedoch mehr sagen konnte, machte Zufilkar kehrt und verschwand wieder.

So blieb ihr nur, ihre Wut vor Tasnim auszutoben. »Ich werde Bilal ibn Daud nicht heiraten, und wenn ich mich hier am Fensterkreuz erdrosseln muss!«, schrie sie. »Auch werde ich niemals in einem stinkenden Kamelhaarzelt hausen und mein Mahl eigenhändig über einem Feuer aus getrocknetem Kamelmist kochen!« War dieser Gedanke schon schrecklich, so dachte Hadiya mit Schaudern daran, dass der alte Scheich noch andere Weiber hatte, alte Vetteln wahrscheinlich, die ihr mit Begeisterung das Leben schwer machen würden.

Die einzige Möglichkeit, diesem Schicksal zu entgehen, war tatsächlich nur, sich selbst umzubringen. Dabei war sie doch noch so jung und hätte gerne länger gelebt.

»Es tut mir leid!«, drang Tasnims Stimme an ihre Ohren.

Mit denselben Worten hatte sie vorhin diese bedacht, ohne zu ahnen, dass es sie selbst noch viel schlimmer treffen würde.

»Wenn nur Flucht möglich wäre!«, stieß sie verzweifelt aus.

»Wohin willst du fliehen?«, fragte Tasnim mutlos. »Gäbe es eine Möglichkeit, hätte ich es längst getan. Zu meinem Vater kann ich nicht zurück, denn würde Amir ibn Hassan es erfahren, käme er mit dem Schwert über meinen Stamm, und viele würden meinetwegen leiden müssen.«

Sich seinem Schicksal zu ergeben, um den eigenen Stamm zu retten, war eine edle Tat. Etwas anderes war es, als drittes oder viertes Weib eines alten Mannes leben zu müssen, der bereits Enkel hatte, die älter waren als sie.

»Niemals!«, nahm Hadiya sich vor und beschloss, alles zu tun, um dieser Heirat zu entkommen.

»Wenn du jemanden weißt, zu dem du fliehen kannst, könnten wir es vielleicht wagen!«, riss Tasnims Stimme sie erneut aus ihren Gedanken.

»Du meinst, es wäre möglich?« Hadiya schöpfte Hoffnung und wartete gespannt auf die Antwort ihrer Magd.

»Zufilkar soll dich bewachen, doch er liebt den vergorenen Saft der Reben sehr. Tief unten ist ein Keller, in dem noch ein paar Fässer der Franken stehen. Er schickt mich immer wieder hinab, um ihm einen Krug mit Wein zu bringen. Er ist daher oft betrunken und würde kaum merken, wenn wir den Harem verließen. Draußen müssten wir nicht einmal an den Wachen vorbei, denn es gibt eine Nebenpforte, und ich weiß, wo deren Schlüssel ist. Allerdings müssten wir uns ein Pferd oder noch besser ein Kamel besorgen.«

Tasnim klang zunehmend begeistert, doch Hadiya begriff, dass die Schwierigkeiten erst richtig begannen, wenn sie die Burg hinter sich gelassen hatten. Zum einen würde man sie umgehend verfolgen, und zum anderen war sie nicht in der Lage, ein Pferd oder ein Kamel zu satteln, geschweige denn, darauf zu reiten. Trotzdem überlegte sie, ob sie es wagen sollte. Bevor sie jedoch zu einer Entscheidung kam, glitten ihre Gedanken ab, und sie wies auf den Gefangenen, den der Durst mittlerweile so sehr quälte, dass er sich den Schweiß von den Armen leckte.

»Ich wollte, wir könnten ihm helfen!«

»Wem? Dem Franken?« Im ersten Augenblick war Tasnim schockiert, dann aber überlegte sie. »Wenn es dunkel ist, könnte ich ihm Wasser bringen. Zufilkar schläft um die Zeit gewiss bereits seinen Rausch aus, und in diesem Trakt der Burg befindet sich sonst niemand wegen des Harems.«

Hadiya wollte bereits sagen, dass Tasnim dies tun sollte, hob dann aber entschlossen den Kopf. »Du sagst, es wäre leicht für mich, bis auf den Hof zu gelangen?«

»Zumindest in der Nacht, Herrin«, antwortete das Beduinenmädchen.

»Dann werde ich zu dem Gefangenen gehen. Besorge mir das Wasser, das ich dafür brauche!«

Es war der Entschluss des Augenblicks. Da ihr Vater dem Franken Übles wollte, sah Hadiya es als ihre Aufgabe an, diesem zu helfen. Es löste zwar ihre Probleme nicht, aber sie musste etwas tun, wenn sie nicht vor Wut ersticken wollte.

4.

Hadiya bint Amir überlegte an diesem Tag noch lange, wie sie sich einer Heirat mit Scheich Bilal ibn Daud entziehen konnte. Es gab jedoch niemanden, zu dem sie hätte fliehen können. Die Verwandten ihres Vaters würden sie diesem sofort wieder ausliefern, und sei es nur aus Furcht vor Amir ibn Hassans Zorn.

Der Einzige, der über die Macht verfügte, ihr zu helfen, war Sultan Salah al-Din. Der war jedoch, wie sie von Tasnim erfahren hatte, ein Feind ihres Vaters geworden. Zu ihm zu fliehen, hieß, die eigene Familie zu verraten, und das wollte sie nun doch nicht. Zudem konnte Salah al-Din im fernen Damaskus weilen, und bis dorthin brauchte sie zu Pferd oder auf einem Kamel viele Tage. Allein und zu Fuß war es ausgeschlossen.

Tasnims Erscheinen beendete Hadiyas Gedankengang.

»Der Eunuch schläft jetzt. Ich habe ihm seinen Schlüssel entwendet, muss ihn aber bald wieder in seinen Gürtel stecken. Wenn er merkt, dass er weg ist, wird sein Rausch rasch verflogen sein«, erklärte die junge Beduinin.

»Dann wollen wir ans Werk gehen«, antwortete Hadiya und stand geschmeidig auf.

Tasnim eilte ihr voran. Aus der Kammer neben der Haremstür klangen unmelodische Schnarchgeräusche. Als Hadiya kurz hineinblickte, lag Zufilkar in voller Kleidung auf seinem Bett, einen Fuß noch auf dem Boden, und schien seiner rasch wechselnden Mimik nach von etwas Schönem zu träumen. Hadiya schüttelte den Kopf. In der Heimat hätte er es niemals gewagt, sich so gehen zu lassen. Allerdings gab es dort auch keine verführerischen Fässer mit Wein im Keller.

Mit diesem Gedanken schloss sie die Tür zu seiner Kammer wieder und wandte sich Tasnim zu. »Hast du das Wasser bereitgestellt?«

»Das habe ich, Herrin. Ich habe noch ein wenig Wein hineingetan, da die Ärzte diesen den Kranken zur Stärkung reichen. Stärkung hat dieser Gefangene gewiss nötig.«

Hadiya war mit ihrer Dienerin zufrieden. Auch wenn Tasnim nicht freiwillig hier war, wusste sie ihre Anwesenheit mehr und mehr zu schätzen. Sie ließ sich Krug und Becher reichen, wartete, bis Tasnim die Tür aufschloss, und trat dann auf den Flur. Dort war alles ruhig.

Tasnim eilte ihr voran und wies ihr den Weg zu der Pforte, die auf den inneren Hof hinausführte. »Von hier an wirst du auf die Lampe verzichten müssen. Sonst würde man dich von anderen Teilen der Burg aus bemerken.«

Hadiya nickte und wartete, bis auch diese Tür offen war. Dann atmete sie noch einmal tief ein und schlüpfte hinaus. Es war Nacht, doch der Mond schien hell genug, um etwas erkennen zu können. Mittlerweile war die Hitze des Tages einer angenehmen Kühle gewichen, und am Himmel prangten die Sterne in verschwenderischer Pracht. Der Abend ist schön, dachte Hadiya. Doch wenn sie Bilal ibn Daud heiraten musste, würde kein Abend mehr schön sein.

Mit diesem bitteren Gedanken trat sie auf den Gefangenen zu. Dieser hatte sich zusammengekauert und schien zu schlafen. Als sie sich ihm näherte, hob er den Kopf.

»Wenn du glaubst, dich an meinen Qualen ergötzen zu können, dann scher dich zum Teufel!«, stieß er hervor.

Da Hadiya aus Langeweile von einer Sklavin die Sprache der Franken gelernt hatte, verstand sie ihn und lächelte.

»Ich will mich nicht an deinen Qualen ergötzen, sondern sie lindern. Du hast gewiss Durst«, antwortete sie lächelnd.

»Scher dich zum Teufel!«, wiederholte Raoul.

Einer von Amir ibn Hassans Knechten hatte ihm einmal anstatt Wasser einen Krug mit Pferdepisse gereicht und danach die ganze Horde zusammengerufen, um sich über ihn lustig zu machen.

Instinktiv begriff Hadiya, was er dachte, und hob den Krug. »Siehst du, ich fülle jetzt den Becher und trinke selbst. Wirst du mir dann den Trunk verweigern?«

Im Schein des Mondes sah sie, wie Raoul sich abwandte. Er schien ihr nicht zu trauen, und das kränkte sie. »Du bist ein sturer Bock! Ich sollte dich wirklich dürsten lassen«, fauchte sie.

Raouls Durst kannte keine Grenzen mehr. Trotzdem war er eher bereit, zu leiden, als sich zum Gespött machen zu lassen. Doch etwas war diesmal anders. Zwar konnte er nur noch Umrisse erkennen, doch Hadiyas Stimme bestätigte ihm, dass er es mit einer Frau zu tun hatte und nicht mit einem der üblen Knechte. Ich kann ja wenigstens am Becher riechen. Vielleicht ist es doch Wasser, dachte er hoffnungsvoll und streckte die Hand aus. »Also gut, reiche mir den Becher«, sagte er und fühlte, wie dieser ihm in die Hand gedrückt wurde. Obwohl die Gier ihn dazu zwingen wollte, den Inhalt sogleich in sich hineinzuschütten, beherrschte er sich und schnupperte.

Der Geruch war gut. Er probierte vorsichtig und konnte es kaum glauben. Es war klares, frisches Wasser mit ein wenig Wein versetzt.

Raoul trank den Becher leer, dann noch einen zweiten, den Hadiya ihm reichte, und tastete schließlich nach ihrer Hand. »Ich danke dir! Du hast einem Sterbenden eine letzte schöne Stunde beschert.«

»Du denkst ans Sterben? Wieso?«, fragte Hadiya erschrocken.

»Erscheint dir das Leben, das ich führe, erstrebenswert? Immerhin tut Amir ibn Hassan alles, damit ich im eigenen Dreck verfaule«, antwortete Raoul mit einer Gegenfrage.

Es versetzte Hadiya einen Stich. Der Prophet hatte gelehrt, großmütig zu sein. Das war ihr Vater gewiss nicht. »Vertraue auf Allah!«, sagte sie leise. »Er hat dein Schicksal festgeschrieben, und wenn er es so bestimmt, wirst du freikommen.«

Ein leiser Ruf von der Tür her teilte Hadiya mit, dass sie zurückkehren sollte. Sie füllte den Becher noch einmal und reichte ihn Raoul. »Trink, Franke, und denke immer daran: So schlimm dir dein Schicksal auch erscheinen mag, so gibt es gewiss andere, denen Allah noch ein weit schrecklicheres beschert hat.«

Raoul leerte den Becher mit dem Gefühl, endlos weitertrinken zu können.

Sanft nahm Hadiya ihm den Becher ab. »Ich muss nun gehen.«

»Wer bist du?«, wollte Raoul noch wissen, doch er erhielt keine Antwort.

Sein Gehör sagte ihm, dass die Frau sich entfernte, und bald wurde es still. Er setzte sich wieder an die Stelle, die er sauber hielt, um nicht im eigenen Schmutz sitzen zu müssen, und dachte nach. Wer mochte die Fremde sein, die ihm Wasser gereicht hatte? War sie eine christliche Sklavin, da sie ihn in seiner Muttersprache angeredet hatte? Sie hatte jedoch nicht wie eine Sklavin geklungen, sondern eher wie eine Dame, die sich ihres Wertes bewusst war.

Da er dieses Rätsel ohne Hilfe nicht zu lösen vermochte, stellte er sich vor, wie die fremde Samariterin aussehen mochte. Gewiss hatte sie dunkles Haar und Augen mit dem Glanz der Nacht und musste schön sein wie ein Engel. Vor allem aber war sie voller Güte, und er richtete sich an ihren Worten auf, dass er, wenn es Gott gefiel, seine Freiheit wiedererlangen würde.

5.

Constance zählte die Tage nicht mehr, die sie durch die Wüste ritten. Im Grunde war sie dieses Land genauso leid, wie Aribert es war, der missmutig einen Huf vor den anderen setzte und trotz des Hafers, den Constance ihm zukommen ließ, falls sie welchen bekam, sehr mager geworden war. Bernards schwerer Hengst hielt sich noch schlechter, und auch Benoîts Zelter waren die Anstrengungen anzusehen. Das einzige Pferd, dem die Hitze kaum etwas auszumachen schien, war Michaels Grauschimmel.

Noch immer begleitete Gergi die Gruppe und bestimmte den Weg. Sie hätten bis fast zum Jordan zurückkehren und den Königsweg wählen können. Ihr Führer leitete sie jedoch mitten durch die Wüste, wo sie nur selten auf einen Brunnen stießen, an dem sie ihre Tiere tränken und ihre Wasservorräte auffrischen konnten. Es war ein Weg, der einem Mann das Mark aus den Knochen brannte.

Um wie viel schlimmer musste es für eine Frau sein, dachte Michael und musterte Constance mit einem anerkennenden Blick. Ihrem Gesicht war die Anstrengung anzusehen. Trotzdem biss sie die Zähne zusammen und stieg jeden Morgen in den Sattel, anstatt um einen Rasttag zu bitten.

»Wie weit ist es noch bis zu diesem verfluchten Šawbak?«, fragte Bernard, als sich ein weiterer Tag zu neigen begann.

»Übermorgen werden wir es erreichen«, erklärte Gergi.

»Noch zweimal schlafen!«, sagte Constance und setzte insgeheim hinzu, dass sie dann Raoul mit Gottes Hilfe wiedersehen würde.

Für dieses Nachtlager hatte Gergi das Lager eines der Wüstenstämme bestimmt. Die Bewohner hießen sie willkommen und gaben ihnen zu essen. Sie konnten auch ihre Tiere tränken und Wasser für den folgenden Tag schöpfen. Dennoch lag eine seltsame Stimmung über der Landschaft. Während die Sonne weit im Westen wie ein glühender roter Ball versank, klangen im Lager Lieder auf.

Constance und die Ihren hatten unterwegs mehrfach die Menschen dieser Region singen hören, doch diesmal lag ein anderer Rhythmus in den Liedern. Er war härter, und der flehende Ton der Liebeslieder fehlte ganz.

Nachdem Constance eine Weile zugehört hatte, wandte sie sich an Michael. »Könnt Ihr mir sagen, wovon die singen? Es hört sich grimmig an!«

»Ich würde fast sagen, bedrohlich«, warf Benoît ein.

Michael lauschte eine Weile und zog eine argwöhnische Miene. »Meine Kenntnisse dieser Sprache sind zu gering, um alles verstehen zu können, doch sie singen von dem Glanz der Schwertklingen, die im Morgenlicht geschwungen werden, von Beute und Ruhm und von den Feinden, die sie besiegen wollen.«

»Sagt bloß, sie wollen gegen das Königreich Jerusalem ziehen?«, fragte Constance erschrocken.

Michael zögerte mit der Antwort. »Wenn es so wäre, hätten die Beduinen uns nicht in ihr Lager gelassen, denn ihnen ist das Gastrecht heilig. Für mich hört es sich eher so an, als wollten sie gegen einen feindlichen Stamm ziehen.«

»Das wäre doch gut für uns – ich meine für die Christen im Heiligen Land«, erwiderte Benoît.

Constance warf Gergi, der ein Stück weiter vorne mit einem Beduinen sprach, einen bitterbösen Blick zu. »Allen Christen würde es gewiss nicht gefallen, wenn hier Sarazenen gegen Sarazenen kämpfen!«

»Ich glaube, unserem ›Freund‹ gefällt gar nicht, was er hier sieht und hört«, sagte Michael, der seine Aufmerksamkeit ebenfalls auf ihren Führer richtete.

»Solange sich diese Heiden gegenseitig die Köpfe einschlagen, kann es uns nur recht sein«, meinte Bernard brummig.

»Aber nur, wenn wir nicht selbst hineingeraten!« Constance war in großer Sorge, die befürchteten Kämpfe könnten ihr es noch schwerer machen, ihren Ehemann zu befreien.

Auch Michael dachte über die Folgen nach, hatte aber während seiner Zeit im Heiligen Land gelernt, dass hier Worte lange brauchten, bis ihnen Taten folgten. Aus diesem Grund hoffte er, dass sie Raoul in Qala'at aš-Šawbak fanden und mit ihm losziehen konnten, bevor die Schwerter hier nicht mehr nur zum Tanz gezogen wurden.

Als die Zeit kam, sich schlafen zu legen, folgten sie einer alten Frau in ein Zelt, das man ihnen zur Verfügung stellte. Obwohl Michael nicht glaubte, dass ihnen von den Bewohnern Gefahr drohte, ließ er sein Schwert griffbereit neben sich.

»Erwartet Ihr Kampf?«, fragte Constance ihn verwundert.

»Es mag sein, dass dieses Dorf von Feinden überfallen wird. Darauf will ich vorbereitet sein«, antwortete Michael und betete gleichzeitig, dass dies nicht der Fall sein würde.

»Ich werde der Kirche Saint Martin eine hübsche Summe spenden, wenn wir unbeschadet in die Heimat zurückkehren können. Nun wünsche ich euch allen eine gute Nacht!« Bernard legte sich hin und hing trüben Gedanken nach, bevor der Schlaf ihn überwältigte.

Auch Michael lag lange wach. Er ärgerte sich über Gergi, der sie immer noch so abweisend behandelte wie zu Beginn ihrer Reise. Er schien es ihnen regelrecht übelzunehmen, dass er sie auch nach dem Erreichen des Qasr al-Azraq hatte weiterhin begleiten müssen. Da er aber den sarazenischen Christen nicht ändern konnte, verdrängte Michael ihn aus seinen Gedanken und richtete diese auf Rémy. Was für eine mutige Frau!, dachte er wieder. Selbst unter schlechtesten Bedingungen beklagte sie sich nie, sondern hatte stets ein aufmunterndes Wort auf den Lippen. Mittlerweile hatte sich seine Überzeugung verfestigt, dass sie eine enge Verwandte Raouls sein musste. Eine Schwester wohl eher nicht, dafür war Raoul doch von zu geringem Wuchs im Vergleich zu ihr. Doch eine Base war möglich.

Michael wunderte sich über sich selbst. Bislang hatte er wenig auf Frauen gegeben, doch nun spürte er, dass Rémys Anblick ihn wie eine sanfte Wolke umschmeichelte. Wenn diese Sache hier vorbei war, wollte er sie fragen, ob sie bereit war, mit ihm zu kommen. Als fahrender Ritter und Söldner hätte er dies nie gewagt. Nachdem er jedoch die Auflagen Magister Erwins erfüllt hatte, konnte er auf die Kühnburg zurückkehren und sein Erbe fordern. Ob sie sich wohl wundern würde, wenn er, der vermeintlich einfache Ritter, sich als Graf einer stattlichen Herrschaft entpuppte?

Bei dem Gedanken musste er sich das Lachen verkneifen. Noch war er kein Graf, ja, noch nicht einmal der anerkannte Erbe seines Oheims, und er musste zudem mit den Ansprüchen seines Vetters Gottfried rechnen, der schon in der Heimat alles getan hatte, um sich Graf Waldemar als dessen Nachfolger anzudienen.

6.

Der nächste Morgen brachte eine üble Überraschung. Kaum hatten sie das Beduinenlager verlassen, zügelte Gergi sein Pferd und wartete, bis alle zu ihm aufgeschlossen hatten.

»Ich habe in dem Dorf Nachrichten erhalten, die den großen Salah al-Din so rasch wie möglich erreichen müssen. Aus diesem Grund werde ich mich von euch trennen. Reitet in diese Richtung weiter. Wenn ihr nur wenig Rast einlegt, mag es sein, dass ihr Qala'at aš-Šawbak noch an diesem Abend vor euch liegen seht. Richtet Amir ibn Hassan aus, die Stämme der Wüste seien unruhig, und er solle sich vorsehen, nicht in eine Falle gelockt zu werden.«

Kaum hatte er es gesagt, zog Gergi sein Pferd herum und ritt davon.

»He! Du kannst uns doch nicht einfach hier in der Wüste zurücklassen«, rief Bernard ihm nach, doch der sarazenische Christ spornte sein Pferd an und war bald hinter einer Bodenwelle verschwunden.

»Der Teufel soll ihn holen!«, schimpfte Bernard und sah Michael an. »Und was tun wir jetzt?«

»Wir reiten in die Richtung, die er uns genannt hat, und bitten Gott, dass er uns aš-Šawbak nicht verfehlen lässt«, antwortete Michael und ritt weiter.

»Ich weiß nicht … Ich habe ein übles Gefühl dabei«, meinte Benoît.

Constance ballte entschlossen die Faust. »Wir haben Sultan Saladins Schreiben an Amir ibn Hassan, dass dieser uns Raoul überlassen muss. Also reiten wir nach diesem Šawbak und sorgen dafür, dass mein E… Vetter freikommt.«

Verärgert, weil ihr Führer sie im Stich gelassen hatte, ritten sie durch das immer bergiger werdende Land und hofften, nicht an ihrem Ziel vorbeizureiten. Zwar gab es gelegentlich grüne Flecken, und einmal sahen sie in der Ferne sogar eine Herde von Ziegen und Schafen weiden. Da diese jedoch abseits ihres Weges lagen, ritten sie vorbei.

Als die Mittagshitze zu groß wurde, machten sie in einer kleinen

Senke Rast, in der Olivenbäume wuchsen. Den Kernen und den verfaulten Früchten nach, die am Boden lagen, schien sich niemand mehr um diesen Ort zu kümmern. Als Schattenspender waren die Bäume ihnen jedoch willkommen.

»Glaubt Ihr, dass wir noch auf dem richtigen Weg sind?«, fragte Constance Michael.

»Ich habe mich nach dem Stand der Sonne gerichtet. Das müsste genügen, um Šawbak zu finden.«

»Ob wir es heute noch erreichen werden?«, sagte Constance mit einem Seufzer.

»So Gott will, ja, so er nicht will, nein!« Michael fragte sich, welche Informationen Gergi erhalten haben mochte, die so wichtig waren, dass er sie in der Wüste zurücklassen musste. Immerhin hatte Saladin sie ihm anvertraut. Dann aber zuckte er mit den Schultern. Er würde weder Saladin noch diesen christlichen Krieger jemals wiedersehen.

Auf ihrem weiteren Weg trafen sie auf immer mehr Olivenbäume. Die Täler und teilweise auch die Flanken der Hügel waren grün gesprenkelt, und sie mussten zuletzt anhalten und die Pferde grasen lassen, da diese der trockenen Halme in der Wüste überdrüssig waren und sich nun weigerten, weiterzugehen.

»Verfluchte Biester!«, schimpfe Bernard, während Michael sich angestrengt umsah.

»Weit kann es nicht mehr sein. Die Sonne steht schon sehr tief.«

»Wenn wir nun doch in die Irre geritten sind?« Bernard glaubte nicht so recht daran, dass Michael die Richtung hatte halten können. Da stieß sein Sohn einen überraschten Ruf aus. »Seht dort!«

Alle wandten sich um und sahen in der Ferne einen kegelförmigen Hügel aufragen, der von der gewaltigen Burganlage gekrönt war.

»Das ist Montreal, die Burg der Könige von Jerusalem, die dahingegangen ist wie so vieles andere!« In Benoîts Stimme lag bitterer Spott. Er hatte den Streit im Christenheer miterlebt und die brachiale Gewalt, mit der Richard von England sich gegen Philippe II. und die anderen hohen Herren durchgesetzt hatte. Dennoch war dem König von England und Herzog der Normandie der Sieg nicht vergönnt gewesen. Die letzte Nachricht über ihn, die sie in Akkon vernommen hatten, war, dass er nicht wie der größte Teil seines Heeres um die Iberische Halbinsel herumfahren, sondern von Venedig aus das Heilige Römische Reich durchqueren wollte, um rascher in die Heimat zurückkehren zu können.

»Die Sarazenen nennen Montreal nun Qala'at aš-Šawbak, und – bei Gott! – dieser Name passt derzeit besser dazu als der, den einst die Ritter des Westens der Burg gaben«, antwortete Michael und zog Karims Kopf hoch, um ihm die Trense wieder ins Maul zu schieben. »Für jetzt hast du genug gefressen. Wenn wir ankommen, bekommst du genug Futter, um zufrieden zu sein.« Michael tätschelte den Hengst und schwang sich in den Sattel.

»Wenn wir uns beeilen, kommen wir bei der Burg an, bevor die Sonne ganz hinter dem Horizont versunken ist«, rief er und trabte an.

Constance folgte ihm voller Hoffnung, endlich am Ziel zu sein. Zu ihrer Erleichterung erfüllte sich Michaels Vorhersage, und sie erreichten das Tor der Burg mit den letzten Strahlen der Abendsonne. Es war geschlossen, doch mehrere Wächter blickten vom Torturm herab und beäugten die Ankömmlinge misstrauisch.

Um zu zeigen, dass sie in friedlicher Absicht kamen, hob Michael die rechte Hand. »Wir wünschen, dem großen Helden Amir ibn Hassan unsere Aufwartung machen zu können. Es gilt, einen Brief des gewaltigen Sultans Salah al-Din zu überbringen«, rief er den Sarazenen zu.

»Salah al-Din schickt dich?«

Der Anführer der Wache war ein Verwandter al-Mansurs, den Amir ibn Hassan während seiner Abwesenheit als Verwalter der Burg eingesetzt hatte. Unsicher, wie er sich zu dieser Situation stellen sollte, schickte er einen Boten zu diesem.

Es dauerte nicht lange, bis al-Mansur erschien und die Fremden misstrauisch musterte.

»Es sind Giauren«, sagte er leise zu seinem Verwandten. »Wenn Salah al-Din sie geschickt hat, muss es einen triftigen Grund dafür geben. Lasst sie daher ein und schafft ihre Pferde nach unten ins Dorf. Oder wollt ihr sie selbst füttern und ausmisten?«

Gequetscht klingendes Lachen antwortete ihm. Die Männer

wussten, dass Amir ibn Hassan sich gegen Salah al-Din erheben wollte, um selbst Sultan zu werden. Daher machte die Ankunft der Fremden sie misstrauisch, doch dies durften sie sich nicht anmerken lassen. Daher befahl al-Mansur, die Franken in die Burg zu bringen und ihnen eine Kammer zuzuweisen.

»Halt!«, rief er, als einer der Männer loseilen wollte. »Nicht in eine Kammer! Teilt sie auf. Es müssen Räume sein, die von außen versperrt werden können.«

»Dafür reicht im Notfall ein zugeschnittener Balken«, schlug der Anführer der Wache vor.

Al-Mansur nickte. »Das ist das Beste, denn damit werden diese Giauren nicht gewarnt. Bereitet alles vor! Und seid höflich. Immerhin hat der große Sultan Salah al-Din sie geschickt.«

Er verzog das Gesicht, sagte sich jedoch, dass Verstellung besser war, als sich die Feindschaft zu Salah al-Din offen anmerken zu lassen.

7.

Die lassen uns verdammt lange warten«, sagte Bernard ungehalten.

Auch Constance wurde ungeduldig, während Michael die Art der Bewohner dieses Landes gewohnt war und wusste, dass hier Dinge länger dauern konnten.

»Der Wächter wird seinem Vorgesetzten Mitteilung machen, dieser dem seinen und so weiter. Am Ende aber wird man uns einlassen!«, sagte er, um seine Begleiter zu beruhigen.

Benoît blickte zum Himmel auf, der sich immer mehr verdunkelte. »Hoffentlich! Sonst müssen wir hier vor der Burg Lager beziehen.«

Wie um seine Worte Lügen zu strafen, wurde nun das Tor geöffnet, und ein halbes Dutzend Bewaffneter kam mit Fackeln in der Hand heraus.

»Seid willkommen!«, grüßte ihr Anführer und berührte kurz seine Stirn mit Zeige- und Mittelfinger.

»Wir danken dir!«, antwortete Michael und deutete ebenfalls eine grüßende Geste an.

»Steigt ab und tretet ein! Eure Pferde werden ins Dorf gebracht und dort gut versorgt werden.« Der Mann winkte Knechte herbei, die dies übernehmen sollten.

Michael schwang sich aus dem Sattel und tätschelte Karims Hals, dann wandte er sich dem Sarazenen zu. »Ich hoffe, sie werden wirklich gut versorgt werden. Sie haben einen langen Weg hinter sich und verdienen es, gestriegelt zu werden und Hafer zu bekommen.«

»Hafer haben wir nicht, dafür aber Datteln, die noch besser sind«, antwortete der Mann und wies zur Tür. »Kommt mit!«

Zwar hätten Constance ihren Aribert und Michael seinen Karim gerne selbst abgerieben und gefüttert. Sie wollten jedoch die Burgbewohner nicht verärgern und überließen den Knechten daher die Zügel.

Als sie die Burg betraten, zupfte Constance Michael am Ärmel. »Fragt nach Raoul!«

Michael hatte damit bis nach dem Essen warten wollen, um nicht gleich mit der Tür ins Haus zu fallen. Da Rémy jedoch vor Ungeduld schier verging, sprach er den Anführer der Sarazenen an. »Wir wissen, dass der edle Amir ibn Hassan einen Franken namens Raoul de Laronne gefangen hält, und haben von dem großen und mächtigen Sultan Salah al-Din Yusuf ibn Ayyub die Weisung mitgebracht, dass Raoul de Laronne freigelassen und uns übergeben werden soll.«

Al-Mansur dachte an Amir ibn Hassan, der sich durch die Nichtherausgabe Raoul de Laronnes schon einmal über einen Befehl Salah al-Dins hinweggesetzt hatte. Dieser würde es niemals dulden, dass der Franke freigegeben wurde. Am einfachsten erschien es ihm, zu behaupten, dass Raoul de Laronne mittlerweile zur Hölle gefahren wäre. Da kam ihm ein anderer Gedanke. Wenn er die vier Franken gefangen nahm, konnte Amir ibn Hassan sich auch an diesen für den Tod seines Bruders rächen.

»Der große Amir ibn Hassan weilt derzeit nicht in Qala'at aš-Šawbak, wird aber in wenigen Tagen zurückerwartet. Ihr werdet in dieser Angelegenheit mit ihm sprechen müssen. Es mag sein, dass er den Gefangenen holen lassen muss. Ich vermag nicht, dies zu veranlassen.«

Mit dieser Auskunft, sagte al-Mansur sich, hatte er sich gut aus der Affäre gezogen.

Michael übersetzte seine Worte und fand ebenso wie seine Begleiter nichts daran auszusetzen. Wichtig war allein, dass Amir ibn Hassan bald kam und Raouls Freilassung befehlen konnte. So folgten sie al-Mansur arglos ins Innere der Festung.

Es ging durch mehrere Korridore bis zu einem, der durch eine neu angebrachte Tür abgesperrt war. Schriftzeichen an der Wand deuteten darauf hin, dass sich dahinter etwas Besonderes befinden musste.

Al-Mansur blieb davor stehen und wies auf mehrere Türen im Flur. »Die Kammern sind zu klein, als dass ihr alle in einer schlafen könntet. Da es Sitte ist, dem Anführer einen eigenen Raum für sich anzuweisen, bitten wir diesen, hier einzutreten.«

Bernard und Benoît sahen Constance an und sie Michael. Dieser trat zur Tür, öffnete sie und blickte hinein. Der Raum war tatsächlich nicht groß. Es gab darin ein Bett sowie eine wunderschöne, mit aufwendigen Schnitzereien verzierte Truhe und war eines Anführers würdig.

»Ihr könnt eintreten«, sagte er zu Rémy und wandte sich dann al-Mansur zu. »Ich werde die Kammer rechts davon und Ritter Bernard und dessen Sohn die links von dieser nehmen.« Damit, so sagte er sich, konnten sie Rémy beschützen, wenn es nötig sein sollte.

»Es soll so sein, wie du es wünschst!« Al-Mansur lächelte zufrieden. Er hatte die Fremden dreifach aufgeteilt, und daher würde es leicht sein, sie zu überwältigen.

»Man wird euch Wasser und eine Mahlzeit bringen«, sagte er.

»Es wäre uns eine Ehre, gemeinsam mit dir aus einer Schüssel zu essen«, erklärte Michael. Er wollte nicht misstrauisch erscheinen, hielt aber Vorsicht für angebracht.

»Es sei so, wie du es dir wünschst! Man wird euch in der großen Halle einen Tisch bereitstellen und euch das Essen aus meiner Schüssel bringen«, antwortete al-Mansur.

Es wäre zwar leichter gewesen, den Franken ein Schlafmittel ins Essen mischen zu können. Doch auch so befanden sie sich in seiner Hand. Mit diesem Gedanken verließ er die Gruppe, während mehrere Diener warmes Wasser zum Waschen brachten und einen Krug mit frischem Wasser.

Bernard schnupperte misstrauisch daran und nahm einen Schluck. »Es scheint wirklich nur Wasser zu sein. Man schmeckt nichts durch«, meinte er danach.

»Habt Ihr Angst, man wolle uns vergiften?«, fragte Constance verwundert.

Ihr Gefolgsmann zuckte mit den Schultern. »Man kann nicht vorsichtig genug sein.«

»Man sollte aber auch das richtige Augenmaß behalten!« Constance glaubte sich kurz davor, ihren Mann zu befreien, und wollte nichts von weiteren Hindernissen wissen. Nun suchte sie ihre Kammer auf, schloss die Tür hinter sich und war erst einmal froh, allein zu sein.

8.

Hadiya erfuhr von der Ankunft der Fremden erst, als Tasnim es ihr meldete. »Es sind Franken, sagst du?«, fragte sie und wollte nicht glauben, dass Christen so kühn sein konnten, ihren Vater aufzusuchen.

»Das sind sie, Herrin!«, berichtete Tasnim ganz aufgeregt. »Ich habe in der Küche gehört, wie über sie gesprochen wurde. Al-Mansur will sie gefangen nehmen, damit dein Vater sie ebenso quälen kann wie jenen Mann im inneren Hof.«

Hadiya spürte, wie sich ihr Magen verkrampfte. Ein Krieger musste stark und gelegentlich auch hart sein, doch bereits die Leiden, die der Gefangene im Hof erdulden musste, waren mehr, als ein Mensch ertragen konnte. Nun sollten auch noch vier weitere Franken, von denen gewiss keiner etwas für Hamids Tod konnte, die Rache ihres Vaters spüren.

»Das ist nicht richtig!«, sagte sie traurig. »Auch wenn sie zu ihrem Isa beten, sind es Geschöpfe Allahs, des Allerhabenen. Wenn mein Vater sie strafen will, soll er sie hinrichten lassen. Sie auf die gleiche Art zu peinigen wie jenen armen Mann, ist grausam.«

Während Tasnim ihr das Essen vorsetzte, berichtete diese weiter. »Es heißt, sie haben einen Befehl des großen Sultans Salah al-Dins bei sich, dass dein Vater ihnen den Gefangenen im inneren Hof überlassen soll.«

»Wenn mein Vater das nicht tut, wird Salah al-Din ihn zum Rebellen erklären und bekämpfen«, entfuhr es Hadiya. Erst da erinnerte sie sich, dass ihr Vater sich für den Aufstand gegen den Sultan rüstete.

»Es sind Giauren und Franken«, sagte Tasnim, um das Mitleid, das auch sie empfand, zu unterdrücken.

»Es sind Menschen!«, wies Hadiya sie zurecht, und als sie zu essen begann, wollte es ihr nicht schmecken.

»Hast du sie gesehen?«, fragte sie zwischen zwei Bissen.

Tasnim nickte. »Ich vermochte einen Blick auf sie zu erhaschen. Ihr Anführer ist ein hochgewachsener, schlanker junger Mann von bewundernswerter Schönheit, mit Haaren wie aus rotem Gold gesponnen und Augen, in denen sich das Blau des Morgenhimmels widerspiegelt. Sein Stellvertreter ist noch ein oder zwei Fingerbreit größer, breiter in den Schultern und ebenfalls angenehm anzusehen. Dazu kommt ein älterer Gefolgsmann, der ziemlich grimmig wirkt, und ein Jüngling, der angeblich dessen Sohn ist. Ich kann mir dies kaum vorstellen, da er recht hübsch ist und ein fröhliches Gemüt zu haben scheint.«

Hadiya drängte sie, noch mehr zu berichten, doch Tasnim hob verzweifelt die Arme. »Mehr kann ich dir nicht von den Franken erzählen, Herrin. Ich habe sie doch nur kurz gesehen.«

»Du sagst, al-Mansur will sie gefangen nehmen?«, fragte Hadiya weiter.

Tasnim nickte. »So ist es, Herrin. Sobald sie heute Nacht eingeschlafen sind, will er heimlich Knechte in ihre Kammern schicken, die ihnen die Waffen wegnehmen sollen. Dann werden ihre Türen versperrt.«

»Welch ein Hohn für das Gastrecht! Auch wenn es sich um Franken und Giauren handelt, dürfte al-Mansur niemals so handeln«, brach es aus Hadiya heraus. Nun kam ihr die eigene Situation wieder zu Bewusstsein. Sie war ebenso wie diese zu einem üblen Schicksal verdammt. Hätte ihr Vater geplant, sie mit einem hochrangigen Gefolgsmann Salah al-Dins zu verheiraten, so hätte sie sich klaglos darin eingefunden. Das nachrangige Weib eines in Zelten hausenden Beduinen zu werden, hätte sie jedoch nicht einmal jener Schwester gewünscht, die sie als Kind am meisten gepiesackt hatte.

Hadiya fand die Welt ungerecht. Die vier Franken würden wie ihr Landsmann ein grausames Schicksal erleiden und sie im Rauch eines Kameldungfeuers alt und runzlig werden. Flucht war sowohl für die Fremden wie auch für sie unmöglich. Bei dem Gedanken zuckte sie zusammen. Ist das wirklich so?, fragte sie sich.

Erstaunt hob Tasnim den Kopf. »Was meinst du, Herrin?«

»Ich habe laut gedacht. Du sagst, die Franken seien zu Pferd gekommen. Wo hat man diese hingebracht?«

»Ins Dorf.«

»Ins Dorf also.« Hadiya atmete auf. Im Gegensatz zur Burg konnte man dort die Pferde holen und davonreiten. Im nächsten Moment erschrak sie über die Kühnheit ihres Planes. War es richtig, ihr Schicksal mit dem der Franken zu verknüpfen? Der Verstand sagte ihr, dass es besser war, dem Vater zu gehorchen, auch wenn sie einem alten Mann die Schenkel würde öffnen müssen. Von ihren Gefühlen her war es ihr jedoch lieber, mit einem jungen, schlanken und schönen Franken verheiratet zu sein als mit Bilal ibn Daud, der Mühe haben dürfte, sie unter der Schar seiner Enkelinnen herauszufinden.

Musste es gleich eine Heirat sein?, fragte etwas in ihr. Hadiya nickte heftig, um sich selbst zu bestätigen. Nur eine Heirat verlieh ihr den Schutz, den sie benötigte. Allerdings war der Franke ein Christ. Sollte sie sich deswegen jedoch Bilal ibn Dauds Launen und denen seiner anderen Weiber ausliefern? Nun schüttelte sie den Kopf.

»Niemals!«

»Herrin, was ist mit dir?« Tasnim begriff Hadiyas einzeln vor sich hin gestammelte Worte und das wechselnde Mienenspiel ihrer Herrin nicht und hatte Angst, diese könnte von einem Dschinn besessen sein.

»Ich werde den Franken zur Flucht verhelfen! Dafür muss ihr hübscher Anführer mich zum Weib nehmen und bei seinem Gott schwören, mich stets gut zu behandeln«, erklärte Hadiya, die wild entschlossen war, sich niemals einem Bilal ibn Daud zu beugen.

»Herrin, das kann dir nur ein Dschinn eingegeben haben!«, rief Tasnim entsetzt.

Hadiya wandte sich mit einem leisen Lachen zu ihr um. »Dem fränkischen Anführer wird seine Freiheit, die seiner Männer und des Gefangenen, den er sucht, es wert sein, mit mir die Ehe einzugehen. Weigert er sich, ist er ein Narr!«

Ich halte eher dich für eine Närrin, schoss es Tasnim durch den Kopf. Dann aber begriff sie, dass Hadiyas Flucht auch ihr helfen könnte. Wenn sie hierblieb, würde sie schon bald Amir ibn Hassan und dessen Gefolgsleuten zur Verfügung stehen müssen. War diese Vorstellung schon übel genug, so zeigte ihr das Beispiel des Gefangenen, wie grausam Amir ibn Hassan mit jenen verfuhr, denen er zürnte.

»Würdest du mich mitnehmen?«, fragte sie leise.

Hadiya sah sie an, dachte daran, dass ihr Vater sie ihrer Familie entrissen hatte, um diese zu bestrafen, und nickte. »Du wirst mitkommen! Ich brauche deine Hilfe, um die Burg verlassen zu können. Zum Glück liebt Zufilkar den Wein zu sehr, um uns daran hindern zu können.«

»Dein Vater wird ihn danach fürchterlich bestrafen«, wandte Tasnim ein.

Hadiya schwankte kurz, schüttelte dann aber den Kopf. Sie konnte nicht auf jeden Rücksicht nehmen, sonst saß sie schon bald in Bilal ibn Dauds Zelt und buk Fladenbrot für die gewaltige Anzahl seiner Kinder und Enkel.

9.

Das Essen war gut, und die Höflichkeit, mit der man sie behandelte, ließ selbst Bernard seinen Argwohn vergessen. Ohne zu ahnen, dass ihr Ehemann nur wenige Schritte von ihr entfernt im Innenhof angekettet war, begab Constance sich zur Ruhe und schlief bald ein. Irgendwann in der Nacht wurde sie wach, weil sie einen Luftzug gespürt hatte, und blickte etwas verwirrt in die Dunkelheit hinein. Es war jedoch nichts zu hören, und so legte sie sich wieder hin. Sie war schon wieder am Einschlafen, als es im Nebenraum auf einmal laut wurde. Erschrocken sprang sie auf und tastete nach ihrem Schwert, ohne es zu finden. Als sie zur Tür eilte und diese öffnen wollte, saß diese so fest, als wäre sie zugemauert. Noch während sie verwirrt den Kopf schüttelte, hörte sie Michaels zornigen Schrei. »Diese heimtückischen Hunde! Der Teufel soll sie holen!«

»Was ist geschehen?«

»Befindet Ihr Euch wohl?«, hörte sie ihn erregt fragen.

»Ja, doch! Ich glaube schon. Seltsam ist nur, dass ich die Tür nicht öffnen kann«, antwortete Constance.

»Diese elenden Schweine haben uns in eine Falle gelockt. Ich bin wach geworden, als jemand mein Schwert ergriffen hat. Als ich ihn an der Tür packen konnte, standen draußen mehrere Männer und haben mich in den Raum zurückgestoßen. Danach schlugen sie die Tür zu und verbarrikadierten sie. Warnt rasch Bernard und Benoît! Vielleicht können die beiden sich behaupten!«

»Aber …«, rief Constance, begriff aber, dass es wichtiger war, ihre Gefolgsleute zu warnen, als wirren Vermutungen nachzuhängen. Daher eilte sie an die gegenüberliegende Wand und hämmerte mit beiden Fäusten dagegen. »Bernard, Benoît, seid ihr wach? Gebt acht, man hat Michael und mich der Schwerter beraubt und uns eingesperrt!«

»Was ist los?« Bernards Stimme klang verschlafen.

Fast gleichzeitig klang Benoîts Stimme auf. »Mein Schwert! Es ist weg!«

Augenblicke später hörte Constance, wie jemand gegen die Tür schlug, und kurz danach Benoîts Ruf. »Die Tür ist zu! Wir sind eingesperrt!«

»Ich habe doch gesagt, dass man diesen Kerlen nicht über den Weg trauen darf!«, schrie Bernard voller Wut.

Doch selbst der größte Zorn vermochte die Balken, mit denen die Türen versperrt worden waren, nicht zu lösen.

Nun begriff Constance, weshalb al-Mansur ihre Gruppe getrennt hatte. Einzeln konnten weder Michael noch sie die Türen aufbrechen, und sie bezweifelte, ob dies Bernard und seinem Sohn gelingen würde.

»Aber warum haben sie das getan?«, fragte sie hilflos.

»Das werden wir erfahren. Ich schwöre bei Gott, es wird mehr als ein Schwert brauchen, um mich davon abzuhalten, al-Mansur das Genick zu brechen.«

Michael wusste selbst, dass Worte und Drohungen ihnen wenig halfen, doch er musste seiner Wut und seiner Enttäuschung Luft verschaffen, wenn er nicht ersticken wollte. Ihm ging es dabei weniger um ihn als um Rémy. So mutig sie auch sein mochte, so war sie doch eine Frau und damit für die Sarazenen eine willkommenere Beute als Bernard, dessen Sohn und er.

10.

Zwischen dem Harem und den Kammern, in denen die Franken eingesperrt worden waren, lag nur eine Tür. Diese war verschlossen, und der Schlüssel steckte in Zufilkars Gürtel. Dieser Schlüssel besaß eine besondere Eigenschaft, denn er schloss nicht nur die Tür des Harems auf, sondern man konnte mit ihm auch alle anderen Schlösser der Burg öffnen. Dies wollte Hadiya sich zunutze machen. Um ins Freie zu gelangen, mussten sie mehrere Türen überwinden und zu einer verborgenen Pforte gelangen, die laut Tasnim nicht bewacht wurde.

»Bist du bereit?«, fragte Hadiya ihre Dienerin.

Tasnim nickte, obwohl sie am liebsten Nein gesagt hätte.

»Dann brechen wir auf!« Hadiya schritt los und zog selbst den Schlüssel aus dem Gürtel des volltrunken auf seinem Bett liegenden Eunuchen. Dieser gab ein paar Laute von sich, und für Augenblicke sah es so aus, als wachte er auf, dann aber erwies sich der genossene Wein als der Stärkere.

Hadiya atmete auf, eilte zur Tür des Harems und schloss diese mit dem festen Vorsatz auf, sich nie mehr dahinter einsperren zu lassen.

Sie amüsierte sich darüber, dass al-Mansur die Franken direkt neben dem Harem gefangen hielt. Damit erleichterte er ihr vieles.

»Du sagst, der Anführer ist in der zweiten Kammer?«, fragte sie Tasnim.

»Das ist er, Herrin. Rechts von ihm ist der breitschultrige Krieger und links der alte Krieger mit seinem Sohn«, antwortete die Magd.

Hadiya huschte zu der Tür, hinter der Constance eingesperrt war, und klopfte leise dagegen. Es tat sich nichts. Sie kniff ärgerlich die Lippen zusammen und klopfte noch einmal.

»Bist du wach?«, fragte sie für ihr Gefühl viel zu laut. Erst als sie die Worte ausgesprochen hatte, begriff sie, dass sie es in ihrer eigenen Sprache getan hatte, und wiederholte es in der der Franken.

Constance hatte sich mit aller Kraft gegen die Verzweiflung gestemmt, die ihre Krallen in sie hineinschlagen wollte, und über einen Ausweg aus dieser üblen Lage nachgesonnen. Nun schreckte sie hoch und glaubte zunächst, die Sarazenen wären wieder in ihre Kammer eingedrungen. Da hörte sie die leise Frage in einem etwas fremdartig klingenden Französisch und stand auf.

»Wer ist da?«, fragte sie angespannt, denn die Stimme war die einer Frau gewesen.

»Ich bin …« Hadiya brach ab und fragte sich, ob sie sich als Tochter des Todfeinds dieser Franken bezeichnen sollte, und beschloss, nur ihren Namen zu nennen. »Ich bin Hadiya und bereit, dich und die Deinen zu befreien.«

Constances Herz tat einen Sprung. »Du willst uns befreien?«, fragte sie atemlos.

»Ja, dich, deine drei Gefährten und sogar den Gefangenen, wegen dem du gekommen bist!«, antwortete Hadiya.

»Raoul ist hier?« Constance weinte fast vor Erleichterung.

»Seinen Namen kenne ich nicht. Doch es muss der Mann sein, den du suchst«, erklärte Hadiya. »Aber bevor ich euch befreie, musst du mir einen Gefallen erweisen.«

»Jeden, den du dir wünschst!«, stieß Constance hervor.

»Du musst bei deinem Gott schwören, mich zu heiraten und gut zu behandeln!«, klang es fordernd zurück.

»Was sagst du?«, fragte Constance überrascht.

»Tust du es nicht, lasse ich euch in euren Kammern, und ihr werdet dasselbe Schicksal erleiden wie der andere Gefangene. Dieser ist übel dran, schwach und fast blind! Er wird, wenn du nicht auf meine Bedingung eingehst, innerhalb weniger Tage sterben.«

Hadiya beschrieb Raouls Zustand treffend. Auch wenn sie ihm einmal etwas Wasser gebracht hatte, so würde er bald den Qualen der Gefangenschaft erliegen. Nun aber bestand die Möglichkeit, dass er befreit wurde und überleben konnte. Doch dies hing von der Antwort des jungen, hübschen Ritters ab.

In Constances Kopf überschlugen sich die Gedanken. Sie war eine Frau und konnte einer anderen Frau nicht versprechen, sie zu heiraten. Daher versuchte sie, zu verhandeln.

»Ich werde dafür sorgen, dass es dir wohlergeht und du ein gutes Leben führen kannst«, bot sie an.

Hadiya schüttelte den Kopf, obwohl der junge Ritter es wegen der geschlossenen Tür nicht sehen konnte. »Ich will deinen Eid, dass du mich heiratest! Sonst werdet ihr alle Amir ibn Hassans Rache anheimfallen. Er hasst euch Franken, weil ihr in Akkon seinen Bruder Hamid hingerichtet habt.«

In eine Kultur hineingeboren, in der sie aus dem Harem des Vaters in den ihres Ehemanns überwechseln musste, konnte Hadiya sich kein Leben vorstellen, in dem sie weder Tochter noch Ehefrau war. Sie brauchte den Eid des Ritters, um Schutz und Fürsorge zu erhalten. Alles andere würde ein Leben wie das von Tasnim sein, die als Sklavin den Launen ihres Herrn hilflos ausgeliefert war.

In ihrer Kammer begriff Constance, dass die Fremde ihre Forderung todernst meinte. Was hatte diese gesagt? Raoul sei dem Tode nahe und so gut wie blind? Ihr Herz floss über vor Mitleid. Sie musste ihren Mann retten und dafür sorgen, dass er trotz allem noch ein gutes Leben führen konnte. Ein weiterer Gedanke schob sich in ihre Gedanken. Auch blind war Raoul immer noch der Vicomte de Laronne und ein Lehnsmann des Königs. Diesen Titel und diesen Rang konnte ihm keiner absprechen. Immerhin hatte Raoul im Namen des Königs im Heiligen Land gekämpft und war hier in Gefangenschaft geraten.

Trotzdem konnte sie unmöglich auf die Forderung der jungen

Frau eingehen. Kurz erwog sie, ihr zu sagen, dass auch sie weiblichen Geschlechts sei. Die Angst vor deren Reaktion verschloss ihr jedoch die Lippen. Immerhin ging es nicht allein um Raoul, sondern auch um Michael, Bernard und Benoît.

»Also gut, ich schwöre es dir!«, sagte sie und bat Gott und alle Heiligen, ihr diesen Meineid zu verzeihen.

»Schwöre es bei deinem Gott und bei deinem Leben!«, forderte Hadiya.

Unterdessen war Michael darauf aufmerksam geworden, dass Constance in der Nebenkammer immer wieder sprach, konnte sich aber keinen Reim darauf machen.

»Was ist mit Euch, Herr Rémy?«, fragte er besorgt.

»Mit mir ist nichts!«, antwortete Constance und leistete mit bleichen Lippen den Schwur, den die Sarazenin von ihr forderte.

Hadiya atmete erleichtert auf. »Ich vertraue dir und deinem Wort«, sagte sie und fasste nach dem Balken, mit dem die Tür verrammelt worden war.

»Jetzt befreie ich dich«, setzte sie hinzu und begann zu ziehen. Der Balken saß jedoch viel zu fest, als dass sie ihn hätte lösen können.

»Hilf mir!«, forderte sie Tasnim auf.

»Wir brauchten einen Hammer, um ihn lockern zu können«, wandte diese ein.

»Wir dürfen keinen Lärm machen. Es muss auch so gehen«, widersprach Hadiya und verdoppelte ihre Anstrengungen.

Nun packte Tasnim mit an, und gemeinsam gelang es ihnen, den Balken ein Stück zu bewegen.

»Noch einmal, dann haben wir es«, flüsterte Hadiya erleichtert.

Es dauerte trotzdem, bis die beiden jungen Frauen den Balken entfernt hatten und die Tür öffnen konnten. Constance trat heraus und sah im Schein der Lampe, die Tasnim mitgenommen hatte, zwei hübsche Mädchen von etwa sechzehn, siebzehn Jahren, von denen eine besser gekleidet war. Diese blickte sie erwartungsvoll an, während die andere, die wohl ihre Dienerin war, vor ihr zurückwich.

»Ich danke euch!«, sagte sie aus vollem Herzen und verbeugte sich.

Hadiya musterte den jungen Ritter, den sie sich als Ehemann erwählt hatte, und war hochzufrieden. Der Franke sah tatsächlich so gut aus wie der Sohn einer Fee. Er war mehr als einen Kopf größer als sie, aber schlank und hatte sanfte Gesichtszüge, die jedes Mädchenherz entzücken mussten.

»Wenn wir fliehen wollen, sollten wir rasch die anderen befreien und dann den Gefangenen holen«, drängte Tasnim, da ihre Herrin den befreiten Ritter verzückt ansah und ganz vergessen zu haben schien, dass ihnen harte Strafen drohten, wenn Zufilkar oder al-Mansur sie überraschten.

Constance begriff zwar nicht, was die junge Sarazenin gesprochen hatte, doch deren Blick auf die beiden anderen Türen sagte ihr genug. Instinktiv trat sie zu der, hinter der Michael eingesperrt war, und klopfte dagegen.

»Ich bin frei, Herr Michael, und werde nun Eure Tür öffnen«, sagte sie, damit er nicht überrascht wurde und womöglich glaubte, sie wäre ein Feind.

»Wie ging das?«

Da packte Constance bereits den Balken, der seine Tür verschloss. Obwohl sie um einiges kräftiger als Hadiya war, brauchte sie deren und Tasnims Hilfe, um den Balken zu entfernen. Augenblicke später stand Michael auf dem Flur und starrte die beiden Sarazeninnen entgeistert an.

»Wo kommen die denn her?«, wollte er wissen.

»Wir haben keine Zeit zu reden, sondern müssen fliehen«, fuhr Hadiya ihm über den Mund und eilte zu der Tür, hinter der Bernard und dessen Sohn eingesperrt waren.

Die beiden hatten ebenfalls gehört, dass sich draußen etwas tat, und traten erleichtert heraus, als Michael den Sperrbalken mit einem heftigen Ruck beseitigte und die Tür öffnete.

»Wenn wir fliehen wollen, brauchen wir unsere Waffen«, erklärte Michael.

Da öffnete Tasnim eine unversperrte Tür und hielt ihre Lampe hinein. »Al-Mansurs Männer haben die Schwerter der Franken hier hineingeworfen«, erklärte sie.

Michael eilte sofort hin und nahm sein Schwert aufatmend an

sich. Danach reichte er Bernard und Benoît die Schwerter und zuletzt Rémy. Die Dolche folgten, und dann sah er Hadiya auffordernd an. »Wie kommen wir hier heraus?«

»Wir müssen noch in den innersten Hof, um den Gefangenen zu befreien. Ihr werdet ein Glied der Kette, mit der er gefesselt ist, aufbiegen müssen.«

»Dafür brauchen wir Werkzeug«, gab Bernard zu bedenken.

»Notfalls muss ein Dolch dafür herhalten«, antwortete Michael, der sich nun, da er sein Schwert in der Hand hielt, von nichts und niemandem mehr aufhalten lassen wollte.

Hadiya nickte und erteilte Tasnim den Befehl, vorauszugehen und ihnen den Weg zu weisen.

11.

Hinter der nächsten Tür trafen sie auf einen Wächter. Dieser war jedoch in dem Bewusstsein eingeschlafen, dass die Gefangenen fest und sicher in ihren Kammern eingeschlossen waren, und wurde so rasch überwältigt, dass er keinen Laut von sich geben konnte. Bernard und Benoît brachten ihn in die Kammer, in der sie gefangen gehalten worden waren, und verbarrikadierten die Tür mit dem Balken. Auch die beiden anderen Türen verschlossen sie, damit ihre Flucht nicht zu rasch bemerkt werden konnte, und gesellten sich dann wieder zu ihren Gefährten. Nun ging es eine schmale Treppe hinab bis zu einer Tür, die Hadiya mit Zufilkars Schlüssel öffnete.

»Die Lampe muss hierbleiben, damit niemand den Schein entdeckt und auf uns aufmerksam wird«, erklärte sie und trat beiseite, damit ihr Ritter und dessen breitschultriger Gefährte den Innenhof betreten konnten.

Constance entdeckte Raoul als Erste. Er kauerte wimmernd an der Hauswand, die, nachdem sie tagsüber glühend heiß gewesen war, in der Nacht eine eisige Kälte ausstrahlte. Zuerst wollte sie ihm sagen, dass sie es sei, zuckte dann aber zusammen. Weder Michael noch die junge Sarazenin wussten, wer sie wirklich war, und das musste so bleiben, bis sie sich wieder in der Heimat befanden. Auch fürchtete sie, die Sarazenin könnte die Besatzung der Burg alarmieren, wenn sie erfuhr, dass sie mit ihrem Schwur belogen worden war, und damit ihre Flucht verhindern.

Daher kniete sie neben Raoul nieder und legte ihm die Hand auf die schrundige Schulter. »Könnt Ihr mich hören, Herr Raoul?«

»Narrt mich ein Traum?«, murmelte er, ohne richtig zu erwachen.

Nun war auch Michael herangekommen und schnupperte kurz. »Diese verfluchten Hunde! Sie lassen ihn in seinem eigenen Dreck verkommen.«

Nun wurde Raoul doch wach. »Ritter Michael, seid Ihr es?«, fragte er überrascht.

Obwohl Constance sich um Himmels willen nicht als Frau zu erkennen geben durfte, versetzte es ihr doch einen Stich, dass er Michael an der Stimme erkannt hatte, sie aber nicht.

»Ich bin es!«, antwortete Michael. »Wir sind gekommen, um Euch zu befreien.«

»Ich glaubte Euch ebenso tot wie all die anderen«, stieß Raoul erregt hervor.

»Viel hätte nicht gefehlt. Hätte Benoît mich nicht gefunden und nach Akkon gebracht, wäre ich meinen Wunden erlegen.«

»Benoît lebt also auch!«

Constance und Michael spürten die Erleichterung in Raouls Worten, dass nicht alle, die mit ihm geritten waren, den Tod gefunden hatten.

Nun aber tastete Michael nach der Kette, mit der Raoul festgehalten wurde. Diese endete an einem Ring um seinen Hals, da Amir ibn Hassan ihn wie ein Tier hatte halten wollen. Es fiel Michael nicht leicht, das letzte Glied der Kette aufzubiegen. Dann aber war es geschafft, und er zog Raoul hoch. Dieser war jedoch viel zu schwach, um auf eigenen Beinen stehen zu können. Daher trug Michael ihn zur Tür und übergab ihn dort Benoît.

Constance ging voller Mitleid mit ihrem geschundenen Ehemann nebenher und schwor sich, alles zu tun, damit er wieder gesund wurde. Dafür aber mussten sie die Heimat erreichen.

»Wie kommen wir aus der Burg?«

»Ich werde euch führen«, antwortete Tasnim anstelle ihrer Herrin und ging voran.

Wenig später standen sie vor einer kleinen Pforte, die durch ein schweres Schloss gesichert wurde. Zufilkars Schlüssel half auch hier, und so gelangten sie ins Freie. Zunächst mussten sie einen steilen Abhang bewältigen, bis sie endlich auf die Straße trafen, die von der Burg wegführte.

»Das war wahrscheinlich ein Fluchtweg, wenn Belagerer die Burg einzunehmen drohten«, mutmaßte Michael, während sie auf das Dorf zugingen, in dem ihre Pferde untergebracht worden waren.

Da die Tiere im Freien weideten, war es für Constance ein Leichtes, Aribert durch ein Zungenschnalzen anzulocken. Auch Michaels Karim kam freiwillig zu ihnen, während Bernard und dessen Sohn ihre Pferde einfangen mussten. Bis dies geschah, führte Tasnim sie zu einem Schuppen, in dem sie ihre Sättel fanden.

»Wir brauchen noch Pferde für dich und deine Herrin«, meinte Michael. »Herr Raoul ist hingegen zu schwach, um selbst reiten zu können.«

»Ich steige nicht allein auf ein Pferd«, wehrte Hadiya ab, und auch Tasnim schüttelte den Kopf.

»Also gut! Ihr nehmt Euren Verwandten vor Euch«, wandte Michael sich an Rémy.

Bevor er mehr sagen konnte, schob sich Hadiya dazwischen. »Ich werde mit diesem Ritter reiten.«

»Auch gut! Dann übernimmt Bernard Herrn Raoul und Benoît das andere Mädchen. Wir sollten uns sputen, denn ich fürchte, dass man uns bald verfolgen wird.« Michael sah erleichtert, dass Rémys Gefolgsleute ihre Pferde inzwischen eingefangen hatten und sie nun sattelten.

»Ihr wollt niemanden auf Euer Pferd nehmen?«, fragte Constance mit einer gewissen Schärfe.

»Ich werde es von Zeit zu Zeit tun, um Euer Pferd und die anderen zu entlasten«, antwortete Michael und hielt ihr den Zügel, damit sie aufsteigen konnte. Danach fasste er Hadiya trotz ihres Widerstrebens um die Hüfte und hob sie zu Rémy hoch. Er half auch Bernard und Benoît, danach schwang er sich in den Sattel und musterte besorgt die Sterne. »Der Morgen lässt nicht mehr lange auf sich warten. Wir sollten zusehen, dass wir von hier wegkommen.«

»Wir haben weder Vorräte noch Wasser«, wandte Constance ein.

»Al-Mansur wird gewiss glauben, dass wir nach Westen fliehen. Wir sollten ihn an der Nase herumführen und eine andere Richtung wählen. Wenn wir uns nach Süden halten, treffen wir auf Tasnims Verwandte und werden von ihnen Hilfe erhalten«, schlug Hadiya vor.

Michael überlegte kurz und nickte. »Es erscheint mir das Beste zu sein.«

Da der Entschluss gefasst war, drehte er Karims Kopf nach Süden und ritt los. Auf Tasnims Betreiben schloss Benoît zu ihm auf.

»Wir müssen dort vorne von der Straße weg und über die Hügel. So sind wir schneller und werden kurz nach Tagesanbruch eine Höhle erreichen, in der wir uns verstecken können«, erklärte sie Michael.

Er nickte zustimmend und richtete sich nach ihren Angaben. Noch waren sie nicht entkommen, doch er würde alles dafür tun, dass sie nicht ein zweites Mal in eine Falle gelockt werden konnten.

Nun erst fragte er Hadiya, warum sie ihnen geholfen hatte.

Diese fasste mit zufriedener Miene nach Constances Arm. »Dieser edle Ritter hat geschworen, mich zum Weibe zu nehmen, wenn ich euch helfe.«

Es gelang Michael nur mit Mühe, sich zu beherrschen. Doch er begriff ebenso wie Constance, dass ihre Situation auf Messers Schneide stand. Um zu entkommen, brauchten sie Hadiya und deren Dienerin. Wenn die beiden jedoch erfuhren, dass Rémy kein Mann war, war die Gefahr groß, dass sie aus Enttäuschung verraten wurden. Daher nahm er sich vor, weiterhin so zu tun, als wäre Rémy ein Ritter, und konnte nur hoffen, dass Bernard und dessen Sohn genug Verstand zeigten, sich ebenfalls so zu verhalten. Doch was war mit Raoul?, fragte er sich. Dieser konnte Rémys Geschlecht aus seiner Schwäche heraus aufdecken.

Dies war auch Constances Sorge, und so beschloss sie, sich von ihrem Mann fernzuhalten und seine Pflege Benoît zu überlassen.

Obwohl sie sich dafür schämte, war sie froh, dass er Hadiyas Worten zufolge so gut wie blind sein sollte. Solange sie vorsichtig war, würde er sie wohl nicht erkennen.

12.

Das Versteck, in das Tasnim sie führte, war Michaels Einschätzung nach sicher genug, um den Tag darin zu verbringen. Ein Stück weiter gab es sogar eine kleine Quelle, an der sie ihren Durst löschen konnten. Den Pferden brachten sie Wasser in ihren Helmen. Außerdem machte sich Benoît daran, Raoul zu waschen, und trat ihm seinen Umhang ab, damit er nicht nackt bei ihnen sitzen musste.

Constance nützte die Gelegenheit, Bernard und Benoît darüber zu informieren, dass sie um Gottes willen nicht als Raouls Frau erkannt werden durfte, und nannte ihnen auch den Grund. Während Benoît sie erschrocken ansah, winkte sein Vater ab.

»Das war eine List, die gegen einen Feind vertretbar ist«, entschuldigte er Constances Schwur.

»Dies liegt mir trotzdem auf der Seele«, antwortete Constance. »Ich fühle mich für das Mädchen verantwortlich. Es entstammt immerhin edlem Geblüt.«

»Wir werden für sie schon etwas finden«, meinte Bernard und verzog das Gesicht, da sein Magen zu knurren begann. »Wir haben zwar Wasser, aber nichts zu beißen!«

»Laut Tasnim werden wir, wenn wir weiterreiten, bald ein Dorf erreichen, in dem wir uns versorgen können«, versuchte sein Sohn ihn zu trösten.

»Ich weiß nicht, ob wir das tun sollen«, wandte Constance ein. »Vier Reiter, von denen drei noch jemanden bei sich auf den Pferden sitzen haben, fallen auf. Wenn al-Mansur davon erfährt, wird er uns bald eingeholt haben.«

»Aus diesem Grund werden auch nur Benoît und Tasnim das Dorf aufsuchen. Da ihre Herrin bei uns zurückbleibt, wird sie uns nicht verraten.« Michael war hinzugetreten und hatte die letzten Worte gehört.

»Ich will nicht, dass Ihr die beiden jungen Frauen schlecht behandelt. Wir haben ihnen unsere Freiheit zu verdanken. Oder habt Ihr das vergessen?«, schalt Constance ihn und ärgerte sich darüber, kaum dass sie es gesagt hatte. »Es tut mir leid! Ich wollte nicht …«, begann sie, um von Michael unterbrochen zu werden.

»Es ist schon gut! Ihr habt ja recht. Ohne Hadiya und Tasnim würden wir noch immer in aš-Šawbak sitzen und müssten befürchten, wie Hunde angekettet zu werden.«

Er klopfte Rémy auf die Schulter und gesellte sich zu Raoul, der sich zum ersten Mal seit langem wieder hatte satt trinken können.

Es tat Constance weh, dass nicht sie ihn pflegen durfte, sondern dies Benoît und Tasnim überlassen musste. Es hätte jedoch nicht zu ihrer Rolle als junger Ritter gepasst und Hadiya und deren Dienerin misstrauisch machen können. Sie waren jedoch auf die Hilfe der beiden Frauen angewiesen. Selbst Michael wusste nicht, wie sie von hier nach Jaffa oder Akkon kommen konnten, ohne dabei von Amir ibn Hassans Gefolgsleuten abgefangen zu werden.

Reiter, die nicht weit von ihrem Versteck über das Land galoppierten, verrieten ihnen, dass al-Mansur ihr Verschwinden entdeckt und die Suche aufgenommen hatte. Den ganzen Tag über beobachteten sie Reitertrupps, die von aš-Šawbak kommend ausschwärmten. Schließlich rief Michael die Gruppe zusammen.

»Ich halte es für zu gefährlich, Benoît mit dem Mädchen loszuschicken. Die Leute im Dorf mögen gastfreundlich sein, doch könnten sie uns aus Angst vor Amir ibn Hassan an diesen verraten.«

»Aber wir haben nichts zu essen, und Raoul ist zu schwach, um den ganzen Tag fasten zu können«, wandte Constance ein.

»In unseren Satteltaschen sind noch ein paar Datteln. Sie werden ihm genug Kraft geben. Die Datteln, die noch übrig bleiben, geben wir den Pferden. Uns selbst wird ein Fasttag nicht schaden!«, antwortete Michael und wiederholte es für Tasnim in deren Sprache.

»Du bist ein großer Krieger – und einer mit Verstand, Franke!«, sagte das Mädchen und begann, die Satteltaschen nach Datteln zu durchsuchen.

Benoît half ihr dabei. Da er inzwischen ein paar Brocken der Sarazenensprache aufgeschnappt hatte, wollte er mit ihr reden, brachte die junge Beduinin jedoch nur zum Lachen.

»Was hat sie?«, fragte er Michael.

»Sie findet dich lustig«, antwortete dieser mit zuckenden Lippen.

Es war offensichtlich, dass die beiden Gefallen aneinander gefunden hatten. Benoît war auch nicht mehr der halbe Knabe, als den er ihn kennengelernt hatte, sondern mittlerweile ein gutaussehender, junger Mann mit dunkelblonden Haaren und einem angenehmen Gesicht, der einem Mädchen gefallen konnte. Die junge Beduinin war zwar keine solche Schönheit wie ihre Herrin, aber mit ihren dunklen Locken und den haselnussbraunen Augen hübsch. Das lange, weit fallende Gewand verbarg nicht, dass sie ansehnliche Rundungen aufwies. Für Benoît mochte sie ebenso Verlockung wie später auch Belohnung sein. Bernard würde zwar schimpfen, sich aber dann doch damit abfinden.

Anders als ihre Sklavin hatte Hadiya es sich in den Kopf gesetzt, die Frau eines Mannes von Adel zu werden. Es widerstrebte Michael, sie über dessen wahre Erscheinung im Unklaren lassen zu müssen, doch es war notwendig. Später würden Raoul und er alles tun müssen, damit ihr diese Situation nicht zum Schaden ausschlug.

Mit dem Gefühl, dass sich für jedes Problem, das sie lösten, drei neue auftaten, half er mit, die Satteltaschen auszuräumen. Die besseren Datteln wurden für Raoul bestimmt, der sie mit Genuss verzehrte. Den Rest teilten sie unter den Pferden auf. Es war wichtig, dass die Tiere ihre Kraft behielten, denn vor ihnen lag ein langer Weg bis zur Küste. Michael hätte gerne auch Rémy und den beiden Sarazeninnen ein paar Datteln gegeben, doch bei Ersterer war es unmöglich, da sie als »Mann« nicht bevorzugt werden durfte. Und ihre beiden Retterinnen wehrten mit dem Hinweis ab, dass für jedes Pferd nur eine Handvoll Datteln blieb und es besser war, diese zu füttern und selbst zu warten, bis sie Tasnims Stamm erreicht hatten.

Elfter Teil

Flucht

1.

Als Constance wieder in den Sattel stieg, knurrte ihr Magen hörbar. Neben ihr schwangen Bernard und sein Sohn sich aufs Pferd, während Michael noch wartete, damit er Raoul und die beiden Sarazeninnen hochreichen konnte. Als dies geschehen war, stieg auch er auf und schlug die Richtung ein, die Tasnim ihm nannte.

Die Beduinin kannte die Gegend von mehreren Besuchen auf umliegenden Märkten und hatte darüber nachgedacht, welche Strecke die sicherste war. Zu lang durfte sie nicht sein, da sie das Dorf erreichen wollten, bevor die Sonne am nächsten Tag zu hoch stand und die Hitze Mensch und Pferd zusetzte.

Noch war die Nacht nicht heraufgezogen. Da sich aber im Osten die ersten Schatten der Dämmerung ausbreiteten, hielt Michael es für vertretbar, aufzubrechen.

Es wurde ein stiller Ritt, denn kaum einer sagte ein Wort. Sie alle hofften, bald zu Tasnims Stamm zu gelangen und sich dort die Mägen füllen zu können. Als die Sonne hinter dem für kurze Zeit rot glühenden westlichen Himmel versunken war, mussten sie vorsichtiger reiten. Michael stieg immer wieder ab, um zu schauen, ob der Weg sicher genug für die Pferde war. Erst als der silberne Schein des Mondes die Landschaft ein wenig erhellte, kamen sie rascher vorwärts.

Bernard hatte Raoul vor sich auf das Pferd setzen lassen und sich am Ende der Gruppe eingereiht. Vor ihm ritt Constance, die Hadiya mit auf Ariberts Rücken genommen hatte. Die Sarazenin klammerte sich an ihr fest, hatte ihre Arme aber nur um ihre Taille geschlungen. Constance hoffte, dass dies auch so bleiben würde, denn wenn Hadiyas Hände ihre Brüste berührten, war ihr Täuschungsspiel zu Ende.

Diese Sorgen hatte Benoît nicht. Er hatte Tasnim vor sich gesetzt und hielt sie mit der Linken fest. Ihm gefiel es, das Mädchen so nahe bei sich zu spüren. Er roch den Duft ihres Haares, und in ihm stiegen Gefühle hoch, die er zwar noch nicht kannte, die ihm aber gefielen. Seiner Ansicht nach brauchte Tasnim, wenn sie nach Laronne kamen, jemanden, der sich um sie kümmerte, und derjenige wollte er sein. An seinen Vater, der gewiss gegen diese Verbindung sein würde, verschwendete er keinen Gedanken.

Zweimal wies die Beduinin Michael an, die Richtung zu wechseln. So nahe an ihrer Heimat wollte sie nicht auf sich aufmerksam machen. In der Morgendämmerung umging sie ein weiteres Dorf und bog dann nach rechts ab.

»Wir sind bald da«, erklärte sie.

»Gott sei Dank! Mein Magen hängt bereits in den Kniekehlen«, rief Bernard, der Raoul die gesamte Nacht lang festgehalten hatte.

Benoît zufolge hätte der Ritt noch lange dauern können. Mit jeder Meile, die sie zurückgelegt hatten, war Tasnim zutraulicher geworden und lehnte sich nun sanft gegen ihn. Hunger empfand er keinen, sondern ganz andere Wünsche, die er allerdings unterdrücken musste.

»Was ist das?«, rief Constance überrascht. Nun blickten auch ihre Begleiter auf und entdeckten ein seltsames Bauwerk, das wie aus dem Fels gehauen schien. Es hatte mehrere Öffnungen, die einst Türen und Fenster gewesen sein konnten und nun wie große Löcher wirkten, und war von fünf nach oben spitz zulaufenden Zinnen gekrönt.

Michael entdeckte einen Schatten und rief: »Achtung! Dort vorne ist jemand.«

»Das ist der Wächter der Siq«, erklärte ihm Tasnim, die ihn zwar nicht verstanden, aber anhand seiner Gesten erkannt hatte, was er meinte.

»Was ist die Siq?«, fragte Michael.

»Die Schlucht, die zum Dorf meines Stammes führt!«, antwortete Tasnim und drängte Benoît weiterzureiten.

Nun sahen sie den Eingang der Schlucht vor sich. Sie wirkte wie eine von einem gewaltigen Schwert geschlagene Wunde in der fast senkrecht aufragenden Felswand. Tasnim winkte: »Ich bin es, Sa'id! Ich komme mit Freunden.«

Der Wächter hatte gerade in die Schlucht zurückweichen wollen, blieb nun jedoch stehen und sah der kleinen Reiterschar neugierig entgegen. »Tasnim? Hat dieser elende Amir ibn Hassan dich doch freigelassen?«

Das Mädchen schüttelte den Kopf. »Nein, wir sind geflohen! Das hier sind Franken. Sie haben einen der Ihren gesucht, den Amir ibn Hassan entgegen den Befehlen Sultan Salah al-Dins gefangen hielt. Sie hatten ein Schreiben bei sich, in dem Amir ibn Hassan aufgefordert wurde, ihnen diesen Mann zu übergeben. Stattdessen hat sein Stellvertreter al-Mansur auch sie gefangen genommen. Die Herrin Hadiya hat sie mit meiner Hilfe befreit, und nun sind wir hierhergekommen.«

»Das ist nicht gut!«, antwortete Sa'id. »Amir ibn Hassans Krieger waren gestern bei uns. Wenn sie erfahren, dass wir euch Unterschlupf bieten, werden sie wiederkommen.«

»Hab keine Sorge! Wir bleiben nicht lange«, versuchte Michael, ihn zu beruhigen. »Lasst uns einen Tag ausruhen und verkauft uns Vorräte und vielleicht ein Pferd, dann ziehen wir weiter.«

Der Wächter überlegte kurz und nickte. »Also gut! Tasnim soll euch ins Dorf bringen. Dort wird Scheich Ali entscheiden, was mit euch geschehen soll.«

Da sie keine Wahl hatten, stimmte Michael zu und ritt in die Schlucht hinein. Es war ein bedrückendes Gefühl, die Felswände so knapp neben sich zu haben. Der Fels war von rötlicher bis gelber Farbe und ragte so hoch über sie hinaus, dass sie nur einen schmalen Streifen blauen Himmels sehen konnten. Auch schien die Schlucht endlos zu sein, denn sie führte in leichten Windungen immer weiter nach unten.

»Wenn dieser Weg nur nicht in der Hölle endet«, rief Bernard besorgt.

»Das wird er nicht! Du hast doch gehört, dass Tasnims Stamm dahinter lebt. Also wird die Schlucht ein Ende nehmen und wir auf Menschen treffen, nicht auf Teufel«, wies Constance ihn zurecht. Doch auch sie war angespannt und fragte sich, was wohl jenseits der Schlucht auf sie warten mochte.

2.

Auf den Anblick, der sich ihnen am Ende der Schlucht bot, war keiner von ihnen vorbereitet. Hinter einem flachen Einschnitt strebte eine weitere Felswand fast senkrecht empor, und darin eingeschnitten war ein prachtvoller Bau mit sechs Säulen, von denen eine umgestürzt war. Über diesen Säulen gab es ein angedeutetes Dach, aus dem drei mit Reliefs versehene Türme aufragten. Der mittlere war mit einer Art Kronenhaube geschmückt. Ein Tor, welches groß genug war, dass ein Reiter es passieren konnte, befand sich hinter den mittleren Säulen und führte in einen Raum, dessen Größe von außen nicht zu erkennen war.

»Das ist das Khazne al-Firaun, ein geheimnisvoller Ort«, erklärte ihnen Tasnim. »Mein Stamm lebt in dem Tal dahinter. Hier bleiben wir nur selten, denn der Firaun hat gewiss einen Dschinn eingesetzt, um seinen Besitz zu bewachen.«

Ein wenig Angst schwang in den Worten des Mädchens mit. Angesichts des gewaltigen Bauwerks, das gut zwanzig Mannslängen in die Höhe ragte und aus dem rötlichen Stein herausgeschlagen worden war, fand Constance dies verständlich.

Unterdessen waren die Bewohner auf sie aufmerksam geworden und kamen näher. Gut zwei Dutzend Männer hielten Speere und Bögen in den Händen, senkten sie aber, als sie Tasnim erkannten. Ein älterer Mann trat auf sie zu. Er trug ein mit Schnüren umwickeltes Tuch auf dem Kopf und steckte in einem weiten, hellen Gewand. An den Füßen saßen leichte, aus Fasern geflochtene Sandalen, und in der Hand hielt er ein Schwert mit gebogener Klinge, das jedoch in der Scheide steckte und damit anzeigte, dass er zwar mit Vorsicht, aber doch in Frieden kam.

Tasnim stieg vom Pferd und kniete vor ihm nieder. »Ich bin wieder zurück, Vater.«

Ali ben Fariq blickte auf seine Tochter und sah dann deren Begleiter an. Er erkannte Constance, Michael und die anderen als Kreuzritter, und für einen Augenblick blitzte Zorn in seinen Augen auf. Dann aber musterte er Hadiya, deren Kleidung sie als junge Frau aus edler Familie auswies, und wunderte sich über diese seltsame Reisegesellschaft.

»Hat Amir ibn Hassan dir die Freiheit gegeben, Tochter?«, fragte er Tasnim.

Diese schüttelte den Kopf. »Nein, Vater. Die Herrin und ich haben diese Franken befreit und sind mit ihnen aus aš-Šawbak geflohen. Amir ibn Hassan will das Schwert gegen Salah al-Din ziehen, um selbst Sultan zu werden.«

»Ihr seid geflohen?« Ali ben Fariq erschrak sichtlich. Am liebsten hätte er die Franken sofort weggeschickt. Seine Tochter hatte die Fremden jedoch zu ihm gebracht, und die Gastfreundschaft erforderte, ihnen Essen zu geben und zumindest für eine Nacht Unterkunft zu gewähren.

»Du wirst mir alles erzählen!«, sagte er mahnend zu Tasnim und wies dann auf eine etwas breitere Schlucht, die hier ihren Anfang nahm. »Kommt mit! Eure Pferde werden Datteln bekommen und ihr etwas zu essen.«

»Dafür wären wir sehr dankbar, denn seit wir die Festung verlassen haben, ist kein Bissen über unsere Lippen gekommen«, erklärte Michael und stieg vom Pferd.

Danach half er Hadiya auf den Boden und ebenso Raoul, der sich nun, da er genug Wasser und einige Datteln erhalten hatte, langsam zu erholen schien. Er sah jedoch noch immer schlecht und brauchte Bernards Arm, um ihnen folgen zu können.

Schon nach kurzer Zeit weitete sich die Schlucht zu einem beachtlichen Tal. An einigen Stellen ragten Reste von Gebäuden und Säulen aus dem Boden. Die Aufmerksamkeit der Gruppe galt jedoch den unzähligen Öffnungen in den in verschiedensten Rot- und Gelbtönen schillernden Felswänden. Auf eine dieser Öffnungen führte Ali ben Fariq sie zu.

Junge Burschen kamen heran, um die Pferde zu übernehmen, während Ali ben Fariq sie durch die Felsöffnung führte. Sie betraten eine große Kammer, in deren Mitte ein Feuer brannte. Frauen kochten dort und buken Fladenbrot.

Hinter ihnen fanden sich ein halbes Dutzend Nischen, in denen wohl Ali ben Fariqs Besitz aufbewahrt wurde. Der Scheich erteilte den Frauen einen Befehl und führte die Gruppe zu einer aus dem Felsen herausgehauenen Bank.

»Setzt euch und trinkt Qahwa«, forderte er sie auf und winkte seiner Tochter, ihm zu folgen.

Benoît sah den beiden besorgt nach. »Er wird sie doch hoffentlich nicht bestrafen, weil sie uns hierhergebracht hat?«

»Das kann ich mir nicht vorstellen! Auch wenn wir ihm nicht gerade willkommen sind, wird er uns Gastfreundschaft gewähren. Wir dürfen sie nur nicht ausnutzen. Sobald sich die Pferde erholt und wir ein wenig geschlafen haben, sollten wir aufbrechen.« Michael wirkte sehr ernst, denn vor ihnen lag ein weiter Weg durch das Wadi al-Araba und die Negev-Wüste, die beide nicht ohne Gefahren waren. Auch wollte er nicht, dass Tasnims Vater und dessen Stamm durch sie in Schwierigkeiten gerieten. An Raoul hatte er gesehen, wozu Amir ibn Hassan in seinem Rachedurst fähig war.

Man brachte ihnen kleine Becher mit einer heißen, schwarzen Flüssigkeit, die seltsam roch und noch seltsamer schmeckte. Bernard wollte sie nach dem ersten Schluck bereits wieder ausspucken, fühlte aber Michaels linke Hand auf der Schulter.

»Trinkt!«, forderte dieser ihn auf. »Oder wollt Ihr unseren Gastgeber beleidigen?«

Bernard verzog angewidert das Gesicht. »Was ist das für ein elendes Gesöff?«

»Wein wäre mir lieber«, stimmte ihm Raoul mit einem missglückten Lachen zu.

»Die Leute hier sind arm und müssen mit dem auskommen, was sie haben. Da ihnen ihr Gott den Wein verbietet, trinken sie eben solches Zeug.«

Auch Michael hatte Mühe, das bittere Gebräu hinunterzuwürgen. Dennoch achtete er darauf, dass keiner es wegschüttete oder gar ausspie. Sie waren auf Ali ben Fariqs Wohlverhalten angewiesen und durften ihn nicht verärgern.

Zu Erleichterung aller erhielten sie auch Wasser zum Trinken. Anschließend setzten die Frauen ihnen einen Stapel Fladenbrot und einen irdenen Napf mit Hammeleintopf vor. Da sie zum letzten Mal vor mehr als anderthalb Tagen etwas gegessen hatten, griffen sie gerne zu. Diesmal hatte sogar Bernard nichts zu bemäkeln. Er half auch Raoul, musste aber nicht mehr tun, als diesem zu zeigen, wo das

Fladenbrot lag und wo die Schüssel stand. Zwar tropfte ein wenig von der Flüssigkeit des Eintopfs auf den Mantel, der noch immer Raouls einziges Kleidungsstück darstellte, doch sonst kam er gut zurecht. Nachdem Raoul ein wenig gegessen hatte, hielt er inne. Während der Flucht war er zu schwach gewesen und auch zu erschüttert über die plötzliche Rettung, um einen klaren Gedanken fassen zu können. Nun aber drängte es ihn, mehr zu erfahren. »Ich bin überglücklich, dass Ihr lebt, Ritter Michael! Ebenso erleichtert es mich, dass Benoît am Leben ist. Ich danke Euch beiden von ganzem Herzen, dass Ihr Euch auf die Suche nach mir gemacht habt.«

Constance schnaubte leise, denn dieser Dank hätte ihr gebührt. Um zu verhindern, dass sie in ihrer Erregung etwas sagte, das ihre Flucht gefährden konnte, antwortete Michael rasch.

»Wohl haben Benoît und ich an Eurer Befreiung mitgewirkt. Die Suche befohlen hat jedoch Eure Gemahlin! Sie hat Ritter Rémy de Saint Croix beauftragt, nach Euch zu forschen, und ihm den wackeren Bernard als Helfer mitgegeben.«

»Ritter Rémy, doch ich danke Euch von ganzem Herzen, und auch Euch, werter Bernard«, sagte Raoul. »Constance hat Euch also gesandt! Sie ist ein gutes und treues Weib.« Es klang dankbar, aber auch ein wenig kühl. Seit er Amir ibn Hassans Gefangener war, hatte er nur selten an seine Frau gedacht, in der letzten Zeit gar nicht mehr. Nun zu erfahren, dass er seine Befreiung ihr verdankte, beschämte ihn.

»Die Nachricht, dass Ihr noch am Leben sein könntet, brachte Benoît. Darum zog ich aus, Euch zu suchen!« Constance klang herb. Auch jetzt erkannte Raoul ihre Stimme nicht.

Sie konnten das Gespräch nicht fortsetzen, da Ali ben Fariq und dessen Tochter wieder erschienen. Die Miene des Scheichs war ernst, als er sich zu ihnen setzte.

»Tasnim hat berichtet, was geschehen ist! Allah verdamme Amir ibn Hassan und al-Mansur, die gegen das Gebot der Gastfreundschaft und den Befehl des Sultans verstoßen haben«, begann er.

»Wir danken Euch, dass Ihr uns Gastfreundschaft gewährt«, antwortete Michael.

»Ich wünschte, ich könnte Euch länger Gastfreundschaft bieten, doch wir müssen damit rechnen, dass Amir ibn Hassan und al-Mansur erneut Krieger schicken, um mein Dorf zu durchsuchen. Sie dürfen auch meine Tochter nicht bei uns finden!« Ali ben Fariq verstummte einen Augenblick und sah dann Michael fordernd an. »Ihr werdet Tasnim mit Euch nehmen müssen. Schwört mir, dass Ihr meine Tochter gut behandelt und immer für sie sorgt!«

»Bei meiner Ehre, es wird Eurer Tochter an nichts mangeln«, sagte Michael und erklärte seinen Gefährten, was der Scheich von ihnen forderte.

»Ich werde für Tasnim sorgen, das schwöre ich!«, rief Benoît.

Zu aller Überraschung kam von Bernard kein Einwand, obwohl die Stimme seines Sohnes kaum Zweifel ließ, wie sehr er sich um das hübsche Beduinenmädchen kümmern wollte.

3.

Für Tasnim war der Abschied kurz und schmerzlich. Sie weinte, als ihr Vater sie segnete, während ihre Mutter die Arme so um sie schlang, als wolle sie sie niemals mehr loslassen. Dann aber trennte Ali ben Fariq die beiden und sah zu, wie Michael das Mädchen bei der Taille fasste und zu Benoît aufs Pferd hob. Hadiya nahm ihren gewohnten Platz hinter Constance ein, während Bernard sein Pferd wieder mit Raoul teilte. Letzterem ging es zunehmend besser. Er konnte sogar selbst aufsteigen und verlangte eine Waffe.

»Wie wollt Ihr kämpfen, da Ihr doch blind seid?«, wandte Bernard ein.

»Auch wenn das Licht meiner Augen schwach ist und ich nur Schatten sehe, so glaube ich doch, Freund von Feind unterscheiden zu können«, behauptete Raoul.

Da Michael begriff, wie sehr es den Freund betrübte, wie ein Gepäckstück mitgenommen zu werden, verhandelte er mit dem Scheich und erhielt ein zwar nicht mehr neues, aber doch scharfes Schwert mit geschwungener Klinge für Raoul. Danach reichte er Ali ben Fariq mehrere Dinare. »Nehmt dies als Dank für Euren Stamm! Mögen unser Gott und der Eure Euch beschützen!«, sagte er zu Ali ben Fariq und stieg in den Sattel.

»Reitet mit Allah!«, rief ihnen Ali ben Fariq nach, als sich die Gruppe in Bewegung setzte.

Tasnim winkte noch einmal, dann verschleierten Tränen ihre Augen. Als Benoît dies merkte, zog er sie enger an sich. »Weine nicht!«, sagte er leise. »Es wird alles gut.«

Zwar konnte Tasnim seine Worte nicht verstehen, doch in seiner Stimme lag eine Wärme, die ihr Herz schneller schlagen ließ. Er war ein hübscher Jüngling und hatte sie seit ihrer Flucht aus aš-Šhawbak fürsorglich behandelt. Mit ihm, sagte sie sich, würde sie es gut treffen. Sie hoffte nur, dass er, wenn sie in seine Heimat kamen, noch immer so freundlich zu ihr war wie jetzt.

Benoît glaubte zu erkennen, was Tasnim empfand, denn sie musste ihre Heimat verlassen und würde ihre Familie niemals wiedersehen. Er tätschelte ihre Hand und sagte sich, dass er es ihr schuldig war, sich zu kümmern. Seine Herrin und auch Herr Raoul würden ihm gewiss keine Steine in den Weg legen. Schließlich verdankten sie Tasnim ihre Freiheit, wenn nicht gar ihr Leben. Was seinen Vater betraf, so glaubte er, diesen davon überzeugen zu können, dass Tasnim als Tochter eines Scheichs zum Adel Arabiens zählte und es für ihn daher kein Abstieg war, sich zu ihr zu bekennen.

Nach einer Weile kam die Gruppe zu einer Art Treppe, deren Stufen in den Stein gehauen waren und die schier endlos nach oben führte. Sie mussten absteigen und die Pferde führen. Es war mühsam, doch nach Tasnims Worten sparten sie sich dadurch etliche Meilen. Bald kam ein weiteres in den Fels gehauenes Gebäude in Sicht, dem sie jedoch wenig Beachtung schenkten.

Endlich konnten sie wieder aufsitzen und reiten. Der Weg war überraschend flach, und doch mussten sie sich hoch in den Bergen befinden. Nach Stunden forderte Sa'id sie auf, wieder abzusteigen. Der Weg führte nun steil in die Tiefe, und sie hatten Arbeit damit, auf die Pferde aufzupassen, damit diese nicht auf dem lockeren Geröll ausrutschten.

Der Abstieg endete in einer Schlucht, in deren Felswände ebenfalls jene höhlenartigen Gebäude geschlagen worden waren wie in

Ali ben Fariqs Dorf, nur waren sie hier einfacher gestaltet, und es gab auch nicht so viele wie in dem großen Tal. An dieser Stelle lebte ebenfalls ein Teil von Tasnims Stamm, und so konnten sie rasten und etwas essen. Zu ihrer Erleichterung gab es nicht jenes fürchterliche schwarze Gebräu wie im Hauptdorf des Stammes. Lange konnten sie allerdings nicht bleiben, denn Sa'id drängte schon bald zum Aufbruch.

»Amir ben Hassans Männer suchen immer noch nach euch«, erklärte er und wies nach Nordwesten. »Wir werden dem Wadi al-Buwayrida folgen. Meine Freunde sagen, dass sich kein Krieger von Amir ibn Hassan dort aufhalten würde.«

»Dann wollen wir hoffen, dass dies so bleibt!« Michael lächelte, allerdings mehr, um den anderen Mut zu machen, denn aus Freude. Sie befanden sich immer noch zu nahe an aš Šhawbak und mussten damit rechnen, jeden Augenblick auf Verfolger zu treffen.

4.

Sa'id kannte Pfade, von denen Amir ibn Hassans Männer nichts ahnten. Zudem mieden sie jene hellen Stunden, in denen sie auf weite Entfernung gesehen werden konnten. Tage vergingen, das lange und breite Wadi al Araba hatten sie bereits hinter sich gebracht und ritten zwischen schroffen Hügeln dahin, als Sa'id besorgt den Himmel betrachtete.

»Betet zu Allah, auf dass er uns vor dem Sandwind schützt!«, rief er.

Bernard bedachte ihn mit einem schiefen Blick. »Wo sieht der Bursche hier Sand? Hier ist doch alles Fels und Geröll!«

»Ich glaube, er meint das.« Michael wies auf einen schwarzen Streifen, der südwestlich von ihnen über das Land zog und stetig näher kam. »Wir sollten absteigen und die Pferde führen! Haltet sie gut fest, damit sie sich nicht losreißen können«, setzte er mit einer gewissen Besorgnis hinzu.

Keiner, nicht einmal Bernard, der den heranziehenden Sturm

missmutig musterte, hatte etwas gegen diesen Rat einzuwenden. Noch hatte der Sturm sie nicht erreicht, doch spürten sie bereits einen metallischen Geschmack im Mund, und ihre Augen begannen zu tränen.

Michael sah, wie Sa'id seinen Umhang über den Kopf zog, um das Gesicht zu schützen. »Tut es unserem Führer gleich«, wies er seine Freunde an.

Schon bald traf der Sturm sie mit aller Kraft. Die Pferde scheuten, Benoîts Zelter riss sich sogar los und wollte fliehen. Gerade noch rechtzeitig schnappte Michael nach dessen Zügel und hielt ihn fest.

»Habt Dank, Herr Michael!«, sagte Benoît erleichtert, als er die Zügel wieder selbst übernahm.

»Spar dir deinen Atem!«, antwortete dieser und sah sich um. Eine Delle in der Hügelflanke schien Deckung zu versprechen, und so zeigte er dorthin. »Kommt mit! Drängt die Pferde an die Felswand und legt Eure Mäntel um ihre und Eure Köpfe!«

Constance blickte in die Richtung, bekam aber sofort Sand und Staub in die Augen und war für einen kurzen Moment blind. Dann aber zog sie Aribert zu dem Hügel. Hadiya schützte sie mit ihrem eigenen Mantel und zog diesen, als der Hengst mit zitternden Flanken am Felsen stand, auch noch über dessen Kopf. Gleichzeitig klammerte sie sich mit der anderen Hand an Constance, und es war nur ihrer Angst geschuldet, dass sie nicht bemerkte, dass sie sich an eine Frau schmiegte.

Der heftigste Teil des Sandsturms dauerte nur kurz, doch bis die Luft klar war und sie wieder frei atmen konnten, mussten sie länger warten. Constance hustete schwarzen Schleim aus und schämte sich deswegen. Allerdings erging es den anderen nicht besser. Bernard schnäuzte sich geräuschvoll und spuckte mehrmals kräftig.

»Beim Dreigeschwänzten, was war denn das?«, stieß er danach hervor.

»Ein Sandsturm!«, erklärte Michael. »Ich habe davon gehört, dass es sie in der Wüste geben soll, aber selbst bislang keinen erlebt. Als das Königreich Jerusalem noch über den Jordan reichte, hat Lesorelle diesen öfter überschritten und berichtete von einem Sturm, den er bei einem Vorstoß in die Wüste erlebt hatte. Er war mit zweihundert Reitern aufgebrochen, doch nach dem Sturm waren sie so verstreut, dass nur noch fünfzig von ihnen zusammenfanden. Die anderen zogen sich in kleine Trupps aufgespalten zum Crac des Moabites zurück. Gegen jenen Sturm muss der hier ein laues Lüftchen gewesen sein.«

»Das und ein laues Lüftchen? Mir hat es fast das Fleisch von den Knochen geblasen!« Bernard schüttelte schnaubend seinen Umhang aus und starrte verdattert auf die Staubwolke, die er erzeugte.

»Wenn einen zu viel Sand und Staub bedecken, erstickt man«, fuhr Michael mit seinem Bericht fort und nahm sich seinen Mantel vor. Er war nicht weniger staubig als der von Bernard. Er schlug Karim auf die Kruppe, und es stob noch mal sehr viel Staub auf. »Eigentlich müssten wir unsere braven Pferde bürsten und striegeln.«

»Wenn Ihr Bürste und Striegel bei Euch habt, könnt Ihr gerne damit anfangen!« Constance klang schnappig. Sie hatte Hadiya unter dem Mantel davon abhalten müssen, ihren Leib etwas genauer zu erkunden, und für einige Augenblicke angenommen, diese hätte bei ihr das Fehlen von Penis und Hoden bemerkt. Als sie die junge Sarazenin betrachtete, sah diese sie so strahlend an, dass ihr Verdacht verflog.

»Ihr seid ein mutiger Ritter!«, lobte Hadiya sie. »Sowohl Euer Ross wie auch mich habt Ihr vor diesem entsetzlichen Sandsturm beschützt.«

Michaels Mundwinkel zuckten leicht, als er das hörte. Die junge Sarazenin war sehr hübsch, schien aber auch resolut zu sein. Auf jeden Fall war es besser, wenn sie erst in Jaffa erfuhr, wer Ritter Rémy in Wirklichkeit war.

Nun galt es weiterzureiten. Vielleicht, so sagte Michael sich, bot ihnen der Sandsturm Schutz vor Verfolgern. Auch wenn Amir ibn Hassan ein rachsüchtiger Mann war, so glaubte er nicht, dass er ewig nach ihnen suchen lassen würde. Damit rechnen durfte er nicht. In Sicherheit waren sie erst, wenn sie Jaffa erreicht und ein Schiff bestiegen hatten.

5.

Einen weiteren Tag später kamen sie in die Nähe eines Beduinendorfs. Da es ihnen zu gefährlich erschien, mit der gesamten Gruppe aufzutauchen, schickten sie Sa'id los. Es dauerte einige Zeit, bis er zurückkam, und seine Miene wirkte besorgt. »Ich habe mit den Dorfbewohnern gesprochen. Ihren Worten zufolge befinden sich zwei von Amir ibn Hassans Trupps vor uns. Den einen führt al-Mansur selbst an, und er soll zwanzig Krieger bei sich haben. Die andere Gruppe ist kleiner, euch aber immer noch um ein Mehrfaches überlegen«, meldete er.

»Das hört sich nicht gut an. Wie es aussieht, vermutet al-Mansur zu Recht, dass wir nach Jaffa reiten wollen.« Michael überlegte, ob sie diese Absicht aufgeben und stattdessen versuchen sollten, Akkon zu erreichen. Dafür aber würden sie noch länger über Sarazenengebiet reiten müssen, und das erschien ihm sehr riskant.

»Wir haben keine andere Wahl. Wir sollten die Morgen- und Abenddämmerung dazu nutzen!«, erklärte er und wiederholte es dann für Sa'id in dessen Sprache.

»Allah wird euch helfen!«, antwortete dieser. »Ich bleibe noch einen Tag bei euch, dann müsst ihr allein weiterziehen. Das Land, durch das ihr dann reiten müsst, kenne ich nicht und kann euch dort keine Hilfe mehr sein.«

»Kannst du uns wenigstens genug Vorräte besorgen?«, fragte Michael.

Sa'id nickte. »Ich habe in dem Dorf schon Datteln und Brot erhalten und werde morgen in einem anderen Dorf ebenfalls darum bitten.«

»Wieso bitten? Du kannst es doch kaufen. Wir haben genug Geld bei uns«, rief Michael drängend.

Der Beduine schüttelte den Kopf. »Fremde bieten Geld für Datteln. Ein ben Arab erhält sie als Geschenk, wohl wissend, dass auch er Geschenke geben muss, wenn andere zu ihm kommen. Böte ich den Dorfbewohnern Geld, würden sie sich wundern und womöglich misstrauisch werden. Auch wenn Amir ibn Hassans Macht hier geringer ist als jenseits des Wadis al-Araba, wollen auch die hiesigen Stämme ihn lieber als Freund denn als Feind sehen.«

Michael begriff, dass Sa'id möglichen Verrat andeutete. Einem Mann des eigenen Volkes würde dies nicht widerfahren, Franken galten hier jedoch wenig. Wenn sie nicht selbst um Gastfreundschaft baten, waren sie so gut wie vogelfrei. Suchten sie jedoch die Dörfer auf, würde die Nachricht von Fremden die Runde machen und gewiss auch Amir ibn Hassans Männern zu Ohren kommen.

»Versuche, so viel Nahrung und Datteln für die Pferde zu erhalten, wie es dir möglich ist«, bat er Sa'id und fragte ihn dann, wie sie nach der Trennung von ihm weiterreiten sollten.

Der Beduine gab ihm Auskünfte über die dort lebenden Stämme und nannte ihm Pfade, auf denen sie diesen aus dem Weg gehen konnten.

»Was meint Ihr?«, fragte Constance, als sie weiterritten. »Werden wir bis Jaffa durchkommen oder doch den Sarazenen zum Opfer fallen?«

Michael sah sie mit einem verbissenen Grinsen an. »Ich werde Jaffa erreichen, und wenn sich mir das gesamte Heer der Sarazenen in den Weg stellt.«

»Ein ganzes Sarazenenheer wäre wohl etwas viel für uns«, antwortete Constance. »Immerhin haben wir Raoul, Tasnim und Hadiya bei uns. Ich mache mir um sie Sorgen, vor allem um m… meinen Vetter.« Beinahe hätte sie sich verplappert.

»Wenn wir angegriffen werden, würde ich Euch zur Flucht raten und die Feinde so lange aufhalten, wie ich kann. Allerdings ist Euer Hengst langsamer als die Rosse der Sarazenen, und Ihr werdet Hadiya gewiss nicht vom Pferd stoßen, um selbst entkommen zu können.«

»Das wäre unehrenhaft, ja, schändlich!«, rief Constance empört über die Zumutung, sie oder, besser gesagt, Ritter Rémy könnte dazu fähig sein.

»Ebenso wenig können Bernard Raoul und Benoît Tasnim im Stich lassen. Und ich werde keinen von Euch aufgeben, sondern kämpfen, solange mein Arm das Schwert noch führen kann«, erklärte Michael.

Ihm ist es todernst damit, durchfuhr es Constance. Sie war froh darum, denn Michaels ruhige Art beruhigte sie. Auch Bernard richtete sich nach ihm, was er bei ihr gewiss nur nach langen Diskussionen tun würde. Die Zeit zu reden blieb in ihrer Situation jedoch nur selten.

»Beten wir, dass wir nach Jaffa gelangen, allerdings nicht zu Allah, wie unser Führer es vorschlägt, sondern zu Gott in der Höhe und zu unserem Herrn Jesus Christus, auf dass sie uns beistehen und die Augen unserer Verfolger blenden«, sagte sie mit einem Lächeln, bei dem Michael froh war, dass Hadiya es nicht sah, denn sonst hätte auch diese Rémy nicht mehr für einen Mann halten können.

Am nächsten Tag besorgte Sa'id ihnen aus zwei Dörfern noch Nahrung und Datteln für die Pferde. Michael hätte diesen gerne Hafer gegeben. Doch sie mussten mit dem zufrieden sein, was sie erhielten.

Sa'id blieb bis zu Beginn der Abenddämmerung bei ihnen, dann hielt er sein Pferd an und hob grüßend die Hand. »Reitet mit Allah und beschützt die Tochter meines Oheims, auf dass sie eine neue Heimat findet.«

Danach zog er seine Stute herum und ritt rasch davon, um noch vor dem letzten Licht des Tages ein Dorf zu erreichen, in dem er die Nacht über bleiben konnte.

Michael sah ihm nach und atmete tief durch. Erneut lag alle Verantwortung auf seinen Schultern, und sie schien so schwer, dass er kaum glaubte, sie tragen zu können. Um jedoch seinen Gefährten nicht den Mut zu rauben, tat er so, als wäre er sich seines Weges sicher, und trabte in die aufziehende Nacht hinein.

6.

Einen Tag lang sah es so aus, als wäre der Himmel gnädig zu ihnen. Sie kamen gut voran, ohne auch nur den Schatten eines Verfolgers zu sehen. Dann aber gerieten sie in eine Schlucht, die im Nichts endete.

»Bei Christi Blut, wir sind in die Irre geritten!«, rief Bernard angesichts der steil aufragenden Felswand, die ihnen den Weg verlegte.

»Es sieht so aus«, antwortete Michael, der sich ärgerte, weil er bei einer Abzweigung den falschen Weg gewählt hatte. Da es unmöglich war weiterzureiten, wendete er seinen Grauschimmel und ritt auf den eigenen Spuren zurück.

Nach einer gewissen Zeit erreichten sie die Stelle, an der sie falsch abgebogen waren. Michael lenkte Karim in die andere Richtung – und ritt direkt in einen dort lagernden Reitertrupp hinein. Es war ein gutes Dutzend Krieger, und der Mann, der ihnen das Tor von aš Šhawbak geöffnet hatte, führte sie an.

Ihr Glück war, dass die Männer am Boden saßen und noch überraschter waren als sie. Umzukehren und in die Wüste Negev zu fliehen, war sinnlos. Daher zog Michael sein Schwert und sprengte auf die Sarazenen zu.

»Reitet weiter!«, rief er seinen Freunden zu und hoffte, ihnen den Weg freikämpfen zu können.

Bernard, aber auch Constance und Benoît dachten nicht daran, ihn allein zurückzulassen. Ihre Schwerter glitten aus den Scheiden, und ehe sichs Amir ibn Hassans Männer versahen, sausten die Klingen auf sie herab.

Der Kampf dauerte nur wenige Augenblicke, dann lagen mehrere Sarazenen am Boden, einige waren verwundet, und der Rest schwankte, ob er sich gleich auf die Pferde schwingen und die Gruppe verfolgen oder sich doch vorher um die Verletzten kümmern sollte. Sie entschieden sich für Letzteres, denn ihre Pferde waren schneller als die der Franken und diese zudem durch doppelte Belastung behindert.

Dadurch erhielten Constance, Michael und ihre Begleiter eine Galgenfrist, aber es war ihnen klar, dass ihnen die Verfolger bald im Nacken sitzen und dann erneut die Schwerter sprechen würden.

»Wie viele von den Kerlen haben wir erwischt?«, fragte Raoul, der trotz seiner Sehschwäche mindestens einen Sarazenen mit dem Schwert verletzt hatte.

»Mich interessieren weniger die, die wir getötet oder verletzt haben, als vielmehr jene, die uns noch folgen können. Es müssen mindestens sechs sein«, antwortete Michael. Er musterte bei seinen Worten Constance, als sähe er sie zum ersten Mal. Sie war eine Frau, hatte aber hart zugeschlagen und zwei Sarazenen getroffen. Diese würden wohl niemanden mehr verfolgen können. Ob der andere noch dazu in der Lage war, musste sich zeigen.

»Ich vermute, dass acht von ihnen noch in die Sättel kommen. Vielleicht folgen uns auch nur sieben, wenn einer bei den Verletzten bleiben muss.« Constance wollte noch mehr sagen, hörte dann aber ein unterdrücktes Stöhnen und sah sich erschrocken um. Zuerst glaubte sie, ihr Mann wäre getroffen worden. Doch da schwankte Bernard wie betrunken im Sattel, und über sein Kettenhemd lief Blut.

»Ich glaube, mich hat es erwischt«, sagte er keuchend und hielt sein Pferd an.

»Steigt ab, damit wir Euch verbinden können«, forderte Constance ihn auf.

Bernard rutschte schwerfällig vom Pferd, musste sich dann aber an dessen Sattel festhalten, weil ihn die Beine nicht tragen wollten. Mit einem ungläubigen Blick betrachtete er seine Wunde und schüttelte den Kopf. »Ich glaube nicht, dass das noch etwas wird. Der Hieb ging zu tief!«

»Sagt so etwas nicht!«, rief Constance entsetzt. »Wir verbinden Euch jetzt und reiten dann weiter. In Jaffa gibt es gewiss einen Wundarzt, der Euch heilen kann.«

Unterdessen stieg Michael ab und half Bernard, das Kettenhemd abzulegen. Als er jedoch dessen Verletzung untersuchte, begriff er, dass es keine Rettung gab. Das Sarazenenschwert hatte das Kettenhemd mit der Spitze durchstoßen und war tief in den Bauchraum eingedrungen. Eine solche Verletzung konnte niemand überleben. Trotzdem nahm er das Tuch, das Constance ihm reichte, und legte einen straffen Verband um Bernards Leib.

Der alte Recke sah ihn mit einem gequälten Grinsen an. »Ich weiß, dass es mit mir zu Ende geht. Bringt die Herrin und Herrn Raoul gut nach Hause!«

Constance spürte, wie ihr die Tränen kamen. All die Jahre hatte Bernard ihrem Vater und ihr treu gedient, und nun sollte sie ihn hier zurücklassen. »Wir nehmen Euch mit«, rief sie. »Gewiss finden wir einen Wundarzt, der Euch heilen kann!«

Bernard schüttelte den Kopf. »Mein Weg endet hier. Doch solange noch Leben in mir ist, werde ich alles tun, damit Ihr den Feinden entkommen könnt!«

»Er hat recht«, sagte Michael leise. »Auch müssen wir uns beeilen. Die Sarazenen reiten schnell, und sie dürfen uns nicht einholen.«

Constance umarmte Bernard mit Tränen in den Augen. Dieser strich ihr übers Gesicht und wies dann auf einen Hügel, auf dessen Flanken Schotter und Sand lagen. Spuren zeigten, dass die seltenen Regenfälle dieser Gegend immer wieder etwas davon herabspülten. Auch jetzt schien es nur einen Anstoß zu brauchen, um eine Steinlawine auszulösen.

»Die Feinde müssen hier vorüberreiten, und viel Platz bleibt ihnen dafür nicht. Helft mir nach oben, Herr Michael, und ich werde dafür sorgen, dass ein paar Schurken weniger auf Eurer Spur bleiben.«

»Vater, das darfst du nicht sagen!«, rief Benoît erschrocken.

Bernard schaffte es, zu lachen. »Es gibt meinem Leben einen letzten Sinn! Auch werde ich den einen oder anderen Sarazenen für meinen Tod bezahlen lassen. Und jetzt ist Schluss mit dem Gerede! Wir haben nicht viel Zeit. Oder wollt Ihr, dass die Kerle über uns sind, bevor ich dazu bereit bin?«

»Viel Zeit haben wir wirklich nicht!« Michael fühlte den eisernen Willen des alten Mannes, hier an dieser Stelle einen Tod zu finden, der seinen Gefährten einen Vorteil verschaffte, und nickte. »Also gut! Pack mit an, Benoît! Es gilt, deinen Vater zu einer Stelle zu bringen, an der er mehr als nur ein paar Steine ins Rollen bringt.«

Benoît kämpfte gegen seine Tränen an, fasste aber mit an und half Michael, seinen Vater nach oben zu tragen. »Gibt es denn keine andere Möglichkeit?«, fragte er, als sie eine Stelle erreichten, an der besonders viel Geröll lag.

»Nein, mein Sohn, die gibt es nicht«, antwortete sein Vater. »Und nun umarme mich noch einmal und tröste dich damit, dass ich im Heiligen Land gegen die Heiden den Tod finden werde und damit ungesäumt ins Himmelreich gelange. Lebe lange und glücklich!« Nun musste sich auch Bernard der Tränen erwehren. Er legte die Arme um seinen Sohn. Dieser merkte, wie schwach der Griff war, und fragte sich, ob das Opfer seines Vaters überhaupt Sinn ergab. Vielleicht starb er hier einsam, bevor die Verfolger herankamen.

Michael zog den jungen Mann von Bernard weg, reichte diesem dann die Hand. »Möge der Weg in das Reich Christi Euch so offenstehen, wie Ihr es verdient.« Er drehte sich um und versetzte Benoît, der wie erstarrt dastand, einen Klaps. »Wir müssen gehen!«

Benoît nickte traurig, und sie stiegen nach unten. Bei jedem Schritt kollerten Steine hinab und zeigten, dass es hier nur wenig Anstrengung bedurfte, um eine Gerölllawine zu erzeugen.

»Lasst mir noch ein paar Steine für die Heiden übrig, Herr Michael«, rief Bernard ihm seltsam vergnügt nach.

»Da sind noch genug!«, antwortete Michael, gab aber beim weiteren Abstieg acht, nicht zu viele Steine loszutreten.

Unten angekommen, stieg er in den Sattel und nahm die Zügel von Bernards Pferd auf. »Verzeiht, wenn ich Euch führe, aber Ihr seht mir zu wenig, als dass ich Euch die Zügel überlassen könnte«, sagte er zu Raoul, der nun im Sattel Platz genommen hatte. Danach winkte er noch einmal Bernard zu, der oben auf dem Geröll saß und mit einer Hand Steine um sich sammelte.

»Weiter!« Michaels Stimme klang hart. Bernard mochte ein bedächtiger Mann sein, der immer wieder Einwände gebracht hatte, aber er war vor allem ein guter Kamerad gewesen und hatte ihnen stets beigestanden. Ihn nun so zurücklassen zu müssen, schmerzte ihn.

Benoît weinte, und auch Constance konnte die Tränen nicht mehr zurückhalten. Selbst Raoul, der Bernard nur die wenigen Wochen in Laronne erlebt hatte, empfand tiefe Trauer.

»Er war ein guter Mann, und er wird wie so viele andere meinetwegen sterben«, sagte er leise.

»Klagt Euch nicht selbst an! Es war Gottes Wille, dass es so gekommen ist. Wir sollten so schnell reiten, wie wir können, und beten, dass es Bernard gelingt, diese Schurken aufzuhalten oder wenigstens ihre Zahl zu verringern. Wenn uns nicht mehr als vier oder fünf folgen können, werden wir mit ihnen fertig.«

»Ihr werdet Euch dann aber beeilen müssen, denn mein Schwert wird schnell sein und der Gedanke an meinen Vater meinen Arm führen«, erklärte Benoît voller Schmerz und Hass.

»Vergesst nicht mein Schwert!«, warf Constance ein. »Ich bin geübt, es zu schwingen, und bei Gott, ich werde mein Leben nicht schonen, wenn ich uns dadurch retten kann.«

Michael drehte sich zu ihr um und sah an ihrer Miene, dass sie es todernst meinte. Sie mochte eine Frau sein, doch an Mut übertraf sie die meisten Männer, die er kannte, bei weitem.

7.

Bernard spürte, wie der Tod immer näher kam. »Mein Gott, lass mich wenigstens so lange leben, dass ich meinen Freunden helfen kann!«, flehte er und starrte in die Richtung, aus der die Verfolger kommen mussten. Vorerst aber blieben diese aus. Und für einen Moment dämmerte er sogar weg.

Plötzlich schreckte er hoch. Klang das nicht wie Pferdegetrappel? Er stemmte sich mühsam hoch. Die Schlucht machte ein Stück weiter vorne jedoch einen Bogen, und so dauerte es noch eine Weile, bis er die Sarazenen zu Gesicht bekam. Er zählte acht Reiter.

»Das sind zu viele! Mit denen werden Michael und Benoît niemals fertig, selbst wenn ihnen die Herrin helfen sollte«, stöhnte er und lockerte mit den Füßen mehrere Steine. Ein paar rollten nach unten und erregten die Aufmerksamkeit der Sarazenen. Diese wurden langsamer und blickten zum Hügel hoch.

Als sie Bernard sahen, klangen zornige Rufe auf. Vier Reiter sprangen von den Pferden, um zu ihm hochzuklettern, während der Rest unten stehen blieb. Bernard warf einen Stein, doch war er mittlerweile so schwach, dass der Stein nur ein paar Schritte weit flog.

Die Sarazenen lachten. Dabei zogen die Ersten ihre Schwerter und unterhielten sich grinsend darüber, was sie mit dem Franken anstellen würden.

»Mein Gott, hilf mir doch!«, flehte Bernard und stemmte sich mit beiden Füßen gegen das Geröll. Erste Steine kamen ins Rollen, weitere folgten. Aber noch waren es zu wenige, um die Feinde aufhalten zu können.

Bernard starrte auf das Geröll zu seinen Füßen, das sich einfach nicht in Bewegung setzen wollte, und begriff, dass es mehr als nur ein paar Steine brauchte, damit es in die Tiefe rollte. Mühsam stand er auf, stieß einen wilden Schrei aus und stürzte nach vorne. Sein Aufprall brachte die ersten Steine ins Rollen. Auch Bernard kam ins Rutschen und schoss immer schneller werdend nach unten. Mit einem Mal setzte sich die gesamte Hügelflanke in Bewegung und raste als Geröllawine in die Tiefe.

Die vier Sarazenen, die nach oben steigen wollten, wurden mitgerissen. Sofort versuchten jene, die unten warteten, zu fliehen, konnten aber ihre in Panik geratenen Rosse nicht mehr bändigen. Vier Pferde rasten voller Schrecken davon, der Rest geriet unter die Lawine aus Stein und Sand und verendete.

Als die Hügelflanke sich beruhigte und der aufgewirbelte Staub vom Wind davongetragen war, lebten nur noch zwei Sarazenen. Einer blutete aus einer Platzwunde am Kopf, denn ein Stein hatte ihn trotz des Helmes verletzt. Der zweite war unversehrt, zitterte aber am ganzen Körper.

»Ein Dschinn muss diesen elenden Giauren zu Hilfe gekommen sein«, sagte der Verletzte mit angstgefärbter Stimme.

»Dieses Land gehörte bis vor wenigen Jahren noch zum Giaurenkönigreich von Jerusalem. Deren Königen und vor allem ihren Königinnen wurden Zauberkräfte nachgesagt. Gewiss haben sie diesen Geist an die Stelle hier gebannt, auf dass er uns Rechtgläubigen Schaden zufügen soll«, antwortete sein Kamerad und trat zu dem Hügel, zu dem sich das herabgekommene Geröll aufgetürmt hatte. Ihre sechs Kameraden waren ebenso verschüttet worden wie der Franke, der sie hier in die Falle gelockt hatte. Selbst von den Pferden waren nur noch ein Huf und ein halbes Bein zu sehen.

»Allah soll diese ungläubigen Hunde verderben!«, rief er voller Trauer und Wut. Er begriff jedoch rasch, dass sein Augenmerk weniger jenen gelten sollte, die sie verfolgt hatten, als ihrem eigenen Schicksal. Zwar hatten mehrere Pferde überlebt, doch die waren voller Angst davongerast. Sein Kamerad und er hatten daher weder Verbandsmaterial noch Wasser. Dabei war es ein heißer Tag, und sie würden noch etliche Stunden lang der sengenden Sonne ausgeliefert sein. Am schlimmsten jedoch war, dass weder er noch sein Stammesgenosse je in dieser Gegend gewesen waren und sie daher nicht wussten, wo ein Dorf oder ein Brunnen zu finden war.

Wenn Allah es nicht anders bestimmt hatte, so liefen sie Gefahr, hier ihr Leben zu verlieren, ohne dass Amir ibn Hassan eine Nachricht bekam, wohin sich die Geflohenen gewandt hatten. Die einzige Hoffnung, die er sah, war, auf al-Mansurs Trupp zu treffen und von diesem Hilfe zu erhalten. Bis dorthin blieb ihm und seinem Kameraden nur das Gebet.

8.

Constances Gedanken galten mehr ihrem zurückgebliebenen Gefolgsmann als ihrem eigenen Schicksal. Wie oft hatte sie sich über Bernards zögerliche Art und seinen belehrenden Tonfall geärgert. Nun schämte sie sich deswegen und wünschte sich, er hätte mit ihnen kommen und geheilt werden können.

Auch Benoît war untröstlich und dankbar um Tasnims sanfte Hand, die ihm über die Wange strich. Hadiya bedauerte den Tod des alten Kriegers ebenfalls, doch er ging ihr nicht nahe. Allah schrieb das Schicksal eines jeden Menschen fest und hatte bestimmt, dass Bernard eben dort an jener Stelle zu sterben hatte. Allerdings hätte sie sich gewünscht, der Mann wäre noch bei ihnen, da ihr Ritter Rémys Trauer zu Herzen ging. Sie hätte dem jungen Krieger, der ihr Ehemann werden sollte, fröhlichere Gedanken gewünscht.

Da sie nicht wussten, ob es Bernard gelungen war, ihre Verfolger aufzuhalten, trieb Michael die Gruppe vorwärts. Seiner Einschätzung nach konnte die jetzige Grenze des Königreichs Jerusalem nicht mehr fern sein. Wenn sie dort auf eine Burg oder wenigstens auf eine Patrouille trafen, waren sie gerettet.

Am meisten Sorgen bereitete Michael Raouls Zustand, der sich nun, da Bernard nicht mehr bei ihnen war, trotz seiner Schwäche allein auf dem Pferd halten musste. »Wenn es nicht mehr geht, nehme ich Euch zu mir auf Karim«, bot er ihm an.

»Ihr habt genug zu tun, wenn die Sarazenen uns einholen. Da dürft Ihr nicht auch noch durch mich belastet sein«, antwortete Raoul, obwohl er kaum noch die Kraft besaß, sich im Sattel zu halten.

»Es ist besser, Ihr sitzt hinter mir und haltet Euch an mir fest, als aus dem Sattel zu stürzen und Euch dabei zu verletzen. Dadurch würden wir wertvolle Zeit verlieren!«

Michael klang scharf, da er Rémy und die beiden Sarazeninnen so rasch wie möglich in Sicherheit bringen wollte.

Raoul hob abwehrend die Linke. »Habt keine Sorge! Ich kann mich im Sattel halten.«

Auch er wusste, dass sie sich keinen weiteren Aufenthalt leisten konnten. Die Sarazenen waren harte Krieger und wurden zudem von ihrer Rachsucht angetrieben.

»Wie lange, glaubt Ihr, haben wir Zeit?«, fragte er nach einer Weile.

Da die anderen Pferde nicht mehr mitkamen, zügelte Michael seinen Grauschimmel und blickte nach hinten. »Bis jetzt sehe ich keinen Verfolger. Sie lassen sich mehr Zeit, als ich angenommen habe.«

»Vielleicht konnte mein Vater sie doch aufhalten«, mischte sich Benoît in das Gespräch ein.

»Er muss sie zumindest behindert haben. Vielleicht sind ein paar verletzt worden und müssen versorgt werden.« Zwar glaubte Michael kaum daran, dass Bernard ihre Verfolger wirklich hatte stoppen können, doch mit jeder Stunde, die verstrich, ohne dass ein Sarazene zu ihnen aufholte, erschien es ihm wahrscheinlicher.

Eine Rast zu halten, wagte er jedoch nicht. Gelegentlich stiegen sie ab und führten die Pferde, damit diese sich erholen konnten. Gerne hätten sie diese auch getränkt, doch trafen sie auf kein Wadi, in dem Wasser floss, und Zeit, einen Brunnen zu suchen, hatten sie nicht.

Am späten Nachmittag entdeckte Constance im Licht der tief stehenden Sonne einen Reitertrupp weiter im Westen.

»Seht dorthin!«, rief sie besorgt.

Michael kniff die Lider ein wenig zusammen, um besser sehen zu können. Noch waren die Reiter zu fern, als dass er sagen konnte, zu wem sie gehörten. Auf jeden Fall saßen sie auf schnellen und ausgeruhten Pferden und hielten schnurstracks auf sie zu.

»Wenn es Sarazenen sind, sind wir in den Arsch gekniffen«, fluchte Benoît aus Sorge um Tasnim, die sich ängstlich an ihn klammerte.

»Entkommen können wir ihnen nicht. Also sollten wir anhalten, um unsere wackeren Rosse nicht noch mehr zu schinden«, sagte Michael und legte seine Rechte auf den Schwertknauf. Nach einer Weile stieß er einen leisen Ruf aus. »Sie tragen alle weiße Umhänge!«

»Dann sind es Amir ibn Hassans Männer«, rief Constance enttäuscht.

Michael war sich da nicht so sicher. Er behielt die Reiter im Auge und glaubte schließlich, bei einigen rote Kreuze auf den Waffenröcken zu erkennen. »Betet zu Gott, dass ich recht habe und es Tempelritter sind«, sagte er mit wachsender Anspannung.

»Templer, sagt Ihr? Dann wären wir gerettet!« Constance konnte es kaum glauben, doch als der Reitertrupp näher kam, entdeckte auch sie die Kreuze auf den Waffenröcken.

»Dem Herrn im Himmel sei Dank! Er hat uns seine Huld doch nicht ganz entzogen.« Benoît dachte voller Trauer an seinen Vater, der die Heimat niemals wiedersehen würde. Gleichzeitig aber war er erleichtert, weil Constance, Tasnim und sie nun alle gerettet waren.

Michael stellte sich im Sattel auf und winkte den herannahenden Reitern zu, um anzuzeigen, dass sie keine Feinde vor sich hatten. Kurze Zeit später sah er sich Géraud de Lesorelle gegenüber, seinem alten Kampfgefährten vor Akkon, mit dem er später Pilger nach Jerusalem eskortiert hatte.

»Bei Jesu Blut, seid Ihr es wirklich, Herr Michael, oder ist es nur Euer Geist?«, rief Lesorelle überrascht und lachte dann selbst über seinen Ausspruch. »Man hat schon in Akkon erkannt, dass es bei Euch mehr braucht, um Euch in die Grube zu bringen, als bei gewöhnlichen Männern«, setzte er kopfschüttelnd hinzu.

»Ganz so knapp war es diesmal nicht! Allerdings haben wir den braven Bernard de Hautemaison zu Tode verwundet zurücklassen müssen«, sagte Michael betrübt. Er atmete tief durch und wies auf Raoul. »Kennt Ihr unseren Freund noch, werter Lesorelle?«

Dieser musterte Raoul und wollte schon den Kopf schütteln, als ihm die Erkenntnis kam. »Bei Gott, seid Ihr es, Laronne? Der Himmel sei gepriesen, Ihr lebt!«

»Ich mag den Himmel deswegen nicht preisen«, antwortete Raoul bedrückt. »So viele andere, die mit mir ritten, haben den Tod durch Feindeshand erlitten. Daher frage ich mich, weshalb Gott ausgerechnet mich verschont hat, und nicht meine Freunde, die es mehr verdient hatten als ich.« In seiner Schwäche sah Raoul sich als Versager an, weil er gute Männer in den Tod geführt hatte, während er selbst mit dem Leben davongekommen war.

»Tröstet Euch damit, dass Eure Gefährten ungesäumt ins Himmelreich aufgenommen worden sind und das Antlitz Gottes schauen dürfen«, sagte Lesorelle mitleidig.

»Herr Raoul hat große Qualen erlitten und ist fast erblindet«, berichtete Michael dem Templer.

»Ihr seht wirklich elend aus«, meinte dieser zu Raoul. »Doch nun seid Ihr in Freiheit und werdet bei guter Pflege rasch genesen. Was Eure Augen betrifft, so kenne ich einen Arzt in Jaffa, der Euch vielleicht helfen kann.«

Constance atmete bei Lesorelles Worten auf. Sobald sie in Jaffa waren, würde sie die Pflege ihres Ehemanns übernehmen und alles tun, damit er wieder gesund wurde. Allerdings wartete dann auch eine schwere Stunde auf sie. Sie musste Hadiya bekennen, dass sie nicht der junge Ritter war, als der sie sich ausgegeben hatte, sondern eine Frau, die das Eheversprechen nicht halten konnte.

»Es würde mich freuen, wenn Ihr diesen Arzt zu Herrn Raoul rufen würdet«, sagte Michael ebenfalls erleichtert. »Nun aber wäre es mir lieb, wenn Ihr einen Platz wüsstet, an dem wir Rast machen und etwas trinken und essen könnten. Auch unsere braven Pferde würden sich freuen, wenn sie nach der anstrengenden Flucht Wasser bekämen und etwas frisches Gras fressen könnten. In Jaffa sollte es dann Hafer sein. Den haben sie sich redlich verdient.«

»Nur zwei Meilen weiter steht ein Wachtturm, an dem Ihr alles bekommen werdet, sogar Hafer für die Pferde«, antwortete Lesorelle lächelnd. »Bei Gott, als ich vernahm, Ihr hättet Euch einem französischen Ritter angeschlossen, der einen Verwandten sucht, bekam ich wirklich Angst um Euch. Man hört Gerüchte aus dem Sarazenenland, die besagen, dass einer der Fürsten sich gegen Saladin erheben will. Der Sultan zieht bereits ein Heer zusammen, und ich befürchtete, Ihr würdet dort wie ein Getreidekorn zwischen zwei Mühlsteinen zerrieben werden. Doch nun kommt, damit Eure Mägen nicht länger hungern müssen.«

»Ein Schluck Wasser wäre mir lieber«, sagte Raoul stöhnend.

Sofort reichte einer der Templer ihm die Lederflasche, die an seinem Sattel hing, und er konnte endlich seinen brennenden Durst löschen.

9.

Der Wachtturm war rasch und in schlichter Weise errichtet worden und im Grunde zu klein für die Schar, die sich nun dort versammelte. Außer Constance und ihren Begleitern waren dies Lesorelle mit seinen Tempelrittern sowie die sechs Mann der Turmbesatzung.

Zum ersten Mal seit etlichen Tagen vermochten Constance und ihre Freunde zuzugreifen, ohne Sorge haben zu müssen, jeden Augenblick von Verfolgern eingeholt zu werden. Benoît betreute Raoul, der zwar am Ende seiner Kräfte war, aber wieder Lebensmut gefasst hatte.

Mittlerweile wusste er, dass Hadiya diejenige gewesen war, die ihm in der Nacht Wasser gebracht hatte. Ohne diese Labe, so sagte er sich, hätte er die Stunde seiner Befreiung wohl nicht mehr erlebt. Er behandelte die schöne Sarazenin daher mit einer Ehrerbietung, die in Constance den Wunsch erweckte, Hadiya unterwegs irgendwo in der Wüste ausgesetzt zu haben. Sie schalt sich jedoch sofort dieses Gedankens, denn sie hatte der Sarazenin nicht nur Raouls Freiheit, sondern auch die ihre und ihrer Begleiter zu verdanken.

Während sie aßen, berichtete Michael von ihrem Ritt zu Saladin und von ihrer Suche nach Amir ibn Hassan. Lesorelle schnaubte ein paarmal grimmig und schüttelte dann bedrückt den Kopf. »Für uns Tempelritter und das Königreich Jerusalem kommt dieser Zwist im Reich der Sarazenen zu spät. Die christlichen Ritter des Westens sind wieder in ihre Heimat zurückgekehrt, und wir, die wir hier leben, sind zu schwach, um daraus einen Vorteil schlagen zu können.

Uns bleibt nur die Hoffnung, dass Saladin uns ein paar kleine Vergünstigungen gönnt, um sich unserer Neutralität zu versichern.«

»Vielleicht ruft der Papst zu einem neuen Kreuzzug auf!«, warf Benoît ein.

»Wer sollte kommen?«, fragte Lesorelle bitter. »Im Heiligen Römischen Reich hat König Heinrich genug zu tun, um seine Stellung zu festigen. Frankreichs König wird sich gewiss nicht berufen fühlen, und was König Richard von England betrifft, der hat derzeit an anderes zu denken als an einen weiteren Kriegszug ins Heilige Land. Ich weiß nicht, ob ihr es schon erfahren habt: Richard wollte auf dem Landweg als einfacher Ritter verkleidet durch das Heilige Römische Reich ziehen, um rascher in die Heimat zurückzukommen. Dort greift nämlich sein Bruder Jean unverhohlen nach der Königskrone.«

»Gegen Richard ist Jean ein Hänfling!«, rief Raoul spöttisch aus.

»Das mag sein! Aber Richard wurde in Österreich erkannt und von Herzog Leopold gefangen gesetzt, obwohl er als Kreuzfahrer unter dem Schutz des Papstes und der Kirche steht.« Lesorelle klang zornig, doch Michael antwortete voller Verachtung.

»Es war König Richards Fehler, nach der Eroberung Akkons Leopolds Banner in den Burggraben werfen zu lassen. Auch wenn dieser nur ein Herzog und kein gekröntes Haupt ist, so war er doch der Anführer der deutschen Ritter. Mit dieser Tat hat Richard von England nicht nur Leopold bis aufs Blut beleidigt, sondern auch das Andenken an diejenigen Ritter geschmäht, die auf dem Marsch ins Heilige Land und vor Akkon umgekommen sind! Ich bedauere ihn nicht.«

Angesichts seines Tonfalls beschloss Géraud de Lesorelle, dieses Thema nicht weiter zu verfolgen. Auch er wusste, dass Richard sich mit seiner Art zu viele Feinde gemacht hatte. Den Gerüchten zufolge waren einige seiner Lehnsleute in der Normandie und Aquitanien bereit, von ihm abzufallen, um sich Philippe II. von Frankreich anzuschließen.

»Was werdet Ihr tun? Bleibt Ihr hier im Heiligen Land?«, fragte Lesorelle.

Michael schüttelte den Kopf. »Ich habe die Bedingungen erfüllt, die mir gestellt wurden, um in die Heimat zurückkehren zu können, und das werde ich tun, sobald Vicomte Raoul in der Lage ist, ein Schiff zu besteigen.«

»Ich bedauere es, denn ich hätte Euch gerne in unseren Reihen gesehen.« Lesorelle schien noch etwas hinzufügen zu wollen, doch da kletterte ein Mann der Turmbesatzung eilends von oben herab.

»Verzeiht, meine Herren, ich habe eben eine Schar Sarazenen gesehen, die über die Grenze gekommen sind!«

»Wie viele sind es?«, fragte Lesorelle.

»Etwa zwanzig.«

Michael hob die Hand, um die Aufmerksamkeit auf sich zu lenken. »Das müssen al-Mansur und seine Männer sein. Sie verfolgen uns seit unserer Flucht aus aš Šhawbak!«

»Die Kerle haben hier nichts verloren! Also werden wir sie zum Kampf stellen. Wenn wir hier im Turm bleiben, können sie uns die Pferde wegtreiben und uns belagern. Da die Vorräte nur für die paar Mann, die hier Wache halten, gedacht sind, würde uns der Hunger quälen, bevor Hilfe in Sicht ist.«

Lesorelles Trupp zählte ein Drittel weniger Reiter als die Feinde, doch glaubte er, gegen diese bestehen zu können. Als er seinen Männern befahl, die Waffen zu ergreifen und in die Sättel zu steigen, erhoben sich auch Michael, Benoît und Constance.

»Ich werde an Eurer Seite kämpfen«, erklärte Michael fest entschlossen.

»Ich ebenfalls! Ich habe meinen Vater an diesen Hunden zu rächen!«, rief Benoît.

Bevor auch Constance etwas sagen konnte, zeigte Michael auf sie. »Ich weiß, Ihr giert danach, Sarazenenblut zu vergießen, Herr Rémy. Doch einer von uns muss hierbleiben, um Hadiya, Tasnim und Vicomte Raoul zu beschützen. Da Ihr Ersterer das Eheversprechen gegeben habt und Herrn Raouls Vetter seid, ist dies Eure Pflicht.«

»Aber …« Mehr brachte Constance nicht hervor, da Michael ihr sofort das Wort im Mund abschnitt.

»Es geht nicht anders! Ich bin den Kampf mit den Sarazenen gewohnt, und Benoît will sie für den Tod seines Vaters bezahlen lassen. Daher bleibt nur Ihr übrig.«

»Ich …« Constance brach ab, da Hadiya sich an sie klammerte und sie anflehte, sie nicht allein zu lassen.

Zwar war sie bereit, zu kämpfen, wenn es nötig war, doch sie sehnte sich nicht danach, andere Menschen zu töten. Weil Lesorelle vier Mann der Turmbesatzung mitnehmen wollte, würde der Turm nur noch von zwei Kriegern bewacht werden, und die konnten ihn niemals halten, sollte es einem Teil der Sarazenen einfallen, diesen anzugreifen.

»Also gut, ich bleibe, aber nur, weil es Euer Wunsch ist und ich nicht will, dass Hadiya und Tasnim sich ängstigen«, sagte sie und sah zu, wie die Männer den Turm verließen und auf ihre Pferde stiegen. Sie selbst führte ihren Aribert ins Innere des Turms, damit auch er vor den Sarazenen sicher war, und zog dann ihr Schwert.

10.

Amir ibn Hassans Gefolgsmann al-Mansur war von glühendem Hass erfüllt. Vor einigen Stunden war er auf die zwei Überlebenden des Vortrupps getroffen und hatte von ihnen erfahren, dass sie von den verfolgten Christen in die Falle gelockt worden waren und ihre Kameraden verloren hatten. Selbst der Gedanke, dass Allah, der Allerhabene, diese Krieger sofort in sein Paradies aufnehmen würde, spendete ihm keinen Trost. Um sich mit Erfolg gegen Salah al-Din erheben zu können, brauchten sie jeden Mann, den sie in den Sattel bringen konnten.

»Sie können nicht mehr weit vor uns sein!«, rief er seinen Männern zu und spornte seine Stute an.

Die Pferde waren durch die lange Verfolgung abgetrieben, doch er gönnte ihnen keine Schonung, denn er wollte Amir ibn Hassan nicht ohne die Gefangenen unter die Augen treten. Kam er mit leeren Händen, fand er sich, wenn sein Herr ihn nicht gleich im Zorn erschlug, als letzter Reiter in dessen Heer wieder und verlor jede Aussicht, Amir ibn Hassans Statthalter in Damaskus oder Kairo zu werden.

»Wir haben bereits die Grenzen zum Reich der Giauren überschritten«, rief ihm einer seiner Krieger besorgt zu.

»Was kümmert dies uns?«, fuhr al-Mansur den Mann an. »Salah al-Din hat mit den Giauren Frieden geschlossen, nicht aber Amir ibn Hassan!«

Ein paar Reiter lachten. Die meisten hatten im Krieg gegen die Heere des Westens Freunde verloren und sehnten die Gelegenheit herbei, sich an den Christen zu rächen. Auch war die Beute, die man bei ihnen machen konnte, nicht zu verachten. Am liebsten waren ihnen die Töchter, welche die fremden Ritter mit hiesigen Frauen gezeugt und die von ihren Vätern blonde Haare und blaue Augen geerbt hatten.

Der scharfe Ritt ging weiter, als einer der Sarazenen nach vorne zeigte. »Dort ist ein Wachtturm!«

»Er wird bald brennen!«, antwortete al-Mansur und lenkte seine Stute in diese Richtung.

Keine zehn Herzschläge darauf klang der erschrockene Ruf eines seiner Männer auf. »Giauren zu Pferd!«

Jetzt sah al-Mansur sie auch. Die Zahl der Christen war geringer als die seiner Männer, wenn auch nicht in dem Maß, das ihn hätte beruhigen können. Zudem waren es Tempelritter, und diese trugen leichtere Rüstungen als die Franken aus dem Westen und saßen auf frischen Pferden, während den eigenen Rossen die Anstrengungen anzumerken waren. Ein Rückzug war damit unmöglich. Sie mussten es hier und jetzt auskämpfen.

Nun ärgerte al-Mansur sich, dass er und die Seinen es wegen ein paar geflohener Franken nicht für nötig erachtet hatten, Speere mitzunehmen und Kettenhemden zu tragen. Voller Wut erteilte er den Angriffsbefehl.

Auf der anderen Seite wartete Géraud de Lesorelle ab, bis die Sarazenen nahe genug waren, dann senkte er seine Lanze und stieß jenen Ruf aus, mit dem die Kreuzritter schon so oft gegen die Sarazenen geritten waren: »Deus lo vult – Gott will es!«

Einige Augenblicke lang war nur der Klang der Hufe und das Schnauben der Pferde zu hören, dann prallten die beiden Trupps mit wilden Schreien aufeinander. Die Lanzen der Tempelritter machten den Nachteil der geringeren Zahl wett, und als sie dann die Schwerter zogen, war rasch zu erkennen, dass die mit nur leichten Lederrüstungen gewappneten Sarazenen kein gleichwertiger Gegner waren. Mochten ihre Schwerter auch in Damaskus gefertigt und die Klingen schärfer und härter sein, so brauchten sie doch einen glücklichen Treffer, um die Kettenhemden der Templer zu durchschlagen.

Michael und Benoît fochten an der Spitze. Bernards Sohn begleitete jeden Hieb mit einem zornigen Ruf. »Der ist für meinen Vater! Der für Herrn Robert de Lorris, dieser für Herrn Roberts Bruder Roger, der für Ritter Florent de Crespy, der für …«

Der letzte Schwerthieb unterblieb, weil kein Gegner mehr da war, gegen den Benoît hätte kämpfen können. Als Letzter sank al-Mansur von Michaels wuchtigem Schlag getroffen zu Boden und nahm die Erkenntnis mit ins Jenseits, dass er zwar niemals Statthalter einer großen Stadt oder Provinz werden würde, dafür aber von Amir ibn Hassan auch nicht mehr für die Flucht seines Gefangenen und der anderen Franken zur Rechenschaft gezogen werden konnte.

»Der Sieg fiel uns leichter, als wir es erwartet haben«, sagte Lesorelle zufrieden.

»Sie waren nicht auf Kampf aus, sondern wollten nur uns jagen und einfangen«, antwortete Michael. Er selbst hatte sich bei dem Gefecht keine einzige Schramme zugezogen, doch Benoît blutete aus einer Wunde am Arm.

»Das ist nicht der Rede wert«, meinte der Jüngling, als Michael ihn darauf ansprach.

»Die Verletzung muss trotzdem verbunden werden. Zum Glück ist der Wachtturm nahe. Tasnim wird gerne bereit sein, die barmherzige Samariterin für dich zu spielen«, sagte Michael und klopfte ihm auf die Schulter. »Gut gemacht! Dein Vater wäre stolz auf dich.«

»Mit Euch oder Herrn de Lesorelle vermag ich mich nicht zu messen«, gab Benoît ehrlich zu, befolgte dann aber Michaels Rat und kehrte zum Wachtturm zurück.

Dort empfing ihn Tasnim, die sichtlich froh war, ihn halbwegs unversehrt wiederzusehen, und sie machte sich gleich daran, seine Wunde zu versorgen.

11.

Während ein Teil der Templer bei dem Wachtturm zurückblieb, um die toten Sarazenen zu begraben und deren Pferde einzufangen, begleitete Géraud de Lesorelle Constance und ihre Gefährten nach Jaffa. Michael war schon öfter dort gewesen und kannte eine gute Herberge. Kaum hatten sie ihre Kammern bezogen, ließ er den Arzt rufen, den Lesorelle ihm empfohlen hatte. Dieser untersuchte Raoul gründlich und nickte zuletzt.

»Der Herr ist wohl schwach, doch wird er sich bei guter Pflege erholen. Was sein Augenlicht betrifft, so glaube ich, es ihm wiedergeben zu können. Er muss allerdings die Anweisungen, die ich ihm gebe, strikt befolgen. So hat er für einige Tage das Sonnenlicht zu meiden, da es den Augen schaden könnte. Zudem sollen diese alle paar Stunden mit einem Mittel ausgewaschen werden, das ich einem von Euch geben werde, wenn er mich nach Hause begleitet.«

»Das übernehme ich!«, rief Benoît, bevor Constance sich melden konnte.

»Dann tu das!«, sagte Michael zu ihm und behielt Rémy scharf im Auge.

Irgendetwas war mit ihr, das spürte er. Ihre Sorge über Raouls Zustand erschien ihm größer, als es selbst von einer Base zu erwarten war. Er bemerkte auch die giftigen Blicke, mit denen sie Hadiya bedachte, wenn diese sich um Raouls Wohl kümmerte. Ein Verdacht glomm in ihm auf, so schmerzhaft, dass er Gewissheit haben musste. Daher stand er auf und legte die Hand auf Benoîts Schulter.

»Da dein Arm verletzt ist und du dich beim Tragen eines Gegenstands schwertun wirst, komme ich mit dir.«

Benoît sah ihn verwundert an, denn so sehr behinderte ihn seine Armwunde nicht, als dass er nicht eine Flasche oder einen Topf tragen konnte. Als er in Michaels Gesicht blickte, spürte er, dass dieser sich über irgendetwas Gedanken machte, und er war neugierig genug, dies erfahren zu wollen.

»Also gut! Es ist wahrscheinlich besser so. Diese Stadt ist wie ein Fuchsbau, in dem man sich verlaufen kann«, antwortete er.

Bevor sie aufbrachen, sah sich der Arzt auch noch Benoîts Verletzung an. Er war zufrieden damit, wie Tasnim die Wunde versorgt hatte, und lobte das Mädchen. Danach verabschiedete er sich und kehrte, Michael und Benoît im Schlepptau, in sein Haus zurück.

Dort suchte er mehrere Mittel zusammen, die Raoul stärken und seine Heilung beschleunigen sollten, und führte ihnen vor, wie dessen Augen zu behandeln waren. Dafür musste Benoît den Kranken spielen und jammerte danach, wie sehr ihm die Augen brannten.

»Das wird bald vorbeigehen«, beruhigte ihn der Arzt. »Wichtig ist, dass Ihr dem Kranken mit dieser Lösung mindestens sechs Mal am Tag die Augen spült. Wenn sie zu Ende geht, werdet Ihr neue von mir bekommen.«

»Habt Dank!«, antwortete Michael, bezahlte die Summe, die der Arzt verlangte, und verließ mit Benoît zusammen das Haus.

Nach weniger als dreißig Schritten blieb er stehen und sah Benoît fragend an. »Sag mir, wer ist Rémy wirklich?«

Der junge Bursche zuckte zusammen, erinnerte sich dann aber daran, dass Michael seine Herrin schon einmal wie eine Frau angesprochen hatte. Wie es aussah, hatte er schon länger Verdacht geschöpft.

»Ihr dürft mich aber nicht verraten, sonst wird meine Herrin mir zürnen«, antwortete er leise.

»Ich verspreche es dir!«, sagte Michael und wartete gespannt.

»Seit wann wisst Ihr, dass Ritter Rémy eine Frau ist?«, wollte Benoît wissen.

»Nun, ich fasste irgendwann Verdacht und habe sie danach immer wieder beobachtet«, brachte Michael nach einer kurzen Pause heraus. Zugeben, dass er Rémy beim Baden beobachtet hatte, wollte er auf keinen Fall.

»Meine Herrin ist Constance, Tochter von Vicomte Sébastien de Laronne und Herrn Raouls Ehefrau. Als sie von Damien de Ronceau bedrängt wurde, diesen nach Herrn Raouls angeblichem Tod zu heiraten, konnte sie ihn belauschen und erfuhr dadurch, dass ihr Gemahl Amir ibn Hassans Gefangener sei und dieser ihn niemals freigeben wolle. Daher entschloss sie sich, in der Verkleidung eines jungen Ritters ins Heilige Land zu ziehen und ihn zu suchen und zu befreien.« Benoît achtete mehr auf seinen Bericht als auf Michaels Gesicht.

Daher entging ihm der Augenblick tiefster Enttäuschung, der sich darauf abmalte. Michael hatte sich aber rasch wieder in der Gewalt.

»So ist das also«, sagte er und ging weiter. In seinem Kopf dröhnte es jedoch wie eine Trommel. *Sie ist Raouls Weib! Sie ist Raouls Weib! Sie ist verflucht noch einmal Raouls Weib!* Eine entsetzliche Leere erfasste Michael. Wie sehr hatte er darauf gehofft, Rémy nach Raouls geglückter Befreiung für sich gewinnen zu können! Sie war die Frau, die er sich an seiner Seite wünschte, und dies würde sie nun niemals sein können. Während sie sich ihrem Quartier näherten, überlegte er, ob er nicht doch Géraud de Lesorelles Vorschlag annehmen und sich den Tempelrittern anschließen sollte. Was kümmerte ihn die Kühnburg und eine Heimat, die er nicht kannte, wenn er auf die einzige Frau verzichten musste, die ihm jemals etwas bedeutet hatte?

Als sie in der Herberge ankamen, hatte er noch keine Entscheidung getroffen. Er stellte die Medikamente in Raouls Kammer ab und überließ es Benoît zu erklären, wie diese anzuwenden seien. Stattdessen sattelte er Karim und ritt zur Stadt hinaus. Während er über das Land galoppierte, wünschte er sich eine sarazenische Schar, gegen die er kämpfen und ein ehrenvolles Ende finden konnte. Der einzige Mensch, auf den er traf, war jedoch ein einheimischer Bauer, der auf seinem Esel sitzend nach Hause ritt und dabei einen achtungsvollen Bogen um den Ritter schlug.

Es war bereits Nacht, als Michael in die Herberge zurückkehrte. Raoul und die drei Frauen lagen bereits in ihren Betten. Nur Benoît saß noch in der Schankstube, vor sich einen Becher Wein.

Als Michael dies sah, zog er die Stirn kraus. »Zu viel Wein tut der Heilung deiner Wunde nicht gut«, tadelte er den jungen Mann.

»Es ist mein erster Becher, aber ich brauchte ihn einfach«, erklärte Benoît.

»Ist etwas geschehen?«, fragte Michael besorgt.

»Nun, geschehen nicht direkt«, antwortete Benoît zögerlich. »Es ist nur so: Da Hadiya und Tasnim meine Herrin für einen Mann halten, haben sie Herrn Raouls Pflege übernommen, und das gefällt der Herrin nicht, da sie es selbst tun möchte. Doch solange sie als Ritter Rémy auftritt, scheuchen die beiden Sarazeninnen sie fort. Die Dame Hadiya kann sehr bestimmend sein!«

Das glaubte Michael unbesehen. »Der Vicomtesse wird nichts anderes übrig bleiben, als sich zu erkennen zu geben«, meinte er kühl.

Benoît musste kichern. »Davor hat sie Angst. Die Dame Hadiya ist sehr temperamentvoll und wird sich in ihrer Wut über Constances Täuschungsspiel nicht davon abhalten lassen, ihr das Gesicht zu zerkratzen.«

»Wir werden dieses kleine Biest im Notfall bändigen müssen«, schlug Michael vor.

Benoîts Kichern wurde zu einem leisen Lachen. »Wir sollten zusehen, dass wir schnell genug sind, und vor allem auf unsere Dolche achtgeben. Wenn die Dame Hadiya in Zorn gerät, traue ich ihr zu, die Herrin niederstechen zu wollen.«

»Bei Gott, dann fesselt die Sarazenin und verkauft sie als Sklavin!« Michaels Worte waren nicht ernst gemeint, doch sie erschreckten Benoît.

»Wir haben der Dame Hadiya unser Leben und unsere Freiheit zu verdanken. Es wäre schändlich, es ihr auf eine solch üble Weise zu danken!«, tadelte er Michael.

Dieser zuckte mit den Achseln. »Du solltest wenigstens das Fesseln im Auge behalten. Die sarazenischen Weiber, so habe ich mir sagen lassen, sollen sehr rabiat sein.« Michael erinnerte sich mit Schaudern daran, was er einmal in Jerusalem miterlebt hatte. Dort hatte eine einheimische Frau einen Goldschmied, mit dessen Arbeit sie nicht zufrieden gewesen war, wüst beschimpft und ihm dann auch noch das Schmuckstück an den Kopf geworfen.

Während Benoît versprach, Sorge dafür zu tragen, dass seiner Herrin nichts geschah, fand Michael, dass er nun selbst einen Becher Wein brauchen konnte. Es blieb nicht bei dem einen. Benoît lag längst im Bett, als Michael mit unsicheren Schritten in die Kammer wankte, die er mit diesem, aber auch mit Constance teilte, da sie noch immer als Mann galt. Im Rausch hatte er seine Verzweiflung vergessen wollen, stattdessen aber war der Schmerz des Verlusts noch stärker geworden, und als er endlich unter seiner Decke lag, bemerkte er, dass er zum ersten Mal seit seiner Kindheit weinte.

12.

In den nächsten Tagen herrschte in der Gruppe eine angespannte Stimmung. Constance wagte es noch immer nicht, sich zu erkennen zu geben, bedachte aber Hadiya, die Raoul aufopfernd pflegte, mit giftigen Blicken.

Hadiya ärgerte sich über die Eifersucht, die Rémy so deutlich zeigte, nahm aber an, diese gälte Raoul. Weshalb wollte ihr Bräutigam denn nicht einsehen, dass sie sich nur deshalb um seinen Freund kümmerte, weil es die Schuld ihres Vaters gewesen war, die ihn so krank und elend hatte werden lassen? Sie seufzte.

Während seine Gefährten die Herberge immer nur kurz verließen, um etwas im Basar zu kaufen oder frische Arznei für Raoul zu besorgen, strolchte Michael die meiste Zeit durch die Stadt oder ritt aus. Noch nie war er mit sich so uneins gewesen wie in diesen Tagen. Selbst die Aussicht, der nächste Graf auf der Kühnburg zu werden, bedeutete ihm nichts mehr. Wenn er abends bei einem Krug Wein saß, schüttelte er manchmal über sich selbst den Kopf. Wie hatte er früher über Männer gespottet, die wegen eines Weibes Dinge getan hatten, die sie eigentlich nicht wollten. Nun hätte er selbst alles getan, was Constance von ihm forderte, wenn es ihm dadurch gelingen könnte, sie für sich zu gewinnen.

Der einzige Lichtblick war, dass es Raoul rasch besser ging. Gutes Essen und die sorgfältige Pflege brachten seine Kräfte zurück, und die Tinktur, mit der Hadiya seine Augen auswusch, zeigte allmählich Wirkung. Eines Morgens wachte Raoul auf und bemerkte, dass er nicht mehr nur Schatten und Umrisse sehen, sondern auch Gesichter erkennen konnte. Andächtig betrachtete er Hadiya, die ihm lächelnd das Frühstück bereitstellte, und stieß einen leisen Ruf aus.

»Was ist mit Euch, Herr?«, fragte Hadiya besorgt.

»Ihr seid wunderschön!«, antwortete Raoul mit leuchtenden Augen.

Constance, die neben der Tür stand, zog es das Herz zusammen. So liebevoll hatte ihr Mann während der wenigen Wochen, die ihnen in ihrer Ehe füreinander geblieben waren, nie zu ihr gesprochen.

Unterdessen lobte Raoul die junge Sarazenin und nannte sie seinen Engel, der ihm in seiner bittersten Stunde erschienen sei und ihn errettet habe.

Michael, der nun ebenso wie Benoît den Raum betrat, fand die Begeisterung, die sein Freund für Hadiya zeigte, unangebracht. Wohl hatte diese ihnen geholfen, doch ohne Constances unermüdlichen Einsatz wäre Raoul niemals gefunden worden, sondern in der Syrischen Wüste elendig zugrunde gegangen.

»Ich freue mich, dass es Euch besser geht, Herr Raoul«, unterbrach er dessen Lobeshymne.

»Herr Michael, Ihr seid mir ein wahrer Freund, denn Ihr habt nicht aufgehört, nach mir zu suchen, und habt mich mit Herrin Hadiyas Hilfe gerettet«, begrüßte ihn Raoul voller Freude.

Über Michaels Gesicht huschte ein Schatten. »Ihr dürft mir nicht danken, denn ich hielt Euch für tot. Alles Lob gehört einer Person, die nie aufgehört hat zu glauben, dass Ihr noch lebt, und die die lange und gefahrvolle Reise ins Heilige Land auf sich nahm, um Euch zu finden und zu befreien!«

Ehe Constance sichs versah, schob Michael sie nach vorne. Raoul sah sie an und schüttelte irritiert den Kopf. Der Kleidung nach stand vor ihm ein junger Ritter, doch das hübsche Gesicht und die hellen Augen stießen eine Erinnerung in ihm an, der er zuerst nicht glauben wollte.

»Ihr könnt nicht Constance sein! Oder etwa doch?«, sagte er nach einer Weile.

Constance begriff, dass ihr Täuschungsspiel ein Ende gefunden hatte, und wappnete sich mit Trotz. »Ich bin es, mein Herr und Gemahl, und es war wahrlich nicht leicht, Eure Freiheit zu erreichen.«

Nach diesen Worten wanderte Hadiyas Blick von ihr zu Raoul und wieder zurück. »Du bist kein Mann, sondern sein Weib?«, stieß sie mit sich steigernder Lautstärke hervor.

»Darf ich vorstellen, Constance, Vicomtesse de Laronne und Herrin von Beljeux«, stellte Michael sie der Sarazenin vor.

Hadiya stieß einen Schrei aus, und er musste rasch zugreifen, weil diese sich voller Wut auf Constance stürzen wollte. »Du hast mich betrogen!«, kreischte sie. »Ich habe deinem Wort vertraut, doch es war nicht den Staub unter meinen Füßen wert. Der Scheitan soll dich holen und in die tiefste Hölle sperren! Ich wünschte, die Krieger meines Vaters hätten dich erschlagen. Ich …«

Michael versuchte, der Rasenden den Mund zuzuhalten, bezahlte es aber mit einem Biss in den Handballen. Schließlich schüttelte er sie derb und versetzte ihr, als sie noch immer nicht aufhören wollte, eine Ohrfeige.

»Sei endlich still!«, herrschte er sie an. »Wir alle wissen, dass wir dir die Freiheit zu verdanken haben, und werden alles tun, damit du einmal glücklich und zufrieden leben kannst. Das schwöre ich dir, und du kannst auch Herrin Constances Wort vertrauen, denn sie sagte dies nicht nur ein Mal zu dir.«

Aus Angst, nun Schläge zu erhalten, schwieg Hadiya, weinte aber stumm vor sich hin. Michael fühlte sich hilflos, denn er wusste nicht, was er ihr noch sagen hätte können.

Da ergriff Raoul die Hand der Sarazenin. »Auch ich schwöre, alles zu tun, damit deine Hilfe dir nicht zum Schaden ausschlägt. Ich werde einen guten Ehemann für dich suchen, und du wirst ein schönes Leben führen können.«

Hadiya weinte noch immer, sagte sich dann aber, dass sie mit einem Ehemann, den Raoul für sie auswählte, gewiss glücklicher werden würde denn als Weib von Scheich Bilal ibn Daud. Bei dem Gedanken wurde sie ruhiger.

»Ich habe diesen Weg beschritten und muss ihn zu Ende gehen. Mit diesem Grobian aber«, ihr rechter Zeigefinger wies auf Michael, »dürft Ihr mich nicht vermählen.«

»Wenn, wäre dies nur über meine Leiche möglich«, knurrte Michael, der in seiner Jugend genug tränenreiche Auftritte seiner Mutter erlebt hatte. Spät erst hatte er begriffen, dass diese seinen Vater vor allem deshalb geheiratet hatte, um Gräfin auf der Kühnburg zu werden. Sein Großvater hatte verhindert, dass sie diesen Rang einnehmen konnte, und dies hatte sie ihrem Schwiegervater niemals verziehen.

Unterdessen stand Constance unbeachtet daneben und haderte damit, dass ihr Mann zwar Hadiya verehrte, aber das, was sie selbst für ihn getan hatte, nicht zu würdigen schien.

13.

In den nächsten Tagen herrschte in der Gruppe eine seltsame Stimmung. Hadiya war zwar ruhig, ließ sich aber deutlich anmerken, dass sie sich von Constance übel getäuscht fühlte. Constance selbst verschloss das, was sie bewegte, tief in sich und behandelte Raoul zwar nicht ganz wie einen Fremden, ließ sich aber kein Anzeichen von Zuneigung oder gar Liebe anmerken. Da Tasnim auf der Seite ihrer Herrin stand, fühlte Benoît sich zwischen seiner Liebe zu ihr und seiner Treue zu Constance hin- und hergerissen. Wagte er ein Wort zu deren Verteidigung, warf Tasnim ihm vor, sie ebenso benutzt zu haben, wie Constance-Rémy es bei Hadiya getan hatte.

»Es ist zum Verzweifeln!«, beklagte er sich schließlich bei Michael. »Ich mag das Mädchen wirklich und wünschte mir nichts sehnlicher, als dass sie mir endlich angehören würde. Doch sie hält die Herrin Constance für eine Tochter des Satans und mich für deren Gehilfen.«

»Wenn du einen Rat von mir hören willst, dann sorge dafür, dass sie heute Nacht in deinem Bett liegt«, antwortete Michael mit einem verkniffenen Grinsen.

»Aber wie soll das gehen?«, fragte Benoît verwirrt.

»Schleife sie zu einem Pfaffen, lasst dich mit ihr zusammengeben und zeige ihr in der Nacht, dass es angenehm sein kann, dein Weib zu sein!«

»Aber was ist, wenn sie sich weigert?«, rief Benoît besorgt.

»Das glaube ich nicht. Dafür liebt dich das Mädchen zu sehr. Es wird auch helfen, wenn du ihr versprichst, alles zu tun, damit ihrer Herrin Gerechtigkeit widerfährt«, riet Michael ihm.

»Braucht es nicht Zeugen und dergleichen, um einen Heiratskontrakt zu unterzeichnen?« So ganz überzeugt war Benoît nicht, was Michaels Plan betraf.

»Reichen dir Lesorelle und ich als Zeugen?«, fragte Michael.

»Aber gewiss doch!«, stieß Benoît hervor.

»Dann bring Tasnim dazu, dich um die Mittagsstunde zu begleiten. Bringe sie in die Kirche vorne an der Ecke. Der Templer und ich werden dort sein«, versprach Michael und klopfte ihm auf die Schulter. »Keine Sorge, es wird alles gut!«

»Hoffentlich!« Benoît atmete tief durch und überlegte, unter welchem Vorwand er Tasnim dazu bewegen konnte, ihn zu begleiten.

Michael musterte ihn kopfschüttelnd und sagte sich, dass Gott den Frauen wirklich nicht die Fähigkeit hätte verleihen sollen, Männer zu verwirren und an sich selbst zweifeln zu lassen. Benoît war ein wackerer Bursche, der sich vor keinem Feind fürchtete. Aber vor dem Zorn der kleinen Beduinin zitterte er wie Espenlaub.

Zumindest dieses Problem, so hoffte er, würde sich spätestens heute Nacht lösen lassen. Was Constance und Raoul betraf, würden Worte allein nicht helfen. Mit diesem Gedanken verabschiedete er sich von Benoît und zog los, um dem Pfarrer zu erklären, dass er zu Mittag zwei Menschen vor Gott vermählen sollte. Der Tatsache, dass Tasnim keine Christin war, maß er keinen Wert zu. In Frankreich würde sie schon lernen, wenigstens so zu tun, als glaube sie an Jesus Christus, den Heiligen Geist und die Jungfrau Maria.

Nachdem er mit dem Priester gesprochen hatte, suchte er Géraud de Lesorelle auf und bat ihn, bei Benoîts Heirat Zeuge zu sein. »Der junge Mann ist der Sohn eines Gefolgsmannes der Vizegräfin von Laronne und zählt damit zum niederen Adel. Als Tochter eines Beduinenscheichs steht Tasnim fast noch über ihm. Eine Ehe mit ihr ist für ihn daher ehrenvoll, und sie erhält einen Mann, der zu ihr steht und für sie sorgt«, erklärte er dem Tempelritter.

»Es ist gut, dass Ihr das Mädchen für die Hilfe, die es Euch allen geleistet hat, belohnen wollt. Doch was werdet Ihr mit der Herrin Hadiya tun? Selbst wenn sie wollte, könnte sie nicht mehr zu ihrer Familie zurück. Amir ibn Hassans Aufstand ist zusammengebrochen, noch bevor er richtig begonnen hat. Saladins Neffe Zia al-Din hat Amirs Absichten erkannt und ihn in eine Falle gelockt. Nun ziert der Kopf des Verräters das Stadttor von Damaskus, und seine Weiber und Kinder wurden versklavt.« In Lesorelles Stimme schwang Mitleid mit jenen mit, die unschuldig in diese Affäre verwickelt und für die Taten ihres Ehemanns und Vaters bestraft worden waren.

Michael hingegen zuckte mit den Achseln. »Ist es in unseren Landen anders? Auch dort zahlen jene, die am wenigsten dafürkönnen, meist den höchsten Preis.«

Ein wenig dachte er dabei an sich, der selbst nach dem Tod des Vaters noch dessen Opfer geworden war. Ohne Magister Erwin und dessen Versprechen, ihn von jenem unseligen Schwur, den er dem Vater hatte leisten müssen, zu entbinden, würde er, obwohl er der rechtmäßige Erbe von Kühnburg war, ein armer fahrender Ritter bleiben. Er schüttelte diesen Gedanken rasch ab und verabschiedete sich von Lesorelle mit der Maßgabe, sich zu Mittag in der Kirche zu treffen.

14.

Es fiel Benoît leichter, als er es erwartet hatte, Tasnim zum Mitkommen zu bewegen. Froh, der angespannten Stimmung in der Herberge entkommen zu können, ließ sie sich durch die Gassen führen, aß einige Leckereien, die Benoît ihr kaufte, und genoss zuletzt einen großen Becher mit Granatapfelsaft. Tasnim spürte auch kein Misstrauen, als ihr Begleiter sie in die Kirche führte. Tief in ihrem Inneren war ihr bewusst, dass sie, wenn sie bei ihm blieb, Christin werden musste, aber da es in seiner Heimat so üblich war, wollte sie es auch tun. Allah konnte sie auch im Stillen verehren.

Etwas überrascht nahm sie Michaels und Lesorelles Anwesenheit zur Kenntnis. Seit Ersterer ihrer Herrin eine Ohrfeige versetzt hatte, mied sie ihn, so gut es ging. Sie beachtete ihn daher auch nicht, grüßte aber Lesorelle, der sich Hadiya und ihr gegenüber immer höflich verhalten hatte, und wunderte sich, als ein Priester kam und in einer ihr unbekannten Sprache zu reden begann.

»Wenn er dich ansieht und etwas fragt, musst du Ja oder Oui sagen«, raunte Benoît ihr ins Ohr.

Tasnim nickte und tat ihm den Gefallen. Ganz zuletzt legte der Priester ein Stück Pergament auf einen Tisch. Benoît und Michael machten ihr Kreuz, während Lesorelle seinen Namen in schwungvoller Schrift danebensetzte und auch die Namen der beiden hinter dem jeweiligen Kreuz notierte. Danach ergriff er Tasnims Hand, drückte ihr eine Schreibfeder in die Hand und führte diese so, dass »Tasnim, Tochter des Fürsten Ali« zu lesen war.

»Der Titel Fürst ist in unseren Landen geläufiger als der eines Scheichs«, meinte er zu Benoît und Michael und reichte beiden die Hand. »Ihr werdet wohl bald in die Heimat aufbrechen. Es ist möglich, dass wir uns dann nicht mehr sehen. Ich führe morgen eine Gruppe Pilger nach Jerusalem und will mit ihnen auch nach Bethlehem und Nazareth sowie an den Jordan reisen, da sie das heilige Wasser daraus schöpfen wollen. Nehmt daher meinen Abschiedsgruß entgegen und reist mit Gott!«

»Möge Gott auch mit Euch auf allen Euren Wegen sein!«, erwiderte Michael.

Er umarmte den Tempelritter und fragte sich noch einmal, ob er nicht doch hier im Heiligen Land bleiben sollte. Wenn er in die Heimat zurückkehrte und Graf auf der Kühnburg wurde, würde er sich ein Weib nehmen müssen, um die Linie fortzuführen. Doch welche Frau konnte es für ihn geben, da Constance unerreichbar blieb?

Zwölfter Teil

Die List der Feinde

1.

Tasnim mochte ein wenig über die seltsame Art verwundert sein, wie die Hochzeit vonstattengegangen war, doch mit den Folgen war sie hochzufrieden. Mittlerweile wusste sie, dass Christen nur eine einzige Ehefrau haben durften und es ihnen zudem schwerfiel, diese wieder loszuwerden. Dafür mussten sie Botschaft zu einem Mann schicken, der sich das Oberhaupt der Christenheit nannte und in einer Stadt namens Rom lebte. Nur wenn dieser es erlaubte, konnte ein Christ die Ehefrau wegschicken und sich eine neue suchen. Dies gefiel ihr viel besser, als Benoît mit anderen Weibern teilen zu müssen.

Während Tasnim aufblühte, blieb Hadiyas Laune schlecht. Wenn der Zorn sie packte, beschuldigte sie Constance aller Sünden, die ein Mensch begehen konnte. Der Einzige, der sie bremsen konnte, war Michael. Vor ihm hatte sie Angst und versuchte daher, ihm auszuweichen.

Da Raoul sich halbwegs erholt hatte, sah Constance wenig Sinn darin, noch länger in Jaffa zu bleiben, und bat Michael, ein Schiff ausfindig zu machen, das sie nach Genua bringen würde.

Michael sah sie an und nickte. »Es ist wirklich besser, wenn wir aufbrechen. Soll ich, wenn ich kein Schiff nach Genua finde, eines nehmen, das nach Venedig fährt?«

»Meinetwegen kann es auch in die Hölle fahren«, fuhr Constance ihn gereizt an. Sie ärgerte sich immer mehr, weil Raoul mit Hadiya, aber auch Tasnim liebevoll umging, ihr gegenüber aber Abstand hielt und nur das Nötigste zu ihr sagte. Dafür, dachte sie, war sie nicht bis ins Morgenland gereist, um ihn zu befreien. Sie hegte noch die Hoffnung, dass es in der Heimat anders sein würde. Immerhin waren sie vor Gott und der Welt einander angetraut, und es war ihre Pflicht, dem Stammbaum derer von Laronne und Beljeux ein neues Reis aufzupflanzen.

Gleichzeitig schämte sie sich, so schroff gegen Michael gewesen zu sein. »Verzeiht mir, Herr Ritter! Ich weiß Euren Beistand zu schätzen. Ohne Euch hätten wir meinen Gemahl niemals finden und befreien können.«

»Ohne Hadiya und Tasnim hätten wir sein Schicksal geteilt«, gab Michael zu bedenken, da sie ihm gelegentlich doch zu harsch zu Hadiya war. Immerhin entstammte die Sarazenin einer anderen Welt und wusste nur wenig von den Ländern des Westens.

»Das macht es ja so schwer«, antwortete Constance seufzend und nahm sich vor, die junge Sarazenin besser zu behandeln. Vor allem musste sie einen passenden Ehemann für sie suchen.

Bei dem Gedanken blickte sie Michael an. »Ihr sagtet einmal, Ihr seid ein fahrender Ritter ohne eigenen Besitz, der sich nicht einmal die Heimreise aus dem Heiligen Land leisten könne. Wenn Ihr bereit wärt, Hadiya zu heiraten, würde ich dafür sorgen, dass Ihr der Burghauptmann unserer wichtigsten Nebenburg Crespy werdet, mit dem Recht, diesen Rang auch Eurem Sohn zu vererben.«

»Ich glaube nicht, dass Hadiya die Ehe mit mir eingehen würde. Ihr wisst, wie sehr sie mich hasst«, antwortete Michael, der um nichts in der Welt in Constances und Raouls Nähe bleiben wollte.

»Leider! Dabei seid Ihr ein sehr verträglicher und vor allem zuverlässiger Mann, dem ich jederzeit mein Leben und meine Ehre anvertrauen würde«, antwortete Constance traurig. »Als ich einst mit Raoul verheiratet wurde, glaubte ich dies auch von ihm, aber …«

»Grämt Euch nicht! Es wird gewiss wieder alles gut werden«, versuchte Michael, sie zu trösten. Da sie Raouls Ehefrau war, hatte dieser sie zu ehren und zu respektieren, anstatt sie wie jemanden zu behandeln, den man nicht eingeladen hatte und der doch gekommen war.

»Ich wünschte es mir«, antwortete Constance und wandte sich ab. »Ich muss nach Aribert sehen.«

Michael blickte ihr nach und wollte anschließend die Herberge verlassen, um ein Schiff zu suchen. Plötzlich aber machte er kehrt und spähte in den Stall hinein, in dem ihre Pferde untergebracht waren. Constance stand bei ihrem Hengst, hatte die Arme um seinen Hals geschlungen und weinte.

Dieser Anblick schmerzte ihn wie eine offene Wunde. Auch wenn er sie niemals für sich gewinnen konnte, so wollte er sie doch glücklich sehen. Mit dem Vorsatz, Raoul zu gegebener Zeit den Kopf zurechtzusetzen, ging er zum Hafen und fragte nach einem Schiffer, der in absehbarer Zeit nach Genua aufbrechen wollte.

Plötzlich rief jemand ihn an. Michael drehte sich um und sah einen Schiffer vor sich, der unsicher wirkte. »Habe ich Euch nicht gestern mit Herrn Rémy de Saint Croix zusammen gesehen?«, fragte der Mann in schlechtem Französisch.

Michael nickte. »Ich gehöre zu Herrn Rémys Reisegesellschaft und suche in seinem Auftrag nach einem Schiff, das uns der Heimat näher bringt.«

»Dann seid Ihr bei mir gerade an den Richtigen geraten. Der junge Herr und seine Begleiter sind nämlich mit meinem Schiff hierhergereist. Ich hätte noch Platz an Bord, auch für Eure Pferde, und Herr Rémy kann Euch gewiss versichern, dass mein Schiff etwas taugt und ich ein guter Seemann bin.«

Kapitän Carfiel hatte Pilger nach Jaffa gebracht, die erst im nächsten Jahr wieder abreisen wollten, und suchte händeringend nach einer Ladung oder nach Fahrgästen, bei denen sich die Heimfahrt nach Genua lohnte.

»Ich werde mit Herrn Rémy sprechen und entweder wiederkommen oder einen Boten schicken«, versprach Michael.

Er kehrte dem Hafen den Rücken und fand unterwegs, dass es vielleicht ganz gut war, wenn sie mit diesem Schiff fuhren. Da man Constance darauf als Rémy de Saint Croix kannte, würde sie ihre Verkleidung noch eine Weile aufrechterhalten müssen und konnte daher während der Überfahrt nicht die Kammer mit Hadiya teilen. Das hätte durchaus problematisch werden können.

Michaels Nachricht war hochwillkommen. Raoul wollte fort aus diesem Land, in dem ihm so Schlimmes angetan worden war. Auch Constance sehnte sich in die Heimat zurück, da sie hoffte, dort ihre Beziehung zu ihrem Mann wiederaufnehmen zu können. Benoît und Tasnim hingegen war es gleichgültig, wo sie zusammen glücklich sein konnten, während Hadiyas Angst vor dem Schicksal, das sie in der Fremde erwartete, mit jeder Stunde stieg, die sie ihrer Abreise näher brachte.

Um Hadiya zu beruhigen, sang Raoul ihr ein paar Lieder vor. Seine Stimme klang gut, dies musste Michael anerkennen. Ihm passten jedoch die leuchtenden Augen nicht, mit denen Hadiya Raoul dabei ansah. Auch Constance zog es das Herz zusammen, weil ihr Mann für eine andere sang, und nicht für sie.

2.

Es war Herbst, und das Schiff geriet bereits am ersten Tag in einen Sturm. Constances Reisegruppe hatte daher mit anderen Problemen zu kämpfen als mit ihren Befindlichkeiten. Bis auf Constance und Tasnim wurden alle ein Opfer der Seekrankheit, und die beiden hatten alle Hände voll zu tun, die anderen zu pflegen. Michael, dessen längste Seefahrt die Überquerung der Dardanellen gewesen war, litt am heftigsten von allen. Erst als Zypern bereits hinter ihnen lag, fühlte er sich wieder in der Lage, an Deck zu steigen.

Oben traf er auf Raoul, der nachdenklich auf die Delfine blickte, die spielerisch das Schiff begleiteten. Ein frischer Wind wehte, und so sog Michael nach den Tagen in der engen Kammer gierig die frische Luft in die Lungen. Da ihre Reisegefährten sich im Schiffsbauch befanden und auch keiner der Matrosen zu nahe stand, gesellte er sich zu Raoul.

»Nun geht es in die Heimat«, sagte er mit noch etwas matter Stimme.

»Das tut es«, antwortete Raoul ohne Freude.

»Dort wird Frau Constance das Kettenhemd ausziehen und wieder ihr gewohntes Kleid überstreifen müssen«, fuhr Michael fort.

Raoul nickte verkniffen. »Es wird wohl so sein.«

»Was habt Ihr eigentlich?«, fragte Michael. »Ihr habt ein Weib, das so treu und mutig ist wie kein zweites, und behandelt sie, als wäre sie

Euch fremd. Habt Ihr sie etwa gegen Euren Willen zur Frau nehmen müssen?«

Mit einem tiefen Seufzer wandte Raoul sich ihm zu. »Das habe ich gewiss nicht, auch wenn Königin Eléonore diese Ehe in die Wege geleitet hat und die Könige Philippe und Richard ihr zugestimmt haben. Wisst Ihr, ich bin als der vierte Sohn eines einfachen Edelmanns geboren worden und hatte nicht die geringste Aussicht auf ein Erbe. Ich bin von Burg zu Burg gezogen und habe meine Lieder dafür gesungen, um eine Unterkunft, einen vollen Teller und einen Becher Wein zu erhalten. Könnt Ihr Euch vorstellen, wie es ist, wenn sich plötzlich die Herren und Damen, die vorher mit einem gewissen Spott auf einen herabgesehen haben, auf einmal vor Euch verbeugen oder knicksen? Ich war wie trunken vor Glück, zumal ich eine Gemahlin hatte, die mich nie fühlen ließ, dass ich nicht von gleichem Rang war wie sie.« Raoul brach kurz ab und schüttelte den Kopf. »Constance war freundlich zu mir und ermöglichte es mir auch, dass ich nicht als einfacher Krieger mit auf den Kreuzzug ziehen musste, sondern als Anführer einer eigenen Schar. Doch anstatt Ruhm zu gewinnen, habe ich viele gute Männer in den Tod geführt. Zwei meiner Brüder gehörten dazu, und auch Ihr seid nur durch die hohe Kunst eines ausgezeichneten Arztes gerettet worden.«

»Ihr solltet Euch nicht so viele Gedanken darüber machen. Nicht Ihr seid an diesem schrecklichen Ende schuld, sondern die Verräter Damien und Beauvais de Ronceau.«

»Das sagt Ihr! Doch ich hätte an jenem Tag so vieles anders machen müssen.« Raoul stöhnte verzweifelt auf und fasste dann Michael bei den Schultern. »Mein Versagen wird noch schlimmer durch den Edelmut und die Opferbereitschaft meiner Gemahlin. Constance scheute weder die Gefahren der langen Reise noch jene, die im Heiligen Land auf sie lauern mochten, sondern setzte alles daran, um mich zu suchen und zu befreien.«

»Das tat sie wohl!«, stimmte Michael ihm zu und fand, dass eine solche Frau selbst unter tausend nicht zu finden war.

»Sie ist einfach vollkommen! Als Herrin von Laronne und Beljeux ist sie besser als jeder Mann, den ich kenne, und sie vermag sogar zu lesen und zu schreiben, was mir selbst schwerfällt.«

»Ich kann es gar nicht«, bekannte Michael.

»Gegen Constance bin ich ein Wurm!«, stieß Raoul voller Verzweiflung aus. »Selbst als al-Mansur Euch gefangen genommen hatte und es keinen Ausweg zu geben schien, verliebte Hadiya, die sie für einen Mann hielt, sich in sie und befreite uns. Ich hingegen war viele Monate Amir ibn Hassans Gefangener und vermochte an Flucht nicht einmal zu denken. Was glaubt Ihr, was sie von mir halten muss?«

»Sie liebt Euch genug, um ihr eigenes Leben zu riskieren, um das Eure zu retten«, erklärte Michael mit aufkommendem Ärger. Zwar verstand er Raouls Gefühle, fand dessen Klagen aber übertrieben. »Ihr seid mit Constance verheiratet. Dies könnt Ihr nicht leugnen. Richtet Euch danach! Auch wenn sie tüchtig ist, so braucht sie doch einen Mann an ihrer Seite, und Ihr seid gewiss nicht die schlechteste Wahl, die sie treffen konnte.«

»Sie hat die Wahl nicht getroffen«, gab Raoul zu. »Es war Königin Eléonores Vorschlag, dem die Könige Philippe und Richard zustimmten. Constance brauchte einen Ehemann, um das Erbe ihres Vaters übernehmen zu können, und so wurde ich dazu bestimmt.«

»Was beklagt Ihr Euch also? Eure Gemahlin braucht Euch nötiger als Ihr sie. Das sollte Euch genügen!«, fuhr Michael ihn ungeduldig an. Er hoffte, dass Raoul sich besinnen und Constance der Ehemann werden würde, den sie brauchte. Zwar schmerzte der Gedanke, doch war es ihm wichtiger, sie glücklich zu sehen, als daran denken zu müssen, wie schlecht sich ihre Ehe mit Raoul anließ.

»Wenn Ihr zu Hause ankommt, solltet Ihr sie so behandeln, wie es Eurer Gemahlin zukommt«, erklärte er in tadelndem Ton.

»Ihr seid wirklich ein Deutscher, immer geradeheraus, auch wenn es wehtut«, antwortete Raoul mit dem Anflug eines Lächelns. »Aber Ihr seid auch der beste Kamerad, den ein Mann sich wünschen kann. Wenn wir in Laronne sind und Constance keine Einwände vorbringt, würde ich Euch gerne in meiner Nähe behalten. Wenn Ihr bereit seid, Hadiya zu heiraten und ihr ein guter Ehemann zu sein, könntet Ihr Burg Crespy für uns verwalten.«

Michael musste sich das Lachen verkneifen. Denselben Vorschlag hatte ihm auch schon Constance unterbreitet. Er kniff die Augenlider zusammen und dachte nach. Wenn er zur Kühnburg zurückkehrte, brauchte er ein Weib, und da war die schöne Syrerin nicht schlechter als eine andere. Allerdings mochte sie ihn nicht, und gegen ihren Willen wollte er sie nicht heiraten.

»Ihr wisst, dass Hadiya einen tiefen Groll gegen mich hegt«, sagte er daher und sah Raoul bedrückt nicken.

»Ihr habt sie in Jaffa arg harsch behandelt. Doch wenn Ihr der jungen Frau die nötigen Aufmerksamkeiten schenkt, wird sie ihre Abneigung vergessen.«

»Lasst mich mit meiner Antwort warten, bis wir Laronne erreicht haben. Eines aber würde ich Euch raten: Reitet nicht sofort dorthin, denn Ihr wisst nicht, was sich seit der Abreise Eurer Gemahlin ereignet hat. Nicht, dass Eure Feinde …«

»Die Ronceaus!«, unterbrach Raoul ihn.

»Nicht dass diese sich Laronne angeeignet haben und glücklich sind, Euch und Eure Gemahlin auf so leichte Weise in die Hand zu bekommen«, setzte Michael seine Rede fort und legte Raoul die Hand auf die Schulter. »Wenn Ihr meinen Rat annehmen wollt, so reitet zuerst zum König und teilt ihm mit, dass Ihr aus dem Heiligen Land zurückgekehrt seid. An Herrn Philippes Hof werdet Ihr am ehesten erfahren, wie es in Euren Besitzungen steht.«

»In den Besitzungen meiner Gemahlin, meint Ihr«, antwortete Raoul und zeigte damit, dass seine trübsinnige Stimmung noch nicht verflogen war.

3.

Auf der weiteren Seefahrt gerieten sie noch zweimal in einen Sturm und waren heilfroh, als sie endlich Genua erreicht hatten. In dieser Stadt hätte Michael sich von Constance und ihrer Gruppe trennen und nach Norden reiten können, um auf diesem Weg die Kühnburg zu erreichen. Sein Gefühl aber drängte ihn dazu, bei ihr zu bleiben, bis ihre Reise zu Ende war.

Für Constance und Raoul sah es so aus, als würde er, der arme

Ritter, sich nun doch überlegen, ihr jeweiliges Angebot anzunehmen, um durch eine Heirat mit Hadiya Kastellan auf Crespy zu werden. Auch Benoît und Tasnim dachten dies, und so begann Tasnim, Michael in Hadiyas Gegenwart zu loben. Diese musterte den deutschen Ritter mit wachsendem Interesse. Seit damals, als sie erfahren hatte, dass Constance eben nicht Ritter Rémy, sondern eine Frau war, war er nicht mehr in Zorn geraten. Auch wenn sie wegen seiner hohen Gestalt und seiner kühlen Art noch immer ein wenig Angst vor ihm verspürte, so mochte er doch ein brauchbarer Ehemann für sie werden.

Wenn sie ihn allerdings mit Raoul verglich, überkamen sie Zweifel. Dieser war nicht ganz so riesig wie der Deutsche, auch nicht so Furcht einflößend und vor allem viel höflicher und darauf bedacht, ihr die Reise zu erleichtern, so gut es nur ging.

Daher lehnte sie Constances Vorschlag ab, auf einem hinter Michaels Sattel festgeschnallten Kissen sitzend die Reise anzutreten, sondern bestand darauf, dass sie hinter Raoul zu sitzen kam. Constance hatte diesem auf einem Landgut bei Genua einen großen Hengst gekauft, der sich auch als Streitross eignete, und musste nun zulassen, dass die schöne Sarazenin darauf Platz nahm. Tasnim saß hinter Benoît und freute sich wie ein Kind, mit ihm durch das herbstliche Land zu reiten. Aus Ärger und einem gewissen Stolz heraus bestand Constance darauf, weiterhin Männerkleidung zu tragen, um Raoul zu zeigen, dass sie es gewesen war, die ihn gesucht, gefunden und gerettet hatte.

Die Tage vergingen, und die Meilen blieben hinter ihnen zurück. Raoul hatte es noch immer nicht gewagt, sich mit Constance auszusprechen, und diese verbarg das, was sie bewegte, tief in sich. Michael verspürte mehr und mehr das Verlangen, beider Köpfe einmal kräftig gegeneinanderzuschlagen, damit sie zur Besinnung kamen. Fast wünschte er sich, Raoul hassen und diesem die Frau wegnehmen zu können. Er war jedoch sein Freund, und diese Freundschaft war auf den Schlachtfeldern des Heiligen Landes mit Blut besiegelt worden.

Michael war daher froh, als sie sich endlich Paris näherten. Unterwegs hatten sie erfahren, dass in Frankreich nun ein anderer Wind wehte. Von der Freundschaft, die König Philippe II. und Richard Löwenherz noch zu Zeiten von Richards Vater Henri verbunden hatte, war nichts mehr geblieben. Philippe II. hatte Richard seiner Lehen in Aquitanien und der Normandie für verlustig erklärt und versuchte, strategisch wichtige Grenzbastionen zu besetzen. Da auch Laronne und Beljeux hier eine gewisse Bedeutung zukam, hätte Michael darauf gewettet, dass die Verhältnisse dort anders lagen, als Constance es anzunehmen schien.

In Paris wurde auf Anhieb sichtbar, dass König Philippe mit Macht daranging, die Stadt zu befestigen. Rechts der Seine, wo der Hauptteil der Stadt lag, wurde eine Mauer errichtet, auf der linken Seite schützte ein Erdwall mit Palisaden die dortigen Gebäude.

Am Tor mussten sie den Wachen Rede und Antwort stehen. Da keiner das Wort ergriff, fiel diese Aufgabe Michael zu. Er wies auf Raoul und Constance, die noch immer Männerkleidung trug, und stellte sie als Vicomte und Vicomtesse de Laronne vor.

Der Hauptmann der Wache stierte Constance zweifelnd an. »Die sieht aber aus wie ein Mann!«

»Es gab Gründe dafür, und die Dame fand unterwegs noch keine Gelegenheit, die Kleidung zu wechseln«, erklärte Michael und fuhr fort, dass Hadiya eine Fürstentochter aus Syrien sei, die in ihre Obhut gegeben worden war, und es sich bei Benoît um einen Gefolgsmann von Vicomte Raoul handele, und bei Tasnim um Benoîts Ehefrau.

»Was mich betrifft, bin ich ein fahrender Ritter namens Michael, der sich den Herrschaften auf ihrem Heimweg angeschlossen hat«, stellte er sich zuletzt selbst vor.

Man ließ sie ein, doch ein Bote eilte zur Stadtfestung und meldete ihre Ankunft. Einer der Ersten, die davon hörten, war Abt Thibaut de Saint Paul, der mit Schrecken vernahm, dass Raoul de Laronne, der den Berichten seines Verwandten Damien de Ronceau zufolge in der Syrischen Wüste verdorben sein sollte, zurückgekehrt war.

Um so viel wie möglich über Raoul und seine Begleiter zu erfahren, ließ er dem Boten einen Becher Wein einschenken und forderte ihn auf, ihm zu berichten, wie Raoul gekommen war und wer ihn begleitete. Da Abt Thibaut zu den Beratern des Königs zählte, sah der Mann keinen Grund, ihm dies zu verschweigen, und betonte, dass Vicomte Raouls Gemahlin sich wie ein Mann gekleidet habe.

»Was für eine Verworfenheit!«, rief der Abt, der als Mann der Kirche die von Gott gewollte Ordnung durch diese Frau auf den Kopf gestellt sah.

Als er von dem Wachsoldaten alles erfahren hatte, was dieser wusste, schickte Abt Thibaut ihn weg und eilte durch die Burg, um seinen Verwandten Damien zu suchen. Es war gut, dass Sylvain de Ronceau mit seinen beiden ältesten Söhnen nach Paris gekommen war, denn so konnte er sich mit diesen beraten, wie sie sich zu dieser unerwarteten Situation stellen sollten.

Unterwegs traf er auf einen der Deutschen, die deren König Heinrich geschickt hatten, um mit König Philippe II. zu verhandeln. Es handelte sich um einen hochgewachsenen Mann um die fünfzig. Sein Talar erinnerte nur wenig an das Ordensgewand der Benediktiner, zu denen der Deutsche gehörte.

»Verzeiht, Magister Erwin, habt Ihr meinen Vetter Ronceau oder einen seiner Söhne gesehen?«, fragte der Abt in der Hoffnung, die Suche abkürzen zu können.

Der Magister schüttelte den Kopf. »Bei Gott, nein! Was gibt es? Ihr seht aus, als stünde König Richard bereits vor den Toren von Paris. Dabei ist er auf einer Burg des Reiches sicher untergebracht!«

»Dann muss ich weiter. Bis heute Abend! Ihr nehmt doch gewiss am Bankett teil?«

»So mir die Zeit dazu bleibt. Ich habe einen Bericht für Seine Majestät, König Heinrich, zu schreiben.« Magister Erwin lächelte ohne Wärme und ging weiter, während Abt Thibaut in höchster Eile den Korridor entlangeilte und dabei jeden, auf den er traf, nach Sylvain de Ronceau und dessen Söhnen fragte.

Endlich traf er auf Damien, der von den Ställen kam und vergnügt vor sich hin pfiff.

»Halt an!«, rief Thibaut de Saint Paul. »Es ist etwas Schreckliches geschehen!«

»Ist mein Vater überraschend verstorben oder gar der König?«, fragte Damien.

Der Abt schüttelte heftig den Kopf. »Es ist noch schlimmer! Eben hat die Torwache gemeldet, dass Vicomte Raoul de Laronne mitsamt seiner Gemahlin in Paris eingetroffen sein soll.«

»Unmöglich! Der Mann war betrunken und hat fantasiert«, tat Damien de Ronceau diese Meldung ab.

»Und wenn er es doch ist?«

Damien winkte verächtlich ab. »Dann ist es ein Hochstapler, der sich für Raoul de Laronne ausgibt.« Noch während er es sagte, schoss Damien etwas anderes durch den Kopf. »Ihr sagtet, Constance de Laronne wäre bei ihm gewesen?«

»So ist es! Und wie der Mann sie mir beschrieb, muss sie es auch sein.«

»Verflucht sei dieses Weib! Wahrscheinlich hat sie einen Kerl gefunden, der ihrem Ehemann ähnlich genug sieht, um ihn dem König als diesen vorstellen zu können. Ich könnte dieses Biest erwürgen.« Damien hob die Hände, als sähe er Constances Hals bereits vor sich. Sein Verwandter hingegen hatte mittlerweile seinen ersten Schreck überwunden.

»Rufe deinen Vater und deinen Bruder! Wir müssen uns wappnen, wenn Constance de Beljeux und ihr angeblicher Ehemann vor uns stehen. Einer Gefahr, die man kennt, kann man begegnen.«

»Und wenn es mit dem Schwert ist!«, rief Damien de Ronceau voller Grimm.

»Ich ziehe meinen Verstand vor«, wies Abt Thibaut ihn zurecht und nannte ihm die Kammer, in die Damien seinen Vater und seinen Bruder bringen sollte.

4.

Ohne zu ahnen, dass ihre Feinde bereits von ihrer Rückkehr erfahren hatten, suchten Constance und ihre Begleiter sich eine Unterkunft. Nachdem sie sich vom Schmutz der Reise gesäubert und etwas gegessen hatten, sandte Constance Benoît zur Burg und bat um eine Audienz bei Philippe II. Da sie nicht in Männerkleidung vor den König treten wollte, ließ sie einen Tuchhändler holen und wählte etliche Stoffe aus. Mehrere des Nähens kundige Frauen, die der Wirt ihr besorgte, halfen ihr, ein passendes Kleid anzufertigen.

Bis alle Vorbereitungen getroffen waren, verging eine gewisse Zeit, die Abt Thibaut von Saint Paul zu seinem Vorteil nutzte. Er war bei König Philippe II., als dieser Constances Ansuchen um eine Audienz erhielt, und riet ihm, sie und ihre Begleitung in Gesellschaft einiger Geistlicher zu empfangen, von denen er wusste, dass sie sich seiner Meinung und seinem Urteil anschließen würden.

Zudem ließ er dem Hauptmann der Wache, der die Reisegruppe am Tor empfangen hatte, mitteilen, er solle sich bereithalten, um Seiner Majestät ein paar Auskünfte zu erteilen. Seine Verwandten sollten sich vorerst im Hintergrund halten. Die Verleihung der Vizegrafschaft Laronne an Damien de Ronceau sollte Constance vom König erfahren.

Thibaut de Saint Paul sah sich gut vorbereitet. Doch auch er erschrak für einen Augenblick, als Constance und ihr Ehemann vor den König geführt wurden und er erkennen musste, dass es sich tatsächlich um Raoul selbst und nicht um einen Mann handelte, den Constance ihnen als diesen unterschieben wollte.

Für König Philippe II. war die Situation äußerst unangenehm, denn er hatte Laronne an Damien de Ronceau übertragen, obwohl der eigentliche Lehnsmann noch am Leben gewesen war.

»Seid gegrüßt, Herr de Laronne«, empfing er Raoul daher angespannt.

Dieser verneigte sich mit einer eleganten Bewegung, während Constance knickste. Noch glaubte sie ebenso wie Raoul, es würde alles gut werden. Ihr Mann war hier, um sein Anrecht auf Laronne einzufordern, und Beljeux stand ihr als Erbe von Vaters her zu.

»Ich grüße Eure Majestät mit großer Demut«, sagte Raoul mit einer weiteren Verbeugung. »Nach vielen Monaten im Heiligen Land bin ich nun zurückgekehrt, um Eurer Majestät wieder als Vizegraf von Laronne zu dienen.«

Um Philippes Lippen erschien ein unwirscher Zug. Er mochte es gar nicht, im Unrecht zu sein, und so wandte er seinen Blick Thibaut de Saint Paul zu, der ihn vor etlichen Monaten dazu gebracht hatte, Laronne dessen Verwandten Damien zu überlassen.

Abt Thibaut wusste, dass er nun handeln musste, um nicht die Gunst seines Herrschers zu verlieren, und trat vor. »Ich heiße Euch in der Heimat willkommen, Herr Raoul de Chanteur! Es hieß, Ihr wäret im Heiligen Land gefallen. Umso größer ist unsere Freude, Euch wohlbehalten wiederzusehen.«

Während Raoul nicht darauf achtete, hob Constance angesichts des Beinamens de Chanteur den Kopf. »Sollte es Euch etwa entfallen sein, hochehrwürdigster Herr Abt, dass mein Gemahl durch die Verleihung der Vizegrafschaft Laronne deren Namen trägt?«

Auf das Gesicht des Abtes trat ein überheblicher Ausdruck. »Du vergisst, meine Tochter, dass dein Gemahl für tot galt und Seine Majestät die Vizegrafschaft Laronne angesichts der Lage an der Grenze nicht ohne Herrn lassen durfte.«

Constance lag eine scharfe Antwort auf der Zunge, doch angesichts der verärgerten Miene des Königs beherrschte sie sich.

Dieser räusperte sich und begann zu sprechen. »Abt Thibaut spricht die Wahrheit. Nachdem die Nachricht von Herrn Raouls Tod an meinen Hof gelangte, war es unerlässlich, einen anderen Ritter mit Laronne zu belehnen.«

Raoul fühlte sich wie auf schwankendem Boden, denn er spürte, dass seine Rückkehr dem König ungelegen kam. Anders als Constance war er bereit, sich mit weniger zu bescheiden als mit Laronne. Bevor er jedoch etwas sagen konnte, sprach Thibaut Raoul direkt an.

»Es wäre für Seine Majestät und auch für uns gewiss von Interesse, von Euren Abenteuern im Heiligen Land zu hören. Wärt Ihr so gut, uns davon zu berichten?«

Der Abt hatte in den letzten Stunden Erkundigungen einziehen lassen und dabei erfahren, dass zu Raouls Reisegesellschaft neben dessen Gefolgsmann Benoît und einem deutschen Ritter auch zwei sarazenische Frauen gehörten, von denen eine Prinzessin sein sollte. Diese wollte er ebenfalls holen lassen, um mehr über Raouls Aufenthalt im Heiligen Land zu erfahren.

Raoul berichtete nun, wie es ihm seit der Heimkehr König Philippes ergangen war, und endete damit, wie Constance und ihre Begleiter ihn befreit hatten.

»Wirklich zu verdanken haben wir unsere Freiheit jedoch Prinzessin Hadiya!« Er schloss seinen Bericht mit diesem Lob, um sie dem König zu empfehlen.

Während Philippe II. darüber nachdachte, wie er die Situation mit dem zweifach vergebenen Lehen auflösen konnte, wandte Abt Thibaut sich Constance zu. »Es war sehr unbedacht von dir, einfach deine Heimat zu verlassen, ohne die Erlaubnis Seiner Majestät einzuholen. Es sollte dich nicht wundern, wenn er dir dafür das Anrecht auf Beljeux verweigert.«

»Beljeux ist kein Lehen Frankreichs, sondern das des Herzogs der Normandie«, antwortete Constance scharf.

»Im Grunde ein Afterlehen, da das Herzogtum der Normandie ein Lehen der Krone Frankreichs ist«, trumpfte Abt Thibaut auf.

»So ist es!«, stimmte der König ihm zu, in der Hoffnung, diese Drohung könnte Constance zum Einlenken bewegen. Raoul, dessen war er sich bereits sicher, würde sich einem von ihm angeordneten Kompromiss fügen.

Eine solche Vereinbarung war jedoch nicht im Sinn von Thibaut de Saint Paul. Da der König gewiss nicht gewillt war, Raoul und Constance selbst zu entschädigen, würde es auf Kosten der eigenen Familie gehen. Zudem würde die Gegnerschaft zwischen Ronceau und Beljeux fortgesetzt und konnte sich zu einer Fehde entwickeln, die nicht nur seinen Verwandten, sondern auf Dauer auch ihm schaden würde. Er hob daher die Hand und streckte sie anklagend gegen Constance aus. »Du hast Frankreich gegen den Willen Seiner Majestät verlassen. Dies ist eine offene Rebellion! Auch kam mir zu Ohren, dass du schamloses Ding in der Kleidung eines Mannes gereist bist und damit gegen Gesetze Gottes und der heiligen Kirche verstoßen hast!«

»Ich musste es tun, um meinen Feinden zu entgehen!«, rief Constance empört.

»Verzeiht, Euer Gnaden, aber …«, rief Raoul, um sich Gehör zu verschaffen, wurde aber von dem Abt sofort unterbrochen.

»Schweige, Sänger! Es gilt, andere Zeugen zu befragen.«

Thibaut de Saint Paul ging es nicht um Constances Ehemann, den er für sich einen Gimpel nannte, der mit den paar Brosamen zufrieden sein würde, welche er hinterher erhielt. Weitaus gefährlicher erschien ihm Constance selbst. Wenn sie Beljeux behielt, würde sie nicht ruhen, bis sie entweder Laronne zurückerobert hatte oder im Kampf zugrunde gegangen war.

»Welche Zeugen meint Ihr?«, fragte der König.

»Dieses Weib, das angeblich eine sarazenische Prinzessin sein soll«, erklärte der Abt.

»Das ist Hadiya auch. Sie ist die Tochter von Amir ibn Hassan, einem der höchst geachteten Fürsten des Sultans Saladin«, verteidigte Raoul die junge Frau vehement.

Diesmal ließ Abt Thibaut ihn gewähren. Er hatte den Anflug von Unmut auf Constances Gesicht bemerkt und schrieb ihn der Eifersucht zu. Wenn es ihm gelang, die beiden Frauen gegeneinander auszuspielen, hatte er gewonnen.

5.

Auf Abt Thibauts Wunsch hin wurde Hadiya geholt. Michael, Benoît und Tasnim kamen mit in die Burg, durften aber die Kammer nicht betreten, in der Constance und Raoul von König Philippe II. empfangen worden waren. Die drei dachten sich jedoch nichts dabei, ahnten sie doch ebenso wenig wie Constance und Raoul, dass ihnen mit Abt Thibaut ein Feind gegenüberstand, der alles tun wollte, um zu verhindern, dass Laronne und Beljeux wieder in Constances und Raouls Besitz übergingen.

Zwar ärgerte Constance sich über die Vorwürfe, die der Abt ihr machte, doch noch mehr störte es sie, dass Raoul sich von diesem und auch vom König selbst einschüchtern ließ und kaum ein Wort zu sagen wagte. Im nächsten Gedanken entschuldigte sie ihn jedoch, denn immerhin hatte er im Heiligen Land Entsetzliches erlebt und war noch immer nicht völlig wiederhergestellt. Trotzdem hätte sie sich gewünscht, er würde sich besser behaupten.

Als Hadiya hereingeführt wurde, blickten alle auf. Die junge Sarazenin trug ein langes Kleid mit bestickten Säumen, leichte Pantoffel und auf dem Kopf ein rotes Käppchen, an dem auch der Schleier befestigt war, der ihr Gesicht verhüllte.

»Ist sie eine Nonne, da sie einen Schleier trägt?«, fragte einer der Kirchenmänner, die Abt Thibaut als Verbündeten hinzugeholt hatte.

»Es ist in ihrer Heimat so Sitte«, antwortete Constance harsch.

»Sie ist hier nicht in ihrer Heimat«, befand der König. »Daher hat sie den Schleier zu entfernen.«

»Tu es bitte!«, bat Raoul die junge Syrerin.

Hadiya gehorchte zögernd. Als ihr Gesicht frei lag, glitzerten die Augen der meisten Männer im Raum begehrlich auf.

»Welch eine Schönheit! Sie ist wahrlich eine Prinzessin«, rief Philippe II. überrascht.

Um Abt Thibauts Lippen erschien ein entschlossener Zug. »Du bist die Tochter eines Fürsten, sagst du?«, fragte er Hadiya.

»Mein Vater ist Amir ibn Hassan ibn Tamid, den der große Sultan Salah al-Din zum Statthalter aller Lande von Azraq bis Šawbak ernannt hat!«, antwortete Hadiya stolz auf Französisch und beeindruckte mit ihrer klaren Aussprache.

»Laut Raoul de Chanteurs Worten hast du ihn, seine Gemahlin und ihre Gefolgschaft befreit und bist mit ihnen gekommen! Was trieb dich dazu an?«, setzte der Abt seine Befragung fort.

»Ich empfand Mitleid mit Herrn Raoul, dem mein Vater aus Hass großen Schmerz zugefügt hat.«

»Hast du ihn aus diesem Mitleid heraus befreit?«, wollte der König wissen. Der Abt biss sich kurz auf die Lippen. Er hatte Hadiya holen lassen, weil er sich davon einen Vorteil gegen Constance und Raoul erhofft hatte. Stattdessen schien sich das Blatt zu wenden. Ihre Schönheit zog den König offenkundig in Bann und mochte diesen dazu bewegen, anders zu urteilen, als er es wollte.

Hadiya ahnte nicht, dass der Abt nur darauf lauerte, ihre Aussagen so zu drehen, dass er sie gegen Raoul und dessen Ehefrau verwenden konnte, und antwortete daher wahrheitsgemäß. »Ritter Rémys Erscheinen …«

»Also das von Frau Constance!«, fiel Abt Thibaut ihr ins Wort.

»Ihr Erscheinen gab mir die Hoffnung, der Ehe entgehen zu können, zu der mein Vater mich zwingen wollte. Mein Bräutigam war ein uralter Mann, dessen Enkel bereits älter waren als ich.«

»Du bist also gegen den Willen deines Vaters davongelaufen!«, kommentierte Thibaut de Saint Paul, um diese Tatsache herauszustreichen.

»Man kann es so sagen. Nur war es von meinem Vater nicht recht, mich diesem alten Mann als Eheweib zu versprechen. Er hatte bereits mehrere Weiber, die meisten davon alt genug, um meine Mutter oder Großmutter zu sein.« Bei dieser Antwort ließ Hadiya einen Teil ihres Temperaments aufblitzen, doch der Abt stieß nach.

»Als Tochter hattest du deinem Vater zu gehorchen! Stattdessen hast du seine Feinde befreit und bist mit ihnen geflohen.«

Obwohl es von der Sichtweise der Europäer eine edle Tat war, stellte Abt Thibaut sie als Verrat gegenüber ihrem Vater dar. Er begriff auch, dass Hadiya Raoul und seine Getreuen gewiss nicht ohne Gegenleistung befreit hatte, und richtete die nächste Frage an sie.

»Was haben dir Raoul de Chanteur und sein Gefolge für ihre Befreiung versprochen, und weshalb kamst du mit ihnen mit?«

»Da ich Frau Constance für einen jungen Ritter hielt, fragte ich sie, ob sie bereit sei, mir den Schutz einer Ehe zu gewähren. Aus Sorge, ich könnte sonst nicht bereit sein, ihr und den anderen zu helfen, sagte sie zu und versprach mir, als ich sie später als Frau erkannte, mir einen guten Ehemann zu suchen, den ich achten kann«, antwortete Hadiya arglos.

Während der König Constance lächelnd musterte und fand, dass diese in Männerkleidung durchaus als schmucker Jüngling gelten konnte, vermochte Abt Thibaut sein Glück kaum zu fassen. Damit hatte die Sarazenin ihm die Waffe in die Hand gelegt, mit der er Constance de Beljeux vernichten konnte.

»Was muss ich hören?«, rief er mit sich überschlagender Stimme. »Dieses schamlose Weib hat nicht nur gegen den Willen Seiner Majestät das Land verlassen, sondern sich auch noch als Mann verkleidet in Palästina und Syrien aufgehalten und als Krone des Frevels einem anderen Weib die Ehe versprochen! Eine solche Verworfenheit hat es noch niemals gegeben!«

»Ich stimme dem ehrenwerten Abt von Saint Paul zu«, mischte sich einer seiner Verbündeten ein. »Dieses Weib hat schlimme Verbrechen gegen den König begangen und sich in entsetzlicher Weise gegen Gott und die heilige Kirche versündigt. Daher muss es streng bestraft werden!«

»Was soll das Geschwätz?«, fuhr Raoul auf. »Meine Gemahlin hat getan, was getan werden musste, um meine Freiheit zu erlangen! Auch verbitte ich mir, von diesem Mönch andauernd de Chanteur genannt zu werden. Noch bin ich der von Seiner Majestät, dem König, eingesetzte Vicomte de Laronne.«

Thibaut de Saint Paul hatte daran zu kauen, despektierlich Mönch genannt zu werden. Ihm war klar, dass diese Sache ein rasches Ende finden musste. Wenn er Raoul die Gelegenheit gab, sich und seine Ehefrau zu verteidigen, konnte die Entscheidung des Königs zu deren Gunsten ausfallen. Er erhob sich und wies mit einer anklagenden Geste auf Raoul. »Da es Seiner Majestät, König Philippe II., gefallen hat, die Vizegrafschaft Laronne anderweitig zu vergeben, habt Ihr Euch als abgesetzt zu betrachten. Was dieses Weib betrifft, so hat sie mit ihrem Täuschungsspiel und ihrem Meineid die Säulen des Himmels ins Wanken gebracht. Ich fordere daher, Constance de Beljeux zu einer lebenslänglichen Klosterstrafe unter erschwerten Bedingungen zu verurteilen. Ihre Eheschließung mit Raoul de Chanteur ist als ungültig zu betrachten.«

Constance glaubte, nicht richtig zu hören. »Das könnt Ihr nicht tun!«, schrie sie wutentbrannt.

»Die heilige Kirche hat jedes Recht dazu! Du wirst vorerst in ein Kloster in Paris gesperrt und später in die Provinz geschafft. Das entsprechende Urteil sowie die Urkunde über die Ungültigkeit deiner Ehe mit de Chanteur werden noch heute ausgestellt.« Ganz wohl war dem Abt dabei nicht, da er Constance nicht der Gerichtsbarkeit des Königs überstellt, sondern selbst ein Urteil über sie gefällt hatte. Um zu verhindern, dass Philippe II. daran Anstoß nahm, wandte er sich nun mit einer Verbeugung an diesen. »Verzeiht mir, Euer Majestät, dass ich in meiner gerechten Empörung über die Freveltaten dieses Weibes Eure Entscheidung vorweggenommen habe. Doch nur mit diesem Urteil ist der Zorn Gottes und der heiligen Kirche zu besänftigen.«

Der König kaute nachdenklich auf den Lippen. Die Anmaßung des Abtes missfiel ihm, doch die Angelegenheit schien ihm keinen

Streit mit dem Klerus wert zu sein. Außerdem, so sagte er sich, konnte er sich später immer noch überlegen, Constance zu begnadigen. Vorerst galt es, die Äbte und Bischöfe seines Reiches zu besänftigen, damit sie ihn in seinen weiteren Plänen nicht behinderten.

»Es sei so, wie Ihr sagt, ehrwürdiger Abt!«, erklärte er und wies auf Raoul. »Herr Raoul mag durch die Neuverleihung Laronnes seines Besitzes und seines Ranges verlustig gegangen sein, doch geschah dies ohne seine Schuld!« Wenn er schon Constance nicht retten konnte, so wollte Philippe II. es wenigstens bei ihrem Mann tun.

Thibaut de Saint Paul spürte, dass er dem König ein Stück weit entgegenkommen musste, und nickte. »Eure Majestät haben damit vollkommen recht! Herr Raoul de Chanteur war jedoch zu kurz Vicomte de Laronne, um daraus Forderungen stellen zu können. Verleiht ihm eine Seigneurie in einem anderen Teil Frankreichs. Ach ja, und noch eines: Da ihm sein erstes Weib durch das Urteil dieses Tribunals abhandengekommen ist, sollten Eure Majestät ihn erneut vermählen. Constance«, er sprach diesen Namen mit Abscheu aus, »hat diesem unschuldigen Mädchen frevelhaft die Ehe versprochen. Da sie als Weib diesen Schwur nicht erfüllen kann, ist es an ihrem Ehemann, es für sie zu tun. Die Heirat soll noch heute stattfinden.«

Erneut griff der Abt damit in die Belange des Königs ein und wartete angespannt auf dessen Reaktion. Wenn Philippe II. damit einverstanden war, so hatte er auf Dauer verhindert, dass jemand sein Urteil über Constance anzweifeln würde.

Raoul vernahm mit Entsetzen die Anklagen des Abtes gegen seine Frau und versuchte verzweifelt, seinen Gedanken Argumente zu entringen, um ihnen begegnen zu können. Noch immer von den Entbehrungen und Leiden durch seine Gefangenschaft bei Amir ibn Hassan geschwächt, fühlte er sich jedoch so hilflos, dass er kein Wort über die Lippen brachte.

Bisher hatte Constance geschwiegen, doch nun brach es voller Wut aus ihr heraus. »Was ist das für eine Gerechtigkeit, die Männer, welche wie Raoul ihr Blut für den König vergossen haben, ihres Namens und ihres Besitzes beraubt? Beljeux ist zudem Eigenbesitz meiner Familie, und ich werde es niemals aufgeben!«

»Majestät, seht Ihr denn nicht, welch übles Spiel mit meiner Gemahlin und mir getrieben wird?« Raoul wollte auf den Thronsitz zugehen, wurde aber von mehreren Wachen aufgehalten.

Philippe II. spürte, dass hier Dinge geschehen waren, die nicht sein sollten. Der Abt hatte sein Urteil nicht zuletzt gesprochen, um seinem Verwandten Damien de Ronceau die Vizegrafschaft Laronne zu erhalten. Da es jedoch leichter war, Raoul de Lorris mit einem kleinen Besitz abzufinden, als den Ronceaus Laronne wieder abzunehmen, nahm er die Sache so hin, wie sie war.

Dazu aber war Constance nicht bereit. »Ich fordere Gerechtigkeit für meinen Gemahl und mich!«, rief sie laut und wehrte die vier Nonnen ab, die durch eine Tür hereingekommen waren und sie packen wollten.

»Ich fordere ebenfalls Gerechtigkeit für meine Gemahlin und mich, Euer Majestät!« Auch Raoul wurde nun laut, doch Abt Thibaut sah ihn nur spöttisch an.

»Die verurteilte Nonne Constance – sie wird im Kloster einen neuen Namen erhalten – ist nicht mehr dein Weib! Das wird nun die Sarazenin. Ich erkläre euch im Namen des Vaters, des Sohnes und des Heiligen Geistes zu Mann und Frau. Weigerst du dich, den Ehekontrakt zu unterschreiben, wirst du eingekerkert, und diese da«, sein rechter Zeigefinger wies auf Hadiya, »wird zu den Pariser Huren gesteckt!«

Raoul war so schockiert, dass er sich geschlagen gab. Erstarrt sah er zu, wie vier Wachen den Nonnen dabei halfen, die vor Wut glühende Constance zu bändigen und aus dem Raum zu schleifen.

6.

Um seinen Erfolg nicht zu gefährden, befahl Abt Thibaut, Raoul und Hadiya zusammen in eine Kammer zu sperren, und trug einem Mönch auf, sowohl das Urteil über Constance als auch die Auflösung ihrer Ehe mit Raoul und dessen neue Ehe mit Hadiya zu Pergament zu bringen. Zudem sorgte er dafür, dass Raoul mit dem Namen de Chanteur bezeichnet wurde, um jede Verbindung zu Laronne zu vermeiden.

Als dies geschehen war, trat er in Raouls und Hadiyas Kammer und legte ihnen die Urkunden vor. Angesichts der Drohungen, die Thibaut de Saint Paul ausgesprochen hatte, wagte Raoul nicht, sich zu weigern, und unterschrieb die Dokumente. Der Abt zwang ihn dazu, es mit Raoul de Chanteur zu tun. Anschließend setzte Hadiya ihren Namen in fein gezeichneten arabischen Schriftzeichen auf die Heiratsurkunde.

»Kannst du deinen Namen nicht so schreiben, wie es sich gehört?«, fauchte der Abt sie an.

Statt einer Antwort schrieb die junge Sarazenin das Wort Hadiya in lateinischen Großbuchstaben daneben.

»Nun, es mag so gehen! Nun wünsche ich euch eine fröhliche Hochzeitsnacht!«

Mit einem höhnischen Lächeln verließ Abt Thibaut die Kammer und bedankte sich bei den drei Wachen, die er zu seinem Schutz mitgenommen hatte. Danach eilte er in den Trakt des Schlosses, in dem seine Verwandten untergekommen waren, und schwenkte, als er in deren Kammer trat, triumphierend die Urkunden, die den endgültigen Sieg der Ronceaus über Constance und ihren Ehemann bezeugten.

»Es ist vollbracht!«, rief er. »Ich habe euch Laronne gerettet. Eine entsprechende Spende an mein Kloster wäre daher angebracht.«

»Was ist geschehen?«, fragte Sylvain de Ronceau, während sein Sohn Damien auf die Urkunden starrte, ohne zu begreifen, was sie zu bedeuten hatten.

»Ich habe dafür gesorgt, dass die Ehe von Raoul de Chanteur mit Constance de Beljeux als ungültig erklärt wurde«, berichtete der Abt stolz.

»Was soll das für einen Sinn ergeben?«, fragte Damien verwirrt.

»Da die Ehe ungültig war, ist auch die Belehnung Raouls mit Laronne hinfällig. Du, mein Sohn, bist damit der einzige und wahre Vicomte de Laronne.«

»Wenn diese Ehe nicht gilt, kann ich jetzt Constance heiraten, um auch an Beljeux zu kommen«, schloss Damien de Ronceau aus diesen Worten.

Der Abt schüttelte den Kopf. »Dies ist nicht möglich. Wir haben sie wegen verschiedener Verbrechen dazu verurteilt, eine einfache Nonne zu werden.«

»Weshalb das? Würde sie mein Weib, könnte ich diesem elenden Yoann befehlen, mir zu gehorchen. So aber verteidigt er Burg Beljeux und deren Umland noch schlimmer als ein Dachs seinen Bau!« Damien war verärgert und ließ sich dies auch anmerken.

Sein Verwandter hob jedoch lächelnd die Hand. »Mäßige dich, mein Sohn, und verlasse dich auf meinen Verstand. Der Kastellan von Beljeux wird dir die Burg in dem Augenblick übergeben, in dem König Philippe es ihm befiehlt. Zudem kannst du, da du noch ledig bist, eine Ehe eingehen, die unserer Sippe viel mehr nützt. Vergiss also dieses lang aufgeschossene Weib und mache dich jenem Herrn und dessen Tochter angenehm, die ich dir als möglichen Schwiegervater und geeignete Braut vorstellen werde.«

Thibaut de Saint Pauls Gedanken galten bereits einer Zukunft, die den Besitz der Ronceaus noch weiter vermehren und seinem Kloster reiche Spenden einbringen würde.

Als Erster begriff Sylvain de Ronceau, was der Abt damit ausdrücken wollte, und musste lachen. »Ihr seid ein Fuchs, hochehrwürdiger Herr! Als ich von der Rückkehr Constance de Laronnes und ihres Gatten hörte, glaubte ich die Vizegrafschaft bereits verloren und fürchtete, anschließend von beiden auch aus Ronceau vertrieben zu werden. Nun aber können ich und meine Söhne noch höher steigen und werden dabei Euch und Euer Kloster gewiss nicht vergessen.« Der alte Ronceau wusste, dass der Teil ihres Gewinns, den sie Abt Thibauts Kloster spenden mussten, sich für sie doppelt und dreifach auszahlen würde. Daher befahl er Beauvais, für Wein zu sorgen, damit sie auf ihren Erfolg anstoßen konnten.

7.

Während seine Feinde triumphierten, saß Raoul wie erschlagen in der Kammer und weinte aus Wut über seine Hilflosigkeit. Bei Hadiya flossen ebenfalls die Tränen. Auch wenn sie sich von

Constance getäuscht sah, hätte sie ihr ein besseres Schicksal gewünscht.

Schließlich lachte Raoul bitter auf. »Wenn ich gewusst hätte, wie es endet, wäre ich lieber ein Gefangener deines Vaters geblieben.«

Hadiya sah ihn erschrocken an. »Aber dann wärst du umgekommen, und Constance, Benoît und Ritter Michael ebenso.«

»Um Benoîts und Michaels willen ist es so besser. Doch das, was Constance hier angetan wurde, werde ich mir niemals verzeihen.«

»Hast du sie zu dieser Strafe verurteilt oder dieser schreckliche Mann?«, fragte Hadiya ihn scharf.

»Ich hätte besser für sie einstehen müssen!«, klagte Raoul sich an.

»Das bist du sehr wohl! Du hast diesem schrecklichen Mann und seinem schrecklichen König tapfer widerstanden und dich erst der schlimmsten Drohung gebeugt. Ich hoffe, du verzeihst mir, dass es so gekommen ist, doch ich bin viel lieber dein Weib, als das Schicksal zu erleiden, mit dem man dich zum Nachgeben gezwungen hat.«

Raoul sah Hadiya an und dachte, dass es ein schlechter Dank gewesen wäre, sie einem Schicksal als Hure zu überlassen. »Ja, so ist es besser«, sagte er leise. »Du wirst aber verzeihen, wenn ich Constances Schicksal beweine!«

»Auch ich werde um sie weinen! Sie ist so groß, so schön und so stolz. Ich wünschte, ich wäre ihre Freundin geworden und hätte dich mit ihr teilen können.« In einem Land aufgewachsen, in dem ein Fürst wie ihr Vater vier offizielle Ehefrauen und eine Vielzahl an Odalisken besitzen konnte, schien ihr der Gedanke, Constance und sie könnten beide mit Raoul verheiratet sein, als durchaus annehmbar.

»Wenn ich Constance nur helfen könnte!«, rief Raoul verzweifelt.

»Es ist ihr Kismet, das Allah ihr auferlegt hat«, antwortete Hadiya leise. »Auch wir müssen uns unserem Schicksal beugen. Weißt du, was weiter mit uns geschehen wird?«

»Wenn ich diesen grässlichen Abt richtig verstanden habe, will mich der König in den Stand eines Seigneurs erheben. Damit wäre ich auf der gleichen Stufe wie mein Vater. Für einen vierten Sohn ohne Aussicht auf ein Erbe ist dies ein Erfolg.«

»Wirst du mir böse sein, weil du nun mich zum Weib hast und nicht mehr Constance?«, fragte Hadiya ängstlich.

Raoul sah sie an und strich ihr mit den Fingerspitzen über ihr schönes Antlitz. »Gewiss nicht! Auch wenn ich Constances Schicksal bedauere, so werde ich es dich niemals fühlen lassen. Verzeih mir aber, wenn ich dir diese Nacht noch nicht beiwohnen will. Es ist einfach zu viel geschehen.«

»Ich werde für dich bereit sein, wann immer du es wünschst«, antwortete Hadiya mit dem Anflug eines Lächelns, wurde jedoch sogleich ernst. »Nun sollten wir beten, du zu deinem Gott und ich zu Allah, auf dass er unser Schicksal und das Constances wieder wendet. Wenn es Allahs Wille ist, dass sie wieder dein erstes Weib wird, will ich das zweite sein.«

»Ich glaube nicht, dass man mir zwei Frauen zur gleichen Zeit zugestehen würde«, antwortete Raoul bedrückt, kniete dann aber nieder und begann zu beten.

Hadiya tat es ihm gleich. Auch wenn sie ihr Bitten in unterschiedlichen Sprachen an Gott richteten, so fühlten sie doch, dass ihre Herzen trotz all des Schrecklichen, was sie an diesem Abend hatten erleben müssen, zueinandergefunden hatten.

8.

Constance glaubte sich in einem nicht enden wollenden Albtraum gefangen. Es konnte nicht wahr sein, dass dieser elende Abt mit Zustimmung des Königs ihre Ehe aufgelöst und sie zur Klosterhaft verurteilt hatte. Eine Ehe für ungültig erklären konnte nur der Papst in Rom. So hatte sie es gelernt. Sie glaubte daher, dass sie noch schlief, und hoffte, bald erwachen zu können.

Der raue Griff, mit dem die Gardisten sie festhielten, war schmerzhaft und fühlte sich so gar nicht nach einem Traum an, ebenso wenig die Nonnen, die mit ihnen kamen und ihr, kurz bevor sie das Burgtor passierten, ein großes Tuch überwarfen, damit die Passanten nicht sehen konnten, wer hier zum Kloster gebracht wurde. Da sie nichts sah, stolperte sie zweimal. Die Wachen rissen sie jedoch sofort wieder hoch.

Allzu weit konnte der Weg nicht sein, denn als die Gruppe anhielt und das Tuch entfernt wurde, befand sie sich in einem gut angelegten Garten, der von einer Mauer umgeben wurde. Zu ihrer linken Hand befand sich ein Turm, der etwas mehr als mannshoch über die Mauer hinausragte. Dahinter, so nahm sie an, stand der Bergfried der Königsburg.

»Wo soll sie hin?«, fragte einer der Gardisten die höchstrangige Nonne.

»Sie muss in die hinterste Zelle gebracht werden. Dort dürfen Männer nicht hinein!«, antwortete diese.

»Gewiss, gewiss«, meinte einer der Gardisten und zwinkerte seinen Kameraden zu.

»Wir sollten eine Ausnahme machen, ehrwürdige Mutter«, wandte eine jüngere Nonne mahnend ein. »Dieses Weib ist groß und kräftig. Wenn es renitent wird, werden wir es ohne männliche Hilfe nicht bändigen können.«

Die Oberin überlegte kurz und nickte. »Es ist wohl besser so.« Sie winkte den Gardisten, mitzukommen.

Constance wurde in das Gebäude hinein und weiter über einen langen Flur geschleift, bis sie zu einer Tür kamen, an der mehrere kräftige Riegel angebracht waren. Eine Nonne öffnete die Tür. Augenblicke später befand Constance sich in einer winzigen, karg eingerichteten Zelle, in der es außer einer schmalen Pritsche nur ein paar in die Wand geschlagene hölzerne Zapfen gab, an denen man seine Kleidung aufhängen konnte.

Nun erwachte Constance aus der Starre, die sie bis jetzt in ihren Krallen gehalten hatte, und stieß einen Wachmann, der ihr an den Hintern fassen wollte, beiseite. »Niemand wird mich daran hindern, von dem König mein Recht zu fordern!«, rief sie wutentbrannt.

»Der König hat bereits über dich gerichtet«, erklärte ihr die Oberin mit Hohn in der Stimme. Sie war mit Abt Thibaut verwandt und von diesem deswegen zu Constances Gefangenenwärterin ernannt worden.

»Er tat es auf die Lügen dieses Abtes hin!«, fuhr Constance sie an und wandte sich zur Tür. »Ich werde zum König gehen. Wagt es ja nicht, mich aufzuhalten!«

Zwei Nonnen vertraten ihr den Weg, doch sie schob sie einfach beiseite.

»Wachen, tut etwas!«, forderte die Oberin die Gardisten auf.

Die Männer packten Constance und zerrten sie in die Zelle zurück. Voller Zorn schlug sie nach ihnen, erhielt dafür eine Ohrfeige und wurde noch wütender. Es dauerte geraume Zeit, bis die Gardisten sie niedergerungen hatten.

»Ihr solltet sie fesseln«, schlug einer vor. »Solange sie die Hände frei hat, werdet ihr ihrer niemals Herr!«

»Es ist wohl das Beste so«, antwortete die Oberin und erteilte ihren Nonnen die entsprechenden Befehle.

Constance versuchte verzweifelt, sich zu befreien, doch gegen die vier Gardisten kam sie nicht an. Diese hielten sie fest, bis die Nonnen mit Stricken zurückgekommen waren und ihr die Hände auf den Rücken gebunden hatten. Als sie einem der Kerle einen kräftigen Fußtritt verpasste, wurden ihr auch die Beine gefesselt. Die Männer legten sie noch auf die Pritsche und verabschiedeten sich feixend von den Nonnen.

»Der Teufel soll euch holen«, rief Constance ihnen wutentbrannt nach und zerrte wild an den Stricken. Diese saßen jedoch fest und zogen sich noch mehr zusammen. Als sie begriff, dass sie auf diese Weise nichts erreichen konnte, bedachte sie die Nonnen mit den schlimmsten Verwünschungen, die sie unterwegs aufgeschnappt hatte.

Die Oberin verzog das Gesicht und ließ sich ein Tuch reichen. Während zwei Nonnen Constances Kopf festhielten, zwang die Frau ihr die Kiefer auseinander, stopfte das Tuch hinein und band ihr ein zweites um den Mund, so dass Constance auch noch geknebelt war.

»So wirst du bleiben, bis du mir Gehorsam schwörst«, drohte die Oberin, während eine Nonne besorgt den Kopf wiegte.

»Was ist, wenn ihr Darm oder ihre Blase sich entleeren wollen?«, fragte sie.

»Dann soll es so sein. Wenn sie in ihrem eigenen Unrat liegt, wird sie das Demut lehren«, antwortete die Oberin und wandte sich zur Tür.

Auf ihren Wink hin folgten ihr die Mitschwestern. Die Tür wurde geschlossen, die Riegel draußen vorgeschoben, und dann war Constance allein.

Es dauerte geraume Zeit, bis Constances Wut so weit verraucht war, dass sie wieder einen klaren Gedanken fassen konnte. Dann kam ihr das ganze Unglück, in dem sie steckte, erst richtig zu Bewusstsein. Dieser elende Abt hatte Raoul und sie durch Verdrehungen und falsche Beschuldigungen um ihren Besitz gebracht. Am schlimmsten fand sie, dass der König nichts dagegen unternommen hatte. Er schien es im Gegenteil sogar noch gutzuheißen. In ihren Augen konnte es nur einen Grund dafür geben: Philippe II. hatte Laronne einem seiner Speichellecker übertragen und wollte es diesem nicht mehr wegnehmen.

Den Preis dafür mussten Raoul und sie zahlen. Raoul traf es nicht ganz so schlimm, aber für einen Vicomte de Laronne war es ein arger Abstieg, nur noch ein einfacher Burgherr zu sein. Außerdem hatte man ihn gezwungen, Hadiya zu heiraten. Der Gedanke tat ihr weniger weh, als sie erwartet hatte, denn hätte Raoul sich geweigert, wäre es der schönen Sarazenin übel ergangen. Diese Drohung kreidete Constance sowohl dem Abt wie auch dem König an. Beide hatten ein schlechtes Urteil gefällt und sich dabei vor Gott versündigt.

Doch dieser Gedanke spendete ihr keinen Trost. Sie lag wie ein gefesseltes Stück Wild in dieser Zelle und hatte nicht die geringste Möglichkeit, ihre Freiheit wiederzuerlangen. Aber aufgeben, das schwor sie sich, würde sie niemals. Eines Tages würde sie von Abt Thibaut und König Philippe II. Rechenschaft fordern, und wenn sie dafür aus sämtlichen Klöstern des Königreiches ausbrechen musste.

9.

Während der Audienz, die zu einem Tribunal für Constance und Raoul wurde, welches sie vernichten oder zumindest zur Bedeutungslosigkeit verurteilen sollte, wartete Michael mit Benoît und Tasnim in einem Vorraum auf die Rückkehr ihrer Freunde.

Plötzlich kamen mehrere Männer den Flur entlang, die sich in deutscher Sprache unterhielten. Michael blickte unwillkürlich zu ihnen hin und kniff überrascht die Augenlider zusammen. »Magister Erwin, was tut Ihr denn hier?«

Der Angesprochene blieb stehen und drehte sich zu ihm hin. »Das Gleiche sollte ich dich fragen«, antwortete er kopfschüttelnd. »Bei Gott, ich warte seit Monaten händeringend auf deine Rückkehr. Was hast du dir nur gedacht, so lange auszubleiben?«

Michael stieß einen kurzen Laut aus, der ein Lachen sein sollte. »Mit leerem Beutel reist es sich schlecht, und auf dem Heimweg um ein Stück Brot betteln wollte ich nicht.«

»Du bist ein ebenso sturer Bock wie dein Vater!« Magister Erwin schnaubte kurz und wandte sich dann an seine Begleiter. »Verzeiht, dass ich nun doch nicht mitkommen kann. Ich will meinen Großneffen jedoch nicht aus den Klauen lassen, sonst entfleucht er mir ein weiteres Mal.«

Die Männer lachten, winkten ihm und Michael noch einmal zu und gingen weiter. Magister Erwin kam zu Michael und umarmte ihn. »Sei mir tausend Mal willkommen, mein Junge! Ich befürchtete schon, dir wäre im Heiligen Land doch noch etwas zugestoßen.«

»Wie Ihr seht, ist es das nicht«, meinte Michael grinsend.

»Gott sei Dank! Doch komm mit in mein Quartier, damit wir einen Becher Wein zusammen leeren können! Du kannst dir gar nicht vorstellen, wie sehr ich mich freue, dich zu sehen.«

»Erlaube mir wenigstens, mich von meinen Begleitern zu verabschieden«, antwortete Michael und wechselte in die französische Sprache über.

»Benoît, ich werde dich und Tasnim jetzt verlassen. Sagt Herrn Raoul und den Damen, ich hätte einen Verwandten getroffen und würde später nachkommen.«

»Sehr wohl, Ritter Michael«, antwortete Benoît und blickte zu der Tür, wo, wie er hoffte, Constance, Raoul und Hadiya bald wieder herauskommen würden.

Michael folgte dem Magister zu dessen Quartier. Dieser befahl einem Diener, Wein und auch etwas zu essen zu besorgen, und setzte sich auf einen bequemen Stuhl, während Michael mit einem Hocker vorliebnehmen musste.

»Ich freue mich sehr, dich zu sehen«, begann Magister Erwin das Gespräch und wies auf Wein, Brot und Braten. »Bediene dich, mein Junge, und dann erzähle, wie es dir in der Zwischenzeit ergangen ist.«

»Das tue ich gerne, aber zuerst würde ich gerne wissen, weshalb Ihr hier in Paris seid?«, antwortete Michael.

»Das ist streng geheim, doch da du es gewiss nicht ausplaudern wirst, kann ich es dir sagen«, meinte der Magister augenzwinkernd.

»Auf meine Verschwiegenheit könnt Ihr Euch verlassen«, versprach Michael.

Magister Erwin schenkte sich einen Becher ein und trank genüsslich einen Schluck, bevor er weitersprach. »Es geht um König Richard von England. Du wirst gehört haben, dass Herzog Leopold von Österreich Richard hat gefangen nehmen lassen.«

»Das ist mir bekannt«, sagte Michael.

»Nun ist die Festnahme eines Königs und Kreuzritters eine Angelegenheit, die weit über die Befugnisse eines Herzogs hinausgeht, mag dieser auch gute Gründe für diesen Schritt haben. Herzog Leopold hat daher Richard von England an König Heinrich übergeben, der ihn auf einer auch mir unbekannten Burg gefangen hält. Gemeinsam mit Herzog Leopold fordert König Heinrich Lösegeld für Richard. Wenn dessen Mutter und Bruder es nicht bezahlen wollen, soll ich König Philippe II. von Frankreich anfragen, was es ihm wert ist, wenn wir Richard ihm übereignen. Philippe II. sieht in Richard einen Vasallen, der ihm zu mächtig geworden ist und daher wie ein Obstbaum beschnitten werden muss. Das sollte ihm schon etwas wert sein!«

»Mit solchen Schlichen kenne ich mich nicht aus«, erwiderte Michael mit einer gewissen Verachtung.

»So etwas nennt man Diplomatie! Für König Heinrich und Herzog Leopold geht es darum, ihre Truhen zu füllen. Ihnen ist es gleichgültig, ob dies Königin Eléonore für England tut oder der französische König. Heinrich will nach Italien ziehen, um sich in Rom zum Kaiser krönen zu lassen und sich das sizilianische Erbe seiner Gemahlin zu sichern. Letzteres geht nicht ohne ein Heer, und dafür braucht er Geld.«

Michael verstand noch, dass Herzog Leopold den König von England gefangen genommen hatte, denn dieser hatte ihn tödlich beleidigt. Was König Heinrich tat, indem er Lösegeld erpressen wollte und daher Verhandlungen mit Frankreich begann, hielt er für wenig ehrenhaft. Es war keine Ruhmestat, Richard an Philippe II. auszuliefern, falls England nicht für seinen König zahlte.

Magister Erwin lachte jedoch nur, als er dies äußerte. »Im großen Teich des Lebens geht es darum, ein Hecht zu sein und kein Karpfen. Letztere werden gefressen!«

»Hechte schmecken auch sehr gut«, antwortete Michael.

»Daher muss man der größte Hecht sein. Richard hat dies versucht und dabei jedes Augenmaß verloren. Dafür muss er nun büßen. Doch lassen wir dieses leidige Thema. Ich habe dir eine gute Nachricht zu vermelden. Dein Vetter Gottfried ist mit dem Grafen von Andechs in dessen Heimat gezogen und errang dort neben dessen Gunst auch die Hand eines von seinen Mündeln, das über ein großes Erbe verfügt. Dies erschien ihm sicherer, als sich mit dir und ein paar anderen Vettern um die Kühnburg schlagen zu müssen.«

»Habt Ihr vom Heiligen Vater in Rom den Dispens für mich erreicht?«, fragte Michael, da die Worte des Magisters ihn an seine eigenen Belange erinnerten. »Ich habe all Eure Bedingungen erfüllt«, setzte er hinzu. »So war ich mehrfach in der Grabeskirche zu Jerusalem und habe Hände und Gesicht mit dem Wasser des Jordans gewaschen.«

»Ich habe nicht daran gezweifelt, dass du das tun würdest«, sagte der Magister lächelnd. »Daher habe ich Rom bereits aufgesucht und das entsprechende Pergament schreiben und von Seiner Heiligkeit, Papst Klemens III., unterzeichnen lassen. Du kannst daher unbesorgt das Erbe deines Oheims Waldemar antreten.«

»Ich danke Euch!« Michael zeigte jedoch nicht die Freude, die der Magister erwartet hatte, sondern tat so, als läge eine Pflicht vor ihm, die es zu erfüllen galt.

Erwin von Kühnburg schenkte sich noch einmal nach und sah seinen Großneffen auffordernd an. »Und nun berichte von deinen Abenteuern im Lande Jesu Christi. Es drängt mich, mehr über Jerusalems Wunder von dir zu erfahren, und von all den anderen Stätten, an denen unser Heiland gewandelt ist.«

Michael erfüllte ihm diesen Gefallen, und so wurde es spät, als er sich schließlich verabschiedete und in sein Quartier zurückkehrte.

Als Michael die Kammer betrat, die er mit Raoul und Benoît teilte, war es darin dunkel. Er ärgerte sich, weil er die Laterne, die er in der Burg für den Rückweg erhalten hatte, bereits ausgeblasen hatte. Nun kehrte er auf den Flur zurück und entzündete sie an einem der in einen Halter gesteckten Kienspäne neu. Danach betrat er die Kammer erneut und entdeckte Benoît und Tasnim eng aneinandergekauert in einer Ecke. Die beiden wirkten so verschreckt, als wäre ihnen der Satan in eigener Gestalt erschienen. Bei seinem Anblick atmeten sie ein wenig auf.

»Ritter Michael, endlich! Wir waren bereits in Sorge, man könnte auch Euch gefangen gesetzt haben«, stieß Benoît hervor.

Michael sah ihn verwundert an. »Was faselst du da? Warum sollte ich gefangen genommen worden sein?«

»Nun, weil dies mit der Herrin Constance, aber auch mit Herrn Raoul und der Dame Hadiya geschehen ist!«, berichtete Benoît.

»Das kann doch nicht wahr sein!« Michael begriff überhaupt nichts und forderte den jungen Mann auf, zu erzählen, was geschehen war.

Viel war es nicht, da Benoît die Audienz beim König nicht hatte mitverfolgen können. Er konnte lediglich berichten, dass Constance von vier kräftigen Nonnen und Soldaten der königlichen Wache weggebracht worden war.

»Sie befindet sich derzeit in dem Kloster gleich neben der Burg, soll aber rasch in die Provinz geschafft werden«, setzte er noch hinzu, bevor er auf Raoul und Hadiya zu sprechen kam.

»Wisst Ihr, was sehr eigenartig ist?«, sagte er.

»Nein, aber du wirst es mir gewiss mitteilen«, meinte Michael, dem die Vorstellung nicht aus dem Kopf ging, dass die Frau, die er liebte, eine hilflose Gefangene in einem Kloster sein sollte.

»Es heißt, der Bischof von Paris soll die Ehe Constances und Raouls für ungültig erklärt haben. Auf Befehl des Königs habe Raoul Hadiya heiraten müssen. Die beiden wurden zusammen in eine Kammer gesperrt und sollen angeblich morgen wieder freikommen.«

»Das hat man getan, damit die Ehe als gültig erscheinen soll«, erklärte Michael. Er wollte dann nach Constance fragen, doch da sprach Benoît bereits weiter.

»Die Vizegrafschaft Laronne ist bereits einem anderen Lehnsmann übergeben worden, und Beljeux hat der König zu einem an Frankreich zurückgefallenes Lehen erklärt, so dass Herr Raoul im Augenblick ohne Rang und Titel ist.«

Auch wenn Raoul Michaels Freund war, interessierte dieser sich weniger für ihn als für Constance. »Was weißt du über Frau Constance und das Kloster, in dem sie untergebracht ist?«

»Es soll neben der Königsburg liegen. Mehr weiß ich nicht«, gab Benoît zu.

»Wir müssen mehr darüber erfahren«, erklärte Michael mit klirrender Stimme. »Komm, fragen wir den Wirt!«

Noch während sie die Kammer verließen, sprach Michael weiter. »Hoffen wir, dass Raoul und Hadiya morgen tatsächlich freigelassen werden. Wenn es nicht anders geht, müssen wir drei den Reisezug, mit dem Constance in ein anderes Kloster gebracht werden soll, überfallen und sie befreien.«

»Wir würden danach landflüchtig sein«, gab Benoît zu bedenken.

»Dann fliehen wir eben ins Heilige Römische Reich. Dein Vater stammt von dort, und du verstehst die Sprache. Daher wirst du dich gut dort einfinden und kannst deiner Herrin helfen, dies auch zu tun.«

Michael wusste selbst, dass der Versuch, die Reisegruppe eines Klosters zu überfallen, fast unmöglich war. Die frommen Frauen würden nicht ohne Eskorte aufbrechen, und zu dritt konnten sie diese niemals niederkämpfen. Er war jedoch zum Äußersten bereit und wollte nicht, dass Benoît, aber auch Raoul sich mutlos in ihr Schicksal fügten.

Benoît gab Tasnim einen Kuss und nickte Michael zu. »Man hat uns einen üblen Empfang bereitet. Wenn wir uns jetzt ducken, werden wir für immer Mäuse sein, und keine Katzen, die diese fangen.«

Nach Magister Erwins Erwähnung von Hechten und Karpfen war dies der zweite tierische Vergleich, den Michael vernahm, und diesmal gefiel er ihm besser. »Wir werden Kater sein, die Mäuse jagen, und Constance befreien«, erklärte er, und sie machten sich auf, den Wirt zu suchen, um ihn zu befragen.

10.

Der Wirt hatte viel zu tun, und so mussten Michael und Benoît wie auf Kohlen sitzend warten, bis er endlich Zeit für sie fand. Ein Krug besten Weines, aus dem Michael dem Wirt kräftig nachschenkte, löste dessen Zunge, und er berichtete bereitwillig alles, was er über das Kloster wusste.

»Dort leben hochwohlgeborene Damen, die es sich auch als Bräute Christi an nichts fehlen lassen wollen«, meinte er mit einem gewissen Neid. »Es heißt sogar, dass die eine oder andere Nonne des Nachts heimlich Männer empfängt, und es mag das eine oder andere Findelkind in Paris darauf zurückzuführen sein.«

»Männer in einem Nonnenkloster? Was für eine Verworfenheit!«, rief Michael scheinbar empört aus.

»Das sind halt auch nur Menschen, und den frommen Damen juckt es gewiss nicht weniger zwischen den Schenkeln als meiner Alten, die mich schon mehrmals einen lahmen Hengst genannt hat.« Der Wirt lachte und schien weiterhin von schlüpfrigen Dingen reden zu wollen, doch Michael brachte die Rede rasch wieder auf das Kloster.

»Diese Männer klopfen doch gewiss nicht abends an das Klostertor und sagen zur Schwester Pförtnerin, sie solle sie hereinlassen, da sie dieser oder jener Nonne eine angenehme Nacht bereiten wollen?«

»Das freilich nicht!«, meinte der Wirt kichernd. »Neben dem Kloster steht ein alter Turm, der zur Festung gehört. Man kann von der Burg aus diesen Turm besteigen, hängt dann an einer Zinne ein Seil ein und klettert über die Mauer des Klosters in den Klostergarten. Dort sollen die Nonnen ihre Galane empfangen.«

Michael ahnte, dass der eine oder andere dieser Galane bei einem Schluck Wein mehr über seine Heldentaten im Kloster berichtet hatte, als es den Nonnen dort lieb sein konnte. Nun fragte er sich, ob ihm dieses Wissen weiterhalf. Er hielt es für unwahrscheinlich, ungesehen in das Kloster eindringen, Constance finden und sie auch noch befreien zu können. Als er jedoch die Risiken bedachte, die ein Überfall auf den Reisezug mit sich bringen würde, erschien ihm diese Lösung als die bessere. Wurde er dabei ertappt, konnte er immer noch behaupten, auf den Scherz eines Bekannten hereingefallen zu sein, der behauptet hatte, man könnte dort willige Damen finden.

Daher stellte er dem Wirt noch ein paar Fragen und goss dabei dessen Becher immer wieder voll, bis er zuletzt volltrunken mit dem Oberkörper auf die Tischplatte fiel. Fast im gleichen Augenblick kam die Wirtin herbei, sah ihren Mann und begann zu zetern. »So ein Suffkopf! Er weiß doch, wie viel noch zu tun ist, bevor wir uns zur Ruhe begeben können. Jetzt muss ihn der Schankknecht in unsere Kammer tragen, und ich habe die ganze Arbeit allein am Hals.«

»Ich glaube, wir sollten uns besser zurückziehen«, raunte Michael Benoît zu.

»Das scheint mir auch so!« Benoît folgte Michael wieder nach oben und lachte kurz auf. »In dieser Nacht wird die Wirtin kaum etwas gegen das Jucken zwischen ihren Schenkeln tun können.«

Michael hatte den Wirt und dessen Frau bereits aus seinen Gedanken verscheucht und fasste Benoît an der Schulter. »Glaubst du, du kannst mir ein Seil besorgen, das lang genug ist, um die Klostermauer damit bewältigen zu können?«

»Heute noch?«

»Constance kann bereits morgen weggeschafft werden, also müssen wir uns beeilen«, erwiderte Michael drängend.

»Wie, glaubt Ihr, können wir sie finden?«

Michael verzog das Gesicht. »Das weiß ich noch nicht. Übrigens wirst du hier mit Tasnim zurückbleiben. Ich gehe allein!«

»Aber ich will Euch doch helfen«, bat Benoît.

»Du hilfst mir am besten, wenn du nicht dabei bist. Ich bin ein Fremder, du aber als Constances Gefolgsmann bekannt. Wenn man uns beide entdeckt, ist es auf Anhieb klar, was wir dort wollten. Bin ich hingegen allein, kann ich mich darauf herausreden, auf eine gefällige Nonne gehofft zu haben.«

»Es ist wohl wirklich besser so!« Benoît klang enttäuscht, machte sich aber gehorsam auf den Weg und ging in den Stall, um, wie er dem Pferdeknecht dort sagte, noch einmal nach den Pferden zu sehen.

Der Mann nickte und beachtete ihn nicht weiter. In einer Kammer entdeckte Benoît ein zusammengerolltes Seil, das ihm lang genug erschien. Er blickte sich vorsichtig um, bevor er das Seil unter seinen Waffenrock steckte. Danach kehrte er zu Michael in die Kammer zurück und überreichte es ihm. Dieser wand es sich um die Schultern und warf einen Mantel darüber. Danach legte er den Schwertgurt ab und drückte die Waffe Benoît in die Hände. »Es würde auffallen, wenn ich damit ins Kloster eindränge. Männer, die auf eine zärtliche Stunde aus sind, haben selten ihr Schwert bei sich.«

»Wenigstens nicht das aus Eisen«, antwortete Benoît anzüglich und zupfte ein wenig an Michaels Mantel herum, damit das Seil besser verborgen war.

Michael nahm seine Laterne und stieg nach unten. Dort war die Wirtin gerade dabei, die Tür zu verschließen. Als sie Michael kommen sah, verzog sie das Gesicht. »Wo wollt Ihr denn noch hin?«

»Ich hatte ganz vergessen, dass ich heute noch eine Botschaft überbringen soll«, redete Michael sich heraus.

Die Wirtin lachte spöttisch. »Und das wollt Ihr mitten in der Nacht tun? Ich glaube eher, dass Euch der Hafer sticht und Ihr Euch nach einem gefälligen Frauenzimmer umschauen wollt. Meinetwegen! Aber bei Eurer Rückkehr klopft Ihr gefälligst an das Fenster Eures Gefährten, damit er Euch aufmacht. Ich werde Euretwegen gewiss nicht mein Bett verlassen«, rief sie ihm noch nach, dann war Michael in der nächtlichen Gasse allein.

Als er in Richtung der Königsburg ging, schüttelte er über sich selbst den Kopf. Sein Vorhaben war Wahnsinn. Er wusste nicht das Geringste über das Kloster, geschweige denn, wo Constance untergebracht worden war, und musste erst einmal den Turm finden, über den man in den Klostergarten steigen konnte.

Als er das Burgtor erreichte, war er kurz davor, aufzugeben. Dann aber riss er sich zusammen und trat auf die Wachen zu. »Verzeiht, ich hatte heute Abend meinen Oheim besucht, der zu der Gesandtschaft König Heinrichs zählt, und dabei etwas Wichtiges vergessen.«

»So wichtig, dass Ihr den Morgen nicht mehr abwarten konntet, um es ihm zu sagen?«, antwortete der Hauptmann der Wache, gab ihm aber den Weg frei.

Während Michael durch das Tor schritt, hörte er, wie ein anderer noch spöttische Bemerkungen machte. »Wie es aussieht, sticht einen der jungen Herren der Hafer, und er will ins Kloster hinübersteigen. Die Herren von Stand haben es wirklich gut. Sie können drüben umsonst rammeln, während wir den Huren gutes Geld in die Hand zählen müssen. Dabei halten sich die Bräute Christi gewiss sauberer.«

Unwillkürlich sah Michael sich um und entdeckte weiter hinten einen Lichtschein. Wenn er sich recht erinnerte, gab es dort einen einzeln stehenden Turm. Sollte dies der Nonnenturm sein, von dem der Wirt gesprochen hatte? Er wäre am liebsten in diese Richtung gegangen, wollte aber bei den Torwachen kein Aufsehen erwecken und hielt daher auf das Hauptgebäude der Burg zu. Dort blies er seine Laterne aus und folgte dem Mann, von dem die Wachen gesprochen hatten. Er überlegte sich, was er tun sollte, wenn der Mann sich als Hindernis erweisen sollte. Das sollte er besser nicht, dachte er und streichelte unbewusst seinen Dolch. Um Constance zu befreien, war er bereit, ihn auch zu gebrauchen.

Ohne Laterne musste er bei der herrschenden Dunkelheit achtgeben, nicht zu stolpern und keinen Lärm zu erzeugen. Er tastete mehrmals mit den Füßen, ob der Weg frei war, und erreichte schließlich den Turm. Es dauerte, bis er die Tür fand. Diese war mit einem Schloss gesichert. Da ihm aber jemand vorausgegangen war, war sie unverschlossen.

Michael drang in den Turm ein. Hier war es so dunkel wie in Satans Arsch, wie er leise fluchte, und er musste sich mit den Händen vorantasten. Endlich hatte er die Treppe erreicht und stieg vorsichtig nach oben. Diese endete bei einer Falltür, die einladend offen stand. Als er auf die Dachplattform stieg, hörte er von einer Seite leise Stimmen.

»Ihr seid also doch noch gekommen, mein geliebter Gaspard!«

»Das Bankett hat diesmal länger gedauert, weil die Herren und Damen sich über das Urteil unterhalten haben, das Seine Majestät über Constance de Laronne et de Beljeux gefällt hat. Ich durfte die Tafel daher nicht eher verlassen.«

»Diese Constance hat man heute zu uns gebracht. Was für eine Teufelin! Sie tobte so wild, dass wir sie fesseln mussten.«

»Und wo habt ihr sie untergebracht? Im Keller?«, fragte der junge Edelmann neugierig.

»Nein, in der hintersten Zelle unseres Flures. Damit sie uns nicht stören kann, ließ die Mutter Oberin sie knebeln. Doch jetzt sollten wir uns eilen, denn die Nacht ist bereits fortgeschritten.«

Michael wagte sich bis an den Rand des Turms und sah unter sich den Lichtschein einer Laterne, die eine noch sehr junge Nonne bei sich trug. Eben ergriff sie die Hand ihres Kavaliers und zog ihn auf eine Tür zu.

»Versperre sie bitte erst wieder, wenn ich gehe«, bat er sie. »Beim letzten Mal musste ich mich in einer der Zellen verstecken und hatte Glück, dass die Nonne darin einen gesunden Schlaf hatte.«

Michael lächelte zufrieden und wollte sein Seil nehmen, um es an einer Zinne zu befestigen. Da fiel ihm ein, dass der andere ja gewiss nicht nach unten geflogen war, und tastete nach dessen Seil. Augenblicke später hatte er es gefunden, prüfte, ob es fest genug angebunden war, und kletterte nach unten. Da er im Gegensatz zu dem Mann vor ihm nicht von einer liebesbereiten Nonne mit einer Laterne empfangen wurde, zertrampelte er auf seinem Weg zum Nonnentrakt des Klosters etliche Kohlköpfe und Kräuter. Da man dies aber erst am Morgen entdecken würde, interessierte es ihn nicht.

Er fand die Tür des Gebäudes unversperrt, wie der Liebhaber der Nonne erbeten hatte, und trat ein, nachdem er kurz gelauscht und nichts gehört hatte. Da Kienspäne den Flur erhellten, kam er gut voran und erreichte unbemerkt das Ende des Flures. Hier stand er jedoch vor einem Problem. Es gab auf beiden Seiten des Ganges Türen. Welche der beiden hinteren mochte die sein, hinter der Constance gefesselt lag?, fragte Michael sich.

Da bemerkte er, dass eine der Türen durch Riegel gesichert war und die andere nicht. Vorsichtig zog er die Riegel zurück und öffnete die Tür. In der Zelle war es so dunkel, dass er die Hand nicht vor Augen sehen konnte. Kurzerhand holte er sich einen Kienspan aus dem Flur und trat dann ein.

11.

Constance wusste nicht, was größer war, ihre Wut oder ihre Verzweiflung. Auch rätselte sie, weshalb dieser Abt so überaus streng über sie gerichtet hatte, und ärgerte sich gleichzeitig über den König, der diesen Mann hatte gewähren lassen. Eines erkannte sie deutlich: Mit Gerechtigkeit hatte dieses Tribunal, das ihre Ehe mit Raoul aufgelöst und sie ihrer Heimat und ihres gesamten Besitzes beraubt hatte, nichts zu tun.

Was würde aus Raoul werden?, fragte sie sich. Zuletzt hatte er sich doch mit aller Kraft für sie verwendet. Nur die brutale Drohung, Hadiya werde sonst zu den Pariser Huren gesteckt, hatte ihn dazu gebracht, sich dem Urteil des Abtes zu beugen. Constance war ihm nicht böse deswegen, denn sie hätte es nicht anders entschieden. Der jungen Sarazenin hatten sie sein Leben wie auch das ihre und das ihrer Begleiter zu verdanken.

Obwohl sie sich innerlich wund geschlagen fühlte, wünschte sie sich, dass Raoul und Hadiya halbwegs ungeschoren aus dieser Sache herauskamen. Was sie selbst betraf, so hatte sie nicht vor, sich von den Nonnen brechen zu lassen. Auch wenn man sie einsperrte, ihr längeres Fasten verordnete und vermutlich sogar schlug, so hoffte sie doch, irgendwann einmal entkommen zu können. Sollte ihr dies gelingen, so würde das Leben des Abts Thibaut de Saint Paul ein baldiges Ende nehmen. Sie war die Tochter von Sébastien de Laronne et de Beljeux, und ebenso wie ihr Vater würde sie bei ihren Feinden keine Gnade kennen.

Ein Geräusch an der Tür beendete ihren Gedankengang. Constance hob den Kopf, konnte aber nichts sehen und glaubte schon, sich geirrt zu haben. Da kam ein Lichtschein näher. Ein Mann trat, einen Kienspan in der Hand, ein und schloss die Tür hinter sich zu.

Michael! Sagen konnte sie es wegen ihres Knebels nicht, doch ihre Gedanken wirbelten wild auf. Kam er etwa, um sie zu befreien? Wenn ja, dann würde Thibaut de Saint Paul in wenigen Stunden tot zu ihren Füßen liegen.

»Frau Constance, seid Ihr wach?«, hörte sie ihn leise fragen.

Als sie nickte, steckte Michael den Kienspan in einen Halter an der Wand und zog seinen Dolch, um die festgezurrten Fesseln und das Tuch, mit dem der Knebel in Constances Mund gehalten wurde, zu entfernen. »Ihr müsst still sein, damit man uns nicht entdeckt«, mahnte er sie noch.

»Habt Dank, Herr Ritter!«, flüsterte sie, als sie den Knebel ausspucken konnte. Danach wartete sie, bis er auch die Fesseln durchtrennt hatte, und rieb sich die geschundenen Gelenke.

»Wie soll es jetzt weitergehen?«, fragte sie ihn.

Michael hatte überlegt, sie in ihr altes Quartier zu bringen. Dafür aber müssten sie an den Burgwachen vorbei, und die würden sich gewiss an sie erinnern, wenn es am nächsten Morgen hieß, die ehemalige Vizegräfin von Laronne wäre entkommen.

Blitzschnell fasste er einen anderen Entschluss. »Ich bringe Euch zu einem Freund in der Burg. Er wird wissen, wie wir diese unbemerkt verlassen können.«

Michael hoffte zumindest, dass Magister Erwin ihnen half. Wenn es nicht anders ging, musste Constance sich wieder als Mann verkleiden und als dessen Schüler auftreten.

Nun galt es erst einmal, von hier zu verschwinden. Er nahm den Kienspan wieder an sich, ergriff Constances Hand und führte sie hinaus. Damit niemand Verdacht schöpfen konnte, verschloss er die Tür wieder und schob die Riegel vor.

Kurz vor der Eingangstür wechselte er den fast abgebrannten Kienspan gegen einen frischen aus und blickte ins Freie. Es war alles still, und so wagte er es, den Weg, den sie vor sich hatten, mit dem Kienspan auszuleuchten.

Am Nonnenturm wandte er sich an Constance. »Wir müssen hier hinaufklettern. Glaubt Ihr, Ihr könnt Euch an mir festhalten?«

Constance stieß ein verächtliches Schnauben aus, fasste das Seil und hangelte sich nach oben. Da der Lichtschein des im Windzug flackernden Kienspans nicht bis zur Turmspitze reichte, musste sie sich zwischen den Zinnen hindurchtasten und wartete dann, bis Michael nachkam.

Dieser hatte den Kienspan zwischen die Zähne geklemmt und suchte nun nach dem Seil, das er hier zurückgelassen hatte. Er schlang es sich um die Schulter und stieg anschließend die Treppe hinab, immer darauf bedacht, Constance den Weg auszuleuchten.

Unten angekommen, öffnete er die Tür und wies auf den Palas. »Wir müssen nach dort drüben! Werft Euch meinen Mantel um und setzt die Kapuze auf, damit man Euch nicht erkennt.«

Constance tat es und folgte ihm. Untertags standen Wachen vor dem Eingang, die jeden kontrollierten, der in das Innere der Burg wollte. Jetzt in der Nacht war der Platz leer und das Portal versperrt.

»Es muss eine Möglichkeit geben, um hineinzukommen«, flüsterte er Constance zu und klopfte leise gegen die Tür.

Es dauerte nur wenige Augenblicke, dann wurde sie geöffnet, und ein Mann schaute heraus. »Ihr kommt aber bald wieder, Herr Gaspard«, meinte er, ohne Michael genauer anzusehen.

Dieser antwortete lediglich mit einem Brummen, aus dem man schließen mochte, dass der nächtliche Ausflug anders ausgegangen war, als er es erhofft hatte. Michael konnte froh sein, dass die Wache ihre Laterne in der Wachkammer stehen gelassen hatte und es zu dunkel war, ihm ins Gesicht zu sehen. Zudem gelang es Constance so, sich ungesehen an dem Türwächter vorbeizuschleichen. Da dieser eine auffällig unauffällige Handbewegung machte, drückte Michael ihm ein paar Münzen in die Hand und eilte weiter.

Augenblicke später fasste Constance nach seinem Arm. »Hier ist es aber sehr dunkel«, sagte sie.

»Keine Angst! Als ich die Burg am Abend verließ, brannten Fackeln in den Fluren. Dort vorne ist schon die erste!«

»Der Wächter hat Euch für einen anderen gehalten. Was wird geschehen, wenn dieser kommt?«, fragte Constance besorgt.

»Das wird hoffentlich noch ein wenig dauern. Allerdings sollten wir die Burg bis dorthin wieder verlassen haben.«

Für Michael war Eile der Schlüssel zur Rettung, und so lief er mit raschen Schritten den Flur entlang. Zu dieser späten Stunde brannten nur noch wenige Fackeln, und er musste genau überlegen, hinter welcher Tür Magister Erwins Kammern lagen. Schließlich klopfte er gegen diese, zuerst leise, und als sich nichts tat, etwas lauter.

Endlich hörte er Geräusche. Trotzdem dauerte es noch eine Weile, bis die Tür geöffnet wurde. Der Magister stand halb hinter der Tür und hielt einen Dolch in der Hand, senkte diesen aber, als er seinen Großneffen erkannte.

»Was machst du zu so nächtlicher Stunde hier?«, fragte er verwundert.

Da schob Michael Constance in die Kammer, folgte ihr und schloss schnell die Tür. »Wir sind auf der Flucht! Dies hier ist Vizegräfin Constance. Mit ihr und ihrem Gemahl hat man ein übles Spiel getrieben. Sie wurde als Gefangene in ein Kloster gebracht und sollte bald in die Provinz geschafft werden. Ich habe sie befreit und will mit ihr, ihrem Gefolgsmann Benoît und dessen Ehefrau zusammen aus Frankreich fliehen. Ihr müsst uns helfen, aus der Burg und aus der Stadt zu gelangen.«

»Vorher will ich diesen unsäglichen Abt von Saint Paul umbringen!«, rief Constance rachsüchtig. Sie hatte von ihrer Mutter genug Deutsch gelernt, um dem Gespräch folgen zu können, verwendete selbst aber die französische Sprache.

»Gemach!«, antwortete der Magister. »Das hört sich nach einer arg verworrenen Geschichte an, die ich besser von Anfang an hören würde. Setzt Euch und trinkt etwas Wein, wenn Ihr Durst habt.«

»Ich habe seit gestern Mittag nichts mehr zu mir genommen!« Constance schämte sich ein wenig, weil ihr Magen es wagte, in dieser Situation Ansprüche anzumelden.

Der Magister wies auf den Tisch, auf dem noch etwas Brot und geräucherter Schinken lagen. »Bedient Euch! Und während Ihr esst, erzählt Ihr mir genau, was alles geschehen ist!«

Constance riss ein Stück Brot vom Laib und schnitt sich ein Stück Schinken ab und verzehrte beides heißhungrig, bevor sie ihren Bericht begann.

Magister Erwin erkannte rasch, dass die junge Frau nicht die geringste Ahnung hatte, weshalb das Tribunal, das Thibaut de Saint Paul um sich versammelt hatte, so überaus streng zu ihr und Raoul gewesen war.

»Da steckt mehr dahinter, als Ihr erkennt«, sagte er daher und stellte einige gezielte Fragen.

Constance beantwortete diese, so gut sie es vermochte. Da sie jedoch die Verwandtschaftsverhältnisse zwischen Abt Thibaut und den Ronceaus nicht kannte, konnte sie keine Zusammenhänge erkennen.

Magister Erwin glaubte jedoch felsenfest daran, dass es welche gab. Diese mussten aufgedeckt werden und ebenso, wer die Stellung als neuer Vizegraf von Laronne innehatte. Als er nach einer Weile bemerkte, wie müde und erschöpft Constance nach diesem entsetzlichen Tag und der bisher schlaflos verbrachten Nacht war, wies er auf die kleine Kammer, die sich an diesen Raum anschloss.

»Dort ist mein Bett. Du kannst heute Nacht darin schlafen. Ich werde mit dem Stuhl hier vorliebnehmen, während Michael sich auf den Boden legen und in seinen Mantel hüllen kann!«

Constance kämpfte kurz mit sich, fühlte dann aber, dass es klug war, das Angebot anzunehmen, und verschwand in der Bettkammer.

Magister Erwin und Michael blieben allein zurück und schwiegen zunächst. Dann stellte der Magister seinem jungen Verwandten die erste Frage. »Wie stehst du zu diesem Weib?«

»Ich verehre sie und ihren Mut. Welch andere Frau wäre zu einer so langen und gefährlichen Reise aufgebrochen, um ihren Gemahl aus der Hand schrecklicher Feinde zu erretten?«

»Diesen Ausspruch muss ich mir merken«, murmelte der Magister, in dessen Kopf sich ein Plan zu entwickeln begann. Noch aber war er sich nicht sicher, ob dieser gut war. Er fragte daher weiter.

»Was hast du dir eigentlich dabei gedacht, dieses Weib aus dem Kloster, in das sie gesperrt wurde, zu befreien?«

»Ich fand die Strafe, zu der man sie verurteilt hat, ungerecht!«

»Das ist sie durchaus!«, stimmte der Magister ihm zu. »Doch was wolltest du mit ihr tun?«

»Ich wollte mit ihr zusammen aus Frankreich fliehen und in der Heimat für sie sorgen.«

»Heißt das etwa Heiraten?«, fragte der Magister mit gerunzelter Stirn.

»Da ihre Ehe mit Raoul für ungültig erklärt worden ist, kann sie eine andere Ehe eingehen.« Michael zeigte deutlich, dass er diesen Weg gehen wollte.

Sein Verwandter schüttelte den Kopf. »So wie die Sache sich darstellt, kannst du diese Frau nicht heiraten!«

»Ich werde es tun, gleichgültig, was Ihr dazu sagt«, antwortete Michael so laut, dass er Angst bekam, Constance zu wecken.

»Du bist ja noch verrückter als dein Vater! Als dieser deine Mutter zum Weib nahm, hoffte er noch, trotzdem der nächste Graf auf der Kühnburg werden zu können. Constance de Laronne oder de Beljeux oder wie immer sie auch heißen mag, ist im Augenblick eine zur Klosterstrafe verurteilte Frau. Wenn du sie mit dir nimmst und heiratest, wird sie als davongelaufene Nonne gelten. Mit ihr an deiner Seite wäre es dir unmöglich, Graf Waldemars Nachfolge anzutreten. So schwer es ihm auch fallen würde, müsste er in dem Fall den Sohn einer seiner Schwestern dazu ernennen.«

»Dann soll er es tun!«

»Ich sagte ja, du bist noch verrückter als dein Vater. Jetzt höre mir ganz genau zu, mein Großneffe! Das hier ist nichts, das du übers Knie brechen und mit Gewalt lösen kannst. Dafür braucht es Verstand, und zwar mehr, als du und dieses Weib zusammen besitzt.«

»Was können wir schon tun, wenn selbst der König auf der Seite des Abts von Saint Paul steht?«, fragte Michael bitter.

»Ihr – gar nichts!«, antwortete Magister Erwin mit schonungsloser Offenheit. »Selbst ich bezweifle, ob es mir gelingt, diesen verwirrten Knoten zu lösen. Ich benötige dafür auf jeden Fall die Abschriften der Urkunden, die gestern ausgestellt worden sind. Das ist aber nichts, was dich betrifft«, setzte er scharf hinzu, da Michael Anstalten machte, aufzustehen. »Deine Aufgabe ist es, morgen früh Benoît und sein Weib zu mir zu bringen. Ich werde zusehen, ob es mir gelingt, Raoul de Laronne und … wie heißt sie gleich wieder?«

»Hadiya!«, half Michael seinem Verwandten aus.

»Ich will die beiden zu mir bringen lassen. Wenn man sie wirklich nur diese eine Nacht einsperren wollte, müsste es gelingen. Ich muss jeden von euch genau befragen. Doch nun sollten wir uns hinlegen und noch ein wenig schlafen. Wenn der Morgen graut, heißt es, hurtig zu sein!«

Dreizehnter Teil

Geist und Schwert

1.

Constance wachte in einem ihr unbekannten Raum auf und wusste zunächst nicht, wo sie sich befand. Nur allmählich glomm die Erinnerung in ihr auf. Dieser grässliche Abt hatte ihre Ehe mit Raoul für ungültig erklärt und sie mit Duldung König Philippes II. zu lebenslanger Klosterhaft verurteilt. Da sie sich gewehrt hatte, war sie gefesselt und schließlich auch geknebelt worden. Beides war sie jetzt nicht mehr.

»Michael!«

Erschrocken sprang Constance auf. Er hatte sie aus dem Kloster befreit und zu einem Freund gebracht. Auch wenn sie noch keine Weihen als Nonne erhalten hatte, hatte er damit ein fluchwürdiges Verbrechen begangen, das nur mit dem Tod gesühnt werden konnte.

Wir müssen fliehen! Mit diesem Gedanken raffte sie ihre Sachen an sich und verließ die kleine Kammer. In der größeren Kammer traf sie auf Michaels um einiges älteren Freund.

»Verzeiht, Herr, wo ist Michael? Wir müssen umgehend fliehen, sonst wird er gewiss schwer bestraft, weil er mich aus dem Kloster gerettet hat!«, rief sie drängend.

Magister Erwin musterte sie eingehend. Für eine Frau war sie etwas groß geraten, besaß aber einen harmonischen Körperbau und eine schlanke, angenehm gerundete Figur. Zudem war sie von hohem Adel und schon deshalb für Michael eine passende Braut. Es störte ihn nicht, dass sie bereits verheiratet gewesen war. Auch Königin Eléonore war zuerst mit König Ludwig VII. von Frankreich verheiratet gewesen und wegen angeblicher Untreue von diesem geschieden worden. In Wirklichkeit war diese Trennung der Tatsache geschuldet gewesen, dass sie ihrem Gemahl zwar mehrere Töchter, aber keine Söhne geschenkt hatte. Die Söhne hatte sie dann in ihrer zweiten Ehe mit Heinrich II. von England geboren.

Da Constance das Schweigen des Magisters zu lange dauerte, rüttelte sie ihn an der Schulter. »Wo ist Michael? Wir müssen fliehen!«

Magister Erwin hob begütigend die Hand. »Beruhigt Euch, mein Kind! Flucht nützt Euch gar nichts. Ihr kämet nicht einmal aus Paris hinaus, und wenn doch, würde man Euch innerhalb zweier Tage einholen und fangen. Diese Angelegenheit muss mit der Schärfe des Verstands und nicht mit der Angst eines gehetzten Tieres geführt werden. Setzt Euch und esst! Nichts beruhigt die bebenden Nerven mehr als ein voller Magen und ein guter Schluck Morgenbier.«

»Ihr versteht nicht …«, begann Constance, wurde aber sofort unterbrochen.

»Ich verstehe viel mehr, als Ihr denkt, meine Liebe! Man hat Euch übel mitgespielt, und wenn es mir nicht gelingt, dies wieder geradezubiegen, wird es Euch bis ans Ende Eures Lebens verfolgen.«

»Wie das?«, fragte Constance verwundert.

»Ihr würdet als davongelaufene Nonne gelten und habt dazu Euren Namen verloren. Im Augenblick geltet Ihr in diesem Land nicht mehr als ein Bettelweib. Wollt Ihr, dass dies so bleibt?«

»Nein, natürlich nicht! Doch was kann man dagegen tun?«, antwortete Constance.

»Erst einmal frühstücken«, erklärte der Magister und füllte zwei Becher aus einem Krug, der neben einem Napf mit einer Suppe stand, die verführerisch duftete.

Beinahe gegen ihren Willen setzte sie sich hin und trank einen Schluck Bier.

Der Magister reichte ihr einen Löffel. »Ich habe für Euch einen bringen lassen, da ich nicht glaube, dass Ihr mit dem Essgeschirr am Gürtel zur Audienz beim König gekommen seid.«

»Das bin ich wahrlich nicht«, antwortete Constance und begann mit Appetit zu essen.

Magister Erwin las derweil mehrere Pergamentbögen, die vor ihm auf dem Tisch lagen, und machte sich an der Seite Notizen. Manchmal brummte er in seinen Bart »So war das also« und »Ich dachte mir doch, dass etwas dahinterstecken muss«, ohne Constance in sein Selbstgespräch mit einzubeziehen.

Nach einer Weile wurde die Tür geöffnet, und zwei Wachen scheuchten Raoul und Hadiya herein. Beide sahen übernächtigt aus. Als Hadiya Constance erblickte, fiel sie ihr weinend um den Hals. »Ich danke Allah, dem Allmächtigen, dafür, dass du freigekommen bist! Ich wäre in meinem Leben sonst nie mehr froh geworden.«

»Frei ist hier noch niemand!«, erklärte Magister Erwin ernst. »Es mag sein, dass es dazu kommt. Genauso ist es möglich, dass ihr eure Köpfe auf den Richtblock legen müsst.«

»Wenn es dazu kommt, ist mir dies immer noch lieber, als zu den Huren gesteckt zu werden. So aber würde ich Frau Constances Schicksal teilen und müsste mich nie mehr schämen, zu ihrem Untergang beigetragen zu haben«, antwortete Hadiya kämpferisch.

»Habt Ihr schon gegessen?«, fragte der Magister.

»Man brachte uns etwas von der Tafel des Königs. Was es war, weiß ich nicht«, antwortete Raoul.

»Wenn Ihr noch Hunger habt, lasse ich Euch etwas holen. Doch nun will ich, dass Ihr mir ganz genau berichtet, was Ihr im Orient erlebt hat, und vor allem, welche Rolle die Brüder Damien und Beauvais de Ronceau dort gespielt haben.«

»Die Ronceaus sind üble Schurken und Verräter!«, rief Raoul zornig. »Ihretwegen geriet ich in die Gefangenschaft der Sarazenen.«

»Das finde ich sehr interessant. Berichtet davon!«, forderte Magister Erwin ihn auf.

Obwohl Raoul sich nicht vorstellen konnte, was der Magister vorhatte, begann er zu erzählen. Michaels Großonkel erfuhr von ihm so einiges über die Belagerung von Akkon und die Intrigen, die dort gesponnen worden waren.

»König Richard übertrug es den Brüdern Ronceau, die sarazenischen Unterhändler zu eskortieren. Diese schlugen sich jedoch für Gold auf Saladins Seite. Als Richard Löwenherz dies erkannte, befahl er mir, die beiden abzufangen und als Gefangene zu ihm zu bringen. Die Ronceaus stellten uns jedoch eine Falle, und so gerieten wir an einen überlegenen Sarazenentrupp. Fast alle von uns wurden getötet – darunter waren zwei meiner Brüder! – und Herr Michael schwer verwundet. Nur Benoît hatte Glück und konnte sich mit einer leichteren Verletzung im Gebüsch verbergen. Später schaffte er Herrn Michael trotz seiner eigenen Wunde nach Akkon, wo ihnen zum Glück Hilfe zuteilwurde.«

»Wo ist Michael?«, fragte nun Constance erneut.

»Er wird, wie ich hoffe, bald mit Benoît und dessen Weib erscheinen. Bis dorthin aber wünsche ich mehr über das zu erfahren, was die Herren Damien und Beauvais im Heiligen Land getan haben.«

Kurze Zeit später kamen tatsächlich Michael, Benoît und Tasnim hinzu. Das Paar war überglücklich, Constance frei und Raoul und Hadiya unversehrt wiederzusehen. Magister Erwin machte ihnen jedoch mit einigen kurzen Worten klar, dass noch immer Gefahr bestand.

»Ich bin dafür, die Stadt und Frankreich umgehend zu verlassen«, erklärte Michael daraufhin.

»Ich sagte es schon mehrmals: Ihr kämet keine zwei Tage weit. Also vertraut auf mich und meinen Verstand!« Magister Erwin lächelte, doch sein Blick war hart. Schon mehrfach in seinem Leben hatte er vorher unmöglich erscheinende Sachen wahr gemacht. Dies hier musste sein Meisterstück werden – oder es wurde seine größte Niederlage.

Er befragte nun Benoît und Tasnim, wobei ihm Hadiya zu Hilfe kommen musste, da er Tasnims Französisch kaum verstand. Dabei machte er sich weiter Notizen oder sah in seinen Abschriften nach. Kurz vor Mittag ließ er eine Mahlzeit bringen und forderte anschließend die Diener auf, etliche Decken zu holen.

»Ihr seht müde und abgespannt aus«, meinte er. »Legt euch hin und schlaft ein wenig. Ihr müsst heute Abend so frisch sein wie selten zuvor in eurem Leben.«

»Was habt Ihr vor?«, wollte Michael wissen.

»Warte es ab!«, antwortete sein Onkel freundlich und reichte ihm eine Decke.

Während Constance und Hadiya sich das Bett in der kleinen Kammer teilten, mussten Raoul, Michael, Benoît und Tasnim ihre Decken auf dem Fußboden ausbreiten. Obwohl keiner glaubte, vor Anspannung einschlafen zu können, dämmerten sie doch innerhalb kurzer Zeit weg.

2.

Als Constance diesmal erwachte, zog bereits die Abenddämmerung herauf. Sie hatte schlecht geträumt und verließ erschrocken die Kammer. Bei Michaels Anblick atmete sie auf. In ihrem Traum war er wegen ihrer Befreiung hingerichtet worden.

Sie suchte Magister Erwin und fand ihn auf seinem Stuhl sitzend und ebenfalls schlafend. Irgendwie war das für sie eine Enttäuschung, denn sie hatte erwartet, er würde seinen gesamten Einfluss einsetzen, damit sie wenigstens das Land verlassen durften. Philippe II. hätte keinen Schaden dadurch, und sie und ihre Freunde würden ihr Leben und ihre Freiheit behalten.

Der Gedanke, die Heimat zu verlieren, schmerzte sie. Sie liebte Laronne und Beljeux und wünschte den Menschen dort das Beste. Da König Philippe II. Raoul und ihr beide Lehen abgenommen hatte, konnte sie nur noch beten, dass die Herrschaft der neuen Lehensträger nicht zu drückend wurde.

»Ah, Ihr seid schon wach, meine Teuerste!« Magister Erwin hatte eben die Augen geöffnet. »Nichts ist erfrischender als ein Schlaf vor dem Abendessen. Weckt bitte die anderen! Ich werde Euch etwas bringen lassen. Ich selbst gehe zum Bankett des Königs. Von dort werde ich Euch rufen lassen, wenn es so weit ist.«

Obwohl der Magister lächelte, fühlte Constance, dass es nur eine Maske war, denn die Augen des Mannes wirkten kalt und entschlossen. Das ist niemand, den man sich leichtfertig zum Feind machen sollte, dachte sie und schöpfte zum ersten Mal Hoffnung, es könnte doch noch alles gut werden.

Während sie ihre Freunde weckte, verließ der Magister die Kammer und begab sich in die große Halle. Anders als am Vortag, an dem König Philippe II. Constance und Raoul nur im kleinen Kreis empfangen hatte, waren an diesem Abend viele Gäste anwesend. Außer Abt Thibaut de Saint Paul und den Kirchenmännern, die alles getan hatten, um Constance ins Elend zu stoßen, waren eine Reihe weiterer Kleriker anwesend. Magister Erwin hoffte, diese auf seine Seite ziehen zu können. Doch auch von den Edelleuten würde er einige überzeugen müssen.

Er nahm den ihm zugewiesenen Stuhl bei den Mitgliedern der Delegation ein, die König Heinrich nach Frankreich geschickt hatte. Diese würden ihm gewiss beistehen, denn immerhin war Constance die Tochter einer deutschen Edeldame, mit der einige Herren verwandt waren. Sein Blick wanderte weiter. Mehrere Ritter, die im Heiligen Land gekämpft hatten, saßen ebenfalls an der Tafel, darunter Henri de Bar, dem Raoul einst unterstellt gewesen war.

Im Hintergrund nahm er einen älteren Mann wahr, neben dem zwei junge Männer saßen, einer groß und breitschultrig, der andere kleiner und schlanker. Bei ihnen musste es sich um Sylvain de Ronceau und dessen Söhne Damien und Beauvais handeln. Anhand Damiens vierschrötiger Gestalt und seinem kantigen Gesicht begriff er, weshalb man ihm den Beinamen Tête de Taureau – Stierkopf – gegeben hatte. Der Mann barst förmlich vor Kraft und sollte zudem von äußerst cholerischem Temperament sein.

Magister Erwin war mit der Auswahl der Bankettteilnehmer zufrieden. Ein paar davon hatte er bereits eingeweiht, dass er heute vor dem König eine Klage vorbringen werde. Noch aber fehlte Philippe II., und bevor dieser nicht saß, würde kein Diener auch nur einen einzigen Becher Wein oder einen Teller füllen.

Endlich kündigten Fanfarenstöße das Erscheinen des Königs an. Philippe betrat ganz in Blau und Gold gewandet die Halle und schritt zu seinem Stuhl, der sich durch eine höhere Rückenlehne, Armlehnen und aufwendige Schnitzereien hervorhob. Sein Blick war starr geradeaus gerichtet, so als seien es die Anwesenden nicht wert, von ihm bemerkt zu werden. Erst nachdem er Platz genommen hatte, musterte er die Teilnehmer des Banketts. Als er Magister Erwin in seiner Nähe entdeckte, sah er diesen fragend an.

Um seine Vorbereitungen treffen zu können, hatte der Magister den König gebeten, ihm bei dieser Sache vorerst freie Hand zu lassen. Erst am Abend sollte darüber entschieden werden. Magister Erwin hatte jedoch nicht vor, dies vor dem Mahl zu tun. Daher lächelte er um Entschuldigung bittend und wies auf die Diener, die an der Wand bereitstanden, um dem König und seinen Gästen vorzulegen.

Das Bankett begann. Während die Gäste aßen, traten Gaukler

und Spielleute auf. Der König achtete jedoch wenig auf sie und überließ es seinem Haushofmeister, sie zu belohnen. Immer wieder blickte er zu Magister Erwin hinüber. Als Mitglied der Gesandtschaft, die Kaiser Friedrichs Sohn Heinrich zu ihm geschickt hatte, war dieser von hohem Rang. Zudem hatte er anklingen lassen, noch an diesem Tag ein Urteil einfordern zu wollen. Philippe II. ahnte, dass es sich um Constance de Beljeux drehte. Immerhin hatten die frommen Frauen des Klosters ihm vor wenigen Stunden voller Verwirrung gemeldet, dass diese spurlos verschwunden sei. Demzufolge, was er von Magister Erwin gehört hatte, schien dieser daran nicht ganz unschuldig zu sein.

Am liebsten hätte der König seinen Gästen befohlen, rascher zu essen, damit endlich Licht in die Angelegenheit kam. Da Hast jedoch nicht zu den Tugenden zählte, die einen Herrscher auszeichnen sollten, beherrschte er sich. Während er aß, wanderte sein Blick auch zu jenen Anwesenden, von denen er annahm, dass sie in diese Angelegenheit verwickelt waren. Das waren hauptsächlich Abt Thibaut de Saint Paul und dessen Verwandte von Ronceau.

Philippe II. war bewusst, dass Abt Thibaut so streng mit Constance und Raoul verfahren war, um seinen Verwandten die Vizegrafschaft Laronne und die Aussicht auf Beljeux zu erhalten. Da es in seinem Sinne war, wenn möglichst wenig Unruhe in den eigenen Reihen herrschte, hatte er es zugelassen. Nun aber wollte der deutsche Magister dieses Problem erneut besprochen sehen.

Schließlich war das Mahl vorbei, und die Gäste erwarteten, weiterhin von Jongleuren und Sängern unterhalten zu werden. Auf einen Befehl des Königs verließen diese jedoch die Halle. Noch während die Gäste ihnen verwundert nachsahen, sprach Philippe II. den Magister an.

»Ihr habt heute von mir gefordert, ein Urteil zu überprüfen, das Eurer Überzeugung nach falsch war. So sprecht nun!« … oder lasst es sein, setzte der in Gedanken hinzu.

Die Augen aller Anwesenden richteten sich auf Magister Erwin. Dieser erhob sich, verbeugte sich zuerst in Richtung des Königs und dann vor den versammelten Herren. »Ich danke Eurer Majestät, dass ich diese Sache vortragen darf. Es geht tatsächlich um ein Urteil, bei dem ich glaube, dass es unter falschen Voraussetzungen gesprochen worden ist.«

Bis jetzt begriffen weder Abt Thibaut noch die Ronceaus, dass diese Angelegenheit sie betraf. Zwei Kirchenmänner, die am Vortag dabei gewesen waren, zuckten jedoch zusammen. Sie hatten dem Urteil aus einer Verpflichtung gegenüber Thibaut de Saint Paul heraus zugestimmt. Längst plagten sie jedoch Zweifel, ob Constance wirklich so schwer hatte bestraft werden müssen. Auch erschien es ihnen unehrenhaft, wie Raoul der Rang eines Vicomte de Laronne abgesprochen worden war.

»Gestern wurde über den Kreuzritter Raoul de Laronne und seine Gemahlin Constance de Laronne et de Beljeux gerichtet, ohne dass diesen das Recht auf Verteidigung zugesprochen worden wäre oder ein Herr von Stand anwesend war, der Einwände hätte vorbringen können.«

Magister Erwins Worte schlugen ein wie ein schwerer Schleuderstein in eine bereits mürbe Mauer. Geraune und Murren erklang, und etliche der hohen Adeligen bedachten den König mit fragenden Blicken. Henri de Bar, unter dem Raoul vor Akkon gedient hatte, sprang erregt auf. »Vicomte Raoul lebt also! Dem Himmel sei Dank!«

Auf Magister Erwins Lippen erschien ein zufriedenes Lächeln. Mit wenigen Worten hatte er die anwesenden Edelleute bis auf die engsten Freunde und Verwandte der Ronceaus dazu gebracht, das gestrige Urteil anzuzweifeln.

Nun hob er die Hand und winkte einen wartenden Diener zu sich. »Hole die Herrschaften, wie ich es dir befohlen habe!«

Der Mann verbeugte sich und verließ die Halle. Unterdessen kaute Philippe II. verärgert auf seinen Lippen. Er fühlte seine Autorität durch das Verhalten des Magisters angegriffen, musste diesen aber sprechen lassen, wenn er seine Edelleute nicht gegen sich aufbringen wollte. Sein Blick suchte und fand den Abt. Dieser saß mit rotem Kopf auf seinem Stuhl und schnappte nach Luft. Die beiden Kirchenmänner an seiner Seite, die ihm gestern noch geholfen hatten, rückten bereits so weit von ihm ab, wie es nur ging. Dieser Anblick stellte den König zufrieden. Wenn es Abt Thibaut nicht gelang, sich gegen den deutschen Magister durchzusetzen, so gab es einen Schuldigen, der bedenkenlos geopfert werden konnte, um die hohen Herren in seinem Reich zu versöhnen.

Wenig später betraten Constance und ihr Gefolge den Raum. Als Damien sie und Raoul sah, fluchte er vernehmlich, während das Gesicht des Abtes allmählich die Farbe besten Burgunderweins übertraf.

Magister Erwin trat der Gruppe entgegen und wies auf die freie Stelle vor dem Tisch des Königs. »Kniet nieder und bezeugt Seiner Majestät damit eure Ergebenheit und euer Vertrauen in seinen Richterspruch! Ihr werdet euch ruhig verhalten und nur sprechen, wenn eine Frage an euch gestellt wird. Habt ihr dies verstanden?«

Constance, Michael und ihre Freunde nickten. Sie wussten, dass ihr Geschick auf Messers Schneide stand. Es brauchte nur ein falsches Wort, um den König den Stab über sie brechen zu lassen.

Unterdessen erhob sich der Abt und wies mit einer Geste des Abscheus auf Constance. »Weshalb ist sie hier? Sie wurde den frommen Damen übergeben, auf dass diese über sie wachen sollten!«

Leises Gelächter kommentierte seine Worte, denn einige Herren in der Halle wussten, dass es bei den frommen Damen durchaus die eine oder andere gab, die zu gewissen Zeiten nicht ganz so fromm war. Dazu zählte Herr Gaspard, der in der letzten Nacht so lange bei seiner Geliebten geblieben war, dass er deren Zelle erst hatte verlassen können, als die Nonnen sich in ihrer Kapelle zum Gebet versammelt hatten. Der Wächter, der Michael und Constance eingelassen hatte und sich hätte wundern können, weil Gaspard ein zweites Mal den Palas betreten wollte, war zu diesem Zeitpunkt längst abgelöst.

Zusätzlich zu Magister Erwins Bemühungen hatte daher eine gehörige Portion Glück mitgeholfen, dass weder Abt Thibaut noch Sylvain de Ronceau und seine Söhne von Constances Befreiung erfahren hatten. Nun wurden sie davon so überrascht, wie es ihnen gelungen war, Constance und Raoul am Vortag zu überraschen.

Magister Erwin wartete, bis sich die Unruhe in der Halle gelegt hatte, und wies dann auf Constance. »Dies ist die Tochter des Vicomte Sébastien de Laronne und laut Erbrecht Herrin von Beljeux. Seine Majestät persönlich hat ihre Ehe mit Herrn Raoul de Lorris gestiftet und diesen mit der Vizegrafschaft Laronne belehnt. Im Auftrag Seiner Majestät zog Vicomte Raoul ins Heilige Land, um dort für Gott und die Christenheit zu kämpfen.«

»Und er war bei Gott einer meiner besten Ritter!«, rief Henri de Bar dazwischen.

Erneut lächelte der Magister ein wenig. Bis jetzt ließ sich die Sache gut an. Er verneigte sich erneut vor dem König, damit auch dieser ihm gewogen blieb, und sprach weiter.

»Gestern wurde Vizegräfin Constance ihres Namens und ihres Besitzes beraubt und den frommen Damen des Klosters übergeben, auf dass diese sie gefangen halten sollten, bis sie in ein entferntes Kloster geschafft werden konnte, um dort für immer zu bleiben! Mit Erlaubnis Eurer Majestät …«, Magister Erwin verbeugte sich vor dem König und hoffte, dieser würde die Lüge als goldene Brücke ansehen, damit es so aussah, als wäre alles nach seinem Willen geschehen, »… habe ich die Dame Constance aus dem Kloster holen lassen. Man hatte sie die Nacht über gefesselt und geknebelt in eine Zelle gesperrt und sich erst heute am späten Nachmittag an sie erinnert. Wäre es mir nicht gelungen, sie zu befreien, hätte sie den ganzen Tag hungrig, durstig und in ihrem eigenen Schmutz liegend gefesselt in der Zelle verbringen müssen.«

Magister Erwins drastische Schilderung erregte Unmut. Immerhin zählte Constance zum hohen Adel, und die versammelten Herren wollten weder, dass mit ihnen selbst noch mit ihren Frauen und Töchtern so verfahren wurde. Auch ärgerten sie sich darüber, dass die Angelegenheit so heimlich vonstatten gegangen war. Für den König ging es nun darum, vor seinen Edlen das Gesicht zu wahren, während Abt Thibauts Wangen sich rot färbten. »Diese verfluchten Nonnen!«, rief er scheinbar empört, als er wahrnahm, wie sich die Sympathie der meisten Anwesenden Constance zuneigte.

»Kommen wir nun zu den Verbrechen, derer Constance de Laronne et de Beljeux beschuldigt wurde!«, fuhr Magister Erwin mit dröhnender Stimme fort. »Man wirft ihr vor, Frankreich heimlich und ohne Erlaubnis des Königs verlassen zu haben. Dies ist wahrlich ein Vergehen gegen Seine Majestät. Doch ich frage Euch, was steht höher, das Gebot Gottes oder die Pflicht dem König gegenüber?«

Magister Erwin sah, wie Philippe II. erneut auf den Lippen herumkaute. Ein Teil der Anwesenden wirkte verwirrt, während Abt Thibaut ihn zornig anfunkelte.

»Was soll das Geschwätz? Es gab kein Gebot Gottes, das dieses Weib für sich in Anspruch nehmen könnte!«

»Oh doch!«, antwortete der Magister mit sanfter Stimme. »Ihr vergesst das Ehegelöbnis, das Constance de Laronne ihrem Gemahl gegeben hat. Bis dass der Tod euch scheidet! Vicomte Raoul de Laronne ist aber nicht tot.«

Mit den Worten wies er auf Raoul, der seinen Ausführungen ebenso verwirrt folgte wie Constance und Michael.

»Die Dame Constance erhielt die Nachricht, dass ihr Mann noch lebt und von dem Sarazenenfürsten Amir ibn Hassan gefangen gehalten wird. Hingegen wurde Seiner Majestät, König Philippe II., mitgeteilt, Raoul de Laronne wäre gefallen! Hätte Constance de Laronne et de Beljeux sich nun an Seine Majestät gewandt, hätte dieser sie als Witwe ansehen müssen. Aufgrund der Lage an der Grenze wäre er gezwungen gewesen, Constance erneut zu verheiraten, damit Laronne und Beljeux einen Herrn erhielten, der sie hätte verteidigen können.«

Allmählich bewunderte der König das Geschick des Magisters, der die Angelegenheit so darstellte, dass ihn selbst keine Schuld traf.

Abt Thibaut sah dies jedoch ganz anders. »Dieses Weib«, schnaubte er, »hätte Seiner Majestät mitteilen können, dass ihr Mann noch lebt, anstatt sich heimlich wie ein Dieb aus dem Land zu schleichen!«

»Meine Herren, hättet Ihr den Worten einer Frau geglaubt, deren Mann Eures Wissens in der Ferne umgekommen ist?« Mit dieser Frage wandte Magister Erwin sich an die anwesenden Gäste.

Henri de Bar schüttelte den Kopf. »Ganz gewiss nicht! Man weiß ja, dass Frauen sich oft Dinge einbilden, die nicht sind.«

Es zwickte Constance, ihm dafür eine scharfe Antwort zu geben, doch sie beherrschte sich.

Unterdessen nickte der König dem Magister zu. »Sprecht weiter!«

»Was sollte Frau Constance tun? Etwa den König aufsuchen, dem daran gelegen ist, ihren Besitz in sicheren Händen zu wissen, und damit riskieren, dass man von ihr fordert, erneut zu heiraten, obwohl ihr Mann noch am Leben ist? Sie hätte damit Gottes Gebot gebrochen und sich der Höllenstrafe ausgeliefert! Ihr blieb keine andere Wahl, als Frankreich heimlich zu verlassen und sich auf die Suche nach ihrem Gemahl zu begeben.«

Etliche bekundeten ihre Zustimmung, und selbst der Bischof von Paris erklärte, dass in diesem Falle das Gesetz Gottes wichtiger gewesen sei.

»Dieses schamlose Ding hat sich als Mann verkleidet und damit gegen Gottes Gebot verstoßen!«, schäumte Abt Thibaut auf.

Magister Erwin sah ihn kopfschüttelnd an. »Ganz im Gegenteil! Sie hat damit Gottes Gebot befolgt. Denkt nur an diese lange, gefährliche Reise, die vor ihr lag. Hätte sie diese als Weib begonnen, wären unzählige Versuchungen an sie herangetreten. Nicht jeder Edelmann ist tatsächlich edel, und so mancher hätte versucht sein können, sie zur Heirat zu zwingen, um sich ihres Besitzes zu bemächtigen. Dadurch, dass Frau Constance als einfacher Ritter Rémy de Saint Croix auftrat, schützte sie ihre Tugend und verhinderte gleichzeitig, dass Seiner Majestät durch ihre Reise ein Schaden zugefügt werden konnte.«

»Welcher Schaden?«, fragte Abt Thibaut höhnisch.

»Die Dame Constance hätte in die Hände der Normannen fallen und Richard von England sie zwingen können, einen seiner Gefolgsmänner zu heiraten, um dadurch Anspruch auf Laronne zu erheben.«

Jeder der Gäste, der Richard Löwenherz bereits erlebt hatte, hätte keinen rostigen Nagel dagegen gewettet, dass dieser sich die Gelegenheit dazu hätte entgehen lassen.

Abt Thibaut erkannte, dass auch dieser Einwand nichts gefruchtet hatte, und holte zu seinem letzten und, wie er hoffte, entscheidenden Schlag aus. »Dieses Weib hat einer anderen Frau die Ehe angetragen! Diese Sünde ist durch nichts und niemanden zu rechtfertigen!«

»Ich finde, es ist ein unterhaltsamerer Abend, als wenn Spielleute und Feuerschlucker auftreten würden«, rief ein Edelmann, der dem guten Wein, der hier ausgeschenkt wurde, bereits Ehre erwiesen hatte.

Alle sahen gespannt auf Magister Erwin und fragten sich, was er auf diese Anklage zu erwidern hatte. Der Magister wartete einige Augenblicke, um die Spannung noch zu erhöhen. Dann hob er langsam den rechten Arm zur Decke.

»Ihr, Euer Gnaden, seht immer nur auf einen Teil des Ganzen. Um jedoch wirklich begreifen zu können, was geschehen ist, muss man alles betrachten.«

»Und wie sieht Euer Ganzes aus?«, fragte der König nicht weniger neugierig als die anderen.

»Die Dame Constance hat als Ritter Rémy verkleidet nach langer und gefahrvoller Suche ihren Mann als Gefangenen von Amir ibn Hassan wiedergefunden. Anstatt jedoch mit ihm in die Heimat zurückkehren zu können, wurden auch sie und ihre Begleiter gefangen genommen – und ein grässlicher Tod erwartete sie alle! Da erschien ihr mit Hadiya, der Tochter des Sarazenenfürsten, ein rettender Engel.«

Der Magister unterbrach seine Rede und wies auf Hadiya, deren Schönheit die Augen der Herren erfreute, und sprach weiter. »Die jungfräuliche Sarazenin hatte von Sklavinnen von Christus gehört und diesen lieb gewonnen, gleichzeitig aber Abscheu gegen den Mahomet ihres Vaters gefasst und wünschte sich nichts sehnlicher, als unter Christen zu leben. Als Ritter Rémy und die Seinen in das Schloss ihres Vaters kamen, sah sie dies als Zeichen Gottes an, der Knechtschaft unter den Heiden entkommen zu können. Diese sperren ihre Weiber in einen Harem, lassen sie von verschnittenen Eunuchen bewachen und behandeln sie schlimmer als das Vieh. Diesem Schicksal wollte Hadiya entrinnen.«

Magister Erwin legte erneut eine Pause ein, um seine Worte wirken zu lassen. Dann aber klang seine Stimme erneut auf und füllte beschwörend die Halle. »Die Erziehung der Dame Hadiya fand jedoch im Harem des Vaters statt und bedingte, dass sie diesen nur als Ehefrau eines anderen Mannes verlassen durfte. Aus diesem Grund bat sie den einzigen christlichen Ritter, mit dem sie heimlich sprechen konnte, darum, sie zum Weib zu nehmen. Dafür würde sie ihn und seine Freunde befreien! Nun war dieser Ritter jedoch Rémy – beziehungsweise Frau Constance! Wie sollte diese sich entscheiden? Sie wusste, dass ihr Ehemann die Gefangenschaft nicht überleben würde, ebenso wenig sie selbst und jene, die mit ihr gezogen waren, um Herrn Raoul zu suchen.

Constance de Laronne et de Beljeux stellte ihre Obsorge für ihren Ehemann und ihr Gefolge über ihr eigenes Seelenheil, schwor sich aber, alles zu tun, damit die Dame Hadiya gut versorgt werden würde. Damit hoffte sie, Gott so weit versöhnen zu können, dass er sie nicht zur Höllenstrafe verdammte. Ich frage nun: Wer will Klage erheben gegen ein Weib, das weder Leib noch Leben, noch ihr Anrecht auf das Himmelreich geschont hat, um ihren Gemahl und ihr Gefolge zu retten?«

Abt Thibaut de Saint Paul glühte vor Wut. All die Anklagepunkte, die er tags zuvor gegen Constance vorgebracht hatte, waren von dem Magister ins Gegenteil verkehrt worden. Die Verbrechen, derer er die junge Frau bezichtigt hatte, wurden nun als Tugenden dargestellt, und das Schlimmste war, dass kein einziger Edelmann in der Halle dagegen sprach.

»Was fordert Ihr also?«, fragte der Bischof von Paris.

Magister Erwin wehrte mit der Hand ab. »Bevor ich darauf komme, will ich die Frage ansprechen, wie Raoul de Laronne in die Gefangenschaft der Sarazenen geraten konnte. Es war ein Waffenstillstand zwischen den christlichen Rittern und dem Heer von König Saladin vereinbart worden. Der Überfall auf Vicomte Raouls Trupp geschah unweit von Akkon auf einem Gebiet, das zum christlichen Königreich Jerusalem gehörte. War der Angriff bereits ein Vertragsbruch, so war es ein Angriff an der Stelle gleich doppelt.

Raoul de Laronne und seine Mannen sollten zwei Männer zu König Richard von England bringen, die dieser als Verräter beschuldigte. Beide wurden von den Sarazenen befreit, und Herr Raoul de Laronne ist bereit, jeden Eid zu schwören, dass diese beiden Männer danach zu Fürst Amir ibn Hassan ritten und von diesem Geld und die Nachricht erhielten, dass in Jaffa, welches damals noch in der Hand der Sarazenen war, ein Schiff für sie bereitläge, welches sie in die Heimat zurückbringen würde.«

»Wer waren diese Männer?«, fragte Henri de Bar, der zu wissen glaubte, wen der Magister damit meinte.

»Es waren die Brüder Damien und Beauvais de Ronceau!«

»Das ist eine infame Lüge!«, brüllte Damien voller Wut. »Der Verräter ist Raoul selbst! Wieso hat er die Schlacht überlebt, in der alle anderen starben?«

Für Raoul war das zu viel. Er sprang auf und wollte auf Damien losgehen. Magister Erwin trat ihm jedoch in den Weg.

»Ich sagte, du sollst dort knien!« Es war ein Tadel, wie ein Vater ihn einem Sohn erteilt.

Unterdessen erhob sich Henri de Bar und musterte die Ronceau-Brüder durchdringend. »Ich kann mich daran erinnern, dass Richard von England damals zu mir sagte, er fürchte Verrat, und mir die Verräter nannte. Er war es auch, der Vicomte Raoul entsandte, diese Männer aufzuspüren.«

»Dies sagt wohl genug!«, erklärte Magister Erwin und wandte sich nun dem König zu. »Angesichts all dieser Tatsachen bitte ich Eure Majestät, setzt Herrn Raoul wieder als Vizegraf von Laronne ein und …«

»Was ist mit seinen zwei Weibern, die, die er hatte, und die, mit der er gestern verheiratet wurde. Die beiden haben die Nacht miteinander verbracht!«, warf Abt Thibaut aufgebracht ein.

Raoul und Hadiya wollten etwas sagen, doch Magister Erwin hieß sie schweigen.

»Dies ist eine Angelegenheit, die mit Bedacht behandelt werden muss. Fest steht, es gibt keinen Grund, weshalb die Ehe Constance de Laronnes mit Vicomte Raoul für ungültig hätte erklärt werden müssen. Es ist aber geschehen, und Vicomte Raoul musste auf Geheiß der heiligen Kirche das Gelöbnis seiner früheren Gemahlin erfüllen und die Dame Hadiya an deren Stelle heiraten. Ich schlage vor, Vicomte Raoul zu erlauben, beide als Ehefrauen zu behalten.«

Michael, der sich bis jetzt eisern im Zaum gehalten hatte, war kurz davor, seinen Verwandten zu erwürgen.

Doch da brachte der Bischof von Paris einen Einwand. »Dies wird die heilige Kirche nicht gestatten!«

»Ich habe es nicht anders erwartet«, erklärte Magister Erwin. »Es ist jedoch richtig, dass Vicomte Raoul das Versprechen erfüllt, das seine erste Gemahlin Prinzessin Hadiya gegeben hat. Ebenso ist es richtig, dass dafür die Ehe Vicomte Raouls mit Constance de Beljeux beendet werden musste.

Ich schlage daher vor, Damien de Ronceau den Titel eines Vicomte de Laronne abzuerkennen und Vicomte Raoul wieder damit zu belehnen. Was Beljeux betrifft, so soll es aus dem Lehensgebiet der Normandie in das des Königsbesitzes von Frankreich überführt und als Afterlehen der Vizegrafschaft Laronne überlassen werden, um die bestehenden Verbindungen zwischen beiden zu erhalten. Da Laronne ein Lehen im Männerstamm ist, hat die Dame Constance kein Anrecht darauf. Um des Friedens in dieser Gegend willen soll Frau Constance auf ihre Herrschaft Beljeux verzichten und dafür entschädigt werden. Auch schlage ich vor, sie außerhalb Frankreichs zu verheiraten.«

Magister Erwin musterte kurz Constance, die seinem Vortrag mit wachsender Verwirrung folgte, und wies dann auf Michael. »Auch wenn man Frau Constance ihr Verhalten verzeihen muss, so war es doch unbedacht von ihr, mit fremden Männern im gleichen Raum zu schlafen. Bei ihren Gefolgsleuten Bernard, der bedauerlicherweise im Heiligen Land sein Ende gefunden hat, und dessen Sohn Benoît ist dies verzeihlich. Anders ist es jedoch mit Ritter Michael. Um diese Unziemlichkeit auch vor Gott zu entschuldigen, schlage ich vor, dass Constance de Beljeux mit diesem Ritter verheiratet wird.«

Zunächst hatte Michael nicht begriffen, worauf sein Onkel aus war. Nun aber forderte dieser, dass Constance ihn heiraten solle. Etwas bang blickte er zu ihr hin und sah, dass sich die widerstrebendsten Gefühle auf deren Gesicht abzeichneten.

Constance hätte am liebsten laut gerufen, dass sie nicht bereit sei, auf ihre Heimat zu verzichten. Ebenso wenig wollte sie mit Michael einen heimatlosen Ritter zum Mann nehmen, der – um leben zu können – sein Schwert an denjenigen verkaufen musste, der dazu bereit war. Da schlug auf einmal eine andere Saite in ihr an. Dieser Ritter war auch der Mann, der sich ihr ohne Bedenken angeschlossen und alles getan hatte, damit sie Raoul hatte finden können. Er hatte alle Gefahren mit ihr geteilt und sein Schwert gezogen, um sie zu verteidigen.

Verwirrt, wohin ihre Gedanken sich verirrten, blieb sie stumm. Weiter hinten sprang jedoch Damien de Ronceau wutschnaubend auf.

»Wenn dieser deutsche Magister behauptet, es gäbe zwei Vizegrafen von Laronne, ist das einer zu viel. Daher soll das Schwert entscheiden, wer diesen Rang zu Recht trägt!«

»Gott soll entscheiden!«, rief Abt Thibaut voller Vertrauen in die Kampfkraft seines jungen Verwandten.

Einige Augenblicke lang klang Tuscheln auf, dann wandte Philippe II. sich an Bischof Maurice de Sully von Paris. »Was sagt Ihr dazu?«

Maurice de Sully hob mit einer zögerlichen Geste die Hand. »Es ist immer gut, auf Gott zu vertrauen. Er wird den Mann, der zu Recht Vicomte de Laronne ist, siegen lassen.«

»Dann ist es so bestimmt! In zwei Wochen werden Raoul de Lorris und Damien de Ronceau sich im Zweikampf gegenüberstehen!«, erklärte der König und befahl, die Gaukler und Sänger zu rufen.

Doch da erhob sich Beauvais de Ronceau und trat auf ihn zu. »Ich fordere mein Anrecht auf die Seigneurie Beljeux! Noch ist Constance de Beljeux deren Herrin …«

»Wollt Ihr etwa sie zum Zweikampf fordern?«, fragte Henri de Bar verächtlich.

»Nein, aber den Deutschen, den sie dem Willen dieses wunderlichen Magisters nach heiraten soll. Er soll für sie einstehen!«

»So sei es!«, erklärte der König, den die Angelegenheit allmählich langweilte, und wies den ersten Sänger an, ein Lied anzustimmen.

3.

Für die Nacht wurde Constance und Hadiya eine Kammer zugewiesen, eine andere Michael und Raoul. Vorher aber versammelte Magister Erwin die Gruppe noch einmal um sich. Constance war deutlich anzumerken, dass sie nicht zufrieden war. Doch auch Raoul gefiel die Sache nicht.

»Ich finde es zu hart, dass Constance ihre Heimat verlieren soll«, beschwerte er sich.

»Glaubt mir, es ist der beste Weg, sinnloses Blutvergießen zu vermeiden«, erklärte Magister Erwin. »Auch ist der Eheschwur, den sie

Prinzessin Hadiya geleistet hat, nicht aus der Welt zu schaffen. Den Gesetzen Gottes und der Kirche nach ist es an Euch, dafür einzustehen. Seht zu, dass Ihr diesen Stierkopf besiegt. Ihr habt zwei Wochen vor Euch, um Euch in der Kunst des Schwertkampfes zu üben.«

»Übt vor allem mit Ross und Lanze«, riet Michael. »Tut alles, um es nicht auf den Schwertkampf ankommen zu lassen. Damien de Ronceau trägt nicht nur den Namen Tête de Taureau, er kämpft auch wie ein Stier.«

»Auch Ihr solltet Euch mit Schwert und Lanze befassen, Herr Ritter. Sonst bin ich Witwe, noch bevor ich Euch angetraut worden bin«, warf Constance bissig ein.

Ein Teil von ihr fand, dass eine Ehe mit Michael wahrscheinlich besser war als die mit Raoul, obwohl sie dessen sanfte Art geschätzt hatte. Ihr Stolz bäumte sich jedoch gegen diese Heirat auf. Noch mehr empörte es sie, dass der König der Forderung Damiens und Beauvais' de Ronceau nach einem Gottesurteil zugestimmt hatte. Dabei waren diese Verräter und hatten sie zusammen mit dem Abt gegen alles Recht um Besitz und Ehre bringen wollen.

Nun würde sie bis zu den Zweikämpfen mit Hadiya zusammen in der Burg bleiben und ihre Freundin mit Raoul und sie mit Michael vermählt werden, sofern diese als Sieger aus den Kämpfen hervorgingen. Des Weiteren hatte der König beschlossen, wenn einer der Ronceaus in seinem Kampf siegte, der andere aber verlor, sich die Sieger noch einmal messen mussten, bis endgültig feststand, wem Gott zur Seite stand.

»Wir werden uns beide im Zweikampf üben!«, beantwortete Michael die Aufforderung seines Onkels. Er hatte während der Fahrt auf dem genuesischen Schiff mit Benoît und auch ein wenig mit Raoul mit dem Schwert geübt. Um jedoch in einem Turnier auf Leben und Tod bestehen zu können, war dies zu wenig.

»Ich werde zu Allah – ich meine, zu Gott – beten, dass er Raoul siegen lässt. Ich habe zu sehr Angst, dass der König mich sonst mit diesem entsetzlichen Damien de Ronceau verheiraten will. Da wäre selbst eine Ehe mit Bilal ibn Daud besser gewesen!« Hadiya kämpfte ebenfalls mit trüben Gedanken, doch da legte Raoul einen Arm um sie.

»Der Stierkopf wird nicht siegen!«

»Sollte er es doch tun, werde ich ihm im Kampf den Schädel spalten, so dass Euch eine Heirat mit ihm erspart bleiben wird«, versprach Michael voller Grimm.

»Wenn Raoul besiegt wird, Ihr aber nicht, könnt Ihr trotzdem nicht Hadiya und mich zusammen heiraten. Seine Eminenz, der Bischof, hat erklärt, die heilige Kirche dulde dies nicht!« Constance wollte es nicht, aber etwas in ihr zwang sie, zu sticheln.

»Ich vertraue auf Herrn Raoul«, sagte Magister Erwin und setzte für sich hinzu, dass Michael diesem gewiss einiges an Schlichen beibringen würde, damit er sich gegen Damien Tête de Taureau behaupten konnte.

»Ich habe Ritter Raoul vor Akkon kämpfen sehen, ebenso die beiden Ronceaus. Wenn die Gefangenschaft Herrn Raoul nicht zu sehr geschwächt hat, wird er über Damien siegen.« Michael war nicht ganz so optimistisch, wie er sich gab, denn er hatte gesehen, wie schwach Raoul bei seiner Befreiung gewesen war. Inzwischen hatte dieser sich erholt, doch ihm fehlte die Übung mit Lanze und Schwert. Wenn es ihm nicht gelang, sich diese in den kommenden zwei Wochen anzueignen, stand er gegen Damien de Ronceau auf verlorenem Posten.

So weit aber wollte Michael nicht denken und bat den Magister, ihnen die Gelegenheit zu verschaffen, sich auf den Kampf vorzubereiten.

»Ich sorge dafür!«, antwortete sein Onkel lächelnd und wandte sich Constance zu. »Weint nicht um Eure Heimat, mein liebes Kind. Ihr habt mit der Befreiung Herrn Raouls Großes vollbracht. Der Herr im Himmel wird es Euch lohnen.«

»Gott wird es vielleicht tun. Von den Menschen werde ich jedoch beraubt«, antwortete Constance herb.

Für einen Augenblick dachte sie daran, was wäre, wenn Raoul im Kampf gegen Damien de Ronceau fiel, Michael aber diesen besiegte. Würde König Philippe II. diesen dann mit Laronne und Beljeux belehnen und sie mit ihm verheiraten? Sofort schämte sie sich dieses Gedankens, denn er forderte den Tod ihres ersten Mannes und würde Hadiya, die sich in diesen verliebt hatte, in großer Verzweiflung zurücklassen. Da war es tausendmal besser, wenn Raoul sich gegen den Stierkopf behauptete und sie mit Michael in das Reich der Deutschen zog. Ein Mann wie er brauchte jemanden, der ihm die Löcher in den Hosen stopfte, und sie würde mit der Zeit vielleicht die Trauer um die verlorene Heimat überwinden können.

4.

Magister Erwin gelang es, für Michael und Raoul eine Einladung von Henri de Bar auf eine seiner Besitzungen nahe Paris zu erhalten. Dort fanden sie genug Platz und Gelegenheit, ihre Fähigkeiten im Lanzenstechen und im Kampf mit dem Schwert zu erproben.

Hadiya und Constance aber mussten in der Königsburg von Paris bleiben. Tasnim gesellte sich zu ihnen, während Benoît Michael und Raoul begleitete. Um den Frauen eine Beschäftigung zu geben, brachte man ihnen wunderschöne Tuche, Schere und Nähzeug, damit sie sich Kleider nähen konnten. Tasnim erwies sich darin als sehr geschickt und half, wo es nötig war. Während sie nähten, lachte Constance bitter auf.

»Was hast du?«, fragte Hadiya besorgt.

»Ich habe mir überlegt, mir ein Gewand zu nähen, wie Männer es tragen. Sollte alles verloren sein, könnten wir als Bruder und Schwester fliehen.«

Tasnim betrachtete die beiden und schüttelte den Kopf. Während Hadiya für eine Frau mittelgroß war, dunkelhaarig mit fast schwarzen Augen, stachen Constances lange, schlanke Gestalt, ihr rotblondes Haar und ihre hellen Augen zu sehr davon ab, als dass sie als Geschwister gelten konnten.

»Wenn, müsstet Ihr schon als Ritter auftreten, der eine Dame aus dem Orient für sich gewonnen hat«, schlug sie vor.

»Das wäre ungehörig!«, fand Hadiya, sah dann aber Constance an. »Sollte es nicht anders gehen, werden wir es tun.«

Es war, als wollten sie gegen üble Gedanken ankämpfen, die sie immer wieder zu überkommen drohten. Sie nähten ihre Kleider, doch heimlich fertigten sie ein Reisegewand für Constance an, in dem diese als Mann auftreten konnte. Diese berichtete von Laronne und Beljeux, die, wie sie hoffte, bald Hadiyas Heimat sein würden, um dieser das Eingewöhnen zu erleichtern.

Wenn Constance in der Nacht im Bett lag, kämpfte sie dennoch mit den Tränen. Sie hatte ihre Heimat geliebt, doch den Ronceaus und ihrem Verwandten Abt Thibaut war es mit üblen Schlichen gelungen, sie dieser zu berauben. Wenn die Verzweiflung zu groß wurde, bat sie Gott im Gebet, ihre Feinde nicht siegen zu lassen. Laronne und Beljeux an Damien und Beauvais de Ronceau zu verlieren, erschien ihr das Schlimmste, was ihr zustoßen konnte.

Gelegentlich überlegte Constance auch, wie sich eine Ehe mit Michael anlassen würde. Er war ein mutiger Mann, treu, tapfer und hilfsbereit, aber im Vergleich zu ihr, der Tochter von Sébastien de Laronne et de Beljeux, ein Niemand. Die Entschädigung, die Magister Erwin für sie für den Verlust von Beljeux erstreiten wollte, mochte ihnen vielleicht helfen, sich eine kleine Seigneurie im Heiligen Römischen Reich zu erwerben.

Constance hätte gerne mit dem Magister über Michael gesprochen, um mehr über den jungen Ritter zu erfahren. Erwin von Kühnburg, wie er sich seiner Herkunft nach nannte, antwortete jedoch mit Ausflüchten und erklärte, seine Verhandlungen mit König Philippe II. und dessen Beratern ließen ihm keine Zeit, ihr länger zur Verfügung zu stehen.

Diese Unterredungen dauerten zwar an, doch es war Magister Erwin ebenso wie seinen Begleitern klar, dass Philippe II. niemals jene gewaltige Summe für Richard Löwenherz bezahlen würde, die König Heinrich von dessen Mutter Eléonore forderte. Ihm ging es jedoch darum, dass Richard lange genug in Deutschland gefangen gehalten wurde, bis er die Situation an der Grenze zur Normandie zu seinen Gunsten verändert hatte. Dafür war er bereit, König Heinrich ein hübsches Sümmchen zu zahlen.

Es hätte daher die Ausflüchte Constance gegenüber nicht gebraucht. Der Magister wollte jedoch, dass sie nicht zu früh davon erfuhr, dass sie keinen fahrenden Ritter heiraten sollte, der nicht mehr als sein Pferd und seine Rüstung besaß, sondern den zukünftigen Grafen auf der Kühnburg.

Da Nähen nicht gerade zu den Aufgaben zählte, die Constance schätzte, sehnte sie das Ende der Wartezeit herbei. Als es endlich so weit war und ein Herold erschien, um sie und Hadiya abzuholen, klopfte ihr das Herz bis zum Hals. Guter Gott, hilf uns!, flehte sie, während sie und Hadiya dem Herold folgten.

Sie trugen lange Kleider mit schwingenden Röcken und trichterförmigen Ärmeln aus plissiertem Tuch, in Blau für Constance und in Rot für Hadiya. Ein Gürtel aus Silber umfing Constances Taille, der ihrer Freundin hingegen war golden. Hadiyas langes, schwarzes Haar war zu Zöpfen geflochten und mit goldenen Bändern geschmückt worden. Da Constances Haare noch zu kurz dafür waren, trug sie ein von einem Silberreif gehaltenes Tuch auf dem Kopf.

Im Burghof wartete ein Wagen auf sie. Constance wäre lieber geritten. Da Hadiya jedoch nicht bereit war, hinter jemand anderem als Raoul oder ihr auf einem Pferd zu sitzen, stieg sie ein und richtete ihre Gedanken auf das, was die nächsten Stunden bringen mochten.

5.

König Philippe II. hatte befohlen, den Kampf um die Vizegrafschaft Laronne in ein Fest einzubetten, bei dem ein Markt abgehalten werden und Gaukelsänger und Akrobaten auftreten sollten. Ganz Paris und die halbe Île de France hatten sich vor den Toren der Stadt versammelt. Bäckerburschen und Hausmägde schlenderten ebenso wie Edeldamen und Männer von Stand durch die Marktstände, wobei die Letzteren rascher die Beutel zücken konnten als das einfache Volk. Doch auch das kam zu seinem Vergnügen. Wein wurde ausgeschenkt, Würste auf dem Rost gebraten und köstlich duftendes Schmalzgebäck verzehrt.

Zu anderen Zeiten hätte Constance es genossen, sich alles anzusehen, einen Ballen guten Tuches zu erwerben oder ein kleines Geschenk für jemanden, der es verdient hatte. So aber fand sie keine Freude daran, während Hadiya bei dem bunten Treiben für eine gewisse Zeit sogar die ernste Lage vergaß, in der sie beide schwebten.

Da hörte Constance einen Ruf. »Bei Gott, Ihr seid es!«

Sie drehte sich um und sah Ségolène, die Ehefrau ihres Burghauptmanns Yoann auf Beljeux vor sich. Diese eilte auf sie zu und schlang die Arme um sie. »Bei Gott, haben wir uns Sorgen um Euch gemacht! Ihr seid mit einem Mal verschwunden gewesen, und wir haben so lange nichts mehr von Euch gehört.«

»Es tut mir leid, aber es ging nicht anders!« Constance kämpfte gegen die Rührung an, während sie auf die kleine, etwas füllig gewordene Frau hinabsah. »Wie geht es Euch und Eurem Gemahl?«

»Wir haben harte Tage hinter uns! Der Stierkopf Damien hat versucht, sich Beljeux anzueignen. Da ist er aber bei meinem Yoann an den Falschen geraten.«

»Ihr haltet Beljeux immer noch?«, rief Constance überrascht.

»Wenn es sein muss, bis zum Jüngsten Tag, sagt mein Yoann, oder eben bis zu Eurer Rückkehr«, antwortete Ségolène.

Constance senkte bedrückt den Kopf. Eine Rückkehr nach Beljeux würde es für sie nicht geben. Sie sagte jedoch nichts, sondern führte die Frau zu einem Weinstand und erstand dort vier Becher des besten Weines. Einen davon reichte sie Hadiya, die ihn neugierig entgegennahm, einen Tasnim, den dritten Ségolène, und den vierten behielt sie selbst.

»Möge Gott uns beistehen!«, sagte sie inbrünstig und sah im nächsten Augenblick den Herold herankommen.

»Ihr werdet gebeten, Eure Plätze einzunehmen«, forderte er Constance und Hadiya auf.

»Wieso das?«, fragte Ségolène erstaunt.

»Es gibt heute einen Zweikampf oder, besser gesagt, zwei«, gab Constance leise zurück. »Diese Kämpfe werden auch über das Schicksal von Beljeux entscheiden.«

»Aber davon weiß ich nichts!« Ségolène folgte ihnen, wurde jedoch vom Herold zu einer Tribüne gewiesen, auf der schon etliche andere Herrschaften Platz genommen hatten. Tasnim musste mit ihr gehen, während für Constance und Hadiya zwei Stühle direkt vor die Loge des Königs gestellt worden waren. Sie hatten kaum Platz genommen, da bemerkten sie, dass nicht nur das Interesse der Edelleute, sondern auch des einfachen Volkes ihnen galt. Die Menschen hatten zwar gehört, dass es hier zu einem Zweikampf kommen sollte, doch nur die Eingeweihten wussten, wer daran beteiligt war und worum es ging. Da die beiden jungen Frauen ihre Plätze extra zugewiesen bekamen, mussten sie etwas damit zu tun haben.

Fanfaren ertönten, und der erste Herold trat vor. Er wartete, bis Ruhe eingekehrt war, entrollte dann ein Pergament und begann zu sprechen.

»Im Namen Seiner Majestät, König Philippes II., wird kundgetan, dass sich heute vier Ritter im Kampfe messen. Unbekannt ist, wer die vier Recken sind. Sie werden nur nach ihren Farben benannt. Zwei stehen auf der einen Seite, zwei auf der anderen. Gekämpft wird, bis die Streiter einer der beiden Seiten den Tod gefunden haben.«

Als Constance das hörte, krampfte sich ihr Herz zusammen, während Hadiya Mühe hatte, nicht in Tränen auszubrechen. »Wenn der Stierkopf siegt, müssen wir so rasch wie möglich fliehen«, flüsterte sie Constance zu. Diese nickte mit bleichen Lippen und hoffte, dass ihnen die Zeit dazu blieb.

Unterdessen sprach der Herold weiter. »In der ersten Paarung treffen der grüne und der schwarze Ritter aufeinander! Erfreut euch an einem harten und mannhaften Kampf.«

Als er schwieg, ertönten die Fanfaren erneut, und von den beiden Seiten der Stechbahn ritt je ein Ritter heran. Der eine war ganz in Grün, der andere in Schwarz gekleidet. Auch die Pferde trugen Schabracken in der jeweiligen Farbe. Da sie Helme mit geschlossenen Visieren trugen, war nicht auf Anhieb zu erkennen, welche Ritter zu diesem Waffengang antraten.

Constance hatte gehofft, Michael und Raoul würden in ihren eigenen Farben gewandet sein, doch so musste sie genau hinschauen und vermochte doch nicht sicher zu sagen, ob der schwarze Ritter nun Raoul oder Beauvais war, weil beide von mittlerer Größe und schlank waren, und ob ihnen nun Michael gegenüberstand oder Damien. Beide waren gleichermaßen hochgewachsen und breitschultrig.

»Wer ist welcher?«, fragte Hadiya bang.

»Wir werden es erst wissen, wenn der Kampf vorbei ist«, antwortete Constance bedrückt.

Auf ein weiteres Fanfarensignal ließen die beiden Ritter ihre Pferde antraben und stürmten aufeinander los. Ein lautes Krachen ertönte, als die Speere gegen die Schilde prallten. Der etwas kleinere Ritter schwankte im Sattel, hielt sich aber auf dem Pferd und ließ sich von einem Knappen einen anderen Schild und eine neue Lanze reichen.

Dreimal sollten die Ritter den Regeln gemäß gegeneinander anreiten, so hatte der Herold es verkündet. Constance erinnerte sich daran, wie Michael Raoul geraten hatte, es nicht zum Schwertkampf kommen zu lassen. Wenn der kleinere Ritter tatsächlich Raoul war, so befand er sich bereits jetzt im Nachteil.

Nun erfolgte der zweite Anritt, und für einige Augenblicke sah es so aus, als würde der kleinere Kämpfer vom Pferd gestoßen. Mit einer akrobatischen Leistung blieb er jedoch im Sattel und ließ sich erneut Schild und Lanze geben.

Dieser Kämpfer war Raoul. Zweimal hatte er sich auf seinem Hengst halten können, doch es war ihm bereits eines klar geworden. Den Kampf im Lanzenstechen zu entscheiden, so wie Michael es ihm geraten hatte, war unmöglich. Damien de Ronceau saß nämlich wie ein Fels im Sattel.

Ein Fanfarenstoß zeigte den Beginn des dritten und letzten Durchgangs an. Da er diesmal nicht darauf aus war, seinen Gegner aus dem Sattel zu heben, wehrte Raoul die Lanze seines Gegners einfach ab. Knappen eilten herbei, um die Pferde zu halten und ihm und Damien aus den Sätteln zu helfen. Als sie auf dem Boden standen, verkündete der Herold mit durchdringender Stimme, dass nur der Tod diesen Kampf beenden werde.

Raoul wusste, dass er an Kraft mit Damien niemals mithalten konnte, und verlegte sich zunächst darauf, sich zu verteidigen, um dann eine Lücke zu finden, die er ausnützen konnte. Sein Gegner griff jedoch so wuchtig an, dass er ihm nur mit Mühe standhalten konnte.

Unterdessen glaubte Hadiya, ihn zu erkennen. »Es muss Raoul sein! Er wird unterliegen«, wimmerte sie.

Zunächst glaubte Constance das auch. Dann aber sah sie, wie geschickt Raoul die Länge der Kampfbahn ausnützte, um den heftigsten Schwertschlägen seines Gegners zu entgehen. Manchmal schlug er auch zurück. Er traf Damien zwar nicht entscheidend, doch Constance konnte beobachten, wie dieser immer wütender wurde.

»Er will ihn müde machen«, flüsterte sie Hadiya zu. »Beten wir zu Gott, dass ihm dies gelingt.«

Raoul glaubte sich schon am Ende seiner Kräfte. Da bemerkte er, dass der Ansturm seines Gegners an Wucht verlor. Dessen Hiebe kamen langsamer, und es gelang Raoul immer besser, ihnen auszuweichen.

Auf einmal riss Damien sein Schwert hoch und schlug zu, als wolle er einen Ochsenschädel spalten. Raoul glitt rasch zur Seite und schwang nun selbst sein Schwert. Ein fürchterliches Krachen ertönte, dann sank Damien de Ronceau zu Boden.

Zutiefst erschöpft trat Raoul einen Schritt zurück und stützte sich auf sein Schwert.

Unterdessen kam der Herold auf den am Boden liegenden Ritter zu. »Erhebt Euch, mein Herr, und kämpft weiter. So Ihr dies nicht tut, geltet Ihr als besiegt«, rief er so laut, dass selbst ein Ohnmächtiger es hätte hören müssen.

Da Damien sich nicht rührte, wandte der Herold sich der Loge des Königs zu. »Der grüne Ritter ist nicht in der Lage, weiterzukämpfen!«

Philippe II. nickte, und auf sein Zeichen kam ein Mann heran, der groß und breitschultrig und mit ledernen Hosen bekleidet war. Sein Kopf wurde durch eine rote Maske verhüllt, die nur zwei Augenschlitze frei ließ. In der rechten Hand hielt er einen Kriegshammer mit einem spitzen Dorn. Vor dem am Boden liegenden Ritter blieb er stehen, hob seinen Kriegshammer und wartete.

Ein Fanfarenstoß gab ihm das Signal. Der Kriegshammer sauste herab, und dessen Dorn bohrte sich tief in den Schädel des Besiegten.

»Der Kampf ging auf Leben und Tod! Es ist jedoch dem Sieger nicht zuzumuten, der Henker seines Gegners zu sein«, erklärte der Herold. Danach packten zwei Knechte den Toten und schleiften ihn fort. Auch Raoul durfte nicht bleiben, denn zwei Knappen führten ihn weg.

»War es wirklich Raoul, der gesiegt hat?«, fragte Hadiya voller Anspannung.

»Ich glaube, ja«, antwortete Constance und wies auf die Stechbahn, an deren jeweiligen Enden nun die beiden anderen Ritter auftauchten. Auch wenn der eine mit einem schwarz-weiß geteilten Waffenrock zu Pferd saß und dieses unter einer schwarz-weißen Schabracke steckte und der andere in einem düsteren Violett erschien, glaubte Constance zu wissen, wer sie waren. Der größere Ritter saß auf dem kleineren Pferd, und das konnte nur Michaels Karim sein. Auch wenn dieser Kampf so geheimnisvoll aufgezogen wurde, glaubte sie nicht, dass der König so weit gehen würde, die Rosse der Streiter austauschen zu lassen.

Damit fiel Constance ein Stein vom Herzen, und sie drückte Hadiya fest an sich. »Raoul hat tatsächlich den Stierkopf besiegt, denn das dort kann nur Ritter Michael sein!«

»Das glaube ich auch«, antwortete Hadiya aufatmend.

Im selben Augenblick ritten die beiden Kontrahenten an. Michael konnte seinen Gegner nur durch die schmalen Schlitze des Gesichtsschutzes sehen und richtete seinen Blick auf dessen Schild. Wenn er den anderen gut traf, konnte er ihn vom Pferd stoßen.

Die Lanze seines Gegners war zunächst auf seinen Schild gerichtet. Plötzlich aber senkte er sie und zielte auf Karim. Im letzten Augenblick riss Michael seinen Lanzenschaft nach unten und lenkte die Lanze ab.

Auf den Zuschauerplätzen ertönte ein Murren, und der Herold eilte herbei. »Richtet Eure Lanze auf Euren Gegner und nicht auf sein Pferd. Sonst werdet Ihr als besiegt erklärt!«, herrschte er den schwarz-weiß gekleideten Ritter an.

Michael war zornig bis zur Gluthitze, rief sich aber selbst zur Ordnung. In einem solchen Kampf galt es, kühlen Kopf zu bewahren. Er nahm wieder Aufstellung, ließ sich eine zweite Lanze reichen und wartete auf das Signal. Kaum ertönte die Fanfare, sprengte Karim los und durchmaß mehr als die halbe Stechbahn, bevor sie auf ihren Gegner trafen. Beauvais wagte es nicht, ein zweites Mal auf das Pferd zu zielen, sondern richtete seine Lanze auf Michaels Schild. Er traf auch, allerdings nicht fest genug, um diesen in Schwierigkeiten zu bringen. Dagegen fegte Michaels Lanze Beauvais de Ronceau förmlich aus dem Sattel. Er überschlug sich, krachte schwer auf den Boden und blieb liegen.

Der Herold erschien und rief, da Beauvais sich nicht mehr als kampffähig erwies, den Henker herbei. Michael vermochte gerade noch einen Blick auf Constance und Hadiya zu werfen, dann wurde er wie schon Raoul vor ihm von zwei Knappen aus der Stechbahn geführt.

Constance sah ihm seufzend nach. Nun hatte nach Raoul auch Michael seinen Feind besiegt. So froh sie auch war, dass Damien und Beauvais de Ronceau das Ende gefunden hatten, das sie verdienten, so empfand sie doch das bittere Gefühl einer Niederlage, denn sie hatte ihre Heimat verloren.

Da zupfte Hadiya sie am Ärmel. »Warum hat dieser maskierte Mann die Besiegten mit seiner Kriegskeule erschlagen?«, fragte sie.

»Damit die Sieger es nicht tun müssen. Dadurch wird einer möglichen Blutrache der Riegel vorgeschoben«, antwortete Constance mit herber Stimme.

»Wann werden wir Raoul und Michael wiedersehen?«, fragte Hadiya weiter.

Noch während Constance mit den Achseln zuckte, trat der Herold auf sie zu und forderte sie auf, mit ihm zu kommen. Erneut stand ein Wagen für sie bereit, und Constance fragte sich, wohin er sie bringen würde.

6.

Unterdessen wurden Michael und Raoul in die Burg zurückgebracht. Dort bot man ihnen die Gelegenheit, sich zu waschen und umzuziehen. Danach wirkten sie jedoch weniger wie Sieger denn wie ängstliche Knaben.

»Es ist ungerecht, dass Constance alles verlieren soll«, sagte Raoul bedrückt. »Seine Majestät hätte ihr ihren Besitz belassen und mir eine Seigneurie überlassen sollen, so wie Abt Thibaut es gefordert hat. Hadiya wäre damit gewiss zufrieden gewesen.«

»Das wird sie auch als Vizegräfin von Laronne sein«, antwortete Michael und fragte sich, wie Constance den Verlust ihrer Heimat hinnehmen würde. Sie musste Laronne und Beljeux sehr lieben, denn sie hatte alles getan, um den Zusammenhalt der beiden Herrschaften zu bewahren.

Ihnen blieb nicht viel Zeit, sich ihren Gedanken hinzugeben, denn zwei Knappen erschienen und forderten sie auf, mitzukommen. Diesmal führte ihr Weg in die Burgkapelle. Diese war mit den Wappen von Frankreich, der Normandie, Laronne und Beljeux geschmückt. Auf den Bänken zur Rechten saßen Henri de Bar, Magister Erwin, Benoît und Burghauptmann Yoann von Beljeux, der nach Paris gerufen worden war, um die Entscheidung des Königs zu erfahren. Links hatten Tasnim und Yoanns Ehefrau Ségolène Platz genommen. Der König saß auf seinem Stuhl beim Altar, ihm zur Seite der Pariser Bischof Maurice de Sully, während ein Priester vor dem Altar auf Raoul und Michael wartete.

Kurz darauf wurden Constance und Hadiya hereingebracht. Erstere wurde links neben Michael, Hadiya links neben Raoul platziert, dann verlas der Priester die Urkunde, die die Ehe Constances mit Raoul für ungültig erklärte. Nachdem dies geschehen war, hielt er die Messe und fragte zuletzt die vier, ob sie bereit seien, die Ehen so einzugehen, wie es bestimmt worden war.

Für Augenblicke war es in der Kapelle so still, dass man eine Nadel hätte fallen hören können. Michael, Raoul und Hadiya sahen Constance an. Auf deren Gesicht arbeitete es heftig. Schließlich machte sie einen tiefen Atemzug und nickte. »Ich bin bereit, dem Willen Seiner Majestät zu folgen und Ritter Michael als meinen ehelichen Gemahl anzuerkennen und ihm so zu gehorchen, wie es einer Ehefrau geziemt.«

Nicht nur Michael atmete auf. Auch Raoul tat es und Hadiya ebenso. Michael ergriff Constances Hand und sah sie ernst an.

»Ich nehme dich zu meinem angetrauten Weib und verspreche, dich zu beschützen und zu versorgen, so gut ich es vermag.«

Um Constances Lippen erschien ein herber Zug. Er war nun einmal ein armer Ritter, und sie konnte nur hoffen, dass die Entschädigung, die der König ihr für den Verlust von Beljeux geben wollte, ausreichte, damit sie sich ein halbwegs passendes Heim schaffen konnten.

Der Priester wandte sich unterdessen Raoul und Hadiya zu, die nun ebenfalls das Heiratsgelöbnis sprachen. Danach segnete der Pariser Bischof die beiden Paare, und die Ersten kamen heran, um sie zu beglückwünschen.

»Das habt ihr gut gemacht!«, lobte Magister Erwin Michael und Raoul.

»Es war Gottes Wille!«, wies Maurice de Sully ihn zurecht.

»So ist es, Euer Eminenz!«, antwortete Magister Erwin lächelnd. Er hatte auf Michael und Raoul vertraut und sich nicht geirrt.

»Kommt nun zum Hochzeitsmahl! Danach stehen die Kammern für euch bereit«, sagte er und wies auf den Herold, der mit einem leichten Zeichen der Ungeduld auf sie zutrat.

»Ich begreife nicht, weshalb Herrin Constances Ehe mit Herrn Raoul auf einmal ungültig sein soll und beide sich anders verheiraten mussten«, sagte Yoann kopfschüttelnd, als sie wenig später an der Tafel saßen.

»Das ist, wie Seine Eminenz sagte, Gottes Wille!«, antwortete Constance mit einem Lächeln, das ihr leichter fiel, als sie erwartet hatte.

»Ritter Michael ist aber auch ein stattlicher Herr, und er ist sogar ein paar Fingerbreit größer als Ihr«, erklärte Ségolène so ernsthaft, als käme es darauf an.

In ihren Augen passten die beiden Paare besser zusammen, als Constance und Raoul es getan hatten. Zwar wunderte auch sie sich über die Art, wie diese beiden Ehen zustande gekommen waren, und bedauerte, dass Constance die Heimat verlassen musste. Doch irgendwie würde es schon seine Richtigkeit haben, befand sie.

Das Mahl war ausgezeichnet. Trotzdem fühlten die vier, zu deren Ehren es aufgetragen wurde, sich unsicher. Immer wieder sahen sie zum König und zu Magister Erwin hin, die leise miteinander sprachen. Als die Diener schließlich die Tafel abtrugen und noch einmal Wein eingeschenkt wurde, trat der Herold vor.

»Im Namen Seiner Majestät Philippes II., König von Frankreich …«– es folgten viele weitere Titel –, »… ergeht folgender Spruch: Die Familie de Ronceau wird des Lehens gleichen Namens für verlustig erklärt. Zum neuen Träger dieses Lehens wird Herr Yoann ernannt, bislang Burghauptmann von Beljeux, der sich von nun an Yoann de Ronceau nennen kann. Die bisherigen Träger dieses Namens dürfen diesen nicht mehr verwenden.«

»Das vergönne ich Sylvain de Ronceau – oder wie er von nun an auch heißen mag«, flüsterte Constance voller Hass auf die Sippe, deretwegen sie ihre Heimat verloren hatte.

»Des Weiteren lässt Seine Majestät König Philippe II. verkünden, dass die Herrschaft Beljeux von nun an als Afterlehen der Vizegrafschaft Laronne zu gelten hat. Als ersten Lehensträger hat Vicomte Raoul de Laronne Herrn Benoît de Hautemaison zu benennen, der von nun an das Recht hat, sich Benoît de Beljeux zu nennen. Auch ohne im Besitz von Laronne und Beljeux zu sein, ist es der Dame Constance weiterhin gestattet, den Titel einer Vicomtesse zu tragen und sich auf ihre Abstammung von Sébastien de Laronne et de Beljeux zu berufen.«

Nachdem der Herold dies verkündet hatte, erhob sich der König, winkte den beiden Brautpaaren und den anderen Gästen kurz zu und verließ die Halle.

Dafür traten zwei Pagen auf die vier zu und erklärten, dass ihre Kammern für die Nacht bereit seien.

Michael atmete tief durch und sah dann Constance an.

Diese nickte. »Es ist wohl das Beste, es hinter uns zu bringen.«

»So kann man es auch sagen!« Michael versuchte zu lächeln, doch es wurde nur eine Grimasse daraus.

Als sie in die ihnen zugewiesene Kammer traten, war diese angenehm groß. In der Mitte stand ein breites Bett und an der Wand eine Anrichte, auf der sich ein Krug Wein, zwei Becher sowie eine Schale mit Obst und kleinen Kuchen befanden. Kräuterbüschel verbreiteten einen angenehmen Duft, und auf einer Bank konnten sie ihre Kleidung ablegen.

Nachdem der Page sie verlassen hatte, standen die beiden eine Weile still im Raum. Schließlich drehte Constance sich zu Michael um. »Ihr werdet nun Euer Recht als Ehemann einfordern. Ich bitte Euch nur, vorsichtig mit mir zu sein. Ich habe es nicht mehr getan, seit Raoul ins Heilige Land aufgebrochen ist.«

Noch während sie es sagte, begann sie, sich auszuziehen. Es war nun einmal ihr Schicksal, dachte sie, und da machte es wenig Sinn, das Unabänderliche hinauszuzögern.

Auch Michael entkleidete sich, sah aber immer wieder zu Constance hin. Sie war groß und zeigte Formen, die ihm außerordentlich gefielen. »Ihr seid – oder, wenn Ihr es gestattet, du bist wunderschön!«

Constance spürte, dass er es ernst meinte, und das tat ihr gut. Bei Raoul hatte sie immer ein wenig das Gefühl gehabt, dass er die Lust, ihr beizuwohnen, doch ein wenig als Pflicht angesehen hatte.

»Ihr – oder wie wir wirklich von nun an zueinander sagen sollten – du hast heute tapfer gekämpft und deinen Feind mit einem gewaltigen Lanzenstoß zu Boden geschleudert.«

»Man hätte Damien und Beauvais de Ronceau nicht wie tollwütige Hunde erschlagen sollen. Sie hätten vielleicht gerettet werden können«, sagte Michael nachdenklich.

Constances Blick verdunkelte sich. »Die beiden haben Gott als Richter angerufen, und er hat sie verworfen. Sie wussten, was sie erwartete.«

Dann aber vertrieb sie die toten Feinde aus ihren Gedanken und streckte ihre Hand nach Michael aus. Er war nicht so hübsch wie Raoul, und er konnte gewiss auch nicht so gut singen. Sie war ihm jedoch angetraut worden und spürte, wie in ihr Wünsche erwachten, die so lange geschlafen hatten.

»Du bist ein gutaussehender Mann und dazu mutig und treu. Ich hätte es wahrlich schlechter treffen können«, sagte sie und berührte seine Lippen mit den ihren.

Das, was danach folgte, verriet ihr, dass sie es in dieser Hinsicht wohl kaum besser hätte treffen können. Nun verlor sie auch die Furcht vor der Zukunft. Gemeinsam, so sagte sie sich, würden sie alle Widerstände überwinden, so wie sie es auch getan hatten, um Raoul zu finden und zu befreien.

7.

Der Abschied war kurz, aber herzlich. Ségolène umschlang Constance mit beiden Armen und versprach ihr, der alten Yseult Grüße auszurichten. Anders als sie trat Benoît eher ängstlich vor Constance.

»Verzeiht mir bitte, dass ich nicht mit Euch komme. Doch wenn Tasnim und ich es tun würden, wäre Hadiya ganz allein. Außerdem soll ich Burghauptmann auf Beljeux werden.«

Nun bin eben ich allein, dachte Constance mit einem Hauch Bitterkeit, sagte sich dann aber, dass sie besser gegen die Stürme des Lebens abgehärtet war als die schöne Sarazenin.

»Es freut mich, dass der König dir Beljeux zugeschrieben hat, denn du wirst es so verwalten, wie ich es mir wünsche«, antwortete sie daher lächelnd, umarmte dann Hadiya und Tasnim und sah anschießend Raoul an.

»Ich wünsche Euch Glück! Wünscht Ihr es mir auch!«

»Von ganzem Herzen!«, antwortete er.

Dann fasste er nach ihrer und Michaels Hand. »Lasst hören, wohin Ihr zieht! Ich werde Euch so viel Geld senden, wie ich nur entbehren kann.«

»Verwende es für Laronne«, sagte Constance und sah den Magister Erwin mahnend hüsteln.

»Meine Freunde warten bereits auf euch. Wenn ihr euer geplantes Nachtquartier erreichen wollt, solltet ihr jetzt aufbrechen.«

»Dann soll es so sein!« Mit diesen Worten winkte Constance ihren Freunden noch einmal zu und verließ das Gebäude. Draußen warteten Aribert und Karim bereits auf sie – und auch Michael. Als sie ihren gewohnten Sattel auf dem Rücken des Hengstes sah, spielte ein Lächeln um ihre Lippen. Michael hatte behauptet, sie könne wegen ihrer Größe nicht wie eine Dame zu Pferd sitzen, ohne Gefahr zu laufen, herabzufallen.

Dies, so dachte sie, versprach schon einmal einen guten Einstand in ihre Ehe. Männerkleidung allerdings wollte er nicht mehr an ihr sehen. Daher trug sie einen weiten, im Schritt geteilten Rock, der schicklich genug war, um selbst einen gestrengen Priester nicht zu erzürnen. Sie setzte den linken Fuß in den Steigbügel, schwang sich aufs Pferd und sah, wie Michael ihrem Beispiel folgte.

Ohne sich noch einmal umzusehen, trabte sie auf das Burgtor zu und gliederte sich neben Michael in den Reisezug ein, der aus mehreren Mitgliedern der Gesandtschaft bestand, mit der Magister Erwin nach Frankreich gekommen war. Diese reisten nun nach Hause, um König Heinrich Bericht zu erstatten. Der Magister hingegen blieb in Paris.

Da die Reisegesellschaft von zwanzig bewaffneten Reitern eskortiert wurde, wagten sich weder Räuber an sie heran, noch trauten sich die Wirte, höhere Preise als üblich zu verlangen. Während die Tage verstrichen, blieben Constance und Michael meistens für sich, und um die Zeit zu vertreiben, erzählten sie einander Geschichten aus ihrer Jugend. Constance erkannte rasch, dass Michaels Leben nicht leicht gewesen war. Nach dem Tod der Eltern hatte er noch sehr jung Waffendienste annehmen müssen. Mit der Zeit war sein Ruf gewachsen, und er erklärte eher nebenbei, dass ihn der eine oder andere Graf oder Herzog mit einer kleinen Herrschaft belehnen könnte, um ihn auf Dauer unter seinen Gefolgsleuten zu wissen.

»Ich wünsche mir ein eigenes Heim«, sagte sie, nachdem sie sich in der Nähe des Rheins von den anderen getrennt hatten und auf einen Höhenzug zuritten.

»Das wünschen die meisten Frauen sich, und auch ein Mann liebt es, in seine gewohnte Umgebung zurückzukommen. Nicht immer ist dies jedoch möglich.«

Während Michael daran dachte, dass die Kühnburg für ihn fremd war und es dauern würde, bis er sich dort eingefunden hatte, kniff Constance ärgerlich die Lippen zusammen. Für sie hörte es sich so an, als wäre ihr Mann nicht darauf aus, ihr das gewünschte Heim zu schaffen. Da Schmollen jedoch nichts brachte, zeigte sie auf das Tragpferd, das Michael am Zügel führte. Neben ihrem Gepäck war auf dem Packsattel auch eine kleine, mit Silberstücken gefüllte Truhe, die Philippe II. ihnen als Ersatz für den Verlust von Beljeux hatte übergeben lassen.

»Damit«, so sagte sie, »können wir einem Fürsten ein Stück Land abkaufen und darauf eine Burg errichten. Sollte es nicht reichen, so besitze ich immer noch die Goldkette des lombardischen Ritters de Chiovese. Ich …« Sie wollte noch mehr sagen, schlug sich dann aber leicht mit der flachen Hand gegen die Stirn. »Ich habe den Sattel ganz vergessen!«

»Wieso? Du sitzt doch darauf!«, erwiderte Michael verwundert.

»In diesem Sattel habe ich das Geld verwahrt, mit dem ich Raoul im Morgenland freikaufen wollte, aber ich habe es nie benötigt. Nun wird es uns zusammen mit dem Silber des Königs und der Goldkette helfen, uns ein Heim zu schaffen, dessen wir uns nicht schämen müssen.«

Constance klang so erleichtert, dass Michael überlegte, ob er nicht doch bekennen sollte, dass er nicht der arme fahrende Ritter war, für den sie ihn hielt, sondern der nächste Graf auf der Kühnburg. Da er die Burg noch an diesem Abend erreichen und er Constances Gesicht sehen wollte, wenn sie erfuhr, dass dies ihr neues Heim sein würde, verkniff er es sich und meinte, sie sollten etwas schneller reiten.

»Wir sind jetzt nur noch zu zweit, und da will ich ungern im Wald übernachten«, setzte er hinzu.

Bis zum vorherigen Tag hatten sie zusammen mit der Reisegruppe in Klöstern und gelegentlich in einer Burg genächtigt. Daher war Constance neugierig, wo dies heute geschehen sollte.

»Was ist dein Ziel?«, fragte sie.

»Dort vorne!« Michael wies auf einen einzeln stehenden Hügel der Hügelkette. Selbst von hier war die wehrhafte Burg, die ihn krönte, deutlich zu sehen.

»Um diese Burg vor Einbruch der Dunkelheit zu erreichen, müssen wir wahrlich nicht unsere Pferde antreiben«, sagte Constance.

»Der letzte Weg ist beschwerlich!«, antwortete ihr Mann und erinnerte sich an das einzige Mal, den er diesen Weg bereits geritten war. Damals hatte er nicht erwartet, jemals wieder hierherzukommen.

Den Rest der Strecke legten sie schweigend zurück. Der Weg war bei weitem nicht so schwierig, wie Michael behauptet hatte. Daher kamen sie gut voran und sahen das Burgtor vor sich, noch bevor die Sonne tiefer als eine Handspanne über dem Horizont stand.

Nach der langen Reise von Paris hierher sehnte Constance sich nach einem Bad und einigen Tagen Ruhe, in denen sie mit Michael darüber sprechen konnte, wie er sich ihre Zukunft vorstellte. Bislang war er ihr immer ausgewichen, so dass sie den Eindruck gewonnen hatte, als wisse er selbst nicht, wie er mit seinem Leben als plötzlich verheirateter Mann zurechtkommen sollte. Dabei musste er doch wissen, dass sie keine großen Ansprüche stellte. Hätte er Hadiya geheiratet, wäre es anders gewesen. Diese war von zu Hause aus einen gewissen Luxus gewohnt, bei dem sie selbst auf Burg Laronne würde Abstriche machen müssen.

Ein Hornsignal riss Constance aus ihren Gedanken. Als sie aufsah, ragte der Torturm vor ihnen in die Höhe. Fast gleichzeitig hörte sie die Frage des Türmers, wer auf der Kühnburg Einlass begehre.

»Ich bin Ritter Michael mit meiner Ehefrau Konstanze«, gab Michael zurück.

Er hätte wenigstens Gemahlin sagen können, dachte Constance, während der Türmer dreimal kurz in sein Horn stieß. Augenblicke später wurden die Torflügel geöffnet, und sie konnten in den Burghof einreiten. Dieser war größer, als sie es erwartet hatte.

Hinter ihnen wurde das Burgtor wieder geschlossen. Gleichzeitig eilte ein Dutzend Bewaffneter auf sie zu und umringte sie. Ihr Anführer trat breitbeinig vor und blickte zu Michael auf.

»Da seid Ihr ja wieder, mein Herr! Ein zweites Mal lassen wir Euch aber nicht mehr entwischen.«

Ein, zwei Herzschläge lang war Michael besorgt und fragte sich, ob einer seiner Vettern sich in den Besitz der Burg gesetzt hatte. Wenn, dann hatte er Constance einen üblen Dienst erwiesen, indem er mit ihr hierhergekommen war. Die grinsenden Gesichter der Männer beruhigten ihn jedoch ein wenig, während Constances Miene zu einer starren Maske wurde und ihre Hand zum Griff ihres Schwertes wanderte.

»Steigt ab und kommt mit!«, forderte der Hauptmann des Trupps sie auf.

Michael schwang sich aus dem Sattel und wandte sich Constance zu. »Soll ich dir helfen?«

Sie schüttelte den Kopf und stieg vom Pferd, ließ die rechte Hand dabei aber in der Nähe des Schwertgriffs. Als sie stand, schnallte sie den Schwertgurt vom Sattel und hängte ihn sich über die Schulter. Einer der Männer pfiff überrascht, als er merkte, dass sie mehr als die Hälfte seiner Kameraden überragte. Trotzdem ruhten deren Blicke anerkennend auf der jungen Frau.

»Was ist das für eine Burg, und welche Leute leben hier?«, fragte Constance leise, als sie dem Hauptmann in den Palas folgten. Die Bewaffneten kamen zwar mit, wirkten aber weniger wie eine Bewachung als wie eine Eskorte.

Es ging durch mehrere Flure in eine große Halle, die der in Laronne kaum nachstand. Am anderen Ende der Halle saß ein Mann auf einem Hochsitz, den Constance zuerst für einen Greis hielt. Als sie jedoch näher kam, merkte sie, dass er eher mittleren Alters sein musste. Er wirkte jedoch krank und matt und hatte sichtlich Mühe, sich aufzurichten.

»Nun bist du endlich gekommen, mein Neffe!«, sagte der Mann mit schwacher Stimme. »Ich habe lange auf dich warten müssen, und es gab Tage, an denen ich dachte, du würdest nie mehr erscheinen.«

Er verstummte einen Augenblick und musterte Michael, um dann Constance anzusehen.

»Du nanntest diese Dame deine Gemahlin. Willst du sie mir nicht vorstellen?«, fragte er Michael.

Dieser nickte. »Das ist Constance – oder Konstanze, wie man hierzulande sagt. Sie ist die Tochter des Vizegrafen Sebastian von Laronne und Beljeux in Frankreich.«

»Also eine Dame aus edelstem Blut! Du bist klüger als dein Vater.«

Waldemar von Kühnburg war zufrieden mit der Wahl seines Neffen. Dieser dachte daran, dass sein Großonkel Erwin ihn verrückter als seinen Vater genannt hatte, und musste an sich halten, um nicht zu lachen.

»Auf unserem Packpferd ist eine Truhe geschnallt, die das Erbe meiner Gemahlin in Silber beherbergt. Ich würde es gerne an sicherer Stelle verwahrt wissen«, sagte er, wieder ernst geworden.

»Dies wird sofort geschehen!« Der Hauptmann, der sie in die Halle geführt hatte, winkte vier Mann und verließ mit ihnen den Palas.

Waldemar von Kühnburg stemmte sich mithilfe eines Dieners

von seinem Stuhl hoch und lächelte. »Nun kann ich die Last, die mich fast erdrückt hat, seit ich sie trug, auf stärkere Schultern laden und mich für die wenigen Monate, die mir noch auf dieser Welt verbleiben, in unser Hauskloster zurückziehen, um dort Gott um Vergebung für meine Sünden zu bitten. Ich habe es immer bedauert, dass mein Vater mir verboten hat, Mönch zu werden, nur weil er nicht wollte, dass dein Vater ihm nachfolgte. Nun könnte auch er nichts dagegen sagen, dass sein einziger Enkel im Mannesstamm die Linie weiterführt.«

Constance hatte zuerst geglaubt, man wollte sie wegen irgendeiner Sache, die Michael verschuldet hatte, gefangen nehmen. Doch nun wirkten die Männer auf einmal ehrerbietig, und der Herr dieser Burg nannte Michael seinen Nachfolger. Mit einer heftigen Bewegung wandte sie sich ihrem Mann zu.

»Was wird hier gespielt, und wer bist du wirklich?«, fragte sie scharf.

Michael sah sie lächelnd an. »Ich bin Michael, ein fahrender Ritter, dessen größtes Glück es ist, dich zur Gemahlin gewonnen zu haben.«

Diesmal sagte er Gemahlin, doch Constance war viel zu erregt, um es zu würdigen. »Du bist ein Lügner!«, fauchte sie.

Da hob Graf Waldemar begütigend die Hand. »Verdammt meinen Neffen nicht! Bis zu diesem Augenblick war er genau der, als den du ihn kennst. Von nun an aber ist er Graf Michael von Kühnburg und Herr über diese Burg und über alles Land, so weit das Auge blickt.«

»Wie kommt es dazu?«, fragte Constance verwirrt.

»Mein Bruder Otto galt als der Erbe unseres Vaters. Als er jedoch eine Frau gegen dessen Willen heiratete, verstieß unser Vater ihn und machte mich zu seinem Nachfolger. Nun tritt Michael an die Stelle, die für seinen Vater bestimmt war, und erlöst mich dadurch von all den Pflichten, die zu erfüllen schon lange über meine Kraft gehen«, erklärte ihr Waldemar von Kühnburg.

Weit davon entfernt, sich mit dieser Erklärung zufriedenzugeben, funkelte Constance Michael zornig an. »Du wusstest dies die ganze Zeit und hast mich zum Narren gehalten!«

»Wenn, dann zur Närrin!«, entfuhr es Michael und musste sich blitzschnell bücken, um der Ohrfeige zu entgehen, die Constance ihm zugedacht hatte.

»Halt ein!«, rief er. »Es war nicht böse gemeint! Ich weiß auch erst, dass es tatsächlich so ist, seit wir Magister Erwin, der übrigens Graf Waldemars Oheim und der meines Vaters ist, in Paris getroffen haben. Vorher war ich tatsächlich im Heiligen Land gescheitert und ohne jede Möglichkeit, heimzukehren. Erst Ritter Rémys Angebot ermöglichte es mir, die Bedingungen zu erfüllen, die Magister Erwin mir für meine Heimkehr gestellt hat.«

»Verdammt meinen Neffen nicht, sondern sucht die Schuld bei seinem Vater. Er zwang den Knaben zu dem Schwur, niemals die Kühnburg zu betreten. Von diesem Schwur konnte Michael nur im Heiligen Land erlöst werden.«

Constance atmete tief durch, bis sie etwas ruhiger wurde. Dann sah sie Michael mit einem strengen Blick an. »Du bist also der neue Herr dieser Burg.«

»So ist es!«, sagte Graf Waldemar. »Er ist Graf Michael von Kühnburg und keinem anderen Herrn untertan als dem Kaiser des Heiligen Römischen Reiches.«

»Nun, mein Herr Gemahl«, meinte sie zu Michael. »Wie es aussieht, brauchst du dringend eine Frau, die dafür sorgt, dass hier aufgeräumt wird. Ich habe auf dem Burghof einige Dinge gesehen, die ich so nicht dulden kann. Nun aber würde ich gerne meine Gemächer sehen und ein Bad nehmen. Anschließend sehe ich in der Küche nach dem Rechten.«

»Und was soll ich in der Zwischenzeit tun?«, fragte Michael lächelnd.

»Du bleibst hier bei deinem Oheim und berichtest ihm bei einem Becher Wein von den wunderlichen Abenteuern, die du mit Ritter Rémy erlebt hast. Trinke aber nicht zu viel, denn du weißt, dass die erste Nacht im eigenen Heim etwas ganz Besonderes ist!«

ENDE

Historischer Hintergrund

Als Ende des 11. Jahrhunderts die Kreuzzüge begannen, befanden sich die heiligen Stätten der Christenheit mit Jerusalem, Bethlehem und Nazareth schon mehrere Jahrhunderte unter muslimischer Herrschaft. Dort hatten sich allerdings die Bedingungen geändert. Das große Reich der Kalifen von Bagdad existierte nicht mehr. Der Kalif galt zwar den meisten Muslimen noch als religiöses Oberhaupt. Die Macht im Orient hatten jedoch längst Gouverneure und Heerführer übernommen, und das Islamische Reich war in eine Vielzahl miteinander konkurrierender Herrschaftsgebiete zerbrochen. Zudem drängten kriegerische Stämme aus den asiatischen Steppen in diese Länder und setzten sich dort fest. Erst vor kurzem für den Islam gewonnen, zeigten sie die religiöse Intoleranz aller Neubekehrten und gingen mit Gewalt gegen christliche Pilger aus dem Abendland vor, die ins Heilige Land reisen wollten.

Nun war dies zwar bitter für jene, die dorthin pilgerten, wäre für sich allein aber kein Anlass gewesen, die christlichen Reiche Europas unter einem Banner zu sammeln und in den Orient zu führen. In Europa gab es nämlich genug Möglichkeiten, kriegerischen Ruhm zu erwerben, denn es flammten immer wieder Kriege und Fehden auf. Selbst innerhalb von Familien kam es zu bewaffneten Auseinandersetzungen. So bekämpften die Söhne König Henris II. von England ihren Vater, um die ihnen zugesprochenen Länder noch vor dessen Tod selbst beherrschen zu können. Henris Söhne Richard und Jean gingen dabei sogar ein Bündnis mit Frankreichs König Philippe II. ein, das ihnen schließlich auch den Sieg über den Vater eintrug. Als dieser kurz darauf starb, übernahm Richard die Herrschaft über die Normandie, Aquitanien und England, während Jean erneut leer ausging.

Etwa neunzig Jahre zuvor hatte Papst Urban II. die Ritter des Abendlands mit einem flammenden Aufruf davon überzeugt, ihre Streitigkeiten einzustellen und ins Heilige Land zu ziehen, um den Heiden das Grab Christi zu entreißen. Eine große Schar war aufgebrochen und hatte in einem blutigen Krieg den Sieg errungen. Das

Königreich Jerusalem wurde gegründet und sollte die heiligen Stätten schützen. Doch schon von Beginn an gab es Hader unter den christlichen Anführern, die im Orient bleiben wollten. Nicht jeder war bereit, sich Godefroy von Bouillon und nach dessen Tod seinem Bruder Baudouin zu unterstellen. So kam es zur Gründung der Grafschaft Edessa, des Fürstentums Antiochia und der Grafschaft Tripolis.

Die islamische Nachbarschaft war zu dem Zeitpunkt ebenfalls kleinräumig aufgeteilt. Mal stand man sich als Feind gegenüber, dann verbündete man sich über Glaubensgrenzen hinweg miteinander. So ging es eine ganze Weile, und es hätte noch länger andauern können, wenn es den Königen von Jerusalem gelungen wäre, eine feste Herrschaft zu errichten. Doch auch dort lebten die einzelnen Burgherren nach eigenen Gesetzen. Es gab Überfälle auf Karawanen, und so mancher hielt das Erpressen von Lösegeldern für einträglicher als seine Steuereinnahmen. Als Renaud de Chatillon eine Karawane mit Verwandten von Sultan Salah al-Din überfiel, war für diesen das Maß voll. Statt den Karawanenräuber zu bestrafen und Salah al-Din zu entschädigen, entschloss sich Guy, der König von Jerusalem, zum Krieg. Es folgte die Niederlage in der Schlacht bei den Hörnern von Hattin, die Eroberung Jerusalems durch Salah al-Dins Truppen, und nun stand das Ende der Kreuzfahrerstaaten drohend am Horizont.

Boten von Papst Gregor VIII. schwärmten aus, um die Könige Europas für einen weiteren Kreuzzug zu gewinnen. Es sollte der dritte werden, gewaltiger als die vorhergehenden. Selbst Friedrich I., der greise Kaiser des Heiligen Römischen Reiches, machte sich auf den Weg, um Jerusalem zu befreien. Aus Frankreich kam Philippe II. und aus England Richard, den man aufgrund seiner Tapferkeit Cœur de Lion (Löwenherz) nannte.

In jener Zeit lebten die Menschen in Europa in einer streng hierarchisch gegliederten Gesellschaft. Ganz oben stand der Papst, und gleich hinter diesem kam der Kaiser des Heiligen Römischen Reiches. Auf der nächsten Stufe standen die Könige und unter diesen die mächtigen Lehnsmänner wie Herzöge, Markgrafen und Grafen.

Nun war es jedoch so, dass Richard zwar König von England war, als Herzog von Aquitanien und der Normandie aber ein Lehnsmann Philippes II. von Frankreich. Damit stand er für die Franzosen im Rang hinter ihrem König. Dies sollte sich für den weiteren Kreuzzug noch als unheilvoll erweisen.

Friedrich I. marschierte mit seinem Heer auf dem Landweg nach Palästina. Um die Versorgung zu sichern, hatte Friedrich Verträge mit den Herrschern der Länder abgeschlossen, durch die sie ziehen mussten. Als sie jedoch das Oströmische Reich erreichten, brach Kaiser Isaak II. das Abkommen, verweigerte die versprochenen Vorräte und ließ die Kreuzritter durch Freischaren überfallen. Er unterschätzte jedoch die Stärke des Kreuzritterheers wie auch den Willen Friedrichs, sein Ziel zu erreichen. Nach einigen Kämpfen und der Eroberung Adrianopels durch Friedrichs Truppen gab Kaiser Isaak II. nach und erfüllte seinen Vertrag.

Ein weiteres Mal wurde Friedrich in Kleinasien durch die Seldschuken verraten. Deren Sultan Kılıç Arslan stand im Wettstreit mit Salah al-Din, und so wäre eine Schwächung von dessen Macht in seinem Sinne gewesen. Er wollte aber nicht mit dem Vorwurf leben, den Feinden des Islam zu helfen, und übergab sein Reich seinen Söhnen, um nicht den Vertrag brechen zu müssen, den er mit Friedrich geschlossen hatte. Auch er unterschätzte den alten Rotbart und dessen Ritter und musste sich nach der Eroberung seiner Hauptstadt Iconium geschlagen geben. Kaiser Friedrich I. zog weiter, doch kurz darauf ertrank er im Fluss Saleph. Viele seiner Ritter sahen dies als schlechtes Omen an und kehrten in die Heimat zurück. Friedrichs Sohn gleichen Namens führte den Rest, der geblieben war, den vor Akkon liegenden Truppen des Königs von Jerusalem zu.

Einige Zeit später erschienen die Franzosen, die von Marseille und Genua aus mit Schiffen aufgebrochen waren. Auf Richard Löwenherz mussten sie jedoch warten. Dieser hatte in Sizilien haltgemacht und dort gekämpft. Ebenso hielt er es auf Zypern. Als er schließlich erschien, war die heiße Zeit bereits angebrochen und die Bedingungen für einen Kriegszug denkbar ungeeignet. Zudem verstand er sich immer schlechter mit Philippe II. von Frankreich und Konrad von Montferrat, der mittlerweile die Krone von Jerusalem trug.

Zwar gelang es, Akkon von den Sarazenen zurückzuerobern, doch im Kreuzfahrerheer herrschte Streit. Die Franzosen unter Philippe II. waren zornig, weil Richard das Oberkommando an sich riss, obwohl er in ihren Augen im Rang unter ihrem König stand. Die deutschen Ritter, die, nachdem auch Friedrichs I. Sohn Friedrich von Schwaben gestorben war, von Herzog Leopold von Österreich angeführt wurden, kränkte er, indem er dessen Banner nach der Eroberung von Akkon in den Burggraben werfen ließ.

In der Folge verließen die meisten deutschen Kreuzritter, aber auch Philippe II. von Frankreich mit dem größten Teil seiner Truppen Palästina. Richard hatte damit keine Konkurrenz um den Oberbefehl. Er siegte noch einmal über Salah al-Dins Heer, doch bis Jerusalem konnte er nicht mehr vordringen. Zudem drangen immer schlimmere Nachrichten über seinen Bruder Jean ins Heilige Land. Der bei der Aufteilung des Erbes übergangene Bruder versuchte die lange Abwesenheit Richards auszunützen, um sich selbst zum Herrscher von England zu machen.

Richard blieb nichts anderes übrig, als mit Salah al-Din Frieden zu schließen. Er selbst wollte auf schnellstem Weg nach England zurückkehren und hatte dabei die Kühnheit, als schlichter Kreuzritter verkleidet den Herrschaftsbereich Herzog Leopolds von Österreich zu durchqueren. Doch er wurde erkannt und gefangen genommen. Die Aufforderung des Papstes, ihn als Kreuzritter sofort wieder freizugeben, missachtete der in der Ehre zutiefst gekränkte Leopold. Stattdessen übergab er Richard dem neuen deutschen König Heinrich, der, ebenfalls den Papst missachtend, ein fantastisches Lösegeld für Richard forderte.

Nun mischte sich Philippe II. von Frankreich ein. Dieser bot Heinrich für den Fall, dass kein Lösegeld für Richard bezahlt würde, eine gewisse Summe dafür an, damit dieser Richard ihm überließ, den er als untreuen Lehnsmann bestrafen wollte. Richards Mutter Eléonore brachte das Lösegeld dann doch zusammen, und Richard konnte in die Heimat zurückkehren. Allerdings waren es nicht – wie in vielen Romanen und Filmen dargestellt – seine treuen englischen Untertanen, die es aufgebracht hatten, sondern seine Gefolgsleute in den

Herzogtümern Aquitanien und der Normandie, die England zu jenem Zeitpunkt in wirtschaftlicher Hinsicht weit übertrafen.

Viel hatte Richard allerdings nicht davon. Einige Jahre später starb er durch einen Armbrustpfeil, und Jean sans Terre, besser als Prinz John bekannt, wurde König von England. Von ihm stammen alle weiteren Könige und regierenden Königinnen Englands ab. Richard Löwenherz hingegen blieb nur eine Episode der englischen Geschichte und wurde schließlich als großer Held verklärt.

Durch die Tatsache, dass zum Herrschaftsbereich Richards auch Aquitanien und die Normandie gehörten, gab es viele Edelleute, die sowohl dort wie auch in Frankreich Besitztümer besaßen. Daher waren sie dem König von Frankreich und auch dem von England lehnspflichtig. Aus diesem Grund haben wir Beljeux als Herrschaft in der Normandie als Eigenbesitz von Constance mit weiblichem Erbrecht dargestellt und Laronne als französisches Lehen, das nur im Mannesstamm weitergegeben werden kann. Um Laronne behalten zu können, musste Constance also einen Ehemann finden, dem beide Lehnsherren zustimmen konnten.

Was Constances Eheversprechen Hadiya gegenüber betraf, so war es der Not geschuldet, um den Ehemann zu befreien. Nun aber konnte Constance die Sarazenin nicht heiraten. Ihr Eid jedoch war eine ernste Sache. Um ihn zu erfüllen, hätte Raoul von der Kirche die Erlaubnis erbitten müssen, neben Constance auch Hadiya heiraten zu können. Mehreren Kreuzrittern, die mithilfe einer Sarazenin der Gefangenschaft entfliehen konnten, indem sie dieser die Ehe versprochen hatten, obwohl sie bereits verheiratet waren, wurde dies erlaubt. In unserem Fall wird härter gehandelt. Raoul muss Constances Versprechen erfüllen, dafür aber wird seine Ehe mit ihr aufgelöst.

Der Freikauf gefangener Kreuzritter, aber auch islamischer Krieger war für beide Seiten ein einträgliches Geschäft. Die Kriege, die Saladin gegen das Königreich Jerusalem führte, resultierten nicht zuletzt aus Renaud de Chatillons Überfall auf die Karawane, in der mehrere Verwandte Salah al-Dins reisten, und deren Gefangennahme, um für sie Lösegeld zu erpressen.

Eide galten in jenen Zeiten als heilig, und es war schwer, sich davon lösen zu können. Eine lange Pilgerfahrt und die Erfüllung religiöser Aufgaben, oft auch eine entsprechende Spende an die Kirche, waren das Mindeste, das man dafür tun musste. Für Michael von Kühnburg hieß dies, die Bedingungen, die ihm sein Verwandter Erwin dafür gestellt hatte, entweder zu erfüllen oder weiterhin als Söldner zu leben.

Angesichts dieser Tatsachen ist es weitaus angenehmer, in unseren und nicht in jenen Zeiten zu leben.

Iny und Elmar Lorentz

Glossar

Orte

Adrianopel – Edirne
Al-Aqsa-Moschee – Moschee in Jerusalem
Al-Kahira – Kairo
Antiochia – Antakya
Crac des Moabites – Kreuzfahrerburg Kerak
Iconium – Konya
Konstantinopel – Istanbul
Montreal (auch Mons Regalis) – Qala'at aš-Šawbak
Qahwa – arabisches Kaffeegetränk
Qala'at ar-Rabat – Festung bei Ajlun
Qasr al-Azraq – Festung von Azraq
Qasr al-Kharana – befestigte Karawanserei
Qusair Amra – einstiger Landsitz der Omajaden
Saleph – Fluss Göksu
Seleukia – Silifke
Wadi al-Araba – Tal vom Toten Meer bis Aqaba
Wadi al-Buwayrida – Seitental des Wadi al-Araba

Begriffe

Allemands – Deutsche
Ben – arabisch Sohn
Beni Arab – Söhne Arabiens
Bint – Tochter
Damast – wertvolles Tuch mit eingewebten Mustern
Emir – Fürst
Fähnlein – militärische Einheit aus mehreren Lanzen, die von einem Hauptmann geführt wird
Firaun – Pharao

Gambeson – leichte, wattierte Rüstung
Ibn – arabisch »Sohn des« (andere Form von Ben)
Isa – arabischer Name für Jesus
Khazne al-Firaun – Schatzhaus des Pharaos in Petra
Langue d'oïl – die im Norden Frankreichs gebräuchliche Sprache
Lanze – militärische Einheit aus einem Ritter, mehreren gerüsteten Reitern und einem guten Dutzend Fußknechten
Malik – König
Odaliske – Nebenfrau
Ordo Teutonicorum – Deutscher Ritterorden
Romäer – Byzantiner
Schabracke – verzierte Decke, die auf ein Pferd gelegt wird
Scheich – Stammesanführer
Seigneur – Herr mit eigener Burg und etwas Land darum herum
Seigneurie – Herrschaft eines Seigneurs

Personen

In Laronne und Beljeux

Constance – Vizegräfin von Laronne und Herrin von Beljeux
Sébastien de Laronne et de Beljeux – Constances Vater, genannt der Hüne von Laronne (†)
Adelaide (Adelheid) – Constances Mutter (†)
Bernard de Hautemaison (Bernhard von Hohenheim) – Constances Gefolgsmann
Benoît – Bernards Sohn
Berthe – Bernards Ehefrau, Benoîts Mutter (†)
Yseult – Constances Amme
Yoann – Burghauptmann auf Beljeux
Ségolène – Yoanns Ehefrau
Florent de Crespy – Gefolgsmann Constances
Léandre de Gajan – Gefolgsmann Constances
Blaise de Mouldan – Gefolgsmann Constances

Rémy de Saint Croix – junger Ritter
Raoul de Lorris, genannt de Chanteur – französischer Ritter und Troubadour
Robert de Lorris – Raouls ältester Bruder
Roland de Lorris – Raouls Bruder
Roger de Lorris – Raouls Bruder
Olivier – Freund Raouls
Théotime – Freund Raouls
Pater (Père) Jacques – Mönch
Aribert – Constances Hengst
Saulus – Bernards Hengst

Die Normannen

Damien de Ronceau, genannt Tête de Taureau (Stierkopf)
Beauvais – Damiens Bruder
Sylvain de Ronceau – Damiens Vater
Thibaut – Sylvain de Ronceaus Vetter, Abt des Klosters Saint Paul

Die Deutschen

Magister Erwin – Mönch, Lehrer
Michael – fahrender Ritter
Waldemar von Kühnburg – Graf
Gottfried von Kühnburg – Graf Waldemars Neffe
Rudolf von der Bachleiten – Kreuzritter
Felix – Kreuzfahrer
Ferdinand von Drammen – Kreuzritter
Hans Pfeuderer – Kreuzritter
Eberhard von Dellingen – Kreuzritter
Ludolf von Broch – Kreuzritter

Im Orient

Gian Carfiel – Schiffskapitän der *Fàvola* aus Genua
Géraud de Lesorelle – Tempelritter
Lamberto de Chiovese – lombardischer Ritter
Antonio della Pione – Edelmann aus Norditalien
Amir ibn Hassan ibn Tamid – sarazenischer Anführer
Hadiya – Amir ibn Hassans Tochter
Tasnim – Hadiyas Dienerin
Hamid – Amir ibn Hassans Bruder
Zufilkar – Eunuch bei Amir ibn Hassan
Scheich Bilal ibn Daud ibn Sayyid – Amir ibn Hassans Verbündeter
Musa ibn Rahman alias Johannes aus Madaba – Spion
Zia al-Din – ein Neffe Salah al-Dins
Gergi – Christ in Saladins Heer
Nasim – Diener bei Qusair Amra
Al-Mansur – Stellvertreter Amir ibn Hassans
Scheich Ali ben Fariq – Tasnims Vater
Sa'id – Wächter aus Ali ben Fariqs Stamm
Karim (Rasul) – Michaels Grauschimmel

Historische Personen

Bertold von Andechs (+1204) – Graf im Heiligen Römischen Reich
Henri de Bar (1190–1239) – französischer Edelmann
Eléonore (1154–1189) – Mutter Richards von England und Prince Jeans
Friedrich Barbarossa (1122–1190) – Kaiser des Heiligen Römischen Reiches
Friedrich VI. (1167–1191) – Herzog von Schwaben, Barbarossas Sohn
Guillaume (Wilhelm der Eroberer, 1027–1087) – Herzog der Normandie und König von England
Henri II. (1133–1189) – König von England (Henry II.)
Kılıç Arslan (1079–1107) – Sultan der Rum-Seldschuken
Konrad von Montferrat (1146–1192) – kurzzeitig König von Jerusalem

Philippe II. (1165–1223) – König von Frankreich
Richard Cœur de Lion (Richard Löwenherz, 1157–1199) – König von England
Jean sans Terre (Johann ohne Land, Prinz John, 1167–1216) – Richards Bruder
Salah al-Din Yusuf ibn Ayyub (1137–1171) – Sultan Saladin
Maurice de Sully (1110–1196) – Bischof von Paris